國家社科基金後期資助重點項目『明代《文選》廣續補本整理與研究』階段性成果

陝西師範大學中國語言文學『世界一流學科建設成果』

《文選》廣續補本典籍叢刊　主編　王曉鵑

廣文選

〔明〕劉節 編纂
邢天洋 整理　王曉鵑 審定

下卷

中國社會科學出版社

目　錄

下　卷

卷四十五 …………………………………………… 523
　議一廣 …………………………………………… 523
　　擊匈奴議 ……………………… 漢・韓安國、王恢 523
　　罷鹽鐵議 ………………………………… 漢・桓寬 525
　　入粟贖罪議 ……………………………… 漢・蕭望之 531
　　罷邊備議 ………………………………… 漢・侯應 532

卷四十六 …………………………………………… 533
　議二廣 …………………………………………… 533
　　受伊邪莫演降議 ………………………… 漢・谷永 533
　　毀廟議 …………………………………… 漢・劉歆 533
　　賦筭鑄錢及贖罪之弊議 ………………… 漢・貢禹 535
　　爲共皇立廟議 …………………………… 漢・師丹 536
　　斷獄議 …………………………………… 漢・魯恭 537
　　北單于和親議 …………………………… 漢・班固 537
　　貢舉先才行議 …………………………… 漢・韋彪 537
　　爲父報仇議 ……………………………… 漢・張敏 538
　　駁左雄察舉議 …………………………… 漢・胡廣 538
　　改鑄大錢議 ……………………………… 漢・劉陶 539
　　置西域副校尉議 ………………………… 漢・班勇 540
　　諫伐鮮卑議 ……………………………… 漢・蔡邕 541
　　駁陳忠罪疑議 …………………………… 漢・應劭 542
　　復肉刑議 ………………………………… 漢・孔融 543
　　正議 ……………………………………… 漢・諸葛亮 543

絕盟好議 ·········· 漢·諸葛亮 544
時事議 ············ 漢·夏侯玄 544

卷四十七 ·········· 547
對 ·········· 547

定都關中對 ·········· 漢·婁敬 547
封禪對 ·········· 漢·倪寬 547
聞樂對 ·········· 漢中山靖王 548
禁民挾弓弩對 ·········· 漢·吾丘壽王 549
得寶鼎對 ·········· 漢·吾丘壽王 549
白麟奇木對 ·········· 漢·終軍 549
淮南王對 ·········· 楚·伍被 550
化民有道對 ·········· 漢·東方朔 552
高廟園災對 ·········· 漢·董仲舒 553
郊祀對 ·········· 漢·董仲舒 554
雨雹對 ·········· 漢·董仲舒 554
三仁對 ·········· 漢·董仲舒 556

卷四十八 ·········· 557
對二 ·········· 557

雨雹對 ·········· 漢·蕭望之 557
伐匈奴對 ·········· 漢·蕭望之 557
入粟贖罪對 ·········· 漢·蕭望之 557
罷珠厓對 ·········· 漢·賈捐之 558
日食地震對 ·········· 漢·谷永 559
微行宴飲對 ·········· 漢·谷永 561
災異對 ·········· 漢·李尋 562
日食對 ·········· 漢·杜鄴 565
日蝕對 ·········· 漢·孔光 566
災異對 ·········· 漢·蔡邕 567
災異對 ·········· 漢·周舉 568

卷四十九 ·········· 569
對策上廣 ·········· 569

賢良策　　　　　　　　　　　　漢·鼂錯 569
　　　賢良第一策三首　　　　　　　　漢·董仲舒 572
　　　　第二策　　　　　　　　　　　　　　 575
　　　　第三策　　　　　　　　　　　　　　 577

卷五十　　　　　　　　　　　　　　　　　　 581
　對策二　　　　　　　　　　　　　　　　　 581
　　　賢良對策　　　　　　　　　　漢·公孫弘 581
　　　日蝕地震賢良策　　　　　　　　漢·杜欽 582
　　　對舉平帝賢良策　　　　　　　漢·申屠剛 583
　　　賢良策　　　　　　　　　　　　漢·李固 584
　　　大旱策　　　　　　　　　　　　漢·周舉 585
　　　賢良方正策　　　　　　　　　漢·皇甫規 586
　箋　　　　　　　　　　　　　　　　　　　 587
　　　與劉璋箋　　　　　　　　　　　漢·法正 587
　　　諫齊王奮箋　　　　　　　　　漢·諸葛恪 588
　　　薦何慮則箋　　　　　　　　　　晉·應璩 589
　　　至洛與成都王箋　　　　　　　　晉·陸機 589
　　　薦唐戈箋　　　　　　　　　　　晉·庾闡 589
　　　與會稽王箋　　　　　　　　　　晉·王羲之 590
　　　與會稽王箋　　　　　　　　　　晉·范弘之 590
　　　辭子隆箋　　　　　　　　　　　齊·謝朓 592

卷五十一　　　　　　　　　　　　　　　　　 593
　奏記　　　　　　　　　　　　　　　　　　 593
　　　詣公孫弘記室　　　　　　　　漢·董仲舒 593
　　　奏記蕭望之　　　　　　　　　　漢·鄭朋 594
　　　奏記霍光　　　　　　　　　　　漢·丙吉 594
　　　奏記東平王蒼　　　　　　　　　漢·班固 594
　　　奏記太司空王邑　　　　　　　　漢·范升 595
　　　奏記梁冀　　　　　　　　　　　漢·朱穆 596
　　　奏記太尉宋由　　　　　　　　　漢·何敞 596
　　　奏記劉焉　　　　　　　　　　　蜀·秦宓 597
　　　奏記王暢　　　　　　　　　　　漢·張敞 597

奏記太尉蔣濟 ························ 晉·阮籍 598

卷五十二 ························ 599
書上 ························ 599
與范宣子書 ···················· 鄭·公孫僑 599
貽子產書 ······················ 晉·羊舌肸 599
絕秦書 ························ 晉·呂相 600
遺燕將書 ······················ 齊·魯仲連 601
遺樂間書 ······················ 燕惠王 602
遺章邯書 ······················ 秦·陳餘 603
與淮南王書 ···················· 漢·薄昭 603
報李陵書 ······················ 漢·蘇武 604
重報子卿書 ···················· 漢·李陵 605
與蓋寬饒書 ···················· 漢·王吉 606
遺公孫賢良書 ·················· 漢·鄒長倩 606
荅劉歆書 ······················ 漢·楊雄 606
遺李軼書 ······················ 漢·馮異 608
與楊廣書 ······················ 漢·馬援 608
與隗囂書 ······················ 漢·竇融 609
誡馬廖訓子弟書 ················ 漢·楊恪 609
誡竇憲書 ······················ 漢·崔駰 610
與梁商書 ······················ 漢·李固 611
與黃瓊書 ······················ 漢·李固 611
報桓譚書 ······················ 漢·班嗣 612
規竇武書 ······················ 漢·盧植 612
干說皇甫嵩 ···················· 漢·閻忠 612

卷五十三 ························ 614
書二 ························ 614
荅袁紹書 ······················ 魏·臧洪 614
荅陳琳書 ······················ 魏·臧洪 615
與公孫瓚書 ···················· 魏·袁紹 617
獻袁譚書 ······················ 魏·審配 618
與王商書 ······················ 蜀·秦宓 620

諫諸葛亮書	漢・楊顒 620
與諸葛亮書	蜀・馬良 620
與曹公書	蜀・許靖 621
獄中與諸葛亮書	蜀・彭羕 622
與劉封書	漢・孟達 622
責袁術書	漢・孫策 623
答李權書	蜀・秦宓 624
與許靖書	魏・王朗 625
諫袁術借號書	吳・孫權 626
答陳思王書	魏・吳質 627
爲劉表與袁尚書	魏・王粲 627
與阮步兵書	魏・伏義 628
答伏義書	晉・阮籍 632
答車茂安書	晉・陸雲 633
移太常府薦張贍	晉・陸雲 633
與桓秘書	晉・習鑿齒 634
答桓玄論四皓書	晉・殷仲堪 634
遺殷浩書	晉・王羲之 635
與范甯書	晉・徐藩 636
報虞預書	晉・賀彥先 636
與沈約書	晉・陸厥 637
與湘東王書	晉・庾子慎 638

卷五十四 …… 639

檄 …… 639

告青徐檄	漢・伏隆 639
答雍闓檄	漢・呂凱 639
討桓玄檄	宋武帝 640

對問 …… 641

答壺遂問	漢・司馬遷 641
對事	漢・酈炎 641
對臺詰辭	漢・郎顗 642
月令問答	漢・蔡邕 643

問 …… 646

天問 …………………………………… 楚·屈原　646

　　遂古篇 ………………………………… 梁·江淹　648

卷五十五 ……………………………………… 650

　設論上 ……………………………………… 650

　　解難 …………………………………… 漢·楊雄　650

　　達旨 …………………………………… 漢·崔駰　651

　　應閒 …………………………………… 漢·張衡　652

　　釋誨 …………………………………… 漢·蔡邕　654

　　抵疑 ………………………………… 晉·夏侯湛　656

卷五十六 ……………………………………… 660

　設論下 ……………………………………… 660

　　釋譏 …………………………………… 蜀·郤正　660

　　玄居釋 ………………………………… 晉·束晳　662

　　對儒 …………………………………… 晉·曹毗　664

　　應譏 …………………………………… 魏·陳琳　665

　　卜疑集 ………………………………… 晉·嵇康　666

　　客傲 …………………………………… 晉·郭璞　667

　　釋勸論 ………………………………… 晉·皇甫謐　668

　詞 …………………………………………… 670

　　古黃澤辭 …………………………………… 670

　　絕命辭 ………………………………… 息夫躬　670

卷五十七 ……………………………………… 671

　序一 ………………………………………… 671

　　自序 …………………………………… 漢·司馬遷　671

　　敘傳 …………………………………… 漢·班固　673

　　戰國策序 ……………………………… 漢·劉向　676

　　漢紀序 ………………………………… 漢·荀悅　678

　　公羊傳序 ……………………………… 漢·何休　678

　　釋名序 ………………………………… 漢·劉熙　679

　　人物志序 ……………………………… 漢·劉昞　679

　　漢武帝別國洞冥紀序 ………………… 漢·郭憲　680

風俗通序 …………………………………… 漢・應劭 680
  禹貢九州地域圖序 …………………………… 晉・裴秀 681

卷五十八 ………………………………………………… 683
  序二 …………………………………………………… 683
    穀梁傳序 ………………………………… 晉・范甯 683
    家語序 …………………………………… 漢・王肅 684
    論語序 …………………………………… 魏・何晏 685
    爾雅序 …………………………………… 晉・郭璞 686
    方言序 …………………………………… 晉・郭璞 686
    莊子序 …………………………………… 晉・郭象 687
    蘭亭序 ………………………………… 晉・王羲之 687
    四體書勢序 ……………………………… 晉・衛恒 688
    遊名山志序 …………………………… 宋・謝靈運 689
    後漢書註補志序 ………………………… 漢・劉昭 690
    雜體詩序 ………………………………… 梁・江淹 691
    史記集解序 ……………………………… 漢・裴駰 691
    陶淵明集序 ……………………………… 梁・蕭統 692
    披神記序 ………………………………… 梁・干寶 693
    文心雕龍序 ……………………………… 梁・劉勰 693
    志序 ……………………………………… 梁・沈約 694
  記廣 …………………………………………………… 696
    東封泰山碑記 …………………………… 漢光武 696
    漢官馬第伯封禪儀記 …………………… 漢・應劭 697
    修西嶽廟記 ……………………………… 漢・樊毅 698
    淮瀆廟記 ………………………………… 漢・樊毅 699
    黃陵廟記節文 ………………………… 漢・諸葛亮 700
    桃花源記 ………………………………… 晉・陶潛 700

卷五十九 ………………………………………………… 702
  頌上 …………………………………………………… 702
    山川頌 ………………………………… 漢・董仲舒 702
    旱頌 …………………………………… 漢・東方朔 703
    北征頌 …………………………………… 漢・班固 703

天子冠頌	漢・黃香	704
東巡頌	漢・傅毅	704
東巡頌	漢・蔡邕	704
祖德頌	漢・蔡邕	704
京兆樊惠渠頌	漢・蔡邕	705
廣成頌	漢・馬融	705

卷六十 709

頌下 709

武都太守李翕西狹頌	無名氏	709
成陽令唐扶頌		710
太廟頌	魏・王粲	710
皇太子釋奠頌	晉・傅咸	711
釋奠頌	晉・潘尼	711
盛德頌	晉・陸雲	712
河清頌	宋・鮑照	715

贊 717

焦君贊	漢・蔡邕	717
正考父贊	魏・王粲	717
蜀漢君臣贊	漢・楊戲	717
白起贊	晉・孫楚	721
韓信贊	晉・孫楚	721
孫登贊	晉・庾闡	721
閑遊贊	晉・戴逵	721
翟徵君贊	晉・庾亮	722
高士贊	梁・沈約	723

卷六十一 724

符命 724

王命敘	漢・傅幹	724
魏受命述	漢・邯鄲淳	725

史論一 726

十二諸侯年表論	漢・司馬遷	726
秦楚之際月表論	漢・司馬遷	727

漢興諸侯年表論	漢・司馬遷	727
惠景間侯者年表論	漢・司馬遷	728
外戚世家論	漢・司馬遷	728
儒林傳論	漢・司馬遷	729
貨殖傳論	漢・司馬遷	730
酷吏傳論	漢・司馬遷	731
遊俠傳論	漢・司馬遷	732

卷六十二 …… 734
　　史論二 …… 734

漢文帝紀贊論	漢・班固	734
漢武帝紀贊論	漢・班固	734
異姓諸侯王表論	漢・班固	735
古今人表論	漢・班固	735
董仲舒傳論	漢・班固	736
司馬遷傳論	漢・班固	736
楊雄傳論	漢・班固	737
班固傳論	宋・范曄	738
王仲傳論	宋・范曄	738
周黃徐姜傳論	宋・范曄	739
左雄周黃傳論	宋・范曄	739
黨錮傳論	宋・范曄	740

卷六十三 …… 744
　　史述贊 …… 744

五帝紀贊	漢・司馬遷	744
周紀贊	漢・司馬遷	744
秦始皇紀贊	漢・司馬遷	744
漢高祖紀贊	漢・司馬遷	745
孔子世家贊	漢・司馬遷	745
楚元王世家贊	漢・司馬遷	746
老莊申韓傳贊	漢・司馬遷	746
屈原賈生傳贊	漢・司馬遷	746
司馬相如傳贊	漢・司馬遷	746

述文紀贊 ……………………………… 漢・班固　747
述宣紀贊 ……………………………… 漢・班固　747
述藝文志贊 …………………………… 漢・班固　747
述蕭曹傳贊 …………………………… 漢・班固　747
述匈奴傳贊 …………………………… 漢・班固　747
述西域傳贊 …………………………… 漢・班固　748
明帝紀贊 ……………………………… 宋・范曄　748
鄧寇傳贊 ……………………………… 宋・范曄　748
崔駰傳贊 ……………………………… 宋・范曄　748
鄭孔荀彧傳贊 ………………………… 宋・范曄　748

傳上廣 ……………………………………………… 749
伯夷傳 ………………………………… 漢・司馬遷　749
莊子傳 ………………………………… 漢・司馬遷　750
孟子傳 ………………………………… 漢・司馬遷　750
屈原傳 ………………………………… 漢・司馬遷　751
循吏傳 ………………………………… 漢・司馬遷　753
司馬季主傳 …………………………… 漢・司馬遷　755

卷六十四 ……………………………………………… 758

傳二廣 ……………………………………………… 758
東方朔傳 ……………………………… 漢・班固　758
貨殖傳 ………………………………… 漢・班固　763
郭太傳 ………………………………… 宋・范曄　766
周黃徐姜申屠傳 ……………………… 宋・范曄　768
諸葛亮傳 ……………………………… 晉・陳壽　772
王粲傳 ………………………………… 晉・陳壽　775
王弼傳 ………………………………… 晉・何劭　777
大人先生傳 …………………………… 晉・阮籍　778
五柳先生傳 …………………………… 晉・陶潛　784
陶潛傳 ………………………………… 梁・沈約　784
妙德先生傳 …………………………… 宋・袁粲　785

卷六十五 ……………………………………………… 786

論一 …………………………………………………… 786

過秦論	漢·賈誼	786
過秦論	漢·賈誼	787
六家指要論	漢·司馬談	788
鹽鐵雜論	漢·桓寬	789
驃騎論功	漢·吾丘壽王	790
前史得失論	漢·班彪	791
潛夫論五篇	漢·王符	791
政論	漢·崔寔	796
崇厚論	漢·朱穆	797
絕交論	漢·朱穆	798

卷六十六 …… 800
　論二 …… 800

昌言論三篇	漢·仲長統	800
樂志論	漢·仲長統	805
正交論	漢·蔡邕	805
朗堂月令論	漢·蔡邕	806
崇讓論	晉·劉寔	809
辯和同論	漢·劉梁	811
仁孝論	漢·延篤	812
遊俠論	漢·荀悅	813
崇有論	晉·裴頠	813
仇國論	蜀·譙周	815
辯諱論	吳·張昭	816

卷六十七 …… 817
　論三 …… 817

中論五首	魏·徐幹	817
通易論	晉·阮籍	823
莊論	晉·阮籍	827
樂論	晉·阮籍	830
辯道論	魏·曹植	833
公謙論	晉·王坦之	834
辯謙論	晉·韓伯	835

安身論 …………………………… 晉·潘尼 835

卷六十八 ………………………………… 838
論四 ……………………………………… 838
　　釋時論 …………………………… 晉·王沈 838
　　文章流別論 ……………………… 晉·摯虞 839
　　徙戎論 …………………………… 晉·江統 840
　　聲無哀樂論 ……………………… 晉·嵇康 843
　　錢神論 …………………………… 晉·魯褒 850
　　達性論 …………………………… 宋·何承天 851
　　安邊論 …………………………… 宋·何承天 852
　　肉刑論 …………………………… 晉·袁宏 854
　　諸葛亮論 ………………………… 晉·袁準 855
　　神滅論 …………………………… 梁·范縝 856
　　王何論 …………………………… 晉·范甯 859
　　演慎論 …………………………… 晉·傅亮 860

卷六十九 ………………………………… 862
說廣 ………………………………… 862
　　籍田說 …………………………… 魏·曹植 862
　　髑髏說 …………………………… 魏·曹植 863
連珠 ………………………………… 864
　　連珠 ……………………………… 漢·楊雄 864
　　連珠三首 ………………………… 漢·班固 864
　　擬連珠 …………………………… 魏·潘勗 864
　　連珠三首 ………………………… 魏文帝 864
　　倣連珠四首 ……………………… 魏·王粲 865
　　連珠四首 ………………………… 宋·謝惠連 865
　　範連珠 …………………………… 宋·顏延年 866
　　範連珠 …………………………… 宋·王仲寶 866
　　連珠二首 ………………………… 梁·沈約 866
箴上 ………………………………… 866
　　周虞人箴 ………………………………… 866
　　百官箴二十八首 ………………… 漢·楊雄 866

卷七十 ……………………………………………………… 875

箴下 …………………………………………………… 875

太尉諸箴四首 ………………………………… 漢・崔駰 875
河南尹箴 ……………………………………… 漢・崔駰 875
司徒箴 ………………………………………… 漢・崔駰 875
大理箴 ………………………………………… 漢・崔駰 876
東觀諸箴三首 ………………………………… 漢・崔瑗 876
尚書箴 ………………………………………… 漢・崔瑗 876
司隸校尉箴 …………………………………… 漢・崔瑗 877
外戚箴 ………………………………………… 漢・崔琦 877
侍中箴 ………………………………………… 漢・胡廣 877
贈第五永箴 …………………………………… 漢・高彪 878
諫大夫箴 ……………………………………… 漢・崔寔 878
太師箴 ………………………………………… 晉・嵇康 878
乘輿箴 ………………………………………… 晉・潘尼 879
尚書箴 ………………………………………… 晉・傅玄 881
學箴 …………………………………………… 晉・李充 881
尚書箴 ………………………………………… 晉・張華 882

卷七十一 …………………………………………………… 884

銘上 …………………………………………………… 884

沛泗水亭銘 …………………………………… 漢・班固 884
十八侯銘 ……………………………………… 漢・班固 884
西嶽華山堂闕銘 ……………………………… 漢・張昶 886
孟津銘 ………………………………………… 漢・李尤 887
洛銘 …………………………………………… 漢・李尤 887
函谷關銘 ……………………………………… 漢・李尤 887
太平山銘 ……………………………………… 晉・孫綽 888
凌煙樓銘 ……………………………………… 宋・鮑照 888
桐栢山金庭館碑銘 …………………………… 梁・沈約 888

卷七十二 …………………………………………………… 890

銘下 …………………………………………………… 890

器物銘十八首 ………………………………………… 周武王 890

金人銘	無名氏	891
鼎銘	宋·正考父	892
鼎銘	衛·孔悝	892
杖銘	漢·劉向	892
仲山甫鼎銘	漢·崔駰	892
車左銘	漢·傅毅	892
車右銘	漢·傅毅	892
漏刻銘	漢·李尤	893
座右銘	漢·嚴遵	893
五熟釜銘	魏文帝	893
承露盤銘	魏·曹植	893
無射鐘銘	魏·王粲	894
反金人銘	晉·孫楚	894

卷七十三 ………… 895
　誄 ………… 895

孔子誄	魯哀公	895
元后誄	漢·楊雄	895
朙帝誄	漢·傅毅	896
北海王誄	漢·傅毅	897
和帝誄	漢·蘇順	897
曹蒼舒誄	魏文帝	898
魏文帝誄	魏·曹植	898
任誠王誄	魏·曹植	900
吳丞相陸公誄	晉·陸雲	901
故散騎常侍陸府君誄	晉·陸雲	903

卷七十四 ………… 906
　哀 ………… 906

文朙王皇后哀策文	晉武帝	906
武元楊皇后哀策文	晉·左貴嬪	906
晉武帝哀策文	晉·張華	907
晉元帝哀策文	晉·郭璞	907

　哀辭廣 ………… 908

金瓠哀辭	魏·曹植	908
仲雍哀辭	魏·曹植	908
陽城劉氏妹哀辭	晉·潘岳	909
悲邢生辭	晉·潘岳	909

碑文一 …… 909
 漢魯相置孔子廟卒史碑文 …… 909
 漢魯相晨孔子廟碑文 …… 910
 魯相顔午乞復顔氏幵官氏縣發碑文 …… 911
 漢西嶽華山廟碑文 …… 912

卷七十五 …… 914

碑文二 …… 914

桐柏廟碑文	漢·王延壽	914
西岳華山亭碑文	漢·衛顗	915
光武濟陽宫碑	漢·蔡邕	915
汝南周巨勝碑文	漢·蔡邕	916
京兆尹樊陵碑文	漢·蔡邕	917
九疑山碑文	漢·蔡邕	917

 漢酸棗令劉熊碑文 …… 917
 漢堂邑令費鳳誄碑文 …… 918

卷七十六 …… 920

碑文三 …… 920

| 張平子碑文 | 漢·崔瑗 | 920 |

 楚相孫叔敖碑文 …… 921
 漢北海相景君碑文 …… 922
 漢泰山都尉孔宙碑 …… 922

| 漢中侍樊君碑文 | 漢·司馬遷 | 923 |

 漢桂陽太守周府君碑 …… 924
 淳于長夏承碑 …… 925
 漢玄儒先生婁壽碑 …… 925

卷七十七 …… 926

碑文四 …… 926

童子逢盛碑…………………………………………… 926
　　巴郡太守樊敏碑……………………………………… 926
　　金鄉長侯成碑………………………………………… 927
　　漢故金城守殷君碑……………………漢·衛顗 928
　　漢蕩陰令張君碑……………………………………… 928
　　漢郎中鄭固碑………………………………………… 929
　　陳君碑文………………………………漢·邯鄲淳 930
　　漢廬江太守范府君碑………………………………… 931
　　魏大饗碑……………………………………………… 932
　　制命孔羨爲宗聖侯奉家祀碑文………魏·曹植 932
　　曹娥碑文………………………………漢·邯鄲淳 934
　　魏散騎常侍步兵校尉東平太守碑……晉·嵇康 935
　　車騎將軍賀婁公碑文…………………周·庾信 936
　墓誌……………………………………………………… 937
　　徵君何先生墓誌………………………梁簡文帝 937
　　司徒章昭達墓誌………………………梁·徐陵 938
　行狀……………………………………………………… 939
　　齊司空曲江公行狀……………………齊·任昉 939
　　齊司空柳世隆行狀……………………梁·沈約 939

卷七十八………………………………………………… 940
　吊文……………………………………………………… 940
　　吊夷齊文………………………………魏·王粲 940
　　吊孟嘗君文……………………………晉·潘岳 940
　　吊賈誼文………………………………晉·庾闡 940
　　吊莊周文………………………………晉·嵇含 941
　祭文……………………………………………………… 941
　　祭橋公文………………………………魏武帝 941
　　祭墓文…………………………………晉·王羲之 942
　　祭程氏妹文……………………………晉·陶潛 942
　　祭從弟敬遠文…………………………晉·陶潛 943
　　自祭文…………………………………晉·陶潛 943
　　祭周居士文……………………………宋·謝惠連 944
　　祭禹廟文………………………………宋·謝惠連 944

祭虞舜文··················宋·顏延之 944
　　祖祭弟文··················宋·顏延之 944
　　祭雜墳文··················齊·任孝恭 945
　祝文廣······················· 945
　　祭告天地群神文················漢光武 945
　　祭告天地神祇文················漢昭烈 945

卷七十九························ 947
　雜文上廣······················ 947
　　王會······················汲冢周書 947
　　周祝······················汲冢周書 948
　　石鼓文···················周宣王 950
　　春秋傳八首··················左丘明 951
　　國語六首··················左丘明 965

卷八十························· 968
　雜文二······················· 968
　　弟子職··················齊·管仲 968
　　撰吏三篇··················周·鬻熊 969
　　湯政····················周·鬻熊 970
　　政道····················周·亢倉楚 970
　　君道····················周·亢倉楚 972
　　賢道····················周·亢倉楚 973
　　農道····················周·亢倉楚 975
　　一宇二章··················周·尹喜 976
　　二柱一章··················周·尹喜 976
　　三極一章··················周·尹喜 977
　　天瑞····················周·列禦寇 977
　　雜篇天下··················周·莊周 978
　　詛楚文···················秦惠王 979
　　儒效篇···················趙·荀況 979
　　非相篇···················趙·荀況 980
　　說難·····················韓·韓非 981
　　登鄒嶧山刻石文···············秦始皇 983

登泰山刻石文	秦始皇 983
登琅邪臺刻石文	秦始皇 983
登之罘山刻石文	秦始皇 984
刻碣石門文	秦始皇 984
登會稽山刻石文	秦始皇 985
遇合	秦·呂不韋 985
察微	秦·呂不韋 986
觀表	秦·呂不韋 988
辨土	秦·呂不韋 988

卷八十一 …… 990
雜文三 …… 990

精神訓	漢·劉安 990
氾論訓	漢·劉安 995
泰族訓	漢·劉安 1001
禮書	漢·司馬遷 1009
孟子題辭	漢·趙岐 1012
太玄衝	漢·楊雄 1013
太玄攡	漢·楊雄 1014
太玄數	漢·楊雄 1016
僮約	漢·王褒 1017
律歷志	漢·班固 1018
五行	漢·班固 1027
奕旨	漢·班固 1030

卷八十二 …… 1032
雜文四廣 …… 1032

篆勢	漢·蔡邕 1032
草書勢	漢·崔瑗 1032
責髯奴文	漢·黃香 1033
申鑒	漢·荀悅 1033
釋愁文	魏·曹植 1035
立碣表閭文	晉·李興 1036
頭責子羽文	晉·張敏 1036

昆弟誥 …………………………… 晉・夏侯湛 1037
訓諸生誥 …………………………… 晉・虞溥 1039
字勢 ………………………………… 晉・衛恒 1040
隸勢 ………………………………… 晉・衛恒 1040
詩品三篇 …………………………… 齊・鐘嶸 1040

附錄一　《廣文選》兩個版本篇章出入情況說明 ………… 1044
　　一　八十二卷本有、六十卷本無 ………………… 1044
　　二　六十卷本有、八十二卷本無 ………………… 1051

附錄二　參校書目 ……………………………………… 1052

下　卷

卷四十五

議一廣

擊匈奴議
韓安國、王恢

大行王恢，燕人也，數爲邊吏，習知胡事。議曰："漢與匈奴和親，率不過數歲即背約。不如勿許，興兵擊之。"安國曰："千里而戰，即兵不獲利。今匈奴負戎馬之足，懷鳥獸之心，遷徙鳥集，難得而制。得其地不足爲廣，有其衆不足爲彊，自上古弗屬。漢數千里爭利，則人馬罷，虜以全制其敝。埶必危殆，臣故以爲不如和親。"羣臣議者多附安國，於是上許和親。

朙年，鴈門馬邑豪聶翁壹因大行王恢言："匈奴初和親，親信邊，可誘以利致之。伏兵襲擊，必破之道也。"上乃召問公卿，曰："朕飾子女以配單于，幣帛文錦，賂之甚厚。單于待命加嫚，侵盜無已，邊竟數驚，朕甚閔之。今欲舉兵攻之，何如？"大行恢對曰："陛下雖未言，臣固願效之。臣聞全代之時，北有彊胡之敵，內連中國之兵，然尚得養老、長幼，種樹以時，倉廩常實，匈奴不輕侵也。今以陛下之威，海內之一，天下同任，又遣子弟乘邊守塞，轉粟輓輸，以爲之備，然匈奴侵盜不已者，無他，以不恐之故耳。臣竊以爲擊之便。"

御史大夫安國曰："不然。臣聞高皇帝嘗圍於平城，匈奴至者投鞍，高如城者數所。平城之饑，七日不食，天下歌之，及解圍反位而無忿怒之心。夫聖人以天下爲度者也，不以己私怒傷天下之公[一]，故[二]遣劉敬奉金千斤以結和親，至今爲五世利。孝文皇帝又嘗一擁天下之精兵聚之廣武常谿，然終無尺寸之功，而天下黔首無不憂者。孝文寤於兵之不可宿，故復合和親之約。此二聖之迹，足以爲效矣，臣竊以爲勿擊便。"

恢曰："不然。臣聞五帝不相襲禮，三王不相復樂，非故相反也，各因時宜也。且高帝身被堅執銳，蒙霧露，沐霜雪，行幾十年，所以不報平城之怨者，非力不能，所以休天下之心也。今境竟[三]數驚，士卒傷死，中國槥車相望，此仁人之所隱也。臣故曰擊之便。"

安國曰："不然。臣聞利不十者不易業，功不百者不變常，是以古之人君謀事必就祖，發政占古語，重作事也。且自三代之盛，夷狄不與正朔服色，非威不能制，彊弗能服也，以為遠方絕地不牧之民，不足煩中國也。且匈奴，輕疾悍亟之兵也，至如猋風，去如收電，畜牧為業，弧弓射獵，逐獸隨草，居處無常，難得而制。今使邊郡久廢耕織，以支胡之常事，其執不相權也。臣故曰勿擊便。"

恢曰："不然。臣聞鳳鳥乘於風，聖人因於時。昔秦繆公都雍，地方三百里，知時宜之變，攻取西戎，辟地千里，并國十四，隴西、北地是也。及後蒙恬為秦侵胡，辟數千里，以河爲境，累石為城，樹榆為塞，匈奴不敢飲馬於河，置烽火墜然後敢牧馬。夫匈奴獨可以威服，不可以仁畜也。今以中國之盛，萬倍之資，遣百分之一以攻匈奴，譬猶以彊弩射且潰之癰也，必不留行矣。若是，則北發月氏可得而臣也。臣故曰擊之便。"

安國曰："不然。臣聞用兵者以飽待饑，正治以待其亂，定舍以待其勞。故接兵覆衆，伐國墮城，常坐而役敵國，此聖人之兵也。且臣聞之，衝風之衰，不能起毛羽；彊弩之末，力不能入魯縞。夫盛之有衰，猶朝之必莫也。今將卷甲輕舉，深入長驅，難以為功。從行則迫脅，衡行則中絕，疾則糧乏，徐則後利，不至千里，人馬乏食。兵法曰'遺人獲也'，意者有它繆巧可以禽之，則臣不知也。不然，則未見深入之利也。臣故曰勿擊便。"

恢曰："不然。夫草木遭霜者，不可以風過；清水明鏡，不可以形逃；通方之士，不可以文亂。今臣言擊之者，固非發而深入也，將順因單于之欲，誘而致之邊，吾選梟騎壯士陰伏而處以為之備，審遮險阻以為其戒。吾執已定，或營其左，或營其右，或當其前，或絕其後，單于可禽，百全必取。"

上曰："善"。廼從恢議。

【校記】

[一]公，陳本、《漢書》作功。

[二]陳本此有"乃"字，《漢書》無。

[三]境竟，陳本、《漢書》作邊境。

罷鹽鐵議
桓寬

詔有司問郡國所舉賢良、文學民所疾苦，文學對曰："竊聞治人之道，防淫佚之原，廣道德之端，抑末利而開仁義，毋示以利，然後教化可興，而風俗可移也。今郡國有鹽、鐵、酒榷，均輸，與民爭利。散敦厚之樸，成貪鄙之化。是以百姓就本者寡，趨末者眾，願悉罷之。御史大夫桑弘羊難，以為"此國家大業，所以制四夷，安邊足用之本，罷之不便"。文學曰："有國有家者，不患寡而患不均，不患貧而患不安。故天子不言多少，諸侯不言利害，大夫不言得喪。畜仁義以風之，廣德行以懷之。是以近者親附而遠者悅服。仁政無敵於天下，惡用費哉？"

大夫曰："古之立國者，開本末之途，通有無之用。《易》曰：'通其變，使民不倦。'國有沃野之饒而民不足於食者，器械不備也；有山海之貨而民不足於財者，商工不備也。養生送終之具，待商而通，待工而成。故聖人作為舟楫之用，以通川谷，服牛駕馬，以達陵陸；致遠窮深，所以交庶物而便百姓。是以先帝建鐵官以贍農用，開均輸以足民財；鹽、鐵、均輸，萬民所戴仰而取給者也。"

文學曰："國有沃野之饒而民不足於食者，工商盛而本業荒也；有山海之貨而民不足於財者，不務民用而淫巧眾也。高帝禁商不得仕宦，所以遏貪鄙之俗也。排困市井，防塞利門，而民猶為非也，況上之為利乎？《傳》曰：'諸侯好利則大夫鄙，大夫鄙則士貪，士貪則庶人[一]盜。'是開利孔為民罪梯也。"

大夫曰："均輸則民齊勞逸，平準則民不失職。均輸、平準，所以平萬物而便百姓，非開利孔為民罪梯者也。"文學曰："古者之賦稅於民也，因其所工，不求所拙。農人納其獲，女工効其功。今釋其所有，責其所無。百姓賤賣貨物，以便上求。間者，郡國或令民作布絮，吏恣留難，農民重苦，女工再稅，未見輸之均也。縣官擅市，則萬物並收，諸物騰躍，而商賈倖利。自市，則吏容姦豪，而富商積貨儲物以待其急，輕賈姦利收賤以取貴，未見準之平也。蓋古之均輸，所以齊勞逸而便貢輸，非以為利而賈萬物也。"

大夫曰："家人有寶器，尚匣而藏之，況人主之山海乎？夫權利之處，必在深山窮澤之中，非豪民不能通其利。異時，鹽鐵未籠，布衣有朐邴，人君有吳王，專山澤之饒，薄賦贍窮，以成私威，私威積而逆節之心作。今縱民於權利，罷鹽鐵以資彊暴，遂其貪心，眾邪羣聚，私門成黨，則彊禦日以不制，而兼并之徒姦形成矣。"

文學曰："民人藏於家，諸侯藏於國，天子藏於海內。故民人以垣墻為藏閉，天子以四海為匣匱。天子適諸侯，升自阼階；諸侯納管鍵，執策而聽命，示莫爲王也。是以王者不畜聚，下藏於民，遠浮利，務民之義；義禮立，則民化上。若是，雖湯、武生於世，無所容其利[二]。工商之事，歐冶之任，何姦之能成？三桓專魯，六卿分晉，不以鹽鐵。故權利深者，不在山海，在朝廷；一家害百家，在蕭墻，而不在胸郉也。"

大夫曰："故扇水都尉彭祖寧言'鹽、鐵品令甚明。卒徒衣食縣官，作鑄鐵器，給用甚衆，無妨於民。今總一鹽、鐵，非獨爲利入也，將以建本抑末，離朋黨，禁淫侈，絕並兼之路也。古者，名山大澤不以封，爲下之專利也。鐵器兵刃，天下大用也，非衆庶所宜事也。豪民欲擅山海以致富業，故沮事者衆。"

文學曰："扇水都尉所言，一切之術，非君國子民之道也。陛下繼孝武皇帝之後，公卿宜思所以安集百姓，致利除害，輔翀主以仁義。即位六年，公卿無請減除不急之官，省罷機利之人。人權縣太久，民良望於上[三]。陛下令郡國賢良、文學議三王之道，六藝之風，陳安危利害之分，指意粲然。今公卿辯議，未有所定，所謂抱小利而忘大利者也。"

大夫曰："昔商君相秦也，設百倍之利，收山澤之稅，國富民彊，蓄積有餘。是以征敵伐國，攘地斥境，不賦百姓而師以贍。故用不竭而民不知，地盡西河而民不苦。今鹽、鐵之利，所以佐百姓之急，足軍旅之費，務蓄積以備乏絕，有益於國，無害於人。"

文學曰："昔文帝之時，無鹽、鐵之利而民富；當今有之而百姓困乏，未見利之所利，而見其害也。且利非從天來，不由地出，一取之民間，謂之百倍，此計之失也。夫李梅多實者，來年為之衰；新穀熟者，舊穀爲之虧。自天地不能兩盈，而況於人事乎？故利於此者必耗於彼。商鞅峭法長利，秦人不聊生，相與哭孝公，其後秦日以危。利蓄而怨積，地廣而禍構，惡在利用不竭乎？"

大夫曰："諸侯以國為家，其憂在內；天子以八極為境，其慮在外。故宇小者用菲，功巨者用大。是以縣官開園池，總山海，致利以助貢賦，脩溝渠，立諸農，廣田牧，盛苑囿。太僕、水衡、少府、太農，咸課諸入田牧之利，池籞之假，及北邊置田官，以贍諸用，而猶未足。今欲罷之，上下俱殫，困乏之應也，雖節用，如之何其可？"

文學曰："古者，制地足以養民，民足以承其上。千乘之國，百里之地，公侯伯子男，各克其求贍。非宇小而用菲者，欲多而下不堪其求也。《語》曰：'厨有腐肉，國有饑民，廐有肥馬，路有餒人。'今狗馬之養，蟲獸之食，豈特腐肉秣馬之費哉！無用之官，不急之作，無功而衣食，縣官者衆，是以上不足而下困乏也。今不減其本而與百姓爭薦草，與商賈爭市利，非所以明主德而相國家也。夫男耕女績，天下之大業也，故古者分地而處之，是以業無不食之地，國無乏作之民。今縣官之多張苑囿、公田、池澤，公家有鄣假之名，而利歸權家。三輔迫近山、河，地狹人衆，四方並臻，粟米不能相贍。公田轉假，桑榆菜果不殖，地力不盡。愚以為非。先帝所開苑囿、池籞，可賦歸之於民，縣官租稅而已。如是，匹夫之力盡於南畮，匹婦之力盡於麻枲。田野闢，麻枲治，則上下俱衍，何困乏之有？"

大夫默然，視丞相、御史。文學曰："今天下合爲一家，利末惡欲行？淫巧惡欲施？大夫君以心計策國用，構諸侯，參以酒榷，咸陽、孔僅增以鹽、鐵，江充、耕谷之等各以鋒銳，言利末之事折[四]秋毫，可爲無[五]矣。然國家衰耗，城郭空虛。故非特崇仁義無以化民，非力本農無以富邦也。"

御史曰："古者，制田百步為畮，什而籍一。先帝憐百姓衣食不足，制田二百四十步而一畮，率三十而稅一。墮民不務田作，饑寒及己，固其理也。鹽、鐵又何過乎？"文學曰："什一而籍，民之力也。豐耗美惡，與民共之。故曰：'什一，天下之中正也。'今田雖三十，而頃畮出稅，樂歲粒米狼戾而寡取之，凶年饑饉而必求足。加之以口賦更繇之役，率一人之作，中分其功。農夫悉其所得，或假貸而益之。是以百姓力耕疾作，而饑寒遂及己也。"

御史曰："古者，十五入大學，與小役；二十而冠，與戎事；五十以上，血脈溢剛，曰艾壯。《詩》曰：'方叔元老，克壯其猶。'今陛下寬力役之征，二十三始賦，五十六而免，所以輔耆壯而息老艾也。丁者治其田里，老者修其塘園，則無饑寒之患。不治其家而訟縣官，亦悖矣。"

文學曰："十九年已下為殤，未成人也；二十而冠；三十而娶，可以從戎事；五十已上曰艾老，杖於家，不從力役，所以扶不足而息高年也。鄉飲酒，耆老異饌，所以優耆耄而明養老也。今五十以上至六十，與子孫服輓輸，並給繇役，非養老之意。古有大喪者，君三年不呼其門，通其孝道，遂其哀戚之心也。今或僵尸，衰絰而從戎事，非所以子百姓，順孝悌之心也。陛下富於春秋，委任大臣，公卿輔政，政教未均，故庶人議也。"御史默然不答。

大夫曰："朙主憂勞萬人，思念北邊，故舉賢良、文學高第，將欲觀殊議異策以聽，庶幾云諸生無能出奇計，徒守空言，不知取舍之宜，時世之變，此豈朙主所欲聞哉？"文學曰："諸生對策，殊路同歸，指在崇禮義，退財利，復往古之道，匡當世之失。宜可行者，爲執事闇於朙禮，而喻於利末,沮事墮議,以故至今未決也。"

大夫視文學,悒悒而不言。丞相御史曰:"夫辯國家之政事,論執政之得失,何不徐徐道理相喻,何至切切如此乎!"賢良、文學皆離席曰:"鄙人固陋,狂言以逆執事。夫藥酒苦於口而利於病,忠言逆於耳而利於行。諸生之諤諤,乃公卿之良藥鍼石。"

大夫色少寬,賢良曰:"今以近世觀之,世殊而事異。文、景之際,建元之始,民樸而歸本,吏廉而自重,殷殷屯屯,人衍而家富。今政非改而教非易也,何世之彌薄而俗之滋衰也!竊聞閭里長老之言:往者,常民衣服溫煖而不靡,器質樸牢而致用,馬足以易步,車足以自載,酒足以合歡而不湛,樂足以理心而不淫。入無宴樂之聞,出無佚游之觀;行即負贏,止則鉏耘;用約而財饒,本修而民富;送死哀而不華,養生適而不奢;大臣正而無欲,執政寬而不苛。故黎民寧其性,百吏保其官。建元始,崇文修德。其後邪臣各以伎藝,虧亂至治,外障山海,內興諸利,揚可告緡,江充禁服,張大夫革令,杜周治獄,夏蘭之屬妄搏,王溫舒之徒妄殺,殘吏萌起,擾亂良民。當此之時,百姓不保其首領,富豪莫必其族姓。聖主覺焉,乃誅滅殘賊,以塞天下之責,居民肆然復安。然其禍累世不復,瘡痍至今未息。故百官尚有殘賊之政,而強宰尚有強奪之心。大臣擅權而斷擊,豪猾多黨而侵凌,富貴奢侈,貧賤篡弒,女工難成而易敝,車器難就而易敗。常民文杯畫案,婢妾衣紈履絲,匹庶粺飯肉食。無而為有,貧而強夸,生不養,死厚葬。碑家遣女,繒紈滿車,富者欲過,貧者欲及。是以民年急歲促,寡恥而少廉,刑非誅惡而姦猶不止也。"

大夫曰:"吾以賢良為少愈,乃反若胡車之相隨乎?"賢良曰:"宮室輿馬,衣服器械,喪祭食飲,聲色玩好,人情之所不能已也。故聖人為之制度以防之。間者,士大夫務於權利,怠於禮義;故百姓傚效,頗踰制度。

"古者,衣服不中制,器械不中用,不粥於市。今民間雕琢不中之物,刻畫無用之器。古者,庶人之乘馬者,足以代其勞而已。今富者連車列騎,驂貳輜軿,夫一馬伏櫪,當中家六口之食,亡丁男一人之事。古者,庶人耋老而後衣絲,其餘則麻枲而已;今富者縟繡羅紈,中者素綈綿繡。常民而被后妃之服,褻人而居婚姻之飾。古者,庶人糲食藜藿,非鄉飲酒腊臘祭祀無酒肉。今閭巷無故烹殺,相聚野外,負粟而往,挈肉而歸。夫一豕之肉,得中年之收,十五斗粟,當丁男半月之食。古者,庶人春秋脩其祖祠,以時有事于五祀,蓋無出門之祭。今富者祈名嶽,望山川,椎牛擊鼓,戲倡儛像。古者,德行求福,故祭祀而寬;仁義求吉,故卜筮而希。今世俗汙於行而求於鬼,怠於禮而篤於祭。古者,土鼓蕢桴,擊木拊石,以盡其歡。及後，卿大夫有管磬，士有琴瑟。今富者鐘皷五樂，歌兒數曹；中者鳴竽調瑟，[六]鄭舞趙謳。古者，瓦棺容尸，木板堲周；其後桐棺不衣，采椁不斲。今富者繡牆題湊，中者梓棺楩椁。[七]古者，明器有形無實，示民不用也。後有醴酰之藏，桐馬偶人，其物不備。今厚資多藏，用如生人。古者，不封不樹，反虞祭於寢，無廟堂之位；其後則封之，庶人之墳半仞，其高可隱。今富者積土成山，列樹成林，臺榭連閣，集觀增樓。古者，鄰有喪，舂不相杵，巷不歌謠。孔子食於有喪者之側，未嘗飽也。今俗因人之喪以求酒肉，幸與小坐則責辦，歌舞俳優，連笑伎戲。

"古者，嫁娶之服，未之以或作有[陳]記。虞、夏之後，表布內絲，骨笄象珥，封君夫人加錦尚褧而已。今富者皮衣朱貉，繁路環佩。古者，事生盡愛，送死盡哀。今生不能致其愛敬，死以奢侈相高；雖無哀戚之心，而厚葬重幣者，則以爲孝。黎民慕效，至於發屋賣業。古者，夫婦之好，一男一女，而成家室之道。及後，士一妾，大夫二，諸侯侄娣[八]而已。今諸侯百數，卿大夫十數，中者侍御，富者盈室。是以女或怨曠失時，男或放死無匹。古者，不以兵力狗於禽獸，不財民財以養狗馬，是以財衍而力有餘。今猛獸奇蟲不可以耕耘，而令當耕耘者養食之。百姓或短褐不完，而犬馬衣文繡，黎民或糠糟不接，而禽獸食肉。夫宮室奢侈，林木之蠹也；器械雕琢，財用之蠹也；衣服靡麗，布帛之蠹也；狗馬食人食，五穀之蠹也；口腹從恣，魚肉之蠹也；用費不節，府庫之蠹也；漏積不禁，田野之蠹也；喪祭無度，傷生之蠹也。目脩於五色，耳營於五音，體極輕薄，口窮甘脆，功積於無用，財盡於不急。故國病聚不足則身危。"

丞相曰："治聚不足，奈何？"賢良曰："昔晏子相齊，民奢，示之以儉；民儉，示之以禮。今公卿大夫誠能節車輿，適衣服，躬親節儉，率以敦朴，罷園池，損田宅，內無事乎市列，外無事乎山澤，農夫有所施其功，女工有所粥其業；如是，則氣脈和平，無聚不足之患矣。"

大夫曰："昔公孫布被，兒寬練袍，衣若僕妾，食若庸夫。淮南逆於內，蠻夷暴於外，盜賊不爲禁，奢侈不為節。何聚不足之能治乎？"賢良曰："文、景之際，建元之始，大臣尚有爭引守正之義。自此以後，多承意從欲，少敢直言面議而正刺，因公而狗私。故武安丞相訟園田，爭曲直於人主之前。夫九層之臺一傾，公輸子不能正；本朝一邪，伊、望不能復。故公孫丞相、兒大夫側身行道，分祿以養賢，卑己以下士，無行人子產之縊。而葛繹、彭侯，隳壞其緒，毀其客舘議堂，以為馬廐婦舍。無養士之禮，而尚驕矜之色，廉恥陵遲而爭於利矣！"

大夫勃然作色，默而不應。丞相曰："以賢良、文學之議，則有司蒙素飡之耻,使賢良而親民偉仕,亦未見其能醫百姓之疾也。"賢良曰:"談何容易,而況行之乎?今欲下箴石,通關鬲,則恐有盛、胡之累,懷鐵櫜艾,則被不工之名。'狼跋其胡,載疐[九]其尾。'君子之路,行止之道固狹耳。"

大夫曰:"今守、相,古之方伯,專制千里,善惡在己,己不能耳,道何狹之有哉?"賢良曰:"今吏道壅而不選,富者以財賈官,勇者以死射功。戲車鼎躍,咸出補吏,累功積日,或至卿相。擅生殺之柄,專萬民之命。是以往者,郡國黎民相乘而不能理,或至鋸頸殺不辜而不能正。執紀綱非其道故也。古者,封賢祿能,不過百里;之中而爲都,疆垂不過五十,猶以爲一人之身,䀹不能照,聰不得逹,故立卿、大夫以佐之,而政治乃備。今守、相無古諸侯之賢,而涖千里之政,主一郡之衆,一人之身,治亂在己,千里與之轉化,不可不熟擇也。故人主有私人之財,不私人以官。"

大夫曰:"吏多不良矣,又侵漁百姓。長吏厲諸小吏,小吏厲諸百姓。"賢良曰:"今小吏祿薄,郡國繇役,遠至三輔。常居則匱於衣食,有故則賣畜鬻產。不徒是也,府求之縣,縣求之鄉,鄉安取之哉?夫欲影正者端其表,欲下廉者先其身。故貪鄙在率不在下,教訓在政不在民。"

大夫曰:"君子內潔己而不能教於彼。故周公不能正管、蔡之邪,子產不能正鄧析之僞。夫內不從父兄之教[十],今一二責之有司,有司豈能縛其手足而使之無為非哉?"賢良曰:"《春秋》刺譏不及庶人,責其率也。古者大夫將臨刑,聲色不御,耻不能以化而傷其不全也。政教闇而不著,百姓闕而不扶,若此則何以為民父母哉?"

大夫曰:"人君不畜惡民,農夫不畜惡草。鉏惡草而衆苗成,刑惡民而萬夫悅。故刑所以正民,鉏所以別苗也。"賢良曰:"刑之於治,猶策之於御也。良工不能無策,御者有策而勿用。今廢其紀綱而不能張,壞其禮義而不能防。民陷於罔,從而獵之以刑,是猶開其闌牢,發以毒矢也。曾子曰:'上失其道,民散久矣。如得其情,則哀矜而勿喜。'夫不傷民之不治,而伐己之能得姦,猶弋者覩鳥獸挂罻羅而喜也。《管子》曰:'倉廩實而知禮節,百姓足而知榮辱。'方今之務,在罷鹽、鐵,退權利,分土地,趣本業,養桑麻,盡地方,則民自富。民無饑寒之憂,則教可成也。《語》曰:'旣富矣,又何加焉?曰,教之。'夫如是,則民徙義而從善,入孝而出悌,何暴慢之有?"

大夫曰:"縣官鑄農噐,使民務本,不營於末,則無饑寒之累。鹽、鐵何害而罷?" 賢良曰:"農,天下之大業[十一]也,鐵噐,民之大用也。噐用便利,則用力少而得作多;功用不具,則田疇荒而穀不殖。往時鹽與五穀同價,噐[十二]利而中用。今縣官鼓鑄鐵器,大抵多苦惡,不給民用。

鹽、鐵價貴，百姓皆不便，貧民或木耕手耨，土櫌淡食。鐵官賣器不售或頗賦與民。卒徒作不中程，時命助之，徵發無限，百姓苦之。今能務本去末，湛民以禮，示民以樸，則百姓反本而不營末矣。"

丞相曰："先王之道，軼久而難復，賢良、文學之言，深遠而難行，非當世之所能及也。"於是遂罷議。

【校記】

[一]人，陳本、《文選補遺》作民。王利器《鹽鐵論校注》作人。

[二]利，陳本、《文選補遺》、《鹽鐵論校注》作慮。

[三]"人權縣太久，民良望於上"，陳本無。《文選補遺》、《鹽鐵論校注》有。

[四]折，陳本、《文選補遺》、《鹽鐵論校注》作析。

[五]可爲無，陳本、《文選補遺》作無可爲。《鹽鐵論校注》作可爲無間。

[六]"今富者鐘皷五樂，歌兒數曹；中者鳴竽調瑟"，據陳本補。《文選補遺》、《鹽鐵論校注》有。

[七]"今富者繡嗇題湊，中者梓棺楩椁"，據陳本補。《文選補遺》、《鹽鐵論校注》有。

[八]陳本此有"九女"二字。《鹽鐵論校注》有。《文選補遺》無。

[九]寁，陳本、《鹽鐵論校注》作躍。《文選補遺》作寁。

[十]"夫內不從父兄之教"，陳本、《文選補遺》無。《鹽鐵論校注》有。

[十一]業，陳本作本。《文選補遺》、《鹽鐵論校注》作業。

[十二]陳本此有"和"字。《文選補遺》無。

入粟贖罪議
蕭望之

民函陰陽之氣，有仁義欲利之心，在教化之所助。雖堯在上，不能去民欲利之心，而能令其欲利不勝其好義也；雖桀在上，不能去民好義之心，而能令其好義不勝其欲利也。故堯、桀之分，在於義利而已，道民不可不慎也。今欲令民量粟以贖罪，如此則富者得生，貧者獨死，是貧富異刑而法不一也。人情貧窮，父兄囚執，聞出財得以生活。爲人子弟者將不顧死亡之患，敗亂之行，以赴財利，求救親戚。一人得生，十人以喪。如此，伯夷之行壞，公綽之名滅。政教一傾，雖有周、召之佐，恐不能復。古者藏於民，不足則取，有餘則與。《詩》曰"爰及矜人，哀此鰥寡"，上惠下也；又曰"雨我公田，遂及我私"，下急上也。今有西邊之役，民失作業，雖戶賦口斂以贍其困乏，古之通義，百姓莫以爲非。以死救生，恐未可也。陛下布德施教，教化旣成，堯、舜亡以加也。今議開利路以傷旣成之化，臣竊痛之。

罷邊備議
侯應

周、秦以來，匈奴暴桀，寇侵邊境；漢興，尤被其害。臣聞北邊塞至遼東，外有陰山，東西千餘里，草木茂盛，多禽獸，本冒頓單于依阻其中，治作弓矢，來出爲寇，是其苑囿也。至孝武世，出師征伐，斥奪此地，攘之於漠北，建塞徼，起亭隧，築外城，設屯戍以守之，然後邊境用得少安。漠北地平，少草木，多大沙，匈奴來寇，少所蔽隱；從塞以南，徑深山谷，往來差難。邊長老言匈奴失陰山之後，過之未嘗不哭也。如罷備塞吏卒，示夷狄之大利，不可一也。今聖德廣被，天覆匈奴，匈奴得蒙全活之恩，稽首來臣。夫夷狄之情，困則卑順，彊則驕逆，天性然也。前已[一]罷外城，省亭隧，今裁足以候望通烽火而已。古者安不忘危，不可復罷，二也。中國有禮義之教，刑罰之誅，愚民猶尚犯禁；又況單于，能必其衆不犯約哉？三也。自中國設置關梁以制諸侯，所以絕臣下之覬欲也。設塞徼，置屯戍，非獨爲匈奴而已，亦爲諸屬國降民，本故匈奴之人，恐其思舊逃亡，四也。近西羌保塞，與漢人交通，吏民貪利，侵盜其畜產、妻子，以此怨恨，起而背畔，世世不絕[二]。今罷乘塞，則生嫚易分爭之漸，五也。往者從軍多沒不還者，子孫貧困，一旦亡出，從其親戚，六也。又邊人奴婢愁苦，欲亡者多，曰："聞匈奴中樂，無奈候望急何！"然時有亡出塞者，七也。盜賊桀黠，羣輩犯法，如其窘急，亡走北出，則不可制，八也。起塞以來百有餘年，非皆以土垣也。或因山巖石，木柴僵落，谿谷水門，稍稍平之，卒徒築治，功費久遠，不可勝計。臣恐議者不深慮其終始，欲以一切省繇戍，十年之外，百歲之內，卒有他變，障塞破壞，亭隧滅絕，當更發屯繕治，累世之功不可卒復，九也。如罷戍卒，省候望，單于自以保塞守御，必深德漢，請求無已，小失其意，則不可測。開夷狄之隙，虧中國之固，十也。非所以永持至安，威制百蠻之長策也！

【校記】

[一]已，陳本、《漢書》作以。

[二]"世世不絕"，據陳本補。《漢書》有。

卷四十六

議二廣

受伊邪莫演降議
谷永

漢興，匈奴數爲邊害，故設金爵之賞以待降者。今單于詘體稱臣，列爲北藩，遣使朝賀，無有二心，漢家接之，宜異於往時。今旣享單于聘貢之質，而更受其逋逃之臣，是貪一夫之得而失一國之心，擁有罪之臣而絕慕義之君也。假令單于初立，欲委身中國，未知利害，私使伊邪莫演詐降以卜吉凶，受之虧德沮善，令單于自疏，不親邊吏；或者設爲反間，欲因而生隙，受之適合其策，使得歸曲而直責。此誠邊竟安危之原，師旅動靜之首，不可不詳也。不如勿受，以昭日月之信，抑詐諼之謀，懷附親之心，便。

毀廟議
劉歆

臣聞：周室旣衰，四夷並侵，玁狁最彊，於今匈奴是也。至宣王而伐之，詩人美而頌之曰"薄伐玁狁，至于太原"，又曰"嘽嘽焞焞，如霆如雷，顯允方叔，征伐玁狁，蠻荆來威"，故稱中興。及至幽王，犬戎來伐，殺幽王，取宗器。自是之後，南夷與北夷交侵，中國不絕如綫。《春秋》紀齊桓南伐楚，北伐山戎，孔子曰："微管仲，吾其被髮左衽矣。"是故弃桓之過而録其功，以爲伯首。及漢興，冒頓始彊，破東胡，禽月氏，并其土地，地廣兵彊，爲中國害。南越尉佗總百粵，自稱帝。故守[一]國雖平，猶有四夷之患，且無寧歲。一方有急，三面救之，是天下皆動而被其害也。

孝文皇帝厚以貨賂，與結和親，猶侵暴無已。甚者，興師十餘萬衆，近屯京師及四邊，歲發屯備虜，其爲患久矣，非一世之漸也。諸侯郡守連匈奴及百粵以爲逆者非一人也。匈奴所殺郡守都尉，略取人民，不可勝數。孝武皇帝愍中國罷勞無安寧之時，乃遣大將軍、驃騎、伏波、樓船之屬，屬南滅百粵，起七郡；北攘匈奴，降昆邪十萬之衆，置五屬國，起朔方，以奪其肥饒之地；東伐朝鮮，起玄菟、樂浪，以斷匈奴之左臂；西伐大宛，并三十六國，結烏孫，起敦煌、酒泉、張掖，以鬲婼羌，裂匈奴之右肩。單于孤特，遠遁于漠北。四陲無事，斥地遠境，起十餘郡。功業既定，乃封丞相爲富民侯，以大安天下，富實百姓，其規模可見。又招集天下賢俊，與協心同謀，興制度，改正朔，易服色，立天下之祠，建封禪，殊官號，存周後，定諸侯之制，永無逆爭之心，至今累世賴之。單于守藩，百蠻服從，萬世之基也，中興之功未有高焉者也。高帝建大業，爲太祖；孝文皇帝德至厚也，爲文太宗；孝武皇帝功至著也，爲武世宗；此孝宣皇帝所以發德音也。《禮記·王制》及《春秋穀梁傳》：天子七廟，諸侯五，大夫三，士二。天子七日而殯，七月而葬。此喪事尊卑之序也，與廟數相應。其文曰："天子三昭三穆，與太祖之廟而七；諸侯二昭二穆，與太祖之廟而五。"故德厚者流光，德薄者流卑。《春秋左氏傳》曰："名位不同，禮亦異數。"自上以下，降殺以兩，禮也。七者，其正法數，可常數者也。宗不在此數中。宗，變也，苟有功德則宗之，不可預爲設數。故於殷，太甲爲太宗，太戊曰中宗，武丁曰高宗。周公爲《毋逸》之戒，舉殷三宗以勸成王。繇是言之，宗無數也，然則所以勸帝者之功德博矣。以七廟言之，孝武皇帝未宜毀；以所宗言之，則不可謂無功德。《禮記》祀典曰："夫聖王之制祀也，功施於民則祀之，以勞定國則祀之，能救大災則祀之。"竊觀孝武皇帝，功德皆兼而有焉。凡在於異姓，猶將特祀之，況于先祖！或說天子五廟無見文，又說中宗、高宗者，宗其道而毀其廟。名與實異，非尊德貴功之意也。《詩》云："蔽芾甘棠，勿翦勿伐，邵伯所芨。"思其人猶愛其樹，況宗其道而毀其廟乎？迭毀之禮自有常法，無殊功異德，固以親疏相推及。至祖宗之序，多少之數，經傳無明文，至尊至重，難以疑文虛說定也。孝宣皇帝舉公孫之議，用衆儒之謀，既以爲世宗之廟，建之萬世，宣布天下。臣愚以爲孝武皇帝功烈如彼，孝宣皇帝崇立之如此，不宜毀。

【校記】

[一]守，陳本、《漢書》作中。

賦筭鑄錢及贖罪之弊議
貢禹

禹以爲古民無賦筭口錢，起武帝征伐四夷，重賦於民，民產子三歲則出口錢，故民重困，至於生子輒殺，甚可悲痛。宜令兒七歲去齒乃出口錢，年二十乃筭。

又言古者不以金錢爲弊[一]，專意於農，故一夫不耕，必有受其饑者。今漢家鑄錢，及諸鐵官皆置吏卒徒，攻山取銅鐵，一歲供十萬人已上，中農食七人，是七十萬人常受其饑也。鑿地數百丈，銷陰氣之精，地藏空虛，不能含氣出雲，斬伐林木亡有時禁，水旱之災未必不繇此也。自五銖錢起已來七十餘年，民坐盜鑄錢被刑者衆，富人積錢滿室，猶亡厭足。民心動搖，商賈求利，東西南北各用智巧，好衣美食，咸有十二之利，而不出租稅。農夫父子暴露中野，不避寒暑，捽山[二]杷土，手足胼胝，已奉穀租，又出稾稅，鄉部私求，不可勝共。故民棄本逐末，耕者不能半。貧民雖賜之田，猶賤賣以賈，窮則起爲盜賊。何者？末利深而惑於錢也。是以姦邪不可禁，其原皆起於錢也。疾其末者絕其本，宜罷採珠玉金銀鑄錢之官，亡復以爲幣。市井勿得販賣，除其租銖[三]之律，租稅祿賜皆以布帛及穀。使百姓壹歸於農，復古道便。

又言諸離宮及長樂宮衛可減其太半，以寬繇役。又諸官奴婢十萬餘人戲游無事，稅良民以給之，歲費五六鉅萬，宜免爲庶人，廩食，令代關東戍卒，乘北邊亭塞候望。

又欲令近臣自諸曹侍中以上，家亡得私販賣，與民爭利，犯者輒免官削爵，不得仕宦。禹又言：

孝文皇帝時，貴廉潔，賤貪汙，賈人贅壻及吏坐贓者皆禁錮不得爲吏，賞善罰惡，不阿親戚，罪白者伏其誅，疑者以與民，亡贖罪之法，故令行禁止，海內大化，天下斷獄四百，與刑錯無亡異。武帝始臨天下，尊賢用士，闢地廣境數千里，自見功大威行，遂從嗜欲，用度不足，乃行一切之變，使犯法者贖罪，入穀者補吏，是以天下奢侈，官亂民貧，盜賊並起，亡命者衆。郡國恐伏其誅，則擇便巧史書習於計簿能欺上府者，以爲右職；姦究不勝，則取勇猛能操切百姓者，以苛暴威服下者，使居大位。故亡義而有財者顯於世，欺謾而善書者尊於朝，悖逆而勇猛者貴於官。故俗皆曰："何以孝弟爲？財多而光榮。何以禮義爲？史書而仕宦。何以謹慎爲？勇猛而臨官。"故黥劓而髡鉗者，猶復攘臂爲政於世，行雖犬彘，家富勢足，目指氣使，是爲賢耳。故謂居官而置富者爲雄傑，處姦而得利者爲壯士；兄勸其弟，父勉其子，俗之壞敗，乃至於是！察其所以然者，皆以犯法得贖罪，求士不得眞賢，相守崇財利，誅不行之所致也。

今欲興至治，致太平，宜除贖罪之法。相守選舉不以實，及有臧者，輒行其誅，亡得免官，則爭盡力爲善，貴孝弟，賤賈人，進眞賢，舉實廉，而天下治矣。孔子，匹夫之人耳，以樂道正身不解之故，四海之內，天下之君，微孔子之言亡所折中。況乎以漢地之廣，陛下之德，處南面之尊，秉萬乘之權，因天地之助，其於變世易俗，調和陰陽，陶冶萬物，化正天下，易於決流抑隊[四]。自成康以來，幾且千歲，欲爲治者甚衆，然而太平不復興者，何也？以其舍法度而任私意，奢侈行而仁義廢也。

陛下誠深念高祖之苦，醇法太宗之治，正己以先下，選賢以自輔，開進忠正，致誅姦臣，遠放諂佞，放出園陵之女，罷倡樂，絕鄭聲，去甲乙之帳，退僞薄之物，修節儉之化，驅天下之民皆歸於農，如此不懈，則三王可侔，五帝可及。唯陛下留意省察，天下幸甚。

【校記】

[一]弊，陳本、《漢書》作幣。

[二]山，陳本、《漢書》作中。

[三]誅，陳本、《漢書》作銖。

[四]隊，陳本作墜。《漢書》作隊。

爲共皇立廟議

師丹

聖王制禮取法於天地，故尊卑之禮明則人倫之序正，人倫之序正則乾坤得其位而陰陽順其節，人主與萬民俱蒙祐福。尊卑者，所以正天地之位，不可亂也。今定陶共皇太后，其皇后以定陶共爲號者，母從子、妻從夫之義也。欲立官置吏，車服與太皇太后並，非所以明尊卑、亡二上之義也。定陶共皇號諡已前定，義不得復改。《禮》：“父爲士，子爲天子，祭以天子，其尸服以士服。”子亡爵父之義，尊父母也。爲人後者爲之子，故爲所後服斬衰三年，而降其父母朞，明尊本祖而重正統也。孝成皇帝聖恩深遠，故爲共王立後，奉承祭祀。今共皇長爲一國太祖，萬世不毀，恩義已備。陛下既繼體先帝，持重大宗，承宗廟天地社稷之祀，義不得復奉定陶共皇祭入其廟。今欲立廟於京師，而使臣下祭之，是無主也。又親盡當毀，空去一國泰祖不墮之祀，而就無主當毀不正之禮，非所以尊厚共皇也。

斷獄議
魯恭

夫陰陽之氣，相扶而行，發動用事，各有時節。若不當其時，則物隨而傷。王者雖質文不同，而茲道無變，四時之政，行之若一。《月令》，周世所造，而所據皆夏之時也。其變者，唯正朔、服色、犧牲、徽號、器械而已。故曰：「殷因於夏禮，周因於殷禮，所損益可知也。」《易》曰：「潛龍勿用。」言十一月、十二月陽氣潛藏，未得用事。雖煦嘘萬物，養其根荄，而猶盛陰在上，地凍水冰，陽氣否隔，閉而成冬。故曰：「履霜堅冰，陰始凝也。馴致其道，至堅冰也。」言五月微陰始起，至十一月，堅冰至也。

夫王者之作，因時爲法。孝章皇帝深惟古人之道，助三正之微，定律著令，冀承天心，順物性命，以致時雍。然從變改以來，年歲不熟，穀價常貴，人不寧安。小吏不與國同心者，率入十一月得死罪賊，不問曲直，便即格殺，雖有疑罪，不復讞正。一夫呼嗟，王道爲虧，況於衆乎？《易》十二月，「君子以議獄緩死」。可令疑罪使詳其法，大辟之科，盡冬月乃斷。其立春在十二月中者，勿以報囚如故事。

北單于和親議
班固

竊自惟思，漢興已來，曠世歷年，兵纏夷狄，尤事匈奴。綏御之方，其塗不一，或脩文以和之，或用武以征之，或卑下以就之，或臣服而致之。雖屈申無常，所因時異，然未有拒絕棄放，不與交接者也。故自建武之世，復脩舊典，數重出使，前後相繼，至於其末，始乃暫絕。永平八年，復議通之。而廷爭連日，異同紛回，多執其難，少言其易。先帝聖德遠覽，瞻前顧後，遂復出使，事同前世。以此而推，未有一世闕而不修者也。今烏桓就闕，稽首譯官，康居、月氏，自遠而至，匈奴離析，名王來降，三方歸服，不以兵威，此誠國家通於神明自然之徵也。臣愚以爲宜依故事，復遣使者，上可繼五鳳、甘露致遠人之會，下不失建武、永平羈縻之義。虜使再來，然後一往，既明中國主在忠信，且知聖朝禮義有常，豈可逆詐示猜，孤其善意乎？絕之未知其利，通之不聞其害。設後北虜稍彊，能爲風塵，復求交通，將何所及？不若因今施惠，爲策近長。

貢舉先才行議
韋彪

伏惟明詔，憂勞百姓，垂恩選舉，務得其人。夫國以簡賢爲務，賢以孝行爲首。孔子曰："事親孝，故忠可移於君，是以求忠臣必於孝子之門。"夫人才行，少能相兼，是以孟公綽優於趙、魏老，不可以爲滕、薛大夫。忠孝之人，持心近厚，鍛煉之吏，持心近薄。三代之所以直道而行者，在其所以磨之故也。士宜以才行爲先，不可純以閥閱取。然其要歸，在於選二千石。二千石賢，則貢舉皆得其人。

爲父報仇議
張敏

夫《輕侮》之法，先帝一切之恩，不有成科班之律令也。夫死生之决，宜從上下，猶天之四時，有生有殺。若開相容恕，著爲定法者，則是故設姦萌，生長罪隙。孔子曰："民可使由之，不可使知之。"《春秋》之義，子不報讎，非子也。而法令不爲之减者，以相殺之路不可開故也。今羌[一]義者得减，妄殺者有差，使執憲之吏得設巧詐，非所以導"在醜不爭"之義。又《輕侮》之比，寖以繁滋，至有四五百科，轉相顧望，彌復增甚，難以垂之萬載。臣聞師言："救文莫如質。"故高帝去煩苛之法，爲三章之約。建初年號詔書，有改於古者，可下三公、廷尉蠲除其敝。臣敏蒙恩，特見拔擢，愚心所不曉，迷意所不解，誠不敢苟隨衆議。臣伏見孔子垂經典，皋陶造法律，原其本意，皆欲禁民爲非也。未曉輕侮之法將以何禁？必不能使不相輕侮，而更開相殺之路，執憲之吏復容其姦枉。

議者或曰："平法當先論生。"臣愚以爲天地之性，唯人爲貴，殺人者死，三代通制。今欲趣生，反開殺路，一人不死，天下受敝。《記》曰："利一害百，人去城郭。"夫春生秋殺，天道之常。春一物枯即爲災，秋一物華即爲異。王者承天地，順四時，法聖人，從經律。願陛下留意下民，考尋利害，廣令平議，天下幸甚。

【校記】

[一]羌，陳本、《後漢書》作詑。

駁左雄察舉議
胡廣

臣聞君以兼覽博照爲德，臣以獻可替否爲忠。《書》載稽疑，謀及卿士；《詩》美先民，詢于芻蕘。是以慮無失策，舉無過事，竊見尚書令左雄議郡舉孝廉，皆限年四十以上，諸生試章句，文吏試箋奏。明詔既許，復令臣等得與相參。竊惟王命之重，載在篇典，當令縣於日月，固於金石，遺則百王，施之萬世。《詩》云"天難諶斯，不易惟王"，可不慎與？蓋選舉因[一]才，無拘定制。六奇之策，不出經學；鄭、阿之政，非必章奏；甘、奇顯用，年垂強仕；終、賈揚聲，亦在弱冠。漢承周、秦，兼覽殷、夏，祖德師經，參雜霸軌，聖主賢臣，世以致理，貢舉之制，莫或回革。今以一臣之言，剗戾舊章，便利未明，衆心不猒。矯枉變常，政之所重，而不訪台司，不謀卿士。若事下之後，議者剝異，異之則朝失其便，同之則王言已行。臣愚以爲可宣下百官，參其同異，然後覽擇勝否，詳採厥衷。敢以瞽言，冒干天禁，惟陛下納焉。

【校記】

[一]因，陳本作英。《後漢書》作因。

改鑄大錢議
劉陶

聖王承天制物，與人行止，建功則衆悅其事，興戎而師樂其旅，是故靈臺有子來之人，武旅有鳧藻之士，皆舉合時宜，動順人道也。臣伏讀鑄錢之詔，平輕重之議，訪覃幽微，不遺窮賤，是以藿食之人，謬延逮及。

蓋以爲當今之憂，不在於貨，在乎民飢。夫生養之道，先食後民，是以先王觀象育物，敬授民時，使男不逋畝，女不下機，故君臣之道行，王路之教通。由是言之，食者乃有國之所寶，生民之至貴也。竊見比年以來，良苗盡於蝗螟之口，杼柚空於公私之求。所急朝夕之餐，所患靡塩之事，豈謂錢貨之厚薄，銖兩之輕重哉！就使當今沙礫化爲南金，瓦石變爲和玉，使百姓渴無所飲，饑無所食，雖皇羲之純德，唐虞之文明，猶不能以保蕭牆之内也。蓋民可百年無貨，不可一朝有饑，故食爲至急也。議者不達農殖之本，多言鑄冶之便，或欲因緣行詐，以賈國利。國利將盡，取者急競，造鑄之端於是乎生。蓋萬人鑄之，一人奪之，猶不能給，況今一人鑄之則萬人奪之乎！雖以陰陽爲炭，萬物爲銅，役不食之民，使不饑之士，猶不能足無厭之求也。夫欲民殷財阜，要在止役禁奪，則百姓不勞而足。陛下聖德，愍海内之憂戚，傷天下之艱難，欲鑄錢齊貨，以救其敝，此猶養魚沸鼎之中，棲鳥烈火之上。水木，本魚鳥之所生也。用之不時，必至燋爛。願陛下寬鍥薄之禁，後冶鑄之議，聽民庶之謠吟，問路叟之所憂，瞰三光之文耀，視山河之分流，天下之心，國家大事，粲然皆見，無有遺惑者矣。

臣嘗誦《詩》，至於鴻鴈于野之勞，哀勤百堵之事，每喟爾長懷，中篇而歎。近聽征夫飢勞之聲，甚於斯歌。是以追悟匹婦吟魯之憂，始於此乎？見白駒之意，屏營傍偟，不能監寐。伏念當今地廣而不得耕，民衆而無所食。羣小競起，並進秉國之位，鷹揚天下，鳥鈔求飽，吞肌及骨，並噬無厭。誠恐卒有役夫窮匠，起於版築之間，投斤攘臂，登高遠呼，使愁怨之民，嚮應雲合，八方分崩，中夏魚潰，雖方尺之錢，何能有救！其危猶舉函牛之鼎，絓纖枯之末，詩人所以眷然顧之，潸焉出涕者也。

臣東野狂闇，不達大義，緣廣及之時，對過所問，知必以身脂鼎鑊，爲天下笑。

置西域副校尉議
班勇

昔孝武皇帝患匈奴彊盛，兼總百蠻，以逼障塞。於是開通西域，離其黨與，論者以爲奪匈奴府藏，斬其右臂。遭王莽簒盜，徵求無厭，胡夷忿毒，遂以背叛。光武中興，未遑外事，故匈奴負彊，驅率諸國。及至永平，再攻敦煌、河西諸郡，城門晝閉。孝明皇帝深惟廟策，乃命虎臣，出征西域，故匈奴遠遁，邊境得安。及至永元，莫不內屬。會間者羌亂，西域復絕，北虜遂遣責諸國，備其逋租，高其價直，嚴以期會。鄯善、車師皆懷怨憤，思樂事漢，其路無從。前所以時有叛者，皆由收養失宜，還爲其害故也。今曹宗徒耻於前負，欲報雪匈奴，而不尋出兵故事，未度當時之宜也。夫要功荒外，萬無一成，若兵連禍結，悔無及已。況今府藏未克，師無後繼，是示弱於遠夷，暴短於海內，臣愚以爲不可許也。舊敦煌郡有營兵三百人，今宜復之，復置護西域副校尉，居於敦煌，如永元故事。又宜遣西域長史將五百人屯樓蘭，西當焉耆、龜茲徑路，南疆鄯善、于寘心膽，北扞匈奴，東近敦煌。如此誠便。

尚書問勇曰："今立副校尉，何以爲便？又置長史屯樓蘭，利害云何？"勇對曰："昔永平之末，始通西域，初遣中郎將居敦煌，後置副校尉於車師，既爲胡虜節度，又禁漢人不得有所侵擾。故外夷歸心，匈奴畏威。今鄯善王尤還，漢之外孫，若匈奴得志，則尤還必死。此等雖同鳥獸，亦知避害。若出屯樓蘭，足以招附其心，愚以爲便。"長樂衛尉鐔顯、廷尉綦母參、司隸校尉崔據難曰："朝廷前所以棄西域者，以其無益於中國而費難供也。今車師已屬匈奴，鄯善不可保信，一旦反覆，班將能保北虜不爲邊害乎？"勇對曰："今中國置州牧者，以禁郡縣姦猾盜賊也。若州牧能保盜賊不起者，臣亦願以要斬保匈奴之不爲邊害也。今通西域則虜執必弱，則爲患微矣。孰與歸其府藏，續其斷臂哉！今置校尉以扞撫西域，設長史以招懷諸國，若棄而不立，則西域望絕。望絕之後，屈就北虜，緣邊之郡將受困害，恐河西城門必復有晝閉之儆矣。今不廓開朝廷之德，而拘[一]屯戍之費，若北虜遂熾，豈安邊久長之策哉！"太尉屬毛軫難曰："今若置校尉，則西域駱驛[二]遣使，求索無厭，與之則費難供，不與則失其心。一旦爲匈奴所迫，當復求救，則爲役大矣。"勇對曰："今設以西域歸匈奴，而使其恩德大漢，不爲鈔盜則可矣。如其不然，則因西域租入之饒，兵馬之衆，以擾動緣邊，是爲富仇讎之財，增暴夷之勢也。置校尉者，宣威布德，以繫諸國內向之心，以疑匈奴覬覦之情，而無財費耗國之慮也。且西域之人無它求索，其來入者，不過禀食而已。今若拒絕，執歸[三]北屬，夷虜并力以寇并涼，則中國之費不止十億。置之誠便。"

【校記】

[一]拘，陳本作抱。《後漢書》作拘。
[二]駱驛，陳本作絡繹。《後漢書》作駱驛。
[三]陳本此有"必"字，《後漢書》無。

諫伐鮮卑議
蔡邕

《書》戒猾夏，《易》伐鬼方，周有獫狁、蠻荊之師，漢有闐顏、瀚海之事。征討殊類，所由尚矣。然而時有同異，執有可否，故謀有得失，事有成敗，不可齊也。

武帝情存遠略，志闢四方，南誅百越，北討彊胡，西伐大宛，東并朝鮮。因文、景之蓄，籍天下之饒，數十年間，官民俱匱。乃興鹽鐵酒榷之利，設告緡重稅之令。民不堪命，起爲盜賊，關東紛擾，道路不通。繡衣直指之使，奮鈇鉞而並出。既而覺悟，乃息兵罷役，封丞相爲富人侯。故主父偃曰："夫務戰勝，窮武事，未有不悔者也。"夫以世宗神武，將師良猛，財富充實，所拓廣遠，猶有悔焉。況今人財並乏，事劣昔時乎！

自匈奴遁逃，鮮卑彊盛，據其故地，稱兵十萬，才力勁健，意智益生。加以關塞不嚴，禁網多漏，精金良鐵，皆爲賊有；漢人逋逃，爲之謀主，兵利馬疾，過於匈奴。昔段熲良將，習兵善戰，有事西羌，猶十餘年。今育、晏才策，未必過熲，鮮卑種衆，不弱于曩時。而虛計二載，自許有成，若禍結兵連，豈得中休？當復徵發衆人，轉運無已，是爲耗竭諸夏，并力蠻夷。夫邊垂之患，手足之蚧搔；中國之困，胷背之瘭疽。方今郡縣盜賊尚不能禁，況此醜虜而可伏乎！

昔高祖忍平城之耻，吕后弃慢书之诟，方之於今，何者爲甚？天设山河，秦筑长城，汉起塞垣，所以别内外，异殊俗也。苟无蹙国内侮之患则可矣，岂与虫螝狡寇计争伫来哉！虽或破之，岂可殄尽，而方今本朝爲之旰食乎？

夫专胜者未必克，挟疑者未必败。衆所谓危，圣人不任，朝议有嫌，明主不行也。昔淮南王安谏伐越曰："天子之兵，有征无战。言其莫敢校也。如使越人蒙死以逆执事庎舆之卒，有一不备而归者，虽得越王之首，而犹爲大汉羞之。"而欲以齐民易醜虏，皇威辱外夷，就如其言，犹已危矣，况乎得失不可量邪！昔珠厓郡反，孝元皇帝纳贾捐之言，而下诏曰："珠厓背畔，今议者或曰可讨，或曰弃之。朕日夜惟思，羞威不行，则欲诛之；通于时变，复忧万民。夫万民之飢与远蛮之不可讨，何者爲太[一]？宗庙之祭，凶年犹有不备，况避不嫌之辱哉！今关东大困，无以相赡，又当动兵，非但劳民而已。其罢珠厓郡。"此元帝所以发德音也。夫邮民救急，虽成郡列县，尚犹弃之，况障塞之外，未尝爲民居者乎！守边之术，李牧善其略；保塞之论，严尤申其要。遗业犹在，文章具存。循二子之策，守先帝之规，臣曰可矣。

【校记】

[一]太，陈本同。《後汉书》作大。

驳陈忠罪疑议
应劭

《尚书》称："天秩有礼，五服五章哉。天讨有罪，五刑五用哉。"而孙卿亦云："凡制刑之本，将以禁暴恶，且惩其末也，凡爵列、官秩、赏庆、刑威，皆以类相从，使当其实也。"若德不副位，能不称官，赏不酬功，刑不应罪，不祥莫大焉。杀人者死，伤人者刑，此百王之定制，有法之成科。高祖入关，虽尚约法，然杀人者死，亦无宽降。夫时化则刑重，时乱则刑轻。《书》曰"刑罚时轻时重"，此之谓也。

今次、玉公以清时释其私憾，阻兵安忍，僵尸道路。朝恩在宽，幸至冬狱，而初、军愚狷，妄自投毙。昔召忽亲死子紏之难，而孔子曰："经於沟渎，人莫知之。"朝氏之父非错刻峻，遂能自隕其命，班固亦云："不知赵母指括[一]以全其宗。"博[二]曰："仆妄感慨而致死者，非能义勇，顾无虑耳。"夫刑罚威狱，以类天之震燿杀戮也；温慈和惠，以放天之生殖长育也。是故春一草枯则爲灾，秋一木华亦爲异。今杀无罪之初、军，而活當死之次、玉，其爲枯華，不亦然乎？陳忠不詳制刑之本，而信一時之仁，遂廣引入[三]議求生之端。夫親故賢能功貴勤賓，豈有次、玉當罪之科哉？若乃小大以情，原心定罪，此爲求生，非謂代死可以生也。敗法亂政，悔其可追。

【校記】

[一]活，陳本、《後漢書》作括。
[二]愽，陳本、《後漢書》作傳，是。
[三]入，陳本、《後漢書》作八。

復肉刑議
孔融

古者敦厖，善否不別，吏端刑清，政無過失。百姓有罪，皆自取之。末世陵遲，風化壞亂，政撓其俗，法害其人。故曰"上失其道，民散久矣"。而欲繩之以古刑，投之以殘棄，非所謂與時消息者也。紂斮朝涉之脛，天下謂爲無道。夫九牧之地，千八百君，若各刖一人，是下常有千八百紂也。求俗休和，弗可得已。且被刑之人，慮不念生，志在思死，類多趨惡，莫復歸正。夙沙亂齊，伊戾[一]禍宋，趙高、英布，爲世大患。不能止人遂爲非也，適足絕人還爲善耳。雖忠如鬻權，信如卞和，智如孫臏，冤如巷伯，才如史遷，達如子政，一離刀鋸，沒世不齒。是太甲之思庸，穆公之霸秦，南睢之骨立，衛武之《初筵》，陳湯之都賴，魏尚之守邊，無所復施也。漢開改惡之路，凡爲此也。故明德之君，遠度深惟，棄短就長，不苟革其政者也。

【校記】

[一]戾，陳本作房。《建安七子集》作戾。

正議
諸葛亮

昔在項羽，起不由德，雖處華夏，秉帝者之勢，卒就湯鑊，爲後永戒。魏不審鑒，今次之矣；免身爲幸，刑[一]在子孫。而二三子各以耆艾之齒，承僞指而進書，有若崇、竦稱莽之功，亦將逼于元禍苟免者邪！昔世祖之創迹舊基，奮羸卒數千，摧莽彊旅四十餘萬於昆陽之郊。夫據道討淫，不在衆寡。及至孟德，以其譎勝之力，舉數十萬之師，救張郃於陽平，勢窮慮悔，僅能自脫，辱其鋒銳之衆，遂喪漢中之地，深知神器不可妄獲，旋還未至，感毒而死。子桓遙逸，繼之以篡。縱使二三子多逞蘇、張詭靡之說，奉進驩兜滔天之辭，欲以誣毀唐帝，諷解禹、稷，所謂徒喪文藻、煩勞翰墨者矣。夫大人君子之所不爲也。又《軍誡》曰："萬人必死，橫行天下。"昔軒轅氏整卒數萬，制四方，定海內，況以數十萬之師，據正道而臨有罪，有可得干擬者哉！

【校記】

[一]刑，陳本同。《三國志》作戒。

絕盟好議
諸葛亮

權有僭逆之心久矣！國家所以略其釁情者，求掎角之援也。今若加顯絕，讎我必深，便當移兵東戍，與之角力，須并其土，乃議中原。彼賢才尚多，將相輯穆，未可一朝定也。頓兵相持，坐而須老，使北賊得計，非策之上者。昔孝文卑辭匈奴，先帝優與吳盟，皆應權通變，弘思遠益，非匹夫之爲忿者也。今議者咸以權利在鼎足，不能并力，且志望以滿，無上岸之情，推此皆似是而非也。何者？其智力不侔，故限江自保；權之不能越江，猶魏賊之不能渡漢，非力有餘而利不取也。若大軍致討，彼高當分裂其地，以爲後規，下當略民廣境，示武於內，非端坐者也。若就其不動而睦於我，我之北伐，無東顧之憂，河南之衆不得盡西，此之爲利，亦已深矣。權僭之罪，未宜明也。

時事議
夏侯玄

太傅司馬宣王問以時事，玄議以爲：夫官才用人，國之柄也，故銓衡專於臺閣，上之分也；孝行存乎閭巷，優劣任之鄉人，下之敘也。夫欲清教審選，在明其分敘，不使相涉而已。何者？上過其分，則恐所由之不本，而干勢馳騖之路開；下踰其敘，則恐天爵之外通，而機權之門多矣。夫天爵下疑作外[陳]通，是庶人議柄也；機權多門，是紛亂之原也。自州郡中正品度官才之來，有年載矣。緬緬紛紛，未聞整齊。豈非分敘參錯，各失其要之所由哉？若令中正但考行倫輩，倫輩當行均，斯可官矣。何者？夫孝行著於家門，豈不忠恪於在官乎？仁恕稱於九族，豈不達於爲政乎？義斷行於鄉黨，豈不堪於事任乎？三者之類，取於中正，雖不處其官名，斯任官可知矣。行有大小，比有高下，則所任之流，亦煥然明別矣。奚必使中正干銓衡之機於下，而執機柄者有所委仗於上？上下交侵，以生紛錯哉。且臺閣臨下，考功校否；衆職之屬，各有官長；旦夕相考，莫究於此。間閻之議，以意裁處，而使臣宰失位，衆人驅駭。欲風俗清靜，其可得乎？天臺縣遠，衆所絕意。所得至者，夏[一]在側近。孰不脩飾以要所求？所求有路，則脩己家門者，已不如自達於鄉黨矣。自達鄉黨者，已不如自求之於州邦矣。苟開之有路，而患其飾真離本，雖復嚴責中正，督以刑罰，猶無益也。豈若使各帥其分，官長則各以其屬能否獻之臺閣。臺閣則據官長能否之第，參以鄉閭德行之次，擬其倫比，勿使偏頗。中正則唯考其行迹，別其高下，審定輩類，勿使升降。臺閣總之，如其所簡，或有參錯，則其責負自在有司。官長所第，中正輩擬，比隨次率而用之。如其不稱，責負在外。然則內外相參，得失有所，互相形檢，孰能相飾？斯則人心定而事理得，庶可以靜風俗而審官才矣。

　　[二]古之建官，所以濟育群生，統理民物也。故爲之君長以司牧之。司牧之主，欲一而專。一則官任定而上下安，專則職業脩而事不煩。夫事簡業脩，上下相安而不治者，未之有也。先王建萬國，雖其詳未可得而究，然分疆畫界，各守土境，則非重累羈絆之體也。下考殷周五等之叙，徒有小大貴賤之差，亦無君官臣民而有二統互相牽制者也。夫官統不一，則職業不脩；職業不脩，則事何得而簡？事之不簡，則民何得而靜？民之不靜，則邪惡並興，而姦偽滋長矣。先王達其如此，故專其職司，而一其統業。始自秦世，不師聖道，私以御職，姦以待下，懼宰官之不脩，立監牧以董之；畏督監之容曲，設司察以糾之。宰牧相累，監察相司。人懷異心，上下殊務。漢承其緒，莫能匡改。魏室之隆，日不暇及。五等之典，雖難卒復，可粗立儀准，以一治制。今之長吏，皆君吏民。橫重以郡守，累以刺史。若郡所攝，唯在大較，則與州同，無爲再重，宜省郡守，但任刺史；刺史職存，則監察不廢。郡吏萬數，還親農業，以省煩費，豐財殖穀，一也。大縣之才，皆堪郡守，是非之訟，每生意異，順從則安，直己則爭。夫和羹之美，在於合異，上下之益，在能相濟。順從乃安，此琴瑟一聲也，蕩而除之，則官省事簡，二也。又幹郡之吏，職監諸縣，營護黨親，鄉邑舊故，如有不副，而因公掣頓，民之困弊，咎生於此。若皆并合，則亂原自塞，三也。今承衰弊，民人彫落，賢才鮮少，任事者寡，郡縣良吏，徃徃非一。郡受縣成，其劇在下，而吏之上選，郡當先足。此爲親民之吏，專得底下，吏者民命，而常頑鄙。今如并之，吏多選清良者造職，大化宣流，民物獲寧，四也。制使萬戶之縣，名之郡守；五千以上，名之都尉；

千戶以下，令長如故。自長以上，考課遷用，轉以能升，所收亦增，此進才効功之敘也。若經制一定，則官才有次，治功齊明，五也。若省郡守，縣皆徑達，事不擁隔，官無留滯。三代之風，雖未可必，簡一之化，庶幾可致便民省費，在於此矣。

　　[三]文質之更用，猶四時之迭興也。王者體天理物，必因弊而濟通之。時彌質則文之以禮，時泰侈則救之以質。今承百王之末，秦漢餘流，世俗彌文，宜大改之，以易民望。今科制自公列侯以下，位從大將軍以上，皆得服綾錦、羅綺、紈素、金銀、飾鏤之物，自是以下，雜綵之服，通于賤人。雖上下等級，各示有差，然朝臣之制，已得侔至尊矣；玄黄之采，已得通於下矣。欲使市不鬻華麗之色，商不通難得之貨，工不作雕刻之物，不可得也。是故宜大理其本，準度士法文質之宜，取其中則，以爲禮度，車輿服章，皆從質樸，禁除末俗華麗之事，使幹朝之家，有位之室，不復有錦綺之飾，無兼采之服、纖巧之物。自上以下，至於樸素之差，示有等級而已，勿使過一二之覺。若夫功德之賜，上恩所特加，皆表之有司，然後服用之。夫上之化下，猶風之靡草。樸素之教，興於本朝。則彌侈之心自消於下矣。

【校記】

　　[一]夏，陳本同。《三國志》作更。
　　[二][三]處陳本皆有"又以爲"三字。

卷四十七

對

定都關中對
婁敬

陛下都雒陽，豈欲與周室比隆哉？上曰："然。"敬曰："陛下取天下，與周異。周之先自后稷，堯封之邰，積德累善十餘世，公劉避桀居豳，大王以狄伐，去豳，杖馬箠去居岐，國人爭歸之。及文王爲西伯，斷虞芮訟，始受命，呂望、伯夷自海濱來歸之，武王伐紂，不期而會孟津上八百諸侯，遂滅殷。成王即位，周公之屬傅相，乃營成周都雒，以爲此天下中，諸侯四方納貢職，道里鈞矣。有德則易以王，無德則易以亡，凡居此者，欲令務以德致人，不欲阻險，令後世驕奢以虐民也。及周之衰分爲二，天下莫朝，周不能制，非德薄，形勢弱也。今陛下起豐擊沛，收卒三千人，以之徑往卷蜀漢，定三秦，與項籍戰滎陽，大戰七十，小戰四十，使天下之民肝腦塗地，父子暴骸中野，不可勝數。哭泣之聲不絕，傷夷者未起，而欲比隆成康之時，臣竊以爲不侔矣。且夫秦地被山帶河，四塞以爲固，卒然有急，百萬之衆可具。因秦之故，資甚美膏腴之地，此謂天府。陛下入關而都之，山東雖亂，秦故地可全而有也。夫與人鬭，不搤其亢，拊其背，未能全勝。今陛下入關而都，按秦之故，此亦搤天下之亢而拊其背也。"

封禪對
倪寬

陛下躬發聖德，統楫羣元，宗祀天地，薦禮百神，精神所鄉，徵兆必報，天地並應，符瑞昭朙。其封泰山，禪梁父，昭姓考瑞，帝王之盛節也。然享薦之義，不著于經，以爲封禪告成，合袪於天地神祇，祇戒精專以接神朙。總百官之職，各稱事宜而爲之節文。唯聖王所由，制定其當，非羣臣之所能列。金[一]將舉大事，優遊數年，使羣臣得人自盡，終莫能成。唯天子建中和之極，兼總條貫，金聲而玉振之，以順成天慶，垂萬世之基。

上然之，乃自制儀，采儒術以文焉。既成，將用事，拜寬爲御史大夫[二]，從東封泰山，還登朙堂。寬上壽曰："臣聞三代改制，屬象相因。間者聖統廢絕，陛下發憤，合指天地，祖立朙堂辟雍，宗祀泰一，六律五聲，幽贊聖意，神樂四合，各有方象，以丞嘉祀，爲萬世則，天下幸甚。將見大元本瑞，登告岱宗，發祉閶門，以候景至。癸亥宗祀，日宣重光；上元甲子，肅邕永享。光輝充塞，天文粲然；見象日昭，報降符應。臣寬奉觴再拜，上千萬歲壽。"制曰："敬奉君之觴。"

【校記】

[一]金，陳本、《漢書》作今。

[二]"上然之"至此，據陳本補。《漢書》有。

聞樂對
漢中山靖王

臣聞悲者不可爲累欷，思者不可爲歎息，故高漸離擊筑易水之上，荆軻爲之低而不食；雍門子一微吟，孟嘗君爲之於邑。今臣心結日久，每聞幼眇之聲，不知涕泣之橫集也。夫衆煦漂山，聚蚉成靁，朋黨執虎，十夫橈椎。是以文王拘於牖里，孔子阸於陳、蔡。此乃衆庶之成風，增積之生害也。臣身遠與寡，莫爲之先。衆口鑠金，積毀銷骨，叢輕折軸，羽翮飛肉。紛驚逢羅，潸然出涕。臣聞白日曜光，幽隱皆然[一]；明月曜夜，蟁蝱宵見。然雲蒸列布，杳冥晝昏，塵埃拚覆，昧不見泰山。何則？物有蔽之也。今臣壅閼不得聞，讒言之徒蜂生。道遼路遠，曾莫爲臣聞，臣竊自悲也。臣聞社鼷不灌，屋鼠不熏。何則？所託者然也。臣雖薄也，得蒙肺附；位雖卑也，得爲東藩，屬又稱兄。今羣臣非有葭莩之親，鴻毛之重，羣居黨議，朋友相爲。使夫宗室擯卻，骨肉冰釋。斯伯牙[二]所以流離，比干所以橫分也。《詩》云："我心憂傷，惄焉如擣。假寐永歎，唯憂用老。心之憂矣，疢如疾首。"臣之謂也。

【校記】

[一]然，陳本作照。《漢書》作照。

[二]牙，陳本、《漢書》作奇。

禁民挾弓弩對
吾丘壽王

臣聞古者作五兵，非以相害，以禁暴討邪也。安居則以制猛獸而備非常，有事則以設守衛西[一]施行陣。及至周室衰微，上無朙王，諸侯力政，強侵弱，衆暴寡，海內沉敝，巧詐並生。是以知者陷愚，勇者威怯，苟以得勝爲務，不顧義理。故機變械飾，所以相賊害之具不可勝數。於是秦兼天下，廢王道，立私議；滅《詩》《書》而首法令，去仁恩而任刑戮；墮名城，殺豪傑，銷甲兵，折鋒刃。其後，民以櫌鉏箠挺相撻擊，犯法滋衆，盜賊不勝，至於赭衣塞路，羣盜滿山，卒以亂亡。故聖王務教化而省禁防，知其不足恃也。

今陛下昭明德，建太平，舉俊材，興學官，三公有司或由窮巷，起白屋，裂地而封，宇內日化，方外鄉風，然而盜賊猶有者，郡國二千石之罪，非挾弓弩之過也。《禮》曰："男子生，桑弧蓬矢以舉之，明示有事也。"孔子曰："吾何執？執射乎？"大射之禮，自天子降及庶人，三代之道也。《詩》云"大侯旣抗，弓矢斯張，射夫旣同，獻爾發功"，言貴中也。愚聞聖王合射以明教矣，未聞弓矢之爲禁也。且所爲禁者，爲盜賊之以攻奪也。攻奪之罪死，然而不止者，大姦之於重誅固不避也。臣恐邪人挾之而吏不能止，良民以自備而抵法禁，是擅賊威而奪民救也。竊以爲亡益於禁姦，而廢先王之典，使學者不得習行其禮，大不便。

【校記】

[一]西，陳本、《漢書》作而。

得寶鼎對
吾丘壽王

臣聞周德始乎後稷，長於公劉，大於大王，成於文武，顯於周公。德澤上昭，天下漏泉，無所不通。上天報應，鼎爲周出，故名曰周鼎。今漢自高祖繼周，亦昭德顯行，布恩施惠，六合和同。至於陛下，恢廓祖業，功德愈盛，天瑞並至，珍祥畢見。昔秦始皇親出鼎於彭城而不能得，天祚有德而寶鼎自出，此天之所以與漢，乃漢寶，非周寶也。

白麟奇木對
終軍

臣聞，《詩》頌君德，《樂》舞后功，異經而同指，明盛德之所隆也。

南越[一]竄屛葭葦，與鳥魚同羣，正朔不及其俗。有司臨境，而東甌內附，閩王伏辜，南越賴救。北胡隨畜薦居，禽獸行，虎狼心，上古未能攝。大將軍秉鉞，單于犇幕，驃騎抗旌，昆邪右衽。是澤南洽而威北暢也。若罰不阿近，舉不遺遠，設官俟賢，縣賞待功，能者進以保祿，罷者退而勞力，刑於宇內矣。履衆美而不足，懷聖明而不專，建三宮之文質，章厥職之所宜，封禪之君無聞焉。

夫天命初定，萬事草創，及臻六合同風，九州共貫，必待明聖潤色，祖業傳於無窮。故周至成王，然後制定，而休徵之應見。陛下盛日月之光，垂聖思於勒成，專神明之敬，奉燔瘞于郊宮，獻享之精交神，積和之氣塞明而異獸來獲，宜矣。昔武王中流未濟，白魚入於王舟，俯取以燎，羣公咸曰"休哉"。今郊祀未見於神祇，而獲獸以饋，此天之所以示饗，而上通之符合也。宜因昭時令日，改定告元，苴以[二]白茅於江淮，發嘉號于營丘，以應緝熙，使著事者有紀焉。

蓋六鶂退飛，逆也；白魚登舟，順也。夫明闇之徵，上亂飛鳥，下動淵魚，各以類推。今野獸并角，明同本也；衆支內附，示無外也。若此之應，殆將有解編髮，削左衽，襲冠帶，要衣裳，而蒙化者焉。斯拱而竢之耳。

【校記】

[一]越，陳本作粵。《漢書》作越。

[二]"以"字，陳本無。

淮南王對
伍被

王復召被曰："將軍許寡人乎？"被曰："小臣將爲大王畫計耳。臣聞聰者聽於無聲，明者見於未形，故聖人萬舉而萬全，文王一動而功顯萬世，列爲三王，所謂因天心以動作者也。"王曰："方今漢庭治乎？亂乎？"被曰："天下治。"王不說曰："公何以言治也？"被對曰："被竊觀朝廷，君臣父子夫婦長幼之序皆得其理，上之舉錯遵古之道，風俗紀綱未有所缺。重裝富賈周流天下，道無不通，交易之道行。南越賓服，羌、僰貢獻，東甌入朝，廣長榆，開朔方，匈奴折傷。雖未及古太平時，然猶爲治。"王怒，被謝死罪。

王又曰："山東即有變，漢必使大將軍將而制山東，公以爲大將軍何如人也？"被曰："臣所善黃義，從大將軍擊匈奴，言大將軍遇士大夫以禮，與士卒有恩，衆皆樂爲用，騎上下山如飛，神[一]力絕人如此，數將習兵，未易當也。及謁者曹梁使長安來，言大將軍號令明，當敵勇，常爲士卒先；須士卒休，乃舍；穿井得水，乃敢飲；軍罷，士卒已踰河，乃度。皇太后所賜金錢，盡以賞賜，雖古名將不過也。"王曰："蓼太子知畧不世出，非常人也，以爲漢廷公卿列侯皆如沐猴而冠耳。"被曰："獨先刺大將軍，乃可舉事。"

王復問被曰："公以爲吳舉兵非邪？"被曰："非也。夫吳王賜號爲劉氏祭酒，受几杖而不朝，王四郡之衆，地方數千里，采山銅以爲錢，煮海水以爲鹽，伐江陵之木以爲船，國富民衆，行珍寶，賂諸侯，與七國合從，舉兵而西，破大梁，敗狐父，奔走而還，爲越所禽，死於丹徒，頭足異處，身滅祀絕，爲天下戮。夫以吳衆不能成功者，何也？誠逆天違衆而不見時也。"王曰："男子之所死者，一言耳。且吳何知反？漢將一日過成臯者四十餘人。今我令緩先要成臯之口，周被下潁川兵塞轘轅、伊闕之道，陳定發南陽兵守武關。河南太守獨有雒陽耳，何足憂？然此北尚有臨晉關、河東、上黨與河內、趙國界者通國[二]數行。人言'絕成臯之道，天下不通'。據三川之險，招天下之兵，公以爲何如？"被曰："臣見其禍，未見其福也。"

後漢逮淮南王孫建，繫治之。王恐陰事泄，謂被曰："事至，吾欲遂發。天下勞苦有間矣，諸侯頗有失行，皆自疑，我舉兵西鄉，必有應者；無應，即還畧衡山。勢不得不發。"被曰："略衡山以擊廬江，有潯陽之船，守下雉之城，結九江之浦，絕豫章之口，彊弩臨江而守，以禁南郡之下，東保會稽，南通勁越，屈彊江淮間，可以延歲月之壽耳，未見其福也。"王曰："左吳、趙賢、朱驕如皆以爲什八九成，公獨以爲無福，何？"被曰："大王之羣臣近幸素能使衆者，皆前繫詔獄，餘無可用者。"王曰："陳勝、吳廣無立錐之地，百人之聚，起于大澤，奮臂大呼，天下嚮應，西至於戲而兵百二十萬。今吾國雖小，勝兵可得二十萬，公何以言有禍無福？"被曰："臣不敢避子胥之誅，願大王無爲吳王之聽。徃者秦爲無道，殘賊天下，殺術士，燔《詩》《書》，滅聖迹，棄禮義，任刑法，轉海瀕之粟，至于西河。當是之時，男子疾耕不足於糧餽，女子紡績不足於蓋形。遣蒙恬築長城，東西數千里。暴兵露師，常數十萬，死者不可勝數，僵尸滿野，流血千里。於是百姓力屈，欲爲亂者十室而五。又使徐福入海求仙藥，多齎珍寶，童男女三千人，五種百工而行。徐福得平原大澤，止王不來。於是百姓悲痛愁思，欲爲亂者十室而六。又使尉作[三]踰五嶺，攻百越，尉佗知中國勞極，止王南越。行者不還，徃者莫返，於是百姓離心瓦解，欲爲亂者十室而七。興萬乘之駕，作阿房之宮，收大半之賦，發閭左之戍。父不寧子，兄不安弟，政苛刑慘，民皆引領而望，傾耳而聽，悲號仰天，叩心怨上，欲爲亂者，十室而八。客謂高皇帝曰：'時可矣。'高帝曰：'待之，聖人當起東南。'間不一歲，陳、吳大呼，劉、項並和，天下嚮應，所謂蹈瑕釁，因秦之亡時而動，百姓願之，若枯旱之望雨，故起於行陳之中，以成帝王之功。今大王見高祖得天下之易也，獨不觀近世之吳楚乎！當今陛下臨制天下，一齊海內，氾愛蒸庶，布德施惠。口雖未言，聲疾雷震；令雖未出，化馳如神。心有所懷，威動千里；下之應上，猶景嚮也。而大將軍材能非直章邯、揚熊也。王以陳勝、吳廣論之，被以爲過矣。且大王之兵衆不能什分吳楚之一，天下安寧又萬倍於秦時，願王用臣之計。臣聞箕子過故國而悲，作《麥秀》之歌，痛紂之不用王子比干之言也。故孟子曰：'紂貴爲天子，死曾不如匹夫。'是紂先自絕久矣，非死之日天去之也。今臣亦竊悲大王棄千乘之君，將賜絕命之書，爲羣臣先，身死於東宮也。"被因流涕而起。

後王復召問被："苟如公言，不可以徼倖邪？"被曰："必不得已，被有愚意。"王曰："柰何？"被曰："當今諸侯無異心，百姓無怨氣。朔方之郡土地廣美，民徒者不足以實其地。可爲丞相、御史請書，徙郡國豪傑及耐罪已上。以赦令除，家產五十萬以土者，皆徙其家屬朔方之郡，益發甲卒，急其會日。又僞爲左右都司空上林中都官詔獄書，逮諸侯太子及幸臣。如此，則民怨，諸侯懼，即使辯士隨而說之，黨可以徼幸。"王曰："此可也。雖然，吾以不至若此，專發而已。"

【校記】

[一]神，陳本、《漢書》作材。

[二]國，陳本、《漢書》作谷。

[三]作，陳本、《漢書》作佗，是。

化民有道對
東方朔

堯、舜、禹、湯、文、武、成、康上古之事，經歷數千載，尚難言也，臣不敢陳。願近述孝文皇帝之時，當世耆老皆聞見之。貴爲天子，富有四海，身衣弋綈，足履革舃，以韋帶劍，莞蒲爲席，兵木無刃，衣縕無文，集上書囊以爲殿帷；以道德爲麗，以仁義爲準。於是天下望風成俗，昭然化之。今陛下城中爲小，圖起建章，左鳳闕，右神明，號稱千門萬戶；木土衣綺繡，狗馬被繢罽纖毛邊[陳]；宮人簪瑇瑁、垂珠璣；設戲車，教馳逐，飾文采，叢珍怪；撞萬石之鐘，擊雷霆之鼓，作俳優，舞鄭女。上爲淫侈如此，而欲使民獨不奢侈失農，事之難者也。陛下誠能用臣朔之計，推甲乙之帳燔於四通之衢，却走馬示不復用，則堯舜之隆宜可與比治矣。《易》曰："正其本，萬事理；失之豪氂，差以千里。"願陛下留意察之。

高廟園災對
董仲舒

《春秋》之道舉往以明來，是故天下有物，視《春秋》所舉與同比者，精微眇以存其意，通倫類以貫其理，天地之變，國家之事，粲然皆見，亡所疑矣。按《春秋》魯定公、哀公時，季氏之惡已孰，而孔子之聖方盛。夫以盛聖而易孰惡，季孫雖重，魯君雖輕，其勢可成也。故定公二年五月兩觀災。兩觀，僭禮之物，天災之者，若曰"僭禮之臣可以去"。已見旱徵，而後告可去，此天意也。定公不知省。至哀公三年五月，桓宮、釐宮災。二者同事，所爲一也，若曰燔貴而去不義云爾。哀公不能見，故四年六月亳社災。兩觀、桓、釐廟、亳社，四者皆不當立，天皆燔其不當立者以示魯，欲其去亂臣而用聖人也。季氏亡道久矣，前是天不見災者，魯未有賢聖臣，雖欲去季孫，其力不能，昭公是也。至定、哀廼見之，其時可也。不時不見，天之道也。今高廟不當居遼東，高園殿不當居陵旁，於禮亦不當立，與魯所災同。其不當立久矣，至於陛下時天廼災之者，殆亦其時可也。昔秦受亡周之敝，而亡以化之；漢受亡秦之敝，又亡以化之。夫繼二敝之後，承其下流，兼受其猥，難治甚矣。又多兄弟親戚骨肉之連，驕揚奢侈恣睢者衆，所謂重難之時者也。陛下正當大敝之後，又遭重難之時，甚可憂也。故天災若語陛下"當今之世，雖敝而重難，非以太平至公，不能治也。視親戚貴屬在諸侯遠正最甚者，忍而誅之，如吾燔遼東高廟廼可；視近臣在國中處旁仄及貴而不正者，忍而誅之，如吾燔高園殿廼可"云爾。在外而不正者[一]，雖貴如高園殿，猶燔災之，況大臣乎！此天意也。辠在外者天災外，辠在內者天災內，燔甚罪當重，燔簡罪當輕，承天意之道也。

【校記】

[一]據《漢書》，此有闕文：雖貴如高廟，猶災燔之，況諸侯乎！在內不正者。

郊祀對
董仲舒

廷尉臣湯昧死言：臣湯承制，以郊事問故膠西相仲舒。臣仲舒對曰："所聞古者天子之禮，莫重於郊。郊常以正月上辛日，所以先百神而最居前。禮，三年喪，不祭其先，而不敢廢郊。郊重於宗廟，天尊於人也。《王制》曰：'祭天地之牛角繭栗，宗廟之牛角握，賓客之牛角尺。'此言德滋美而牲滋微也。《春秋》曰：'魯祭周公，用白牡。'色白貴純也。帝牲在滌三月，牲貴肥潔，而不貪其大也。凡養牲之道，務在肥潔而已。駒犢未能勝芻豢之食，莫如令食其母便。"臣湯謹問仲舒："魯祀周公用白牲，非禮也？"臣仲舒對曰："禮也。"臣湯問："周天子用騂剛，群公不毛。周公，諸公也，何以得用純牲？"臣仲舒對曰："武王崩，成王立[一]而在繦褓之中，周公繼文武之業，成二聖之功，德漸天地，澤被四海，故成王賢而貴之。《詩》曰：'無德不報。'故成王使祭周公以白牡，上不得與天子同色，下有異於諸侯。臣仲舒愚以為報德之禮。"臣湯問仲舒："天子祭天，諸侯祭土，魯何緣以祭郊？"臣仲舒對曰："周公傅成王，成王遂及聖，功莫大於此。周公，聖人也，有祭於天道[二]。故成王令魯郊也。"臣湯問仲舒："魯祭周公用白牲，其郊何用？"臣仲舒對曰："魯郊用純騂剛，周色尚赤，魯以天子命郊，故以騂。"臣湯問仲舒："祠宗廟或以鶩當鳧，鶩非鳧，可用否？"臣仲舒對曰："鶩非鳧，鳧非鶩也。臣聞孔子入太廟，每事問，慎之至也。陛下祭躬親，齋戒沐浴，以承宗廟，甚敬謹，奈何以鳧當鶩，鶩當鳧？名實不相應，以承太廟，不亦不稱乎？臣仲舒愚以為不可。臣犬馬齒衰，賜骸骨，伏陋巷。陛下乃幸使九卿問臣以朝廷之事，臣愚陋。曾不足以承明詔，奉大對。臣仲舒冒死以聞。"

【校記】

[一]立，陳本、《古文苑》作幼。《春秋繁露義證》作立。

[二]"於天道"三字，陳本無。《古文苑》、《春秋繁露義證》有。

雨雹對
董仲舒

元光元年二月，京師雨雹，鮑敞問董仲舒曰："雹何物也，何氣而生之？"仲舒曰："陰氣脅陽氣，天地之氣，陰陽相伴[一]，和氣周廻，朝夕不息。陽德用事，則和氣皆陽，建巳之月是也。故謂之正陽之月。陰德用事，則和氣皆陰，建亥之月是也。故謂之正陰之月。十月陰雖用事，而陰不孤立，此月純陰，疑於無陽，故謂之陽月。詩人所謂'日月陽止'者也。四月陽雖用事，而陽不獨存，此月純陽，疑於無陰，故亦謂之陰月。自十月以後，陽氣始生於地下，漸冉流散，故言息也。陰氣轉收，故言消也。日夜滋生，遂至四月純陽用事。自四月以後，陰氣始生於天下[二]，漸冉流散，故云息也。陽氣轉收，故言消也。日夜滋生，遂至十月純陰用事。二月八月，陰陽正等，無多少也。以此推移，無有差慝，運能抑揚，更相動薄，則熏蒿歊蒸，而風雨雲霧電雷雪雹生焉。氣上薄爲雨，下薄爲霧，風其噫也，雲其氣也。雷其相擊之聲也，電其相擊之光也。二氣之初蒸也，若有若無，若實若虛，若方若圓，攢聚相合，其體稍重，故雨乘虛而墜。風多則合速，故雨大而疎；風少則合遲，故雨細而密。其寒月則雨凝於上，體尚輕微，而因風相襲，故成雪焉。寒有高下，上暖下寒，則上合爲大雨，下凝爲冰，霰雪是也。雹霰之流也，陰氣暴上，雨則凝結成雹焉。太平之世，則風不鳴條，開甲散萌而已。雨不破塊，潤葉津莖而已。雷不驚人，號令啓發而已。電不眩目，宣示光耀而已。霧不塞望，浸淫被泊而已。雪不封條，凌殄毒害而已。雲則五色而爲慶，三色而成矞。露則結味而成甘，結潤而成膏。此聖人之在上，則陰陽和、風雨時也。政多紕繆，則陰陽不調，風發屋，雨溢河，雪至牛目，雹殺驢馬。此皆陰陽相盪而爲祲沴之妖也。"

敞曰："四月無陰，十月無陽，何以明陰不孤立，陽不獨存耶？"仲舒曰："陰陽雖異，而所資一氣也。陽用事，此則氣爲陽；陰用事，此則氣爲陰。陰陽之時雖異，二體常存，猶如一鬲之水，而未加火，純陰也；加火極熱，純陽也。純陽則無陰，息火水寒，則更陰矣。純陰則無陽，加火水熱，則更陽矣。然則建巳之月爲純陽，不容都無復陰也。但是陽家用事，陽氣之極耳。薺麥枯，由陰殺也。建亥之月爲純陰，不容都無復陽也。但是陰家用事，陰氣之極耳。薺麥始生，由陽升也。其尤者，荸蘼死於盛夏，款冬死於嚴寒，水極陰而有溫泉，火至陽而有涼焰，故知陰不得無陽，陽不容都無陰也。"

敞曰："冬雨必暖，夏雨必涼，何也？"曰："冬氣多寒，陽氣自上躋，故人得其暖，而下[三]蒸成雪矣。夏氣多暖，陰氣自下昇，故人得其涼，而上蒸成雨矣。"敞曰："雨旣陰陽相蒸，四月純陽，十月純陰，斯則無二氣相薄，則不雨乎？"曰："然，純陽純陰，雖在四月十月，但月中之一日耳。"敞曰："月中何日？"曰："純陽用事，未夏至一日。純陰用事，未冬至一日。朔旦夏至冬至，其正氣也。"敞曰："然則未至一日，其不雨乎？"曰："然，頗有之，則妖也。和氣之中，自生灾沴，能使陰陽改節，暖凉失度。"敞曰："灾沴之氣，其常存耶？"曰："無也，時生耳。猶乎人四支五臟，中也有時。及其病也，四支五臟皆病也。"敞遷延負墙，俛揖而退。

【校記】
　　［一］伴，陳本、《古文苑》作半。
　　［二］下，陳本、《古文苑》作上。
　　［三］"下"字據陳本補。《古文苑》無。《全漢文》作上。

三仁對
董仲舒

　　臣聞昔者魯君問柳下惠："吾欲伐齊，何如？"柳下惠曰："不可。"歸而有憂色，曰："吾聞伐國不問仁人，此言何爲至於我哉！"徒見問耳，猶且羞之，況設詐以伐吳乎？由此言之，粤本無一仁。夫仁人者，正其誼不謀其利，明其道不計其功，是以仲尼之門，五尺之童羞稱五伯，爲其先詐力而後仁誼也。苟爲詐而已，故不足稱於大君子之門也。五伯比於他諸侯爲賢，其比三王，猶武夫之與美玉也。王曰："善。"

卷四十八

對二

雨雹對
蕭望之

《春秋》昭公三年大雨雹，是時季氏專權，卒逐昭公。鄉使魯君察於天變，宜亡此害。今陛下以聖德居位，思政求賢，堯、舜之用心也。然而善祥未臻，陰陽不和，是大臣任政、一姓擅勢之所致也。附枝大者賊本心，私家盛者公室危。唯明主躬萬機，選同姓，舉賢材，以爲腹心，與參政謀，令公卿大臣朝見奏事，明陳其職，以考功能。如是，則庶事理，公道立，姦邪塞，私權廢矣。

伐匈奴對
蕭望之

《春秋》晉士匄帥師侵齊，聞齊侯卒，引師而還。君子大其不伐喪，以爲恩足以服孝子，誼足以動諸侯。前單于慕化鄉善稱弟，遣使請求和親，海內欣然，夷狄莫不聞。未終奉約，不幸爲賊臣所殺，今而伐之，是乘亂而幸災也，彼必奔走遠遁。不以義動兵，恐勞而無功。宜遣使者弔問，輔其微弱，救其災患，四夷聞之，咸貴中國之仁義。如遂蒙恩得復其位，必稱臣服從，此德之盛也。

入粟贖罪對
蕭望之

先帝聖德，賢良在位，作憲垂法，爲無窮之規，永惟邊竟[一]之不贍，故《金布令甲》曰："邊郡數被兵，離飢寒，夭絕天年，父子相失，令天下共給其費。"固爲軍旅卒暴之事也。聞天漢四年，常使死罪人入五十萬錢減死罪一等，豪彊吏民請奪假貸，至爲盜賊以贖罪。其後姦邪橫暴，羣盜並起，至攻城邑，殺郡守，充滿山谷，吏不能禁，明詔遣繡衣使者以興兵擊之，誅者過半，然後衰止。愚以爲此使死罪贖之敗也，故曰不便。

【校記】

[一] 竟，陳本作境。《漢書》從竟。

罷珠厓對
賈捐之

臣幸得遭明盛之朝，蒙危言之策，無忌諱之患，敢昧死竭卷卷。

臣聞堯舜，聖之盛也，禹入聖域而不優，故孔子稱堯曰"大哉"，《韶》曰"盡善"，禹曰"無間"。以三聖之德，地方不過數千里，西被流沙，東漸于海，朔南暨聲教，迄于四海，欲與聲教則治之，不欲與者不彊治也。故君臣歌德，含氣之物各得其宜。武丁、成王，殷、周之大仁也，然地東不過江、黃，西不過氐、羌，南不過蠻荆，北不過朔方。是以頌聲並作，視聽之類，咸樂其生，越裳氏重九譯而獻，此非兵革之所能致。及其衰也，南征不還，齊桓捄其難，孔子定其文。以至于秦，興兵遠攻，貪外虛內，務欲廣地，不慮其害。然地南不過閩越，北不過太原，而天下潰叛，禍卒在於二世之末，長城之歌，至今未絕。

賴聖漢初興，爲百姓請命，平定天下。至孝文皇帝，閔中國未安，偃武行文，則斷獄數百，民賦四十，丁男三年而一事。時有獻千里馬者，詔曰："鸞旗在前，屬車在後，吉行日五十里，師行三十里，朕乘千里之馬，獨先安之？"於是還馬，與道理費，而下詔曰："朕不受獻也，其令四方毋求來獻。"當此之時，逸游之樂絕，奇麗之賂塞，鄭、衛之倡微矣。夫後宮盛色則賢者隱處，佞人用事則諍臣杜口，而文帝不行，故謚爲孝文，廟稱太宗。至孝武皇帝元狩六年，太倉之粟紅腐而不可食，都內之錢貫朽而不可校，乃探平城之事，錄冒頓以來數爲邊害，籍兵厲馬，因富民以攘服之。西連諸國至於安息，東過碣石以玄菟、樂浪爲郡，北郤匈奴萬里，更起營塞，制南海以爲八郡，則天下斷獄萬數，民賦數百，造鹽鐵酒榷之利以佐用度，猶不能足。當此之時，寇賊並起，軍旅數發，父戰死於前，子鬥傷於後，女子乘亭鄣，孤兒號於道，老母寡婦飲泣巷哭，遙設虛祭，想魂乎萬里之外。淮南王盜寫虎符，陰聘名士，關東公孫勇等詐爲使者，是皆廓地泰大，征伐不休之故也。

今天下獨有關東，關東大者獨有齊楚，民衆久困，連年流離，離其城郭，相枕席於道路。人情莫親父母，莫樂夫婦，至嫁妻賣子，法不能禁，義不能止，此社稷之憂也。今陛下不忍悁悁之忿，欲驅士衆擠之大海之中，快心幽冥之地，非所以救助饑饉，保全元元也。《詩》云：「蠢爾蠻荆，大邦爲讐。」言聖人起則後服，中國衰則先畔，動爲國家難，自古而患之久矣，何況乃復其南方萬里之蠻乎！駱越之人，父子同川而浴，相習以鼻飲，與禽獸無異，本不足郡縣置也。顓顓獨居一海之中，霧露氣濕，多毒草蟲蛇水土之害，人未見虜，戰士自死。又非獨珠厓有珠犀瑇瑁也，棄之不足惜，不擊不損威。其民譬猶魚鱉，何足貪也！

臣竊以徃者羌軍言之，暴師曾未一年，兵出不踰千里，費四十餘萬萬，大司農錢盡，乃以少府禁錢續[一]之。夫一隅爲不善，費尚如此，況於勞師遠攻，亡士毋功乎？求之徃古則不合，施之方今又不便。臣愚以爲非冠帶之國，《禹貢》所及，《春秋》所治，皆可且無以爲。願遂棄珠厓，專用恤關東爲憂。

【校記】
　　[一]續，陳本作贖。《漢書》作續。

日食地震對
谷永

陛下秉至聖之純德，懼天地之戒異，飭身修政，納問公卿，又下明詔，帥舉直言，燕見紬繹，以求咎愆，使臣等得造明朝，承聖問。臣材朽學淺，不通政事。竊聞明主即位，正五事，建大中，以承天心，則庶徵序於下，日月理於上。如人君淫溺後宮，般樂游田，五事失於躬，大中之道不立，則咎徵降而六極至。凡災異之發，各象故失，以類告人。乃十二月朔戊申，日食娵女之分，地震蕭墻之內，二者同日俱發，以丁寧陛下，厥咎不遠，宜厚求諸身。意豈陛下志在閨門，未郵政事，不慎舉錯，婁屢同[陳]失中與？內寵大盛，女不遵道，嫉妬專上，妨繼嗣與？古之王者廢五事之中，失夫婦之紀，妻妾得意，謁行於內，勢行於外，至覆傾國家，或亂陰陽。昔褒姒用國，宗周以喪；閻妻驕扇，日以不臧。此其效也。《經》曰：「皇極，皇建其有極。」《傳》曰：「皇之不極，是謂不建，時則有日月亂行。」

陛下踐至尊之祚爲天下主，奉帝王之職以統羣生，方內之治亂，在陛下所執。誠留意於正身，勉強於力行，損燕私之間以勞天下，放去淫溺之樂，罷歸倡優之笑，絕卻不享之義，慎節游田之虞，起居有常，循禮而動，躬親政事，致行無倦，安服若性。《經》曰：「繼自今嗣王，其毋淫于酒，毋逸于游田，惟正之供。"未有身治正而臣下邪者也。

夫妻之際，王事綱紀，安危之機，聖王所致愼也。昔舜飭正二女，以崇至德；楚莊忍絕丹姬，以成伯功；幽王惑於褒姒，周德降亡；魯桓脅於齊女，社稷以傾。誠修後宮之政，明尊卑之序，貴者不得嫉妬專寵，以絕驕嫚之端，抑褒、閻之亂，賤者咸得秩進，各得厥職，以廣繼嗣之統，息《白華》之怨。後宮親屬，饒之以財，勿與政事，以遠皇父之類，損妻黨之權，未有閨門治而天下亂者也。

治遠自近始，習善在左右。昔龍筦納言，而帝命惟允；四輔既備，成王靡有過事。誠敕正左右齊栗之臣，戴金貂之飾、執常伯之職者，皆使學先王之道，知君臣之義，濟濟謹乎，無敖戲驕恣之地，則左右肅艾，羣僚仰法，化流四方。《經》曰："亦惟先正克左右。"未有左右正而百官枉者也。

治天下者尊賢考功則治，簡賢違功則亂。誠審思治人之術，歡樂得賢之福，論材選士，必試於職，明度量以程能，考功實以定德，無用比周之虛譽，毋聽浸潤之譖愬。則抱功修職之吏無蔽傷之憂，比周邪偽之徒不得即工，小人日銷，俊乂日隆。《經》曰："三載考績，三考黜陟幽明。"又曰"九德咸事，俊乂在官"。未有功賞得於前衆賢布於官而不治者也。

堯遭洪水之災，天下分絕爲十二州，制遠之道微而無乖畔之難者，德厚恩深，無怨於下也。秦居平工[一]，一夫大呼而海內崩折者，刑罰深酷，吏行殘賊也。夫違天害德，爲上取怨於下，莫甚乎殘賊之吏。誠放退殘賊酷暴之吏錮廢勿用，益選溫良上德之士以親萬姓，平刑釋冤以理民命，務省繇役，毋奪民時，薄收賦稅，毋殫民財，使天下黎元咸安家樂業，不苦踰時之役，不患苛暴之政，不疾酷烈之吏，雖有唐堯之大災，民無離上之心。《經》曰："懷保小人，惠于鰥寡。"未有德厚吏良而民畔者也。

臣聞災異，皇天所以譴告人君過失，猶嚴父之朗誡。畏懼敬改，則禍銷福降；勿然簡易，則咎罰不除。《經》曰："饗用五福，畏用六極。"《傳》曰："六沴作見，若不共御，六罰既侵，六極其下。"今三年之間，災異鋒起，小大畢具，所行不享上帝[二]，上帝不豫，炳然甚著。不求之身，無所改正，疏舉廣謀，又不用其言，是循不享之迹，無謝過之實也，天責愈深。此五者，王事之綱紀。南面之急務，唯陛下留神。

【校記】

[一]工，陳本、《漢書》作土。

[二]"上帝"二字據陳本補。《漢書》有。

微行宴飲對
谷永

臣永幸得以愚朽之材爲大中大夫，備拾遺之臣，從朝者之後，進不能盡思納忠輔宣聖德，退無被堅執銳討不義之功，猥蒙厚恩，仍遷至北地太守。絕命隕首，身膏野草，不足以報塞萬分。陛下聖德寬仁，不遺易忘之臣，垂周文之聽，下及芻蕘之愚，有詔使衛尉受臣永所欲言。臣聞事君之義，有言責者盡其忠，有官守者修其職。臣永幸得免於言責之辜，有官守之任，當畢力遵職，養綏百姓而已，不宜復關得失之辭。忠臣之于上，志在過厚，是故遠不違君，死不忘國。昔史魚既沒，餘忠未訖，委柩後寢，以屍達誠；汲黯身外思內，發憤舒憂，遺言李息。《經》曰："雖爾身在外，乃心罔不在王室。"臣永幸得給事中出入三年，雖執干戈守邊垂，思慕之心常存于省闥，是以敢越郡吏之職，陳累年之憂。

臣聞天生蒸民，不能相治，爲立王者以統理之，方制海內非爲天子，列士封疆非爲諸侯，皆以爲民也。垂三統，列三正，去無道，開有德，不私一姓，明天下迺天下之天下，非一人之天下也。王者躬行道德，承順天地，博愛仁恕，恩及行葦，籍稅取民不過常法，宮室車服不踰制度，事節財足，黎庶和睦，則卦氣理效，五徵時序，百姓壽考，庶中蕃滋，符瑞並降，以昭保右。失道妄行，逆天暴物，窮奢極欲，湛湎荒淫，婦言是從，誅逐仁賢，離逖骨肉，羣小用事，峻刑重賦，百姓愁怨，則卦氣悖亂，咎徵著郵，上天震怒，災異婁降，日月薄食，五星失行，山崩川潰，水泉涌出，妖孽並見，茀星耀光，饑饉荐臻，百姓短折，萬物大傷。終不改寤，惡洽變備，不復譴告，更命有德。《詩》云："乃眷西顧，此惟予宅。"

夫去惡奪弱，遷命賢聖，天地之常經，百王之所同也。加以功德有厚薄，期質有修短，時世有中季，天道有盛衰。陛下承八世之功業，當陽數之標季，涉三七之節紀，遭《旡[一]妄》之卦運，直百祿之災厄。三難異科，雜焉同會。建始元年以來二十載間，羣災大異，交錯鋒起，多於《春秋》所書。八世著記，久不塞除，重以今年正月己亥朔日有食之，三朝之會，四月丁酉四方衆星白晝流隕，七月辛未彗星橫天。乘三難之際會，畜衆多之災異，因之以饑饉，接之以不贍。彗星，極異也，七精所生，流隕之應出於飢變之後，兵亂作矣，厥期不久，隆德積善，懼不克濟。內則爲深宮後庭將有驕臣悍妾醉酒狂悖卒起之敗，北宮苑囿街巷之中臣妾之家幽間之處微舒、崔杼之亂；外則爲諸夏下土將有樊並、蘇令、陳勝、項梁奮臂之禍。內亂朝暮，日戒諸夏，舉兵以火角爲期。安危之分界，宗廟之至憂。臣永所以破膽寒心，豫言之累年。下有其萌，然後變見于上，可不致愼！

禍起細微，姦生所易。願陛下正君臣之義，無復與羣小媟黷燕飲；中黃門後庭素驕慢不謹，嘗以醉酒失臣禮者，悉出勿留。勤三綱之嚴，修後宮之政，抑遠驕妬之寵，崇近婉順之行，加惠失志之人，懷柔怨恨之心。保至尊之重，秉帝王之威，朝覲法出而後駕，陳兵清道而後行，無復輕身獨出，飲食臣妾之家。三者既除，內亂之路塞矣。

　　諸夏舉兵，萌在民飢饉而吏不卹，興於百姓困而賦斂重，發於下怨離而上不知。《易》曰："屯其膏，小貞吉，大貞凶。"《傳》曰："飢而不損茲謂泰，厥災水，厥咎亡。"《訞辭》曰："關動牡飛，辟爲無道，臣爲非，厥咎亂，臣謀篡。"王者遭衰難之世，有飢饉之災，不損用而大自潤，故凶；百姓困貧無以共求，愁悲怨恨，故水；城關守國之固，固將去焉，故牡飛。往年郡國二十一傷於水災，禾黍不入。今年薑麥咸惡。百川沸騰，江河溢決，大水氾濫郡國五十有餘。比年喪稼，時過無宿麥。百姓失業流散，羣輩守關。大異較炳如彼，水災浩浩，黎庶窮困如此，宜損常稅，小有潤之時，而有司奏請加賦，甚繆經義，逆於民心，布怨趨禍之道也。牡飛之狀，殆爲此發。古者穀不登虧服膳，災屢至損服，凶年不墐塗，明王之制也。《詩》云："凡民有喪，匍匐救之。"《論語》曰："百姓不足，君孰與足？"臣願陛下勿許加賦之奏，益減大官、導官、中御府、均官、掌畜、虞犧用度，止尚方、織室、京師郡國工服官發輸造作，以助大司農。流恩廣施，振贍困乏，開關梁，內流民，咨所欲之，以救其急。立春，遣使者循行風俗，宣布聖德，存恤孤寡，問民所苦，勞二千石，敕勸耕桑，毋奪農時，以慰綏元元之心，防塞大姦之隙。諸夏之亂，庶幾可息。

　　臣聞上主可與爲善而不可與爲惡，下主可與爲惡而不可與爲善。陛下天然之性，疏通聰敏，上主之姿也。少省愚臣之言，感寤三難，深畏大異，定心爲善，捐忘邪志，毋貳舊愆，厲精致政，至誠應天，則積異塞於上，禍亂伏於下，何憂患之有？竊恐陛下公志未專，私好頗存，尚愛羣小，不肯爲耳！

【校記】

　　[一]旡，《漢書》作无。

災異對
李尋

　　陛下聖德，尊天敬地，畏命重民，悼懼變異，不忘疏賤之臣，幸使重臣臨問，愚臣不足以奉明詔。竊見陛下新即位，開大明，除忌諱，博延名士，靡不並進。臣尋位卑術淺，過隨衆賢待詔，食大官，衣御府，久汙玉堂之署。比得召見，亡以自效。復特見延問至誠，自以逢不世出之命，願竭愚心，不敢有所避，庶幾萬分有一可采。唯棄湏臾之間，宿留瞽言，考之文理，稽之《五經》，揆之聖意，以參天心。夫變異之來，各應象而至，臣謹條陳所聞。

《易》曰："縣象著明，莫大乎日月。"夫日者，衆陽之長，輝光所燭，萬里同晷，人君之表也。故日將旦，清風發，羣陰伏，君以臨朝，不牽於色。日初出，炎以陽，君登朝，佞不行，忠直進，不蔽障。日中輝光，君德盛明，大臣奉公。日將入，專以一，君就房，有常節。君不修道，則日失其度，晻昧亡光，各有云爲。其於東方作，日初出時，陰雲邪氣起者，法爲牽於女謁，有所畏難；日出後，爲近臣亂政；日中，爲大臣欺誣；日且入，爲妻妾役使所營。間者日尤不精，光明侵奪失色，邪氣虹蜺[一]數作。本起於晨，相連至昏，其日出後至日中間差瘉。小臣不知內事，竊以日視陛下志操，衰於始初多矣。其咎恐有以守正直言而得罪者，傷嗣害世，不可不愼也。唯陛下執乾剛之德，強志守度，毋聽女謁邪臣之態。諸保阿乳母甘言悲辭之託，斷而勿聽。勉強大誼，絕小不忍；良有不得已，可賜以財貨，不可私以官位，誠皇天之禁也。日失其光，則星辰放流。陽不能制陰，陰桀得作。間者太白正晝經天，宜隆德克躬，以執不軌。

臣聞月者，衆陰之長，消息見伏，百里爲品，千里立表，萬里連紀，妃后大臣諸侯之象也。朔晦正終始，弦爲繩墨，望成君德，春夏南，秋冬北。間者，月數以春夏與日同道，過軒轅上后受氣，入太微帝廷揚光輝，犯上將近臣，列星皆失色，厭厭如滅，此爲母后與政亂朝，陰陽俱傷，兩不相便。外臣不知朝事，竊信天文即如此，近臣已不足校矣。屋大柱小，可爲寒心。唯陛下親賢求士，無彊所惡，以崇社稷，尊彊本朝。

臣聞五星者，五行之精，五帝司命，應王者號令爲之節度。歲星主歲事，爲統首，號令所紀，今失度而盛，此君指意欲有所爲，未得其節也。又塡星不避歲星者，后帝共政，相留於奎、婁，當以義斷之。熒惑徃來無常，周歷兩宮，作態低卬，入天門，上明堂，貫尾亂宮。太白發越犯庫，兵寇之應也。貫黃龍，入帝庭，當門而出，隨熒惑入天門，至房而分，欲與熒惑爲患，不敢當明堂之精。此陛下神靈，故禍亂不成也。熒惑厥弛，佞巧依勢，微言毀譽，進類蔽善。太白出端門，臣有不臣者。火入室，金上堂，不以時解，其憂凶。塡、歲相守，又主內亂。宜察蕭墻之內，毋忽親疏之微，誅放佞人，防絕萌牙，以盪滌濁濊，消散積惡，毋使得成禍亂。

辰星主正四時，當效於四仲；四時失序，則星辰作異。今出於歲首之孟，天所以譴告陛下也。政急則出蚤，政緩則出晚，政絕不行則伏不見而爲彗孛。四孟皆出，爲易王命；四季皆出，星家所諱。今幸獨出寅孟之月，蓋皇天所以篤右陛下，宜深自改。

治國故不可以戚戚，欲速則不達。《經》曰："三載考績，三考黜陟。"加以號令不順四時，既往不咎，來事之師也。間者春三月治大獄，時賊陰立逆，恐歲小收；季夏舉兵法，時寒氣應，恐後有霜雹之災；秋月行封爵，其[二]月土溼奧，恐後有雷雹之變。夫以喜怒賞罰，而不顧時禁，雖有堯舜之心，猶不能致和。善言天者，必有效於人。設上農夫而欲冬田，肉袒深耕，汗出種之，然猶不生者，非人心不至，天時不得也。《易》曰："時止則止，時行則行，動靜不失其時，其道光明。"《書》曰："敬授民時。"故古之王者，尊天地，重陰陽，敬四時，嚴月令。順之以善政，則和氣可立致，猶枹鼓之相應也。今朝廷忽於時月之令，諸侍中尚書近臣宜皆令通知月令之意，設羣下請事；若陛下出令有謬於時者，當知爭之，以順時氣。

臣聞五行以水爲本，其星玄武婺女，天地所紀，終始所生。水爲準平，王道公正脩明，則百川理，落脉通；偏黨失綱，則踊溢爲敗。《書》云"水曰潤下"，陰動而卑，不失其道。天下有道，則河出圖，洛出書，故河、洛決溢，所爲最大。今汝、潁畎澮皆川水漂踊，與雨水並爲民害，此《詩》所謂"燁燁震電，不寧不令，百川沸騰"者也。其咎在於皇甫卿士之屬。唯陛下留意詩人之言，少抑外親大臣。

臣聞地道柔靜，陰之常義也。地有上中下，其上位震，應妃后不順，中位應大臣作亂，下位應庶民離畔。震或於其國，國君之咎。四方中央連國歷州俱動者，其異最大。間者關東地數震，五星作異，亦未大逆，宜務崇陽抑陰，以救其咎。固志建威，閉絕私路，拔進英雋，退不任職，以彊本朝。夫本彊則精神折衝，本弱則招殃致凶，爲邪謀所陵。聞往者淮南王作謀之時，其所難者，獨有汲黯，以爲公孫弘等不足言也。弘，漢之名相，於今亡比，而尚見輕，何況亡弘之屬乎？故曰朝廷亡人，則爲賊亂所輕[三]，其道自然也。天下未聞陛下奇策固守之臣也。語曰：何以知朝廷之衰？人人自賢，不務於通人，故世陵夷。

馬不伏歷，不可以趨道；士不素養，不可以重國。《詩》曰"濟濟多士，文王以寧"，孔子曰"十室之邑，必有忠信"，非虛言也。陛下秉四海之衆，曾亡柱幹之固守聞於四境，殆開之不廣，取之不明，勸之不篤。《傳》曰："土之美者善養禾，君之明者善養士。"[四]人皆可使爲君子。詔書進賢良，赦小過，無求備，以博聚英雋。如近世貢禹，以言事忠切蒙尊榮，當此之時，士厲身立名者多。禹死之後，日日以衰。及京兆尹王章坐言事誅滅，智者結舌，邪僞並興，外戚顓命，君臣隔塞，至絶繼嗣，女宫作亂。此行事之敗，誠可畏而悲也。

本在積任母后之家，非一日之漸，往者不可及，來者猶可追也。先帝大聖，深見天意昭然，使陛下奉承天統，欲矯正之也。宜少抑外親，選練左右，舉有德行道術通明之士克備天官，然後可以輔聖德，保帝位，承太宗。下至郎吏從官，行能亡以異，又不通一藝，及博士無文雅者，宜皆使就南畝，以視天下，明朝廷皆賢材君子，於以重朝尊君，滅凶致安，此其本也。臣自知所言害身，不辟死亡之誅，唯陛下神，反覆愚臣之言。

【校記】

[一]蜺，陳本作蚬。虹，《漢書》作珥。
[二]其，陳本作宜。《漢書》作其。
[三]輕，陳本、《漢書》作輊。
[四]陳本、《漢書》此有"中"字。

日食對
杜鄴

臣聞禽息憂國，碎首不恨；卞和獻寶，刖足願之。臣幸得奉直言之詔，無二者之危，敢不極陳！臣聞陽尊陰卑，卑者隨尊，尊者兼卑，天之道也。是以男雖賤，各爲其家陽也；女雖貴，猶爲其國陰也。故禮明三從之義，雖有文母之德，必繫於子。《春秋》不書紀侯之母，陰義殺也。昔鄭伯隨姜氏之欲，終有叔段篡國之禍；周襄王内迫惠后之難，而遭居鄭之危。漢興，呂太后權私親屬，又以外孫爲孝惠后，是以繼嗣不明，凡事多晻，晝昏冬雷之變，不可勝載。竊見陛下行不偏之政，每事約儉，非禮不動，誠欲正身與天下更始也。然嘉瑞未應，而日食地震，民訛言行籌，傳相驚恐。按《春秋》災異，以指象爲言語，故在於得一類而達之也。日食，明陽爲陰所臨，《坤卦》乘《離》，《明夷》之象也。《坤》以法地，爲土爲母，以安靜爲德。震，不陰之效也。占象甚明，臣敢不直言其事。

昔曾子問從令之義，孔子曰："是何言與！"善閔子騫守禮不苟，從親所行，無非禮者，故無可間也。前大司馬新都侯莽退伏弟家，以詔策決，復遣就國。高昌侯宏去蕃自絶，猶受風[一]土。制書侍中駙馬都尉遷不忠巧佞，免歸故郡，間未旬月，則有詔還，大臣奏正其罰，卒不得遣，而反兼官奉使，顯寵過故。及陽信侯業，皆緣私君國，非功義所止。諸外家昆弟無賢不肖,並侍帷幄,布在列位,或典兵衛,或將軍屯,寵意并於一家,積貴之勢,世所希見、所希聞也。至乃並置大司馬將軍之官。皇甫雖盛,三桓雖隆,魯爲作三軍,無以甚此。當拜之日,晻然日食。不在前後,臨事而發者,明陛下謙遜無專,承指非一,所言輒聽,所欲輒隨,有罪惡者不坐辜罰,無功能者畢受官爵,流漸積猥,正尤在是,欲令昭昭以覺聖朝。昔詩人所刺,《春秋》所譏,指象如此,殆不在它。由後視前,忿邑非之,逮身所行,不自鏡見,則以爲可,計之過者。疏賤獨偏見,疑內亦有此數。天變不空,保右世主如此之至,奈何不應。

臣聞野雞著怪,高宗深動;大風暴過,成王怛然。願陛下加致精誠,思承始初,事稽諸古,以厭下心,則黎庶羣生無不說喜,上帝百神收還威怒,禎祥福祿何嫌不報。

【校記】

[一]風,陳本、《漢書》作封。

日蝕對
孔光

臣聞日者,衆陽之宗,人君之表,至尊之象。君德衰微,陰道盛強,侵蔽陽明,則日蝕應之。《書》曰"羞用五事""建用皇極",如貌、言、視、聽、思失,大中之道不立,則咎徵荐臻,六極屢降。皇之不極,是爲大中不立,其傳曰"時則有日月亂行",謂眺、側匿,甚則薄蝕是也。又曰"六沴之作",歲之朝曰三朝,其應至重。乃正月辛丑朔日有蝕之,變見三朝之會。上天聰明,苟無其事,變不虛生。《書》曰:"惟光[一]假王正厥事",言異變之來,起事有不正也。臣聞師曰:天右與王者,故災異數見,以譴告之,欲其改更。若不畏懼,有以塞除,而輕忽簡誣,則凶罰加焉,其至可必。《詩》曰:"敬之敬之,天惟顯思,命不易哉!"又曰"畏天之威,于時保之",皆謂不懼者凶,懼之則吉也。陛下聖德聰明,兢兢業業,承順天戒,敬畏變異,勤心虛己,延見羣臣,思求其故,然後救躬自約,總正萬事,放遠讒說之黨,援納斷斷之介,退去貪殘之徒,進用賢良之吏,平刑罰,薄賦斂,恩澤加於百姓,誠爲政之大本,應變之至務也,天下幸甚。《書》曰"天旣付命正厥德",言正德以順天也。又曰"天棐諶辭",言有誠道,天輔之也。明承順天道在於崇德博施,加精致誠,孳孳而已。俗之祈禳小數,無益於應天塞異,消禍興福,較然甚明,無可疑惑。

【校記】

［一］"光"字據陳本補。《漢書》此字作先。

災異對
蔡邕

臣伏惟陛下聖德允明，深悼災眚，褒臣未[一]學，特垂訪及，非臣螻蟻所能堪副。斯誠輸寫肝膽出命之秋，豈可以顧患避害，使陛下不聞至戒哉！臣伏思諸異，皆亡國之怪也。天於大漢，殷勤不已，故屢出祅變，以當譴責，欲令人君感悟，改危即安。今災眚之發，不於它所，遠則門垣，近在寺署，其爲監戒，可謂至切。蜺蜺雞化，皆婦人干政之所致也。前者乳母趙嬈，貴重天下，生則貲藏侔於天府，死則丘墓踰於園陵，兩子受封，兄弟典郡，續以永樂門史霍玉，依阻城社，又爲姦邪。今者道路紛紛，復云有程大人者，察其風聲，將爲國患。宜高爲隄防，明設禁令，深惟趙、霍，以爲至戒。今聖意勤勤，思明邪正。而聞太尉張顥，爲玉所進；光祿勳姓[二]璋，有名貪濁；又長水校尉趙玹、屯騎校尉蓋升，並叨時幸，榮富優足。宜念小人在位之咎，退思引身避賢之福。伏見廷尉郭禧，純厚老成；光祿大夫喬玄，聰達方直；故太尉劉寵，忠實守正，並宜爲謀主，數見訪問。夫宰相大臣，君之四體，委任責成，優劣已分，不宜聽納小吏，雕琢大臣也。又尚方工技之作，鴻都篇賦之文，可且消息，以示惟憂。《詩》云："畏天之怒，不敢戲豫。"天戒誠不可戲也。宰府孝廉，士之高選。近者以辟召不慎，切責三公，而今並以小文超取選[三]舉，開請託之門，違明王之典，衆心不壓，莫之敢言。臣願陛下忍而絕之，思惟萬機，以答天望。聖朝既自約厲，左右近臣亦宜從化。人自抑損，以塞咎戒，則天道虧滿，鬼神福謙矣。臣以愚贛，感激忘身，敢觸忌諱，手書具對。夫君臣不密，上有漏言之戒，下有失身之禍。願寢臣表，無使盡忠之吏，受怨姦仇。

【校記】

［一］未，陳本、《後漢書》作末。

［二］姓，陳本作偉。《後漢書》作姓。

［三］"辟召不慎，切責三公，而今並以小文超取選"，據陳本補。《後漢書》有。

災異對
周舉

陛下初立，遵修舊典，興化致政，遠近肅然。頃年以來，稍違於前，朝多寵倖，祿不序德。觀天察人，準今方古，誠可危懼。《書》曰："僭恒暘若。"夫僭差無度，則言不從而下不正；陽無以制，則上擾下竭。宜密嚴勅州郡，察彊宗大姦，以時擒討。

卷四十九

對策上廣

賢良策
鼂錯

皇帝曰：昔[一]大禹勤求賢士，施及方外，四極之內，舟車所至，人迹所及，靡不聞命，以輔其不逮。近者獻其朙，遠者通厥聰，比善戮力，以翼天子。是以大禹能亡失德，夏以長楙。高皇帝親除大害，去亂從，並建英豪，以爲官師，爲諫爭，輔天子之闕，而翼戴漢宗也。賴天之靈，宗廟之福，方內以安，澤及四夷。今朕獲執天下之正，以承宗廟之祀，朕既不德，又不敏，朙不能燭，而智不能治，此大夫之所著聞也[二]。故詔有司、諸侯王、三公、九卿及主郡吏，各帥其志[三]，以選賢良朙於國家之大體，通於人事之終始，及能直言極諫者，各有人數，將以匡朕之不逮。二三大夫之行當此三道，朕甚嘉之，故登大夫於朝，親諭朕志。大夫其上三道之要，及永惟朕之不德，吏之不平，政之不宣，民之不寧，四者之闕，悉陳其志，毋有所隱。上以薦先帝之宗廟，下以興愚民之休利，著之于篇，朕親覽焉。

錯對曰：臣竊聞古之賢主莫不求賢以爲輔翼，故黃帝得力牧而爲五帝先，大禹得咎繇而爲三王祖，齊桓得筦子而爲五伯長。今陛下講于大禹及高皇帝之建豪英也，退託於不明，以求賢良，讓之至也。臣竊觀上世之傳，若高皇帝之建功業，陛下之德厚而得賢佐，皆有司之所覽，刻於玉版，藏於金匱，歷之春秋，紀之後世，爲帝者祖宗，與天地相終。今日[四]窋等乃以臣錯充賦，甚不稱明詔求賢之意。臣錯草茅臣，無有識知，昧死上愚對，曰：

詔策曰"明於國家大體"，愚臣竊以古之五帝明之。臣聞五帝神聖，其臣莫能及，故自親事，處於法宮之中，明堂之上；動靜上配天，下順地，中得人。故衆生之類亡不覆也，根著之徒亡不載也；燭以光明，亡偏異也；德上及飛鳥，下至水蟲，草木諸産，皆被其澤。然後陰陽調，四時節，日月光，風雨時，膏露降，五穀孰，妖孽滅，賊氣息，民不疾疫，河出圖，洛出書，神龍至，鳳鳥翔，德澤滿天下，靈光施四海。此謂配天地，治國大體之功也。

詔策曰"通於人事終始"，愚臣竊以古之三王明之。臣聞三王臣主俱賢，故合謀相輔，計安天下，莫不本於人情。人情莫不欲壽，三[五]王生而不傷也；人情莫不欲富，三王厚而不困也；人情莫不欲安，三王扶而不危也；人情莫不欲逸，三王節其力而不盡也。其爲法令也，合於人情而後行之；其動衆使民也，本於人事然後爲之。取人以己，內恕及人。情之所惡，不以彊人；情之所欲，不以禁民。是以天下樂其政，歸其德，望之若父母，從之若流水。百姓和親，國家安寧，名位不失，施及後世。此明於人情終始之功也。

詔策曰"直言極諫"，臣竊以五伯之臣明之。臣聞五伯不及其臣，故屬之以國，任之以事。五伯之佐之爲人臣也，察身而不敢誣，奉法令不容私，盡心力不敢矜，遭患難不避死，見賢不居其上，受祿不過其量，不以亡能居尊顯之位。自行若此，可謂方正之士矣。其立法也，非以苦民傷衆而爲之機陷也，以之興利除害，尊主安民而救暴亂也。其行賞也，非虛取民財妄予人也，以勸天下之忠孝而明其功也。故功多者賞厚，功少者賞薄，如此，斂民財以故其功，而民不恨者，知與而安己也。其行罰也，非以忿怒妄誅而從暴心也，以禁天下不忠不孝而害國者也。故辠大者罰重，辠小者罰輕。如此，民雖伏辠至死而不怨者，知罪罰之至，自取之也。立法若此，可謂平正之吏矣。治[六]之逆者，請而更之，不以傷民；主行之暴者，逆而復之，不以傷國。救主之失，補主之過，揚主之美，明主之功，使主內亡邪辟之行，外亡騫汙之名。事君若此，可謂直言極諫之士矣。此五伯之所以德匡天下，威正諸侯，功業甚美，名聲章朙。舉天下之賢主，五伯與焉，此身不及其臣而使得直言極諫補其不逮之功也。今陛下人民之衆，威武之重，德惠之厚，令行禁止之執，萬萬於五伯，而賜愚臣策曰"匡朕之不逮"，愚臣何足以識陛下之高朙而奉承之。

詔策曰"吏之不平，政之不宣，民之不寧"，愚臣竊以秦事明之。臣聞秦始並天下之時，其主不及三王，而臣不及其佐，然功力不遲者，何也？地形便，山川利，財用足，民利戰。其所與並者六國；六國者，臣主皆不肖，謀不輯，民不用。故當此之時，秦最富彊。夫國富彊而鄰國亂者，帝王之資也，故秦能兼六國，立爲天子。當此之時，三王之功不能進焉。及其末塗之衰也，任不肖而信讒賊；宮室過度，奢慾亡極，民力罷盡，賦斂不節；矜奮自賢，群臣恐諛，驕溢縱恣，不顧患禍；妄賞以隨喜意，妄誅以快怒心，法令煩憯，刑罰暴酷，輕絕人命，身自射殺；天下寒心，莫安其處。姦邪之吏，乘其亂法，以成其威；獄官主斷，生殺自恣。上下瓦解，各自爲制。秦始亂之時，吏之所先侵者，貧人賤民也；至其中節，所侵者富人吏家也；及其末塗，所侵者宗室大臣也。是故親疏皆危，外內咸怨，離散逋逃，人有走心。陳勝先倡，天下大潰，絕祀亡世，爲異姓福。此吏不平，政不宣，民不寧之禍也。今陛下配天象地，覆露萬民，絕秦之迹，除其亂法；躬親本事，廢去淫末；除苛解嬈，寬大愛人，肉刑不用，皋人亡帑；非謗不治，鑄錢者除；通關去塞，不孽諸侯；實禮長老，愛䘏少孤；皋人有期，後宮出嫁；尊賜孝悌，農民不租；明詔軍師，愛士大夫；求進方正，廢退姦邪；除去陰刑，害民者誅；憂勞百姓，列侯就都；親耕節用，視民不奢。所爲天下興利除害，變法易故，以安海內者，大功數十，皆上世之所難及，陛下行之，道純德厚，元元之民幸矣。

詔策曰"永惟朕之不德"，愚臣不足以當之。

詔策曰"悉陳其志，毋有所隱"，愚臣竊以五帝之賢臣䁃之。五帝其臣莫能及，則自親之；三王臣主俱賢，則共憂之；五伯不及其臣，則任使之。此所以神䁃不遺，而賢聖不廢也，故各當其世而立功德焉。《傳》曰"往者不可及，來者猶可待，能明其世者謂之天子"，此之謂也。竊聞戰不勝者易其地，民貧窮者變其業。今以陛下神明德厚，資財不下五帝，臨制天下，至今十有六年，民不益富，盜賊不衰，邊竟未安者[七]，陛下未之躬親，而待羣臣也。今執事之臣皆天下之選已，然莫能望陛下清光，譬之猶五帝之佐也。陛下不自躬親，而待不望清光之臣，臣竊愚神明之遺也。日損一日，歲亡一歲，日月益暮，盛德不及究於天下，以傳萬世，愚臣不自度量，竊爲陛下惜之。昧死上狂惑草茅之愚，臣言唯陛下財[八]擇。

【校記】

[一]陳本此有"者"字。《漢書》同。

[二]"此大夫之所著聞也"，據陳本補。《漢書》有。

[三]"各帥其志"，據陳本補。《漢書》有。

[四]日，陳本、《漢書》作臣。

[五]三，陳本作二。《漢書》作三。

[六]治，陳本、《漢書》作法。

[七]陳本此有"其所以然者"。《漢書》此處作"邊竟未安,其所以然,意者"。

[八]財,陳本作裁。《漢書》作財。

賢良第一策 三首
董仲舒

制曰:朕獲承至尊休德,傳之亡窮,而施之罔極,任大而守重,是以夙夜不皇康寧,永惟萬事之統,猶懼有闕。故廣延四方之豪雋,郡國諸侯公選賢良修絜博習之士,欲聞大道之要,至論之極。今子大夫褎然爲舉首,朕甚嘉之。子大夫其精心致思,朕垂聽而問焉。

蓋聞五帝三王之道,改制作樂而天下洽和,百王同之。當虞氏之樂莫盛於《韶》,於周莫盛於《勺》。聖王已沒,鐘鼓筦弦之聲未衰,而大道微缺,陵夷至乎桀紂之行,王道大壞矣。夫五百年之間,守文之君,當塗之士,欲則先王之法以戴翼其世者甚衆,然猶不能反,日以仆滅,至後王而後止,豈其所持操或誖謬而失其統與?固天降命不可復反,必推之於大衰而後息與?烏虖!凡所爲屑屑,夙興夜寐,務法上古者,又將無補與?三代受命,其符安在?災異之變,何緣而起?性命之情,或夭或壽,或仁或鄙,習聞其號,未燭厥理。伊欲風流而令行,刑輕而姦改,百姓和樂,政事宣昭,何修何飾而膏露降,百穀登,德潤四海,澤臻草木。三光全,寒暑平,受天之祐,享鬼神之靈,德澤洋溢,施虖方外,延及群生?

子大夫䎡先聖之業,習俗化之變,終始之序,講聞高誼之日久矣,其明以諭朕。科別其條,勿猥勿并,取之於術,慎其所出。迺其不正不直,不忠不極,枉于執事,書之不泄,興于朕躬,毋悼後害。子大夫其盡心,靡有所隱,朕將親覽焉。

仲舒對曰:陛下發德音,下䎡詔,求天命與情性,皆非愚臣之所能及也。臣謹案《春秋》之中,視前世已行之事,以觀天人相與之際,甚可畏也。國家將有失道之敗,而天迺先出災害以譴告之,不知自省,又出怪異以警懼之,尚不知變,而傷敗迺至。以此見天心之仁愛人君而欲止其亂也。自非大亡道之世者,天盡欲扶持而全安之,事在彊勉而已矣。彊勉學問,則聞見博而知益明;彊勉行道,則德日起而大有功:此皆可使還至而立有效者也。《詩》曰"夙夜匪解",《書》云"茂哉茂哉!"皆勉彊之謂也。

道者,所繇適於治之路也,仁義禮樂皆其具也。故聖王已沒,而子孫長久安寧數百歲,此皆禮樂教化之功也。王者未作樂之時,乃用先王之樂宜於世者，而以深入教化於民。教化之情不得，雅頌之樂不成，故王者功成作樂，樂其德也。樂者，所以變民風，化民俗也；其變民也易，其化人也著。故聲發於和而本於情，接于肌膚，藏於骨髓。故王道雖微缺，而筦弦之聲未衰也。夫虞氏之不爲政久矣，然而樂頌遺風猶有存者，是以孔子在齊而聞《韶》也。夫人君莫不欲安存而惡危亡，然而政亂國危者甚衆，所任者非其人，而所繇者非其道，是以政日以仆滅也。夫周道衰於幽厲，非道亡也，幽厲不繇也。至於宣王，思昔先王之德，興滯補弊，朗文武之功業，周道粲然復興，詩人美之而作，上天祐之，爲生賢佐，後世稱誦，至今不絕。此夙夜不解行善之所致也。孔子曰"人能弘道，非道弘人"也。故治亂廢興在於已，非天降命不可得反，其所操持詩謬失其統也。

臣聞天之所大奉使之王者，必有非人力所能生而自至者，此受命之符也。天下之人同心歸之，若歸父母，故天瑞應誠而至。《書》曰"白魚入于王舟，有火復于王屋，流爲烏"，此蓋受命之符也。周公曰"復哉復哉"，孔子曰"德不孤，必有鄰"，皆積善累德之效也。及至後世，淫佚衰微，不能統理群生，諸侯背畔，殘賊良民以爭壤土，廢德教而任刑罰。刑罰不中，則生邪氣；邪氣積於下，怨惡畜於上。上下不和，則陰陽繆盭而妖孽生矣。此災異所緣而起也。

臣聞命者天之令也，性者生之質也，情者人之欲也。或夭或壽，或仁或鄙，陶冶而成之，不能粹美，有治亂之所生，故不齊也。孔子曰："君子之德風，小人之德草，草上之風必偃。"故堯舜行德則民仁壽，桀紂行暴則民鄙夭。夫上之化下，下之從上，猶泥之在鈞，唯甄者之所爲；猶金之在鎔，唯冶者之所鑄。"綏之斯倈，動之斯和"，此之謂也。

臣謹案《春秋》之文，求王道之端，得之於正。正次王，王次春。春者，天之所爲也；正者，王之所爲也。其意曰，上承天之所爲，而下以正其所爲，正王道之端云爾。然則王者欲有所爲，宜求其端於天。天道之大者在陰陽。陽爲德，陰爲刑；刑主殺而德主生。是故陽常居大夏，而以生育養長爲事；陰常居大冬，而積於空虛不用之處。以此見天之任德不任刑也。天使陽出布施於上而主歲功，使陰入伏於下而時出佐陽；陽不得陰之助，亦不能獨成歲。終陽以成歲爲名，此天意也。王者承天意以從事，故任德教而不任刑。刑者不可任以治世，猶陰之不可任以成歲也。爲政而任刑，不順於天，故先王莫之肯爲也。今廢先王德教之官，而獨任執法之吏治民，毋乃任刑之意歟！孔子曰："不教而誅謂之虐。"虐政用於下，而欲德教之被四海，故難成也。

臣謹案《春秋》謂一元之意，一者萬物之所從始也，元者辭之所謂大也。謂一爲元者，視大始而欲正本也。《春秋》深探其本，而反自貴者始。故爲人君者，正心以正朝廷，正朝廷以正百官，正百官以正萬民，正萬民以正四方。四方正，遠近莫敢不壹於正，而亡有邪氣奸其間者。是以陰陽調而風雨時，群生和而萬民殖，五穀熟而草木茂，天地之間被潤澤而大豐美，四海之內聞盛德而皆來俟臣，諸福之物，可致之祥，莫不畢至，而王道終矣。

　　孔子曰："鳳鳥不至，河不出圖，吾已矣夫！"自悲可致此物，而身卑賤不得致也。今陛下貴爲天子，富有四海，居得致之位，操可致之勢，又有能致之資，行高而恩厚，知明而意美，愛民而好士，可謂誼主矣。然而天地未應而美祥莫至者，何也？凡以教化不立而萬民不正也。夫萬民之從利也，如水之走下，不以教化隄防之，不能止也。是故教化立而姦邪皆止者，其隄防完也；教化廢而姦邪並出，刑罰不能勝者，其隄防壞也。古之王者明於此，是故南面而治天下，莫不以教化爲大務。立太學以教于國，設庠序以化於邑，漸民以仁，摩民以誼，節民以禮，故其刑罰甚輕而禁不犯者，教化行而習俗美也。

　　聖王之繼亂世也，掃除其迹而悉去之，復修教化而崇起之。教化已明，習俗已成，子孫循之，行五六百歲尚未敗也。至周之末世，大爲亡道，以失天下。秦繼其後，獨不能改，又益甚之，重禁文學，不得挾書，棄捐禮誼而惡聞之，其心欲盡滅先聖之道，而顓爲自恣苟簡之治，故立爲天子十四歲而國亡矣。自古以來，未嘗有以亂濟亂，大敗天下之民如秦者。其遺毒餘烈，至今未滅，使習俗薄惡，人民嚚頑，抵冒殊捍，孰爛如此之甚者也。孔子曰："腐朽之木不可彫也，糞土之牆不可圬也。"今漢繼秦之後，如朽木糞牆矣，雖欲善治之，亡可奈何。法出而姦生，令下而詐起，如以湯止沸，抱薪救火，愈甚亡益也。竊譬之琴瑟不調，甚者必解而更張之，乃可鼓也；爲政而不行，甚者必變而更化之，乃可理也。當更張而不更張，雖有良工不能善調也；當更化而不更化，雖有大賢不能善治也。故漢得天下以來，常欲善治而至今不可善治者，失之於當更化而不更化也。古人有言曰："臨淵羨魚，不如退而結網。"今臨政而願治七十餘歲矣，不如退而更化；更化則可善治，善治則災害日去，福祿日來。《詩》云："宜民宜人，受祿于天。"夫仁爲政而宜於民者，固當受祿于天。夫仁誼禮智信五常之道，王者所當修飭也；五者修飭，故受天之祐，而享鬼神之靈，德施于方外，延及群生也。

第二策

制曰：蓋聞虞舜之時，游於巖廊之上，垂拱無爲，而天下太平。周文王至於日昃不暇食[一]，而宇內亦治。夫帝王之道，豈不同條共貫與？何逸勞之殊也？

蓋儉者不造玄黃旌旗之飾。及至周室，設兩觀，乘大路，朱干玉戚，八佾陳於庭，而頌聲興。夫帝王之道豈異指哉？或曰良玉不瑑，又云非文亡以輔德，二端異焉。

殷人執五刑以督姦，傷肌膚以懲惡。成、康不式，四十餘年天下不犯，囹圄空虛。秦國用之，死者甚衆，刑者相望，耗矣哀哉！

烏虖！朕夙寤晨興，惟前帝王之憲，永思所以奉至尊，章洪業，皆在力本任賢。今朕親耕籍田以爲農先，勸孝悌，崇有德，使者冠蓋相望，問勤勞，恤孤獨，盡思極神，功烈休德未始云獲也。今陰陽錯謬，氛氣充塞，群生寡遂，黎民未濟，廉恥貿亂，賢不肖渾殽，未得其眞，故詳延特起之士，庶幾乎！今子大夫待詔百有餘人，或道世務而未濟，稽諸上古之不同，考之于今而難行，毋迺牽於文繫而不得騁與？將所繇異術，所聞殊方與？各悉對，著于篇，毋諱有司。明其指畧，切磋究之。以稱朕意。

仲舒對曰：

臣聞堯受命，以天下爲憂，而未以位爲樂也，故誅逐亂臣，務求賢聖，是以得舜、禹、稷、卨、咎繇。衆聖輔德，賢能佐職，教化大行，天下和洽，萬民皆安仁樂誼，各得其宜，動作應禮，從容中道。故孔子曰"如有王者，必世而後仁"，此之謂也。堯在位七十載，迺遜于位以禪虞舜。堯崩，天下不歸堯子丹朱而歸舜。舜知不可辟，乃即天子之位，以禹爲相，因堯之輔佐，繼其統業，是以垂拱無爲而天下治。孔子曰"《韶》盡美矣，又盡善矣"，此之謂也。至於殷紂，逆天暴物，殺戮賢知，殘賊百姓。伯夷、太公皆當世賢者，隱處而不爲臣。守職之人皆奔走逃亡，入于河海。天下秏亂，萬民不安，故天下去殷而從周。文王順天理物，師用賢聖，是以閎夭、大顛、散宜生等亦聚於朝廷。愛施兆民，天下歸之，故太公起海濱而即三公也。當此之時，紂尚在上，尊卑昏亂，百姓散亡，故文王悼痛而欲安之，是以日昃而不暇食也。孔子作《春秋》，先正王而繫萬事，見素王之文焉。由此觀之，帝王之條貫同，然而勞逸異者，所遇之時異也。孔子曰"《武》盡美矣，未盡善也"，此之謂也。

臣聞制度文采玄黃之飾，所以明尊卑，異貴賤，而勸有德也。故《春秋》受命所先制者，改正朔，易服色，所以應天也。然則宮室旌旗之制，有法而然者也。故孔子曰："奢則不遜，儉則固。"儉非聖人之中制也。臣聞良玉不琢，資質潤美，不待刻琢，此亡異于達巷黨人不學而自知也。然則常玉不琢，不成文章；君子不學，不成其德。

臣聞聖王之治天下也，少則習之學，長則材諸位，爵祿以養其德，刑罰以威其惡，故民曉於禮誼而耻犯其上。武王行大誼，平殘賊，周公作禮樂以文之，至於成康之隆，囹圄空虛四十餘年，此亦教化之漸而仁誼之流，非獨傷肌膚之效也。至秦則不然。師申商之法，行韓非之說，憎帝王之道，以貪狼爲俗，非有文德以教訓於天下也。誅名而不察實，爲善者不必免，而犯惡者未必刑也。是以百官皆飾虛辭[一]而不顧實，外有事君之禮，內有背上之心，造僞飾詐，趣利無耻；又好用憯酷之吏，賦斂亡度，竭民財力，百姓散亡，不得從耕織之業，群盜並起。是以刑者甚眾，死者相望，而姦不息，俗化使然也。故孔子曰"導之以政，齊之以刑，民免而無耻"，此之謂也。

今陛下并有天下，海內莫不率服，廣覽兼聽，極群下之知，盡天下之美，至德昭然，施於方外。夜郎、康居，殊方萬里，說德歸誼，此太平之致也。然而功不加於百姓者，殆王心未加焉。曾子曰："尊其所聞，則高明矣；行其所知，則光大矣。高明光大，不在於他，在乎加之意而已。"願陛下因用所聞，設誠於內而致行之，則三王何異哉！

陛下親耕籍田以爲農先，夙寤晨興，憂勞萬民，思惟往古，而務以求賢，此亦堯、舜之用心也，然而未云獲者，士素不厲也。夫不素養士而欲求賢，譬猶不琢玉而求文采也。故養士之大者，莫大虖太學；太學者，賢士之所關也，教化之本原也。今以一郡一國之眾，對亡應善書者，是王道往往而絕也。臣願陛下興太學，置明師，以養天下之士，數考問以盡其材，則英俊宜可得矣。今之郡守、縣令，民之師帥，所使承流而宣化也；故師帥不賢，則主德不宣，恩澤不流。今吏既亡教訓於下，或不承用主上之法，暴虐百姓，與姦爲市，貧窮孤弱，冤苦失職，甚不稱陛下之意。是以陰陽錯繆，氛氣充塞，群生寡遂，黎民未濟，皆長吏不明，使至於此也。

夫長吏多出於郎中、中郎，吏二千石子弟選郎吏，又以富訾，未必賢也。且古所謂功者，以任官稱職爲差，非謂積日累久也。故小材雖累日，不離於小官；賢材雖未久，不害爲輔佐。是以有司竭力盡知，務治其業而以赴功。今則不然。累日以取貴，積久以致官，是以廉耻貿亂，賢不肖渾殽，未得其眞。臣愚以爲使諸列侯、郡守、二千石各擇其吏民之賢者，歲貢各二人以給宿衛，且以觀大臣之能；所貢賢者有賞，所貢不肖者有罰。夫如是，諸侯、吏二千石皆盡心於求賢，天下之士可得而官使也。徧得天下之賢人，則三王之盛易爲，而堯、舜之名可及也。毋以日月爲功，實試賢能爲上，量材而授官，祿德而定位，則廉恥殊路，賢不肖異處矣。陛下加惠[三]，寬臣之罪，令勿牽制於文，使得切磋究之，臣敢不盡愚！

【校記】
　　[一]"食"字據陳本補。《漢書》有。
　　[二]陳本此有"空言"二字。《漢書》從劉本。
　　[三]"加惠"二字據陳本補。《漢書》有。

第三策

　　制曰：蓋聞"善言天者必有徵於人，善言古者必有驗於今"。故朕垂問虖天人之應，上嘉唐虞，下悼桀、紂，寖微寖滅寖明寖昌之道，虛心以改。今子大夫冊於陰陽所以造化，習於先聖之道業，然而文采未極，豈惑虖當世之務哉？條貫靡竟，統紀未終，意朕之不明與？聽若眩與？夫三王之教所祖不同，而皆有失，或謂久而不易者道也，意豈異哉？今子大夫既已著大道之極，陳治亂之端矣，其悉之究之，孰之復之。《詩》不云乎："嗟爾君子，毋常安息，神之聽之，介爾景福。"朕將親覽焉，子大夫其茂明之。

　　仲舒對曰：臣聞《論語》曰："有始有卒者，其惟聖人乎？"今陛下幸加[一]留聽於承學之臣，復下明冊，以切究其意，而究盡聖德，非愚臣之所能具也。前所[二]條貫靡竟，統紀不終，辭不別白，指不分明，此臣淺陋之罪也。

　　冊曰[三]："善言天者必有徵於人，善言古者必有驗於今。"臣聞天者群物之祖也。故徧覆包涵而無所殊，建日月風雨以和之，經陰陽寒暑以成之。故聖人法天而立道，亦溥愛而亡私，布德施仁以厚之，設誼立禮以導之。春者天之所以生也，仁者君之所以愛也；夏者天之所以長也，德者君之所以養也；霜者天之所以殺也，刑者君之所以罰也。繇此言之，天人之徵，古今之道也。孔子作《春秋》，上揆之天道，下質諸人情，參之於古，考之於今。故《春秋》之所譏，災害之所加也；《春秋》之所惡，怪異之所施也。書邦家之過，兼災異之變，以此見人之所爲，其美惡之極，乃與天地流通而往來相應，此亦言天之一端也。古者修教訓之官，務以德善化民，民已大化之後，天下常亡一人之獄矣。今世廢而不修，亡以化民，民以故棄行誼而死財利，是以犯法而罪多，一歲之獄以萬千數。以此見古之不可不用也，故《春秋》變古則譏之。天令之謂命，命非聖人不行；質樸之謂性，性非教化不成；人欲之謂情，情非度制不節。是故王者上謹於承天意，以順命也；下務明教化民，以成性也；正法度之宜，別上下之序，以防欲也；脩此三者，而大本舉矣。人受命於天，固超然異於群生，入有父子兄弟之親，出有君臣上下之誼，會聚相遇，則有耆老長幼之施，粲然有文以相接，驩然有恩以相愛，此人之所以貴也。生五穀以食之，桑麻以衣之，六畜以養之，服牛乘馬，圈豹檻虎，是其得天之靈，貴於物也。故孔子曰："天地之性人爲貴。"明於天性，知自貴於物；知自貴於物，然後知仁誼；知仁誼，然後重禮節；重禮節，然後安處善；安處善，然後樂循理；樂循理，然後謂之君子。故孔子曰"不知命，亡以爲君子"，此之謂也。

策曰："上嘉唐、虞，下悼桀、紂，寖微寖滅寖明寖昌之道，虛心以改。"臣聞衆少成多，積小致鉅，故聖人莫不以晻致明，以微致顯。是以堯發於諸侯，舜興乎深山，非一日而顯也，蓋有漸以致之矣。言出於己，不可塞也；行發於身，不可掩也。言行，治之大者，君子之所以動天地也。故盡小者大，慎微者著。《詩》曰："惟此文王，小心翼翼。"故堯兢兢日行其道，而舜業業日致其孝，善積而名顯，德章而身尊，以其寖明寖昌之道。積善在身，猶長日加益，而人不知也；積惡在身，猶火之銷膏，而人不見也。非明乎情性、察乎流俗者，孰能知之？此唐、虞之所以得令名，而桀、紂之可爲悼懼者也。夫善惡之相從，如影鄉之應形聲也。故桀、紂暴謾，讒賊並進，賢知隱伏，惡日顯，國日亂，晏然自以如日在天，終陵夷而大壞。夫暴逆不仁者，非一日而亡也，亦以漸至，故桀、紂雖亡道，然猶享國十餘年，此其寖微寖滅之道也。

策曰："三王之教所祖不同，而皆有失，或謂久而不易者道也，意豈異哉？"臣聞夫樂而不亂、復而不厭者謂之道；道者萬世亡獘，獘者道之失也。先王之道必有偏而不起之處，故政有眊而不行，舉其偏者以補其弊而已矣。三王之道所祖不同，非其相反，將以捄溢扶衰，所遭之變然也。故孔子曰："亡爲而治者，其舜乎！"改正朔，易服色，以順天命而已；其餘盡循堯道，何更爲哉！故王者有改制之名，亡變道之實。然夏上忠，殷上敬，周上文者，所繼之捄，當用此也。孔子曰："殷因於夏禮，所損益可知也；周因於殷禮，所損益可知也；其或繼周者，雖百世可知也。"此言百王之用，以此三者矣。夏因於虞，而獨不言所損益者，其道如一而所上同也。道之大原出于天，天不變，道亦不變，是以禹繼舜，舜繼堯，三聖相受而守一道，亡救獘之政也，故不言其所損益也。繇是言之，繼治世者其道同，繼亂世者其道變。今漢繼大亂之後，若宜少損周之文致，用夏之忠者。

陛下有明德嘉道，愍世欲之靡薄，悼王道之不昭，故舉賢良方正之士，論議考問，將欲興仁誼之林[四]德，明帝王之法制，建太平之道也。臣愚不肖，述所聞，誦所學，道師之言，厪能勿失耳。若迺論政事之得失，察天下之息耗，此大臣輔佐之職，三公九卿之任，非臣仲舒所能及也，然而臣竊有恠者。夫古之天下亦今之天下，今之天下亦古之天下，共是天下，古以大治，上下和睦，習俗美盛，不令而行，不禁而止，吏亡姦邪，民亡盜賊，囹圄空虛，德潤草木，澤被四海，鳳皇來集，麒麟來游，以古準今，壹何不相逮之遠也！安所繆盭而陵夷若是？意者有所失於古之道與？有所詭於天之理與？試迹之古，返之於天，黨可得見乎？

夫天亦有所分予，予之齒者去其角，傅其翼者兩其足，是所受大者不得取小也。古之所予祿者，不食於力，不動於末，是亦受大者不得取小，與天同意者也。夫已受大，又取小，天不能足，而況人乎！此民之所以囂囂苦不足也。身寵而載高位，家溫而食厚祿，因乘富貴之資力，以與民爭利於下，民安能如之哉！是故衆其奴婢，多其牛羊，廣其田宅，博其產業，畜其積委，務此而亡已，以迫蹵民，民日削月朘，寖以大窮。富者奢侈羨溢，貧者窮急愁苦；窮急愁苦而上不救，則民不樂生；民不樂生，尚不避死，安能避罪！此刑罰之所以蕃而奸邪不可勝者也。故受祿之家，食祿而已，不與民爭業，然後利可均布，而民可家足。此上天之理，而亦太古之道，天子之所宜法以爲制，大夫之所當循以爲行也。故公儀子相魯，之其家見織帛，怒而出其妻，食於舍而茹葵，慍而拔其葵，曰："吾已食祿，又奪園夫紅女利乎！"古之賢人君子在列位者皆如是，是故下高其行而從其教，民化其廉而不貪鄙。及至周室之衰，其卿大夫緩於誼而急於利，亡推讓之風而有爭田之訟。故詩人疾而刺之，曰："節彼南山，惟石巖巖，赫赫師尹，民具爾瞻。"爾好誼，則民鄉仁而俗善；爾好利，則民好邪而俗敗。由是觀之，天子大夫者，下民之所視效，遠方之所四面而內望也。近者視而放之，遠者望而效之，豈可以居賢人之位而爲庶人行哉！夫皇皇求財利常恐乏匱者，庶人之意也；皇皇求仁義常恐不能化民者，大夫之意也。《易》曰："負且乘，致寇至。"乘車者君子之位也，負擔者小人之事也，此言居君子之位而爲庶人之行者，其患禍必至也。若居君子之位，當君子之行，則舍公儀休之相魯，亡可爲者矣。

《春秋》大一統者，天地之常經，古今之通誼也。今師異道，人異論，百家殊方，指意不同，是以上亡以持一統；法制數變，下不知所守。臣愚以爲諸不在六藝之科孔子之術者，皆絕其道，勿使並進。邪辟之說滅息，然後綂紀可一而法度可明，民知所從矣。

【校記】
　　[一]《漢書》此有"惠"字。
　　[二]《漢書》此有"上對"二字。
　　[三]"臣聞《論語》曰"至"冊曰"，劉本無，陳本有。
　　[四]林，陳本、《漢書》作休。

卷五十

對策二

賢良對策
公孫弘

制曰：蓋聞上古至治，畫衣冠，異章服，而民不犯；陰陽和，五穀登，六畜蕃，甘露降，風雨時，嘉禾興，朱中生，山不童，澤不涸；麟鳳在郊藪，龜龍游于沼，河洛出圖書；父不喪子，兄不哭弟；北發渠搜，南撫交趾，舟車所至，人迹所及，跂行喙息，咸得其宜。朕甚嘉之，今何道而臻乎此？子大夫脩先聖之術，明君臣之義，講諭洽聞，有聲乎當世。敢問子大夫：天人之道，何所本始？吉凶之效，安所期焉？禹、湯水旱，厥咎何由？仁義禮知四者之宜，當安設施？屬統垂業，物鬼變化，天命之符，廢興何如？天文、地理、人事之紀，子大夫習焉。其悉意正議，詳具其對，著之于篇，朕將親覽焉，靡有所隱。

弘對曰：臣聞上古堯、舜之時，不貴爵賞而民勸善，不重刑罰而民不犯，躬率以正而遇民信也；末世貴爵厚賞而民不勸，深刑重罰而姦不止，其上不正，遇民不信也。夫厚賞重刑未足以勸善而禁非，必信而已矣。是故因能任官，則分職治；去無用之言，則事情得；不作無用之器，即賦斂省；不奪民時，不妨民力，則百姓富；有德者進，無德者退，則朝廷尊；有功者上，無功者下，則群臣逡；罰當罪，則姦邪止；賞當賢，則臣下勸：此八者，治民之本也。故民者，業之即不爭，理得則不怨，有禮則不暴，愛之則親上，此有天下之急者也。故法不遠義，則民服而不離；和不遠禮，則民親而不暴。故法之所罰，義之所去也；和之所賞，禮之所取也。禮義者，民之所服也，而賞罰順之，則民不犯禁矣。故畫衣冠，異章服，而民不犯者，此道素行也。

臣聞之，氣同則從，聲比氣[一]應。今人主和德於上，百姓和合於下，故心和則氣和，氣和則形和，形和則聲和，聲和則天地之和應矣。故陰陽和，風雨時，甘露降，五穀登，六畜蕃，嘉禾興，朱中生，山不童，澤不涸，此和之至也。故形和則無疾，無疾則不夭，故父不喪子，兄不哭弟。德配天地，明並日月，則麟鳳至，龜龍在郊，河出圖，洛出書，遠方之君莫不說義奉幣而來朝，此和之極也。

臣聞之，仁者愛也，義者宜也，禮者所履也，智者術之原也。致利除害，兼愛無私，謂之仁；明是非，立可否，謂之義；進退有度，尊卑有分，謂之禮；擅殺生之柄，通壅塞之塗，權輕重之數，論得失之道，使遠近情偽必見於上，謂之術；凡此四者，治之本，道之用也，皆當設施，不可廢也。得其要，則天下安樂，法設而不用；不得其術，則主蔽於上，官亂於下。此事之情，屬統垂業之本也。

臣聞堯遭鴻水，使禹治之，未聞禹之有水也。若湯之旱，則桀之餘烈也。桀、紂行惡，受天之罰；禹、湯積德，以王天下。因此觀之，天德無私親，順之和起，逆之害生。此天文、地理、人事之紀也。臣弘愚戇，不足以奉大對。

【校記】

[一]氣，陳本、《漢書》作則。

日蝕地震賢良策[一]
杜欽

臣聞日蝕、地震，陽微陰盛也。臣者，君之陰也；子者，父之陰也；妻者，夫之陰也；夷狄者，中國之陰也。《春秋》日蝕三十六，地震五，或夷狄侵中國，或政權在臣下，或婦乘夫，或臣子背君父，事雖不同，其一類也。臣竊觀人事以考變異，則本朝大臣無不自安之人，外戚親屬無乖刺之心，關東諸侯無彊大之國，三垂蠻夷無逆理之節，殆為後宮。何以言之？日以戊申蝕，時加未，戊未，土也；土者，中宮之部也。其夜地震未央宮殿中，此必適妾將有爭寵相害而為患者，唯陛下深戒之。變感[二]以類相應，人事失於下，變象見於上。能應之以德，則異咎消亡；不能應之以善，則禍敗至。高宗遭雊雉之戒，飭己正事，享百年之壽，陰[三]道復興，要在所以應之。應之非誠不立，非信不行。宋景公小國之諸侯耳，有不忍移禍之誠，出人君之言三，熒惑為之退舍。以陛下聖明，內推至誠，深思天變，何應而不感？何搖而不動？孔子曰："仁遠乎哉！"唯陛下正后妾，抑女寵，防奢泰，去佚游，躬節儉，親萬事，數御安車，由輦道，親二宮之饗膳，致昏晨之定省。如此，即堯、舜不足與比隆，咎異何足消滅？如不留聽於庶事，不論材而授位，殫天下之財以奉淫侈，匱萬姓之力以從耳目，近諂諛之人而遠公方，信讒賊之人以誅忠良，賢俊失在巖穴，大臣怨於不以，雖無變異，社稷之憂也。天下至大，萬事至重，祖業至重，誠不可以佚豫為，不可以奢泰持也。唯陛下忍無益之欲，以全衆庶之命。臣欽愚戇，言不足采。

【校記】

　[一]陳本題作《對日蝕地震賢良策》。
　[二]感，陳本作或。《漢書》作感。
　[三]陰，陳本、《漢書》作殷。

對舉平帝賢良策[一]
申屠剛

　[二]臣聞：王事失則神祇怨怒，奸邪亂正，故陰陽謬錯。此天所以譴告王者，欲令失道之君，曠然覺悟，懷邪之臣，懼然自刻者也。今朝廷不考功校德，而虛納毀譽，數下詔書，張設重法，抑斷誹謗，禁割論議，罪之重者，乃至腰斬。傷忠臣之情，挫直士之銳，殆乖建進善之旌，縣敢諫之鼗，闢四門之路，明四目之義也。

　臣聞成王幼少，周公攝政，聽言下賢，均權布寵，無舊無新，唯仁是親，動順天地，舉措不失。然近則召公不悅，遠則四國流言。夫子母之性，天道至親，今聖主幼少，始免繈褓，即位以來，至親分離，外戚杜隔，恩不得通。且漢家之制，雖任英賢，猶援姻戚。親疎相錯，杜塞間隙，誠所以安宗廟，重社稷也。今馮、衛無罪，久廢不錄，或處窮僻，不若民庶，誠非慈愛忠孝承上之意。夫為人後者，自有正義，至尊至卑，其勢不嫌，是以人無賢愚，莫不為怨，奸臣賊子，以之為便，不諱之變，誠難其慮。今之保傅，非古之周公。周公至聖，猶尚有累，何況事失其衷，不合天心者哉！

　昔周公先遣伯禽守封於魯，以義割恩，寵不加後，故配天郊祀，三十餘世。霍光秉政，輔翼少主，修善進士，名為忠直，而尊崇其宗黨，摧抑外戚，結貴據權，至堅至固，終沒之後，受禍滅門。方今師傅皆以伊、周之位，據賢保之任，以此思化，則功何不至？不思其危，則禍何不到？損益之際，孔父攸歎，持滿之戒，老氏所慎。蓋功冠天下者不安，威震人主者不全。今承衰亂之後，繼重敝之世，公家屈竭，賦斂重數。苛吏奪其時，貪夫侵其財，百姓困乏，疾疫夭命。盜賊群冀[三]，且以萬數，軍行衆止，竊號自立，攻犯京師，燔燒縣邑，至乃訛言積弩入宮，宿衛驚懼。自漢興以來，誠未有也。國家微弱，姦謀不禁，六極之效，危於累卵。王者承天順地，興爵主刑，不敢以天官私其宗，不敢以天罰輕其親。陛下宜遂聖明之德，昭然覺悟，遠述帝王之迹，近遵孝文之業，差五品之屬，納至親之序，亟遣使者徵中山太后，置之別宮，令時朝見。又召馮、衛二族，裁與冗職，使得執戟，親奉宿衛，以防未然之符，以抑患禍之端，上安社稷，下全保傅，內和親戚，外絕邪謀。

【校記】

[一]陳本題作《對舉賢良方正策》。
[二]陳本此有"剛對曰"三字。
[三]冀，陳本、《後漢書》作輩。

賢良策[一]
李固

對曰：臣聞王者父天母地，寳有山川。王道得則陰陽和穆，政化乖則崩震爲災。斯皆關之天心，效於成事者也。夫化以職成，官由能理。古之進者，有德有命；今之進者，唯財與力。伏聞詔書務求寬博，疾惡嚴暴。而今長吏多殺伐致聲名者，必加遷賞。其存寬和無黨援者，輒見斥逐，是以淳厚之風不宣，雕薄之俗未革。雖繁刑重禁，何能有益？前孝安皇帝變亂舊典，封爵阿母，因造妖孽，使樊豐之徒乘權放恣，侵奪主威，改亂嫡嗣，至令聖躬狼狽，親遇其艱。既拔自困殆，龍興即位，天下喁喁，屬望風政。積敝之後，易致中興，誠當沛然，思惟善道，而論者猶云方今之事，復同於前。臣伏從山草，痛心傷臆。實以漢興以來，三百餘年，賢聖相繼，十有八主。豈無阿乳之恩？豈忘貴爵之寵？然上畏天威，俯按經典，知義不可，故不封也。今宋阿母雖有大功勤謹之德，但加賞賜，足以酬其勞苦；至於裂土開國，實乖舊典。聞阿母體性謙宮，必有遜讓，陛下宜許其辭國之高，使成萬安之福。

夫妃后之家所以少完全者，豈天性當然？但以爵位尊顯，專總權柄，天道惡盈，不知自損，故至顛仆。先帝寵遇閻氏，位號太疾，故其受禍，曾不旋時。《老子》曰："其進銳，其退速也。"今梁氏戚爲椒房，禮所不臣，尊以高爵，尚可然也。而子弟群從，榮顯兼加，永平、建初故事，殆不如此。宜令步兵校尉冀及諸侍中選居黃門之官，使權去外戚，政歸國家，豈不休乎！

又詔書所以禁侍中尚書中臣子弟不得爲使[二]察孝廉者，以其秉威權，客請託故也。而中常侍在日月之側，聲勢振天下，子弟祿仕，曾無限極。雖外託記謙黙，不干州郡，而諂偽之徒，望風進舉。今可爲設常禁，同之中臣。

昔館陶公主爲子求郎，明帝不許，賜錢千萬。所以輕厚賜，重薄位者，爲官人失才，害及百姓也。竊聞長水司馬代宣、開陽城門候羊迪等，無佗功德，初拜便眞；此雖小失，而漸壞舊章。先聖法度，所宜堅守，政教一跌，百年不復。《詩》云："上帝板板，下民卒癉。"刺周王變祖法度，故使下民將盡病也。

今陛下之有尚書，猶天下之有北斗也。斗爲天喉舌，尚書亦爲陛下喉舌。斗斟酌元氣，運平四時；尚書出納王命，賦政四海。權尊勢重，責之所歸，若不平心，災眚必至。誠宜審擇其人，以毗聖政。今與陛下共理天下者，外則公卿、尚書，内則常侍、黄門，譬猶一門之内，一家之事，安則共其福慶，危則通其禍敗。刺史、二千石，外統職事，内受法則。夫表曲者景必邪，源清者流必潔，猶扣樹本，百枝皆動也。《周頌》曰："薄言振之，莫不震疊。"此言動之於内，而應於外者也。由此言之，本朝號令，豈可蹉跌？門隙一開，則邪人動心；利競暫啓，則仁義道塞。刑罰不能復禁，化導以之凌壞，此天下之紀綱，當今之急務。陛下宜開石室，陳圖書，招會群儒，引問失得，指摘變象，以求天意。其言有中理，即時施行，顯拔其人，以表能者。則聖聽日有所聞，忠臣盡其所知。又宜罷退宦官，去其權重，裁制常侍二人，方直有德者，省事左右；小黄門五人，才智閑雅者，給事殿中。如此，則論者厭塞，升平可致也。臣所以敢陳愚瞽，冒昧自聞者，儻或皇天欲令微臣覺悟陛下。陛下宜熟察臣言，憐赦臣死。

【校記】

[一]陳本題作《對賢良時務策》。

[二]使，陳本、《後漢書》作吏。

大旱策
周舉

問曰：朕以不德，仰承三統，夙興夜寐，思協大中。頃年以來，旱災屢應，稼穡焦枯，民食困乏。五品不訓，王澤未流，羣司素餐，據非其位。審所貶黜，變復之徵，厥效何由？分別具對，勿有所諱。

對曰：臣聞《易》稱"天尊地卑，乾坤以定"。二儀交構，乃生萬物，萬物之中，以人爲貴。故聖人養之以君，成之以化，順四節之宜，適陰陽之和，便男女婚娶不過其時。包之以仁恩，導之以德教，示之以災異，訓之以嘉祥。此先聖承乾養物之始也。夫陰陽閉隔，則二氣否塞；二氣否塞，則人物不昌；人物不昌，則風雨不時；風雨不時，則主其[一]成災。陛下處唐、虞之位，未行堯、舜之政，近廢文帝、光武之法，而循亡秦奢侈之欲，內積怨女，外有曠夫。今皇嗣不興，東宮未立，傷和逆理，斷絕人倫之所致也。非但陛下行此而已，豎宦之人，亦復虛以形勢，威侮良家，取女閉之，至有白首歿無配偶，逆於天心。昔武王入殷，出傾宮之女；成湯遭災，以六事剋已；魯僖公遇旱，而自責祈雨，皆以精誠，轉禍爲福。自枯旱以來，彌歷年歲，未聞陛下改過之效，徒勞至尊暴露風塵，誠無益也。又下州郡祈神致請。昔齊有大旱，景公欲祀河伯，晏子諫曰："不可。夫河伯以水爲城國，魚鱉爲民庶。水盡魚枯，豈不欲雨？自是不能致也。"陛下所行，但務其華，不尋其實，猶緣木求魚，却行求前。誠宜推信革政，崇道辯惑，出後宮不御之女，理天下冤枉之獄，除太官重膳之費。夫五品不訓，責在司徒，有非其位，宜急黜斥。臣自藩外擢典納言，學薄智淺，不足以對。《易傳》曰："陽感天，不旋日。"惟陛下留神裁察。

【校記】

[一]主其，陳本、《後漢書》作水旱，是。

賢良方正策
皇甫規

對曰：伏惟孝順皇帝，初勤王政，紀綱四方，幾以獲安。後遭姦僞，威分近習，畜貨聚馬，戲謔是聞。又因緣嬖倖，受賂賣爵，輕使賓客，交錯其間，天下擾擾，從亂如歸。故每有征戰，鮮不挫傷，官民並竭，上下窮虛。臣在關西，竊聽風聲，未聞國家有所先後，而威福之來咸歸權倖。陛下體兼乾坤，聰哲純茂。攝政之初，拔用忠貞，其餘維綱，多所改正。遠近翕然，望見太平。而地震之後，霧氣白濁，日月不光，旱魃爲虐，大賊從橫，流血川野，庶品不安，譴誡累至，殆以姦臣權重之所致也。其常侍尤無狀者，亟便黜遣，披埽凶黨，收入財賄，以塞痛怨，以答天誡。

今大將軍梁冀、河南尹不疑，處周、邵之任，爲社稷之鎮，加與王室世爲姻族，今日立號雖尊可也，實宜增脩謙節，輔以儒術，省去遊娛不急之務，割減廬第無益之飾。夫君者舟也，人者水也；羣臣乘舟者也，將軍兄弟操檝者也。若能平志畢力，以度元元，所謂福也。如其怠弛，將淪波濤，可不慎乎！夫德不稱祿，猶鑿塘之趾，以益其高。豈量力審功安固之道哉？凡諸宿猾、酒徒、戲客，皆耳納邪聲，口出謟言，甘心逸遊，唱造不義。亦宜貶斥，以懲不軌。令冀等深思得賢之福，失人之累。又在位素餐，尚書怠職，有司依違，莫肯糾察，故使陛下專受謟諛之言，不聞戶牖之外。臣誠知阿諛有福，深言近禍，豈敢隱心以避誅責乎！臣生長邊遠，希涉紫庭，怖慴失守，言不盡心。

牋

與劉璋牋

法正

　　正受性無術，盟好違損，懼左右不悉本末，必並歸咎，蒙恥沒身，辱及執事，是以捐身于外，不敢反命。恐聖德穢惡其聲，故中間不有牋敬，顧念凡遇，瞻望悢悢。然惟前後披露腹心，自從始初以至於終，實不藏情，有所不盡，但愚闇策薄，精誠不感，以致于此耳。今國事已危，禍害在速，雖捐放于外，言足增尤，猶貪極所懷，以盡餘忠。明將軍本心，正之所知也。實爲區區不欲失左將軍之意，而卒至于是者，左右不達英雄從事之道，謂可違信黷誓，而以意氣相致，日月相選，趨求順耳悅目，隨阿遂指，不圖遠慮爲國深計故也。事變旣成，又不量彊弱之勢，以爲左將軍縣遠之衆，糧穀無儲，欲得以多擊少，曠日相持。而從關至此，所歷輒破，離宮別屯，日自零落。雒下雖有萬兵，皆壞陣之卒，破軍之將，若欲爭一旦之戰，則兵將勢力，實不相當。各欲遠期計糧者，今此營守已固，穀米已積，而明將軍土地日削，百姓日困，敵對遂多，所供遠曠。愚意計之，謂必先竭，將不復以持久也。空爾相守，猶不相堪。今張益德數萬之衆，已定巴東，入犍爲界，分平資中、德陽，三道並侵，將何以禦之？本爲明將軍計也，必謂此軍縣遠無糧，餽運不及，兵少無繼。今荊州道通，衆數十倍，加孫車騎遣弟及李異、甘寧等爲其後繼。若爭客主之勢，以土地相勝者，今此全有巴東、廣漢、犍爲，過半已定，巴西一郡，復非明將軍之有也。計益州所仰惟蜀，亦破壞，三分亡二；吏民疲困，思爲亂者十戶而八。若敵遠則百姓不能堪役，敵近則一旦易主矣。廣漢諸縣，是明比也。又魚腹與關頭實爲益州福禍之門，今二門悉開，堅城皆下，諸軍並破，兵將俱盡，而敵家數道並進，已入心腹，坐守都、雒，存亡之勢昭然可見。斯乃大畧，其外較耳,其餘屈曲,難以辭極也。以正下愚,猶知此事不可復成,況朗將軍左右明智用謀之士,豈當不見此數哉?旦夕偸幸,求容取媚,不慮遠圖,莫冒盡心獻良計耳。若事窮勢迫,將各索生,求濟門戶,展轉反覆,與今計異,不爲明將軍盡死難也,而尊門猶當受其憂。正雖獲不忠之謗,然心自謂不負聖德,顧惟分義,實竊痛心。左將軍從本舉來,舊心依依,實無薄意。愚以爲可圖變化,以保尊門。

諫齊王奮牋
諸葛恪

帝王之尊,與天同位,是以家天下,臣父兄,四海之內,皆爲臣妾。仇讎有善,不得不舉;親戚有惡,不得不誅[一]。所以承天理物,先國後身,蓋聖人立制,百代不易之道也。

昔漢初興,多王子弟,至於太疆,輒爲不軌,上則幾危社稷,下則骨肉相殘,其後懲戒,以爲大諱。自光武以來,諸王有制,惟得自娛於宮內,不得臨民,干與政事。其與交通,皆有重禁,遂以全安,各保福祚。此則前世得失之驗也。近袁紹、劉表各有國土,土地非狹,人衆非弱,以適庶不分,遂滅其宗祀。此乃天下愚智所共嗟痛。

大行皇帝覽古戒今,防芽遏萌,慮於千載。是以寢疾之日,分遣諸王,各早就國,詔策殷勤,科禁嚴峻,其所戒勅,無所不至。誠欲上安宗廟,下全諸王。使百世相承,無凶國害家之悔也。大王宜上惟太伯順父之志,中念河間獻王、東海王強恭敬之節,下當存抑驕恣荒亂以爲警戒。而聞頃至武昌以來,多違詔勅,不拘制度,擅發諸將兵治護宮室。又左右當從有罪過者,當以表聞,公付有司,而擅私殺,事不明白。大司馬呂岱親受先帝詔勅,輔導大王,旣不承用其言,令懷憂怖。華錡先帝近臣,忠良正直,其所陳導,當納用之,而聞怒錡,有收縛之語。又中書楊融,親受詔勅,所當恭肅,云"正自不聽禁,當如我何"?聞此之日,大小驚怪,莫不寒心。

里語曰:"明鏡所以照形,古事所以知今。"大王宜深以魯王爲戒,改易其行,戰戰兢兢,盡敬朝廷,如此則無求不得。若棄忘先帝法教,懷輕慢之心,臣下寧負大王,不敢負先帝遺詔;寧爲大王所怨疾,豈敢忘尊王之威,而令詔令不行於藩臣邪?此古今正義,大王所照知也。夫福來有由,禍生有漸,漸生不憂,將不可悔,向使魯王早納忠直之言,懷驚懼之慮,享祚無窮,豈有滅亡之過哉?夫良藥苦口,惟疾者能甘之。忠言逆耳,惟達者能受之,今者恪等慺慺欲爲大王除危殆於萌芽,廣福慶之基原,是以不自知言至，願蒙三思。

【校記】

[一]珠，陳本、《三國志》作誅。

薦何慮則牋
應璩

璩聞唐堯因羣士以通治，齊桓假衆能以定業，是故八元進則太平之化成，六賢用則九合之功立。竊見同郡和模，字慮則，質性純粹，體度貞正，履仁蹈義，動循軌禮，方今海内企踵，欣慕捉髮之德；山林投褐，思望旌弓之招，寔英奇敘用之時，貢達進致之良秋也。令夜光之璧，顯價於和氏之肆；千里之足，定功於伯樂之庭，庶有以宣明大道，光益時化。

至洛與成都王牋
陸機

王室多故，禍難荐有，羊玄之乘寵凶豎，專記朝政，姦臣賊子，是爲比周。皇甫商同惡相求，共爲亂階。至令天子飄颻，甚於贊[一]旒。伏惟明公匡濟之舉，義命方宣，先[二]戎旣啓，風威電赫。機以駑暗，文武寡施，猥蒙橫授，委任外裀[三]。輒承嚴教，董率諸軍，唯力是視。

【校記】

[一]贊，陳本同。《陸機集校箋》作贅。
[二]先，陳本同。《陸機集校箋》作元。
[三]裀，陳本同。《陸機集校箋》作梱。

薦唐叟牋
庾闡

蓋桂林生於五嶺，杞梓出於南荆。夫以卉木之盛，猶載在方志。況千里之朝，懷其良彦，而使人滯於常流，莫登于龍津者乎！郡工曹史泉陵唐叟永延，履敏素，和而有政，立身持操，行著一邦。若得驂軌驚衡，服襄駿足，則機石之良選，可以對揚萬里者也。

與會稽王箋
王羲之

古人恥其君不爲堯舜,北面之道,豈不願尊其所事,比隆徃代,況遇千載一時之運?顧智力屈於當年,何得不權輕重而處之也。今雖有可欣之會,內諸求己,而所憂乃重於所欣。《傳》云:"自非聖人,外寧必有內憂。"今外不寧,內憂以深。古之弘大業者,或不謀於衆,傾國以濟一時功者,亦徃徃而有之。誠獨運之明足以邁衆,蹔勞之弊終獲永逸者可也。求之於今,可得擬議乎!

夫廟算決勝,必宜審量彼我,萬全而後動。功就之日,便當因其衆而即其實。今功未可期,而遺黎殲盡,萬不餘一。且千里饋糧,自古爲難,況今轉運供繼,西輸許、洛,北入黃河。雖秦政之弊,未至於此,而十室之憂,便以交至。今運無還期,徵求日重,以區區吳越經緯天下十分之九,不亡何待?而不度德量力,不弊不已,此封內所痛心歎悼,而莫敢吐誠。

徃者不可諫,來者猶可追。願殿下更垂三思,解而更張,令殷浩、荀羨還據合肥、廣陵,許昌、譙郡、梁、彭城諸軍皆還保淮,爲不可勝之基。須根立勢舉,謀之未晚,此實當今策之上者。若不行此,社稷之憂可計日而待。安危之機,易於反掌,考之虛實,著於目前,願運獨斷之朙,定之於一朝也。

地淺而言深,豈不知其未易。然古人處閭閻行陣之間,尚或干時謀國,評裁者不以爲譏,況厠大臣未行,豈可默而不言哉!存亡所係,決在行之,不可復持疑後機;不定之於此,後欲悔之,亦無及也。

殿下德冠宇內,以公室輔朝,最可直道行之,致隆當年,而未允物望,受殊遇者所以寤寐長歎,實爲殿下惜之。國家之慮深矣,深恐伍員之憂不獨在昔,麋鹿之游將不止林藪而已。願殿下蹔廢虛遠之懷,以救倒懸之急,可謂以亡爲存,轉禍爲福,則宗廟之慶,四海有賴矣。

與會稽王牋
范弘之

下官輕微寒士,謬得厠在俎豆,實懼辱累清流,惟塵聖世。竊以人君居廟堂之上,智周四海之外者,非徒聰朙內照,亦賴群言之助也。是以舜之佐堯,以啓闢爲首;咎繇薦禹,以侃侃爲先,故下無隱情之責,上收神朙之功。敢緣斯義,志在輸盡。常以謝石黷累,應被清澄;殷浩忠貞,宜蒙褒顯,是以不量輕弱,先衆言之。而惡直醜正。其徒實繁,雖仰恃聖主欽朙之度,俯賴朙公愛物之隆,而友至之患,實有無賴。下官與石本無怨忌,生不相識,事無相干,正以國體宜朙,下應稍討[一]彊弱。與浩年時邈絕,世不相及,無復藉聞，故老語其遺事耳，於下官之身有何痛癢，而當爲之犯時干主邪！

每觀載籍，志士仁人有發中心任直道而行者，有懷知陽愚負情曲從者，所用雖異，而並傳後世。故比干處三仁之中，箕子爲名賢之首。後人用捨，參差不同，各信所見，率應而至。或榮名顯赫，或禍敗係踵，此皆不量時趣，以身嘗禍，雖有踽踽之稱，而非大雅之致，此亦下官所不爲也。世人乃云下官正直，能犯艱難，斯談實過。下官知主上聖朙，朙公虛己，思求格言，必不使盡忠之臣屈於邪枉之門也。是以聽獻愚誠，布之執事，豈與昔人擬其輕重邪！亦以臣之事君，惟思盡忠而已，不應復計利鈍，事不允心則讜言悟主，義感於情則陳辭靡悔。若懷情藏意，蘊而不言，此乃古人所以得罪於朙君，朙君所以致法於辜下者也。

桓溫事跡，布在天朝，逆順之情，暴之四海。在三者臣子，情豈或異？凡厥黔首，誰獨無心？舉朝嘿嘿，未有唱言者，是以頓筆按舉[二]，不敢多云。桓溫於亡祖，雖其意難測，求之於事，正免黜耳，非有至怨也。亡父昔爲溫吏，推之情禮，義兼他人。所以每懷憤發，痛若身首者，明公有以尋之。王珣以下官議殷浩諡，不宜暴揚桓溫之惡。珣感其提拔之恩，懷其入幙之遇，託以廢黜昏闇，建立聖朙，自謂此事足以明其忠貞之節，明公試復以一事觀之。昔周公居攝，道致昇平，禮樂刑政皆自己出。以德言之，周公大聖，以年言之，成王幼弱，猶復邊避君位，復子明辭。漢之霍光，大勳赫然，孝宣年未二十，亦反萬機。故能君臣俱隆，道邁千歲。若溫忠爲社稷，誠存本朝，便當仰遵二公，式是令矩，何不奉還萬機，退守藩屏？方提勒公王，匡總朝廷，豈爲先帝幼弱，未可親正[三]邪？將德桓溫，不能聽政邪？又逼脅袁宏，使作九錫，備物光赫，其文具存，朝廷畏怖，莫不景從，惟謝安、王坦之以死守之，故得稽留耳。會上天降怒，姦惡自忘[四]，社稷危而復安，靈命墜而復構。

晉自中興以來，號令威權，多出彊臣；中宗、肅祖斂衽於王敦，先皇愛屈於桓氏。今主上親覽萬機，明公光讚百揆，政出王室，人無異望，復不於今太明國典，作制百代，不審復欲待誰？先王統物，必明其典誥，貽厥孫謀，故令問休嘉，千歲承風。願明公遠覽殷周，近察漢魏，慮其所以危，求其所以安，如此而已。

【校記】

[一]下應稍討，《晉書》作"不應稍計"。

[二]舉，陳本、《晉書》作氣。

[三]正，陳本、《晉書》作政。

[四]忘，陳本、《晉書》作亡。

辭子隆箋[一]
謝朓

朓聞潢汙之水，思朝宗而每竭；駑蹇之乘，希沃若而中疲。何則？皐壤搖落，對之惆悵；岐路東西，或以鳴悒。或[二]乃服義徒擁，歸志莫從；邈若墜雨，颸[三]似秋蒂。朓實庸流，行能無算。屬天地休明，山川受納，褒採一介，抽揚小善，故捨采[四]塲圃，奉筆菟園。東亂三江，西浮七澤。契闊戎旃，從容讌語。長裾日曳，後乘載脂，榮立府廷，恩加顏色。沐髮晞陽，未測涯涘；撫臆論報，早誓肌骨。不悟滄溟未運，波臣自蕩；渤澥方春，旅翮先謝。清切蕃房，寂寥舊蓽；輕舟反泝，弔影獨留。白雲在天，龍門不見；去德滋永，思德滋深。唯待青江可望，候歸艎於春渚；朱邸方開，効蓬心於秋實。如其簪履或存，衽席無改，雖復身塡溝壑，猶望妻子知歸。攬涕告辭，悲來橫集，不任犬馬之誠[五]！

【校記】

[一]《謝宣城集校注》題作《拜中軍記室辭隨王牋》。
[二]"或"字據陳本補。《謝宣城集校注》作況。
[三]颸，陳本、《謝宣城集校注》作翩。
[四]采，陳本作菜。《謝宣城集校注》作禾。
[五]"不任犬馬之誠"，據陳本補。《謝宣城集校注》有。

卷五十一

奏記

詣公孫弘記室
董仲舒

　　江都相董仲舒叩頭死罪，再拜上言：君侯以周召自然休質，擢升三公，統理海內，總緝百寮，未有半言之教，郡國翕然望風，更思改新，以助至治。群衆所占，必有成功。仲舒叩頭死罪。

　　仲舒愚戇，素無治名，大漢之檢式，數蒙君侯哀憐之恩，惧被非任，無以稱職。仲舒竊見宰職任天下之重，群心所歸，惟須賢佐，以成聖化。願君侯大開蕭相國求賢之路，廣選舉之門。既得其人，接以周公下士之義，即奇偉隱世異倫之人，各思竭愚，歸徃聖德，英俊滿朝，百能備具。即君侯大立則，道德弘通，化流四極。仲舒愚陋，經術淺薄，所識褊陋，不能贊揚萬分，君侯所棄捐。竊聞《春秋》曰："賢聖博觀，以彰其名，擇善者從之，無所不聽。"又曰："近而不言爲諂，遠而不言爲怨。"故輒披心陳誠。仲舒叩頭死罪死罪。

　　夫堯舜三王之業，皆由仁義爲本。仁者，所以理人倫也，故聖王以爲治首。或曰："發號出令，利天下之民者，謂之仁政；疾天下之害於人者，謂之仁心。"二者備矣，然後海內應以誠，惟君侯深觀徃古，思本仁義至誠而已。方今關東五穀咸貴，家有飢餓，其死傷者半，盗賊並起，發亡不止，良民被害。爲聖主憂咎，皆由仲舒等典職防禁無素，當先坐。仲舒叩頭死罪死罪。

　　仲舒至愚，以爲扶衰止姦，本在吏耳。宜一考察天下領民之吏，留心署置，以民[一]消滅邪枉之迹，使百姓各安其產業，無有寇盜之患，以蠲主憂。仲舒叩頭死罪，謹奉《春秋》署置術，再拜君侯足下。

【校記】
　　［一］民，陳本、《古文苑》作明。

奏記蕭望之
鄭朋

　　將軍體周召之德，秉公綽之質，有卞莊之威；至乎耳順之年，履折衝之位，號至將軍，誠士之高致也。窟穴黎庶莫不懽喜，咸曰將軍其人也。今將軍規撫云若管、晏而休，遂行日仄至周、召乃留乎？若管、晏而休，則下走將歸延陵之皋，脩農圃之疇，畜雞種黍，竢見二子，沒齒而已矣。如將軍昭然度行，積思塞邪枉之險蹊，宣中庸之常政，興周召之遺業，親日仄之兼聽，則下走其庶幾願竭區區，底厲鋒鍔，奉萬分之一。

奏記霍光
丙吉

　　將軍事孝武皇帝，受繈褓之屬，任天下之寄。孝昭皇帝早崩亡嗣，海內憂懼，欲亟聞嗣主，發喪之日以大誼立後，所立非其人，復以大誼廢之，天下莫不服焉。方今社稷宗廟、群生之命在將軍之壹舉。竊伏聽於衆庶，察其所言，諸侯宗室在位列者，未有所聞於民間也。而遺詔所養武帝曾孫名病已在掖庭外家者，吉前使居郡邸時見其幼少，至今十八九矣，通經術，有美材，行安而節和。願將軍詳大議，參以蓍龜，豈宜褒顯，先使入侍，令天下昭然知之，然後決定大策，天下幸甚！

奏記東平王蒼
班固

　　永平初，東平王蒼以至戚爲驃騎將軍輔政，開東閣，延英雄。時固始弱冠，奏記說蒼曰：

　　將軍以周、召之德，立乎本朝，承休䎡之策，建威靈之號，在昔周公，今也將軍，《詩》《書》所載，未有三此者也。《傳》曰："必有非常之人，然後有非常之事；有非常之事，然後有非常之功。"固幸得生於清䎡之世，豫在視聽之末，私以螻螘，竊觀國政，誠美將軍擁千載之任，躡先聖之蹤，體弘懿之姿，據高明之執，博貫庶事，服膺"六藝"，白黑簡心，求善無厭，採擇狂夫之言，不逆負薪之議。竊見幕府新開，廣延群俊，四方之士，顛倒衣裳。將軍宜詳唐、殷之舉，察伊、皋之薦，令遠近無偏，幽隱必達，期於總覽賢才，收集䎡智，爲國得人，以寧本朝。則將軍養志和神，優遊廟堂，光名宣於當世，遺烈著於無窮。

竊見故司空掾桓梁，宿儒盛名，冠德州里，七十從心，行不踰矩，蓋清廟之光輝，當世之俊彥也。京兆祭酒晉馮，結髮修身，白首無違，好古樂道，玄默自守，古人之美行，時俗所莫及。扶風掾李育，經明行著，教授百人，客居杜陵，茅室土階。京兆、扶風二郡更請，徒以家貧，數辭病去。溫故知新，論議通朙，廉清修潔，行能純備，雖前世名儒，國家所器，韋、平、孔、翟，無以加焉。宜令考績，以參萬事。京兆督郵郭基，孝行著於州里，經學稱於師門，政務之績，有絕異之效。如得及朙時，秉事下僚，進有羽翮奮翔之用，退有杞梁一介之死。梁[一]涼州從事王雍，躬卜嚴之節，文之以術藝，梁[二]涼州冠蓋，未有宜先雍者也。古者周公一舉則三方怨，曰"奚爲而後己"。宜及府開，以慰遠方。弘農功曹史殷肅，達學洽聞，才能絕倫，誦《詩》三百，奉使專對。此六子者，皆有殊行絕才，德隆當世，如蒙征納，以輔高朙，此山梁之秋，夫子所爲歎也。昔卞和獻寶，以離斷趾；靈均納忠，終於沈身。而和氏之璧，千載垂光；屈子之篇，萬世歸善。願將軍隆照微之明，信日昃之聽，少屈威神，咨嗟下問，令塵埃之中，永無荊山、汨羅之恨。

【校記】

[一]據《後漢書》、《文選補遺》，"梁"爲衍字。

[二]同[一]。

奏記太[一]司空王邑
范升

王莽大司空王邑辟升爲議曹史。時[二]王莽頻發兵役，徵賦繁興，升乃奏記大司空王邑曰：

升聞子以人不間於其父母爲孝，臣以下不非其君上爲忠。今衆人咸稱朝聖，皆曰公朙，蓋朙者無不見，聖者無不聞。今天下之事，昭昭於日月，震震於雷霆，而朝云不見，公云不聞，元元焉所呼天？公以爲是而不言，則過小矣；知而從令，則過大矣，二者於公，無可以免，宜乎天下歸怨於公矣。朝以遠者不服爲至念，升以近者不悅爲重憂。今動與時戾，事與道反，馳騖覆車之轍，探湯敗事之後，後出益可怪，晚發愈可懼耳。方春歲首，而動發遠役，藜藿不充，田荒不耕，穀價騰躍，斛至數千，吏人陷於湯火之中，非國家之福也。如此則胡、貊守關，青、徐之寇在於帷帳矣。升有一言，可以解天下倒懸，免元元之急，不可書傳，願蒙引見，極陳所懷。

【校記】

[一]太，陳本作大。

[二]開篇至此，據陳本補。《後漢書》亦有。

奏記梁冀
朱穆

梁冀驕暴不悛，朝野嗟毒，穆以故吏，懼其釁積招禍，奏記諫曰：

古之明君，必有輔德之臣，規諫之官，下至器物，銘書成敗，以防遺失。故君有正道，臣有正路，從之如升堂，違之如赴壑。今明將軍地有申伯之尊，位爲群公之首，一日行善天下歸仁，終朝爲惡四海傾覆。頃者，官人俱匱，加以水蟲爲害，而京師諸官費用增多，詔書發調或至十倍。各言官無見財，皆當出民。民多流亡，榜掠割剥，彊令充足。公賦既重，私斂又深。牧守長吏，多非德選，貪聚無厭，遇人如虜，或絕命於篝楚之下，或自賊於迫切之求，又掠奪百姓。皆託之尊府，遂令將軍結怨天下，吏人酸毒，道路嘆嗟。昔秦政煩苛，百姓土崩，陳勝奮臂一呼，天下鼎沸；而面諛之人，猶言安耳，諱惡不悛，卒至亡滅。昔永和之末，紀綱少弛，頗失人望。四五歲耳，而財空戶散，下有離心。馬兔之徒，乘弊而起，荆、揚之間，幾成大患。幸賴順烈皇后初政清靜，內外同力，僅乃討定，乃獲安寧。今百姓戚戚，困於永和，內非仁愛之心可得容忍，外非守國之計所宜久安也。夫將相大臣，均體元首，共輿而馳，同舟而濟，輿傾舟覆，患實共之。豈可以去明即昧，履危自安，主孤時困，而莫之邮乎！宜時易宰守非其人者，減省第宅園池之費，拒絕郡國諸所奉送。內以自明，外解人惑，使挾姦之吏無所依託，司察之臣得盡耳目。憲度既張，遠邇清壹，則將軍身尊事顯，德燿無窮。天道明察，無言不信，惟垂省覽。

奏記太尉宋由
何敞

時竇氏專政，外戚奢侈，賞賜過制，倉帑爲虛。敞奏記太尉宋由，曰：

敞聞事君之義，進思盡忠，退思補過。歷觀世主時臣，無不各欲爲化，垂之無窮；然而平和之政，萬無一者，蓋以聖主賢臣不能相遭故也。今國家秉聰明之弘道，明公履晏晏之純德，君臣相合，天下翕然，治平之化，有望於今。孔子曰："如有用我者，三年有成。"今明公視事，出入再期，宜當克己，以醻四海之心。《禮》，一穀不升，則損服徹膳；天下不足，若己使然。而比年水旱，人不收穫，涼州緣邊，家被凶害；男子疲于戰陳，妻女勞於轉運，老幼孤寡，嘆息相依。又中州內郡，公私屈竭，此實損膳節用之時。國恩覆載，賞賚過度，但聞臘賜，自郎官以上，公卿王侯以下，至於空竭帑藏，損耗國資。尋公家之用，皆百姓之力。明君賜賚，宜有品制，忠臣受賞，亦應有度，是以夏禹玄圭，周公束帛。今明公位尊任重，責深負大，上當匡正綱紀，下當濟安元元，豈但空空無違而已哉！宜先正己，以率群下，還所得賜，因陳得失，奏王侯就國，除苑囿之禁，節省浮費，賑郵窮孤，則恩澤下暢，黎庶悅豫，上天聰明，必有立應。使百姓歌誦，史官紀德，豈但子文逃祿、公儀退食之比哉！

奏記劉焉
秦宓

昔百里、蹇叔以耆艾而定策；甘羅、子奇以童冠而立功，故《書》美黃髮，而《易》稱顏淵，固知選士用能，不拘長幼，明矣。乃者以來，海內察舉，率多英雋而遺舊齒，衆論不齊，異同相半，此乃承平之翔步，非亂世之急務也。夫欲救危撫亂，修己以安人，則宜卓犖超倫，與時殊趣，震驚鄰國，駭動四方。上當天心，下合人意，天人旣和，內省不疚，雖遭凶亂，何憂何懼！昔楚葉公好龍，神龍下之，好偽徹天，何況於眞？今處士任安，仁義直道，流名四遠；如今見察，則一州斯服。昔湯舉伊尹，不仁者遠；何武貢二龔，雙名竹帛。故貪尋常之高，而忽萬仞之嵩；樂面前之飾，而忘天下之譽，斯誠往古之所重慎也。甫欲鑿石索玉，剖蚌求珠，今乃隨、和炳然，有如蛟日，復何疑哉！誠知晝不操燭，日有餘光，但愚情區區，貪陳所見。

奏記王暢
張敞

五教在寬，著之經典；湯去三面，八方歸仁。武王入殷，先去炮烙之刑；高祖鑒秦，唯定三章之法。孝文皇帝感一緹縈，蠲除肉刑。卓茂、文翁、召父之徒，皆疾惡嚴刻，務崇溫厚，仁賢之政，流聞後世。夫明哲之君，綱漏吞舟之魚，然後三光明於上，人物悅於下。言之若迂，其效甚近。發屋伐樹，將爲嚴烈，雖欲懲惡，難以聞遠。以明府上智之才，日月之曜，敷仁惠之政，則海內改觀，實有折枝之易，而無挾山之難。郡爲舊都侯甸之國，園廟出於章陵，三后生自新野，士女沾教化，黔首仰風流。自中興以來，功臣將相，繼世而隆。愚以爲懇懇用刑，不如行恩；孳孳求姦，未若禮賢。舜舉皋陶，不仁者遠。隨會爲政，晉盜奔秦。虞、芮入境，讓心自生。化人在德，不在用刑。

奏記太尉蔣濟
阮籍

伏惟朗公以含一之德，據上台之位，群英翹首，俊賢抗足。開府之日，人人自以爲掾屬，辟書始下，而下走爲首。

昔子夏在於西河之上，而文侯擁篲；鄒子處於黍谷之陰，而昭王陪乘。夫布衣韋帶之士孤居特立，王公大人所以體下之者，爲道存也。今籍無鄒子[一]之道而有其陋，猥見採擇，無以稱當。方將耕於東皋之陽，輸黍稷之餘稅。負薪疲病，足力不彊，補吏之召，非所克堪。乞廻謬恩，以光清舉。

【校記】

[一]子，陳本、《阮籍集校注》作卜。

卷五十二

書上

與范宣子書
公孫僑

子爲晉國，四鄰諸侯不聞令德，而聞重幣，僑也惑之。僑聞君子長國家者，非無賄之患，而無令名之難。夫諸侯之賄，聚於宮室，則諸侯貳；若吾子賴之，則晉國貳。諸侯貳則晉國壞，晉國貳則子之家壞。何沒沒也？將焉用賄？夫令名，德之輿也；德，國家之基也。有基無壞，無亦是務乎？有德則樂，樂則能久。《詩》云："樂只君子，邦家之基。"有令德也夫！"上帝臨女，無貳爾心。"有令名也夫！恕思以明德，則令名載而行之，是以遠至邇安。毋寧使人謂子"子實生我"，而謂"子浚我以生"乎？象有齒以焚其身，賄也。

貽子產書
羊舌肸

始吾有虞於子，今則已矣。昔先王議事以制，不爲刑辟，懼民之有爭心也。猶不可禁禦，是故閑之以義，糾之以政，行之以禮，守之以信，奉之以仁，制爲祿位以勸其從，嚴斷刑罰以威其淫。懼其未也，故誨之以忠，聳之以行，教之以務，使之以和，臨之以敬，涖之以彊，斷之以剛。猶求聖哲之上，明察之官，忠信之長，慈惠之師，民於是乎可任使也，而不生禍亂。民知有辟，則不忌於上，並有爭心，以徵於書，而徼幸以成之，弗可爲矣。夏有亂政而作《禹刑》，商有亂政而作《湯刑》，周有亂政而作《九刑》，三辟之興，皆叔世也。今吾子相鄭國，作封洫，立謗政，制參辟，鑄刑書，將以靖民，不亦難乎？《詩》曰："儀式刑文王之典，日靖四方。"又曰："儀刑文王，萬邦作孚。"如是，何辟之有？民知爭端矣，將棄禮而徵於書。錐刀之末，將盡争之。亂獄滋豐，賄賂並行，終子之世，鄭其敗乎！肸聞之，"國將亡，必多制"，其此之謂乎？

絕秦書
吕相

昔逮我獻公及穆公相好，戮力同心，申之以盟誓，重之以昏姻。天禍晉國，文公如齊，惠公如秦。無禄，獻公即世，穆公不忘舊德，俾我惠公用能奉祀于晉，又不能成大勳，而爲韓之師。亦悔于厥心，用集我文公，是穆之成也。

文公躬擐甲冑，跋履山川，踰越險阻，征東之諸侯，虞、夏、商、周之胤，而朝諸秦，則亦既報舊德矣。鄭人怒君之疆場，我文公帥諸侯及秦圍鄭。秦大夫不詢於我寡君，擅及鄭盟。諸侯疾之，將致命于秦。文公恐懼，綏靜諸侯。秦師克還無害，則是我有大造於西也。

無禄，文公即世，穆爲不弔，蔑死我君，寡我襄公，迭我殽地，奸絕我好，伐我保城，殄滅我費滑，散離我兄弟，撓亂我同盟，傾覆我國家。我襄公未忘君之舊勳，而懼社稷之隕，是以有殽之師，猶願赦罪于穆公，穆公弗聽，而即楚謀我。天誘其衷，成王隕命，穆公是以不克逞志于我。

穆、襄即世，康、靈即位。康公，我之自出，又欲闕剪我公室，傾覆我社稷，帥我蝥賊，以來蕩摇我邊疆。我是以有令狐之役。康猶不悛，入我河曲，伐我涑川，俘我王官，剪我羈馬，我是以有河曲之戰。東道之不通，則是康公絕我好也。

及君之嗣也，我君景公引領西望曰："庶撫我乎！"君亦不惠稱盟，利吾有狄難，入我河縣，焚我箕、郜，芟夷我農功，虔劉我邊陲。我是以有輔氏之聚。君亦悔禍之延，而欲徼福于先君獻、穆，使伯車來，命我景公曰："吾與女同好棄惡，復修舊德，以追念前勳。"言誓未就，景公即世，我寡君是以有令狐之會。君又不祥，背棄盟誓。白狄及君同州，君之仇讎，而我之昏姻也。君來賜命曰："吾與女伐狄。"寡君不敢顧昏姻，畏君之威，而受命于吏。君有二心於狄，曰："晉將伐女。"狄應且憎，是用告我。楚人惡君之二三其德也，亦來告我曰："秦背令狐之盟，而來求盟于我，昭告昊天上帝、秦三公、楚三王曰：'余雖與晉出入，余唯利是視。'不穀惡其無成德，是用宣之，以懲不壹。"

諸侯備聞此言，斯是用痛心疾首，暱就寡人。寡人帥以聽命，唯好是求。君若惠顧諸侯，矜哀寡人，而賜之盟，則寡人之願也。其承寧諸侯以退，豈敢徼亂。君若不施大惠，寡人不佞，其不能以諸侯退矣。敢盡布之執事，俾執事實圖利之！

遺燕將書
魯仲連

　　吾聞之，智者不倍時而棄利，勇士不怯死而滅名，忠臣不先身而後君。今公行一朝之忿，不顧燕王之無臣，非忠也；殺身亡聊城，而威不信於齊，非勇也；功敗名滅，後世無稱焉，非智也。三者，世主不臣，說士不載，故智者不再計，勇士不怯死。今死生榮辱，貴賤尊卑，此時不再至，願公詳而無與俗同。

　　且楚攻齊之南陽，魏攻平陸，而齊無南面之心，以爲亡南陽之害小，不如得濟北之利大，故定計審處之。今秦人下兵，魏不敢東面；衡秦之勢成、楚國之形危；齊棄南陽，斷右壤，定濟北，計猶且爲之也。且夫齊之必決於聊城，公勿再計。今楚魏交退於齊，而燕救不至。以全齊之兵，無天下之規，與聊城共據期年之敝，則臣見公之不能得也。且燕國大亂，君臣失計，上下迷惑，栗腹以十萬之衆五折於外，以萬乘之國被圍於趙，壤削主困，爲天下僇笑。國敝而禍多，民無所歸心。今公又以敝聊之民距全齊之兵，是墨翟之守也。食人炊骨，士無反外之心，是孫臏之兵也。能見於天下[一]。雖然，爲公計者，不如全車甲以報於燕。車甲全而歸燕，燕王必喜；身全而歸於國，士民[二]如見父母，交遊攘臂而議於世，功業可明。上輔孤主以制群臣，下養百姓以資說士，矯國更俗，功名可立也。亡已亦捐燕棄世，東游於齊乎？裂地定封，富比乎陶[三]、衞，世世稱孤，與齊久存，又一計也。此兩計者，顯名厚實也，願公詳計而審處一焉。

　　且吾聞之，規小節者不能成榮名，惡小耻者不能立大功。昔者管夷吾射桓公中其鉤，篡也；遺公子糾不能死，怯也；束縛桎梏，辱也。若此三行者，世主不臣，而鄉里不通。鄉使管子幽囚而不出，身死而不反於齊，則亦名不免爲辱人賤行矣。臧獲且羞與之同名矣，況世俗乎？故管子不耻身在縲紲之中，而耻天下之不治；不耻不死公子糾，而耻威之不信於諸侯。故兼三王[四]之過，而爲五伯首，名高天下，而光燭鄰國。曹子爲魯將，三戰三北，而亡地五百里。鄉使曹子計不反顧，議不還踵，刎頸而死，則亦名不免爲敗軍禽將矣。曹子棄三北之耻，而退與魯君計。桓公朝天下，會諸侯，曹子以一劍之任，枝[五]桓公之心於壇坫之上，顏色不變，辭氣不悖，三戰之所亡，一朝而復之。天下震動，諸侯驚駭，威加吳、越。若此二士者，非不能成小廉而行小節也，以爲殺身亡軀，絕世滅後，功名不立，非智也。故去感忿之怨，立終身之名；棄忿悁之節，定累世之功。是以業與三王争流，而名與天壤相獎也。願公擇一而行之。

【校記】

[一]陳本作"能已見於天下矣"。《史記》同劉本。
[二]陳本此有"見公"二字，《史記》無。
[三]陶，陳本作曹。《史記》作陶。
[四]王，陳本、《史記》作行。
[五]枝，陳本作技。《史記》作枝。

遺樂間[一]書
燕惠王

寡人不佞，不能奉順君意，故君捐國而去，則寡人之不肖明矣。敢端_{或作揣[陳]}其願，而君不肯聽，故使使者陳愚意，君試論之。語曰："仁不輕絕，智不輕怨。"君之於先王也，世之所明知也。寡人望有非則君掩蓋之，不虞君之明罪之也；望有過則君教誨之，不虞君之明棄之也。且寡人之罪，國人莫不知，天下莫不聞。君微出明怨以棄寡人，寡人必有罪矣。雖然，恐君之未盡厚也。諺曰："厚者不毀人以自益也，仁者不危人以要名。"以故掩人之邪者，厚人之行也；救人之過者，仁者之道也。世有掩寡人之邪，救寡人之過，非君孰望之？今君厚愛位於先王以成尊，輕棄寡人以快心，則掩邪救過，難得於君矣。且世有薄而故厚施，行有失而故惠用。今使寡人任不肖之罪，而君有失厚之累，於爲君擇之也，無所取之。國之有封疆，家之有垣墻，所以合好掩惡也。室不能相和，出語鄰家，未爲通計也。怨惡未見，而明棄之，未盡厚也。寡人雖不肖乎，未如殷紂之亂也，君雖不得意乎，未如商容、箕子之累也。然則不內蓋寡人而明怨於外，恐其適足以傷於高而薄於行也，非然也。苟可以明君之義，成君之高，雖任惡名，不難受也。本欲以爲明寡人之薄，而君不得厚；揚寡人之辱，而君不得榮，此一舉而兩失之也。義者不虧人以自益，況傷人以自損乎！君無以寡人不肖，累往事之美。昔者柳下惠吏於魯，三黜而不去。或謂之曰："可以去。"柳下惠曰："苟與人之異，惡往而不黜乎！猶且黜乎，寧於故國爾。"柳下惠不以三黜自累，故前業不忘；不以去爲心，故遠近無異辭。今寡人之罪，國人未知，而議寡人者遍天下。《語》曰："論不脩_{或作循[陳]}心，議不累物，仁不輕絕，智不簡功。"棄大功者，輟也；輕絕厚利者，怨也。輟而棄之，怨而累之，宜在遠者，不望之乎君也。今以寡人無罪，君豈怨之乎？願君捐怨，追惟先王，復以教寡人！意君曰余且愿心以成而過，不顧先王以明而惡，使寡人進不得脩功，退不得改過，君之所揣也，唯君圖之！此寡人之愚意也，教[二]以書謁之。

【校記】

[一]間，陳本作毅。《文選補遺》作間。《全上古三代文》本篇題目爲《以書謝樂閒》。

[二]教，陳本、《文選補遺》、《全上古三代文》作敬。

遣章邯書
陳餘

白起爲秦將，南并鄢郢，北阬馬服，攻城畧地，不可勝計，而卒賜死。蒙恬爲秦將，北逐戎人，開榆中地數千里，竟斬陽周。何者？功多，秦不能封，因以法誅之。今將軍爲秦將三歲矣，所亡失已十萬數，而諸侯並起滋益多。彼趙高素諛日久，今事急，亦恐二世誅之，故欲以法誅將軍以塞責，使人更代將軍以脫其禍。將軍居外久，多內隙，有功亦誅，無功亦誅。且天之亡秦，無愚智皆知之。今將軍內不能直諫，外爲亡國將。孤立而欲常存，豈不哀哉！將軍何不還兵，當[一]諸侯爲從，南面稱孤，孰與身伏斧質，妻子爲僇[二]乎？

【校記】

[一]當，《漢書》作與。
[二]僇，《漢書》作戮。

與淮南王書
薄昭

竊聞大王剛直而勇，慈惠而厚，貞信多斷，是天以聖人之資奉大王也甚盛，不可不察。今大王所行，不稱天資。皇帝初即位，易王侯邑在淮南者，大王不肯。皇帝卒易之，使大王得三縣之實，甚厚。大王以未嘗與皇帝相見，求入朝見，未畢昆弟之歡，而殺列侯以自爲名。皇帝不使吏與其間，赦大王，甚厚。法，二千石缺輒言漢補，大王逐漢所置，而請自置相、二千石。皇帝歆天下正法而許大王，甚厚。大王欲屬國爲布衣，守冢貞定。皇帝不許，使大王毋失南面之尊，甚厚。大王宜日夜奉法度，脩貢職，以稱皇帝之厚德；今乃輕言恣行，以負謗於天下，甚非計也。

夫大王以千里爲宅居，以萬民爲臣妾，此高皇帝之厚德也。高帝蒙霜露，沐風雨，赴矢石，野戰攻城，身被創痍，以爲子孫成萬世之業，艱難危苦甚矣。大王不思先帝之艱苦，日夜怵惕，修身正行，養犧牲，豐粢盛，奉祭祀，以無忘先帝之功德，而欲屬國爲布衣，甚過。且夫貪讓國土之名，輕廢先帝之業，不可以言孝；父爲之基，而不能守，不賢；不求守長陵，而求之貞定，先母後父，不誼；數逆天子之令，不順；言節行以高兄，無禮；幸臣有罪，大者立斷，小者肉刑，不仁；貴布衣一劍之任，賤王侯之位，不知；不好學問大道，觸情妄行，不詳。此八者，危亡之路也，而大王行之。棄南面之位，奮諸、賁之勇，常出入危亡之路，臣之所見，高皇帝之神必不廟食於大王之手，明矣。

昔者，周公誅管叔，放蔡叔，以安周；齊桓殺其弟，以反國；秦始皇殺兩弟，遷其母，以安秦；頃[一]王亡代，高帝奪之國，以便事；濟北舉兵，皇帝誅之，以安漢。故周、齊行之於古，秦、漢用之於今，大王不察古今之所以安國便事，而欲以親戚之意望於太上，不可得也。亡之諸侯，游宦事人，及舍匿者，論皆有法。其在王所，吏主者坐。今諸侯子爲吏者，御史主；爲軍吏者，中尉主；客出入殿門者，衛尉大行主；諸從蠻夷來歸誼及以亡名數自占者，内史縣令主。相欲委下吏，無與其禍，不可得也。王若不改，漢繫大王邸，論相以下，爲之奈何？夫墮父大業，退爲布衣所哀，幸臣皆伏法而誅，爲天下笑，以羞先帝之德，甚爲德[二]王不取也。

宜急改操易行，上書謝罪，曰：“臣不幸早失先帝，少孤，吕氏之世，未嘗忘死。陛下即位，臣怙恩德驕盈，行多不軌。追念罪過，恐懼，伏地待誅不敢起。"皇帝聞之必喜。大王昆弟歡欣於上，羣臣皆得延壽於下；上下得宜，海内常安。願孰計而疾行之。行之有疑，禍如發矢，不可追已。

【校記】

[一]頃，陳本作韓。《漢書》作頃。

[二]德，陳本、《漢書》作大。

報李陵書
蘇武

曩以人之[一]，奉使方外，至使遐夷作逆，封豕造悖，豺狼出爪，摧辱王命，身幽於無人之處，跡戢於胡塞之地。歃朝露以爲飲，茹田鼠以爲糧，窮目極望，不見所識，側耳遠聽，不聞人聲。當此之時，生不足甘，死不足惡，所以忍困強存，徒念忠義。雖誘僕以隆爵厚寵，黃金之利，不以滑其慮也；迫以白刃在頸，鐵鑕在喉，不以動其心也。何則？志定於不回，期誓於没命。幸賴聖明，遠垂拯贖，得使入湯之禽，復假羽毛；刖斷之足，復蒙連續。每念足下，才爲世英，器爲時出。語曰："夜行被繡，不足爲榮。"沉[二]於家室孤滅，棄在絕域，衣則異制，食味不均，棄捐功名，雖尚視息，與亡無異。向使君服節死難，書功竹帛，傳名千代，茅土之封，永在不朽，不亦休哉！嗟乎李卿，事已去矣，失之毫釐，差之千里，將復何言？所貺重遺，義當順承，本爲一體，今爲異俗。余歸漢室，子留彼國，臣無境外之交，故不當受，乖離邈矣。相見未期，國別俗殊，死生隔絕，岱馬越鳥，能不依依。謹奉答報，并還所贈。

【校記】

[一]之，陳本同。《全漢文》作乏。

[二]沉，陳本、《全漢文》作況。

重報子卿書
李陵

子卿足下，勤宣令德，策名清時，榮問依暢，幸甚幸甚。遠託異國，昔人所悲，望風懷想，能不依依？

自從初降，以至今日，身之困窮，獨坐愁苦。終日無覩，但見異類。韋韝毳幙，以御風雨；羶肉酪漿，以充飢渴。舉目言笑，誰與爲歡？涼秋九月，塞外草衰。夜不能寐，側耳遠聽，胡笳互動，牧馬悲鳴，吟嘯成群，聽之不覺淚下。

與子別後，邊聲四起。晨坐益復無聊，身負國恩，爲世所悲。子歸受榮，我留受辱，命也如何！身出禮義之鄉，而入無知之俗，每一念至，忽然忘生。陵不難刺心以自明，刎頸以見志，故國家於我已矣，殺身無益，適足增羞。左右之人，見陵如此，爲不入耳之歡，來相勸勉。異方之樂，祇令人悲，增忉怛爾。

子卿視陵，豈偷生之士，而惜死之人哉？誠以虛死不如立節，滅名不如報德也。昔范蠡不殉會稽之恥，曹沫不死三敗之辱，卒復句踐之仇，報魯國之羞，區區之心，竊慕此爾。何足下又云"漢於功臣不薄"，子爲漢臣，安得不云爾乎？足下昔以單車之使，適萬乘之虜。丁年奉使，皓首而歸，老母終堂，生妻去室。此天下所希聞，古今所未有。聞子之歸，賜不過二百萬，位不過典屬國。子尚如此，陵復何望哉？且漢厚誅陵以不死，薄賞子以守節，欲使遠聽之臣望風馳命，此實難矣。男兒生以不成名，死則葬蠻夷中，誰復能屈身稽顙，迴向北闕，使刀筆之吏弄其文墨耶？

嗟乎子卿，夫復何言？相去萬里，人絕路殊。生爲別世之人，死爲異域之鬼。長與足下，生死辭矣。

與蓋寬饒書
王吉

明主知君絜白公正，不畏彊禦，故命君以司察之位，擅君以奉使之權，尊官厚祿已施於君矣。君宜夙夜惟思當世之務，奉法宣化，憂勞天下，雖日有益，月有功，猶未足以稱職而報恩也。自古之治，三王之術，各有制度。今君不務循職而已，迺欲以太古久遠之事匡拂天子，數進不用難聽之語，以摩切左右，非所以揚令名全壽命者也。方今用事之人，皆明習法令，言足以飾君之辭，文足以成君之過，君不惟蘧氏之高蹤，而慕子胥之末行，用不訾之軀，臨不測之險，竊爲君痛之！夫君子直而不挺，曲而不詘。《大雅》云："既明且哲，以保其身。"狂夫之言，聖人擇焉。唯裁省覽。

遺公孫賢良書
鄒長倩

公孫弘以元光五年爲國士所推，上爲賢良。國人鄒長倩，以其家貧，少自資致，乃解衣裳以衣之，釋所著冠履以與之。又贈以芻一束，素絲一襚，撲滿一枚。書題遺之曰："夫人無幽顯，道在則爲尊。雖生芻之賤也，不能脫落君子，故贈君生芻一束，詩人所謂'生芻一束，其人如玉'。五絲爲䌥，倍䌥爲升，倍升爲緎，倍緎爲紀，倍紀爲緵，倍緵爲襚。皆自少之多，自微至著也。士之立功勳，効名節，亦復如之，勿以小善不足修，而不爲也，故贈君素絲一襚。撲滿者，以土爲器，以蓄錢具，其有入竅而無出竅，滿則撲之。土，麤物也；錢，重貨也。入而不出，積而不散，故撲之。士有聚斂而不能散者，將有撲滿之敗，可不誡歟？故贈君撲滿一枚。猗嗟！盛歟！山川阻修，加以風露，次卿足下，勉作功名。竊在下風，以俟嘉耆。"

荅劉歆書
楊雄

雄叩頭：賜命謹至，又告以田儀事，事窮竟白，案顯出，甚厚甚厚。田儀與雄同鄉里，幼稚爲鄰，長艾相愛[一]，視覬動精采，似不爲非者，故舉至之，雄之任也。不意淫迹[二]暴於官朝，令舉者懷赧而低眉，任者含聲而宛舌。知人之德，堯猶病諸，雄何慼焉？叩頭叩頭。

又勑以《殊言》十五卷，君何由知之？謹歸誠底裏，不敢違信。雄少不師章句，亦於五經之訓所不解。嘗聞先代輶軒之使，奏籍之書，皆藏於周秦之室。及其破也，遺棄無見之者，獨蜀人有嚴君平、臨邛林閭翁孺者，深好訓詁，猶見輶軒之使所奉[三]言。翁孺與雄外家牽連之親，又君平過誤有以私遇，少而與雄也。君平財有千言耳，翁孺梗概之法罙有。翁孺徃數歲死，婦蜀郡掌氏子[四]，無子而去。而雄始能草文，先作《縣邸銘》《玉佴頌》《階闥銘》及《成都城四隅銘》。蜀人有楊莊者，爲郎，誦之於成帝，成帝好之，以爲似相如。雄遂以此得外見。此數者，皆都水軍常見，故不復奏[五]。雄爲郎之歲，自奏：少不得學，而心好沈博絕麗之文，願不受三歲之奉，且休脫直事之繇，得肆心廣意，以自克就，有詔可，不奪奉，令尚書賜筆墨錢六萬，得觀書於石渠。如是後一歲，作《繡補》《靈節》《龍骨之銘詩》三章。成帝好之，遂得盡意。故天下上計孝廉及内郡衛卒會者，雄常把三寸弱翰，齎油素四尺，以問其異語，歸即以鈆摘次之於槧，二十七歲於今矣，而語言或交錯相反，覆方[六]論思詳悉集之，燕及[七]疑。張伯松不好雄賦誦之文，然亦有以奇之，常爲雄道，言其父及其先君喜典訓，屬雄以此篇目，頗示其成者。伯松曰：“是懸諸日月，不刊之書也。”又言恐雄爲《太玄經》，由鼠坻之與牛場也，如其用，則實五稼，保[八]邦民，否則爲抵糞棄之於道矣。而雄般之，伯松與雄獨何德慧，而君與雄，獨何譖隙，而當匿乎。其不勞戎馬高車，令人君坐幃幄之中，知絕遐異俗之語，典流於昆嗣，言列於漢籍。誠雄心所絕極至精之所想遘也。扶聖朝遠照之明，使君求此，如君之意，誠雄散之會[九]，死之日，則今之榮也。不敢有貳，不敢有愛，少而不以行立於鄉里，長而不以功顯於縣官者，訓於帝籍，但言辭情[十]覽，翰墨爲士[十一]。誠欲崇而就之，不可以遺，不可以忘[十二]。即君必欲脅之以威，陵之以武，欲令入之於此，此又未定，未可以見。今君又終之，則緼死以從命也。[十三]且寬假延期，必不敢有愛。雄之所爲，得使君輔貢於明朝，則雄無恨，何敢有匿？唯執事圖之，長監所規繡之就死以爲小，雄敢行之！謹因還使，雄叩頭叩頭。

【校記】

[一]愛，《古文苑》同，《揚雄集校注》作更。

[二]《揚雄集校注》此有"汙"字。《古文苑》無。

[三]奉，《古文苑》同，《揚雄集校注》作奏。

[四]《揚雄集校注》無"子"字。《古文苑》有。

[五]《揚雄集校注》無"故不復奏"四字。《古文苑》有。

[六]覆方，《古文苑》同，《揚雄集校注》作方復。

[七]及，《古文苑》、《揚雄集校注》作其。

[八]保，《古文苑》、《揚雄集校注》作飽。

[九]雄散之會，《古文苑》同，《揚雄集校注》作散之之會也。

[十]情，《古文苑》同，《揚雄集校注》作博。

[十一]士，《古文苑》同，《揚雄集校注》作事。

[十二]忘，《古文苑》同，《揚雄集校注》作怠。

[十三]《揚雄集校注》有"而可"二字。《古文苑》無。

遺李軼書
馮異

愚聞明鏡所以照形，徃事所以知今。昔微子去殷而入周，項伯畔楚而歸漢，周勃迎代王而黜少帝，霍光尊孝宣而廢昌邑。彼皆畏天知命，覩存亡之符，見廢興之事，故能成功于一時，垂業於萬世也。苟令長安尚可扶助，延期歲月，疏不間親，遠不踰近，季文豈能居一隅哉？今長安壞亂，赤眉臨郊，王侯構難，大臣乖離，綱紀已絕，四方分崩，異姓並起。是故蕭王跋涉霜雪，經營河北。方今英俊雲集，百姓風靡，雖邠岐慕周，不足以喻。季文誠能覺悟成敗，亟定大計，論功古人，轉禍為福，在此時矣。如猛將長驅，嚴兵圍城，雖有悔恨，亦無及已。

與楊廣書
馬援[一]

春卿無恙。前別冀南，寂無音驛。援間還長安，因留上林。竊見四海已定，兆民同情，而季孟閉拒背畔，為天下表的，常懼海內切齒，思相屠裂，故遺書戀戀，以致惻隱之計。乃聞季孟歸罪於援，而納王游翁諂邪之說，自謂函谷以西，舉足可定，以今而觀，竟何如邪？援間至河內，過存伯春，見其奴吉從西方還，說伯春小弟仲舒望見吉，欲問伯春無它否，竟不能言，曉夕號泣，婉轉塵中。又說其家悲愁之狀，不可言也。夫怨讎可刺不可毀，援聞之，不自知泣下也[二]。援素知季孟孝愛，曾、閔不過。夫孝於其親，豈不慈於其子？可有子抱三木，而跳梁妄作，自同分羹之事乎？季孟平生自言所以擁兵眾者，欲以保全父母之國而完墳墓也，又言苟厚士大夫而已。而今所欲全者將破亡之，所欲完者將毀復之，所欲厚者將反薄之。季孟嘗折愧子陽而不受其爵，今更共陸陸，欲徃附之，將難為顏乎？若復責以重質，當安從得子主給是哉！徃時子陽獨欲以王相待，而春卿拒之；今者歸老，更欲低頭與小兒曹共槽櫪而食，併肩側身於怨家之朝乎？

男兒溺死何傷,而拘游哉!今國家待春卿意深,宜使牛孺卿與諸耆老大人共說季孟,若計畫不從,貞可引領去矣。前披輿地圖,見天下郡國百有六所,柰何欲以區區二邦以當諸夏百有四乎?春卿事季孟,外有君臣之義,內有朋友之道。言君臣邪,固當諫争;語朋友邪,應有切磋。豈有知其無成,而但萎腰咋舌,义手從族乎?及今成計,殊尚善也;過是,欲少味矣。且來君叔天下信士,朝廷重之,其意依依,常獨爲西州言。援商朝廷,尤欲立信於此,必不負約。援不得久留,願急賜報。

【校記】

[一]劉本誤題爲馮異作。

[二]"援間至河内"至此,陳本無。《後漢書》有。

與隗囂書
竇融

伏惟將軍國富政修,士兵懷附。親遇尼會之際,國家不利之時,守節不回,承事本朝。後遣伯春,委身於國,無疑之誠,於斯有效。融等所以欣服高義,願從役於將軍者,良爲此也。而忿悁之間,改節易圖,君臣分争,上下接兵。委成功,造難就,去從義,爲横謀,百年累之,一朝毁之,豈不惜乎!殆執事者貪功建謀,以至於此,融竊痛之!當今西州地勢局迫,人兵離散,易以輔人,難以自建。計若失路不反,聞道猶迷,不南合子陽,則北入文伯耳。夫負虛交而易強禦,恃遠救而輕近敵,未見其利也。融聞智者不危衆以舉事,仁者不違義以要功。今以小敵大,於衆何如?棄子徼功,於義何如?且初事本朝,稽首北面,忠臣節也。及遣伯春,垂涕相送,慈父恩也。俄而背之,謂吏士何?忍而棄之,謂留子何?自起兵以來,轉相攻擊,城郭皆爲丘墟,生民轉於溝壑。今其存者,非鋒刃之餘,則流亡之孤,迄今傷痍之體未愈,哭泣之聲尚聞。幸賴天運少還,而大將軍復重於難,是使積痾不得遂瘳,幼孤將復流離,其爲悲痛,尤足愍傷,言之可爲酸鼻。庸人且猶不忍,况仁者乎!融聞爲忠甚易,得宜實難。憂人大過,以德取怨,知且以言獲罪也。區區所獻,唯將軍省焉。

誡馬廖訓子弟書
楊悋

終聞堯、舜之民,可比屋而封;桀、紂之民,可比屋而誅。何者?堯、舜爲之隄防，桀、紂示之驕奢故也。《詩》曰："皎皎練絲，在所染之。"上智下愚，謂之不移；中庸之流，要在教化。《春秋》殺太子母弟，直稱君甚惡之者，坐失教也。《禮》制，人君之子，年八歲爲置少傅，教之書計，以開其明；十五置太傅，教之經典，以導其志。漢興，諸侯不立[一]教誨，多觸禁忌，故有忘[二]國之禍，而乏嘉善之稱。今君位地尊重，海內所望，豈可不臨深履薄，以爲至戒！黃門郎年幼，血氣方盛，既無長君退讓之風，而要結輕狡無行之客，縱而莫誨，視成任性，鑒念前往，可爲寒心。君侯誠宜以臨深履薄爲戒。

【校記】
[一]立，陳本、《後漢書》作力。
[二]忘，陳本同。《後漢書》作亡。

誡竇憲書
崔駰

駰聞交淺而言深者，愚也；在賤而望貴者，惑也；未信而納忠者，謗也。三者皆所不宜，而或蹈之者，思效其區區，憤盈而不能已也。竊見足下體淳淑之姿，躬高明之量，意美志厲，有上賢之風。駰幸得充下舘，序後陳，是以謁其拳拳，敢進一言。

《傳》曰："生而富者驕，生而貴者傲。"生富貴而能不驕傲者，未之有也。今寵祿初隆，百僚觀行，當堯、舜之盛世，處光華之顯時，豈可不庶幾夙夜，以永終譽，弘申伯之美，致周、召之事乎？語曰："不患無位，患所以立。"昔馮野王以外戚居位，稱爲賢臣；近因衛尉克己復禮，終受多福。郯氏之宗，非不尊也；陽侯之族，非不盛也。重侯累將，建天樞，執斗柄。其所以獲譏於時，垂愆於後者，何也？蓋在滿而不挹，位有餘而仁不足也。漢興以後，迄于哀、平，外家二十，保族全身，四人而已。《書》曰："鑒于有殷。"可不慎哉！

竇氏之興，肇自孝文。二君以淳淑守道，成名先日；安豐以佐命著德，顯自中興。內以忠誠自固，外以法度自守，卒享祚國，垂祉於今。夫謙德之光，《周易》所美；滿溢之位，道家所戒。故君子福大而愈懼，爵隆而愈恭。遠察近覽，俯仰有則，銘諸几杖，刻諸盤杅，矜矜業業，無殆無荒。如此，則百福是荷，慶流無窮矣。

與梁商書
李固

《春秋》褒儀父以開義路，貶無駭以閉利門。夫義路閉則利門開，利門開則義路閉也。前孝安皇帝內任伯榮、樊豐之屬，外委周廣、謝惲之徒，開門受賂，署用非次，天下紛然，怨聲滿道。朝廷初立，頗存清靜，未能數年，稍復墮損。左右黨進者，日有遷拜，守死善道者，滯涸[一]窮路，而未有改敝立德之方。又即位以來，十有餘年，聖嗣未立，羣下繼望。可令中宮博簡嬪媵，兼采微賤宜子之人，進御至尊，順助天意。若有皇子，母自乳養，無委保妾醫巫，以致飛燕之禍。明將軍望尊位顯，當以天下爲憂，崇尚謙省，垂則萬方。而新營祠堂，費功億計，非以昭明令德，崇示清儉。自數年以來，災怪屢見，比無雨潤，而沈陰鬱決。宮省之內，容有陰謀。孔子曰："智者見變思刑，愚者覩怪諱名。"天道無親，可爲祇畏。加近者月食既於端門之側。月者，大臣之體也。夫窮高則危，大滿則溢，月盈則缺，日中則移。凡此四者，自然之數也。天地之心，福謙忌盛，是以賢達功遂身退，全名養壽，無有怵息[二]之憂。誠令王綱一整，道行忠立，明公踵伯成之高，全不朽之譽，豈與此外戚凡輩耽榮好位者同日而論！固狂夫下愚，不達大體，竊感古人一飯之報，況受顧遇而容不盡乎。

【校記】
  [一]涸，陳本作固。《後漢書》作涸。
  [二]息，陳本、《後漢書》作迫。

與黃瓊書
李固

聞以[一]度伊、洛，近在萬歲亭。豈即事有漸，將順王命？蓋君子謂伯夷隘，柳下惠不恭，故《傳》曰："不夷不惠，可否之間。"蓋聖賢居身之所珍也。誠遂玉[二]枕山棲谷，擬迹巢、由，斯則可矣。若當輔政濟民，今其時也。自生民以來，善政少而亂俗多，必待堯、舜之君，此爲志士[三]終無時矣。

嘗聞語曰："嶢嶢者易缺，皦皦者易汙。"《陽春》之曲，和者必寡；盛名之下，其實難副。近魯陽樊君被徵初至，朝廷設壇席，猶待神明。雖無大異，而言行所守無缺；而毀謗布流，應時折減者，豈非觀聽望深，聲名大盛乎？自頃徵聘之士胡元安、薛孟嘗、朱仲昭、顧季鴻等，其功業皆無所採，是故俗論皆言處士純盜虛聲，願先生弘此遠謨，令衆人歎服，一雪此言耳。

【校記】
　　[一]以，陳本、《後漢書》作已。
　　[二]玉，陳本、《後漢書》作欲。
　　[三]志士，陳本作士行其志。《後漢書》同劉本。

報桓譚書
班嗣

　　若夫嚴子者，絕聖棄智，修生保眞，清虛澹泊，歸之自然，獨師友造化，而不爲世俗所役者也。漁釣於一壑，則萬物不奸其志；栖遲於一丘，則天下不易其樂。不絓聖人之罔，不齅驕君之餌，蕩然肆志，談者不得而名焉，故可貴也。今吾子已貫仁誼之羈絆，繫名聲之韁鎖，伏周、孔之軌躅，馳顏、閔之極摯，既繫攣於世敎矣，何用大道爲自眩曜？昔有學步於邯鄲者，曾未得其髣髴，又復失其故步，遂匍匐而歸耳，恐似此類，故不進。

規竇武書
盧植

　　植聞嫠有不恤緯之事，漆室有倚楹之戚，憂深思遠，君子之情。夫士立争友，義貴切磋。《書》陳"謀及庶人"，《詩》詠"詢于芻蕘"。植誦先王之書久矣，敢受其瞽言哉！今足下之於漢朝，猶旦、奭之在周室，建立聖主，四海有繫。論者以爲吾子之功，於斯爲重。天下聚目而視，攢耳而聽，謂准之前事，將有景風之祚。尋《春秋》之義，王后無嗣，擇立親長，年均以德，德均則法之卜筮。今同宗相後，披圖案牒，以次見[一]之，何勳之有？豈橫叨天功以爲己力乎！宜辭天賞，以全身名。又比世祚不競，仍求外嗣，可謂危矣。而四方未寧，盜賊伺隙，恒岳、勃碣，特多姦盜，將有楚人脅比，尹氏立朝之變。宜依古禮，置諸子之官，徵王侯愛子，宗室賢才。外崇訓道之義，內息貪利之心，簡其良能，隨用爵之，彊幹弱枝之道也。

【校記】
　　[一]見，陳本、《後漢書》作建。

干說皇甫嵩
閻忠

　　難得而易失者，時也；時至而不旋踵者，幾也。故聖人常順時而動，智者必因幾而發。今將軍遭難得之運，蹈易駭之機，而踐運不撫，臨機不發，將何以保大名乎？"嵩曰："何謂也？"忠曰："天道無親，百姓與能。今將軍受鉞於暮春，收功於末冬，摧強易於折枯，消堅甚於湯雪，威德震本朝，風馳海外。雖湯、武之舉，未有高將軍者也。身建不賞之功，體兼高人之德，而北面庸主，何求安乎？"嵩曰："夙夜在公，心不忘忠，何故不安？"忠曰："不然。昔韓信不忍一餐之遇，而棄三分之業，利劍以揣其喉，方發悔毒之歎，而謀乖也。今主勢弱於劉、項，將軍權重於淮陰；指撝可以振風雲，叱吒足以興雷電，羽檄先馳於前，大軍嚮振於後，蹈流漳河，飲馬孟津，誅閹官之罪，除羣凶之積，雖僮兒可使奮拳以致力，女子可使褰裳以用命，況厲熊羆之卒，因迅風之勢哉？功業已就，天下已順，然後請乎上帝，示以天命，混齊六合，南面以制。移寶器於將興，推亡漢於已墜，實神機之至會，風發之良時也。且今豎官羣居，同惡如市，上令不行，權歸近習。昏主之下難以久居，不賞之功讒人側目，如不早圖，後悔無及。"嵩懼曰："非常之謀不施於有常之勢，且人未忘主，天不佑逆，雖云多讒，不過放廢反常之論，所不敢聞。"忠知計不用，因亡去。

卷五十三

書二

答袁紹書
臧洪

隔闊相思，發於寤寐。幸相去步武之間耳，而以趣舍異規，不得相見，其爲愴恨，可爲心哉！前日不遺，比辱雅貺，述敘禍福，公私切至。所以不即奉答者，旣學薄才鈍，不足塞詰；亦以吾子攜負側室，息肩主人，家在東州，僕爲仇敵。以是事人，雖披中情、墮肝膽，猶身疏有罪，言甘見怔，方首尾不救，何能恤人？且以子之才，窮該典籍，豈將闇於大道，不達余趣哉！然猶復云云者，僕以是知足下之言，信不由衷，將以救禍也。必欲筭計長短，辯讁是非，是非之論言滿天下，陳之更不覒，不言無所損。又言傷告絕之義，非吾所忍行也，是以捐棄紙筆，一無所答。亦冀遙忖其心，知其計定，不復渝變也。重獲來命，援引古今，紛紜六紙，雖欲不言，焉得已哉！

僕小人也，本因行役，寇竊大州，恩深分厚，寧樂今日自還接刃！每登城勒兵，望主人之旗鼓，感故友之周旋，撫弦搦矢，不覺流涕之覆面也。何者？自以輔佐主人，無以爲悔。主人相接，過絕等倫。當受生之初，自謂究竟大事，共尊王室。豈悟天子不悅，本州見侵，郡將桓牖里之厄，陳留克創兵之謀，謀計棲遲，喪忠孝之名，杖策攜背，虧交友之分。揆此二者，與其不得已，喪忠孝之名與虧交友之道，輕重殊塗，親疎異畫，故便收淚告絕。若使主人少垂故人，住者側席，去者克己，不汲汲於離友，信刑戮以自輔，則僕抗季札之志，不爲今日之戰矣。何以效之？昔張景明親登壇喢血，奉辭奔走，卒使韓牧讓印，主人得地；然後但以拜章朝主，賜爵獲傳之故，旋時之間，不蒙觀過之貸，而受夷滅之禍。呂奉先討卓來奔，請兵不獲，告去何罪？復見研刺，濱于死亡。劉子璜奉使踰時，辭不獲命，畏威懷親，以詐求歸，可謂有志忠孝，無損霸道者也；然輒僵斃麾下，不蒙虧除。僕雖不敏，又素不能原始見終，覩微知著，切度主人之心，豈謂三子宜死，罰當刑中哉？實且欲一統山東，增兵討讎，懼戰士狐疑，無以沮勸，故抑廢王命以崇承制，慕義者蒙榮，待放者被戮，此乃主人之利，非游士之願也。故僕鑒戒前人，困窮死戰。僕雖下愚，亦嘗聞君子之言矣，此實非吾心也，乃主人招焉。凡吾所以背棄國民，用命此城者，正以君子之違，不適敵國故也。是以獲罪主人，見攻踰時，而足下更引此義以爲吾規，無乃辭同趣異，非吾子所爲休戚者哉！

　　吾聞之也，義不背親，忠不違君，故東宗本州以爲親援，中扶郡將以安社稷，一舉二得以徼忠孝，何以爲非？而足下欲使吾輕本破家，均君主人。主人之於我也，年爲吾兄，分爲篤友，道乖告去，以安君親，可謂順矣。若子之言，則包胥宜致命於伍員，不當號哭於秦庭矣。苟區區於攘患，不知言乖乎道理矣。足下或者見城圍不解，救兵未至，感婚姻之義，惟平生之好，以屈節而苟生，勝守義而傾覆也。昔晏嬰不降志于白刃，南史不曲筆以求生，故身著圖像，名垂後世；況僕據金城之固，驅士民之力，散三年之畜，以爲一年之資，臣困補乏，以悅天下，何圖築室反耕哉！但懼秋風揚塵，伯珪馬首南向，張楊、飛燕膂力作難，北鄙將告倒縣之急，股肱奏乞歸之誠耳。主人當鑒我曹輩，反旆退師，治兵鄴垣，何宜久辱盛怒，暴威於吾城下哉？足下譏吾恃黑山以爲救，獨不念黃巾之合從邪！如飛燕之屬悉以受王命矣。昔高祖取彭越於鉅野，光武創基兆於綠林，卒能龍飛中興，以成帝業，苟可輔主興化，夫何嫌哉？況僕親奉承璽書，與之從事。

　　行矣孔璋！足下徼利於境外，臧洪授命於君親；吾子託身於盟主，臧洪策名於長安。子謂余身死而名滅，僕亦笑子生死而無聞焉。悲哉！本同而末離，努力努力，夫復何言！①

　　紹見洪書，知無降意，增兵急攻城，城陷被執。

答陳琳書
臧洪

　　隔闊相思，發於寤寐。幸相去步武之間耳，而以趣舍異規，不得相見，其爲愴恨，可爲心哉！前日不遺，比辱雅貺，述敘禍福，公私切至。所以不即奉答者，既學薄才鈍，不足塞詰；亦以吾子攜負側室，息肩主人，家在東州，僕爲仇敵。以是事人，雖披中情、吐肝膽，猶身疏有罪，言甘見

---

① 此文除末段一句外，與下文《答陳琳書》相同，陳本無此篇。

恠，方首尾不救，何能恤人？且以子之才，窮該典籍，豈將闇於大道，不達全趣哉！然猶復云云者，僕以是知足下之言，信不由衷，將以救禍也。必欲算計長短，辯諮是非，是非之論言滿天下，陳之更不䩉，不言無所損。又言傷告絕之義，非吾所忍行也，是以捐棄紙筆，一無所答。亦冀遙付其心，知其計定，不復渝變也。重獲來命，援引古今，紛紜六紙，雖欲不言，焉得已哉！

僕小人也，本因行役，寇竊大州，恩深分厚，寧樂今日自還接刃！每登城勒兵，望主人之旗皷，感故友之周若[一]，撫弦搦矢，不覺流涕之覆面也。何者？自以輔佐于[二]人，無以爲悔。主人相接，過絕等倫。當受生之初，自謂究竟大事，共尊王室。豈悟天子不悅，本州見侵，郡將遘牖里之厄，陳留克創兵之謀，謀計棲遲，喪忠孝之名，杖策攜背，虧交友之分。揆此二者，與其不得已，喪忠孝之名與虧交友之道，輕重殊塗，親疏異畫，故便收淚告絕。若使主人少垂故人，住者側席，去者克己，不汲汲於離友，信刑戮以自輔，則僕抗季札之志，不爲今日之戰矣。何以效之？昔張景明親登壇唼血，奉辭奔走，卒使韓牧讓印，主人得地；然後但以拜章朝主，賜爵獲傳之故，旋時之間，不蒙觀過之貸，而受夷滅之禍。呂奉先討卓來奔，請兵不獲，告去何罪？復見斫[三]刺，濱于死亡。劉子璜奉使踰時，辭不獲命，畏威懷親，以計求歸，可謂有志忠孝，無損霸道者也；然輒僵斃麾下，不蒙虧除。僕雖不敏，又素不能原始見終，覩微知著，竊度主人之心，豈謂三子宜死，罰當刑中哉？實且欲一統山東，增兵討讐，懼戰士狐疑，無以沮勸，故抑廢王命以崇承制，慕義者蒙榮，待放者被戮，此乃主人之利，非游士之願也。故僕鑒戒前人，困窮死戰。僕雖下愚，亦嘗聞君子之言矣，此實非吾心也，乃主人招焉。凡吾所以背棄國民，用命此城者，正以君子之違，不適敵國故也。是以獲罪主人，見攻踰時，而足下更引此義以爲吾規，無乃辭同趣異，非吾子所爲休戚者哉！

吾聞之也，義不背親，忠不違君，故東宗本州以爲親援，中扶郡將以安社稷，一舉二得以徹忠孝，何以爲非？而足下欲使吾輕本破家，均君主人。主人之於我也，年爲吾兄，分爲篤友，道乖告去，以安君親，可謂順矣。若子之言，則包胥宜致命於伍員，不當號哭於秦庭矣。苟區區於攘患，不知言乖乎道理矣。足下或者見城圍不解，救兵未至，感婚姻之義，惟平生之好，以屈節而苟生，勝守義而傾覆也。昔晏嬰不降志於白刃，南史不曲筆以求生，故身著圖像，名垂後世；況僕據金城之固，驅士民之力，散三年之畜，以爲一年之資，匡困補乏，以悅天下，何圖築室反耕哉！但懼秋風揚塵，伯珪馬首南向，張楊、飛燕膂力作難，北鄙將告倒縣之急，股肱奏乞歸之誠耳。主人當鑒我曹輩，反旌退師，治兵鄴垣，何宜久辱盛怒，暴威於吾城下哉？足下譏吾恃黑山以爲救，獨不念黃巾之合從邪！如飛燕之屬悉以受王命矣。昔高祖取彭越於鉅野，光武創基兆於綠林，卒能龍飛中興，以成帝業，苟可輔主興化，夫何嫌哉？況僕親奉承璽書，與之從事。

行矣孔璋！足下徼利於境外，臧洪授命於君親；吾子託身於盟主，臧洪策名於長安。子謂余身死而名滅，僕亦笑子生死而無聞焉。悲哉！本同而末離，努力努力，夫復何言！

【校記】
[一]若，陳本、《三國志》作旋。
[二]于，陳本、《三國志》作主。
[三]斫，陳本作研。《三國志》作斫。

與公孫[一]瓚書
袁紹

孤與足下，既有前盟舊要，申之以討亂之誓，愛過夷、叔，分著丹青，謂爲旅力同仇，足踵齊、晉，故解印釋綬，以北帶南，分割膏腴，以奉執事，此非孤赤情之明驗邪？豈寤足下棄列士之高義，尋禍亡之險蹤，輟而改慮，以好易怨，盜遣士馬，犯暴豫州。始聞甲卒在南，親臨戰陣，懼以飛矢迸流，狂刃橫集，以重足下之禍，徒增孤子之咎釁也，故爲薦書懇惻，冀可改悔。而足下超然自逸，矜其威詐，謂天罔可吞，豪傑可滅，果令貴弟殞於鋒刃之端。斯言猶在於耳，而足下曾不尋討禍源，克心罪己，苟欲逞其無疆之怒，不顧逆順之津，匿順害民，騁於余躬，遂躍馬控弦，處我疆土[二]，毒徧生民，辜延白骨。孤辭不獲已，以登界橋之役。是時足下兵氣霆震，駿馬電發，僕師徒肇合，機械不嚴，強弱殊科，衆寡異論，假天之助，小戰大克，遂陵蹴奔背[三]，因壘飽穀。此非天威棐諶，福豐有禮之符表乎？足下志猶未厭，乃復糾合餘燼，率我蛑賊，以焚藝渤海。孤又不獲寧，用及龍河之師。羸兵前誘，大軍未濟，而足下膽破衆散，不鼓而敗，兵衆擾亂，君臣並奔。此又足下爲之，非孤之咎也。

自此以後，禍隙彌深，孤之師旅，不勝其忿，遂至積尸爲京，頭顱滿野。愍彼無辜，未嘗不慨然失涕也。後比得足下書，辭意婉約，有改往修來之言。僕既欣於舊好克復，且愍兆民之不寧，每輒引師南駕，以順簡書，弗盈一時，而北邊羽檄之文，未嘗不至。孤是用痛心疾所[四]，靡所錯情。夫處三軍之帥，當列將之任，宜令怒如嚴霜，喜如時雨，臧否好惡，坦然可觀。而足下二三其德，強弱易謀，急則曲躬，緩則放逸，行無定端，言無質要，爲壯士者固若此乎？既乃殘殺老弱，幽土憤怨，衆叛親離，孑然無黨。又烏丸[五]、濊貊，皆與足下同州，僕與之殊俗，各奮迅激怒，爭爲鋒銳；又東西鮮卑，舉踵來附。此非孤德所能招，乃足下驅而致之也。

夫當荒危之世，處干戈之險，内違同盟之誓，外失戎狄之心，兵興州壤，禍發蕭墻，將以定霸，不亦難乎！前以西山陸梁，出兵平討，會魏義餘殘，畏誅逃命，故遂住大軍，分兵撲蕩。此兵，孤之前行，乃界橋塞旗拔壘，先登制敵者也。始聞足下鑴金紆紫，命以元帥，謂當因茲奮發，以報孟明之耻，是以戰夫引領，竦望旌旆，怪遂含光匿影，寂爾無聞，卒臻屠滅，相爲惜之。夫有平天下之怒，希長世之功，權御師徒，帶養戎馬，叛者無討，服者不收，威懷並喪，何以立名？今舊京克復，天罔云補，罪人斯亡，忠幹翼化，華夏儼然，望於穆之作，將戢干戈，放散牛馬，足下獨何守區區之土，保軍内之廣，甘惡名以速朽，亡令德之久長？壯而籌之，非良策也。宜釋憾除嫌，敦我舊好。若斯言之玷，皇天是聞。

【校記】

[一]"孫"字據陳本補。
[二]疆土，陳本作泜上。《三國志》裴注作疆土。
[三]背，陳本作北。《三國志》裴注作背。
[四]所，陳本、《三國志》裴注作首。
[五]丸，陳本作桓。《三國志》裴注作丸。

獻袁譚書
審配

配聞良藥苦口而利於病，忠言逆耳而便於行。願將軍緩心抑怒，終省愚辭。蓋《春秋》之義，國君死社稷，忠臣死君命。苟有圖危宗廟，敗亂國家，王綱典律，親疏一也。是以周公垂泣而蔽管、蔡之獄，季友歔欷，而行鍼叔[一]之鴆。何則？義重人輕，事不得已也。昔衛靈公廢蒯聵而立輒，蒯聵爲不道，入戚以篡，衛師伐之。《春秋傳》曰："以石曼姑之義，爲可以拒之。"是以蒯聵終獲叛逆之罪，而曼姑永享忠臣之名。父子猶然，豈況兄弟乎！昔先公紲將軍以續賢兄，立我將軍以爲適嗣，上告祖靈，下書譜諜，先公謂將軍爲兄子，將軍謂先公爲叔父，海内遠近，誰不備聞？且先公即世之日，我將軍斬衰居廬，而將軍齋于堊室，出入之分，於斯益朗。是時凶臣逢紀，妄畫蛇足，曲辭諂媚，交亂懿親，將軍奮赫然之怒，誅不旋時，將軍亦奉命承旨，加以淫刑。自是之後，癰疽破潰，骨肉無絲髮之嫌，自疑之臣，皆保生全之福。故悉遣強胡，簡命名將，料整器械，選擇戰士，殫府庫之財，竭食土之實，其所以供奉將軍，何求而不備？君臣相率，共衡旌麾，戰為鴈行，賦為幣主，雖傾倉覆庫，翦剝民物，上下欣戴，莫敢告勞。何則？推戀戀忠赤之情，盡家家肝腦之計，脣齒輔車，不相為賜。

謂為將軍心合意同，混齊一體，必當并威偶勢，禦寇寧家。何圖凶險讒慝之人，造飾無端，誘導奸利，至令將軍翻然改圖，忘孝友之仁，聽豺狼之謀，誣先公廢立之言，違近者在喪之位，悖綱紀之理，不過逆順之節，橫易冀州之主，欲當先公之繼。遂放兵鈔撥，屠城殺吏，交尸盈原，裸民滿野，或有髡鬀髮膚，割截支體，冤魂痛於幽冥，創痍號於草棘。又乃圖獲鄴城，許賜秦、胡，財物婦女，豫有分界。或聞告令吏士云："孤雖有老母，趣使身體完具而已。"聞此言者，莫不驚愕失氣，悼心揮涕，使太夫人憂哀憤懣於堂室，我州君臣士友假寐悲歎，無所措其手足；念欲靜師拱默，以聽執事之圖，則懼違《春秋》死命之節，貽太夫人不測之患，隕先公高世之業。且三軍憤慨，人懷私怒，我將軍辭不獲已，以及舘陶之役。是時外為禦難，內實乞罪，既不見赦，而屠辱各二三其心，臨陣叛戾。我將軍進退無功，首尾受敵，引軍奔避，不敢告辭。亦謂將軍當少垂親親之仁，既以緩追之惠，而乃尋蹤躡軌，無所逃命。困獸必鬥，以干嚴行，而將軍師旅，土崩瓦解，此非人力，乃天意也。是後必望將軍改往修來，克己復禮，追還孔懷如初之愛；而縱情肆怒，趣破家門，跂踵鶴立，連結外讎，散鋒放火，播增毒螫，烽煙相望，涉血千里，遺城厄民，引領悲怨，雖欲勿救，惡得已哉！故遂引軍東轅，保正疆場，雖近郊壘，未侵境域，然望旌麾，能不永歎？

配等備先公家臣，奉廢立之命。而圖等干國亂家，禮有常刑。故奮弊州之賦，以除將軍之疾。若乃天啓于心，早行其誅，則我將軍匍匐悲號於將軍股掌之上，配等亦敷躬布體以待斧鉞之刑。若必不悛，有以國斃，圖頭不縣，軍不旋踵。願將軍詳度事宜，錫以環玦。

【校記】

　[一]鋮叔，陳本作叔牙。《三國志》裴注作鋮叔。

與王商書
秦宓

疾病伏匿，甫知足下爲嚴、李立祠，可謂厚黨勤類者也。觀嚴文章，冠冒天下，由、夷逸操，山嶽不移，使楊子不歎，固自昭晰。如李仲元不遭《法言》，令名必淪，其無虎豹之文故也，可謂攀龍附鳳者矣。楊子雲潛心著述，有補于世，泥蟠不滓，行參聖師，于今海內，談詠厥辭。邦有斯人，以耀四遠，怪子替茲，不立祠堂。蜀本無學士，文翁遣相如東受七經，還教吏民，于是蜀學比于齊、魯。故《地里志》曰："文翁倡其教，相如爲之師。"漢家得士，盛于其世。仲舒之徒，不達封禪，相如制其禮。夫能制禮造樂，移風易俗，非禮所秩有益于世者乎！雖有王孫之累，猶孔子大齊桓之霸，公羊賢叔術之讓。僕亦善長卿之化，宜立祠堂，速定其銘。

諫諸葛亮書
楊顒

爲治有體，上下不可相侵。請爲明公以作家譬之：今有人使奴執耕稼、婢典炊爨、鷄主司農[一]、犬主吠盜、牛喘重載、馬涉遠路；私家[二]無曠，所求皆足，雍容高枕，飲食而已。忽一旦盡欲以身親其役，不復付任；勞其體力，爲此碎務；形疲神困，終無一成。豈其智之不如婢鷄狗哉？失爲家主之法也。是故古人稱："坐而論道，謂之王公；作而行之，謂之士大夫。"故邴吉不問橫道死人而憂牛喘，陳平不肯知錢穀之數，云"自有主者"，彼誠達於位分之體也。今明公爲治，乃躬自校簿書，流汗竟日，不亦勞乎！

【校記】

[一]農，陳本、《三國志》裴注作晨。
[二]家，陳本、《三國志》裴注作業。

與諸葛亮書
馬良

聞雒城已拔，此天祚也。尊兄應期贊世，配業光國，魄兆見矣。夫變用雅慮，審貴垂明，于以蒞才，宜適其時。若乃和光悅遠，邁德天壤，使時閑于聽，世服于道，齊高妙之音，正鄭、衛之聲，並利于事，無相奪倫，此乃管絃之至，牙、曠之調也。雖非鍾期，敢不擊節！

與曹公書
許靖

世路戎夷，禍亂遂合，驚怯偷生，自竄蠻貊，成闊十年，吉凶禮廢，昔在會稽，得所貽書，辭旨款密，久要不忘。迫於袁術放命圮族，扇動羣逆，津塗四塞，雖懸心北風，欲行靡由。正禮師退，術兵前進，會稽傾覆，景興失據，王[一]江五湖，皆爲虜庭。臨時困厄，無所控告，便與袁沛、鄧子孝等浮涉滄海，南至交州。經歷東歐、閩、越之國，行經萬里，不見漢地。漂薄風波，絕糧茹草，饑殍其臻，死者太半。既濟南海，與鍾[二]守兒孝德相見，知足下忠義奮發，整飭元戎，西迎大駕，巡省中嶽。承此休問，且悲且喜，即與袁沛及徐元賢復共嚴裝，欲北上荊州。會蒼梧諸縣夷、越蠭起，州府傾覆，道路阻絕，元賢被害，老弱並殺。靖尋循渚崖五千餘里，復遇疾癘，伯母隕命，并及羣從，自諸妻子，一時略盡。復相扶侍，前到此郡，計爲兵害及病亡者，十遺[三]一二。生民之艱，辛苦之甚，豈可具陳哉！懼卒顛仆，未爲亡虜，憂悴慘慘，忘寢與食。欲附奉朝貢使，自獲濟通，歸死闕庭，而荊州水陸無津，交部驛使斷絕。欲上益州，復有峻防，故官長吏，一不得入。前令交趾太守士威彥，深相分記於益州兄弟，又靖亦自與書，辛苦懇惻，而復寂寞，未有報應。雖仰瞻光靈，延頸企踵，何由假翼自致哉？

知聖主允明，顯授足下專征之任，凡諸逆節，多所誅討，想力競者一心，順從者同規矣。又張子雲昔在京師，志匡王室，今雖臨荒域，不得參與本朝，亦國家之藩鎮，足下之外援也。若荊、楚平和，王澤南至，足下忽有聲命於子雲，勤見保屬，令得假途由荊州出，不然，當復相紹介於益州兄弟，使相納受。儻天假其年，人緩其禍，得歸死國家，解逋逃之負，泯驅九泉，將復何恨！若時有險易，事有利鈍，人命無常，隕沒不達者，則永銜罪責，入於裔土矣。

昔營丘翼周，杖越專征，博陸佐漢，虎賁警蹕。今日足下扶危持傾，爲國柱石，秉師望之任，兼霍光之重，五侯九伯，制御在手，自古及今，人臣之尊未有及足下者也。夫爵高者憂深，祿厚者責重。足下據爵高之任，當責重之地，言出於口，即爲賞罰，意之所存，便爲禍福。行之得道，即社稷用寧；行之失道，即四方散亂。國家安危，在於足下；百姓之命，縣於執事。自華及夷，顒顒注望。足下任此，豈可不遠覽載籍廢興之由，榮辱之機，棄忘舊惡，寬和羣司，審量五材，爲官擇人？苟得其人，雖讎必舉；苟其非人，雖親不授。以寧社稷，以濟下民，事立功成，則繫音於管絃，勒勳於金石，願君勉之！爲國自重，爲民自愛。

【校記】

[一]王，陳本、《三國志》作三，是。
[二]鐘，陳本、《三國志》作領。
[三]遭，陳本、《三國志》作遺。

獄中與諸葛亮書
彭羕

僕昔有事于諸侯，以爲曹操暴虐，孫權無道，振威闇弱，其惟主公有霸王之器，可與興業致治，故乃翻然有輕舉之志。會公來西，僕因法孝直自衒鬻，龐統斟酌其間，遂得詣公于葭萌，抵掌而談，論治世之務，講霸王之義，建取益州之策，公亦宿慮胸定，即相然贊，遂舉事焉。僕于故州不免凡庸，憂于罪罔，得遭風雲激矢之中，求君得君，志行名顯，從布衣之中擢爲國士，盜竊茂才，分予之厚，誰復過此？羕一朝狂悖，自求菹醢，爲不忠不義之鬼乎！先民有言，左手據天之圖，右手刎咽喉，愚夫不爲也。況僕頗別菽麥者哉！所以有怨望意者，不自度量，苟以爲首興事業，而有投江陽之論，不解主公之意，意卒感激，頗以被酒，悅失"老"語。此僕之下愚薄慮所致，主公實未老也。且夫立業，豈在老少，西伯九十，寧有衰志，負我慈父，罪有百死。至于內外之言，欲使孟起立功北州，戮力主公，共討曹操耳，寧敢有他志邪？孟起說之是也，但不分別其間，痛人心耳。昔每與龐統共相誓約，庶託足下末蹤，盡心于主公之業，追名古人，載勳竹帛。統不幸而死，僕敗以取禍。自我惰之，將復誰怨！足下當世伊、呂也，宜善與主公計事，濟其大猷。天明地察，神祇有靈，復何言哉！貴使足下胸僕本心耳。行矣努力，自愛自愛！

與劉封書
孟達

古人有言："疏不間親，新不加舊。"此謂上明下直，讒慝不行也。若乃權君譎主，賢父慈親，猶有忠臣蹈功以罹禍，孝子抱仁以陷難，種、商、白起、孝己、伯奇，皆其類也。其所以然，非骨肉好離，親親樂患也。或有恩移愛易，亦有讒間其間，雖忠臣不能移之於君，孝子不能變之於父者也。勢利所加，改親爲讎，況非親親乎！故申生、衛伋、禦寇、楚建稟受形之氣，當嗣立之正，而猶如此。今足下與漢中王，道路之人耳，親非骨血而據勢權，義非君臣而處上位，征則有偏任之威，居則有副軍之號，遠近所聞也。自立阿斗爲太子以來，有識之人相爲寒心。知使申生從子輿之言，必爲太伯；衛伋聽其弟之謀，無彰父之譏也。且小白出奔，入而爲霸；重耳踰垣，卒以克復。自古有之，非獨今也。

夫智貴免禍，朗尚夙達，僕揆漢中王慮定於內，疑生於外矣；慮定則心固，疑生則心懼。亂禍之興作，未有不由廢立之間也。私怨人情，不能不見，恐左右必有以間於漢中王矣。然則疑成怨聞，其發若踐機耳。今足下在遠，尚可假息一時；若大軍遂用，足下失據而還，竊相爲危之。昔微子去殷，智果別族，違難背禍，猶皆如斯。今足下棄父母而爲人後，非禮也；知禍將至而留之，非智也；見正不從而疑之，非義也。自號爲丈夫，爲此三者，何其貴乎？以足下之才，棄身來東，繼嗣羅侯，不爲背親也；北面事君，以正綱紀，不爲棄舊也；怨不致亂，以免危亡，不爲徒行也。加陛下新受禪命，虛心側席，以德懷遠，若足下翻然內向，非但與僕爲倫受三百戶封，計[一]統羅國而已，當更剖符大邦，爲始封之君。陛下大軍金鼓以震，當轉都宛、鄧；若二敵不平，軍無還期。足下宜因此時早定良計。《易》有"利見大人"，《詩》有"自求多福"，行矣。今足下勉之，無使狐突閉門不出。

封不從達言。

【校記】

[一]計，陳本、《三國志》作繼。

責袁術書
孫策

蓋上天垂司過之星，聖王建敢諫之皷，設非謬之備，急箴闕之言，何哉？凡有所長，必有所短也。去冬傳有大計，無不悚懼，旋知供備貢獻，萬夫解惑。頃聞建議，復欲追遵前圖，即事之期，便有定月。益使憮然，想是流妄；設其必爾，民何望乎？曩日之舉義兵也，天下之士所以響應者，董卓擅廢置，害太后、弘農王，略烝宮人，發掘園陵，暴逆至此，故諸州郡雄豪聞聲慕義。神武外振，卓遂內殱，元惡既斃，幼主東顧，俾保傅宣命，欲令諸軍振旅於河北，通謀黑山，曹操放毒東徐，劉表稱亂南荆，公孫瓚㷭烋北幽，劉繇決力江滸，劉備爭盟淮隅，是以未獲承命，櫜弓戢戈也。

今備、繇既破，操等饑餒，謂當與天下合謀，以誅醜類。捨而不圖，有自取之志，非海內所望，一也。昔成湯伐桀，稱有夏多罪；武王伐紂，曰殷有罪罰重哉。此二王者，雖有聖德，宜當君世；如使不遭其時，亦無由興矣。幼主非有惡於天下，徒以春秋尚少，脅於疆臣，若無過而奪之，懼未合於湯、武之事，二也。卓雖狂狡，至廢主自興，亦猶未也，而天下聞其桀虐，攘臂同心而疾之，以中土希戰之兵，當邊地勁悍之虜，所以斯湏游魂也。今四方之人，皆玩敵而便戰鬭矣，可得而勝者，以彼亂而我治，彼逆而我順也。見當世之紛，若欲大舉以臨之，適足取禍，三也。天下神器，不可虛干，必湏天贊與人力也。殷湯有白鳩之祥，周武有赤鳥之瑞，漢高有星聚之符，出祖有神光之徵，皆因民困悴於桀、紂之政，毒苦於秦、莽之役。故能芟去無道，致成其志，今天下非患於幼主，未見受命之應驗，而欲一旦卒然登即尊號，未之或有，四也。天子之貴，四海之富，誰不欲焉？義不可，勢不得耳。陳勝、項籍、王莽、公孫述之徒，皆南面稱孤，莫之能濟。帝王之位，不可橫冀，五也。幼主岐嶷，若除其偪，去其鯁、必成中興之業。夫致主於周成之盛，自受旦、奭之美，此誠所望於尊朙也。縱使幼主有他改異，猶望推宗室之譜屬，論近親之賢良，以紹劉統，以固漢宗。皆所以書功金石，圖形丹青，流慶無窮，垂聲管絃。捨而不爲，爲其難者，想明明之素，必所不忍，立[一]也。五世爲相，權之重，勢之盛，天下莫得而比焉[二]。忠貞者必曰宜夙夜思惟，所以扶國家之蹎頓，念社稷之危殆，以奉祖考之志，以報漢室之恩。其忽履道之節，而疆進取之欲者，將曰天下之人，非家吏則門生也，孰不從我？四方之敵，非吾匹則吾役也，誰能違我？蓋乘累世之勢，起而取之哉？二者殊數，不可不詳察，七也。所貴於聖哲者，以其審於機宜，慎於舉措。若難圖之事，難保之勢，以激群敵之氣，以生眾人之心，公義固不可，私計又不利，明哲不處，八也。世人多惑於圖緯，而牽非類，比合文字以悅所事，苟以阿上惑眾，終有後悔者，自徃迄今，未嘗無之，不可不深擇而熟思，九也。九者，尊明所見[三]之餘耳。庶備起予，補所遺忘。忠言逆耳，幸留神聽。

【校記】

[一]立，《三國志》裴注作六，當是。
[二]焉，陳本作爲。《三國志》裴注作爲。
[三]見，陳本作是。《三國志》裴注作見。

答李權書
秦宓

書非《史記》《周圖》，仲尼不采；道非虛無自然，嚴平不演。海以受淤，歲一蕩清；君子博識，非禮不視。今戰國反覆，儀、秦之術，殺人自生，亡人自存，經之所疾。故孔子發憤作《春秋》，大乎居正，復制《孝經》，廣陳德行。杜漸防萌，預有所抑，是老氏絕禍於未萌，豈不信邪！成湯大聖，覩野魚而有獵逐之失；定公賢者，見女樂而棄朝事，若此輩類，焉可勝陳。道家法曰："不見所欲，使心不亂。"是故天地眞觀；日月眞明，其直如矢，君子所履。《洪範》記災，發于言貌，何戰國之譎權乎哉！

與許靖書
王朗

文休足下，消息平安，甚善甚善！豈意脫別三十餘年而無相見之緣乎！詩人比一日之別於歲月，豈況悠悠歷累紀之年者哉！自與子別，若沒而復浮，若絕而復連者數矣。而今而後，居升平之京師，攀附於飛龍之聖主。儕輩罟盡，幸得老與足下並爲遺種之叟，而相去數千里，加有邅塞之隔，時聞消息於風聲，託舊情於思想，眇眇異處，與異世無以異也。徃者隨軍到荊州，見鄧子孝相元將，粗聞足下動靜，云夫子旣在益州，執職領郡，德素[一]規矩，老而不憚。是時侍宿武皇帝於江陵劉景升聽事之上，供道足下，至於通夜，拳拳饑渴，誠無已也。自天子在東觀，及即位之後，每會羣賢論天下髦儁之見在者。豈獨人盡易爲英，士鮮易取是故？乃猥以原壤之朽質，感夫子之清聽，美敍足下，以爲謀首，豈其注意，乃復過於前世？《書》曰"人惟求舊"，《易》稱"同聲相應，同氣相求"。劉將軍之與大魏，兼而兩之。摠此三義，前世邂逅。以同爲睽非武皇帝之旨，頃者蹉跌，其泰而否，亦非足下之意也。深思《書》《易》之義，利結分於宿好，故遣降者送吳所獻致名馬貂罽，得因無嫌，道初開通，求[二]敍舊情，以達聲問。久闊情愊，非夫筆墨所能寫陳，亦想足下同其志念。今者親生男女，凡有幾人，年並幾何。僕連失一男一女，今有二男，大男名肅，年二十九，生於會稽；小兒裁歲余。臨書愴恨，有懷緬然。

過聞"受終於文祖"之言于《尚書》，又聞"歷數在躬，允執其中"之文於《論語》。豈自意得於老耄之齒，正值天命受於聖主之會，親見三讓之弘辭，觀衆瑞之摠集，覩升堂穆穆之盛禮，瞻燔燎焜曜之青煙。于時忽自以爲處唐虞之運，際於紫微之天庭也。徒慨不得攜子之手，共列于世有二子之數，以聽有唐欽哉之命也。子雖在裔土，想亦極目而廻望，側耳而遐聽，延頸而鶴立也。昔汝南陳公初拜，不依故嘗，讓上卿於李元禮。以此推之，吾宜退身以避位也。苟得避子以竊讓名，然後綬帶委質，游談於平勃之間，與子共陳徃時避地之艱辛，樂酒酣燕，高談大噱，亦足遣憂而忘老。捉筆陳情，隨以喜笑。

又曰：前夏有書而未達，今重有書，而并致前問。皇帝旣深悼劉將軍之早世，又愍其孤之不易，又惜使足下孔朙等士人氣類之徒，遂沈溺於羌夷異種之間，永與華夏乖絕[三]，而無朝聘中國之期緣，瞻晞故土桑梓之望也。故復運慈念而勞仁心，重下硎詔，以發德音。申勑朗等，使重爲書與足下等，以足下聰朙，揆殷勤之聖意，亦足悟海岱之所常在，知百川之所宜注矣。昔伊尹去夏而就殷，陳平違楚而歸漢，猶曜德於阿衡，著功於宰相。若足下能弼人之遺孤，定人之猶豫，去非常之僞號，事受命之大魏，客主兼不世之榮名，上下蒙不朽之常懼，功與事並，聲與勳著，考績效足以超越伊、呂矣。旣光[四]詔直，且服舊之情，情不能已。若不言足下之所能陳、足下之所見，則無以宣明詔命，弘光大之恩。敘宿昔夢想之思，若天啓衆心，子導蜀意。誠此意有攜手之期。若險路未夷，子謀不從，則懼聲問或否，復亩何由！前後二書，言每及斯，希不切然有動於懷。足下周游江湖，以暨南海，歷觀夷俗，可謂徧矣。想子之心，結思華夏，可謂深矣。爲身擇居，猶願中土爲王擇居安，豈可以不繫意於京師，而持疑於荒裔乎？詳思愚言，速示還報也。

【校記】

[一]素，陳本作業。《三國志》裴注作素。

[二]求，陳本、《三國志》裴注作展。

[三]"又曰"至"永與華夏乖絕"，陳本無。《三國志》裴注有。

[四]光，陳本、《三國志》裴注作承。

諫袁術僭號書
孫權

董卓無道，陵虐王室，禍加太后，暴及弘農，天子播越，宮廟焚毀，是以豪桀發憤，沛然俱起。元惡旣斃，幼主東顧，乃使王人奉命，宣明朝恩，偃武脩文，與之更始。然而河北異謀於黑山，曹操毒被於東徐，劉表僭亂於南荆，公孫叛逆於朔北，正禮阻兵，玄德争盟，是以未獲從命，囊弓戢戈。當謂使君，與國同規，而舍是弗恤，完然有自取之志，懼非海內企望之意也。成湯討桀，稱"有夏多罪"；武王伐紂，曰"殷有重罰"。此二王者，雖有聖德，假使時無失道之過，無由逼而取也。今主上非有惡於天下，徒幼小脅於彊臣，異于湯、武之時也。又聞幼主明智聰敏，有夙成之德，天下雖未被其恩，咸歸心焉。若輔而興之，則旦、奭之美，率土所望也。使君五出[一]相承，爲漢宰輔，榮寵之盛，莫與爲此，宜效忠守節，以報王室。時人多惑圖緯之言，妄牽非類之文，苟以悅主爲美，不顧成敗之計，古今所慎，可不孰慮！忠言逆耳。駁議致憎，苟有益於尊明，無所敢辭。

【校記】
　　[一]出，陳本、《後漢書》作世。

答陳思王書
吳質

　　信到，奉所惠貺，發函伸紙，是何文采之巨麗，而慰喻之綢繆乎！夫登東岳者，然後知衆山之迤邐也；奉至尊者，然後知百里之卑微也。自旋之初，伏念五六日，至於旬時，精散思越，惘若有失。非敢羨寵光之休，慕猗頓之富，誠以身賤犬馬，德輕鴻毛，至乃歷玄闕，排金門，升玉堂，伏櫺檻於前殿，臨曲池而行觴。既威儀虧替，言辭漏泄，雖恃平原養士之懿，愧無毛遂耀穎之才；深蒙薛公折節之禮，而無馮諼三窟之效；屢獲信陵虛左之德，又無侯生可述之美。凡此數者，乃質之所以憤積於胸襟，懷眷而於邑者也。

　　若追前宴，謂之未究，欲傾海爲酒，并山爲肴，伐竹雲夢，斬梓泗濱，然後極雅意，盡歡情，信公子之壯觀，非鄙人之所庶幾也。若質之志，實在所天，思投印釋黻，朝夕侍坐，鑽仲父之遺訓，覽老氏之要言，對清酤而不酌，抑嘉肴而不享。使西施出帷，嫫母侍側，斯盛德之所蹈，明哲之所保也。若乃近者之觀，實蕩鄙心，秦箏發徽，二八迭奏；塤簫激於華屋，靈鼓動於左耳；耳嘈嘈而無聞，情踊躍於鞍馬。謂可北懾肅慎，使貢其楛矢；南震百越，使獻其白雉。又况權、備，夫何足視乎？還治諷集所著，觀省英瑋，實賦頌之宗，作者之師表也。

爲劉表與袁尚書
王粲

　　表頓首頓首。將軍麾下，勤整六師，芟討暴虐，戎馬斯養，罄無不宜。甚善甚善！河山阻限，狼虎當路，雖遣驛使，或至或否，使引領，告而莫達。初聞郭公則、辛仲治通內外之言，造交遘之隙，使士民不恊，姦釁並作，聞之諤然，爲增忿怒。校尉劉堅、皇河、田買等前後到到[一]，得二月六日所起書，又得賢兄貴弟顯雍及審別駕書，陳敍事變本末之理，乃知變起辛、郭，禍結同生，追闕伯、實沈之蹤，忘《棠棣》死喪之義，親尋干戈，僵屍流血，聞之哽咽，若存若亡。乃追案書傳，思與古比。昔軒轅有涿鹿之戰，周公有商[二]、奄之軍，皆所以翦除灾害而定王業者也，非強弱之爭，喜怒之忿也。是故雖滅親不爲尤，誅兄不傷義也。

今二君初承洪業，纂繼前軌，進有國家傾危之慮，退有先公遺恨之真[三]，當唯曹氏是務，不爭雄雌之勢，惟國是康，不計曲直之利。雖蒙塵垢罪，下爲隸圉，析入汙泥，猶當降志辱身，方以定事爲計。何者？夫金木水火，以剛柔相濟，然後克得其和，能爲民用。若使金與金相迕，火與火相爛，則燋然摧折，俱不得其所也。今青州天情峭急，迷於目前，曲直是非，昭然可見。仁君智數弘大，綽有餘裕，當以大包小，以優容劣，歸是於此；乃道教之和，義士之行也。縱不能爾，有難忍之忿，且當先除曹操，以卒先公恨，事定之後，乃議兄弟之怨，使記注之士，定曲直之評，不亦上策邪？

且初天下起兵，以尊門爲主，是以衆寡喁喁，莫不樂袁氏之大也。今雖分裂，有存有亡，嚮然景附，未有革心。若仁君兄弟能悔前之繆，克己復禮，以從所驅，則弱者自以爲強，危者自以爲寧；誠欲戮力長驅，共獎王室，雖亡之日，猶存之頍[四]，則伊、周不足羣，五霸不足六也。若使迷而不返，遂而不改，則戎狄蠻夷將有誚讓之言，況我同盟，復能戮力爲君之役哉？則是大公墳壠，將有汙池之禍；夫人弱小，將有滅族之變。彼之與此，豈可同日而論之哉？且行違道以自存，猶尚不可，況失義以自忘[五]，而遺敵之禽哉？此韓盧、東郭自困於前，而遺田父之獲也。昔齊公孫竈卒，晏子知子期之不免也。故曰："二惠競爽猶可，又弱一個，姜氏危哉！"與劉左將軍及北海孫公佑共說此事，未嘗不痛心入骨，相爲悲傷也。

今整勒士馬，憤踊鶴立，冀聞和同之聲，約一舉之期，故復遣信并與青州書。若其泰也，則袁族其與漢升降乎！若其否也，則同盟永無望矣！臨書愴恨，不知所言。劉表頓首。

【校記】

[一]到，陳本、《建安七子集》作荆。《古文苑》作到。
[二]商，陳本、《古文苑》同。《建安七子集》作啇。
[三]真，陳本、《古文苑》同。《建安七子集》作負。
[四]頍，陳本同。《古文苑》、《建安七子集》作願。
[五]忘，陳本、《古文苑》、《建安七子集》作亡。

與阮步兵書
伏義

義白：蓋聞建功立勳者，必以聖賢爲本；樂真養性者，必以榮名爲主。

若棄聖背賢，則不離乎狂狷；凌榮起名，則不免乎窮辱。故自生民以來，同此圍或作圖[陳]例，雖歷百代，業不易綱。壁如大道，徒以奔趨遲疾定其駑良，舉足向路，物[一]趨一也。然流名震響，非實不着；而抱實之非，人奇不寶[二]；貴得保身，身[三]非禮不成；伏禮之矩，非勤不辨。是使薄於實而爭路[四]者，或因飭虛以自矜；慎於禮而莫時[五]者，或因倨怠以自外。其自矜也，必關闠晻曖以示之不測之量；其自外也，必排摧禮俗以見其不覊驅之達。又有滑稽之士糅於其間，浮沈不一，際畔相亂，或使時人莫能早分。推其大歸，綜之行事，徒可力極一噱，觀盡崇朝。惠[六]遭清世邪，則將吹其噓以露其實；值其闇耶，則將矜其貌以疑其撲[七]。從此觀之，治大而見遺，不如資小而必集；出谷[八]而見削，不如入檢而必令。

驟聽論者洋溢之聲，雖未傾蓋，其情如舊。然重臘難極，管短幽密，觀容相額，所執各異。或謂吾子英才秀發，邈與世玄，而經緯之氣有塞缺矣；或謂吾子知不出凡，罷無限奧，而陶變以眩流俗。善子者，欲斥斷以拒樸；惡子者，欲抽鍵以霧空虛。每承此聲，未嘗不開精斥運，放思天淵，欲爲吾子廣推奧異，端求所安也。

蓋自生民之性，受氣之源，好惡大歸，不得相遠。君子徇名而不顧，名[九]亦猶慕名以爲顯。夫名利者，大惣人之綱，集衢之門也。出此有爲，於義未聞。吾子若欲取逆[十]順守，及時行志，則當矜而莫欺[十一]，以速民望；若欲娛情養神，不厚於俗，則當浩然恣意，唯樂是治。今觀其規時，則行[十二]無育一作立德之身，報門無慕業之客，察其樂，則食無方丈入希[十三]，室無傾城之色。徒世世[十四]以疑世爲奇，縱體爲逸，執此不囘，覬以怔矣。且人非金石，不可剖練。設使至寶咸在子身，身疑於國寶爲不得行。天官雖博，無偏駁之任；王道雖寬，無縱逸之流。苟無其分，則爲身害教，則[十五]怨布天下，以此略一作備之，殆恐攻害其至無日，安坐難保。而聞吾子乃長嘯慷慨，悲涕潺湲，又或拊腹大笑，騰目高視，形性怐張，動與世乖，杭[十六]風立候，蔑若無人。儻獨奇變逸運，漸在於此，將以神接虛交，異物所亂，使之然也。夫智之清者，貴其智運而不憂；德之懿者，善其持冲以守滿。就其爲一作懷[陳]憂，憂必發於見孤，孤不自孤而怨時也；就其持滿，必起於見崇，崇不自崇而驕世也。

行來之議，又傳吾子雅性博古，篤意文學。積書盈房，無不燭覽。目厭義藻，口飽道潤。俯詠仰歎，術若純儒。然開闔之節不制於禮，動靜之度不覊於俗。凡諮詠，善之則教慈於父兄，惡之則言醜於讐敵；未有慈其教而不脩其事，醜其言而樂其業者也。故人稱竊簡寫律，踞而謂書[十七]，誦之可悼。深怪達者之行，其象若莊周、淮南、東方之徒，皆投跡教外，放思太玄；其大言異旨，殆自謂能迴天維，舉地絡，觀持世之極，惚得物之宗。仰天獨唱，與世爭黨。乃謂生爲勞役，而不能煞—作教[劉]身以當論；謂財爲穢累，而不能割賄財以見譏。由是觀之，其欝怨於不得，故假無欲以自通；怠惰於人檢，故殊聖人以自大。凡此數者，尚皆奇才異略，命世踞起，徒以時昏俗亂，寶沉幽夜，而性放蕩不一，萎致國寶之青[十八]，庶其不然。而況吾子志非遁世，世無所適，麟驥苟脩，天雲可據。動則不能龍攄虎超，同機伊、霍；靜則不能殊潛璧匿，連迹巢、光許[十九]。言無定端，行不純軌，虛盡年時以自疑外，豈異乎韓子所謂無施之焉哉[二十]？骨體雖美懿，牽縮不隨者哉？且桀士之志也，遇世險義[二一]則憂在將命，值世太清則憤於匿穎。欲其世平而有騁足之場，時安而有役智之局。方今大魏興隆，皇衢清敞，台府之門，割石索寶，以吳蜀二虜巢窟未破，長籌之士所當奮力，可謂器與運會，不卜而行，今其時矣。向使吾子才足蓋世，思能橫出，河[二二]能不因大師韜敵之變，陳子孫[二三]廟勝之策，使烽燧不起於四垂，羽檄不施於中夏，定勳立事，撫國寧民；而飽食安卧，囊懸室罄，力牽於役，賦則凋[二四]於賦，養生之具，亂於細民。爲壯士者豈能然乎？若居其勞而不知病其事，則經緯之氣之[二五]矣；若病其事而不能爲其醫，則鍼石之巧淺矣。今吾子擢才達得，則無毛遂穎脱之勢；剪跡滅光，則無四皓岳立之高；豐家富室，則無陶朱貨殖之利；延年益壽，則無松喬蟬蜕之變：總論吾子所歸，義無所出。然衆論雲擾，僉稱大義[二六]，疑夫欝氣之下必有祕伏，重奥之内必有積寶。雖無顔氏之妙，思覩恍惚之迹；雖無鍾子之達，樂聞山林之音。想亦不遂才穎於肝膈，而不—作異[劉]揚之於清觀；任賢智力於骨氣，而不播之于形[二七]高聽。且明智之爲物，猶泉流之吐潤，固不於挹酌而爲損，舍佇而增益—作盈也。

　　張儀之志，激於見切[二八]；季路晚悟，滯在持滿。是已不嫌盡言，究其良若，想必勃然承—作永聲響發。若乃群能獨踊，無以應唱，懸機待明時，不能觸物，則不達於談者，所謂挾袓奕以守要際，閉虛門以示不測者也。昔輪扁不能言微於其弟，伯樂不能語妙於其子，此蓋智術之曲撓，非道理之正例。自古有不可及之人，未有不可聞之業；有不可料之微，未有不可稱之略；幸以竭示所志。若變通卓逸，行得天符，言發恍然，邈在世表，則將爲吾子謝物輸力。

　　因風自釋，染筆拊[二九]紳。諮所未悟，庶足存弟子之一唱[三十]—作隅[劉]。伏義白。

【校記】

[一]物，陳本作摠。《全三國文》作總。

[二]抱實之非，人奇不寶，陳本、《全三國文》作：抱實之奇，非人不寶。

[三]陳本、《全三國文》無"身"字。

[四]路，陳本、《全三國文》作名。

[五]時，陳本、《全三國文》作持。

[六]《全三國文》無"惠"字。

[七]撲，陳本同。《全三國文》作樸。

[八]谷，陳本、《全三國文》作俗。

[九]陳本、《全三國文》無"名"字。

[十]取逆，陳本、《全三國文》作逆取。

[十一]欻，陳本、《全三國文》作疑。

[十二]《全三國文》此有"己"字。

[十三]希，陳本作肴。入希，《全三國文》作之肴。

[十四]世世，陳本同。《全三國文》作泄泄。

[十五]則，陳本、《全三國文》作賊。

[十六]杭，陳本同。《全三國文》作抗。

[十七]踞而謂書，陳本、《全三國文》作踞厠讀書。

[十八]青，陳本同。《全三國文》作責。

[十九]《全三國文》無"許"字。

[二十]焉哉，陳本、《全三國文》作馬。

[二一]義，陳本、《全三國文》作巇。

[二二]河，陳本同。《全三國文》作何。

[二三]陳子孫，陳本同。《全三國文》作陳孫子。

[二四]賦則凋，陳本、《全三國文》作財彫。

[二五]之，陳本同。《全三國文》作乏。

[二六]義，陳本、《全三國文》作異。

[二七]《全三國文》無"形"字。

[二八]切，陳本、《全三國文》作刼。

[二九]拊，陳本、《全三國文》作附。

[三十]唱，陳本同。《全三國文》作隅。

答伏義書
阮籍

籍白：承音覽旨，有心翰跡。夫九蒼之高，迅羽不能尋其巔；四溟之深，幽鱗不能測其底；矧無毛分所能論哉！且玄雲無定體，應龍不常儀；或朝濟夕卷，禽忽代興；或泥龍[一]天飛，晨降霄升，舒體則八維不足以暢迹，促節則無間足以從容；是又瞽夫所不能瞻，璅蟲所不能解也。然則弘修淵邈者，非近力所能究矣；靈變神化者，非局器所能察矣。何吾子之區區而吾真之務求乎！人力勢不能齊，好尚舛異。鸞鳳凌雲儔以舞翼，鳩鷃悅蓬林以翱翔；螭浮八濱以濯鱗，黿娛行潦而群逝；斯用情各從其好，以取樂焉。據此非彼，胡可齊乎？

大[二]夫人之立節也，將舒網以籠世，豈樽樽以入罔；方開模以範俗，何暇毀質以通或作適[陳]檢。若良運未愜，神機無准，則騰精抗志，邈世高超，蕩精舉於玄區之表，攄妙節於九垓之外而翱翔之。乘景躍蹠，踔陵忽慌，從容與道化同逌，逍遙與日月並流，交名虛以齊變，及英祇以等化。上乎[三]無上，下乎[四]無下，居乎無室，出乎無門。齊萬物之去留，隨六氣之虛盈，揔玄網於太極，撫天一於寥廓。飄埃不能揚其波，飛塵不能垢其潔，徒寄形軀於斯域城[五]，何精神之可察？雖業吾[六]不聞，略無不稱，而明有所逮，未可恀也。

觀吾子之趨：欲衒[七]傾城之金，求百錢之售；制造天之禮，儗膚寸之檢；勞王射[八]—作躬[劉]以役物，守臊穢以自畢；沈牛跡之洰薄，慍河漢之無根；其陋可愧，其事可悲。亮規略之懸踰，信大道之弘幽。且局步於常衢，無爲思遠以自愁。

比連疹憒，力喻不多。阮籍白。

【校記】

[一]龍，陳本、《阮籍集校注》作潛。

[二]陳本無"大"字。《阮籍集校注》作夫。

[三][四]平，陳本、《阮籍集校注》皆作乎，是。

[五]《阮籍集校注》無"城"字，當爲衍字。

[六]吾，陳本、《阮籍集校注》作無。

[七]衒，陳本、《阮籍集校注》作衒。

[八]射，陳本、《阮籍集校注》作躬。

答車茂安書
陸雲

雲白：前書未報，重得來況，知賢甥石季甫當屈鄮令，尊堂憂灼，賢姊涕泣，上下愁勞，舉家慘戚，何可爾耶！輒爲足下具說鄮縣土地之快，非徒浮言華艷而已，皆有實徵也。縣去郡治不出三日，直東而出，水陸並通。西有大湖，廣縱千頃，北有名山，南有林澤，東臨巨海，往往無涯，氾船長驅，一舉千里。北接青、徐，東洞交、廣，海物惟錯，不可稱名。遏長川以爲陂，燔茂草以爲田，火耕水種，不煩人力。決泄任意，高下在心，舉鍤成雲，下鍤成雨，旣浸旣潤，隨時代序也。官無逋滯之穀，民無飢乏之慮，衣食常克，倉庫恒實。榮辱旣明，禮節甚備，爲君甚簡，爲民亦易。季冬之月，牧旣畢，嚴霜隕而兼葭萎，林鳥棲而罻羅設，因民所欲，順時遊獵。結罝繞堽，密岡彌山，放鷹走犬，弓弩亂發，鳥不得飛，狩[一]不得逸。真光赫之觀，盤戲之至樂也。若乃斷遏海浦，隔截曲隩，隨湖[二]進退，采蜂捕魚，鱣鮪赤尾，鯢齒比目，不可紀名。繪鱷鮑，炙鱉鱖，烝石首，臛鯊鱉，真東海之俊味，肴膳之至妙也。及其蜂蛤之屬，目所希見，耳所不聞，品類數百，難可盡言也。

昔秦始皇至尊至貴，前臨終南，退燕阿房，離宮別館，隨意所居，沉淪涇渭，飲馬昆明，四方奇麗，天下珍玩，無所不有，猶以不如吳會也。鄉東觀滄海，遂御六軍南巡狩，登稽嶽，刻文石，身在鄮縣三十餘日。夫以帝王之尊，不憚爾行，季甫年少，受命牧民，武城之歌，足以興化。桑弧蓬矢，丈夫之志，經營四方，古人所歎，何足憂乎？且彼吏民，恭謹篤愼，敬愛官長，鞭朴不施，聲教風靡，漢、吳以來，臨此縣者，無不遷變。尊大夫[三]、賢姊上下當爲喜慶，歌舞相送，勿爲慮也。足下急啓喻寬慰，真[四]說此意，吾不虛言也。停及不一一。陸雲白。

【校記】

[一]狩，陳本、《陸雲集》作獸。
[二]湖，陳本同。《陸雲集》作潮。
[三]夫，陳本同。《陸雲集》作人。
[四]真，陳本同。《陸雲集》作具。

移太常府薦張贍
陸雲

蓋聞在昔聖王，承天御世，殷薦明德，恩和人神，莫不崇典謨以教思，興禮學以陶遠。是以帝堯昭煥，而道恊人天；西伯質文，而周隆二代。大晉建皇，業[一]配天地，區夏既混，禮樂將庸。君侯應歷運之會，贊天人之期，博延俊茂，熙隆載典。伏昆衛將軍舍人同郡張贍，茂德清粹，嚻思深通。初慕聖門，棲心重仞，啓塗及階，遂升樞奧。抽靈匱於祕宮，披金滕於玄夏，思樂百氏，博采其珍，辭邁翰林，言敷其藻。探微集逸，思心洞神；論道屬書，篇章光覿。含奇宰府，婆娑公門，棲靜隱竇，淪虛藏嚻，裂裳襲錦，[二]衣被玉，曾泉改路，懸車將邁。考槃下位，歲聿屢遷，縉紳之士，具懷悵恨。方今太清闢宇，四門啓籥，玄綱括地，天網廣羅；慶雲興以招龍，和風起而儀鳳，誠巖穴耀穎之秋，河津託乘之日也。而贍沉淪下位，群望悼心。若得端委太學，錯綜先典，垂纓王階，論道紫宮，誠帝室之瑰寶，清朝之偉嚻。廣樂九奏，必登昊天之庭；《韶》《夏》六變，必饗上帝之祀矣。

【校記】

　　[一]業，陳本同。《陸雲集》作崇。

　　[二]《陸雲集》此有"褐"字。

與桓秘書
習鑿齒

　　吾以去五月三日來達襄陽，觸目悲感，略無懽情，痛惻之事，故非書言之所能具也。每定省家舅，從北門入，西望隆中，想臥龍之吟；東眺白沙，思鳳雛之聲；北臨樊墟，存鄧老之高；南眷城邑，懷羊公之風；縱目檀溪，念崔徐之友，肆睇魚梁，追二德之遠，未嘗不徘徊移日，惆悵極多，撫乘躊躇，既爾而泣，曰若乃魏武之所置酒，孫堅之所隕斃，裴杜之故居，繁王之舊宅，遺事猶存，星列滿目。璀璨常流，碌碌凡士，焉足以感其方寸哉！

　　夫芬芳起於椒蘭，清響生乎琳琅。命世而作佐者，必垂可大之餘風；高尚而邁德者，必有明勝之遺事。若向八君子者，千載猶使義想其爲人，況相去之不遠乎！彼一時也，此一時也，焉知今日之才不如疇辰，百年之後，吾與足下不並爲景升乎！

答桓玄論四皓書
殷仲堪

　　隱顯默語，非賢達之心，蓋所遇之時不同，故所乘之塗必異。道無所屈而天下以之獲寧，仁者之心未能無感。若夫四公者，養志巖阿，道高天下，秦網雖虐，游之而莫懼，漢祖雖雄，請之而弗顧，徒以一理有感，汎然而應，事同賓客之禮，言無是非之對，孝惠以之獲安，莫由報其德，如意以之定藩，無所容其怨。且爭奪滋生，主非一姓，則百姓生心，祚無常人，則人皆自賢。況夫漢以劍起，人未知義，式遏姦邪，特宜以正順爲寶。天下，大器也，苟亂亡見懼，則滄海橫流。原夫若人之振策，豈爲一人之廢興哉！苟可以暢其仁義，與夫伏節委質可榮可辱者，道迹懸殊，理勢不同，君何疑之哉！

又謂諸呂強盛，幾危劉氏，如意若立，必無此患。夫禍福同門，倚伏[一]萬端，又未可斷也。于時天下新定，權由上制，高祖分王子弟，有磐石之固，社稷深謀之臣，森然比肩，豈瑣瑣之祿產所能傾奪之哉！此或四公所預，于今亦無以辨之，但求古賢之心，宜存之遠大耳。端本正源者，雖不能無危，其危易持。苟啓競津，雖未必不安，而其安難保。此最有國之要道。古今賢哲所同惜也。

【校記】

［一］"倚伏"二字據陳本補。《晉書》有。

遺殷浩書
王羲之

知安西敗喪，公私愴怛，不能須臾去懷。以區區江左，所營綜如此，天下寒心，固以久矣，而加之敗喪，此可熟念。往事豈復可追，願思弘將來，令天下寄命有所，自隆中興之業。政以道勝寬和爲本，力爭武功，作非所當，因循所長，以固大業，想識其由來也。

自寇亂以來，處內外之任者，未有深謀遠慮，括囊至計，而疲竭根本，各從所志，竟無一功可論，一事可記，忠言嘉謀棄而莫用，遂令天下將有土崩之勢，何能不痛心悲慨也！任其事者，豈得辭四海之責？追咎往事，亦何所復及，宜更虛己求賢，當與有識共之，不可復令忠允之言常屈於當權。今軍破於外，資竭於內，保淮之志非復所及，莫過還保長江，都督將各復舊鎮，自長江以外，羈縻而已。任國鈞者，引咎責躬，深自貶降以謝百姓，更與朝賢思布平正，除其煩苛，省其賦役，與百姓更始，庶可以允荅群望，救倒懸之急。

使君起於布衣，任天下之重，尚德之舉，未能事一[一]允稱，當重綂之任而喪敗至此，恐闔朝群賢未有與人分其謗者。今亟脩德補闕，廣延群賢，與之分任，尚未知獲濟所期。若猶以前事爲未工，故復求之於分外，宇宙雖廣，自容何所！知言不必用，或取怨執政，然當情慨所在，正自不能不盡懷極言。若必親征，未達此旨，果行者，愚智所不觧也。願復與衆共之。

復被州符，增運千石，徵役兼至，皆以軍期，對之喪氣，罔知所厝。自頃年割剥遺黎，刑徒竟路，殆同秦政，惟未加糸夷之刑耳，恐勝廣之憂，無復日矣。

【校記】
　　[一]一，陳本、《晉書》作事。

與范甯書
徐蕃

　　知足下遣十五議曹各之一縣，又吏假歸，白所聞見，誠足下留意百姓，故廣其視聽。吾謂勸導以實不以文，十五議曹欲何所敷宣邪？庶事辭訟，足下聽斷允塞，則物理足矣。上有理務之心，則物理足矣。上有理務之心，則下之求理者至矣。日昃省覽，庶事無滯，則吏慎其負而人聽不惑，豈湏邑至里詣，餝其游聲哉！非徒不足致益，乃是蠶漁之所資，又不可縱小吏爲耳目也。豈有善人君子而干非其事，多所告白者乎！君子之心，誰毀誰譽？如有所譽，必由歷試；如有所毀，必以著明。託社之鼠，政之甚害。自古以來，欲爲左右耳目者，無非小人，皆先因小忠而成其大不忠，先藉小信而成其大不信。遂使君子道消，善人輿尸，前史所書，可爲深鑒。

　　足下選綱紀必得國士，足以攝諸曹；諸曹皆是良吏，則足以掌文按；又擇公方之人以爲監司，則清濁能否，與事而明。足下但平心居宗，何取於耳目哉！昔明德馬后未嘗顧與左右言，可謂遠識，況大丈夫而不能免此乎！

報虞預書
賀彥先

　　此子開拔有志，意只言異於凡猥耳，不圖偉才如此。其文甚有奇分，若出其胸臆，乃是一國所推，豈但牧豎中逸群邪。聞處舊黨之中，好有謙冲之行，此亦立身之一隅。然世衰道喪，人物彫弊，每聞一介之徒有向道之志，冀之願之。如方者乃荒萊之特苗，鹵田之善秀，姿質已良，但沾染未足耳。移植豐壤，必成嘉穀。足下才爲世英，位爲朝右，道隆化立，然後爲貴。昔許子將拔樊仲昭於賈豎，郭林宗成魏德公於畎畆。足下志隆此業，二賢之功不爲難及也。

與沈約書
陸厥

　　范詹事《自序》："性別宮商，識清濁，特能適輕重，濟艱難。古今文人多不全了斯處，縱有會此者，不必從根本中來。"沈尚書亦云："自靈均以來，此秘未睹。或暗與理合，匪由思至。張、蔡、曹、王曾無先覺，潘、陸、顏、謝去之彌遠。"大旨鈞使"宮商[一]相變，低昂桀節，若前有浮聲，則後須切響，一簡之內，音韻盡殊，兩句之中，輕重悉異"。辭既美矣，理又善焉；但觀歷代衆賢似不都闇此處，而云"此祕未覩"，近於誣乎？。

　　案范云"不從根本中來"，尚書云"匪由思至"，斯可謂揣情謬於玄黃，摘句差其音律也。范又云"時有會此者，尚書云"或闇與理合"。則美詠清謳，有辭章調韻者，雖有差謬，亦有會合。推此以往，可得而言。夫思有合離，前哲同所不免；文有開塞，即事不得無之。子建所以好人譏彈，士衡所以遺恨終篇。既曰遺恨，非盡美之作。理可詆訶，君子執其詆訶，便謂合理爲闇，豈如指其合理，而寄詆訶爲遺恨耶？

　　自魏文屬論，深以清濁爲言；劉楨奏書，大明體勢之致。岨峿妥帖之談，操末續顛之說，興玄黃於律呂，比五色之相宣。苟此祕未睹，茲論爲何所指邪？愚謂前英已早識宮徵，但未屈曲指的，若今論所申。至於掩瑕藏疾，合少謬多，則臨淄[二]所云"人之著述，不能無病"者也。非知之而不改，謂不改則不知，斯曹、陸又稱"竭情多悔，不可力彊"者也。今許以有病有悔爲言，則必自知無悔無病之地。引其不了不合爲闇，何獨誣其一合一了之明乎？意者亦質文時異，今古好殊，將急在情物，而緩於章句。情物，文之所急，美惡猶且相半；章句，意之所緩，故合少而謬多。義兼於斯，必非不知明矣。

　　《長門》《上林》，殆非一家之賦；《洛神》《池鴈》，便成二體之作。孟堅精正，《詠史》無虧於東主；平子恢富，《羽獵》不累於憑虛。王粲《初征》，他文未能稱是；楊脩敏捷，《暑賦》彌日不獻。率意寡尤，則事促乎一日，翳翳愈伏，而理賒於七步。一人之思，遲速天懸；一家之文，工拙壤隔，何獨宮商律呂必責其如一邪？論者乃可言未窮其致，不得言曾無先覺也。

【校記】

　　[一]商，陳本、蕭子顯《南齊書》作羽。

　　[二]"淄"字據陳本補。《南齊書》有。

與湘東王書
庾子慎

　　吾輩亦無所遊賞，止事披閱，性旣好文，時復短詠。雖是庸音，不能閣筆，有慙伎癢，更同故態。比見京師文體，儒鈍殊常，競學浮疎，爭爲闡緩。玄冬脩夜，思所不得，旣殊比興，正背《風》《騷》。若夫六典三禮，所施則有地；吉凶嘉賓，用之則有所。未聞吟詠情性，反擬《內則》之篇；操筆寫志，更摹《酒誥》之作；遲遲春日，翻學《歸藏》；湛湛江水，遂同《大傳》。

　　吾旣拙於爲文，不敢輕有掎摭。但以當世之作，歷方古之才人，遠則楊、馬、曹、王，近則潘、陸、顏、謝，而觀其遣辭用心，了不相似。若以今文爲是，則古文爲非；若昔賢可稱，則今體宜棄。俱爲盍各，則未之敢許。又時有效謝康樂、裴鴻臚文者，亦頗有惑焉。何者？謝客吐言天拔，出於自然，時有不拘，是其糟粕；裴氏乃是良史之才，了無篇什之美。是爲學謝則不屆其精華，但得其冗長；師裴則蔑絕其所長，惟得其所短。謝故巧不可階，裴亦質不宜慕。故胸馳臆斷之侶，好名忘實之類，方分肉於仁獸，逞郤克於邯鄲，入鮑忘臭，効尤致禍。決羽謝生，豈三千之可及；伏膺裴氏，懼兩唐之不傳。故玉徽金銑，反爲拙目所嗤；《巴人》《下里》，更合郢中之聽。《陽春》高而不和，妙聲絕而不尋。竟不精討錙銖，覈量文質，有異《巧心》，終愧姸手。是以握瑜懷玉之士，瞻鄭邦而知退；章甫翠履之人，望閩鄉而歎息。詩旣若此，筆又如之。徒以煙墨不言，受其驅染；紙札無情，任其搖襞。甚矣哉，文之橫流，一至於此！

　　至如近世謝朓、沈約之詩，任昉、陸倕之筆，斯實文章之冠冕，述作之楷模。張士簡之賦，周升逸之辯，亦成佳手，難可復遇。文章未墜，必有英絕；領袖之者，非弟而誰？每欲論之，無可與晤，吾子建，一共商榷。辯茲清濁，使如涇、渭；論茲月旦，類彼汝南。朱丹旣定，雌黃有別，使夫懷鼠知慙，濫竽自耻。譬斯袁紹，畏見子將；同彼盜牛，遙羞王烈。相思不見，我勞如何。

卷五十四

檄

告青徐檄
伏隆

乃者，猾臣王莽，殺帝盜位。宗室興兵，除亂誅莽，故羣下推立聖公，以主宗廟。而任用賊臣，殺戮賢良，三王作亂，盜賊從橫，忤逆天心，卒爲赤眉所害。皇天祐漢，聖哲應期，陛下神武奮發，以少制衆。故尋、邑以百萬之軍，潰散於昆陽；王郎以全趙之師，土崩於邯鄲；大肜、高明望旗消靡；鐵脛、五校莫不摧破。梁王劉永，幸以宗室屬籍，爵爲侯王，不知厭足，自求禍棄，遂封爵牧守，造爲許[一]逆。今虎牙大將軍屯營十萬，已拔睢陽，劉永奔迸，家已族矣。此諸君所聞也，不先自圖，後悔何及！

【校記】

[一]許，陳本、《後漢書》作詐。

答雍闓檄
呂凱

天降喪亂，姦雄乘釁，天下切齒，萬國悲悼，臣妾大小，莫不思竭筋力，肝腦塗地，以除國難。伏惟將軍世受漢恩，以爲當躬聚黨衆，率先啓行，上以報國家，下不負先人，書功竹帛，遺名千載。何期臣僕吳越，背本就末乎？

昔舜勤民事，隕于蒼梧，書籍嘉之，流聲無窮。崩于江浦，何足可悲！文、武受命，成王乃平。先帝龍興，海內望風，宰臣聰睿，自天降康。而將軍不覩盛衰之紀，成敗之符，譬如野火在原，蹈覆河冰，火滅冰泮，將何所依附？囊者將軍先君雍候，造怨而封，竇融知興，歸志世祖，皆流名後葉，世歌其美。

今諸葛丞相英才挺出，深覩未萌，受遺託孤，翊贊季興，與衆無忌，錄功忘瑕。將軍若能翻然改圖，易跡更步，古人不難追，鄙土何足宰哉！蓋聞楚國不恭，齊桓是責，夫差僭號，晉人不長。況臣於非主，誰肯歸之邪？竊惟古義，臣無越境之交，是以前後有來無往。重承告示，發憤忘食，故略陳所愚，惟將軍察焉。

討桓玄檄
宋武帝

夫成敗相因，理不常泰，狡焉肆虐，或値聖明。自我大晉，屢邁陽九，隆安以來，皇家多故，貞良弊於豺狼，忠臣碎於虎口。逆臣桓玄，敢肆陵慢，阻兵荊郢，肆暴都邑。天未忘難，凶力寔繁，踰年之間，遂傾皇祚。主上播越，流幸非所，神器沈淪，七廟毀墜。雖是夏后之羅泯、寑，有漢之遭莽、卓，方之於茲，未足爲喻。自玄篡逆，于今歷載，彌年亢旱，人不聊生。士庶疲於轉輸，文武困於版築，室家分析[一]，父子乖離，豈唯《大東》有抒軸之悲，《摽梅》有傾筐之怨而已哉。仰觀天文，俯察人事，此而可有，孰有[二]可亡？凡在有心，誰不扼腕？裕等所以叩心泣血，不遑啓處者也。

是故夕寐宵興，援獎忠烈，潛構崎嶇，過於履虎，乘機發奮，義不圖全。輔國將軍劉毅、廣武將軍何無忌、鎮北主簿孟昶、兗州主簿魏詠之、寧遠將軍劉道規、龍驤參軍劉藩、振威將軍檀憑之等，忠烈斷金，精貫白日，荷戈俟奮，志在畢命。益州刺史毛璩，萬里齊契，掃定荊楚。江州刺史郭昶之，奉迎主上，宮于尋陽。鎮北參軍王元德等，並率部曲，保據石頭。揚武將軍諸葛長人，收集義士，已據歷陽。征虜參軍庾賾之等，潛相連結，以爲內應，同力恊契，所在鑫起。即日斬僞徐州刺史安城王脩、青州刺史弘。義衆旣集，文武爭先，咸謂不有一統，則事無以緝。裕辭不獲命，遂總軍要。庶上憑祖宗之靈，下罄義夫之節，翦鹹逋逆，蕩清京華。公侯諸君，或世樹忠貞，或身荷爵寵，而並俛眉猾豎，無由自效，顧瞻周道，寧不弔乎！今日之舉，良其會也。裕以虛薄，才非古人，受任於旣頹之運，契接於已替之機。丹成[三]未宣，感慨憤激，望霄漢以永懷，眄山川以增佇。投檄之日，神馳賊廷。

【校記】
[一]析，陳本作柝。李延壽《南史》作析。

[二]有，陳本作爲。《南史》作有。
[三]成，陳本作忱。《南史》作誠。

對問

答壺遂問
司馬遷

上大夫壺遂曰："昔孔子爲何而作《春秋》哉？"

太史公曰："余聞董生曰：'周道衰廢，孔子爲魯司寇，諸侯害之，大夫雍之。孔子知言之不用，道之不行也，是非二百四十二年之中，以爲天下儀表，貶天子，退諸侯，討大夫，以達王事而已矣。'子曰：'我欲載之空言，不如見之於行事之深切著明也。'夫《春秋》，上明三王之道，下辨人事之經紀，別嫌疑，明是非，定猶與，善善惡惡，賢賢賤不肖，存亡國，繼絕世，補敝起廢，王道之大者也。《易》著天地陰陽四時五行，故長於變；《禮》綱紀人倫，故長於行；《書》記先王之事，故長於政；《詩》記山川谿谷禽獸草木牝牡雌雄，故長於風；《樂》樂所以立，故長於和；《春秋》辯是非，故長於治人。是故《禮》以節人，《樂》以發和，《書》以道事，《詩》以達意，《易》以道化，《春秋》以道義。撥亂世反之正，莫近於《春秋》。《春秋》文成數萬，其指數千。萬物之散聚皆在《春秋》。《春秋》之中，弑君三十六，亡國五十二，諸侯奔走不得保其社稷者不可勝數。察其所以，皆失其本已。故《易》曰'差以毫釐，謬以千里'。故曰'臣弑君，子弑父，非一朝一夕之故也，其漸久矣'。故有國者不可以不知《春秋》，前有讒而不見，後有賊而不知。爲人臣者不可以不知《春秋》，守經事而不知其宜，遭變事而不知其權。爲人君父而不通於《春秋》之義者，必蒙首惡之名。爲人臣子不通于《春秋》之義者，必陷篡弑誅死之罪。其實皆以爲善，爲之不知其義，被之空言而不敢辭。夫不通禮義之指，至於君不君，臣不臣，父不父，子不子。夫君不君則犯，臣不臣則誅，父不父則無道，子不子則不孝。此四行者，天下之大過也。以天下之大過予之，則受而不敢辭。故《春秋》者，禮義之大宗也。"

對事
酈炎

客問酈炎曰："吳王曷不傳[一]而傳兄弟？四人傳者，將以致國乎季扎，季扎不受。雖有僚立闔閭之弑，《春秋》猶以不受爲義，不煞爲仁。而桓譚以吳之篡弒滅亡,釁由季扎,扎不思上放周公之攝位,而下慕曹臧之謙讓,名已細矣。《春秋》之趍,豈謂爾尒乎?"

炎曰:"夫四王之輕命致國乎季子,謂其能流慶百世也。季子不受,內有篡煞之亂,外致滅亡之禍。雖知潔己之可爲,不惟宗廟之絕祀,其痛矣!"

問曰:"周制諸侯,父死子繼。若扎從先私志,受非所繼,是浮行,豈節義之謂與?闔閭之欲國,蓋緣扎之雅意,故曰季子雖至,不吾廢也。今如吾子之云,則君子何稱乎?"

炎曰:"光知季子仁而無權,故肆意焉。季子不能討,是則《春秋》所譏。仁而不武,無能達也,子之云,《公羊》也。《公羊》不以父命辭王父命,以王父命辭父命;不以家事辭國政,以國政辭家事[二]。衛輒拒父,猶謂之可,況以國治篡弒之子乎?祭仲行權,《公羊》嘉之,云君可以死易生,國可以存易亡。季子不然,猶可善乎?此蓋《公羊》之失,非義之通者也。周公誅二叔,不爲不仁;宋穆受兄國,不爲不義。君子急病而讓夷,故踐明堂,朝諸侯,非榮其位,爲時之急也。以季子之才,君國子民,行化四方,與夫勾踐,相去幾何?若令向時見國危亂,慕周公急時之義,思先君致國之意,攝政持統,邁其威德,奚翅遷都,尚征上國,朝齊、宋、鄭、魯、衛執玉之君哉!孔子稱可與立道,未可與權。權反經而善,聖之達節者也。季子守節之士,故非其量度乎?"

問者因又謂炎曰:"古者聖人封建諸侯,皆云百里,取象於雷,雷何取也?"

炎曰:"《易》震爲雷,亦爲諸侯。雷震驚百里。"

曰:"何以知之?"

炎曰:"以其數知之。夫陽動爲九,其數卅[三]六;陰靜爲八,其數卅[四]二。震,一陽動二陰靜,故曰百里。"聞者稱善。

【校記】

[一]據《古文苑》、《全後漢文》,此有"子"字。

[二]以國政辭家事,據陳本補。《全後漢文》有。《古文苑》無。

[三][四]卅,陳本均作三十。《古文苑》作卅。

對臺詰辭
郎顗

臺詰顗曰:對云:"白虹貫日,政變常也。"朝廷率由舊章,何所變易而言變常？又言"當大蠲法令，革易官號"。或云變常以致災，或改舊以除異，何也？又陽嘉初建，復欲改元，據何經典？其以實對。

顗對曰：方春東作，布德之元，陽氣開發，養導萬物。王者因天視聽，奉順時氣，宜務崇溫柔，遵其行令。而今立春之後，考事不息，秋冬之政，行乎春夏，故白虹春見，掩蔽日曜。凡邪氣乘陽，則虹蜺在日，斯皆臣下執事刻急所致。殆非朝廷優寬之本。此其變常之咎也。又今選舉皆歸三司，每有選用，輒參之掾屬，公府門巷，賓客填集，送出迎來，則[一]貨無已。其當遷者，競相薦謁，各遣子弟，克塞道路，開長姦門，興致浮偽，非所謂率由舊章也。尚書職在機衡，宮禁嚴密，私曲之意，元不得通，偏黨之私，或無所用[二]。選舉之任，不如還在機密。臣誠愚戆，不知折中，斯固遠近之論，當今之宜。又孔子曰："漢三百載，斗[三]歷改憲。"三百四歲爲一德，五德千五百二十歲，五行更用。王者隨天，譬猶自春徂夏，改青服絳者也。自文帝省刑，適三百年，而輕微之禁，漸已殷積。王者之法，譬猶江河，當使易避而難犯。故《易》曰："易則易知，簡則易從，易簡而天下之理得矣。"今去奢即儉，以先天下，改易名號，隨事稱謂。《易》曰："君子之道，或出或處，同歸殊塗，一致百慮。"是知變常而善，可以除災，變常而惡，必致於異。今年仲竟，來年入季，仲終季始，歷運變改，故可改元，所以順天道也。臣顗愚蔽，不足以答聖問。

【校記】

[一]則，陳本、《後漢書》作財。

[二]"偏黨之私，或無所用"，據陳本補。《後漢書》有，但"私"作"恩"。

[三]斗，陳本作計。《後漢書》從斗。

月令問答
蔡邕

問者曰："子何爲著《月令說》也？"

"予幼讀《記》，以爲《月令》體大經問，不宜與《記》書雜錄並行。而記家記之又略，及前儒特爲章句者，皆用其意傳，非其意傳，非其本旨。又不知《月令》議徵驗，布在諸經，《周官》《左傳》曰親與《禮記》通第而不爲徵。更生他意橫者，綽綽久矣。光和元年，余被于章，離重罪，徙朔方，內有獫狁敵衝之虞，外有寇虜鋒鏑之艱，危險凜凜，死亡無日。過被學者聞，家蓋而志之，亦自有所覺寤。庶幾，頗將事情，而訖未有注記著於文字也。懼顛蹶隕墜，所以示及事總眞君子，而懷之朽腐。思誠之九。

《書》有陰陽升降、天文曆數、事物制度，可假以爲本。敦辭託說，以辰之象，象要者莫大《臣今》[一]。故遂於憂怖之中，晝夜密勿，昧[二]成之。旁貫五駐[三]，糸已羣書，至及國家律令制度，遂之曆數。盡天地三光之情，辭繁文而曼衍，非所謂理約而達也。道長日短，輿危殆兢，取其心盡而已，故不能復加刪省，蓋所以頡探辨物，多識前言往行之流也。苟使學者以爲可覽之，則余死而不朽也。"

問者曰："子說《月令》，多類以《周官》《左氏》。假無《周官》《左氏傳》，《月令》爲無說乎？"

曰："夫根柢祠則枝葉必相從也。《月令》與《周官》，並爲時任政令之記，異文而同體。官名百職，皆《周官》解，《月令》甲子，沈子所謂以[四]《春秋》也。若夫太昊，蓐收、勾芒、祝融之屬，《左傳》造義強說，生名者同，是以用之。"

問者曰："旣用古文於曆數，不用《三統》，用《四分》，何也？"

曰："《月令》所用，糸諸曆象，非一家之事，傳之於世，不曉學者，宜以當時所施行夫密近者。《三統》已疎闊廢，固不用也。"

問者曰："旣不用《三統》，以驚蟄爲孟春，中雨水爲二月節，皆《三統》法也，獨用之何？"

曰："孟春，《月令》曰'蟄虫始震'，在正月也。中春始雨水，則雨水二月也。以其合，故用之。"

問者曰："曆云季夏節也，而今文見於五月，何也？"

曰："今不以曆節言，據時始暑而記也。曆於大雪、小雪、大寒、小寒皆去十五日，然則小暑當去大暑十五日，不得及四十五日。不以節言，據時暑也。"

問者曰："《中春令》不用犧牲，以珪璧更日祈，不犧牲，何也？"

曰："是月獻與太牢祀高禖。宗廟之祭以中月，安得用犧牲？祈者求之祭也。著《令》者豫設水旱疫癘當禱祈，用犧牲者，是用之助生養傳，祈以幣代牲，令章勾因於高禖之事，乃造說曰："更者，刻代牲，如何有桃更。"此說自欲極矣。經典傳記無刻代牲之說，此故以爲問，甚正其祀之宗伯，似《書》有轉設，三豕渡河之類也。"

問者曰："《仲冬令》曰：'奄尹申宮令謹。'謹門闌也？"

曰："閽尹者，內官也，主宮室。出入宮中之門曰闌，閽尹之職也。閒，里門，非閽尹所主，知當作闌也。"

問者曰："《令》曰'七騶咸駕'，今曰[五]騶，何也？"

曰："本官職者，莫正於《周官》。《周官》天子馬六種，六種一騶，故知六騧。《左氏傳》'晉程鄭爲乘馬御，六騧屬焉'，無言七者，知當爲六也。"

問者曰："《令》以中秋築城郭，於經傳爲其時非。"

"《詩》曰：'定之方中，作于楚宮，定營室也。'九月十月之交，西南方中，故《傳》曰'小昏正而裁水'，即營室也。昏正者，昏中也。裁殺板，裁而始築也。今文在前一月，不合於經傳也。"

問者曰："子說三難，皆以行爲本。《古論》《周官》《禮記》說以爲但逐惡而已，獨安取所之。"

曰："取之於《月令》而已。四時通等而夏無難文，曰日行也。春行少陰，秋行少陽，冬行太陰，陰陽皆使不於其類，故冬春難以助陽，秋難以達陰。至夏節太陽行太陰，自得其類，無所扶助，獨不難取之於是也。"

問者曰："反令每行一時轉三旬，以應行三日政也。春行夏令，則雨水不時，謂行[六]夏也；草木旱枯，中夏也；國乃有恐，孟夏也。今總合爲一事，不分別施之於三月，何也？"

曰："說者見其三旬，不得傳注而爲之說，所通有所滯礙不得矣。孟秋反令行各[七]令，則草木枯。後乃大水，敗其城郭，以故則也。則分爲三事，後乃大水在誰後也？城郭爲獨自壞，非水所爲也。季冬《令》曰行春令，則胎夭多傷，民多蠱疾，命之曰逆。即分爲三事。行季冬令，爲不敢災異，但命之曰逆也。知不得斬絕，東應一月也。其類皆如此。《令》之所述，略舉尤者也。"

問："春食麥羊，夏食菽雞魚之屬，但以爲時味之宜，不合之於五行。《月令》服食器械之制，皆順五行者也。說所食獨不以五行，不已略乎？"

曰："盡所思之矣。凡十二辰之禽，五時所食者，必家人所畜，丑牛、未羊、戌犬、酉雞、亥豕而已。其餘龍虎以下，非食也。春木王，勝故，土王四季，四季之禽，牛屬季夏，犬屬[八]，故曰未羊可以爲春食也。夏火王，火勝金，酉雞可以爲夏食也。季夏食也。季夏土王，土勝水，當食豕而食牛。土，五行之尊者；牛，五畜之大者。四時之牲，無足以配土德者，故以牛爲季夏食。秋金王，金勝木，寅虎非可食者，犬豕而無角，虎屬也，故以犬爲秋食也。冬水王，水勝火，當食馬，而《禮》不以馬爲牲，故以其類而食豕也。然則麥爲[九]，菽爲金，麻爲木[十]，黍爲水，各配其牲爲食也。雖有此說，而米塩精粹，不合於《易》卦所爲之禽，及《洪範》傳五事之畜，近自卜筮之術，故余略之，不以爲章句。聊以應問，亦有說而已。"

問："《記》曰養三老五更，子獨曰五叟；《周禮》曰八十一御妻，又曰御妾，何也？"

曰:"字誤也。叟,長老之稱也。其字與'更'相似,書者轉誤,遂以爲更。嫂字女旁,叟瘦字中叟,今皆以爲更矣。立學法者不形聲,何得以爲字?以嫂、瘦矜之,知是'更'爲'叟'也。妻者齊也,惟一適人稱妻,其餘皆妾,位最在下也。是以不得言妻云也。"

【校記】

[一]臣今,據《全後漢文》,當爲月令。
[二]據《全後漢文》,此有"死"字。
[三]駐,《全後漢文》作經。
[四]以,《全後漢文》作似。
[五]據《全後漢文》,當有"六"字。
[六]行,《全後漢文》作孟。
[七]各,《全後漢文》作冬。
[八]據《全後漢文》,當有"季秋"二字。
[九]據《全後漢文》,當有"木"字。
[十]木,《全後漢文》作火。

問

天問

屈原

曰:遂古之初,誰傳道之?上下未形,何由考之?冥昭瞢闇,誰能極之?馮翼惟像,何以識之?明明闇闇,惟時何爲?陰陽三合,何本何化?圜則九重,孰營度之?惟茲何功,孰初作之?斡[一]管焉繫,天極焉加?八柱何當,東南何虧?九天之際,安放安屬?隅隈多有,誰知其數?天何所沓?十二焉分?日月安屬?列星安陳?出自湯谷,次于蒙汜。自明及晦,所行幾里?夜光何德,死則又育?厥利維何,而顧菟在腹?女岐無合,夫焉取九子?伯強何處?惠氣安在?何闔而晦?何開而明?角宿未旦,曜靈安藏?不任汩鴻,師何以尚之?僉曰何憂,何不課而行之?鴟龜曳銜,鯀何聽焉?順欲成功,帝何刑焉?永遏在羽山,夫何三年不施?伯禹復鯀,夫何以變化?纂就前緒,遂成考功。何續初繼業,而厥謀不同?洪泉極深,何以寘之?地方九則,何以墳之?應龍何盡?河海何歷?鯀何所營?禹何所成?康回憑怒,墜地何故以東南傾?九州安錯?川谷何洿?東流不溢,孰知其故?東西南北,其脩孰多?南北順橢,其衍幾何?崑崙懸圃,其尻安在？增城九重，其高幾里？四方之門，其誰從焉？西北辟啓，何氣通焉？日安不到，燭龍何照？羲和之未揚，石華何光？何所冬暖？何所夏寒？焉有石林？何獸能言？焉有龍虯，負熊以遊？雄虺九首，鯈忽焉在？何所不死？長人何守？

靡蓱九衢，枲華安居？靈蛇吞象，厥大何如？黑水玄趾，三危安在？延年不死，壽何所止？鯪魚何所？鬿堆焉處？羿焉彈日？烏焉解羽？禹之力獻功，降省下土方。焉得彼嵞山女，而通之于台桑？閔妃匹合，厥身是繼。胡爲嗜不同味，而快鼂飽？啓代益作后，卒然離蠥。何啓惟憂，而能拘是達？皆歸䠶鞠，而無害厥躬。何益作革，而禹播降？啓棘賓商，《九辯》《九歌》。何勤子屠母，而死分竞地？帝降夷羿，革孽夏民。胡羿䠶夫河伯，而妻彼雒嬪？馮珧利決，封豨是䠶。何獻蒸肉之膏，而后帝不若？浞娶純狐，眩妻爰謀。何羿之䠶革，而交吞揆之？阻窮西征，巖何越焉？化爲黃熊，巫何活焉？咸播秬黍，莆雚是營。何曰并投而鯀疾脩盈？白蜺嬰茀，胡爲此堂？安得夫良藥，不能固臧？天式從横，陽離爰死。大鳥何鳴，夫焉喪厥體？蓱號起雨，何以興之？撰體脅鹿，何以膺之？鼇戴山抃，何以安之？釋舟陵行，何以遷之？惟澆在戶，何求于嫂？

何少康逐犬，而顛隕厥首？女歧縫裳，而館同爰止。何顛易厥首，而親以逢殆？湯謀易旅，何以厚之？覆舟斟尋，何道取[一]之？桀伐蒙山，何所得焉？妹嬉何肆，湯何殛焉？舜閔在家，父何以鱞？堯不姚告，二女何親？厥萌在初，何所億焉？璜臺十成，誰所極焉？登立爲帝，孰道尚之？女媧有體，孰制匠之？舜服厥弟，終然爲害。何肆犬豕，而厥身不危敗？吳獲迄古，南嶽是止。孰期去斯，得兩男子？緣鵠飾玉，后帝是饗。何承謀夏桀，終以滅喪？帝乃降觀，下逢伊摯。何條放致罰，而黎服大說？簡狄在臺，嚳何宜？玄鳥致貽，女何喜？該秉季德，厥父是臧。胡終弊于有扈，牧夫牛羊？于協時舞，何以懷之？平脅曼膚，何以肥之？有扈牧豎，云何而逢？擊牀先出，其命何從？恒秉季德，焉得夫朴牛？何往營班禄，不但還來？昏微遵迹，有狄不寧。何繁鳥萃棘，負子肆情？眩弟並淫，危害厥兄。何變化以作詐，而後嗣逢長？成湯東巡，有莘爰極。何乞彼小臣，而吉妃是得？水濱之木，得彼小子。夫何惡之，媵有莘之婦？湯出重泉，夫何罪尤？不勝心伐帝，夫誰使挑之？會鼂爭盟，何踐吾期？蒼鳥羣飛，孰使萃之？列擊紂躬，叔旦不嘉。何親揆發定，周之命以咨嗟？授殷天下，其位安施？反成乃亡，其罪伊何？爭遣伐器，何以行之？並驅擊翼，何以將之？昭后成游，南土爰底。厥利維何，逢彼白雉？穆王巧挴，夫何周流？環理天下，夫何索求？妖夫曳衒，何號于市？周幽誰誅？焉得夫襃姒？天命反側，何罰何佑？齊桓九合，卒然身殺。彼王紂之躬，孰使亂惑？何惡輔弼，讒諂是服？比干何逆，而抑沈之？

雷開阿順，而賜封之？何聖人之一德，卒其異方？梅伯受醢，箕子佯狂？稷維元子，帝何竺之？投之於冰，鳥何燠之？何馮弓挾矢，殊能將之？皡驚帝切激，何逢長之？伯昌號衰，秉鞭作牧。何令徹彼岐社，命有殷國？遷藏就岐，何能依？殷有惑婦，何所譏？受賜茲醢，西伯上告。何親就上帝罰，殷之命以不救？師望在肆，昌何識？鼓刀揚聲，后何喜？武發殺殷，何所悒？載尸集戰，何所急？伯林雉經，維其何故？何感天抑墜，夫誰畏懼？皇天集命，惟何戒之？受禮天下，又使至代之？初湯臣摯，後茲承輔。可卒官湯，尊食宗緒？勳闔夢生，少離散亡。何壯武厲，能流厥嚴？彭鏗斟雉，帝何享？受壽永多，夫何長？中央共牧，后何怒？蠭蛾微命，力何固？驚女采薇，鹿何祐？比至回水，萃何喜？兄有噬犬，弟何欲？易之以百兩，卒無祿。薄暮雷電，歸何憂？厥嚴不奉，帝何求？伏匿穴處，爰何云？荆勳作師長，悟過改更，我又何言？吳光爭國，久余是勝。何環穿自閭社丘陵，爰出子文？吾告堵敖以不長。何試上予，忠名彌彰？

【校記】

　　[一]紂，陳本作幹。《文選補遺》、《楚辭集注》作幹。
　　[二]耿，陳本、《文選補遺》、《楚辭集注》作取。

遂古篇
江淹

　　僕嘗爲《造化篇》，以學古制今。觸類而廣之，復有此文。兼象《天問》，以遊思云爾。

　　聞之遂古，大火然兮。水亦溟涬，無涯邊兮。女媧煉石，補蒼天兮。共工所觸，不周山兮。河洛交戰，寧深淵兮。黄炎共鬭，涿鹿川兮。女岐九子，爲氏先兮。蚩尤鑄兵，幾千年兮。十日並出，堯之間兮。羿䂃斃日，事豈然兮。常娥奔月，誰所傳兮。豐隆騎雲，爲靈仙兮。夏開乘龍，何因緣兮。傳說託星，安得宣兮。夸父鄧林，義亦艱兮。尋木千里，鳥易論兮。穆王周流，往復旋兮。河宗王母，可與言兮。青鳥所解，路誠宣兮，五色玉石，出西偏兮。崑崙之墟，海此間兮。去彼宗周，萬二千兮。山經古書，亂編篇兮。郭釋有兩，未精堅兮。

　　上有剛氣，道家言兮。日月五星，皆虛懸兮。倒景去地，出雲煙兮。九地之下，如有天兮。土伯九約，寧若先兮。西方蓐收，司金門兮。北極禺強，爲常存兮。帝之二女，遊湘沅兮。霄明燭光，向焜煌兮。太一司命，鬼之元兮。《山鬼》《國殤》，爲遊覒兮。迦維羅衞，道最尊兮。黃金之身，誰能原兮。恒星不見，頗可論兮。其說彬炳，多聖言兮。六合之内，心常渾兮。幽明詭性，令智惛兮。

　　《河圖》《洛書》，爲信然兮。孔甲豢龍，古共傳兮。禹時防風，處隅山兮。春秋長狄，生何邊兮。臨洮所見，又何緣兮。蓬萊之水，淺於前兮。東海之波，爲桑田兮。山崩邑淪，寧幾千兮。石生土長，必積年兮。漢鑿昆明，灰炭全兮。魏開濟渠，螺蚌堅兮。白日再中，誰使然兮。北斗不見，藏何間兮。建章鳳闕，神光連兮。未央鐘簴，生花鮮兮。銅爲兵器，秦之前兮。丈夫衣綵，六國先兮。周時女子，出世間兮。班君絲履，遊太山兮。人鬼之際，有隱淪兮。

　　四海之外，孰方圓兮。沃沮肅鎮，東北邊兮。長臂兩面，赤乘船兮。東南倭國，皆文身兮。其外黑齒，次裸民兮。侏儒三尺，並爲鄰兮。西北丁零，又烏孫兮。車師月支，種類繁兮。馬蹄之國，善騰奔兮。西南烏弋，及劇賓兮。天竺、于闐，皆胡人兮。條支、安息，西海湑兮。人迹所極，至大秦兮。珊瑚明珠，銅金銀兮。琉璃瑪瑙，來雜陳兮。硨磲水精，莫非眞兮。雄黃雌石，出山垠兮。青白蓮花，被水濱兮。宮殿樓觀，並七珍兮。窮陸溟海，又有民兮。長股深目，豈君臣兮。丈夫女子，及三身兮。結胷反舌，一臂人兮。跂踵交脛，與羽民兮。不死之國，皆何因兮。

　　茫茫造化，理難循兮。聖者不測，況庸倫兮。筆墨之暇，爲此文兮。薄暮雷電，聊以忘憂，又示君子。

卷五十五

設論上

解難
楊雄

客難楊子曰："凡著書者，爲眾人之好也，美味期乎合口，工聲調_{或作期[陳]}於比耳。今吾子乃抗辭幽說，閎意眇指，獨馳騁於有亡之際，而陶冶大鑪，旁薄群生，歷覽者兹年矣，而殊不寤。宣費精神於此，而煩學者於彼，譬畫者畫於無形，弦者放於無聲，殆不可乎？"

揚子曰："俞。若夫閎言崇議，幽微之塗，蓋難與覽者同也。昔人有觀象於天，視度於地，察法於人者，天麗且彌，地普而深，昔人之辭，廼玉廼金。彼豈好爲艱難哉？勢不得已也。獨不見[一]翠虯[二]絳螭之將登乎天，必聳身於蒼梧之淵；不階浮雲，翼疾風，虛舉而上升，則不能撠膠葛，騰九閎。日月不經不千里，則不能燭六合，燿八紘；泰山之高不嶕嶢，則不能浡滃雲而散欹[三]烝。是以宓犧氏之作《易》也，緜絡天地，經以八卦，文王附六爻，孔子錯其象而彖其辭，然後發天地之藏，定萬物之基。《典》《謨》之篇，《雅》《頌》之聲，不温純深潤，則不足以揚鴻烈而章緝熙。蓋胥靡爲宰，寂寞爲尸，大味必淡，大音必希，大語叫叫，大道低回。是以聲之眇者不可同於眾人之耳，形之美者不可混於世俗之目，辭之衍者不可齊於庸人之聽。今夫弦者，高張急徽，追趨逐耆，則坐者不期而附[四]。試爲之施《咸池》，揄《六莖》，發《簫韶》，詠九成，則莫有和也。是故鐘期死，伯牙絕絃破琴而不肯與眾鼓；獿人亡，則匠石輟斤而不敢妄斵[五]。師曠之調鐘，竢知音之在後也；孔子作《春秋》，幾君子之前睹也。老聃有遺言，貴我者希，此非其操與！"

【校記】
　　［一］《文選補遺》、《揚雄集校注》此有"夫"字。
　　［二］虷，陳本同。《文選補遺》、《揚雄集校注》作虯。
　　［三］欺，陳本作敲。《文選補遺》、《揚雄集校注》作歆。
　　［四］《文選補遺》、《揚雄集校注》有"矣"字。
　　［五］斷，陳本同。《文選補遺》、《揚雄集校注》作斳。

達旨
崔駰

　　或說己曰："《易》稱'備物致用'，'可觀而有所合'，故能扶陽以出，順陰而入。春發其華，秋收其實，有始有極，爰登其質。今子韞櫝《六經》，服膺道術，歷世而遊，高談有日，俯鉤深於重淵，仰探遠乎九乾，窮至賾於幽微，測潛隱之無源。然下不步卿相之廷，上不登王公之門，進不黨以譖己，退不黷於庸人。獨師友道德，合符曩真，抱景特立，與士不羣。蓋高樹靡陰，獨木不林，隨時之宜，道貴從凡。于時太上運天德以君世，憲王僚而布官；臨雍泮以恢儒，疏軒冕以崇賢；率惇德以厲忠孝，揚茂化以砥仁義；選利器於良材，求鏌鋣於明智。不以此時攀台階，闚紫闥，據高軒，望朱闕，夫欲千里而咥[一]尺未發，蒙竊惑焉。故英人乘斯時也，猶逸禽之赴深林，蝱蚋之趣大沛，胡爲嘿嘿而久沉滯也？"

　　答曰："有是言乎？子苟欲勉我以世路，不知其跌而失吾之度也。古者陰陽始分，天地初制，皇綱云緒，帝紀乃設，傳序歷數，三代興滅。昔大庭尚矣，赫胥罔識。淳樸散離，人物錯乖。高辛攸降，厥趣各違，道無常稽，與時張弛。失仁爲非，得義爲是。君子通變，各審所履。故士或掩目而淵潛，或盥耳而山棲；或草耕而僅飽，或木茹而長飢；或重聘而不來，或屢黜而不去；或冒訽以干進，或望色而斯舉；或以役夫發夢於王公，或以漁父見兆於元龜。若夫紛纚塞路，凶虐播流，人有昏墊之戹，主有疇咨之憂，條垂蓏蔓，上下相求。於是乎賢人授手，援世之災，跋涉赴俗，急斯時也。昔堯含感而皐陶謨，高祖歎而子房慮；禍不散而曹、絳奮，結不解而陳平權。及其策合道從，克亂弭衝，乃將鏤玄珪，冊顯功，銘昆吾之冶，勒景、襄之鐘。與其有事，則褰裳濡足，冠挂不顧。人溺不拯，則非仁也。當其無事，則躡纚整襟，規矩其步。德讓不修，則非忠也。是以險則救俗，平則守禮，舉以公心，不私其體。

　　"今聖上之育斯仁[二]也，樸以皇質，雕以唐文。六合怡怡，比屋爲仁。一天下之衆異，齊品類之萬殊。參差同量，坏冶一陶，羣生得理，庶績其凝。家家有以樂和，人人有以自優。威械藏而俎豆布，六典陳而九刑厝。濟茲兆庶，出於平易之路。雖有力牧之略，尚父之屬，伊、皋不論，奚事范、蔡？夫廣廈成而茂木暢，遠求存而良馬縶，陰事終而水宿藏，場功畢而大火入。方斯之際，處士山積，學者川流，衣裳被宇，冠蓋浮雲。譬猶衡陽之林，岱陰之麓，伐尋抱不爲之稀，蓺拱把不爲之數。悠悠罔極，亦各有得。彼採其華，我收其實。捨之則藏，己所學也，故進動以道，則不辭執珪而秉柱國；復靜以理，則甘糟糠而安藜藿。

"夫君子非不欲仕也。恥夸毗以求舉；非不欲室也，惡登牆而樓處。叫呼衒鬻，縣旌自表，非隨和之寶也。暴智燿世，因以干祿，非仲尼之道也。游不倫黨，苟以狥己，汗血競時，利合而友。子笑我之沉滯，吾亦病子屑屑而不已也。先人有則而我弗虧，行有枉徑而我非隨。臧否在予，唯世所議。因將因天質之自然，誦上哲之高訓，詠太平之清風，行天下之至順。懼吾躬之穢德，勤百畒之不耘。縶余馬以安行，俟性命之所存。昔孔子起威於夾谷，晏嬰發勇於崔杼；曹劌舉節于柯盟，卞嚴克捷於彊禦；范蠡錯或作借[陳]執於會稽，伍員樹功於栢舉；魯連辯言以退燕，包胥單辭而存楚；唐且華顛以悟秦，甘羅童牙而報趙；原襄見廉於壺湌，宣孟收德於束脯；吳札結信於丘木，展季效貞於門女，顏回明仁於度轂，程嬰顯義於趙武。僕誠不能編德於數者，竊慕古人之所序。"

【校記】
　　[一]哭，陳本、《後漢書》作咷，是。
　　[二]仁，陳本、《後漢書》作人。

應閒[一]
張衡

有閒[二]余者曰："蓋聞前哲首務，務於下學上達，佐國理民，有云爲也。朝有所聞，則夕行之。立功立事，式昭德音。是故伊尹思使君爲堯、舜，而民處唐、虞，彼豈虛言而已哉？必旌厥素爾。咎單、巫咸，實守王家；申伯、樊仲，實幹周邦。服袞而朝，介圭作瑞，厥迹不朽，垂烈後昆，不亦丕歟！且學非以要利，而富貴萃之。貴以行令，富以施惠，惠施令行，故《易》稱以大業。質以文美，實由華興，器賴雕飾爲好，人以興服爲榮。吾子性德體道，篤信安仁，約己博藝，無賢[三]不鑽，以思世路，斯何遠矣。曩滯日官，今又原之。雖老氏曲全，盡道若退，然行亦以嚅[四]。必也學非所用，術有所仰，故臨川將濟，而舟楫不存焉。徒經思天衢，內昭獨智，固合理民之式也。故嘗見謗于鄙儒。深厲淺揭，隨時爲義，魯[五]何貪於支離，而習其孤技邪？參輪可使自轉，木雕猶能獨飛，已垂翅而還故棲，盍亦調其機而銛諸？昔有[六]文王，自求多福。人生在勤，不索何獲？曷若卑體屈己，美言以相剋？鳴于喬木，乃金聲而玉振之。用後勳，雲[七]前咎，婥佅[八]不柔，以意誰斬也。"

應之曰："是何觀同而見異也！君子不患位之不尊，而患德之不崇；不恥祿之不夥，而恥智之不博。是故蓺可學而行可力也。天爵高懸，得之在命，或不速而自懷，或羨猗而不臻，求之無益，故智得面[九]而不思。貼身以徼幸，固貪夫之所爲，未得而豫喪也。枉尺直尋，議者譏之，盈欲虧志，孰云非羞？於心有猜，則簋殍饋餔不屑餐，旌督以之。意之無疑，則兼金盈百而不嫌辭，孟轉[十]以之。士或解短褐而襲黼黻，或委耒築而據文軒者，度德拜爵，量績受祿也。輸力致庸，受必有階。

"渾元初基，靈軌未紀，吉凶分錯，人用瞳矇。黃帝爲斯深慘。有風后者，是焉亮之，察三辰於上，迹禍福乎下，經緯歷數，然後天步有常，則風后之爲也。當少昊清陽之末，實或亂德，人神雜擾，不可方物。重黎又相顓頊而申理之，日月即次，則重黎之爲也。人各有能，因蓺受任，鳥師別名，四叔三正，官無二業，事不並齊。晝長則宵短，日南則景北。天且不堪兼，況以人該之？夫玄龍，迎夏則陵雲而奮鱗，樂時也；涉冬則涸泥而潛蟠，避害也。公旦道行，故制典禮，以尹天下，懼教誨之不從，有人之不理。仲尼不遇，故論"六經"，以俟來辟，恥一物之不知，有事之無範。所考[十一]不齊，如何可一？

"夫戰國交爭，戎車競驅，君若綴旒，人無所麗。燭武縋縋而秦伯退師，魯連係箭而聊城弛拆。從往則合，橫來則離，安危無常，要在說夫。咸以得人爲梟，失士爲尤。故樊噲披帷，入見高祖；高祖踞洗，以對酈生。當此之會，乃黿鳴而鱉應也。故能同心戮力，勤恤人隱，奄受區夏，遂定帝位，皆謀臣之由也。故一介之策，各有攸建，子長諜之，爛然有第。

"夫女魃北而應龍翔，洪鼎聲而軍容息；潦暑至而鶉火棲，寒冰冱而鼃黽蟄。今也皇澤宣洽，海外混同，萬方億醜，並質共劑，若脩成之不暇，尚何功之可立？立事有三，言爲下列，下列且不可庶矣，奚冀其二哉？

"于茲縉紳如雲，儒士成林，及津者風攄，失塗者幽僻，遭遇難要，趣偶爲幸。世易俗異，事執舛殊，不能通其變，而一度以揆之，斯契船一作刻舟[咮]而求劍，守株而伺兔也。冒愧逞願，必無仁以繼之，有道者所不履也。越王句踐事此，故厥緒不永，捷徑邪至，我不忍以投步；干進苟容，我不忍以歙肩。雖有犀舟勁檝，猶人涉卬否，有湏者也。姑亦奉順敦篤，守以忠信，得之不休，不獲不吝。不見是而不悶，居下位而不憂，允上德之常服焉。方將師天老而友地典，與之乎高睨而大談，孔甲且不足慕，焉稱殷彭及周聃？與世殊技，固孤是求。子憂朱泙曼之無所用，吾恨輪扁之無所教也。子覯木雕獨飛，愍我垂翅故棲；吾感螙蟲附鷗，悲爾先笑而後號也。

"斐豹以斃督燔書，禮至以掖國作銘，弦高以牛飱退敵，墨翟以縈帶全城，貫高以端辭顯義，蘇武以禿節效貞，蒲且以飛矰逞巧，詹何以沈鉤致精，弈秋以棋局取譽，王豹以清謳流聲。僕進不能參名於二立，退又不能群彼數子。愍《三墳》之既頹，惜《八索》之不理。庶前訓之可鑽，聊朝隱乎柱史。且韞櫝以待價，踵顏氏以行止。曾不慊夫晉、楚，敢告誠於知己。"

【校記】

[一][二]閒，《張衡詩文集校注》作間。《文選補遺》作閑。

[三]賢，陳本同。《文選補遺》、《張衡詩文集校注》作堅。

[四]嚅，陳本同。《張衡詩文集校注》作需。

[五]魯，陳本、《文選補遺》、《張衡詩文集校注》作曾。

[六]有，陳本作在。《文選補遺》、《張衡詩文集校注》作有。

[七]雲，陳本同。《文選補遺》、《張衡詩文集校注》作雪。

[八]侲，陳本同。《文選補遺》、《張衡詩文集校注》作佷。

[九]得面，陳本、《張衡詩文集校注》作者価。智得，《文選補遺》作蓋者。

[十]轉，陳本、《文選補遺》、《張衡詩文集校注》作軻。

[十一]考，陳本、《文選補遺》同。《張衡詩文集校注》作丁。

釋誨
蔡邕

閑居翫古，不交當世，感東方《客難》，及楊雄、班固、崔駰之徒設以自通，乃酌群言，韙其是而矯其非，作《釋誨》以戒勵云爾。[一]

有務世公子誨於華顛胡老曰："蓋聞聖人之大寶曰位，故以仁守位，以財聚人。然則有位斯貴，有財斯富，行義達道，士之司也。故伊摯有負鼎之衒，仲尼設執鞭之言，甯子有清商之歌，百里有豢牛之事。夫如是，則聖哲之通趣，古人之明志也。夫子生清穆之世。稟醇和之靈，覃思典籍，韞櫝'六經'，安貧樂賤，與世無營。沉精重淵，抗志高明，包括無外，綜祈無形，其已久矣。曾不能拔萃出羣，揚芳飛文，登天庭，序彝倫，掃六合之穢慝，清宇宙之埃塵，連光芒於白日，屬炎氣於景雲。時逝歲暮，默而無聞。小子惑焉。是以有云。方今聖上寬明，輔弼賢知，崇英逸偉，不墜於地，德弘者建宰相而裂土，才羨者荷榮禄而蒙賜，盍亦回塗要至，俛仰取容，輯當世之利，定不拔之功，榮家宗於此時，遺不滅之令蹤？夫獨未之思邪，何爲守彼而不通此？"

　　胡老愀然而笑曰："若公子，所謂覩曖昧之利，而忘昭晢之害；專必成之功，而忽蹉跌之敗者已。"

　　公子謖爾斂袂而興曰："胡爲其然也。"

　　胡老曰："居，吾將釋汝。昔自太極，君臣始基，有羲皇之洪寧，唐、虞之至時。三代之隆，亦有緝熙，五伯扶微，勤而撫之。于斯已降，天網縱，人紘弛，王塗壞，太極陊，君臣土崩，上下瓦解。於是智者騁詐，辯者馳說，武夫奮略，戰士講銳。電駭風馳，霧散雲披，變詐乖詭，以合時宜。或畫一策而縮萬金，或談崇朝而錫瑞珪。連衡者六印磊落，合從者駢組流離。隆貴僉習，積富無崖，據巧蹈機，以忘其危。夫華離蒂而萎，條去榦而枯，女冶容而淫，士背道而辜。人毁其滿，神疾其邪，利端始萌，害漸亦牙。速速方轂，夭夭是加，欲豐其屋，乃蔀其家。是故天地否閉，聖哲潛形，石門守晨，沮溺耦耕，顏歜抱璞，蘧瑗保生，齊人歸樂，孔子斯征，甕渠驂乘，逝而遺輕。夫豈憸主而背國乎？道不可以傾也。

　　"且我聞之，日南[二]至則黃鐘應，融風動而魚上冰，蕤賓統則微陰萌，兼葭蒼而白露凝，寒暑相催，陰陽代興，運極則化，理亂相承，今大漢紹陶唐之洪烈，盪四海之殘災，隆隱天之高，拆緼地之基。皇道惟融，帝猷顯丕，泜泜庶類，含甘吮滋。檢六合之羣品，濟之乎雍熙，羣僚恭己於職司，聖主垂拱乎兩楹。君臣穆穆，守之以平，濟濟多士，端委縉綎，鴻漸盈階，振鷺克庭。譬猶鍾山之玉，泗濱之石，累珪璧不爲之盈，採浮磬不爲之索。曩者，洪源辟而四隩集，武功定而干戈戢，獫狁攘而吉甫宴，城濮捷而晉凱入。故當其有事也。則橐笠並載，擐甲揚鋒，不給於務；當其無事也，則舒紳緩佩，鳴玉以步，綽有餘裕。

　　"夫世臣、門子，蟄禦之族，天隆其祐，主豐其禄。抱膺從容，爵位自從，攝湏理髯，餘官委貴。其進取也，順傾轉圓，不足以喻其便；逡巡放屣，不足以況其易。夫有逸羣之才，人人有優瞻之智。童子不問疑於老成，瞳矇不稽謀於先生。心恬澹於守高，意無爲於持盈。粲乎煌煌，莫非華榮。明哲泊焉，不失所寧。狂淫振蕩，乃亂其情。貪夫徇財，夸者死權。詹仰此事，體躁心煩。闇謙盈之効，迷損益之數，騁駑駘於脩路，慕騏驥而增驅，卑俯乎外戚之門，氣[三]助乎近貴之譽。榮顯未副，從而顛踣，下獲熏胥之辜，高受滅家之誅。前車已覆，襲軌而騖，曾不見禍，以知畏懼。予惟悼哉，害其若是！天高地厚，跼而蹐之。怨豈在明，患生不思。戰戰兢兢，必慎厥尤。

"且用之則行，聖訓也；舍之則藏，至順也。夫九河盈溢，非一曲所防；帶甲百萬，非一勇所抗。今子責匹夫以清宇宙，庸可以水旱而累堯、湯乎？懼煙炎之毀燔，何光芒之敢揚哉！且夫地將震而樞星直，井無景則日陰食，元首寬則望舒眺，矦王肅則月側匿。是以君子推微達者，尋端見緒，履霜知冰，踐露知暑。時行則行，時止則止，消息盈冲，取諸天紀。利用遭泰，可與處否，樂天知命，持神任己。羣車方奔乎險路，安能與之齊軌？思危難而自豫，故在賤而不恥。方將騁馳乎典籍之崇塗，休息乎仁義之淵藪，槃旋乎周、孔之庭宇，揖儒、墨而與爲友。舒之足以光四表，收之則莫能知其所有。若乃丁千載之運，應神靈之符，闒闒闒，乘天衢，擁華蓋而奉皇樞，納玄策於聖德，宣太平於中區。計合謀從，己之圖也；勳績不立，予之辜也。龜鳳山翳，霧露不除，踊躍草萊，祇見其愚。不我知者，將謂之迂。脩業思真，棄此焉如？靜以俟命，不斁不渝。'百歲之後，歸乎其居'。幸其獲稱，天所誘也。罕[四]漫而已，非己咎也。昔伯翳綜聲於鳥語，葛廬辯音於鳴牛，董父受氏於蓼龍，奚仲供德於衡輈，倕氏興政於巧工，造父登御於騄駬，非子享土於善圉，狼瞫取右於禽囚，弓父畢精於筋角，釳非明勇於赴流，壽王創基於格五，東方要幸於談優，上官劾力於執蓋，弘羊據相於運籌。僕不能參跡於若人，故抱璞而優遊。"

於是公子仰首降階，忸怩而避。胡老乃揚衡含笑，援琴而歌。歌曰："練余心兮浸太清，滌穢濁兮存正靈。和液暢兮神氣寧，情志泊兮心亭亭，嗜欲息兮無由生。踔宇宙而遺俗兮，眇翩翩而獨征。"

【校記】

[一]"閑居翫古"至此，據陳本補。《後漢書》有。

[二]陳本此有"風"字。《後漢書》無。

[三]氣，陳本同。《後漢書》作乞。

[四]罕，陳本作汙。《後漢書》作罕。

抵疑
夏侯湛

當路子有疑夏侯湛者而謂之曰："吾聞有其才而不遇者，時也；有其時而不遇者，命也。吾子童幼而岐嶷，弱冠而著德，少而流聲，長而垂名。

拔萃始立，而登宰相之朝；揮翼初儀，而受卿尹之舉。盪典籍之華，談先王之言。入閨闥，躡丹墀，染彤管，吐洪煇，干當世之務，觸人主之威，有效矣。而官不過散郎，舉不過賢良。鳳棲五葺，龍蟠六年，英耀禿落，羽儀摧殘。而獨雍容藝文，蕩駘儒林，志不輟著述之業，口不釋《雅》《頌》之音，徒費情而耗力，勞神而苦心，此術亦以薄矣。而終莫之辯，宜吾子之陸沈也。且以言乎才，則吾子優矣。以言乎時，則子之所與二三公者，義則骨肉之固，交則明<small>疑作朋[陳]</small>道之觀<small>疑作歡[陳]</small>也。富於德，貴於官，其所發明，雖叩牛操築之客，傭賃抱關之隸，負俗懷譏之士，猶將登爲大夫，顯爲卿尹。於何有寶咳唾之音，愛錙銖之力？向若垂一鱗，回一翼，令吾子攀其飛騰之埶，挂其羽翼之末，猶奮迅於雲霄之際，騰驤於四極之外。今乃金口玉音，漠然沈默。使吾子栖遲窮巷，守此困極，心有窮志，貌有饑色。吝江河之流，不以濯舟船之畔；惜東壁之光，不以寓貧婦之目。抑非二三公之蔽賢也，寔吾子之拙惑也。"

夏侯子曰："噫！湛也幸，有過，人必知之矣。吾子所以襃飾之大矣。斟酌之喻，非小醜之所堪也。然過承古人之誨，抑因自大夫之忝在弊室，敢布其腹心，豈能隱几以覽其檠乎！"

客曰："敢祇以聽。"

夏候子曰："吾聞先大夫孔聖之言，'德之不修，學之不講，聞義不能徙，不善不能改，是吾憂也。'四德具而名位不至者，非吾任也。是以君子求諸己，小人求諸人。僕也承門戶之業，受過庭之訓，是以得接冠帶之末，克乎士大夫之列，頗窺"六經"之文，覽百家之學。弱年而入公朝，蒙蔽而當顯舉，進不能拔羣出萃，却不能抗排當世，志則乍顯乍昧，文則乍幽乍蔚。知之者則謂之欲逍遙以養生，不知之者則謂之欲遑遑以求達，此皆未是僕之所匱也。

"僕又聞：世有道，則士無所執其節；黜陟明，則下不在量其力。是以當舉而不辭，入朝而酬問。僕，東野之鄙人，頑直之陋生也。不識當世之便，不達朝廷之情，不能倍[一]靡容悅，出入崎傾，逐巧點妍，嘔喁辯佞。隨群班之次，伏簡墨之後。當此之時，若失水之魚，喪家之狗，行不勝衣，言不出口，安能干當世之務，觸人主之威，適足以露狂簡而增塵垢。縱使心有至言，言有偏直，此委巷之誠，非朝廷之欲也。

"今天子以茂德臨天下，以八方六合爲四境，海內無虞，萬國玄靜，九夷之從王化，猶洪聲之收清響；黎苗之樂函夏，若遊形之招惠景。鄉曲之徒，一介之士，曾諷《急就》、習甲子者，皆奮筆揚文，議制論道，出草茅，起林藪，御青瑣，入金墉者，無日不有。克三臺之寺，盈中書之閣。

有司不能竟其文，當年不能編其籍，此執政之所厭聞也。若乃羣公百辟，卿士常伯，被朱佩紫，耀金帶白，坐而論道者，又克路盈寢，黃幄玉階之內，飽其尺牘矣。若僕之言，皆糞土之說，消磨灰爛，垢辱招穢，適可克衛士之蠹，盈婦除之器。譬猶投盈寸之膠，而欲使江海易色；燒一羽之毛，而欲令大鑪增熱。若燎原之煙，彌天之雲，噓之不益其熱，噏之不減其氣。今子見僕入朝墅對，便欲坐望高位，吐言數百，便謂陵嶒一世，何吾子之失評也！僕固詣[二]車以須放，秣馬以待却，反耕於枳落，歸志乎渦瀨，從容乎農夫，優遊乎卒歲矣。

"古者天子畫土以封羣后，羣后受國以臨其邦，懸大[三]賞以樂其成，列九伐以討其違，興衰相形，安危相傾。故在位者以求賢爲務，受任者以進才爲急。今也則九州爲一家，萬國爲百郡，政有常道，法有恒訓，因循而禮樂自定，揖讓而天下大順。夫道學之貴游，閭邑之搢紳，皆高門之子，世臣之胤，弘風長譽，推成而進，悠悠者皆天下之彥也。諷詁訓，傳《詩》《書》，講儒、墨，說玄虛，僕皆不如也。二三公之簡僕於凡庸之肆，顯僕於細猥之中，則爲功也重矣；時而清談，則爲親也周矣。且古之君子，不知士，則不明不安。是以居逸而思危，對食而肴乾。今也則否。居位者以善身爲靜，以寡交爲慎，以弱斷爲重，以怯言爲信。不知士者無公誹，不得士者不私愧。彼在位者皆稷、契、咎、益、伊、呂、周、召之倫，叔豹、仲熊之儔，稽古則踰黃、唐，經緯則越虞、夏，蔑昆吾之功，嗤桓文之勳，抵拟管仲，蹉跌晏嬰。其遠則欲升禼湖，近則欲超大平。方將保重嗇神，獨善其身，玄白沖虛，仡爾養眞。雖力挾太山，將不舉一羽；揚波萬里，將不濯一鱗。咳唾成珠玉，揮袂出風雲。豈肯蹴蹋鄙事，取才進人，此又吾子之失言也。子獨不聞夫神人乎！噏風飲露，不食五穀。登太清，遊山嶽，靡芝草，弄白玉。不因而獨備，無假而自足。不與人路同嗜欲，不與世務齊榮辱。故能入無窮之門，享不死之年。以此言之，何待進賢！"

客曰："聖人有言曰：'用[四]有道，貧且賤焉，恥也。'今子值有道之世，當太平之會，不攘袂奮氣，發謀出奇。使鳴鶴受和，好爵見縻。抑乃沈身郎署，約志勤卑，不亦贏哉！且伊尹之干成湯，甯戚之迕桓公，或投己鼎俎，或庸身飯牛，明廢興之機，歌《白水》之流，德入殷王，義感齊侯。故伊尹起庖廚而登阿衡，甯戚出車下而階大夫。外無微介，內無請謁，矯身擺手，徑躐名位。吾子亦何不慕賢以自厲，希古以慷慨乎？"

夏侯子曰："嗚呼！是何言歟？富與貴則人之所欲，非僕之所惡也。夫干將之劍，陸斷狗馬，水截蛟龍，而鉛刀不能入泥。騏驥騄駬之乘，一日而致千里，而駑蹇不能邁畝。百鍊之鑑，別鬢眉之數，而壁土不見泰山。

鴻鵠一舉，橫四海之區，出青雲之外，而天鷄不陵桑榆。此利鈍之覺，優劣之決也。夫欲進其身者，不過千萬乘，而僕以上朝堂，答世問，不過顯所知。僕以竭心思，盡才學，意無雅正可準，論無片言可採，是以頓於鄙劣而莫之能起也。以此言之，僕何爲其不自銜哉！子不嫌僕德之劭，而疑其位之不到，是猶反鏡而索照，登木而下釣，僕未以此爲不肖也。若乃伊尹負鼎以干湯，吕尚隱遊以徼文，傅說操築以寤主，甯戚擊角以要君，此非僕所能也。莊周駘蕩以放言，君平賣卜以自賢，接輿陽狂以蔽身，梅福棄家以求仙，此又非僕之所安也。若乃季札抗節於延陵，楊雄覃思於《太玄》，伯玉和柔於人懷，柳惠三絀於士官，僕雖不敏，竊頗仿佛其清塵。"

【校記】
　　[一]倍，陳本、《晉書》作倚。
　　[二]詣，陳本、《晉書》作脂。
　　[三]大，陳本作天。《晉書》作大。
　　[四]用，陳本、《晉書》作邦。

卷五十六

設論下

釋譏
郤正

或有譏余者曰："聞之前記，夫事與時並，名與功偕，然則名之與事，前哲之急務也。是故創制作範，匪時不立，流稱垂名，匪功不記。名必須功而乃顯，事亦俟時以行止，身沒名滅，君子所恥。是以達人研道，探賾索微，觀天運之符表，考人事之盛衰，辯者馳說，智者應機，謀夫演略，武士奮威，雲合霧集，風激霓飛，量時揆宜，用取世資，小屈大申，存公忽私，雖尺枉而尋直，終揚光以發輝也。今三方鼎時，九有未乂，悠悠四海，嬰于禍敗，嗟道義之沈塞，愍生民之顛沛，此誠聖賢拯救之秋，烈士樹功之會。吾子以高朗之才，珪璋之質，兼覽博闚，留心道術，無遠不致，無幽不悉，挺身取命，幹茲奧祕，躊躇紫闥，喉舌是執，九考不移，有入無出，究古今之真偽，計時務之得失。雖時獻一策，偶進一言，釋彼官責，慰此素飡，固未能輸竭忠歎，盡瀝胷肝，排方入直，惠彼黎元，俾吾徒草鄙並有聞焉也。盍亦緩衡轡，回軌易塗，輿安駕肆，思馬斯徂，審厲揭以投濟，要夷庚之赫憮，播秋蘭以芳世，副吾徒之披圖，不亦盛與！"

余聞而歎曰："嗚呼，有若云乎邪！夫人心不同，實若其面，子雖光麗，既美且艷，管闚筐舉，守厥所見，未可以言八絃之形埒，信萬事之精練也。"

或人率爾，仰而揚衡曰："是何言與！是何言與！"

余應之曰："虞帝以面從為戒，孔聖以悅己為尤，若子之言，良我所思，將為吾子論而釋之。昔在鴻荒，朦昧肇初，三皇應籙，五帝承符，爰暨夏、商，前典攸書。姬衰道缺，霸者翼[一]扶，嬴氏慘虐，吞爵八區，於是從橫雲起，狙詐如星，奇邪蠢動，智故[二]萌生。或飾真以讎偽，或挾邪以干榮，或詭道以要上，或鬻技以自矜。背正崇邪，棄直就佞，忠無定分，義無常經。故鞅法窮而慝作，斯義敗而姦成，宮門大而宗滅，韓辯立而身刑。夫何故哉？利回其心，寵燿其目，赫赫龍章，鑠鑠車服，媮幸苟得，如反如復，謟邪荒迷，恣睢自極，和鸞未調而身在轅側，庭寧未踐而棟折榱覆。天收其精，地縮其澤，人弔其躬，鬼芟其額。初升高岡，終隕幽壑，朝含榮潤，夕爲枯魄。是以賢人君子，深圖遠慮，畏彼咎戾，超然高舉，寧曳尾于塗中，穢濁世之休譽。彼豈輕主慢民，而忽於時務哉？蓋《易》著行止之戒，《詩》有靖恭之歎，乃神之聽之而道使之然也。

"自我大漢，應天順民，政治之隆，皓若陽春，俯憲坤典，仰式乾文，播皇澤以熙世，揚茂化之醲醇，君臣履度，各守厥眞。上垂詢納之弘，下有匡救之責[三]，士無虛華之寵，民有一行之迹，粲乎亹亹，尚此忠益。然而道有隆窳，物有興廢，有聲有寂，有光有翳。朱陽否於素秋，玄陰抑於孟春，羲和逝而望舒俟，運氣匿而耀靈陳。沖、質不永，桓、靈墜敗，英雄雲布，豪傑蓋世，家挾殊議，人懷異計，故從橫者欻披其胷，徂詐者暫吐其舌也。

"今天綱已綴，德樹西隣，丕顯祖之宏規，縻好爵於士人，興五教以訓俗，豐九德以濟民，肅明祀以初祭，幾皇道以輔眞。雖時者未一，僞者未分，聖人垂戒，蓋均無貧。故君臣協美於朝，黎庶欣戴於野，動若重規，靜若疊矩。濟濟偉彥，元凱之倫也。有過必知顔子之仁也，侃侃庶政，冉、季之治也；鷹揚鷟騰，伊、望之事也。總羣俊之上略，含薛氏之三計，敷張、陳之祕策，故力征以勤世，援華英而不遑，豈暇修枯籜於榛穢哉！

"然吾不才，在朝累紀，託身所天，心焉是恃。樂滄海之廣深，歎嵩嶽之高峙，聞仲尼之贊商，感鄉校之益己，彼平仲之和羙，亦進可而替否，故矇冒[四]瞽說，時有攸獻，譬道人之有采於市閒，游童之吟詠乎疆畔，庶以增廣福祥，輸力規諫。若其合也，則以闇協明，進應靈符；如其違也，自我常分，退守己愚。進退任數，不矯不誣，循性樂天，夫何恨諸？此其所以既入不出，有而若無者也。狹屈氏之常醒，濁漁父之必醉，洇柳季之卑辱，褊夷叔之高懟。合不以得，違不以失，得不充詘，失不慘悴；不樂前以顧軒，不就後以慮輕，不粥譽以于澤，不辭愆以忌絀。何責之釋？何殄之邮？何方之排？何直之入？九考不移，固其所執也。

"方今朝士山積，髦俊成羣，猶鱗介之潛乎巨海，毛羽之集乎鄧林，游禽逝不爲之尠，浮魴臻不爲之殷。且陽靈幽於唐葉，陰精應於商時，陽旰請而洪災息，桑林禱而甘澤滋。行止有道，啓塞有期，我師遺訓，不怨不尤，委命恭己，我又何辭？辭窮路單，將反初節，綜墳典之流芳，尋孔氏之遺藝，綴微辭以存道，憲先軌而投制，韙叔朌之優游，美踈氏之遐逝，收止足以言歸，汎皓然以容裔，欣環堵以恬娛，免咎悔於斯世，顧茲心之未泰，懼末塗之泥滯，仍求[五]激而增憤，肆中懷以告誓。昔九方考精於至貴，秦牙沈思於殊形；薛燭察寶以飛譽，瓠梁託弦以流聲；齊隸拊髀以濟文，楚客潛寇以保荊；雍門援琴而挾說，韓哀秉轡而馳名；盧敖翺翔乎玄關，若士竦身於雲清。余實不能齊技於數子，故能靜然守己而自寧。"

【校記】

[一]冀，陳本、《三國志》作翼。
[二]故，陳本作巧。《三國志》作故。
[三]責，陳本作貴。《三國志》作責。
[四]冒，陳本作誦。《三國志》作冒。
[五]求，陳本作永。《三國志》作求。

玄居釋
束晳

束子閑居，門人並侍。方下帷深譚，隱机而哈，含毫散藻，考撰同異。在側者進而問之曰："蓋聞道尚變通，達者無窮。世亂則救其紛，時泰則扶其隆。振天維以贊百務，熙帝載而皺皇風。生則率土樂其存，死則宇內哀其終。是以君子屈己伸道，不恥于時。上國有不索何獲之言，《周易》著'躍以求進'之辭。辛老負金絃以陳烹割之說，齊客當康衢而詠《白水一作石[涑]》之詩。今先生耽道修藝，巍然山峙，潛朗通微，洽覽深識，夜兼亡寐之勤，晝騁鑽玄之思，曠年累稔，不墮其志。鱗翼成而愈伏，術業優而不試。乃欲闇匱辭價，泥蟠深處，永戢琳琅之耀，匿首窮魚之渚，當唐年而慕長沮，邦有道而反甯武。識彼迷此，愚竊不取。

"若乃士以援登，進必待求，附執之黨橫擢，則林藪之彥不抽，丹墀步紈袴之童，東野遺白顛之叟。盍亦因子都而事博陸，憑鷫首以涉洪流，蹈翠雲以駭逸龍，振光耀以驚沈鱎。徒屈蟠於塔井，眛天路而不遊，學既積而自困，夫何爲乎祕丘。且歲不我與，時若奔馴，有來無反，難得易失。先生不知盱豫之識[一]悔遲，而忘夫朋盍之義務疾，亦豈登海湄而抑東流之水，臨虞泉而招西歸之日？徒以曲畏爲桔，儒學自桎，囚大道於環堵，苦形骸於蓬室。豈若託身權戚，馮執假力，擇棲芳林，飛不待翼，夕宿七娥之房，朝享五鼎之食，匡三正則太階平，贊五教而玉繩直。孰若茹藿飱蔬，終身自匿哉！"

束子曰："居。吾將導爾以君子之道，諭爾以出處之事。爾其明受余訊[一]，謹聽余志。昔元一既啓，兩儀肇立，離光夜隱，望舒晝戢，羽族翔林，蠍蛩赴濕，物從性之所安，士樂志之所執，或背豐榮以巖栖，或排蘭闥而求入，在野者龍逸，在朝者鳳集。雖其軌迹不同，而道無貴賤，必安其業，交不相羨，稷、契奮庸以宣道，巢、由洗耳以避禪，同垂不朽之稱，俱入賢之者之流。參名比譽，誰劣誰優？何必貪與二八羣，而恥爲七人之疇乎！且道睽而通，士不同趣，吾竊綴處者之末行，未敢聞子之高喻，將忽蒲輪而不眄，夫何權戚之云附哉！

"昔周、漢中衰，時難自託，福兆既開，患端亦作，朝遊巍峩之宮，夕墜崢嶸之壑，晝笑夜歎，晨華暮落，忠不足以衛己，禍不可以預度，是士諱登朝而競赴林薄。或毀名自汙，或不食其祿，比從政於匣笥之龜，譬官者於郊廟之犧，公孫泣涕而辭相，楊雄抗論於赤族。

"今大晉熙隆，六合寧靜。蜂蠆止毒，熊羆輟猛，五刑勿用，八紘備整，主無驕肆之怒，臣無氂纓之請，上下相安，率禮從道。朝養觸邪之獸，庭有指佞之草，禍戮可以忠兆，寵祿可以順保。且夫進無險懼，而惟寂之務者，率其性也。兩可俱是，而舍彼趣此者，從其志也。蓋無爲可以解天下之紛，澹泊可以救國家之急，當值者事有所窮，陳策者言有不入，翟璜不能回西隣之咎，平、勃不能正如意之立，干木卧而秦師退，四皓起而戚姬泣。夫如是何舍何執，何去何就？謂山岑之林爲芳，谷底之莽爲臭。守分任性，唯天所授，鳥不假甲於龜，魚不借足於獸，何必笑孤竹之貧而羨齊景之富？恥布衣以肆志，寧文裘而拖繡。且能約其躬，則儋石之稸以豐；苟肆其欲，則海陵之積不足；存道德者，則匹夫之身可榮；忘大倫者，則萬乘之主猶辱。將研六籍以訓世，守寂泊以鎮俗，偶鄭老於海隅，匹嚴叟於僻蜀。且世以大虛爲輿，玄鑪爲肆，神遊莫競之林，心存無營之室，榮利不擾其覺，殷憂不干其寐，捐夸者之所貪，收躁務[二]之所棄，薙聖籍之荒蕪，總群言之一至[三]。企素履於丘園，背纓緌而長逸，請子課吾業於千載，無聽吾言於今日也。"

【校記】

[一]訊，陳本作誠。《晉書》作訊。

[二]務，陳本作者。《晉書》作務。

[三]一至，陳本作至一。《晉書》作一至。

對儒
曹毗

或問曹子曰："夫寶以含珍爲貴，士以藏器爲峻，麟以絕迹標奇，松以負霜稱偉；是以蘭生幽澗，玉輝於仞。故子州浮滄瀾而龍蟠，吳季忽萬乘以解印，虞公潛崇巖以頤神，梁生適南越以保愼一作柱[陳]，固能全真養和，夷迹洞潤，陵冬揚芳，披雪獨振也。今少子睎冥風，弱挺秀容，奇發幼齡，翰披孺童。吐辭則藻落揚班，抗心則志擬高鴻，味道則理貫莊肆，研妙則穎奪豪鋒。固以騰廣莫而萎葤，排素薄而青葱者矣，何必以刑禮爲己任，申韓爲宏通。既登東觀，染史筆；又據太學，理儒功。曾無玄韻淡泊，逸氣虛洞，養宋[一]幽翳，晦明蒙籠。不追林棲之迹，不希抱鱗之龍，不營練真之術，不慕內聽之聰，而處汎位以柣物，扇塵教以自濛，負鹽車以顯能，飾一己以求恭。退不居漆園之場，出不躡曾城之衝，游不踐綽約之室，違不希駃騠之蹤。徒以區區之懷而整名目之典，覆簣之量而塞北川之洪，檢名實於俄頃之間，定得失乎一管之鋒。子若謂是果是邪？則是不必以合俗。子若云俗果非邪？則俗非不可以苟從。俗我紛以交爭，利害渾而彌重，何異執朽轡以御逸駟，承勁風以握秋蓬，役恬性以克勞府，對羣物以耦怨雙者乎？子不聞乎終軍之穎，賈生之才，拔奇山東，玉映漢臺，可謂響播六合，聲駭嬰孩，而見毀絳灌之口，身離狼狽之災。由此言之，名爲實賓，福萌禍胎，朝敷榮華，夕歸塵埃，未若澄虛心於玄圃，薩瑤林於蓬萊，絕世事而偉一作攜[陳]黃綺，鼓滄川而浪龍鰓者矣，蒙竊惑焉。"

主人煥耳而笑，欣然而言曰："夫兩儀既闢，陰陽汗浩，五才迭用，化生紛擾，萬類云云，孰測其兆？故不登閶風，安以瞻殊目之形？不步景宿，何以觀恢廓之表？是以迷麓者循一徃之智，狷介者守一方之矯，豈知火林之蔚炎柯，氷津之擢陽草？故大人達觀，任化昏曉，出不極勞，處不巢皓，在儒亦儒，在道亦道，運屈則紆其清暉，時申則散其龍藻，此蓋員動之用舍，非尋常之所寶也。今三明玄照，二氣載宣，玄教夕凝，朗風晨鮮，道以才暢，化隨理全。故五[二]典剋明於百揆，虞音齊響於五絃，安期解褐於秀林，漁父擺鈎于長川。如斯則化無不融，道無不延，風澄於俗，波清于川。方將舞黃蚪於慶雲，招儀鳳於靈山，流玉醴乎華闐，秀朱草於庭前。何有違理之患，累真之嫌！子徒知辯其說而未測其源，明朝菌不可逾晦朔，蟪蛄無以觀大年，固非管翰之所述，聊敬對以終篇。"

【校記】

[一]宋，陳本作素。《晉書》作采。

[二]五，陳本作三。《晉書》作五。

應譏
陳琳

客有譏余者云："聞君子動作周旋，無所苟而已矣。今主君鐘陰陽之美，總賢聖之風，固非世人所能及。遭豺狼肆虐，社稷隕傾，既不能抗節服義，與主存亡，而背枉違難，耀茲武功，徒獨[一]震撲山東，剝落元元，結疑本朝，假拒羣姦，使己蒙噂沓之謗，而他人受討賊之勳，捐功棄力，以德取怨。今賤文德而貴武勇，任權譎而背舊章，無乃非至德之純美，而有闕於後人哉？"

主人曰："是何言也？夫兵之設亦久矣，所以威不軌而懲淫慝也。夫申鳴違父，樂羊食子，季友鴆兄，周公戮弟，猶忍而行之，王事所不得已也。而況將避讒慝之嫌，棄社稷之難，愛暫勞之民，忘永康之樂！此庸夫猶所不爲，何有冠世之士哉！昔洪水滔天，汎濫中國，伯禹躬之，過門而不入，率萬方之民，致力乎溝洫，及至《簫韶》九成，百獸率舞，垂拱無爲，而天下晏如。夫豈前好勤而後媮樂乎？蓋以彼勞，求斯逸也。夫世治則責人以禮，世亂則考人以功，斯各一時之宜。故有論戰陣之權於清廟之堂者，則狂矣；陳俎豆之器於城濮之墟者，則悖矣。是以達人君子，必相時以立功，必揆宜以處事。孝靈既喪，妊官放禍，棟臣殘酷，宮室焚火，主君乃芟凶族，夷惡醜，蕩滌朝姦，清澄守職也。既乃卓爲封豖，幽鴆帝后，強以暴國，非力所討，違而去之，宜也。是故天贊人和，無思不至，用能合師百萬，若運諸掌者，義也。今主君以寬弘爲宇，仁惠爲廬，若地之載，如天之燾，故當其聞管籟之聲，則恐己[二]之病也；見羽旄之美，則懼士之勞也；察稼穡之不時，則[三]惟民之匱也；臨臺觀之崇高，則恤役之病也。是以虛心恭己，取人之謨，闢四門，廣諫路，貴讜言，賤巧僞，慮不專行，功不擅美，咨事若不及，求愆恐不聞，用能使賢智者盡其策，勇敢者竭其身，故舉無遺闕，而風烈宿宣也。"

【校記】

[一]獨，陳本作使。《建安七子集》作獨。

[二]己，陳本作民。《建安七子集》作己。

[三]"則"字據陳本補。《建安七子集》從陳本。

卜疑集
嵇康

有宏達先生者，恢廓其度，寂寥疏闊，方而不制，廉而不割，超世獨步，懷玉被褐，交不苟合，仁不期達。常以爲忠信篤敬，直道而行之，可以居九夷，遊八蠻，浮滄海，踐河源。甲兵不足忌，猛獸不爲患。是以機心不存，泊然純素，從容縱肆，遺忘好惡，以天道爲一指，不識品物之細故也。然而大道旣隱，智巧滋繁，世俗膠加，人情萬端。利之所在，若鳥之追鸞，富爲積蠹，貴爲聚怨，動者多累，靜者鮮患。爾乃思丘中之隱士，樂川上之執竿也。於是遠念長想，超然自失。郢人旣没，誰爲吾質？聖人吾不得見，冀聞之於數術。乃適太史貞父之廬而訪之，曰："吾有所疑，願子卜之。"

貞父乃危坐操蓍，拂几陳龜，曰："君何以命之？"先生曰："吾寧發憤陳誠，讜言帝庭，不屈王公乎？將卑懦委隨，承吉倚靡，爲面從乎？寧愷悌弘覆，施而不德乎？將進趣世利，苟容偸合乎？寧隱居行義，推至誠乎？將崇飾矯誣，養虛名乎？寧斥逐凶佞，守正不傾，明否臧乎？將傲倪滑稽，挾智任術，爲智囊乎？寧與王喬、赤松爲侶乎？將進伊摯而友尚父乎？寧隱鱗藏彩，若淵中之龍乎？將舒翼揚聲，若雲間之鴻乎？寧外化其形，內隱其情，屈身隋時，陸沈無名，雖在人間，實處冥冥乎？將激昂爲清，銳思爲精，行與世異，心與俗并，所在必聞，恒營營乎？寧寥落間放，無所矜尚，彼我爲一，不爭不讓，遊心皓素，忽然坐忘，追羲農而不及，行中路而惆愴乎？將慷慨以爲壯，感槩以爲亮，上幹萬乘，下凌將相，尊嚴其容，高自矯抗，常如失職，懷恨怏怏乎？寧聚貨千億，擊鍾鼎食，枕藉芬芳，婉孌美色乎？將苦身竭力，剪除荊棘，山居谷飮，倚巖而息乎？寧如伯奮、仲堪，二八爲偶，排擯共鯀，令失所乎？將如箕山之夫，穎水之父，輕賤唐、虞而笑大禹乎？寧如泰山之隱德潛讓而不揚乎？將如季札之顯節義，慕爲子臧乎？寧如老聃之清淨微妙，守玄抱一乎？將如莊周之齊物變化，洞達而放逸乎？寧如夷吾之不屈束縛，而終在霸功乎？將如魯連之輕世肆志，高談從容乎？寧如市南子之神勇四固，山淵其志乎？將如毛公、藺生之龍驤虎步，慕爲壯士乎？此誰得誰失？何凶何吉？時移俗易，好貴慕名，臧文不讓位於柳季，公孫不歸美於董生，賈誼一當於明主，絳灌作色而揚聲。況今千龍並馳，萬驥徂征。紛紜交競，逝若流星。敢不惟思，謀於老成哉？"

太史貞父曰："吾聞至人不相，達人不卜。若先生者，文明在中，見素表璞。內不愧心，外不負俗，交不爲利，仕不謀祿。鑒乎古今，滌情蕩欲。夫如是，呂梁可以遊，湯谷可以浴。方將觀大鵬于南溟，又何憂於人間之委曲！"

客傲
郭璞

客傲郭生曰："玉以兼城爲寶，士以知名爲賢。明月不妄映，蘭茝豈虛鮮。今足下既以拔文秀於叢薈，蔭弱根於慶雲，陵扶搖而竦翮，揮清瀾以濯鱗，而響不徹於一臯，價不登乎千金。傲岸滎悴之際，頡頏龍魚之間，進不爲諧隱，退不爲放言，無沈冥之韻，而希風乎嚴光，徒費思於鑽味，摹《洞林》乎《連山》，尚何名乎！夫攀驪龍之髥，撫翠禽之毛，而不得絕霞肆、跨天津者，未之前聞也。"

郭生粲然而笑曰："鷦鷯不可與論雲翼，井蛙難與量海鼇。雖然，將祛子之惑，訊以未悟，其可乎？乃者地維中絕，乾光墜采，皇運暫回，廓祚淮海。龍德時乘，羣才雲駭，藹若鄧林之會逸翰，爛若溟海之納奔濤，不煩咨嗟之訪，不假蒲帛之招，羅九有之奇駿，咸總之於一朝，豈惟豐沛之英，南陽之豪！昆吾挺鋒，驌驦軒髦，杞梓競敷，蘭蕙爭翹，嚶聲冠於伐木，援類繁乎拔茅。是以水無浪士，巖無幽人，刈蘭不暇，爨桂不給，安事錯薪乎！

"且夫窟泉之潛不思雲翬，熙冰之采不羨旭晞，混光耀於埃藹者，亦曷願滄浪之深，秋陽之映乎！登降紛於九五，淪湧懸乎龍津。蚖蛾以不才陸槁，蟒蛇以騰鶩暴鱗。連城之寶，藏於褐裏，三秀雖豔，糜于麗采。香惡乎芬？賈惡乎在？是以不塵不冥，不驪不駓，支離其神，蕭悴其形。形廢則神王音旺[陳]，迹麁而名生。體全者爲犧，至獨者不孤，傲俗者不得以自得，默覺者不足以涉無。故不恢心而形遺，不外累而智喪，無巖穴而冥寂，無江湖而放浪。玄悟不以應機，洞鑒不以昭曠。不物物我我，不是是非非，忘意非我意，意得非我懷。寄羣籟乎無象，域萬殊於一歸。不壽殤子，不夭彭涓，不壯秋豪，不小太山。蚊涙[一]與天地齊流，蜉蝣與大椿齒年。然一闔一開，兩儀之迹；一沖一溢，懸象之節，渙沍期於寒暑，凋蔚要乎春秋。青陽之翠秀，龍豹之委穎，駿狼之長暉，玄陸之短景。故皐壤爲悲欣之府，蝴蝶爲物化之器矣。

"夫欣黎黃之音者，不頻卑蟪蛄之吟；豁雲臺之觀者，必閟帶索之歡。縱蹈而詠採薺，擁璧而歎抱關。戰機心以外物，不能得意於一弦。悟往復於嗟歎，安可與言樂天者乎！若乃莊周偃蹇於漆園，老萊婆娑於林窟，嚴平澄漠於塵肆，梅眞隱淪乎市卒，梁生吟嘯而矯迹，焦先混沌而槁杌，阮公昏酣而賣傲，翟叟遯形以倐忽。吾不幾歲韻於數賢，故寂然玩此員策與智骨。"

【校記】

［一］淚，陳本作虫。《晉書》作淚。

釋勸論
皇甫謐

客曰："蓋聞天以懸象致明，地以含通吐靈。故黃鍾次序，律呂分形。是以春華發萼，夏繁其實，秋風逐暑，冬冰乃結。人道以之，應機乃發，三材連利，明若符契。故士或同升於唐朝，或先覺於有莘，或通夢以感主，或釋釣於渭濱，或叩角以干齊，或解褐以相秦，或冒謗以安鄭，或乘駟以救屯，或班荊以求友，或借術於黃神。故能電飛景拔，超次邁倫，騰高聲以奮遠，抗宇宙之清音。由此觀之，進德貴乎及時，何故屈此而不伸？今子以英茂之才，游精於六藝之府、散意於衆妙之門者有年矣。既遭皇禪之朝，又投祿利之際，委聖明之主，偶知己之會，時清道眞[一]，可以沖邁，此眞吾生濯髮雲漢、鴻漸之秋也。韜光逐藪，含章未曜，龍潛九泉，硻焉執高，棄通道之遠由，守介人之局操，無乃乖於道之趣乎？

"且吾聞招搖昏廻則天位正，五教班敘則人理定。如今王命切至，委慮有司，上招迕主之累，下致駭衆之疑。達者貴同，何必獨異？羣賢可從，何必守意？方今同命並臻，饑不待飡，振藻皇塗，咸秩天官。子獨栖遲衡門，放形世表，遜遜丘園，不睍華好，惠不加人，行不合道，身嬰大疢，性命難保。若其羲和促轡，大火西積，臨川恨晚，將復何階！夫貴陰賤璧，聖所約也；顛倒衣裳，明所箴也。子其鑒先哲之洪範，副聖朝之虛心，沖靈翼於雲路，浴天池以濯鱗。排閶闔，步玉岑，登紫闥，侍北辰，翻然景曜，雜沓英塵。輔唐虞之主，化堯舜之人，宣刑錯之政，配殷周之臣，銘功景鍾，糸敍彝倫，存則腢食，亡爲貴臣，不亦茂哉？而忽金白之輝曜，忘青紫之班瞵，辭容服之光粲，抱弊褐之終年，無乃勤乎？"

主人笑而應之曰："吁！若實可謂習外觀之暉暉，未覩幽人之髣髴也；見俗人之不容，未喻聖皇之兼愛也；循方圓於規矩，未知大形之無外也。故曰：天玄而清，地靜而寧，含羅萬類，旁薄群生，寄身聖世，託道之靈。若夫春以陽散，冬以陰凝，泰液含光，元氣混蒸，衆品仰化，誕制殊徵。故進者享天祿，處者安丘陵。是以寒暑相權，四宿代中，陰陽不治，運化無窮，自然分定，兩克厥中。二物俱靈，是謂大同，彼此無怨，是謂至通。

"若乃衰周之末，貴詐賤誠，牽於權力，以利要榮。故蘇子出而六主合，張儀入而橫勢成，廉頗存而趙重，樂毅去而燕輕，公叔沒而魏敗，孫臏刖而齊寧，蠡種親而越霸，屈子踈而楚傾。是以君無常籍，臣無定名，損義放誠，一虛一盈。故馮以彈劍感主，女[二]有反賜之說，項奮拔山之力，蒯陳鼎足之勢，東郭刼於田榮，顏闔耻於見逼。斯皆棄禮喪真，苟榮朝夕之急者也，豈道化之本與！

"若乃聖帝之創化也，糸德乎二皇，齊風乎虞夏，欲溫溫而和暢，不欲察察而明切也；欲混混若玄流，不欲蕩蕩而名發也；欲索索而條解，不欲契契而繩結也；欲芒芒而無垠際，不欲區區而分別也；欲闇然而日章，不欲示白若冰雪也；欲醇醇而任德，不欲瑣瑣而執法也。是以見機者以動成，好遯者無所迫。故曰：一明一昧，德道之槩；一弛一張，合禮之方；一浮一沈，兼得其真。故上有勞謙之愛，下有不名之臣；朝有聘賢之禮，野有遯竄之人。是以支伯以幽疲距唐，李老寄迹於西隣；顏氏安陋以成名，原憲娛道於至貧；榮期以三樂感尼父，黔婁定市於布衾；干木偃息以存魏，荆萊志邁於江岑；君平因著以道著，四皓潛德於洛濱；鄭真躬耕以致譽，幼安發令乎今人。皆持難奪之節，軌不廻之意，遭拉俗之主，全彼人之志。故有獨定之計者，不借謀於衆人；守不動之安者，不假慮於羣賔。故能棄外親之華，通內道之眞，去顯顯之明路，入昧昧之埃塵，宛轉萬情之形表，排託虛寂以寄身，居無事之宅，交釋利之人。輕若鴻毛，重若泥沈，損之不得，測之愈深。眞吾徒之師表，余迫疾而不能及者也。子議吾失宿而駭衆，吾亦慳子較論而不折中也。

"夫才不周用，衆所斥也；寢疾彌年，朝所棄也。是以胥克之廢，丘明列焉；伯牛有疾，孔子斯歎。若黄帝創制於九經，岐伯剖腹以蠲腸，扁鵲造虢而尸起，文摯狗命於齊五，醫和顯術於秦晉，倉公發祕於漢皇，華佗存精於獨識，仲景垂妙於定方。徒恨生不逢乎君人，故乞命訴乎明王。求絕編於天錄，亮我躬之辛苦，冀微誠之降霜，故俟罪而窮處。"

【校記】

[一]眞，陳本作直。《晉書》作眞。
[二]女，陳本作文。《晉書》作女。

詞

古黃澤辭

黃之陂，其馬歕沙，黃人威儀。黃之澤，其馬歕玉，皇人壽穀。

絕命辭
息夫躬

玄雲決鬱，將安歸兮。鷹隼橫厲，鸞徘徊兮。矰若浮焱，動則機兮。叢棘棧棧，曷可棲兮。發忠亡身，自繞罔兮。冤頸折翼，庸得往兮。涕泣兮崔蘭，心結愲兮傷肝；虹蜺曜兮日微，孽杳冥兮未開。痛入天兮嗚呼，冤際絕兮誰語？仰天高兮自別，招上帝兮我察。秋風爲我唫，浮雲爲我陰。嗟若是兮欲何留，撫神龍兮攬其湏。游曠迥兮反亡期，雄失據兮世我思。

卷五十七

序一

自序
司馬遷

　　昔在顓頊，命南正重以司天，北正黎以司地。唐虞之際，紹重黎之後，使復典之，至于夏商，故重黎氏世序天地。其在周，程伯休甫其後也。當周宣王時，失其守而爲司馬氏。司馬氏世典周史。惠襄之間，司馬氏去周適晉。晉中軍隨會奔秦，而司馬氏入少梁。

　　自司馬氏去周適晉，分散，或在衛，或在趙，或在秦。其在衛者，相中山。在趙者，以傳劍論顯，蒯聵其後也。在秦者名錯，與張儀爭論，於是惠王使錯將伐蜀，遂拔，因而守之。錯孫靳，事武安君白起，而少梁更名曰夏陽。靳與武安君阬趙長平軍，還而與之俱賜死杜郵，葬於華池。靳孫昌，昌爲秦主鐵官，當始皇之時。蒯聵玄孫卬爲武信君將而徇朝歌。諸侯之相王，王卬於殷。漢之伐楚，卬歸漢，以其地爲河内郡。昌生無澤，無澤爲漢市長。無澤生喜，喜爲五大夫，卒，皆葬高門。喜生談，談爲太史公。

　　太史公學天官于唐都，受《易》於楊何，習道論於黃子。太史公仕於建元、元封之間，既掌天官，不治民。有子曰遷。

　　遷生龍門，耕牧河山之陽。年十歲則誦古文。二十而南游江、淮，上會稽，探禹穴，闚九疑，浮於沅、湘；北涉汶、泗，講業齊、魯之都，觀孔子之遺風；鄉射鄒、嶧；戹困鄱、薛、彭城，過梁、楚以歸。於是遷仕爲郎中，奉使西征巴、蜀以南，南略邛、笮、昆明，還報命。

　　是歲天子始建漢家之封，而太史公留滯周南，不得與從事，故發憤且卒。而子遷適使反，見父於河洛之間。太史公執遷手而泣曰："余先周室之太史也。自上世嘗顯功名於虞夏，典天官事。後世中衰，絕於予乎？汝復爲太史，則續吾祖矣。今天子接千歲之統，封泰山，而余不得從行，是命也夫！命也夫！余死，汝必爲太史；爲太史，無忘吾所欲論著矣。且夫孝始於事親，中於事君，終於立身。揚名于後世，以顯父母，此孝之大者。夫天下稱誦周公，言其能論歌文、武之德，宣周、邵之風，達太王、王季之思慮，爰及公劉，以尊后稷也。幽厲之後，王道缺，禮樂衰，孔子脩舊起廢，論《詩》《書》，作《春秋》，則學者至今則之。自獲麟以來四百有餘歲，而諸侯相兼，史記放絕。今漢興，海內一統，明主賢君忠臣死義之士，余爲太史而弗論載，廢天下之史文，余甚懼焉，汝其念哉！"遷俯首流涕曰："小子不敏，請悉論先人所次舊聞，弗敢闕。"

卒三歲而遷爲太史令，紬[一]史記石室金匱之書。五年而當太初元年，十一月甲子朔旦冬至，天歷始改，建於明堂，諸神受紀。

太史公曰："先人有言：'自周公卒五百歲而有孔子。孔子卒後至於今五百歲，有能紹明世，正《易傳》，繼《春秋》，本《詩》《書》《禮》《樂》之際？'意在斯乎！意在斯乎！小子何敢讓焉。"

上大夫壺遂曰："孔子之時，上無明君，下不得任用，故作《春秋》，垂空文以斷禮義，當一王之法。今夫子上遇明天子，下得守職，萬事既具，咸各序其宜，夫子所論，欲以何明？"

太史公曰："唯唯，否否，不然。余聞之先人曰：'伏羲至純厚，作《易》八卦。堯、舜之盛，《尚書》載之，禮樂作焉。湯、武之隆，詩人歌之。《春秋》采善貶惡，推三代之德，襃周室，非獨刺譏而已也。'漢興以來，至明天子，獲符瑞，封禪，改正朔，易服色，受命於穆清，澤流罔極，海外殊俗，重譯欵塞，請來獻見者，不可勝道。臣下百官力誦聖德，猶不能宣盡其意。且士賢能而不用，有國者之恥；主上明聖而德不布聞，有司之過也。且余嘗掌其官，廢明聖盛德不載，滅功臣世家賢大夫之業不述，墮先人所言，罪莫大焉。余所謂述故事，整齊其世傳，非所謂作也，而君比之於《春秋》，謬矣。"

於是論次其文。七年而太史公遭李陵之禍，幽於縲紲。乃喟然而嘆曰："是余之罪也夫！是余之罪也夫！身毀不用矣！"退而深惟曰："夫《詩》《書》隱焉者，欲遂其志之思也。昔西伯拘羑里，演《周易》；孔子戹陳、蔡，作《春秋》；屈原放逐，著《離騷》；左丘失明，厥有《國語》；孫子臏腳，而論兵法；不韋遷蜀，世傳《吕覽》；韓非囚秦，《說難》《孤憤》；《詩》三百篇，大抵賢聖發憤之所爲作也。此人皆意有所鬱結，不得通其道也，故述往事，思來者。"於是卒述陶唐以來，至於麟止。

維我漢繼五帝末流，接三代統[二]業。周道廢，秦撥去古文，焚滅《詩》

《書》，故明堂石室金匱玉版圖籍散亂。於是漢興，蕭何次律令，韓信申軍法，張蒼爲章程，叔孫通定禮儀，則文學彬彬稍進，《詩》《書》往往間出矣。自曹參薦蓋公言黃老，而賈生、鼂錯明申、商，公孫弘以儒顯，百年之間，天下遺文古事靡不畢集太史公。太史公仍父子相續纂其職。曰："於戲！余維先人嘗掌斯事，顯於唐虞，至于周，復典之，故司馬氏世主天官。至於余乎，欽念哉！欽念哉！"罔羅天下放失舊聞，王迹所興，原始察終，見盛觀衰，論考之行事，略推三代，録秦漢，上記軒轅，下至于兹，著十二本紀，既科條之矣。並時異世，年差不明，作十表。禮樂損益，律曆改易，兵權山川鬼神，天人之際，承敝通變，作八書。二十八宿環北辰，三十輻共一轂，運行無窮，輔拂股肱之臣配焉，忠信行道，以奉主上，作三十世家。扶義俶儻，不令己失時，立功名於天下，作七十列傳。凡百三十篇，五十二萬六千五百字，爲《太史公書》。序畧，以拾遺補藝，成一家之言，厥協"六經"異傳，整齊百家雜語，藏之名山，副在京師，俟[三]後世聖人君子。

【校記】

[一]細，陳本作抽。《史記》作紬。

[二]統，陳本同。《史記》作絶。

[三]陳本此有"夫"字。《史記》無。

敘傳
班固

班氏之先，與楚同姓，令尹子文之後也。子文初生，棄於瞢中，而虎乳之。楚人謂乳"穀"，謂虎"於檡"，故名穀於檡，字子文。楚人謂虎"班"，其子以爲號。秦之滅楚，遷晉、代之間，因氏焉。

始王之末，班一避墜於樓煩，致馬牛羊數千羣。值漢初定，與民無禁，當孝惠、高后時，以財雄邊，出入弋獵，旌旗鼓吹，年百餘歲，以壽終，故北方多以"一"爲字者。

壹生孺。孺爲任俠，州郡歌之。孺生長，官至上谷守。長生回，以茂材爲長子令。回生況，舉孝廉爲郎，積功勞，至上河農都尉，大司農奏課連最，入爲左曹越騎校尉。成帝之初，女爲倢伃，致仕就第，資累千金，徙昌陵。昌陵後罷，大臣名家皆占數于長安。

況生三子：伯、斿、穉。伯少受《詩》於師丹。大將軍王鳳薦伯宜勸學，召見宴昵殿，容貌甚麗，誦說有法，拜爲中常侍。時上方鄉學，鄭寬中、張禹朝夕入說《尚書》《論語》於金華殿中，詔伯受焉。既通大義，又講異同於許商，遷奉車都尉。數年，金華之業絕，出與王、許子弟為羣，在於綺襦紈絝之間，非其好也。

家本北邊，志節忼慨，數求使匈奴。河平中，單于來朝，上使伯持節迎於塞下。會定襄大姓石、李羣輩報怨，殺追捕吏，伯上狀，因自請願試守期月。上遣侍中中郎將王舜馳傳代伯護單于，并奉璽書印綬，即拜伯為定襄太守。定襄聞伯素貴，年少，自請治劇，畏其下車作威，吏民竦息。伯至，請問耆老父祖故人有舊恩者，迎延滿堂，日為供具，執子孫禮。郡中益弛。諸所賓禮皆名豪，懷恩醉酒，共陳伯宜頗攝錄盜賊，具言本謀亡匿處。伯曰：「是所望於父師矣。」迺召屬縣長吏，選精進掾史，分部收捕，及他隱伏，旬日盡得。郡中震慄，咸稱神明。歲餘，上徵伯。伯上書願過故郡上父祖冢。有詔，太守都尉以下會。因召宗族，各以親疎加恩施，散數百金。北州以為榮，長老紀焉。道病中風，既至，以侍中光祿大夫養病，賞賜甚厚，數年未能起。

會許皇后廢，班倢伃供養東宮，進侍者李平為倢伃，而趙飛燕為皇后，伯遂稱篤。久之，上出過臨侯伯，伯惶恐，起眡事。

自大將軍薨後，富平、定陵侯張放、淳于長等始愛幸，出為微行，行則同輿執轡；入侍禁中，設宴飲之會，及趙、李諸侍中皆引滿舉白，談笑大噱。時乘輿幄坐張畫屏風，畫紂醉踞妲己作長夜之樂。上以伯新起，數日禮之，因顧指畫而問伯：「紂為無道，至於是虖？」伯對曰：「《書》云『迺用婦人之言』，何有踞肆於朝？所謂衆惡歸之，不如是之甚者也。」上曰：「苟不若此，此圖何戒？」伯曰：「『沉湎于酒』，微子所以告去也；『式號式謼』，《大雅》所以流連也。《詩》《書》淫亂之戒，其原皆在於酒。」上迺喟然嘆曰：「吾久不見班生，今日復聞讜言！」放等不懌，稍自引起更衣，因罷出。時長信庭林表適使來，聞見之。

後上朝東宮，太后泣曰：「帝間顏色瘦黑，班侍中本大將軍所舉，宜寵異之，益求其比，以輔聖德。宜遣富平侯且就國。」上曰：「諾。」車騎將軍王音聞之，以風丞相御史奏富平侯罪過，上迺出放為邊都尉。後復徵入，太后與上書曰：「前所道尚未效，富平侯反復來，其能默虖？」上謝曰：「請合[一]奉詔。」是時許商為少府，師丹光祿大夫，上於是引商、丹入為光祿大夫，伯遷水衡都尉，與兩師並侍中，皆秩中二千石。每朝東宮，常從；及有大政，俱使諭指於公卿。上亦稍厭游宴，復修經書之業，太后甚悅。丞相方進復奏，富平侯竟就國。會伯病卒，年三十八，朝廷愍惜焉。

斿博學有俊才，左將軍史丹舉賢良方正，以對策爲議郎，遷諫大夫、右曹中郎將，與劉向校祕書。每奏事，斿以選受詔進讀群書。上器其能，賜以祕書之副。時書不布，自東平思王以叔父求《太史公》、諸子書，大將軍白不許。語在《東平王傳》，斿亦早卒，有子曰嗣，顯名當世。

稺少爲黃門郎中常侍，方直自守。成帝季年，立定陶王爲太子，數遣中盾請問近臣，稺獨不敢答。哀帝即位，出稺爲西河屬國都尉，遷廣平相。

王莽少與稺兄弟同列友善，兄事斿而弟畜稺。斿之卒也，修緦麻，賻賵甚厚。平帝即位，太后臨朝，莽秉政，方欲文致太平，使使者分行風俗，采頌聲，而稺無所上。琅邪太守公孫閎言災害於公府，大司空甄豐遣屬馳至兩郡諷吏民，而劾閎空造不祥，稺絕嘉應，嫉害聖政，皆不道。太后曰：「不宣德美，宜與言災害者異罰。且後宮賢家，我所哀也。」閎獨下獄誅。稺懼，上書陳恩謝罪，願歸相印，入補延陵園郎，太后許焉。食故禄終身。由是班氏不顯莽朝，亦不罹咎。

初，成帝性寬，進入直言，是以王音、翟方進等繩法舉過，而劉向、杜鄴、王章、朱雲之徒肆意犯上，故自帝師安昌侯，諸舅大將軍兄弟及公卿大夫、後宮外屬史、許之家有貴寵者，莫不被文傷詆。唯谷永嘗言：「建始、河平之際，許、班之貴，傾動前朝，熏灼四方，賞賜無量，空虛內臧，女寵至極，不可尚矣；今之後起，天所不饗，什倍於前。」永指以駮譏趙、李，亦無閒云。

稺生彪。彪字叔皮，幼與從兄嗣共遊學，家有賜書，內足於財，好古之士自遠方至，父黨楊子雲以下莫不造門。

嗣雖修儒學，然貴老、嚴之術。桓生欲借其書，嗣報曰：「若夫嚴子者，絕聖棄智，修生保眞，清虛淡泊，歸之自然，獨師友造化，而不爲世俗所役者也。漁釣於一壑，則萬物不奸其志；棲遲於一丘，則天下不易其樂。不絓聖人之罔，不齅驕君之餌，蕩然肆志，談者不得而名焉，故可貴也。今吾子已貫仁誼之羈絆，繫名聲之韁鎖，伏周、孔之軌躅，馳顏、閔之極摯，既繫攣於世教矣，何用大道爲自眩曜？昔有學步於邯鄲者，曾未得其髣髴，又復失其故步，遂匍匐而歸耳！恐似此類，故不進。」嗣之行己持論如此。

叔皮唯聖人之道然後盡心焉。年二十，遭王莽敗，世祖即位於冀州。時隗囂據壟擁衆，招輯英俊，而公孫述稱帝於蜀漢，天下雲擾，大者連州郡，小者據縣邑。囂問彪曰：「往者周亡，戰國並爭，天下分裂，數世然後廼定，其抑者從橫之事復起於今乎？將承運迭興在於一人也？願先生論之。」對曰：「周之廢興與漢異。昔周立爵五等，諸侯從政，本根既微，枝葉強大，故其末流有從橫之事，其勢然也。漢家承秦之制，並立郡縣，主有專己之威，臣無百年之柄。至於成帝，假借外家，哀、平短祚，國嗣三絕，危自上起，傷不及下。故王氏之貴，輕擅朝廷，能竊號位，而不根於民。是以積[二]真之後，天下莫不引領而歎，十餘年間，外內騷擾，遠近俱發，假號雲合，咸稱劉氏，不謀而同辭。方今雄桀帶州城者，皆無七國世業之資。《詩》云：'皇矣上帝，臨下有赫，鑒觀四方，求民之莫。'今民皆謳吟思漢，鄉仰劉氏，已可知矣。"踾曰："先生言周、漢之執，可也，至於但見愚民習識劉氏姓號之故，而謂漢家復興，疏矣！昔秦先[三]其鹿，劉季逐而掎之，時民復知漢乎！"既感踾言，又愍狂狡之不息，迺著《王命論》以救時難。

知隗踾終不寤，迺避墜於河西。河西大將軍竇融嘉其美德，訪問焉。舉茂材，爲徐令，以病去官。後數應三公之召。仕不爲禄，所如不合；學不爲人，博而不俗；言不爲華，述而不作。

有子曰固，弱冠而孤，作《幽通》之賦，以致命遂志。

固以爲唐虞三代，《詩》《書》所及，世有典籍，故雖堯、舜之盛，必有典謨之篇，然後揚名於後世，冠德于百王，故曰"巍巍乎其有成功，煥乎其有文章也"！漢紹堯運，以建帝業，至於六世，史臣乃追述功德，私作本紀，編於百王之末，厠於秦、項之列。太初以後，闕而不錄，故探篡前記，輟輯所聞，以述《漢書》，起元高祖，終于孝平、王莽之誅，十有二世，二百三十年，綜其行事，旁貫《五經》，上下洽通，爲春秋考記、表、志、傳，凡百篇。

【校記】
[一]合，陳本同。《漢書》作今。
[二]積，陳本、《漢書》作即。
[三]先，陳本同。《漢書》作失。

戰國策序
劉向

護左都水使者、光祿大夫臣向言：所校中《戰國策》書，中書餘卷，錯亂相糅舛。又有國別者八篇，少不足。臣向因國別者，畧以時次之；分別不以序者以相補，除復重，得三十三篇。本字多誤脫爲半字，以"趙"爲"肖"，以"齊"爲"立"，如此字者多。中書本號，或曰《國策》，或曰《國事》，或曰《短長》，或曰《事語》，或曰《長書》，或曰《修書》。臣向以爲，戰國時游士輔所用之國，爲之策謀，宜爲《戰國策》。其事繼春秋以後，訖楚、漢之起，二百四十五年間之事，皆定以殺[一]青，書可繕寫。

序曰：周室自文、武始興，崇道德，隆禮儀，設辟雍、泮宮、庠序之教，陳禮樂、絃歌移風之化，敘人倫，正夫婦。天下莫不曉然論孝弟之義，惇篤之行，故仁義之道滿乎天下，卒致之刑措四十餘年。遠方慕義，莫不賓服，《雅》《頌》歌詠，以思其德。下及康、昭之後，雖有衰德，其綱紀尚明。

及春秋時，已四五百載矣，然其餘業遺烈，流而未滅。五霸之起，尊事周室。五霸之後，時君雖無德，人臣輔其君者，昔[二]鄭之子產、晉之叔向、齊之晏嬰，挾君輔政，以並立於中國，猶以義相支持，歌詠以相感，聘覲以相交，期會以相一，盟誓以相救。天子之命，猶有所行；會享之國，猶有所恥。小國得有所依，百姓得有所息。故孔子曰："能以禮讓爲國乎？何有？"周之流化，豈不大哉！

及春秋之後，衆賢輔國者既沒，而禮義衰矣。孔子雖論《詩》《書》，定《禮》《樂》，王道粲然分明，以匹夫無執，化之者七十二人而已，皆天下之俊也。時君莫尚之，是以王道遂用不興。故曰："非威不立，非勢不行。"仲尼既沒之後，田氏取齊，六卿分晉，道德大廢，上下失序。至秦孝公，捐禮讓而貴戰爭，棄仁義而用詐譎，苟以取強而已矣。夫篡盜之人，列爲侯王；詐譎之國，興立爲強。是以轉相放效，後嗣師之，遂相吞滅，并大兼小，暴師經歲，流血滿野，父子不相親，兄弟不相安，夫婦離散，莫保其命，湣然道德絕矣。晚世益甚，萬乘之國七，千乘之國五，敵侔爭權，盡爲戰國。貪饕無恥，競進無厭；國異政教，各自制斷；上無天子，下無方伯；力功爭強，勝者爲右；兵革不休，詐偽並起。當此之時，雖有道德，不得施設。有謀之強，負阻而恃固，連與交質，重約結誓，以守其國。故孟子、荀卿儒術之士棄捐於世，而游說權謀之徒見貴於俗。是以蘇秦、張儀、公孫衍、陳軫、代、厲之屬，生從橫短長之說，左右傾側。蘇秦爲從，張儀爲橫；橫則秦帝，從則楚王；所在國重，所去國輕。然當此之時，秦國最雄，諸侯方弱，蘇秦結之，時六國爲一，以擯背秦。秦人恐懼，不敢闚兵於關中，天下不交兵者，二十有九年。然秦國勢便形利，權謀之士，咸先馳之。蘇秦初欲橫，秦弗用，故東合從。及蘇秦死後，張儀連橫，諸侯聽之，西向事秦。是故始皇因四塞之國，據崤、函之阻，跨隴、蜀之饒，聽衆人之策，乘六世之烈，以蠶食六國，兼諸侯，并有天下。杖於詐謀之弊，終無信篤之誠，無道德之教，仁義之化，以綴天下之心。任刑罰以爲治，信小術以爲道。遂燔燒詩書，阬殺儒士，上小堯、舜，下邈三王。二世愈甚，惠不下施，情不上達；君臣相疑，骨肉相疎；化道淺薄，綱紀壞敗；民不見義，而懸于不寧。撫天下十四歲，天下大潰，詐偽之弊也。其比王德，豈不遠哉！孔子曰："道之以政，齊之以刑，民免而無恥；道之以德，齊之以禮，有恥且格。"夫使天下有所恥，故化可致也。苟以詐偽偷活取容，自上爲之，何以率下？秦之敗也，不亦宜乎！

戰國之時，君德淺薄，爲之謀策者，不得不因勢而爲資，據時而爲謀[三]。故其謀，扶急持傾，爲一切之權，雖不可以臨國教化，兵革救急之勢也。皆高才秀士，度時君之所能行，出奇策異智，轉危爲安，運[四]亡爲存，亦可喜，皆可觀[五]。護左都水使者、光祿大夫臣向所校《戰國策》書錄。

【校記】

[一]没，陳本、《文選補遺》、《全漢文》作殺。

[二]昔，陳本、《文選補遺》、《全漢文》作若。

[三]"謀"字據陳本補，據《全漢文》，爲衍文。《文選補遺》稱此處脱字。

[四]運，陳本作易。《文選補遺》、《全漢文》作運。

[五]陳本作：亦皆可喜可觀。《文選補遺》、《全漢文》同劉本。

漢紀序
荀悅

昔在上聖，惟建皇極，經緯天地，觀象立法，乃作書契，以通宇宙，揚于王庭，厥用大焉。先王光演大業，肆于時夏，亦惟厥後，永世作典。夫立典有五志焉：一曰達道義，二曰章法式，三曰通古今，四曰著功勳，五曰表賢能。於是天人之際，事物之宜，粲然顯著，罔不備矣。世濟其軌，不隕其業，損益盈虛，與時消息，臧否不同，其撥一也。漢四百有六載，撥亂反正，統武興文，永惟祖宗之洪業，思光啓乎萬嗣。聖上穆然，惟文之恤，瞻前顧後，是紹是繼，闡崇大猷，命立國典。於是綴敘舊書，以述《漢紀》。中興以前，明王賢臣得失之軌，亦足以觀矣。

公羊傳序
何休

昔者孔子有云："吾志在《春秋》，行在《孝經》。"此二學者，聖人之極致，治世之要務也。傳《春秋》者非一，本據亂而作，其中多非常異義可怪之論，說者疑惑，至有倍《經》、任意、反《傳》違戾者。其勢雖問，不得不廣，是以講誦師言，至於百萬，猶有不解，時加釀嘲辭，援引他經，失其句讀，以無爲有，甚可閔笑者不可勝記也。是以治古學貴文章者謂之俗儒，至使賈逵緣隙奮筆，以爲《公羊》可奪，《左氏》可與，恨先師觀聽不決，多隨二創。此世之餘事，斯豈非守文持論敗績失據之過哉！余竊悲之久矣。往者略依胡毋生《條例》，多則其正，故遂隱括，使就繩墨焉。

釋名序
劉熙

熙以爲自古造化，制器立象，有物以來，迄于近代，或典禮所制，或出自民庶，名號雅俗，各方名殊。聖人於時，就弗改，以成其器，著於旣徃。哲夫巧士以爲之名，故興於其用而不易其舊，所以崇易簡、省事功也。夫名之於實，各有義類，百姓日稱，而不知其所以之意，故撰天地、陰陽、四時、邦國、都鄙、車服、喪紀，下及民庶應用之器，論敘指歸，謂之《釋名》，凡二十七篇。至於事類，未能究備。凡所不載，亦欲智者以類求之。博物君子，其於答難解惑，王父幼孫，朝夕侍問，以塞可謂之士，耶可省諸。

人物志序
劉邵

夫聖賢之所美，莫美乎聰明；聰明之所貴，莫貴乎知人。知人誠智，則衆材德[一]其序，而庶績之業興矣。是以聖人著爻象則立君子小人之辭，敘《詩》志則別風俗雅正之業，制《禮》《樂》則考六藝祇庸之德，躬南面則援俊逸輔相之材，皆所以達衆善而成天功也。天功旣成，則並受名譽。是以堯以克明俊德爲稱，舜以登庸二八爲功，湯以拔有莘之賢爲名，文王以舉渭濱之叟爲貴。由此論之，聖人興德，孰不勞聰明於求人，獲安逸於任使者哉！

是故仲尼不試，無所援升，猶序門人以爲四科，泛論衆材以辨三等。又歎中庸以殊聖人之德，尚德以勸庶幾之論。訓六蔽以戒偏材之失，思狂狷以通拘抗之材。疾悾悾而無信，以明爲似之難保。又曰："察其所安，觀其所由，以知居止之行。"人物之察也，如此其詳。是以敢依聖訓，志序人物，庶以補綴遺忘。惟博識君子，裁覽其義焉。

【校記】

[一]材德，陳本作財得。《初學記》作材得。

漢武帝別國洞冥紀序
郭憲

憲家世述道書，推求先聖往賢之所撰集，不可窮盡，千室不能藏，萬乘不能載，猶有漏逸。或言浮誕，非政教所同，經文史官記事，故略而不取，蓋偏國殊方，並不在錄。愚謂古曩餘事，不可得而棄。況漢武帝，明俊特異之主，東方朔因滑稽浮誕以匡諫，洞心於道教，使冥迹之奧，昭然顯著。今籍舊史之所不載者，聊以聞見，撰《洞冥記》四卷，成一家之書，庶明博君子該而異焉。武帝以欲窮神仙之事，故絕域遐方貢其珍異奇物及道術之人，故於漢世盛於群主也。故編次之云爾。

風俗通序
應劭

昔仲尼没而微言闋，七十子喪而大義乖。重遭戰國，約從連横，好惡殊心，眞偽紛爭。故《春秋》分爲五，《詩》分爲四，《易》有數家之傳。並以諸子百家之言，紛然殽亂，莫知所從。

漢興，儒者競復，比誼會意，爲之章句，家有五六，皆柝[一]文便辭，彌以馳遠。綴文之士，雜襲龍鱗，訓注說難，轉相陵高，積如丘山，可謂繁富者矣。而至於俗間行語，衆所共傳，積非習貫，莫能原察。今王室大壞，九州幅裂，亂靡有定，生民無幾。私懼後進益以迷昧，聊以不才，舉爾所知，方以類聚，凡十一卷，謂之《風俗通義》。言通於流俗之過謬，而事該之於義理也。

風者，天氣有寒煖，地形有險易，水泉有美惡，草木有剛柔也。俗者，含血之類，像之而生，故言語歌謳異聲，鼓舞動作殊形，或直或邪，或善或淫也。聖人作而均齊之，咸歸於正，聖人廢則還其本俗。《尚書》："天子巡狩，至于岱宗，觀諸侯，見百年，命大師陳詩，以觀民風俗。"《孝經》曰："移風易俗，莫善於樂。"《傳》曰："百里同[二]風，千里不同俗，戶異政，人殊服。"由此言之，爲政之要，辯風正俗最其上也。

周、秦常以歲八月遣輶軒之使，采異代方言，還奏籍之，藏于祕室。及嬴氏之亡，遺脫漏棄，無見之者。蜀人嚴君平有千餘言，林閭翁孺才有梗概之法。楊雄好之，天下孝廉、衛卒交會，周章質問，以次注續，二十七年，爾乃法正，凡九千字。其所發明，猶未若《爾雅》之閎麗也，張竦以爲懸珠日月不刊之書。予實頑闇，無能述演，豈敢比隆於斯人哉！顧惟述作之功，故聊光啓之耳。

昔客爲齊王畫者，王問："畫孰最難？孰最易？"曰："犬馬最難，鬼魅最易。犬馬旦暮在人之前，不類不可，類之故難；鬼魅無形，無形者不見，不見故易。"今俗語云浮淺，然賢愚所共咨論，有似犬馬，其爲難矣。并綜事宜於今者。孔子稱"幸苟有過，人必知之"，俾諸明哲，幸詳覽焉。

【校記】

[一]枅，陳本、王利器《風俗通義校注》作析。

[二]同，陳本衍一字，據劉本刪。《風俗通義校注》"同"前有"不"字。

禹貢九州地域圖序
裴秀

圖書之設，由來尚矣。自古立象垂制[一]，而賴其用。三代置其官，國史掌厥職。暨漢屠咸陽，丞相蕭何盡收秦之圖籍。今祕書既無古今之地圖，又無蕭何所得秦圖書，惟有漢氏所畫《輿地》及《括地》諸雜圖，各不設分率，又不考正準望，亦不備載名山大川，其所載列，雖有麤形，皆不精審，不可依據。或稱[二]荒外[三]迂誕之言，不合事實，於義無取。大晉龍興，混一六合，以清宇宙，始於庸蜀，采入其岨。文皇帝乃命有司，撰訪吳蜀地圖。蜀土既定，六軍所經，地域遠近，山川險易，征路迂直，校驗圖記，罔或有差。今上考《禹貢》山河川流，原隰陂澤，古之九州，及今之十六州郡國縣邑，疆界鄉陬，及古國盟會舊名，水陸徑路，爲地圖十八篇。

今制地圖之體有六焉：一曰分率，所以辨廣輪之度也；二曰準望，所以正彼此之體也；三曰道里，所以定所由之數也。四曰高下，五曰方邪，六曰迂直，此三[四]者，各因地而制宜[五]，所以校夷險之異也。有圖像而無分率，則無以審遠近之差。有分率而無以望，雖得之於一隅，必失之於他方。有準望而無道里，則施於山海、絕隔之地，不能以相通。有道里而無高下、方邪、迂直之校，則徑路之數必與遠近之實相違，失準望之正矣。故以此六者，參而考之，然後遠近之實定於分率，彼此之實定於準望，徑路之實定於道里，度數之實定於高下、方邪、迂直之筭。故雖有峻山鉅海之隔，絕域殊方之迥，登降詭曲之因，皆可得舉而定者。準望之法既正，則曲直遠近無所隱其形也。

【校記】
　　［一］立象垂制，陳本作垂象立制。《晉書》同劉本。
　　［二］"稱"字據陳本補。《晉書》無。
　　［三］荒外，陳本作外荒。《晉書》作荒外。
　　［四］三，陳本作六。《晉書》作三。
　　［五］宜，陳本作形。《晉書》作宜。

卷五十八

序二

穀梁傳序
范甯

昔周道衰陵，乾綱絕紐，禮壞樂崩，彝倫攸斁。弒逆篡盜者國有，淫縱破義者比肩。是以妖災因釁而作，民俗染化而遷，陰陽爲之愆度，七曜爲之盈縮，川岳爲之崩竭，鬼神爲之疵厲。故父子之恩缺，則《小弁》之刺作；君臣之禮廢，則《桑扈》之諷興；夫婦之道絕，則《谷風》之篇奏；骨肉之親離，則《角弓》之怨彰；君子之路塞，則《白駒》之詩賦。天垂象，見吉凶。聖作訓，紀成敗。欲人君戒慎厥行，增修德政。蓋誨爾諄諄，聽我藐藐，履霜堅冰，所由者漸。四夷交侵，華戎同貫，幽王以暴虐見禍，平王以微弱東遷。征伐不由天子之命，號令出自權臣之門，故兩觀表而臣禮亡，朱干設而君權喪。下陵上替，僭逼理極。天下蕩蕩，王道盡矣。

孔子覩滄海之橫流，乃喟然而歎曰：「文王旣没，文不在兹乎！」言文王之道喪，興之者在己，於是就大師而正《雅》《頌》，因魯史而修《春秋》，列《黍離》於《國風》，齊王德於邦君，所以明其不能復雅，政化不足以被群后也。於時則接乎隱公，故因兹以託始，該二儀之化育，贊人道之幽變，舉得失以彰黜陟，明成敗以著勸誡，拯頹綱以繼三五，鼓芳風以扇遊塵。一字之褒，寵踰華袞之贈；片言之貶，辱過市朝之撻。德之所助，雖賤必伸；義之所抑，雖貴必屈。故附勢匿非者無所逃其罪，潛德獨運者無所隱其名，信不易之宏軌，百王之通典也。先王之道旣弘，麟感化而來應，因事備而終篇，故絕筆於斯年。成天下之事業，定天下之邪正，莫善於《春秋》。

《春秋》之傳有三，而爲經之旨一，臧否不同，襃貶殊致，蓋九流分而微言隱，異端作而大義乖。《左氏》以鬻拳兵諫爲愛君，文公納幣爲用禮。《穀梁》以衛輒拒父爲尊祖，莊公[一]納子糾爲内惡。《公羊》以祭仲廢君爲行權，妾母稱夫人爲合正。以兵諫爲愛君，是人主可得而脅也；以納幣爲用禮，是居喪可得而婚也；以拒父爲尊祖，是爲子可得而叛也；以不納子糾爲内惡，是仇讎可得而容也；以廢君爲行權，是神器可得而窺也；以妾母爲夫人，是嫡庶可得而齊也。若此之類，傷教害義，不可強通者也。

　　凡傳以通經爲主，經以必當爲理。夫至當無二，而三傳殊說，庸得不棄其所滯，擇善而從乎？既不俱當，則固容俱失。若至言幽絕，擇善靡從，庸得不並舍以求宗，據理以通經乎？雖我之所是，理未全當，安可以得當之難，而自絕於希通哉？而漢興以來，瓌望碩儒，各信所習，是非紛錯，準裁靡定。故有父子異同之論[二]，石渠分争之說。廢興由於好惡，盛衰繼之辯訥。斯蓋非通方之至理，誠君子之所歎息也。《左氏》豔而富，其失也巫[三]；《穀梁》清而婉，其失也短；《公羊》辯而裁，其失也俗。若能富而不巫，清而不短，裁而不俗，則深於其道者也。故君子之於《春秋》，沒身而已矣。

　　升平之末，歲次大梁，先君北蕃回軫，頓駕于吳，乃師門生故吏、我兄弟子姪，研講六籍，次及三傳。《左氏》則有服、杜之注，《公羊》則有何、嚴之訓。釋《穀梁傳》者雖近十家，皆膚淺末學，不經師匠。辭理典據，既無可觀，又引《左氏》《公羊》以解此傳，文義違反，斯害也已。於是乃商畧名例，敷陳疑滯，博爾[四]諸儒同異之說。昊天不弔，大山其頹。匍匐墓次，死亡無日。日月逾邁，踐及視息，乃與二三學士及諸子弟各記所識，并言其意。業未及終，嚴霜夏墜，從弟彫落，二子泯沒。天實喪予，何痛如之！今撰諸子之言，各計其姓名，名曰《春秋穀梁傳集解》。

【校記】

　　[一]陳本此有"不"字。"莊公"二字《文選補遺》作"不"。
　　[二]論，陳本作倫。《文選補遺》作論。
　　[三]巫，陳本作誣。《文選補遺》作巫。
　　[四]爾，陳本、《文選補遺》作示。

家語序
王肅

　　《孔子家語》者，皆當時公卿士大夫及七十二弟子之所諮訪交相對問言語也，既而諸弟子各旣[一]其所問焉，與《論語》《孝經》並時。弟子取其正實而切事者，別出爲《論語》，其餘則都集錄之，名之曰《孔子家語》。凡所論辯疏判浚歸，實自夫子本旨也。屬文下辭，徃徃頗有浮說，煩而不要者，亦由七十二子各共敘述首尾，加之潤色，其材或有優劣，故使之然也。孔子既[一]沒而微言絕，七十二弟子終而大義乖。六國之世，儒道分散，遊說之士，各以巧意而爲枝葉。孟軻、荀卿，守其所習。當秦昭王時，秦[二]卿入秦，昭王從之問儒術，荀卿以孔子之語及諸國事、七十二弟子之言凡百餘篇與之，由此秦悉有焉。始皇之世，李斯焚書，而《孔子家語》與諸子同列，故不見滅。高祖克秦，悉斂得之，皆載於二尺竹簡，多有古文字。及呂氏專漢，取歸藏之。其後被誅亡，而《孔子家語》乃散在人間，好事者或各以意增損其意，故使同是事而輒異辭。孝景皇帝末年，募求天下遺書，于時京師大夫皆送官，得呂氏之所傳《孔子家語》，而與諸國事及七十子辭妄相錯雜，不可得知，以付掌書與典禮，衆篇亂簡，合而藏之祕府。

　　元封之時，吾仕京師，竊懼先人之典辭將遂泯沒，於是因諸公卿大夫，私以人事募求其副，悉得之。乃以事類相次，撰集爲四十篇。又有《曾子問禮》一篇，自別屬《曾子問》，故不復錄。其諸弟子書所稱引孔子之言者，本不存乎《家語》，亦以自己自有所傳也，是以皆不取也。將來君子，不可不鑒。

【校記】

[一]既，陳本作計。《全漢文》作記。

[二]秦，陳本、《全漢文》作荀，當是。

論語序
何晏

　　敘曰：漢中壘校尉劉向言：《魯論語》二十篇，皆孔子弟子記諸善言也。太子太傅夏侯勝，前將軍蕭望之，丞相韋賢及子玄成等傳之。《齊論語》二十二篇，其二十篇中章句頗多於《魯論》，琅邪王卿及膠東庸生、昌邑中尉王吉皆以教授，故有《魯論》，有《齊論》。魯共王時，嘗欲以孔子宅爲宮，壞，得《古文論語》。齊論有《問王》《知道》，多於《魯論》二篇。《古論》亦無此二篇，分《堯曰》下章《子張問》以爲一篇，有兩《子張》，凡二十一篇。篇次不與齊、魯《論》同。安昌侯張禹本受《魯論》，兼講《齊說》，善者從之，號曰《張侯論》，爲世所遺[一]，包氏、周氏章句出焉。《古論》唯博士孔安國爲之訓解，而世不傳。至順帝時，南郡太守馬融亦爲之訓說。漢末大司農鄭玄就《魯論》篇章，考之《齊》《古》爲之註。近故司空陳羣、太常王肅、博士周生烈皆爲義說。

前世傳授師說，雖有異同，不爲訓解，中間爲之訓解，至于今多矣。所見不同，互有得失。今集諸家之善，記其姓名，有不安者，頗爲改易，名曰《論語集解》。光祿大夫關內侯臣孫邕、光祿大夫臣鄭沖、散騎常侍中領軍安鄉亭侯臣曹羲、侍中臣荀顗、尚書駙馬都尉關內侯臣何晏等上。

【校記】

［一］遺，《文選補遺》作貴。

爾雅序
郭璞

夫《爾雅》者，所以通詁訓之指歸，敘詩人之興詠，摠絕代之離詞，辯同實而殊號者也。誠九流之津涉，六藝之鈐鍵，學覽者之潭奧，擒翰者之華苑。若乃可以博物不惑，多識於鳥獸草木之名者，莫近於《爾雅》。《爾雅》者，蓋興於中古，隆於漢氏。豹鼠既辯，其業亦顯。英儒贍聞之士，洪筆麗藻之客，靡不欽玩耽味，爲之義訓。璞不揆檮昧，少而習焉，沈研鑽極，二九載矣。雖註者十餘，然猶未詳備，並多紛謬，有所漏略。是以復綴集異聞，蒐稡舊說，考方國之語，采謠俗之志。錯綜樊孫，博關群言，剟其瑕礫，搴其蕭稂。事有隱帶，援據徵之，其所易了，闕而不論。別爲音圖，用祛未寤，輒復擁彗清道。企望塵躅者，以將來君子爲亦有涉乎此也。

方言序
郭璞

蓋聞《方言》之作，出乎輶軒之使所以巡遊萬國，采覽異言，車軌之所交，人迹之所蹈，靡不畢載，以爲奏籍。周、秦之季，其業隳廢，莫有存者。暨乎揚生，沉淡其志，歷載構綴，乃就斯文。是以三五之篇著，而獨鑒之功顯。故可不出戶庭而坐照四表，不勞疇咨而物來能名。考九服之逸言，摽六代之絕語，類離詞之指韻，明乖途而同致；辨章風謠而區分，曲通萬殊而不雜；貞洽見之奇書，不刊之碩記也。余少玩《雅》訓，旁味《方言》，復爲之解，觸事廣之，演其味及，摘其謬漏，庶以燕石之瑜補琬琰之瑕，俾後之瞻涉者可以廣寤多聞爾。

莊子序
郭象

夫《莊子》者，可謂知本矣，故未始藏其狂言。言雖無會，而獨應者也。夫應而非會，則雖當無用；言非物事，則雖高不行。與夫寂然不動，不得已而後起者，固有間矣，斯可謂知[一]無心者也。夫心無爲，則隨感而應，應隨其時，言唯謹爾。故與化爲體，流萬代而宜物，豈曾設對獨遘而游談乎方外哉？此其所以不經而爲百家之冠也。

然莊生雖未體之，言則至矣。通天地之統，序萬物之性，達死生之變，而明内聖外王之道，上知造物無物，下知有物之自造也。其言宏綽，其旨玄妙。全全之道，融微吉雅，泰然遣放，放而不敖。故曰：不知義之所適，倡狂妄行，而蹈其大方。含哺而熙乎澹泊，鼓腹而游乎混芒。至人極乎無親，孝慈終於兼忘，禮樂復乎已能，忠信發乎天光。用其光則其朴自成，是以神器獨化於玄冥之境而源流深長也。

故其長波之所蕩，高風之所扇，暢乎物宜，適乎民願。弘其鄙，解其懸，灑落之功未加，而矜夸所以散。過[二]觀其書，超然自以爲已當，經崐崙，涉太虛，而游惚怳之庭矣。雖復貪婪之人、進躁之士，暫而攬其餘芳，味其溢流，仿佛其音影，猶足曠然有忘形自得之懷，況探其遠情而玩永年者乎。遂綿邈清遐，去離塵埃，而返冥極者也。

【校記】

[一]知，陳本作之。郭慶藩《莊子集釋》作知。

[二]過，陳本、《莊子集釋》作故。

蘭亭序
王羲之

永和九年，歲在癸丑，暮春之初，會于會稽山陰之蘭亭，脩禊事也。羣賢畢至，少長咸集。此地有崇山峻嶺，茂林脩竹，又有清流激湍，映帶左右，引以爲流觴曲水，列坐其次。雖無絲竹管絃之盛，一觴一詠，亦足以暢敘幽情。

是日也，天朗氣清，惠風和暢。仰觀宇宙之大，俯察品類之盛，所以遊目騁懷，足以極視聽之娛，信可樂也。

夫人之相與，俯仰一世。或取諸懷抱，悟言一室之内；或因寄所託，放浪形骸之外。雖趣舍萬殊，靜躁不同，當其欣於所遇，暫得於己，快然自足，不知老之將至；及其所之既倦，情隨事遷，感慨係之矣。向之所欣，俛仰之間，以爲陳迹，猶不能不以之興懷，況修短隨化，終期於盡！古人云："死生亦大矣。"豈不痛哉！

每覽昔人興感之由，若合一契，未嘗不臨文嗟悼，不能喻之於懷。固知一死生爲虛誕，齊彭殤爲妄作。後之視今，亦猶今之視昔，悲夫！故列敘時人，錄其所述，雖世殊事異，所以興懷，其致一也。後之覽者，亦將有感於斯文。

四體書勢序
衛恒

昔在黃帝，創制造物。有沮誦、蒼頡者，始作書契以代結繩，蓋覩鳥跡以興思也。因而遂滋，則謂之字，有六義焉。一曰指事，上下是也；二曰象形，日月是也；三曰形聲，江河是也；四曰會意，武信是也；五曰轉注，老考是也；六曰假借，令長是也。夫指事者，在上爲上，在下爲下；象形者，日滿月虧，效其形也；形聲者，以類爲形，配以聲也；會意者，止戈爲武，人言爲信也；轉注者，以老爲壽考也；假借者，數言同字，其聲雖異，文意一也。

自黃帝至三代，其文不改。及秦用篆書，焚燒先典，而古文絕矣。漢武帝時魯共王壞孔子宅，得《尚書》《春秋》《論語》《孝經》，時人以不復知有古文，謂之科斗書。漢世祕藏，稀得見之。魏初傳古文者出於邯鄲淳，恒祖敬侯寫淳《尚書》，後以示淳而淳不別。至正始中，立三字石經，轉失淳法，因科斗之名，遂效其形。太康元年，汲縣人盜發魏襄王冢，得策書十餘萬言，案敬侯所書，猶有髣髴。古書亦有數種，其一卷論楚事者最爲工妙，恒竊悅之，故竭愚思以贊其美，愧不足以廁前賢之作，冀以存古人之象焉。

昔周宣王時，史籀始著《大篆》十五篇，或與古同，或與古異，世謂之籀書也。及平王東遷，諸侯力政，家殊國異，而文字乖形。秦始皇帝初兼天下，承相李斯乃奏益之，罷不合秦文者。斯作《倉頡篇》，中車府令趙高作《爰歷篇》，太史令胡母政作《博學篇》，皆取史籀大篆，或頗省改，所謂小篆者。自秦壞古，文有八體：一曰大篆，二曰小篆，三曰刻符，四曰蟲書，五曰摹印，六曰署書，七曰殳書，八曰隸書。王莽時，使司空甄酆校文字部，改定古文，復有六書：一曰古文，即孔子壁中書也；二曰奇字，即古文而異者也；三曰篆書，秦篆書也；四曰佐書，即隸書也；五曰繆篆，所以摹印也；六曰鳥書，所以書幡信也。及許慎撰《說文》，用篆書爲正，以爲體例，最可得而論也。秦時李斯號爲二篆，諸山及銅人銘皆斯書也。漢建初中，扶風曹喜，少異於斯，而亦稱善。邯鄲淳師焉，畧究其妙，韋誕師淳而不及也。太和中，誕爲武都太守，以能書留補侍中魏氏寶器銘題，皆誕書也。漢末又有蔡邕，采斯、喜之法，爲古今雜形，然精密閑理不如淳也。

秦旣用篆，奏[一]事繁多，篆字難成，即令隸人佐書，曰隸字。漢因行之，獨符印璽幡信題署用篆。隸書者，篆之捷也。上谷王次仲始作楷法，至靈帝好書，時多能者，而師宜官爲最，大則一字徑丈，小則方寸千言，甚矜其能。或時不持錢詣酒家飲，因書其壁，雇觀者以讎酒討錢，足而滅之。每書輒削而焚其柎，梁鵠乃益爲版，而飲之酒，候其醉而竊其柎，鵠卒以書至選部尚書宜官。鵠宜爲大字，邯鄲淳宜爲小字，鵠謂淳得次仲法，然鵠之用筆，盡其勢矣。漢末有左子邑，小與淳、鵠不同，然亦有名。魏初，有鍾、胡二家爲行書法，俱學之于劉德升，而鍾氏少異，然亦各有其巧，今大行於世。

漢興而有草書，不知作者姓名。至章帝時，齊相杜度，號善作篇。後有崔瑗、崔寔，亦皆稱工。杜氏殺字甚安，而書體微瘦；崔氏甚得筆勢，而結字小疏。弘農張伯英者，因而轉精其巧，凡家之衣帛，必書而後練之。臨池學書，池水盡黑。下筆必爲楷則，號"怱怱不暇草書"。寸紙不見遺，至今世寶其書[二]，韋仲將謂之"草聖"。伯英弟文舒者，次伯英；又有姜孟穎、梁孔達、田彥和及韋仲將之徒，皆伯英弟子，有名於世，然殊不及文舒也。羅叔景、趙元嗣者，與伯英並時，見稱於西州，而矜巧自與，衆頗惑之。故伯英自稱："上比崔、仲不足，下方羅、趙有餘。"河間張超亦有名，然雖與崔氏同州，不如伯英之得其法也。

【校記】

[一]奏，陳本作秦。《晉書》作奏。

[二]"下筆"至"其書"，據陳本補。《晉書》有。

遊名山志序
謝靈運

夫衣食生之所資，山水性之所適。今滯所資之累，擁其所適之性耳。俗議多云歡足本在華堂，枕嵒漱流者於大志，故保其枯槁。余謂不然。君子有愛物之情，有救物之能，橫流之弊，非才不治。故時有屈己以濟彼，豈以名利之場，賢於清曠之域耶？語萬乘則鼎湖有縱轡，論儲貳則嵩山有絕控。又陶朱高揖越相，留侯願辭漢傳，推此而言，可以䀹矣。

後漢書註補志序
劉昭

臣昭曰：昔司馬遷作《史記》，爰建八書。班固因廣，是曰十志。天人經緯，帝政紘緯[一]，區分源奧，開廓著述，創藏山之秘寶，肇刊石之遐貫，誠有繁[二]於《春秋》，亦自敏於改作。至乎永平，執簡東觀，紀傳雖顯，書至[三]未聞。推檢舊記，先有地理，張衡欲存炳發，未有成功。《靈憲》精遠，天文已煥。自蔡邕大弘鳴條，寔多紹宣。協妙元卓，律曆已詳。承洽伯始，禮儀克舉；郊廟社稷，祭祀該硎。輪騑冠章，車服瞻列。於是應譙續其業，董巴襲其軌。司馬《續書》，總爲八志，律曆之篇，仍乎洪邕所構，車服之本，即依董蔡所立，儀祀得於徃制，百官就乎故簿，並籍據前修，以濟一家者也。王者之要，國典之源，粲然畧備，可得而知矣。既接繼《班書》，通其流貫，体裁淵深雖難踰等，序致膚約有傷懸越，後之名史，弗能罷意。叔駿之書，是謂十典，秒緩殺青，竟亦不成。二子平業，俱稱麗富，華轍亂亡，典則偕泯，雅言邃義，於是俱絕。沈、松因循，尤解功創，時改見句，非更搜求，加藝文以矯前棄，流書品採自近錄，初平永嘉，圖籍焚喪，塵消烟滅，焉識其限，借南晉之新虛，爲東漢之故實，是以學者亦無取焉。

范曄《後漢》，良史誠跨衆氏，序或未周，志遂全闕。國史鴻曠，須寄勤閑，天才富博，猶俟改具。若草昧厥始，無相憑據，窮其身世，少能已畢。遷有承考之言，固深資父之力，太初以前，班用《馬史》，十志所因，寔多徃制，升入校部，出二十載，續志昭表，以助其間，成父述者，夫何易哉！況曄思雜風塵，心撓成毀，弗克貞就，豈以茲乎？夫辭潤婉贍，可得起改，覈求見事，必應寫襲，故序例所論，備精與奪，及語八《志》，頗褒其美，雖出拔前群，歸相沿也。又尋本書當作《禮樂志》，其《天文》《五行》《百官》《車服》，爲名則同。此外諸篇，不著紀傳，《律歷》《郡國》，必依徃式。曄遺書自序，應徧作諸志，《前漢》有者，悉欲備製，卷中發論，以正得失，書雖未硎，其大旨也。層臺雲構，所缺過乎榱桷，爲山霞高，不終踰乎一壇，鬱絕斯作，吁可痛哉！徒懷纘緝，理慙鉤遠，酒借舊志，注以補之。狹見寡陋，匪同博遠，及其所植，微得論列。分爲三十卷，以合《范史》，求於齊工，孰曰文類，比茲闕恨，庶賢乎已。

昔褚先生補子長之削少，馬氏接孟堅之不畢，相成之義，古有之矣。引彼先志，又何猜焉！而歲代逾邈，立言湮散，義存廣求，一隅未覩，兼鍾律之妙，素捐校讐，參曆算之微，有慙證辨，星候祕阻，圖緯藏嚴，是須甄硎，每用疑略，時或有見，頗邀傍遇，非覽正部，事乖詳審。今令行禁止，此書外絕，其有疏漏，諒不是[四]誚。

【校記】
　　[一]緯，陳本、《後漢書》作維。
　　[二]繁，陳本作志。《後漢書》作繁。
　　[三]至，陳本、《後漢書》作志。
　　[四]是，陳本、《後漢書》作足。

雜體詩序
江淹

　　夫楚謠漢風，旣非一骨；魏製晉造，固亦二體。譬藍朱成采，雜錯之變無端。宮角爲音，靡曼之態匪極。故蛾眉詎同貌，而俱動於魂；芳草寧共氣，而皆悅於鬼，不其然歟？至于代之諸賢，各滯所迷，莫不論甘則忌辛，好丹而非素。豈所謂通方廣照，恕遠兼愛者哉。然五言之興，諒非變古，但關西鄴下，旣以罕同；河外江南，頗爲異法。故玄黃經緯之辨，金璧浮沉之殊，僕以爲亦各具美兼善而已。

史記集解序
裴駰

　　班固有言曰："司馬遷據《左氏》《國語》，采《世本》《戰國策》，述《楚漢春秋》，接其後事，訖于天漢。"其言秦、漢詳矣，至於采經摭傳，分散數家之事，甚多疏畧，或有牴牾。亦其所涉獵者廣博，貫穿經傳，馳騁古今上下數千載間，斯已勤矣。又其是非頗繆於聖人，論大道則先黃、老而後"六經"；序遊俠則退處士而進姦雄，述貨殖則崇執利而羞賤貧，此其所蔽也。然自劉向、楊雄博極羣書，皆稱遷有良史之才，服其善序事理，辯而不華，質而不俚。其文直，其事核，不虛美，不隱惡，故謂之實錄。駰以爲因之所言，世稱其當，雖時有紕繆，實勒成一家。總其大較，信命世之宏才也。考較此書，文句不同，有多有少，莫辯其實。而世[一]之惑者，定彼從此，是非相貿，眞偽舛雜。故中散大夫東莞徐廣，研核衆本，爲作音義，具列異同，兼述訓解。粗有所發明，而殊恨省畧。聊以遇管，增演徐氏，采經傳百家，并先儒之說，豫是有益，悉皆抄內，刪其游辭，取其要實。或義在可疑，則數家兼列。漢書音義，稱臣瓚者，莫知氏姓。今直云瓚曰，又都無姓名者，但云漢書音義。時見微意，有所裨補。譬嘒星之繼朝陽，飛塵之集華嶽，以徐爲本，號曰《集解》。未詳則闕，弗敢臆說，人心不同，聞見異辭。班氏所謂疏畧抵捂者，依違不悉辯也。愧非胥臣之多聞，子產之博物，妄言末學，蕪穢舊史。豈足以關諸畜德，庶賢無所用心而已。

【校記】

　　[一]世，陳本作實。《史記》作世。

陶淵明集序
蕭統

　　夫自衒自媒者，士女之醜行；不忮不求者，明達之用心。是以聖人韜光，賢人遁世。其故何也？含德之至，莫踰於道；親己之切，無重於身。故道存而身安，道亡而身害。處百齡之內，居一世之中，倏忽比之白駒，寄遇謂之逆旅，宜乎與大塊而盈虛，隨中和而任放，豈能戚戚勞於憂畏，汲汲役於人間！

　　齊謳趙女之娛，八珍九鼎之食，結駟連騎之榮，侈袂勢圭之貴，樂則樂矣，憂亦隨之。何倚伏之難量，亦慶弔之相及。智者賢人居之，甚履薄冰；愚夫貪士競之，若洩尾閭；玉之在山，以見珍而終破；蘭之生谷，雖無人而自芳。故莊周垂釣於濠，伯成躬耕於野，或貨海東之藥草，或紡江南之落毛。譬彼鴛鶵，豈競鳶鴟之肉；猶斯雜縣，寧勞文仲之牲！至如子常、甯喜之倫，蘇秦、衛鞅之匹，死之而不疑，甘之而不悔。主父偃言："生不五鼎食，死則五鼎烹。"卒如其言，豈不痛哉？又楚子觀周，受折於孫滿；霍侯驂乘，禍起於負芒。饕餮之徒，其流甚衆。

　　唐堯四海之主，而有汾陽之心；子晉天下之儲，而有洛濱之志。輕之若脫屣，視之若鴻毛，而況於他人乎？是以至人達士，因以晦跡，或懷玉而謁帝，或披褐而負薪，皺楫清潭，棄機漢曲。情不在於衆事，寄衆事以忘情者也。有疑陶淵明詩篇篇有酒，吾觀其意不在酒，亦寄酒爲迹者也。其文章不羣，辭彩精拔，跌宕昭彰，獨超衆類，抑揚爽朗，莫之與京。橫素波而傍流，干青雲而直上。語時事則指而可想，論懷抱則曠而且眞。加以貞志不休，安道苦節，不以躬耕爲恥，不以無財爲病。自非大賢篤志，與道汙隆，孰能如此乎？

　　余愛嗜[一]其文，不能釋手，尚想其德，恨不同時。故加搜求，粗爲區目。白璧微瑕，惟在《閑情》一賦。楊雄所謂勸百而諷一者，卒無諷諫，何足搖其筆端？惜哉！亡是可也。并粗點定其傳，編之於錄。嘗謂有能觀淵明之文者，馳競之情遣，鄙吝之意袪，貪夫可以廉，懦夫可以立，豈止仁義可蹈，抑乃爵祿可辭，不必傍游泰華，遠求柱史，此亦有助於風教也。

【校記】

[一]愛嗜，陳本作素愛。《文選補遺》、《陶淵明集箋注》作愛嗜。

披神記序
干寶

雖考先志於載籍，收拾逸於當時，蓋非一耳一日之所親聞也，又安敢謂無失實者哉。衛朔失國，二傳二其所聞。吕望事周，子長存其兩說，若此比類，往往有焉。從此觀之，聞見之難一，由來尚矣。夫書赴告之定辭，據國史之方册，猶尚若兹，況仰述千載之前，記殊俗之表，綴片言於殘闕，訪行事於故老，將使事不二迹，言無異塗，然後爲信者，固亦前史之所病。然而國家不廢注記之官，學士不絕誦覽之業，豈不以其所失者小，所存者大乎？今之所集，設有承於前載者，則非余之罪也。若使采訪近世之事，苟有虛錯，願與先賢前儒分其譏謗。及其著述，亦足以發明神道之不誣也。羣言百家，不可勝覽。耳目所受，不可勝載。今粗取足以演八略之旨，成其微說而已。幸將來好事之士錄其根體，有以游心寓目而無尤焉。

文心雕龍序
劉勰

夫"文心"者，言爲文之用心也。昔涓子《琴心》，王孫《巧心》，心哉美矣，故用之焉。古來文章，以雕縟成體，豈取騶奭之羣言雕龍也。夫宇宙綿邈，黎獻紛雜，拔萃出類，智術而已。歲月飄忽，性或作聖[陳]靈不居，騰聲飛實，制作而已。夫肖貌天地，稟性五才，擬耳目於日月，方聲氣乎風雷，其超出萬物，亦已靈矣。形甚草木之脆，名踰金石之堅，是以君子處世，樹德建言，豈好辯哉？不得已也！

予齒在逾立，嘗夜夢執丹漆之禮器，隨仲尼而南行。旦而寤，迺怡然而喜，大哉聖人之難見也！乃小子之垂夢歟！自生人以來，未有如夫子者也。敷讚聖旨，莫若注經，而馬、鄭諸儒，弘之已精；就有深解，未足立家。唯文章之用，實經典枝條，五禮資之以成，六典因之致用，君臣所以炳煥，軍國所以昭明，詳其本源，莫非經典。而去聖久遠，文體解散，辭人愛奇，言貴浮詭，飾羽尚畫，文繡鞶帨，離本彌甚，將遂訛濫。蓋《周書》論辭，貴乎體要，尼父陳訓，惡乎異端，辭訓之奧[一]，宜體於要。於是搦筆和墨，乃始論文。

　　詳觀近代之論文者多矣。至如魏文述《典》，陳思序《書》，應瑒《文論》，陸機《文賦》，仲洽《流別》，弘範《翰林》，各照隅隙，鮮觀衢路。或臧否當時之才，或銓品前修之文，或汎舉雅俗之旨，或撮題篇章之意。魏《典》密而不周，陳《書》辯而無當，應《論》華而疏畧，陸《賦》巧而碎亂，《流別》精而少功，《翰林》淺而寡要。又君山、公幹之徒，吉甫、士龍之輩，汎議文意，往往間出，並未能振葉以尋根，觀瀾而索源。不述先哲之誥，無益後生之慮。

　　蓋《文心》之作也，本乎道，師乎聖，體乎經，酌乎緯，變乎騷；文之樞紐，亦云極矣。若乃論文敘筆，則囿別區分，原始以表末，釋名以章義，選文以定篇，敷理以舉統；上篇以上，綱領明矣。至於剖情析采，籠圈條貫，擒《神》《性》，圖《風》《勢》，苞《會》《通》，閱《聲》《字》，崇贊於《時序》，褒貶於《才略》，怊悵於《知音》，耿介於《程器》，長懷《序志》，以馭羣篇；下篇以下，毛目顯矣。位理定名，彰乎《大易》之數，其爲文用，四十九篇而已。

　　夫銓序一文爲易，彌綸羣言爲難，雖或[二]輕采毛髮，深極骨髓，或有曲意密源，似近而遠，辭所不載，亦不勝數矣。及其品評成文，有同乎舊談者，非雷同也，勢自不可異也；有異乎前論者，非苟異也，理自不可同也。同之與異，不屑古今；擘肌分理，唯務折衷。按轡文雅之場，而環絡藻繪之府，亦幾乎備矣。但言不盡意，聖人所難，識在缾管，何能矩矱。茫茫往代，旣洗予聞；眇眇來世，倘塵彼觀。

【校記】

　　[一]奧，陳本、姚思廉《梁書》作異。

　　[二]"或"字據陳本補。《梁書》作復。

志序
沈約

　　左史記言，右史記事，事則《春秋》是也，言則《尚書》是也。至於楚《檮》、鄭《志》、晉《乘》、楚《杌》之篇，皆所以昭述前史，俾不泯於後。司馬遷制一家之言，始區別名題。至乎禮儀刑政，有所不盡，乃於紀傳之外，創立八書，片文只事，鴻纖備舉。班氏因之，靡違前式，網羅一代，滌或作澤[陳]流遂廣。《律曆》《禮樂》，其名不變，以《天官》爲《天文》，改《封禪》爲《郊祀》，易《貨殖》《平準》之稱，革《河渠》《溝洫》

之名，綴孫卿之辭，以述《刑法》；采孟軻之書，用序《食貨》。劉向《鴻範》，始自《春秋》；劉歆《七畧》，儒墨異部。朱贛博采風謠，尤爲詳洽，固並因仍，以爲三志。而《禮樂》疏簡，所漏者多，典章事數，百不記一。《天文》雖爲該舉，而不言天形，致使三天之說，渾然莫辨。是故蔡邕於朔方上書，謂宜載述者也。

漢興，接阮儒之後，典墳殘缺，耆生碩老，常以亡逸爲慮。劉歆《七畧》，固之《藝文》，蓋爲此也。河自龍門東注，橫被中國，每漂決所漸，寄重災深，堤築之功，勞役天下。且關、洛高壠，地少川源，是故鎬、酆、潦、滴，咸入禮典。漳、滏、鄭、白之饒，溝渠沾溉之利，皆民命所祖，國以爲天，《溝洫》立志，亦其宜也。世殊事改，於今可得而略。竊以班氏《律曆》，前事已詳，自楊偉改創《景初》，而《魏書》闕志。及元嘉重造新法，大明博議回改。自魏至宋，宜入今書。

班固《禮樂》《郊祀》，馬彪《祭祀》《禮儀》，蔡邕《朝會》，董巴《輿服》，並各立志。夫禮之所苞，其用非一，郊祭朝饗，匪云別事，旗章服物，非禮而何？今摠而裁之，同謂《禮志》。《刑法》《食貨》，前說已該，隨流派別，附之紀傳。《樂經》殘缺，其來已遠。班氏所述，政抄舉《樂記》；馬彪《後書》，又不備續。至於八音衆器，並不見書，雖略見《世本》，所闕猶衆。爰及《雅》《鄭》，謳謠之節，一皆屏落，曾無槩見。郊廟樂章，每隨世改，雅聲舊典，咸有遺文。又案今皷吹鐃歌，雖有章曲，樂人傳習，口相師祖，所務者聲，不先訓以義。今樂府鐃歌，校漢、魏舊曲，曲名時同，文字永異，尋文求義，無一可了。不知今之鐃章，何代曲也。今《志》自郊廟以下，凡諸樂章，非淫哇之辭，並皆詳載。

《天文》《五行》，自馬彪以後，無復記錄。何書自黃初之始，徐志肇義熙之元。今以魏接漢，式遵何氏。然則自漢高帝五年之首冬，暨宋順帝升明二年之孟夏，二辰六渗，甲子無差。聖帝哲王，咸有瑞命之紀。蓋所以神明寶位，幽贊禎符，欲使逐鹿弭芙，窺覬不作，握河括地，綠文赤字之書，言之詳矣。爰逮道至天而甘露下，德洞地而醴泉出，金芝玄秬之詳，朱草白烏之瑞，斯固不可誣也。若夫衰世德爽，而嘉應不息，斯固天道茫昧，難以數推。亦由明主居上，而震蝕之災不弭；百靈咸順，而懸象之應獨違。今立《符瑞志》，以補前史之闕。

地里參差，事難該辨，魏晉以來，遷徙百計，一郡分爲四五，一縣割成兩三，或昨屬荆、豫，今隸司、兗；朝爲零、桂之士，夕爲廬、九之民。去來紛擾，無暫止息，版籍爲之渾淆，職方所不能記。自戎狄內侮，有晉東遷，中土遺氓，播徙江外，幽、幷、冀、雍、兗、豫、青、徐之境，幽淪寇逆。自扶莫而裹足奉首，免身於荆、越者，百郡千城，流寓比室。人佇鴻雁之哥[一]，士蓄懷本之念，莫不各樹邦邑，思復舊井。旣而民單戶約，不可獨建，故魏邦而有韓邑，齊縣而有趙民。且省置交加，日回月徙，寄寓遷流，迄無定託，邦名邑號，難或詳書。大宋受命，重啓邊隙，淮北五州，竟爲寇境，其或奔亡播遷，復立郡縣，斯則元嘉、泰始，同名異實。今以班固、馬彪二志，晉、宋《起居》，凡諸記註，悉加推討，隨條辨析，使悉該詳。

　　百官置省，備有前說，尋源討流，於事爲易。元嘉中，東海何承天受詔纂《宋書》，其《志》十五篇，以續馬彪《漢志》，其證引該博者，即而因之，亦由班固、馬遷共爲一家者也。其有漏闕，及何氏後事，備加搜采，隨就補綴焉。淵流浩漫，非孤學所盡；足蹇途遙，豈短策能運。雖斟酌前史，備覿妍嗤，而愛嗜異情，取捨殊意。每含豪握簡，杼軸忘飱，終不足與班、左並馳，董、南齊轡。庶爲後之君子，削藁而已焉。

【校記】

[一]哥，陳本、《宋書》作歌。

記廣

東封泰山碑記
漢光武

　　維建武三十有二年二月，皇帝東巡狩，至於岱宗，柴，望秩於山川，班于羣神，遂覲東后。從臣太尉熹、行司徒事特進高密侯禹等。漢賓二王之後在位。孔子之後襃成侯，序在東后，蕃王十二，咸來助祭

　　昔在帝堯，聰明密微，讓與舜庶，後裔握機。王莽以舅后之家，三司鼎足冢宰之權勢，依託周公、霍光輔幼歸政之義，遂以篡叛，僭號自立。宗廟黌壞，社稷喪亡，不得血食，十有八年。揚、徐、青三州首亂，兵革橫行，延及荆州，豪傑并兼，百里屯聚，徃徃僭號。北夷作寇，千里無烟，無雞鳴狗吠之聲。皇天眷顧皇帝，以匹庶受命中興，年二十八載興兵，起是以中次誅討，十有餘年，罪人則斯得。黎庶得居爾田，安爾宅。書同文，車同軌，人同倫。舟輿所通，人迹所至，靡不貢職。建明堂，立辟雍，起靈臺，設庠序。同律、度、量、衡，脩五禮，五玉，三帛，二牲，一死，贄。吏各脩職，復于舊典。在位三十有二年，年六十二。乾乾日昃，不敢荒寧，涉危歷險，親巡黎元，恭肅神祇，惠恤耆老，理庶遵古，聰允明恕。

皇帝唯慎《河圖》《雒書》正文，是月辛卯，柴，登封泰山。甲午，禪于梁陰。以承靈瑞，以爲兆民，永茲一宇，垂于後昆。百寮從臣，郡守師士[一]，咸蒙祉福，永永無極。秦相李斯燔《詩》《書》，樂崩禮壞。建武元年已前，文書散亡，舊典不興，不能明經文，以章句細微相況八十一卷，明者爲驗，又其十卷，皆不昭晰。子貢欲去告朔之餼羊，子曰："賜也，爾愛其羊，我愛其禮。"後有聖人，正失誤，刻石記。

【校記】

[一]士，陳本同。《後漢書》作尹。

漢官馬第伯封禪儀記
應劭

車駕正月二十八日發雒陽宮，二月九日到魯，遣守謁者郭堅伯將徒五百人治泰山道，十日，曾遣宗室諸劉及孔氏、瑕丘丁氏上壽受賜，皆詣孔氏宅，賜酒肉。

十一日發，十二日宿奉高。是日，遣虎賁郎將先上山，三案行。還，益治道徒千人。十五日，始齋。國家居太守府舍，諸王居府中，諸侯在縣庭中齋。諸卿、校尉、將軍、大夫、黃門郎、百官及宋公、衛公、褒城侯、東方諸侯、雒中小侯，齋城外汶水土。太尉、太常齋山虞。馬第伯自云某等七十人，先之山虞，觀祭山壇及故明堂，宮郎官等郊肆處，入其幕府觀治石。石二放，狀博平，圓九尺，此壇上石也。其一石武帝時石也。時用五車不能上也，因置山下爲屋，號五車石。四維距石，長丈二，廣三尺，厚尺半；所四枚檢石，長三尺，廣六寸，狀如封篋；長撿十枚，一紀號石，高丈二尺，廣三尺，厚尺二寸，名曰立石。一枚，刻文字紀功德。

是朝上山騎行，往往道峻峭，不騎，步牽馬，乍步乍騎。且相半，至中觀留馬。去平地二十里，南向極望無不觀，仰望天關，如從谷底仰觀抗峯。其爲高也，如視浮雲，其俊也，石壁窅條，如無道徑通，望其人，端如行朽兀，或爲白石，或雪久之，白者移過樹，乃知是人也。殊不可上，四布僵臥石上，有頃復蘇。亦賴齋酒脯。處處有泉水，目輒爲之明。復勉強相將行，到天關，自以已至也。問道中人，言尚十餘里。其道旁山脅，大者廣八九尺，狹者五六尺，仰視巖石松樹，鬱鬱蒼蒼，若在雲中。俛視谿谷，碌碌不可見丈石。遂至天門之下，仰視天門窔遼，如從穴中視天。直上七里，賴其羊腸逶迤，名曰環道，往往有絙索，可得而登也。兩從者扶挾，前人相牽，後人見前人履底，前人見後人頂，如畫重累人矣。所謂磨胸捼石，捫天之難也。初上此道行十餘步一休，稍疲，咽脣焦，五六步一休，牒牒據頓，地不避濕暗，前有燥地，目視而兩腳不隨。

早食上，晡後到天門，郭使者得銅物。銅物形狀如鐘，又方柄有孔，莫能識也，疑封禪具也。得之者，汝南召陵人，姓楊名通。東上一里餘，得木甲。木甲者，武帝時神也。東北百餘步，得封所，始皇立石及闕在南方，漢武在其北。二十餘步得北垂圓臺，高九尺，方圓三丈所。有兩陛。人不得從，上從東陛上，臺上有壇，方一丈二尺所，上有方石，四維有距，石四面有闕。鄉壇再拜謁，人多置錢物壇上，亦不掃除。國家上見之，則詔書所謂醮、梨、酸棗狼籍，散錢處數百，幣帛具，道是武帝封禪至泰山下，未及上，百官為上跪拜，置梨棗錢於道以求福，即此也。

東山名曰日觀，日觀者，雞一鳴時，見日始欲出，長三丈所。秦觀者望見長安，吳觀者望見會稽，周觀者望見齊西。北有石室，壇以南有玉盤，中有玉龜。山南脅神泉，飲之，極清美利人。

日入下，去行數環。日暮，時頗雨，不見其道。一人居則，前先知蹈有人，乃舉足隨之，比至天門下，夜入定矣。

修西嶽廟記
樊毅

《山經》曰："泰華之山，削成四方。其高五千仞，廣十里。"《周禮職方氏》"華謂之西嶽，祭祀三公"者，以能興雲雨，產萬物，通精氣，有益於人，則祀之。故帝舜受堯歷數，親自巡省，設五鼎之奠，柴，燎煙，致敬神祇，乂用昭明，百穀繁殖，黎民時雍，鳥獸率舞，鳳凰來儀。暨夏殷周，未之有改也。其德休明，則有禎祥。荒淫臊穢，篤災必降。秦違其典，壁遺鄙池，二世以亡。高祖應運，禮遵陶唐，祭則獲福，奕世克昌。亡新滔逆，鬼神不享。建武之初，彗掃頑凶。更率舊章，敢用玄牡，牲牷必充。天惟醇祐，萬國以康。

光和二年，有漢元舅，五侯之胄，謝陽之孫，曰樊府君，諱毅字仲德，承考讓國，家于河南，究職州郡，辟公府，除防東長中都令，誅強魖，撫瘵民，二鄙以清，命守斯邦。威隆秋霜，恩踰冬日，景化既宣，由復夕惕。惟窺祿之報，順民之則。孟冬十月，齋祀西嶽，以傳窄狹，不足處尊卑，廟舍舊久，墻屋傾亞，世室不脩，春秋作譏。特部行事，荀斑與縣令先黨，以漸補治，設中外舘，圖珍奇畫，恇獸嶽瀆之精，所出禎秀，役不干時，而功已著。暫勞久逸，神永有憑。自古太山，邸邑猶存，五嶽尊同。哀此勤民，獨不賴福。乃上復十里內工商農賦，克厭帝心，嘉瑞仍會，風雨應起，瀸潤品物。君舉必書，況乃盛德，惠及神人，可無述焉？於是功曹郭敏、主簿魏襲、戶曹史許禮等，遂刊玄石，銘勒鴻勳，垂曜靈軫，存有昭識。其辭曰：

二儀剖判，清濁始分。陽凝成山，陰積爲川。泰氣推否，洪波況臻。堯命伯禹，決江開汶。川靈既定，恩覆兆民。乃刊祀典，辨于羣神。因瀆祭地，嶽以配天。世主遵循，永享歷年。赤銳煌煌，受茲介福。京夏密清，殊俗賓服。令問不達，可謂至德。德音孔昭，實爲我后。出自中興，大漢之舅。本枝惟百，延慶長久。俾守西嶽，達奉神祀。改傅飾廟，靈則有攸。降瑞會祚齊，景風凱悌。惟風及雨，成我黍稷。稽民用章，建乂屋宇。刊銘記誦，克配梁甫。

淮瀆廟記
樊毅[一]

延熹六年正月八日乙酉，南陽太守中山盧奴。君處正好禮，尊神敬祀。以淮水出平氏，始於太復，潛行地中，見于陽口，立廟桐柏，春秋崇奉，災異告愬，水旱請求。位比諸侯，聖漢所尊。受珪上帝，太常定申。郡守奉祀，齊潔沈祭。從郭君以來，二十餘年不復身至。遣行承事，簡畧不敬。明神弗歆，災害以生。五嶽四瀆，與天合德。仲尼愼祭，常若神在。若淮則大聖，親之桐柏。奉建廟祀，崎嶇逼狹。開拓神門，立闕四達。增廣壇場，飾治華蓋。高大殿宇，整齊傳館。石獸表道，靈龜十四。衢廷弘敞，宮廟高峻。祇愼慶祀，一年再至。躬進三牲，執玉以沉。爲民祚福，靈其報祐。天地清和，嘉祥昭格。禽獸碩茂，草木芬芬。黎庶賴祉，民用作頌。其詞曰：

泫泫淮水，聖禹所導。湯湯其逝，惟海是造。疏穢濟遠，柔順其道。弱而能強，仁而能武。晝夜不舍，明哲所取。寔爲四瀆，與河合矩。烈烈朝府，如古之則。處恭禮祀，不愆其德。惟前廢弛，匪功匪力。災異以興，陰陽以忒。陟彼高崗，臻茲廟側。肅肅其敬，靈其降福。雍雍其和，民用悅服。穰穰其慶，年穀登殖。望君輿馬，扶老攜息。慕君塵軌，奔走忘食。懷君惠賜，思君罔極。于胥樂兮，傳于萬億。

【校記】

［一］陳本題爲王延壽作。

黃陵廟記 節文
諸葛亮

僕躬耕南陽之畎，遂蒙劉氏顧草廬，勢不可卻，計事善之，於是情好日密，相拉總師。趨蜀道，履黃牛，因覩江山之勝，亂石排空，驚濤拍岸，歛巨石於江中，崔嵬巉岏，列作三峯，平治洺水，順遵其道，非神扶助於禹，人力奚能致此耶？僕縱步環覽，乃見江左大山壁丘[一]，林麓峯巒如畫，熟視於大江重復石壁間，有神像影現焉，鬢髮鬚眉，冠裳宛然，如彩畫者。前立[二]一旌旗，右駐一黃犢，猶有董工開導之勢。右[三]傳所載黃龍助禹開江治水，九載而功成，信不誣也。惜乎廟貌廢去，使人太息。神有功助禹開江，不事鑿斧，順濟舟航，當廟食茲土。僕復而興之，再建其廟貌，目之曰黃牛廟，以顯神功。

【校記】

[一]丘，陳本、段熙仲、聞旭初《諸葛亮集》作立。

[二]立，陳本、《諸葛亮集》作竪。

[三]右，陳本、《諸葛亮集》作古。

桃花源記
陶潛

晉太元中，武陵人捕魚爲業。緣溪行，忘路之遠近。忽逢桃花林，夾岸數百步，中無雜樹，芳草鮮美，落英繽紛。漁人甚異之，復前行，欲窮其林。

林盡水源，便得一山，山有小口，髣髴若有光。便捨船，從口入。初極狹，纔通人。復行數十步，豁然開朗。土地平曠，屋舍儼然，有良田、美池、桑竹之屬，阡陌交通，雞犬相聞。其中往來種作，男女衣著，悉如外人。黃髮垂髫，並怡然自樂。

見漁人乃大驚，問所從來，具答之。便要還家，[一]設酒殺雞作食。村中聞有此人，咸來問訊。自云先世避秦時亂，率妻子邑人來此絕境，不復出焉，遂與外人間隔。問今是何世，乃不知有漢，無論魏晉。此人一一爲具言所聞，皆歎惋。餘人各復延至其家，皆出酒食。停數日，辭去。此中人語云："不足爲外人道也。"

既出，得其船，便扶向路，處處誌之。及郡下，詣太守說如此。太守即遣人隨其往，尋向所誌，遂迷，不復得路。南陽劉子驥，高尚士也，聞之，欣然親[二]往。未果，尋病終。後遂無問津者。

【校記】
　　［一］《陶淵明集箋注》此有"爲"字。
　　［二］親，陳本同。《陶淵明集箋注》作規。

卷五十九

頌上

山川頌
董仲舒

　　山則巃嵷崔嵬[一]，岿嶵崔巍，久不崩阤，似夫仁人志士。孔子曰："山川神祇立，寶藏殘爰委積蛻[陳]，器用資，曲直合，大者可以爲宮室臺榭，小者可以爲舟輿浮濡。大者無不中，小者無不入。持斧則斫，折鎌則艾。生人立，禽獸伏。死人入，多其功而不言，是以君子取辟也。"且積土成山，無損也，成其高，無害也，成其大，無虧也。小其上，泰其下，久長安，後世無有去就，儼然獨處，唯山之意。《詩》云："節彼南山，惟石巖巖，赫赫師尹，民[二]具爾瞻。"此之謂也。
　　水則源泉混混泫泫，晝夜不竭，既似力者；盈科後行，既似持平者；循微赴下，不遺小間，既似察者，循谿谷不迷，或奏萬里而必至，既似知者；鄣防止之能淨淨，既似知命者；不清而入，潔清而出，既似善化者；赴千仞之壑而不疑，既似勇者；物皆困於火，而水獨勝之，既似武者；咸得之而生，失之而死，既似有德者。孔子在川上曰："逝者如斯夫，不舍晝夜。"此之謂也。

【校記】
　　[一]崔，陳本同。蘇輿《春秋繁露義證》作崔。《古文苑》作崔。
　　[二]民，陳本作兵。《古文苑》、《春秋繁露義證》作民。

旱頌
東方朔

維昊天之大旱，失精和之正理。遥望白雲之酆淳，瀹瞳瞳而亡止。陽風吸習而熇熇，群生閔懑而愁憒。隴畂槁而允布，壞石相聚而爲害。農夫垂拱而無爲，釋其耰鉏而下涕。悲壇畔之遭禍，痛皇天之靡濟。

北征頌
班固

車騎將軍，應昭明之上德，該文武之妙姿，蹈佐歷，握輔搩言國之所倚，如扶探之有依[陳]，翼肱聖上，作主光輝。資天心，謨神砒，規卓遠，圖幽寅。親率戎士，巡撫彊城。勒邊御之永設，奮轒櫓之遠徑，閔遲黎之騷狄，念荒服之不庭。乃總三選，簡虎校，勒部隊，明誓號。援謀夫於末言，察武毅於俎豆。取可杖於品象，拔所用於仄陋。料資器使，采用先務。民儀響慕，群英彰附。羌戎相率，東胡爭騖，不召而集，未令而諭。於是雷震九原，電曜高闕。金光鏡野，武旗督蜺。衝雞鹿，超黄磧。輕選四縱，所從莫敵。馳飈疾，踵蹊迹，探梗莽，採巇陁，斷溫禺，分尸逐。電激私渠，星流霰落，名王交手，稽顙請服。乃收其鋒鏃、干鹵、甲冑，積象如丘阜，陳閱滿廣野；戢載連百兩，散數累萬億。放獲驅孥，揣城拔邑，禽馘之倡，九谷謠謘音參，相怒使也[陳]，響聒東夷，埃塵戎域。然而唱呼鬱憤，未遑厥願。甘平原之酣戰，矜凱捷之累算。何則？上將崇至仁，行凱易，弘濃恩，降溫澤。同庖厨之珍饌，分裂室之纖帛。勞不御輿，寒不施襗音亦，衣襦也[陳]，行無偏勤，止無兼役。悝蒙識而愎庆順，貳者異而懦夫奮。遂踰逐邪，跨祈連，籍庭蹈，就疆獨啃嶹一作滇[陳]，轔幽山，趌一作超[陳]凶河，臨安候。軼焉居與虞衍，顧衛、霍之遺迹，睨伊秩之所邈。師横鷔而庶御，士怫愲以爭先。回萬里而風騰，劉殘寇於沂垠。糧不賦而師贍，役不重而備軍。行戎醜以禮教，炘鴻校而昭仁。文武炳其並隆，威德兼而兩信。清乾鈞之攸冒，拓畿略之所順。橐弓鏃而戢戈，囬雙麾以東運。於是封燕然以降高，檀廣鞬以弘曠，銘靈陶以勒崇，欽皇祇之祐覛。宣惠氣，盪殘風，軔泰幽嘉，凝陰飛雪，瀼庶其雨，灑淋榛枯。一握興[一]嘉卉始農，土膏含養，四行分仕。於是三軍稱曰：壨壨將軍，克廣德心。光光神武，弘昭德音。超兮首天潛，眇兮與神參。

【校記】

[一]陳本無"興"字。《古文苑》有。或有訛脫。

天子冠頌
黃香

以三載之孟春,建寅月之上旬,皇帝將加玄冕,簡甲子之元辰。厥日王於太皞,厥時叶於百神。既臻廟而成禮,乃廻軫而反宮,正朝服以享宴,撞太簇之龤鐘。作藩屏而胥輔,既夷裔之君王。咸進酌于金罍,獻萬年之玉觴。

東巡頌
傅毅

伊漢中興三葉,於皇惟烈,允迪厥倫。纘王命,胤漢興,矩坤度以範物,規乾則以陶鈞。於是考上帝以質中,惣列宿於北辰,開太微敞榮庭,延儒材以諮詢。岱岳之事於時,典司者苟載華抱實,徵爾而造曰:盛乎大漢!既重雍而襲熙。代增其德,唯斯岳禮,久而不脩,此神人之所慶幸,海內之所想思。頌有喬山之征,典有徂岳之巡。時邁其邦,人斯攸勤,不亦宜哉!乃命太僕,馴六轡,閑路馬,戒師徒。於是乘輿登天靈之威輅,駕太一之象車。升九龍之華旗,建掃霓之旌旄,裒胡耇之玄老。聘東作之上游,賞孝行之畯農。

東巡頌
蔡邕[①]

竊見巡狩岱宗,柴望山虞,宗祀朙堂。上稽帝堯,中述世宗,遵奉光武。禮儀備具,動自聖心。是以神明屢應,休徵乃降,不勝狂簡之情,謹上《岱宗頌》一篇。

曰若稽古,在漢迪哲,聿修厥德,憲章丕烈。翻六龍,較五輅,齊百僚,陶質素。命南重以司歷,厥中月之六辰。備天官之列衛,盛輿服而東巡。

祖德頌
蔡邕

昔文王始受命,武王定禍亂,至于成王,太平乃洽,祥瑞必降。夫豈后德降漸浸之所通也。是以《易》嘉"積善有餘慶",《詩》稱"子孫其係[一]之",非特王道然也。賢人君子,脩仁履德者,亦其有焉。昔我列祖,

---

① 據《初學記》,此篇爲班固作。《古文苑》亦存此說。

暨千子[二]考，世載孝友，重以明德。率禮莫違，是以靈祇，降之休瑞。免擾馴以昭其仁，木逋[三]理以象其義。斯乃祖禰之遺靈，盛德之所既也，豈是童蒙孤稚所克任哉！

穆穆我祖，世篤其仁。其德克明，惟懿惟醇。宣慈惠和，無競伊人。巖巖我考，苾之以莊。增崇丕顯，克構其堂。是用祚之，休徵惟光。厥徵伊何？於昭宇[四]今。園有甘棠，別榦同心。墳有擾兔，宅我栢林。神不可誣，僞不可加。析薪之業，畏不克荷。矧貪靈貺，以爲己華。惟予小子，豈不是欲。干有先功，匪榮伊辱。

【校記】

　　[一]係，陳本、《全後漢文》作保。
　　[二]千子，陳本同。《全後漢文》作于予。
　　[三]逋，陳本、《全後漢文》作連。
　　[四]宇，陳本、《全後漢文》作于。

京兆樊惠渠頌
蔡邕

《洪範》八政，一曰食；《周禮》十職，一曰農。生民之本於是乎出，豐殖財用於是乎在。陽陵縣東，厥地汙泥，嘉穀不殖。光和五年，京兆尹樊君勤恤民隱，乃命立新渠，壟之毒田，化爲甘壤，相與謳談，斐然成章，謂之樊惠渠。

其歌曰：我有長流，莫或闕之。我有溝澮，莫有達之。田疇斥鹵，莫修莫治。飢饉困瘁，莫恤莫思。

廣成頌
馬融

臣聞孔子曰："奢則不遜，儉則固。"奢儉之中，以禮爲界。是以《蟋蟀》《山樞》之人，並刺國君，諷以大康馳驅之節。夫樂而不荒，憂而不困，先王所以平和府藏，頤養精神，致之無疆。故戛擊鳴球，載於《虞謨》；吉日車攻，序於《周詩》。聖主賢君，以增盛美，豈徒爲奢淫而已哉！伏見元年以來，遭值戹運，陛下戒懼災異，躬自菲薄，荒棄禁苑，廢弛樂懸，勤憂潛思，十有餘年，以過禮數。重以皇太后體唐堯親九族篤睦之德，陛下履有虞烝烝之孝，外舍諸家，每有憂疾，聖恩普勞，遣使交錯，稀有曠絕。時時寧息，又無以自娛樂，殆非所以逢迎太和，裨助萬福也。臣愚以爲雖尚頗有蝗蟲，今年五月以來，雨露時澍，祥應將至。方涉冬節，農事閒隙，宜幸廣成，覽原隰，觀宿麥，勸收藏，因講武校獵，使寮庶百姓，復睹羽旄之美，聞鐘鼓之音，歡嬉喜樂，鼓舞疆畔，以迎和氣，招致休慶。小臣螻螘，不勝區區。職在書籍，謹依舊文，重述蒐狩之義，作頌一篇，并封上。淺陋鄙薄，不足觀省。

臣聞昔命師於鞬藏箭[陳]櫜藏弓[陳]，偃伯師節也[陳]於靈臺，或人嘉而稱焉。彼固未識夫雷霆之爲天常，金革之作昏明也。自黃炎之前，傳道罔記；三五以來，越可略聞。且區區之酆郊，猶廓七十里之囿，盛春秋之苗。《詩》詠囿草，樂奏《騶虞》，是以大漢之初基也，宅茲天邑，總風雨之會，交陰陽之和。揆厥靈囿，營于南郊。徒觀其垌場區宇，恢眙曠蕩，蕠夐勿罔，寥豁鬱泱，騁望千里，天與地莽。於是周陟環潰，右彎三塗，左概嵩嶽，面據衡陰，箕背王屋，浸以波、溰，貪以滎、洛。金山、石林，殷起乎其中，峨峨礚礚音位[陳]，鏘鏘嵟嵟，隆穹槃回，崛嵬錯崔，神泉側出，丹水涅池，愶古浮磐，燿焜于其陂。其土毛則權牧薦草，芳茹甘荼，芷其芸荋音資[陳]，昌本深蒱，芝苘菫苷，襄荷芋渠，桂荏鳧葵，格韭茝于。其殖物則玄林苞竹，藩陵蔽京，珍林嘉樹，建木叢生，椿梧栝栢，柜柳楓楊，豐肜對蔚，崟領槮爽。翕習春風，含津吐榮，鋪于布濩，薩蒕蕰熒，惡可殫形。

至于陽月，陰慝害作，百草畢落，林衡戒田，焚萊柞木。然後舉天網，頓八紘，摯斂九藪之動物，繯橐四野之飛征。鳩之乎茲囿之中，山敦音屯[陳]雲移，羣鳴膠膠，鄙騃譟譁，子野聽聳，離朱目眩，隸首人名[陳]策亂，陳子籌昏。於是營圍恢廓，充斥川谷，罿音浮，雉網[陳]罝兔罝也[陳]羅羉，彌綸亢澤，臯牢陵山。校隊案部，前後有屯，甲乙相伍，戊巳爲堅。

乘輿乃以吉月之陽朔，登于疏鏤之金路，六天子五路，駕六馬[陳]驪騵之玄龍。建雄虹之旌旖，揭鳴鳶之脩橦。曳長庚之飛髾，載日月之太常。棲招搖與玄弋，注枉矢於天狼俱星名[陳]。羽毛紛其髟音標[陳]鼬，揚金燹而拖玉瓏。屯田車於平原，播同徒於高岡。旒旛摻其如林，錯五色以摛光。清氛埃，埽野場，誓六師，搜儶良。司徒勒卒，司馬平行，車攻馬同，教達戒通。伐咎鼓，撞華鐘，獵徒縱，赴榛叢。徽嬧霍奕，別鶩分奔，騷擾聿皇，往來交舛，紛紛回回，南北東西。風行雲轉，匃磕隱訇音烘[陳]，黃塵勃渰，闇若霧昏。日月爲之籠光，列宿爲之瞖昧，僄狡課才，勁勇程氣。狗馬角逐，鷹鸇競鷙，驍騎旁佐，輕車橫厲，相與陸梁，聿皇於中原。絹猥躐，鏦特肩，脂完羝，搚介解，散毛族，枯羽羣。然後飛鋋電激，流矢雨墜，各指所質，不期俱殪。竄伏扔摧也[陳]輪，發作梧轊，役殳音殊[陳]狂擊，頭陷顱碎。獸不得猣走也[陳]，禽不得瞥視也[陳]。或夷由未殊，顛狽頓躓，蝡音軟[陳]蝡蟬蟬音憚[陳]，充衢塞隧，葩華骿布，不可勝計。

若夫鷙獸毅蟲，倨牙黔口，大匈哨後，縕巡敺紆，負隅依阻，莫敢嬰禦。乃使鄭叔、晉婦之徒，睽孤刲刺，裸裎袒裼，冒樾音厭[陳]柘，搓音許[陳]棘枳，窮浚谷，底幽嶰，暴斥虎，搏狂兕，獄齧熊，拔扡同[陳]封狶。或輕訬趫悍，瘦疏搜索也[陳]婁領，犯歷嵩巒，陵喬松，履脩樷，踔躐枝，杪標端，尾蒼蜼，掎玄猿，木產盡，寓屬單。罕岡合部，罾音增[陳]弋同曲，顙行並驅，星布麗屬，曹伍相保，各有分局。矰磻蹯同[陳]飛流，纖羅絡幕同[陳]，遊姹羣鷔，晨鳧輩作，翬然雲超，雪爾雹落。

爾乃蘋觀高蹈，改乘回轅，泝恢方，撫馮夷，策句芒，超荒忽，出重陽，厲雲漢，橫天潢。導鬼區，徑神場，詔靈保，召方相，驅厲疫，走蜮祥。捎除也[陳]罔兩，拂游光，枷天狗，𢃕繫也[陳]羵羊。然後緩節舒容，裴回安步，降集波篓音圃[陳]，川衡澤虞，矢魚陳罟。茲飛似飛，人名[陳]宿沙，田開古蠱音冶[陳]，翬揮同[陳]終葵椎也[陳]，楊關斧，刊重冰，撥蟄戶，測潛鱗，踵介鱗虫之屬[陳]旅聚也[陳]。逆獵湍瀨，濟薄汾橈並入水貌[陳]，淪滅潭淵，左挈夒龍，右提蛟鼉，春獻王鮪，夏薦鱉黿。於是流覽徧照，殫變極態，上下究竟，山谷蕭條，原野嶹愀，上無飛鳥，下無走獸，虞人植斿，獵者效具，車弊田罷，旋入禁囿。棲遲乎昭明之觀，休息乎高光之榭，以臨乎宏池。鎮以瑤臺，純以金隄，樹以蒲柳，被以綠莎，瀇瀁沆漭，錯紛槃委，天地虹洞，固無端涯。大明生東，月朔西陂。乃命壺涿，驅水蠱，逐岡蟍，滅短狐蜮也[陳]，箚刺也[陳]鯨鯢。然後方餘皇，連舼舟，張雲帆，施蜺幬，靡颶風，陵迅流，發櫂歌，縱水謳，淫魚出，菁蔡浮，湘靈下，漢女游。水禽鴻鵠，鴛鴦鷗鶩，鶀䳒鶬鴰，鷺鴈鷫鶊，乃安斯寢，戢翮其涯。魴鱮鱣鯾，鱷鯉鱨鯊，樂我純德，騰踴相隨，雖靈沼之白鳥，孟津之躍魚，方斯蔑矣。然猶詠歌於伶蕭，載陳於方策，豈不衰哉！

於是宗廟既享，庖廚既充，車徒既簡，器械既攻。然後擺牲班禽，淤賜犒功，羣師疊伍，伯校千里，山罍樽也[陳]常滿，房俎無空。酒正案隊，膳夫巡行，清醪車湊，燔炙騎將，鼓駭舉爵，鐘鳴既觸。若乃《陽阿》衰斐之晉制，闡耒華羽之南音，所以洞蕩匈臆，發明耳目，疏越蘊愊，駭恫底伏，鍠鍠鎗鎗，奏于農郊大路之衢，與百姓樂之。是以明德耀乎中夏，威靈暢乎四荒，東鄰浮巨海而入享，西旅越葱嶺而來王，南徼因九譯而致貢，朔狄屬象胥而來同。蓋安不忘危，治不忘亂，道在乎茲，斯固帝王之所以曜神武而折遐衝者也。

方今大漢收功於道德之林，致平於仁義之淵，忽蒐狩之禮，闕槃虞之佃。闇昧不覿日月之光，聾昏不聞雷霆之震，于今十二年，爲日久矣。亦方將刊禁臺之祕藏，發天府之官常，由質要契券也[陳]之故業，率典刑之舊章。采清原，嘉岐陽，登俊傑，命賢良，舉淹滯，拔幽荒。察淫侈之華譽，顧介特之實功，聘畎畞之群雅，宗重淵之潛龍。乃儲精山藪，歷思河澤，目晒畀俎，耳聽康衢，營傅說於胥靡，求伊尹於庖廚，索膠鬲於魚鹽，聽甯戚於大車。俾之昌言而宏議，軼越三家，馳騁五帝，悉覽休祥，總括群瑞。遂棲鳳凰於高梧，宿麒麟於西園，納僬僥之珍羽，受王母之白環。永逍遙乎宇內，與二儀乎無疆，貳造化於后土，參神施於昊乾，超特達而無儔，煥巍巍而無原。豐千億之子孫，歷萬載而永延。禮樂既闋，北轅反斾，至自新城，背伊闕，反洛京。

卷六十

頌下

武都太守李翕西狹頌
無名氏

漢武都太守漢陽阿陽李君諱翕，字伯都。天姿明敏，敦《詩》悅《禮》，膺祿美厚，繼世郎吏。幼而宿衛，弱冠典城，有阿鄭之化。是以三剖符守，致黃龍、嘉禾、木連、甘露之瑞，動順經古。先之以博愛，陳之以德義，示之以好惡，不肅而成，不嚴而治。朝中惟靜，威儀抑抑。督郵部職，不出府門，政約令行，強不暴寡，知不詐愚。屬縣赴教，無對會之事；徼外來庭，面縛二十[一]餘人。年穀屢登，倉庚惟億，百姓有蓄，粟麥五錢。郡西狹中道，危難阻峻，緣崖俾閣，兩山壁立，隆崇造雲。下有不測之谿，阮芒促迫，財容車騎，進不能濟，息不得駐。數有顛覆實隊之閭[二]，過者創楚，慴慴其栗。君踐其險，若涉淵氷。歎曰："《詩》所謂'如集于木，如臨于谷'，斯其殆哉！困其事則爲設備，今不圖之，爲患無已。"勑衡官有秩李瑾，掾仇審，曰常繇道徒，鐉燒破柝，刻臽碓嵬，減高就埤，平夷正曲，柙致土石，堅固廣大，可以夜涉，四方無雜。行人懽恫，民歌德惠，穆如清風，乃刊斯石。

曰：赫赫明后，柔嘉惟則。克長克君，牧守三國。三國清平，詠歌懿德。瑞降豐稔，民以僮稙。威恩並隆，遠人賓服。鐉山浚瀆，路以安直。繼禹之迹，亦世賴福。

【校記】

[一]十，陳本、《全後漢文》作千。
[二]閭，陳本作虞。《全後漢文》作害。

成陽令唐扶頌

君諱扶，字正南，潁川鄢人也。其先出自慶都，感赤龍生堯，王有天下，大號為唐。治臻雍熙，尊天重民，禪位虞闕[劉]，光炙茅土，通天三統，苗胄枝分，相土貾居，曰氏唐焉。累取含胙，受天之怙，胤嗣彌光，為漢台輔。君父孝廉、郎中，早卒。季父蜀郡，蜀郡從弟會稽，會稽從弟南陽君，從兄東萊太守。南陽弟司空公，在朝逶隨，正色竭忠，爲國討暴。六侯俱封，受土襲爵，金繽十三。君繼厥緒，少有岐嶷，耽道好古，敦書味詩，綜緯河雒，底究群典。戔紐士進，守舞陽丞。弱冠，守昆陽尉潁陽令，隱練州郡，所臨有迹。帝嘉其德，特拜郎中。察能治處，除豫章鄡陽長。夷粵抴搶，悷強難化，君奮威颺武，視以好惡，蠻貉振疊，稽顙陑服。闕[劉]上前逋千有餘萬，盜賊裒息，境界晏然。三載有成，州郡靜表，遷成陽令。承先聖之弘軌，見讚像之高蹤，遂興無爲之治，優賢颺歷，表薵絀惡，遵九德以綏民，崇晏晏之惠康，風移俗易，莫不革心，朝有公卓，家有糸鶱，分邠之治，優隆於君。追惟堯德廣被之恩，依陵亳廟，造立授堂。四遠童冠，摳衣受業，著錄千人，朝益莫習，衍衍闇闇，尼父授魯，曷以復加，靈祇瑞應，木連理生，白菟素鳩，遊君園庭，蕩蕩之治，莫能名焉。三司察功，朝廷審真，以君威恩並流，文武兼興，東萊海濱湏君以寧，詔書換君昌陽令。吏民慕戀，士女惟艱，捺牽君車，輪不得行。君臣流涕，道路琅玕。迫有詔命，靡由復還。於是故從事仲宇仲授張躬萬龍、督郵仲規、郡掾閒葵闕[劉]仲瑝、處士王闕[劉]董領、閒葵斑等，乃共刊石樹頌，歌君之美。其辭曰：

赫赫唐君，帝堯之苗。氏族不一，各任所安。本同末異，蓋謂斯焉。君體煥炳，有芬有馨。如山如阺，嵩如不傾。如闕[劉]如海，澹如不盈。惟直如矢，秉銓據衡。在朝肅肅，閨門雍雍。廉踰伯叔，絜如珪璋。賦征于外，爰及鬼方。匯夷來降，寇賊迸亡。黎庶攸寧，黔首歡康。以德綏撫，宣恩六陽。以仁恤弱，以義抑強。恩由春夏，威如秋霜。賞罰分審，白黑著明。憂者閔稚，不侮寡矜。肌樂道述，咀嚼七經。五六六七，訓導若神。接下施與，投財如損。吏服其德，民歸其恩，父父子子，君君臣臣。不帥自舉，不拘不煩。囹圄空虛，國無窮民。德及草芔，澤流無根。蜎飛蠕動，咸賴我君。顯顯令稱，德音常存。

太廟頌
王粲

思皇烈祖，時邁其德。肇啓洪源，貽燕我則。我休厥成，聿先厥道。

丕顯丕欽，允時祖考。

綏庶邦，和四字，九功備，彝樂序。建崇牙，設璧羽，六脩[一]奏，八音舉。昭大孝，衍妣祖，念武功，收純祜。

於穆清廟，翼翼[二]休徵。祁祁髦士，厥德允升。懷想成位，咸奔在官。無思不若，允觀厥崇。

【校記】

[一]脩，陳本同。《建安七子集》作拊。《古文苑》作佾。
[二]翼，陳本、《古文苑》同。《建安七子集》作嚴。

皇太子釋奠頌
傅咸

蒸蒸皇儲，既睿且聰。神而用之，夫豈發矇。謙以制禮，靡事不恭。企茲良辰，卜近於中。乃脩嘉薦，于國之雍。敬享先師，以酬聖功。亹亹皇儲，希心闕里。光光輿服，穆穆容止。祗奉聖靈，躬承明祀。濟濟儒生，侁侁胄子。清酒于觴，匪宴斯喜。欣道之弘，自今以始。

釋奠頌
潘尼

元康元年冬十二月，上以皇太子富於春秋，而人道之始莫先於孝悌，初命講《孝經》于崇正殿。實應天縱生知之量，微言奧義，發自聖問，業終而體達。

三年春閏月，將有事於上庠，釋奠于先師，禮也。越二十四日丙申，侍祠者既齊，輿駕次于太學。太傅在前，少傅在後，恂恂乎弘保訓之道；宮臣畢從，三率備衛，濟濟乎肅翼贊之敬。乃掃壇爲殿，懸幕爲宮。夫子位于西序，顏回侍于北墉。宗伯掌禮，司儀辨位。二學儒官，搢紳先生之徒，垂纓佩玉，規行矩步者，皆端委而倍於堂下，以待執事之命。設樽篚於兩楹之間，陳罍洗於阼階之左。几筵既而[一]，鐘懸既列，我后乃躬拜俯之勤，資在三之義。謙光之美彌邵，闕里之教克崇，穆穆焉，邕邕焉，真先王之徽典，不刊之美業，允不可替已。於是牲饋之事既終，享獻之禮已畢，釋玄衣，御春服，馳齋禁，反故式。天子乃命內外群司，百辟卿士，蕃王三事，至于學徒國子，咸來觀禮，我后皆延而與之燕。金石簫管之音，八佾六伐之舞，鏗鏘閶閣，般辟俛仰，可以徵神滌欲，移風易俗者，罔不畢奏。抑淫哇，屏《鄭》《衛》，遠佞邪，釋巧辯。是日也，人無愚智，路有遠邇，離鄉越國，扶老携幼，不期而俱萃。皆延頸以視，傾耳以聽，希道慕業，洗心革志，想洙、泗之風，歌來、蘇之惠。然後知居室之善，著應乎千里之外；不言之化，洋溢于九有之內。於熙乎若典，固皇代之壯觀，萬載之一會也。尼昔忝禮官，嘗聞俎豆。今厠末列，親覩盛美，瀸漬徽猷，沐浴芳潤，不知手舞口詠，輒作頌一篇。義近辭陋，不足測盛德之形容，光聖明之遐度。其辭曰：

三元迭運，五德代微。黃精旣亢，素靈乃暉。有皇承天，造我晉畿。祚以大寶，登以龍飛。宣基誕命，景熙遐緒。三分自文，受終惟武。席卷要蠻，蕩定荒阻。道濟羣生，化流率土。後帝承哉，丕隆曾構。奄有萬方，光宅宇宙。篤生上嗣，繼期梃秀。聖敬日躋，濬哲閎茂。留精儒術，敦閱古訓。遵道讓齒，降心下問。鋪以金聲，光以玉潤。如日之升，如乾之運。乃延台保，乃命學臣。聖容穆穆，侍講誾誾。抽演微言，啓發道真。探幽窮賾，温故知新。講業旣終，精義旣研。崇聖重師，卜日告奠。陳其三牢，引其四縣。旣戒旣式，乃盟[二]乃薦。恂恂孔聖，百王攸希。亹亹顏生，好學無違。曰皇儲后，體神合機。兆吉先見，知來洞微。濟濟二宮，藹藹庶寮。俊乂鱗萃，髦士盈朝。如彼和肆，莫匪瓊瑤；如彼儀鳳，樂我《雲》《韶》。瓊瑤誰剖？四門洞開；《雲》《韶》奚樂？神人允諧。蟬冕耀庭。細珮振諧。德以謙光，仁以恩懷。我酒惟清，我肴惟馨。舞以六代，歌以九成。莘莘胄子，祁祁學生。洗心自白，觀國之榮。學猶蒔苗，化若偃草。博我以文，弘我以道。萬邦蟬蛻，矧乃俊造。鑽蚌瑩珠，剖石摘藻。絲匪玄黃，水罔方圓。引之斯流，染之斯鮮。若金受範，若埴在甄。上好如雲，下效如川。昔在周興，王化之始。曰文曰武，時惟世子。今我皇儲，齊聖通理。緝熙重光，於穆不已。於穆伊何？思文哲後。媚茲一人，實副元首。孝洽家邦，光照九有。純叚自晉，永世昌阜。微微下臣，過充近侍。猥躋風雲，鸞龍是厠。身澡芳流，目玩盛事。竭誠作頌，祗詠聖志。

【校記】

[一]而，陳本、《晉書》作布。

[二]盟，陳本、《晉書》作盥。

盛德頌
陸雲

余行經泗水，高帝昔爲亭長於此。瞻望山川，意有恨然，遂奏章以通情焉，並爲之頌云爾。

晉太子舍人糞土臣雲稽首再拜上書皇帝陛下：臣雲頓首死罪！伏惟陛下紹軒轅之濬哲，越三代之高蹤，膺有聖之玄景，詠或作蘊[陳]生民之上略。秦政肆虐，漸曁生民。在昔上帝，乃眷多方，肅雍寶命。鑒民顧天，思文叡聖，以宅神器，六合炎駕，八荒星錯。企皇居於阿房，掎逸鹿於九野。謀猷迥邇，天人匪祚。乃繭斯國，授漢于夜[一]京。是以先詔[二]五緯，章太素，神母哀號，底命丹野。九垓闕授命之符，鈞天清建皇之鑒。陛下螭蟠泗水，龍躍下亭，慶雲徘徊，紫塵熠爍。皇威肇於斷蛇，神武基於豐沛。掩四緵以蓋天，廓玄謨以闕宇。華宮山藏，玉堂海紬[三]，雲蓋景陰，金門林蔚。拔足崇長揖之賓，吐湌納獻規之容。玄猷上通，德輝下濟，仰翰雲禽，俯躍魚魴。是以四海之內，莫不企景嶽以接羣，望廣川而鱗集。乘山涉水，視險若夷，奔波闕廷，思効死節。乃鳴鸞在衡，奔驥服輅。良、平鳳栖，信、布虎據，豪雄凌暴於外，奇謨補闕乎內。威謀兼陳，智勇畢効。乃凌河海，河海無梁。乃仆高山，嶽華不重。三秦席卷，項籍灰分。逋虜霧散，遺寇雲徹。泛時雨以清天，灑狂塵以肅地。缺[陳]轡於川與或作舟與[陳]，竦峻蓋於蒼昊。功濟宇宙，德被羣生，天人允嘉，民神協愛。歷數在身，有命將集。而陛下猶復允執高讓，成功靡有，普天歸德，羣后固請，然後謁天皇於圓丘，巡萬乘於帝室。率土離暴秦之亂，臣妾蒙有道之惠。戎羌蠻夷之虜，雕趾肅愼之國，莫非帝臣。巍巍蕩蕩，蓋天臨地，自啓闢以來，有皇之美，未有若聖功之著盛者也。

臣雲頓首頓首，死罪死罪！臣以鄙倍，文武無施，忝寵本朝，承乏下位。而臣邁愍，自西徂東，行邁攸止，路經泗水。伏見史臣班固，撰錄聖功，竊承陛下扶桑始然[四]，天暉未融之日，嘗臨御此川。於是即命舟人，彌檝水沚，瞻仰山川。舊物不替，永惟聖輝。罔識所憑，遠眺邈念。感物興哀，終懷靡及，俯心遐慕。臣命違千載之運，身生四百之外，恨不得役力聖朗之鑒，寓目風塵之會，揮戈前隊，待罪下軍，抽鋒咸陽之關，提鉞項籍之領。痛心自悼，不知所裁。行役之臣，牽制朝憲。雖懷彷徨，王事靡盬。肅將言邁，實銜罔極。臣聞遊魂變化，神道無方，雖聖靈登遐，降陟在天，連光五精，流輝太一。或冀神輿降觀，薄狩五服，時邁王輅，言巡茲邑。是以下臣仰瞻紫宮，俯要恍惚，愚情振蕩，靡審所如，不勝延頸紫微，結心閶闔之情，謹住水濱，拜章陳愚。臣雲誠惶誠恐，頓首頓首，死罪死罪！臣[五]稽首以聞。臣雲言：

臣聞歌詠所以宣成功之烈，詩頌所以美盛德之容。是以聞其聲則重華之道彌新，存其操則文王之容可覩。永惟陛下聖德豐化，比隆前代，元勳茂功，超蹤在昔，故詩歌之所依詠，金石之所揄揚者也。臣謹上《盛德頌》

一篇，雖不足以仰度天高，伏測地厚，貢[六]獻狂夫區區之情。臣雲云云。晉太子舍人臣陸雲上。

於皇漢祖，纂冑有唐。平章在昔，文思百王。丹輝栖列，火精幽光。爰茲聖緒，頹維弛綱。靈曜熠爍，隮景扶桑。則天未墜，重規旻蒼。其規伊何，橫幹作峻。厥德不回，矩地能順。憑河拓景，襄岳殷韵[七]。龍章景偉，虎質碩變。有秦不競，罔極黔首。震驚予師，思虔神主。上帝曰咨，天鑒有赫，乃眷伊漢，此惟予宅。明明聖皇，既受帝祉，雲騰下邑，風駭泗水。仰鏡天文，五緯同晷；俯察雲符，神母爰止。思文聖王，克廣克遐，威凌群桀，德潤諸華。爰祀天人，天人攸嘉。爰輯蒸徒，所和[八]既和。既和既順，乃矢德音。豐沛之旅，其會如林。朱旗虹超，彤旆電尋。推師蕭曹，撫劒高吟。元戎薄伐，時罔不虡。凌波川潰，肆野陸沉。威[九]陽克渗，既係秦后。我我阿房，乃清帝宇。穆穆聖皇，天保攸定。有項畔換，不式王命。王命既怠，黜我西土。於鑠王師，遵時匪怒。爰赫乘豐，席卷三夏。嘽嘽戎軒，矯矯乘馬。燮伐強楚，至于垓下。天誅薄曜，暴籍授首。區夏既混，宇宙濛乂。肅肅帝居，巍巍神器。有皇於登，是臨天位。繡文于裳，組華于黼。明明天子，有穆其容。至止鏘鏘，相惟辟公。宣聲路寢，發號紫宮。頌[十]此愷悌，以畜萬邦。思樂皇慶，協于時雍。琴瑟在御，大予舞功。越裳委贄，肅慎來王。明明聖皇，闓國乘制。分圭昨勞，河山命誓。禮律克彰，典文垂藝。有漢恢恢，疏罔不替。聖功克明，九方孔安。良宰內幹，武臣外閑。漸澤冀域，沾被戎蠻。連光太素，萬載不刊。

【校記】

　　［一］夜，陳本同。《陸雲集》作西。
　　［二］詔，陳本同。《陸雲集》作紹。
　　［三］紬，陳本同。《陸雲集》作納。
　　［四］然，陳本、《陸雲集》作照。
　　［五］陳本無"臣"字。據《陸雲集》，當有。
　　［六］貢，陳本同。《陸雲集》作貴。
　　［七］韵，陳本同。《陸雲集》作韻。
　　［八］所和，陳本同。《陸雲集》作蒸徒。
　　［九］威，陳本、《陸雲集》作咸。
　　［十］頌，陳本、《陸雲集》作頒。

河清頌
鮑照

　　臣聞善談天者，必徵像於人；工言古者，先考績於今。鴻羲以降，邈哉邈乎！鏤山嶽，雕篆素，昭德垂勳，可謂多矣。而史編唐堯之功，載"格于上下"；樂登文王之操，稱"於昭于天"。素狐玄玉，聿彰符命；朴牛文蜺，爰定祥曆。書[一]鳥動色，禾雉興讓。皆物不盈眚，而美溢金石。頌聲爲之而寢，詩人於是不作。庸非惑歟？

　　自我皇宋之承天命也，仰應龍木之精，俯協龜水之靈。君圍帝寶，粲爛瑰英。固以業光曩代，事華前德矣。聖上天飛踐極，迄茲二十有四載。道化周流，玄澤汪濊，地平天成，含生阜熙。文同軌通，表裏鼇福。福曜中區，黎庶知讓；觀英遐外，夷貊懷惠。秩禮恤勤，散露臺之金；賑民舒國，傾御邸[二]之粟。約違迫脅，奢去甚泰。讌無留飲，畋不盤樂。物色異人，優遊鯁直。顯靡失心，幽無怨魄。精炤日月，事洞天情。故不勞仗斧之使，號令不肅而自嚴；無辱鳳舉之事，靈怪不名或作召[陳]而自彰。萬里神行，飆塵不起。農商野廬，邊城偃柝[三]。冀馬南金，填委內府；馴象棲[四]爵，充羅外苑。阿紈纂組之饒，衣覆宗國；漁鹽杞梓之利，傍贍荒遐。士民殷富，繁軼五陵；宮宇宏麗，崇冠三川。間閈有盈，歌吹無絕。朱輪疊轍，華冕重肩。豈徒世無窮人，民獲休息，朝呼韓、罷酤鐵而已哉！是以嘉祥累仍，福應尤盛。青丘之狐，丹穴之鳥，棲阿閣，遊禁園；金芝九莖，木禾六秀，銅池發，膏畝[五]。宜以謁薦郊廟，和協律呂。煙霏霧集，不可勝紀。然而聖上猶夙興寐旦，若有望而未至；宏規遠圖，如有追而莫及。神珌之覥，推而弗居也。是以琬碑鏐檢，盛典蕪而不治；朝神省方，大化抑而未許。崇文協律之士，蘊儷頌於外；坐朝陪宴之臣，懷揄揚於內。三靈佇眷，九壤注心，既有日矣。

　　歲宮乾維，月遭蒼陸，長河巨濟，異源同清，澄波萬壑，潔瀾千里。斯誠曠世偉觀，昭啓皇明者也。語曰：影從表，瑞從德，此其效焉。宣尼稱"鳳鳥不至，河不出圖"，《傳》曰"俟河之清，人壽幾何"，皆傷不可見者也。然則古人所未見者，今殫見之矣。孟軻曰："千載一聖，是旦暮也。"豈不信哉！夫四皇六帝，樹聲長世，大寶也；澤浸羣生，國富刑清，鴻德也；制禮裁樂，惇風遷俗，文教也。誅簽羯黠，束顙象闕，武功也；鳴禽躍魚，滌穢河渠，至祥也。大寶鴻德，文教武功，其崇如此；幽冏同贊，民祇與能，厥應如彼。唯天爲大，堯實則之。皇哉唐哉，疇與爲侶[六]？抑又聞之：勢之所覃者淺，則美之所傳者近；道之所感者深，則慶之所流者遠。是以豐功偉命，潤色滕策[七]，盛德形容，藻被歌頌。察之上代，則奚斯、吉甫之徒鳴玉鑾於前；視之中古，則相如、王襃之屬馳金羈於後。絕景揚光，清埃繼路。故班固稱漢成之世，奏御者千有餘篇，文章之盛，與三代同風。由是言之，斯迺臣子舊職，國家通議，不可輟也。臣雖不敏，敢不勉乎！乃作頌曰：

窺刊崩石，捃逸殘竹，巢風寂寥，羲埃綿邈。鉅生大年，贍學淵聞，鑿繡成、景，粉繢顓、軒，徒覵井科，未覯天河。亙古通今，明鮮晦多，千齡一見，書史登歌。旋我皇駕，揆景方塗，凌周躡殷，蹶唐轢虞，如彼七緯，累璧重珠。高祖撥亂，首物定靈，更開天地，再鑄羣生。帝御三傑，龍步八垌，朔南暨教，海北騰聲。淪深格高，浹遐洞冥，甍鼎遷宋，玄圭告成。大明方徽，鴻光中微，聖命誰堪？皇曆攸歸，謀從筮協，神與民推，黃旗西映，紫蓋東輝，納瑞螭玉，升政衡機，金輪豹飾，珠冕龍衣。正位北辰，垂拱南面，天下何思，日用罔倦，復禮歸仁，觀恒通變。一物有違，咸言毀膳，菲躬簡法，厚下安宅，謙德彌光，損道滋益。孝崇饗祀，勤隆耕藉，饘酎秋羊，封瑾春骼，嬰耄兼粱，鰥孤重帛。體由學染，俗以教遷，禮導刑清，樂邕風宣，分衢讓齒，折訟推田。野旌伏彥，朝賞登賢，儒訓優柔，武節焱鷙，文憲精弘，戎容犀利。樞銓明審，程覈周備，吏礪平端，民差幸覬。桴鼓凝埃，烽驛垂彎，銷我長兵，歸爲農器。閫外水鄉，鄀表炎國，隴首西南，渤尾東北。豔豔嶺丹，渾渾泉黑，移琛雲勉，轉隼邛僰。狼歌薦功，鳥譚陳德，治博化光，民阜財盛。班白行謠，青綺高詠，雲表幽和，物章朗慶。麗植雕質，蠢行藻性，仁草晨莩，德宿宵映。海無隱颰，山有黃落，牛羊內首，閭戶外拓。瑞木朋生，祥禽菶作，薰風蕩閨，飴露流閣，器範神妙，劑調象藥。匪直也斯，偉慶芳臻，注彼四瀆，媚此雙川。伏靈遙紀，閱眎邅年，澄波缺[陳]嶽，鏡流苾山。泉室凝澱，水府清涓，俛瞰夷都，降眂驪淵，朱宮潛耀，紫閣陰鮮。昔在奘德，王風不昌，迺溢迺竭，或壅或亡。潔源濫壑，曾是未央。先民永慨，大道悠長，云何其[八]缺[陳]，實鍾我皇？聞諸師說，天竦聽密。分[九]介焉如響，匪遠惟疾，矧是皇心，妙夫貞一。左右天經，戶牖人術，訏薈布簡，師[十]言盈室。稔有綿祀，清旹崇日。一人之慶，吹萬稟和，靈根方固，修源重波。副睿貳哲，帝體皇柯，景雲蔚嶽，秀星駢羅。垂光九野，騰響四遐。輔車骨足，槃石虎牙。世匹周室，基永漢家。泰階既平，洪河既清，大人在上，區宇文明，樵夫議道，漁父濯纓。臣照作頌，鋪德樹聲。

【校記】

[一]書，陳本同。《鮑參軍集注》作魚。

［二］御邸，陳本同。《鮑參軍集注》作鉅橋。
［三］析，陳本同。《鮑參軍集注》作柝。
［四］棲，陳本同。《鮑參軍集注》作西。
［五］《鮑參軍集注》有"腴"字。
［六］侶，陳本同。《鮑參軍集注》作讓。
［七］筞，陳本同。《鮑參軍集注》作策。
［八］《鮑參軍集注》此有"瑞"字
［九］《鮑參軍集注》無"分"字。
［十］師，陳本、《鮑參軍集注》作絲。

贊

焦君贊
蔡邕

猗歟焦君，常此玄默。衡門之下，栖遲偃息。泌之洋洋，樂以志食。鶴鳴九皋，音亮帝側。廼徵廼用，將受衮職。昊天不弔，賢人遘愿。不惟一志，并此四國。如何穹蒼，不昭斯惑。惜哉朝廷，喪茲舊德。恨以[一]學士，將何法則。

【校記】
　　［一］以，陳本作茲。《古文苑》作以。

正考父贊
王粲

恂恂正父，應德孔盛。身爲國卿，族則公姓。年在耆耋，三葉聞政。誰能不怠，申茲[一]約敬。饘粥予口，傴僂受命。名書金鼎，祚及後聖。

【校記】
　　［一］茲，陳本、《古文苑》同。《建安七子集》作慈。

蜀漢君臣贊
楊戲

贊昭烈皇帝
　　皇帝遺植，爰滋八方。別自中山，靈精是鐘。順期生傑，雲[一]起龍驤。

始於燕、代，伯豫君荆。吳、越憑賴，望風請盟。挾巴跨蜀，庸漢以并。乾坤復秩，宗祀惟寧。躡基履迹，播德芳聲。華夏思美，西伯其音。開慶來世，歷載攸興。

【校記】
〔一〕"雲"字據陳本補。

諸葛丞相
　　忠武英高，獻策江濱。攀吳連蜀，權我世眞。受遺阿衡，整武齊文。敷陳德教，理物移風。賢愚競心，僉忘其身。誕靜邦內，四裔以綏。屢臨敵庭，實耀其威。精研大國，恨於未夷。

許司徒
　　司徒清風，是咨是臧。識愛人倫[一]，孔音鏘鏘。

【校記】
〔一〕偷，《三國志》作倫，是。

關雲長、張益德
　　關、張赳赳，出身匡世。扶翼攜上，雄壯虎烈。藩屏左右，翻飛電發。濟于艱難，贊主洪業。侔迹韓、耿，齊聲雙德。交待無禮，並致姦慝。悼惟輕慮，隕身匡國。

馬孟起
　　驃騎奮起，連橫合從。首事三秦，保據河、潼。宗計於朝，或異或同。敵以乘釁，家破軍亡。乖道反德，託鳳攀龍。

法孝直
　　翼侯良謀，料世興衰。委質于主，是訓是諮。暫思經筭，覩事知機。

龐士元
　　軍師美至，雅氣曄曄。致命明主，忠情發臆。惟此義宗，亡身報德。

黃漢升
　　將軍敦壯，摧鋒登難。立功立事，于時之幹！

董幼宰
　　掌軍清節，亢然恒常。讜言惟司，民思其綱。

鄧孔山
　　安遠彊志，允休允烈。輕財果壯，當難不惑。以少禦多，殊方保業。

費賓伯
　　揚威才幹，歆歔文武。當官理任，衎衎辯舉。圖殖財施，有義有敘。

王文儀
　　屯騎主舊，固節不移。既就初命，盡心世規。軍資所恃，是辨是裨。

劉子初
　　尚書清尚，勑行整身。抗志存義，味覽典文。倚或作猗[陳]其高風，好侔古人。

糜子仲
　　安漢雍容，或婚或賓。見禮當時，是爲循臣。

王元泰、何彥英、杜輔國、周仲直
　　少府脩愼，鴻臚明真。諫議隱行，儒林天文。宣班大化，或首或林。

吳子遠
　　車騎高勁，惟其泛愛。以弱制強，不陷危墜。

李德昂
　　安漢宰南，奮擊舊鄉。剪除蕪穢，惟刑以張。廣遷蠻濮，國用用強。

張君嗣
　　輔漢惟聰，既機且惠。因言遠思，切問近對。贊時休美，和我業世！

黃公衡
　　鎭北敏思，籌畫有方。導師襄穢，遂事成章。偏任東隅，永命不祥。哀悲本志，放流殊彊。

楊季休
　　越騎惟忠，厲志自祗。職于內外，念公忘私。

趙子龍、陳叔至
　　征南厚重，征西忠克。統時選士，猛將之烈。

輔元弼、劉南和
　　鎮南粗強，監軍尚篤。並豫戎任，任自封裔。

秦子勑
　　司農性才，敷述允章。藻麗辭理，斐斐有光。

李正方
　　正方受遺，豫聞後綱。不陳不斂，造此異端。斥逐當時，任業以喪。

魏文長
　　文長剛粗，臨難受命。折衝外禦，鎮保國境。不協不和，忘節言亂。疾終惜始，實惟厥性。

楊威公
　　威公狷狹，取異衆人。閑則及理，逼則傷侵。

馬季常、衛文經、韓士元、張處仁、殷孔休、習文祥
　　季常良實，文經勤類。士元言規，處仁聞計。孔休、文祥，或才或臧。播播述志，楚之蘭芳。

王國山、李永南、馬盛衡、馬承伯、李孫德、李偉南、龔德緒、王義彊
　　國山休風，永南耽思。盛衡、承伯，言藏言時。孫德果銳，偉南篤常。德緒、義彊，志壯氣彊。濟濟脩志，蜀之芬芳。

馮休元、張文進
　　休元輕寇，損時致害。文進奮身，同此顛沛。患生一人，至於弘大。

程季然

　　江陽剛烈，立節明君。兵合遇寇，不屈其身。單夫隻役，隕命於軍。

程公弘

　　公弘後生，卓爾奇精。天命二十，悼恨未呈。

糜芳、士仁、郝普、潘濬

　　古之奔臣，禮有來偪。怨興司官，不顧大德。糜自匡救，倍成奔北。自絕于人，作笑二國。

白起贊
孫楚

　　烈烈桓桓，時維武安。神機電斷，氣濟師然。南折勁楚，走魏禽韓。北摧馬服，凌川成丹。應侯無良，蘇子八關。嗷嗷讒口，火燎于原。遂焚杜郵，與蕭俱燔。惟其歿矣，古今所歎。

韓信贊
孫楚

　　淮陰屈節，盤於幽賤。秦失其鹿，英雄交戰。踐楚知亡，撫戈從漢。遂寤明主，超然虎奮。威震趙魏，擒項平難。割據山川，稱孤南面。惜哉遘欷，一朝書叛。

孫登贊
庾闡

　　靈巖霞蔚，石室鱗構。青松標空，蘭泉吐漏。蘢薈可遊，芳津可漱。玄谷蕭寥，鳴琴獨奏。先生體之，寂坐幽岸。凝冰結樸，熙陽靡煥。潛貞內全，飛榮外散。凌崖高嘯，希風朗彈。道有寅廢，運有昏消。達隱不巖，玄跡不摽。或曰先生，晦道逍遙。秕子秀達，英風朗烈。道儵熏芳，鮮不玉折。兆動初萌，妙鑒奇絕。翹首丘冥，仰想玄哲。

閑遊贊
戴逵

　　昔神人在上，輔其天理，知溟海之禽，不以籠焚[一]服養；櫟散之質，不以釜斤致用。故能樹之於廣漢，棲之於江湖，戴之以大猷，覆之以玄風。

使夫淳朴之心，静一之性，咸得就山澤，樂閑曠。自此而箕嶺之下，始有閑遊之人焉。降及黃綺，逮于臺尚，莫不有以保其太和，肆其天真者也。且夫巖嶺高，則雲霞之氣鮮；林藪深，則蕭瑟之音清。其可以藻玄瑩素，庇其皓然者舍是焉？故雖援世之彥，翼教之傑，放舞雩之發詠，聞乘桴而懔厲。況乎道乖方内，體絕風塵，理楫長謝，歌鳳逡巡，盥八疵於玄流，澄雲崖而頤神者哉？

然如山林之客，非徒逃人患，避爭門，諒所以翼順資和，滌除機心，容養淳淑，而自適者爾。況物莫不以適為得，以足為至，彼閑遊者奚徃而不適？奚時而不足？故薩映巖流之際，優息琴書之側，寄心松栢[二]，取樂魚鳥，則澹泊之願，於是畢矣。然奇趣難均，玄契罕遇，終古皆孤栖於一巖，獨玩於一流，苟有情而未亡，有感而無對，則輟斤寢絃之歎，固已幽結於林中，驟感於遐心，爲日久矣。我固遂求方外之美，略舉養和之具，爲雜贊八首，暢其所託。始欣閑遊之遐逸，終感嘉契之難會，以廣一徃之詠，以杼幽人之心云爾。

茫茫草昧，綿邈玄世。三極未鼓，天人無際。萬器既判，大[三]朴乃翳。寔有神宰，忘懷司契。冥外傍通，潛感莫滯。惚順巢、尚，兼應夷、惠。緬矣遐心，超哉絕步。顧揖百王，仰怡泰素。矜其天真，外其囂務。詳觀群品，馳神萬慮。誰能高佚，悠然一悟。

【校記】

[一]焚，陳本、《全晉文》作樊。

[二]栢，陳本、《全晉文》作竹。

[三]"大"字據陳本補。《全晉文》作靈。

翟徵君贊
庾亮

夫所謂至人者，體包傑量，神凝域表，該落萬動，玄心獨融，故能虬驤慶霄，而不紲夎龍之轡；鳳鳴瑤林，而不屈伶倫之籠。豈必欣太清而樂瓊藹哉，顧蹄涔不足以濯神鬐，翳薈不足以翔雲翮。是故藐姑有綽約之廬，箕阜有高嘯之宇，唐勳表於玄庭，憂或作夏[陳]功忘於虛室。晉徵士南陽翟君，稟逸韻於天陶，含冲氣於特秀，體虛任而委順，恢昭曠而高蹈。先生載營抱一，泊然獨處，神栖飆藹之表，形逸巖澤之隅，雖束帛仍降，軺冕屢招，而弓旌屈於匪石，帝命愍於虛復矣。是以高風振宇宙，遠詠冠當時，方將表大庭於絕代，恢玄解以釋分，仰朝霞而晞翼，陵扶搖以獨翔。景命不延，卒於尋陽之南山，哲人其萎，高軌孰傲。余欽若人之風，常問道於無何之廬，竇想玄珠，主以瞻授，沐道霑淳，固以實而歸矣。自昔之違，于玆七稔，何悟先生，忽焉升遐。感至德之長泯，悼仁風之永翳，標爾其傷，潸然增欷，乃援翰詠跡，以宣來葉，其辭矣[一]：

卓哉先生，逸韻遐超。蚪盤玉津，鳳戢瓊條。滌耳夏禹，高揖唐朝。洪崖邈矣，玄跡載劭。淳風沐世，飛芳九霄。

【校記】

[一]矣，陳本、《全晉文》作曰。

高士贊

沈約

余之所謂高士者，悠悠皆是，請試言之：聖人莅天下，則賢人贊務，咼益、皋陶是也；自中智以下，莫有不學以從政佐國安民者也。《易》曰"聖人之大寶曰位"，非學則不得也。學所以行其志，孝弟慈仁信義是也，雖誦先王之典謨，而不行其志，聖人之大寶亦不可得也。要須學行兼有，然後取之，悠悠之徒，莫不攘袂而議進取，怒目而爭權利。悅愚諂闇，苟得忘廉，若斯人者，豈入國士之塗，動衣冠之眄。藉此而登高位，未或有也。

贊曰：亦有哲人，獨執高志。避世避言，不友不事。恥從汙祿，靡惑守[一]餌。心安藜藿，口絕炰胾。取足落毛，寧懷組織。如金在沙，顯然自異。猶玉在泥，涅而不緇。身標遠迹，名重前記。有美高尚，處知[二]若無。劣哉羣品，事靜心驅。苟能立志，爭此疋夫。進忘隕獲，退守恬愉。曰仁與義，其徑不迂。爲之則至，非物所拘。宦成名立，陟彼高衢。

【校記】

[一]守，陳本作芳。《全梁文》作守。

[二]知，陳本作之。《全梁文》作知。

卷六十一

符命

王命敍
傅幹

昔在唐虞之禪，列于帝典。殷、周之代，敘于《詩》《書》。天之歷數，昭焉著朙。周篤后稷、公劉，積德行仁，至乎文、武，遂成王業。雖五德殊運，或禪或征，其變化應天，與時消息，其道一也。故雖有威力，非天命不授；雖有運命，非功烈不章。我高祖襲唐之統，受命龍興，討秦滅項，光有萬國。世祖攘亂，奄復帝宇，人鬼協謀，徵祥煥然。皆順乎天而應乎人也。然而帝王之起，必有天命瑞應自然之符，朙統顯祚豐懿之業，加以茂德成功賢智之助，而後君臨兆民，爲神民[一]所保祐，永世所尊崇。未見運敍無紀次，勳澤不加於民，而可力爭覬覦神噐者也。豪傑見二祖無尺地之階，爲專智力，乘釁而起，不知天祚聖哲，帝王自有眞也。哀哉非徒，闇於將來，又不考之於旣往矣。自開闢以來，姦雄妄動，不識天命，勇如蚩尤，彊如共工，威如夷羿，皆從分橫裂，爲天下戒。又況淺智小才，勇不足畏，彊不足憚，未有成資，而敢失順，視或作規[陳]不軌之事也哉！夫行潦之流，不致江海之深；丘垤之資，不成太山之高；魚鱉之類，不希雲龍之軌；一官之守，不經天人之變。

當王莽之末，英雄四起，而鄧禹、耿弇識世祖之福祚，嬴糧間行，進其策謀，遂荷胥[二]附之任，享佐命之寵。張玄慕蘇秦、蒯通之業，周旋囂、述，西說竇融，言未及終，而梁統已誅之矣。禹、弇見命祚之兆，其福如彼；張玄蔽逆順之理，其禍如此。審斯二事，趣舍之分朙矣。且世祖之興有四：一曰帝皇之正統，二曰形相多異表，三曰體文而知武，四曰履信而好士。加之以聰朙獨斷，達於事機，發策如神應，視遠如見近。偏旅首進，摧莽軍百萬之衆；單師獨征，平河北萬里之功。識鄧隆之將敗，知劉興之必死，然猶乾乾日昃，博采訓咨。拔吳漢於小尹，擢馬武於行伍，寵功臣以兼國之爵，顯卓茂以非次之位。言語、政事、文學之士，咸盡其材，致之宰相。權勇畢力於征代，搢紳悉心於左右，此其所以成大業也。高祖方娠，有雲龍之表，其始入秦，五星同軌，以旅于東井，在天之符也。世祖之徵符，其詳可聞也。其初育則靈光鑒于室隩，嘉禾滋于邑壤，其望舊廬有火光之異，其渡滹沱有河合之應。西門君惠光識其諱，強華獻符，千里同驗。劉歆改名而隕其身，王長錯卦而見吉兆，故王遵謂之天授，非人力也。覽廢興之運會，觀徵瑞之攸祚，審天應之萌兆，察人物之所附，念功成而道退，無非次而妄據。後之人誠能昭然遠覽，曠然深悟，收莽、述之闇惑，忠鄧、耿之弘慮，好謀而要成，臨事而知懼，距張玄之邪說，思在三之勔數，則福祿衍於無窮，亦世不失其通路矣。

【校記】

[一]民，陳本作明。《全後漢文》作民。

[二]胥，陳本作肯。《全後漢文》作胥。

魏受命述
邯鄲淳

臣聞雅頌作於盛德，典謨興於茂功。德盛功茂，傳序弗忘，是故竹帛以載之，金石以聲之，垂諸來世，萬載彌光。陛下以聖德應期，龍飛在位，其有天下也，恭己以受天子之籍，無爲而四海順風，若乃天地顯應，休徵祥瑞，以表聖德者，不可勝載。鑠乎煥顯，眞神明之所以祚，命世之令主也。凡自能言之類，莫不謳嘆於野，執筆之徒，咸竭文思，獻詩上頌。臣抱疾伏蓐，作書一篇，欲謂之頌，則不能雍容盛懿，列伸玄妙，欲謂之賦。又不能敷演洪烈，光揚緝熙，故思竭愚，稱《受命述》，曰：

伊上天闡載，自民主肇建，歷聽風聲，陶唐爲盛。虞夏受終，殷周革命，有禪而帝，有代而王。禪代雖殊，大小繇同，於是以漢歷在魏，赤運歸黃也。是故大魏之業，皇耀震霆，肅清宇內，萬邦有截。師義翼漢，奉禮不越，旅力戮心，茂亮洪烈。樹深根以厚基，播醇澤以釀味，含光而弗輝，戢翼而弗發。將俟聖嗣，是遂是達，聖嗣承統，爰宣重光。陳錫裕下，民悅無疆，三神宜鼇，四靈順方。元龜介王，應龍粹黃，若云魏德，據茲以昌。爾乃鳴玉陟壇，三揖以俟，既受休命，龍旋鳳峙。煌煌厥耀，穆穆容止，臨下有赫，允也天子。既受帝位，納璽要綬，太常司燎，升炮告類。珪璋峨峨，髦士棣棣，蹌蹌聖躬，御策以蒞。魏魏乎崇功，顯顯乎德容，信帝者之壯業，天休之所鍾也。于時天地交和，日月光精，氣祲不作，風塵彌清。凡在壇場之位，舉目乎廣庭，莫不君臣和德，咸玉色而金聲。屢省萬機，謀訪老成，治詠儒墨，策納公卿。昧旦孜孜，夕惕乾乾，務在諧萬國，敘彝倫；而折不若，懷遠人。混六合之風，納乎仁壽之門，刑錯靡試，偃伯靡軍。然後乃勒功岱嶽，升中上玄，斯固我皇之大摹，思心之所存也。

史論一

十二諸侯年表論
司馬遷

太史公讀《春秋曆[一]譜諜》，至周厲王，未嘗不廢書而歎也。曰：嗚呼，師摯見之矣！紂爲象箸而箕子唏。周道缺，詩人本之衽席，《關雎》作。仁義陵遲，《鹿鳴》刺焉。及至厲王，以惡聞其過，公卿懼誅而禍作，厲王遂奔於彘，亂自京師始，而共和行政焉。是後或力政，彊乘弱，興師不請天子。然挾王室之義，以討伐爲會盟主，政由五伯，諸侯恣行，淫侈不軌，賊臣篡子滋起矣。齊、晉、秦、楚其在成周微甚，封或五里或五十里。晉阻三河，齊負東海，楚介江淮，秦因雍州之固，四海迭興，更爲伯主，文武所襃大封，皆威而服焉。是以孔子朙王道，干七十餘君，莫能用，故西觀周室，論史記舊聞，興於魯而次《春秋》，上記隱，下至哀之獲麟，約其辭文，去其煩重，以制義法，王道備，人事浹。七十子之徒口受其傳指，爲有所刺譏襃諱挹損之文辭不可以書見也。魯君子左丘朙懼弟子人人異端，各安其意，失其貞，故因孔子史記具論其語，成《左氏春秋》。鐸椒爲楚威王傳，爲王不能盡觀《春秋》，采取成敗，卒四十章，爲《鐸氏微》。趙孝成王時，其相虞卿上采《春秋》，下觀近勢，亦著八篇，爲《虞氏春秋》。呂不韋者，秦莊襄王相，亦上觀尚古，刪拾《春秋》，集六國時事，以爲八覽、六輪、十二紀，爲《呂氏春秋》。及如荀卿、孟子、公孫固、韓非之徒，各徃徃捃摭《春秋》之文以著書，不同勝紀。漢相張蒼歷譜五德，上大夫董仲舒推《春秋》義，頗著文焉。

太史公曰：儒者斷其義，馳說者騁其辭，不務綜其終始；歷人取其年月，數家隆於神運，譜諜獨記世謚，其辭略，欲一觀諸要難。於是譜十二諸侯，自共和訖孔子，表見《春秋》《國語》學者所譏盛衰大指著于篇，爲成學治古文者要刪焉。

【校記】

[一]曆，陳本作歷。《史記》作曆。

秦楚之際月表論
司馬遷

太史公讀秦楚之際，曰：初作難，發於陳涉；虐戾滅秦，自項氏；撥亂誅暴，平定海內，卒踐帝祚，成於漢家。五年之間，號令三嬗，自生民以來，未始有受命若斯之亟也。

昔虞、夏之興，積善累功數十年，德洽百姓，攝行政事，考之于天，然後在位。湯、武之王，乃由契、后稷脩仁行義十餘世，不期而會孟津八百諸侯，猶以爲未可，其後乃放弒。秦起襄公，章於文、繆，獻、孝之後，稍以蠶食六國，百有餘載，至始皇乃能并冠帶之倫。以德若彼，用力如此，蓋一統若斯之難也。

秦旣稱帝，患兵革不休，以有諸侯也。於是無尺土之封，墮壞名城，銷鋒鏑，鉏豪傑，維萬世之安。然王跡之興，起於閭巷，合從討伐，軼於三代，鄉秦之禁，適足以資賢者爲驅除難耳。故憤發其所爲天下雄，安在無土不王。此乃傳之所謂大聖乎？豈非天哉！豈非天哉！非大聖孰能當此受命而帝者乎？

漢興諸侯年表論[一]
司馬遷

太史公曰：殷以前尚矣。周封五等：公，侯，伯，子，男。然封伯禽、康叔於魯、衛，地各四百里，親親之義，褒有德也；太公於齊，兼五侯地，尊勤勞也。武王、成、康所封數百，而同姓五十五，地上不過百里，下三十里，以輔衛王室。管、蔡、康叔、曹、鄭，或過或損。厲、幽之後，王室缺，侯伯彊國興焉，天子微，弗能正。非德不純，形勢弱也。

漢興，序二等。高祖末年，非劉氏而王者，若無功上所不置而侯者，天下共誅之。高祖子弟同姓爲王者九國，唯獨長沙異姓，而功臣侯者百有餘人。自鴈門、太原以東至遼陽，爲燕、代國；常山以南，大行左轉，度河、濟、阿、甄以東薄海，爲齊、趙國；自陳以西，南至九疑，東帶江、淮、穀、泗，薄會稽，爲梁、楚、吳、淮南、長沙國，皆外接於胡、越。而內地北距山以東盡諸侯地，大者或五六郡，連城數十，置百官宮觀，僭於天子。漢獨有三河、東郡、潁川、南陽，自江陵以西至蜀，北自雲中至隴西，與內史凡十五郡，而公主列侯頗食邑其中。何者？天下初定，骨肉同姓少，故廣彊庶孽，以鎭撫四海，用承衛天子也。

漢定百年之間，親屬益疎，諸侯或驕奢，忕邪臣計謀爲淫亂，大者叛逆，小者不軌于法，以危其命，殞身亡國。天子觀於上古，然後加惠，使諸侯得推恩分子弟國邑，故齊分爲七，趙分爲六，梁分爲五，淮南分三，及天子支庶子爲王，王子支庶爲侯，百有餘焉。吳楚時，前後諸侯或以適削地，是以燕、代無北邊郡，吳、淮南、長沙無南邊郡，齊、趙、梁、楚支郡名山陂海咸納於漢。諸侯稍微，大國不過十餘城，小侯不過數十里，上足以奉貢職，下足以供養祭祀，以蕃輔京師。而漢郡八九十，形錯諸侯間，犬牙相臨，秉其阨塞地利，彊本幹，弱枝葉之勢也，尊卑明而萬事各得其所矣。

臣遷謹記高祖以來至太初諸侯，譜其下益損之時，令後世得覽。形勢雖彊，要之以仁義爲本。

【校記】

[一]陳本題作：漢興以來諸侯年表論。

惠景間侯者年表論
司馬遷

太史公讀列封至便侯，曰：有以也夫！長沙王者，著令甲，稱其忠焉。昔高祖定天下，功臣非同姓疆土而王者八國。至孝惠時，唯獨長沙全，禪五世，以無嗣絕，竟無過，爲藩守職，信矣。故其澤流枝庶，毋功而侯者數人。及孝惠訖孝景間五十載，追脩高祖時遺功臣，及從代來，吳楚之勞，諸侯子告[一]肺腑，外國歸義，封者九十有餘。咸表始終，當世仁義成功之著者也。

【校記】

[一]子告，《史記》作子弟若，是。

外戚世家論
司馬遷

自古受命帝王及繼體守文之君，非獨內德茂也，蓋亦有外戚之助焉。夏之興也以塗山，而桀之放也以末喜。殷之興也以有娀，紂之殺也嬖妲己。周之興也以姜嫄及大任，而幽王之禽也淫於襃姒。故《易》基《乾》《坤》，《詩》始《關雎》，《書》美釐降，《春秋》譏不親迎。夫婦之際，人道之大倫也。禮之用，唯婚姻爲兢兢。夫樂調而四時和，陰陽之變，萬物之統也，可不慎與？人能弘道，無如命何。甚哉，妃匹之愛，君不能得之於臣，父不能得之於子，況卑下乎！既驩合矣，或不能成子姓；能成子姓矣，或不能要終：豈非命也哉？孔子罕稱命，蓋難言之也。非通幽明，惡能識乎性命哉？

儒林傳論
司馬遷

太史公曰：余讀功令，至於廣厲學官之路，未嘗不廢書而歎也。曰：嗟乎！夫周室衰而《關雎》作，幽、厲微而禮樂壞，諸侯恣行，政由彊國。故孔子閔王路廢而邪道興，於是論次《詩》《書》，修起禮樂。適齊聞《韶》，三月不知肉味。自衛返魯，然後樂正，《雅》《頌》各得其所。世以混濁莫能用，是以仲尼干七十餘君無所遇，曰"苟有用我者，期月而已矣"。西狩獲麟，曰"吾道窮矣"。故因史記作《春秋》，以當王法，其辭微而指博，後世學者多錄焉。

自孔子卒後，七十子之徒散游諸侯，大者爲師傅卿相，小者友教士大夫，或隱而不見。故子路居衛，子張居陳，澹臺子羽居楚，子夏居西河，子貢終於齊。如田子方、段干木、吳起、禽滑釐之屬，皆受業於子夏之倫，爲王者師。是時獨魏文侯好學。後陵遲以至于始皇，天下並爭於戰國，儒術既絀焉，然齊、魯之間，學者獨不廢也。於威、宣之際，孟子、荀卿之列，咸尊夫子之業而潤色之，以學顯於當世。

及至秦之季世，焚《詩》《書》，阬術士，六藝從此缺焉。陳涉之王也，而魯諸儒持孔氏之禮器往歸陳王。於是孔甲爲陳涉博士，卒與涉俱死。陳涉起匹夫，驅瓦合適戍，旬月以王楚，不滿半歲竟滅亡，其事至微淺，然而搢紳先生之徒負孔子禮器往委質爲臣者，何也？以秦焚其業，積怨而發憤于陳王也。

及高皇帝誅項籍，舉兵圍魯，魯中諸儒尚講誦習禮樂，絃歌之音不絕，豈非聖人之遺化，好禮樂之國哉？故孔子在陳，曰："歸與歸與！吾黨之小子狂簡，斐然成章，不知所以裁之。"夫齊、魯之間於文學，自古以來，其天性也。故漢興，然後諸儒始得脩其經藝，講習大射鄉飲之禮。叔孫通作漢禮儀，因爲太常，諸生弟子共定者，咸爲選首，於是喟然歎興於學。然尚有干戈，平定四海，亦未暇遑庠序之事也。孝惠、呂后時，公卿皆武力有功之臣。孝文時頗徵用，然孝文帝本好刑名之言。及至孝景，不任儒者，而竇太后又好黃老之術，故諸博士具官待問，未有進者。

及今上即位，趙綰、王臧之屬朙儒學，而上亦鄉之，於是招方正賢良文學之士。自是之後，言《詩》於魯則申培公，於齊則轅固生，於燕則韓太傅。言《尚書》自濟南伏生。言《禮》自魯高堂生。言《易》自菑川田生。言《春秋》於齊魯自胡毋生，於趙自董仲舒。及竇太后崩，武安侯田蚡為丞相，絀黃老、刑名百家之言，延文學儒者數百人，而公孫弘以《春秋》白衣為天子三公，封以平津侯。天下之學士靡然鄉風矣。

公孫弘為學官，悼道之鬱滯，乃請曰："丞相御史言，制曰'蓋聞導民以禮，風之以樂。婚姻者，居室之大倫也。今禮廢樂崩，朕甚愍焉。故詳延天下方正博聞之士，咸登諸朝。其令禮官勸學，講議洽聞興禮，以為天下先。太常議，與博士弟子，崇鄉里之化，以廣賢材焉'。謹與太常臧、博士平等議曰：聞三代之道，鄉里有教，夏曰校，殷曰序，周曰庠。其勸善也，顯之朝廷；其懲惡也，加之刑罰。故教化之行也，建首善自京師始，由內及外。今陛下昭至德，開大朙，配天地，本人倫，勸學脩禮，崇化厲賢，以風四方，太平之原也。古者政教未洽，不備其禮，請因舊官而興焉。為博士官置弟子五十人，復其身。太常擇民年十八已上，儀狀端正者，補博士弟子。郡國縣道邑有好文學，敬長上，肅政教，順鄉里，出入不悖所聞者，令相長丞上屬所二千石，二千石謹察可者，當與計偕，詣太常，得受業如弟子。一歲皆輒試，能通一藝以上，補文學掌故缺；其高弟可以為郎中者，太常籍奏。即有秀才異等，輒以名聞。其不事學若下材及不能通一藝，輒罷之，而請諸不稱者罰。臣謹按詔書律令下者，明天人分際，通古今之義，文章爾雅，訓辭深厚，恩施甚美。小吏淺聞，不能究宣，無以明布諭下。治禮次治掌故，以文學禮義為官，遷留滯。請選擇其秩比二百石以上，及吏百石通一藝以上，補左右內史、大行卒史；比百石已下，補郡太守卒史，皆各二人，邊郡一人。先用誦多者，若不足，乃擇掌故補中二千石屬，文學掌故補郡屬，備員。請著功令，佗如律令。"制曰："可。"自此以來，則公卿大夫士吏斌斌多文學之士矣。

貨殖傳論
司馬遷

老子曰："至治之極，鄰國相望，雞狗之聲相聞，民各甘其食，美其服，安其俗，樂其業，至老死不相往來。"必用此為務，輓晚同[陳]近世塗民耳目，則幾無行矣。

太史公曰：夫神農以前，吾不知已。至若《詩》《書》所述虞夏以來，耳目欲極聲色之好，口欲窮芻豢之味，身安逸樂，而心誇矜埶能之榮。使俗之漸民久矣，雖戶說以眇音妙[陳]論，終不能化。故善者因之，其次利道之，其次教誨之，其次整齊之，最下者與之爭。

夫山西饒材、竹、穀、纑、旄、玉石；山東多魚、鹽、漆、絲、聲色；江南出柟、梓、薑、桂、金、錫、連、丹沙、犀、瑇瑁、珠璣、齒革；龍門、碣石北多馬、牛、羊、旃裘、筋角；銅、鐵則千里往往山出蕃[一]置，此其大較也。皆中國人民所喜好，謠俗被服飲食奉生送死之具也。故待農而食之，虞而出之，工而成之，商而通之。此寧有政教發徵期會哉？人各任其能，竭其力，以得所欲。故物賤之徵貴，貴之徵賤，各勸其業，樂其事，若水之趨下，日夜無休時，不召而自來，不求而民出之。豈非道之所符，而自然之驗邪？

《周書》曰："農不出則乏其食，工不出則乏其事，商不出則三寶絕，虞不出則財匱少，財匱少而山澤不辟矣。"此四者，民所衣食之原也。原大則饒，原小則鮮。上則富國，下則富家。貧富之道，莫之奪予，而巧者有餘，拙者不足。故太公望封於營丘，地瀉鹵，人民寡，於是太公勸其女功，極技巧，通魚鹽，則人物歸之，繈至而輻輳。故齊冠帶衣履天下，海岱之間斂袂而往朝焉。其後齊中衰，管子修之，設輕重九府，則桓公以霸，九合諸侯，一匡天下；而管氏亦有三歸，位在陪臣，富於列國之君。是以齊富彊至於威、宣也。

故曰："倉廩實而知禮節，衣食足而知榮辱。"禮生於有而廢於無。故君子富，好行其德；小人富，以適其力。淵深而魚生之，山深而獸往之，人富而仁義附焉。富者得勢益彰，失勢則客無所之，以而不樂。夷狄益甚。諺曰："千金之子，不死於市。"此非空言也。故曰："天下熙熙，皆爲利來；天下壤壤，皆爲利往。"夫千乘之王，萬家之侯，百室之君，尚猶患貧，而況匹夫編戶之民乎？

【校記】

[一]蕃，陳本、《史記》作㮟，是。

酷吏傳論
司馬遷

孔子曰："導之以政，齊之以刑，民免而無恥。導之以德，齊之以禮，有恥且格。"老氏稱："上德不德，是以有德；下德不失德，是以無德。法令滋章，盜賊多有。"太史公曰：信哉是言也！法令者治之具，而非制治清濁之源也。昔天下之網嘗密矣，然姦偽萌起，其極也，上下相遁，至於不振。當是之時,吏治若救火揚沸,非武健嚴酷,惡能勝其任而愉快乎!言道德者,溺其職矣。故曰"聽訟,吾猶人也,必也使無訟乎"。"下士聞道大笑之",非虛言也。漢興,破觚而爲圜,斲雕而爲朴,網漏於吞舟之魚,而吏治烝烝,不至於姦,黎民艾[一]安。由是觀之,在彼不在此。

高后時,酷吏獨有侯封,刻轢宗室,侮辱功臣。吕氏已敗,遂禽侯封之家。孝景時,鼂錯以刻深頗用術輔其資,而七國之亂,發怒於錯,錯卒以被戮。其後有郅都、甯成之屬。

【校記】

[一]艾,陳本作乂。《史記》作艾。

遊俠傳論
司馬遷

韓子曰:"儒以文亂法,而俠以武犯禁。"二者皆譏,而學士多稱於世云。至如以術取宰相卿大夫,輔翼其世主,功名俱著於春秋,固無可言者。及若季次、原憲,閭巷人也,讀書懷獨行君子之德,義不苟合當世,當世亦笑之。故季次、原憲終身空室蓬戶,褐衣疏食不厭。死而已四百餘年,而弟子志之不倦。今遊俠,其行雖不軌於正義,然其言必信,其行必果,已諾必誠,不愛其軀,赴士之阨困,既已存亡死生矣,而不矜其能,羞伐其德,蓋亦有足多者焉。

且緩急,人之所時有也。太史公曰:昔者虞舜窘於井廩,伊尹負於鼎俎,傅說匿於傅險,吕尚困於棘津,夷吾桎梏,百里飯牛,仲尼畏匡,菜色陳、蔡。此皆學士所謂有道仁人也,猶然遭此菑,況以中材而涉亂世之末流乎?其遇害何可勝道哉!

鄙人有言曰:"何知仁義,已饗其利者爲有德。"故伯夷醜周,餓死首陽山,而文武不以其故貶王;跖、蹻暴戾,其徒誦義無窮。由此觀之,"竊鉤者誅,竊國者侯,侯之門仁義存",非虛言也。

今拘學或抱咫尺之義,久孤於世,豈若卑論儕俗,與世沈浮而取榮名哉!而布衣之徒,設取予然諾,千里誦義,爲死不顧世[一],此亦有所長,非苟而已也。故士窮窘而得委命,此豈非人之所謂賢豪間者邪?誠使鄉曲之俠,予季次、原憲比權量力,効功於當世,不同日而論矣。要以功見言信,俠客之義又曷可少哉!

古布衣之俠,靡得而聞已。近世延陵、孟嘗、春申、平原、信陵之徒,皆因王者親屬,藉於有土卿相之富厚,招天下賢者,顯名諸侯,不可謂不賢者矣。比如順風而呼，聲非加疾，其勢激也。至如閭巷之俠，修行砥名，聲施於天下，莫不稱賢，是爲難耳，然儒、墨皆排擯不載。自秦以前，匹夫之俠，湮滅不見，余甚恨之。以余所聞，漢興有朱家、田仲、王公、劇孟、郭解之徒，雖時扞當世之文罔，然其私義廉絜退讓，有足稱者。名不虛立，士不虛俯。至如朋黨宗彊比周，設財役貧，豪暴侵凌孤弱，恣慾自快，遊俠亦醜之。余悲世俗不察其意，而猥以朱家、郭解等令與暴豪之徒同類而共笑之也。

【校記】

[一]世，陳本作視。《史記》作世。

卷六十二

史論二

漢文帝紀贊論
班固

　　贊曰：孝文皇帝即位二十三年，宮室苑囿車騎服御無所增益。有不便，輒弛以利民。嘗欲作露臺，召匠許[一]之，直百金。上曰："百金，中人十家之產也。吾奉先帝宮室，常恐羞之，何以臺爲。"身衣弋綈，所幸愼夫人衣不曳地，帷帳無文繡，以示敦朴，爲天下先。治霸陵，皆瓦器，不得以金銀銅錫爲飾，因其山，不起墳。南越尉佗自立爲帝，召貴佗兄弟，以德懷之，佗遂稱臣。與匈奴結和親，後而背約入盜，令邊備守，不發兵深入，恐煩百姓。吳王詐病不朝，賜以几杖。羣臣袁盎等諫說雖切，常假借納用焉。張武等受賂金錢，覺，更加賞賜，以媿其心。專務以德化民，是以海内殷富，興於禮義，斷獄數百，幾致刑措。嗚呼，仁哉！

【校記】

　　[一] 許，陳本、《漢書》作計。

漢武帝紀贊論
班固

　　贊曰：漢承百王之弊，高祖撥亂反正，文景務在養民，至于稽古禮文之事，猶多闕焉。孝武初立，卓然罷黜百家，表章《六經》。遂疇咨海内，舉其俊茂，與之立功。興太學，修郊祀，改正朔，定歷數，協音律，作詩樂，建封禪，禮百神，紹周[一]，號令文章，煥焉可述。後嗣得遵洪業，而有三代之風。如武帝之雄材大略，不改文景之恭儉以濟斯民，雖《詩》《書》所稱，何有加焉！

【校記】

［一］據《漢書》，此有"後"字。

異姓諸侯王表論
班固

昔《詩》《書》述虞夏之際，舜禹受禪，積德累功，治於百姓，攝位行政，考之于天，經數十年，然後在位。殷周之王，乃繇卨稷，脩仁行義，歷十餘世，至於湯武，然後放殺。秦起襄公，章文、繆、獻、孝、昭、嚴，稍蠶食六國，百有餘載，至始皇，迺并天下。以德若彼，用力如此其囏難也。

秦旣稱帝，患周之敗，以爲起於處士橫議，諸侯力爭，四夷交侵，以弱見奪。於是削去五等，墮城銷刃，箝語燒書，內鋤雄俊，外攘胡粵，用壹威權，爲萬世安。然十餘年間，猛敵橫發乎不虞，適戍彊於五伯，間閻偪於戎狄，嚮應瘣於謗議，奮臂威於甲兵。鄉秦之禁，適所以資豪桀而速自斃也。是以漢亡尺土之階，繇一劍之任，五載而成帝業。書傳所記，未嘗有焉。何則？古世相革，皆承聖王之烈，今漢獨收孤秦之弊。鑴金石者難爲功，摧枯朽者易爲力，其埶然也。故據漢受命，譜十八王，月或作朋[陳]而裂之，天下一統，迺以年數。訖于孝文，異姓盡矣。

古今人表論
班固

自書契之作，先民可得而聞者，經傳所稱。唐虞以上，帝王有號謚，輔佐不可得而稱矣，而諸子頗言之，雖不考乎孔氏[一]，然猶著在篇籍，歸乎顯善昭惡，勸戒後人，故博采焉。孔子曰："若聖與仁，則吾豈敢？"又曰："何事於仁，必也聖乎！""未知，焉得仁？""生而知之者，上也；學而知之者，次也；困而學之，又其次也；困而不學，民斯爲下矣。"又曰："中人之上，可以語上也。""唯上智與下愚不移。"《傳》曰：譬如舜、禹、稷、契，與之爲善則行；鮌、讙兜，欲與爲惡則誅。可與爲善，不可與爲惡，是謂上智。桀、紂、龍逄、比干欲與之爲善則可[二]，于莘、崇侯與之爲惡則行；可與爲惡，不可與爲善，是謂下愚。齊桓公，管仲相之則霸，豎貂輔之則亂。可與爲善，可與爲惡，是謂中人。因茲以列九等之序，究極經傳，繼世相次，總備古今之略要云。

【校記】

[一]氏，陳本作子。《漢書》作氏。

[二]可，陳本同。《漢書》作誅。

董仲舒傳論
班固

贊曰：劉向稱："董仲舒有王佐之材，雖伊、呂亡以加，筦、晏之屬，伯者之佐，殆不及也。"至向子歆以爲"伊、呂乃聖人之耦，王者不得則不興。故顏淵死，孔子曰'噫！天喪余'。唯此一人爲能當之，自宰我、子貢、子游、子夏不與焉。仲舒遭漢承秦滅學之後，六經離析，下帷發憤，潛心大業，令後學者有所統壹，爲羣儒首。然考其師友淵源所漸，猶未及乎游、夏，而曰筦、晏弗及，伊、呂不加，過矣。"至向[一]孫龔，篤論君子也，以歆之言爲然。

【校記】

[一]據《漢書》，有"曾"字。

司馬遷傳論
班固

贊曰：自古書契之作而有史官，其載籍博矣。至孔氏纂之，上斷唐堯，下訖秦繆。唐虞以前雖有遺文，其語不經，故言黃帝、顓頊之事未朗可也。及孔子因魯史記而作《春秋》，而左丘明論輯其本事以爲之傳，又纂異同爲《國語》。又有《世本》，錄黃帝以來至春秋時帝王公侯卿大夫祖世所出。春秋之後，七國並爭，秦兼諸侯，有《戰國策》。漢興伐秦定天下，有《楚漢春秋》。故司馬遷據《左氏》《國語》，采《世本》《戰國策》，述《楚漢春秋》，接其後事，訖于大漢。其言秦漢，詳矣。至於采經摭傳，分散數家之事，甚多疏略，或有抵梧。亦其涉獵者廣博，貫穿經傳，馳騁古今，上下數千載間，斯以勤矣。又其是非頗繆於聖人，論大道則先黃老而後六經，序遊俠則退處士而進姦雄，述貨殖則崇執利而羞賤貧，此其所蔽也。然自劉向、楊雄博極羣書，皆稱遷有良史之材，服其善序事理，辨而不華，質而不俚，其文直，其事核，不虛美，不隱惡，故謂之實錄。嗚呼！以遷之博物洽聞，而不能以知自全，既陷極刑，幽而發憤，書亦信矣。迹其所以自傷悼，《小雅》巷伯之倫。夫唯《大雅》"既明且哲，能保其身"，難矣哉！

楊雄傳論
班固

贊曰：雄之自序云爾。初，雄年四十餘，自蜀來至游京師，大司馬車騎將軍王音奇其文雅，召以爲門下史，薦雄待詔。歲餘，奏《羽獵賦》，除爲郎，給事黃門，與王莽、劉歆並。哀帝之初，又與董賢同官。當成、哀、平間，莽、賢皆爲三公，權傾人主，所薦莫不拔擢，而雄三世不徙官。及莽篡位，談說之士用符命稱功德獲封爵者甚衆。雄復不侯，以耆老久次轉爲大夫，恬於埶利迺如是。實好古而樂道，其意欲求文章成名於後世，以爲經莫大于《易》，故作《太玄》；傳莫大於《論語》，作《法言》；史篇莫大於《倉頡》，作《訓纂》；箴莫善於《虞箴》，作《州箴》；賦莫深於《離騷》，反而廣之；辭莫麗於相如，作四賦：皆斟酌其本，相與放依而馳騁云。用心於内，不求於外，於時人皆曶之；唯劉歆及范逡敬焉，而桓譚以爲絕倫。

王莽時，劉歆、甄豐皆爲上公，莽既以符命自立，即位之後欲絕其原以神前事，而豐子尋、歆子棻復獻之。莽誅豐父子，投棻四裔，辭所連及，便收不請。時雄校書天禄閣上，治獄事使者來，欲收雄，雄恐不能自免，迺從閣上自投下，幾死。莽聞之曰："雄素不與事，何故在此？"間請問其故，迺劉棻嘗從雄學作奇字，雄不知情。有詔勿問。然京師爲之語曰："惟寂寞，自投閣；爰清靜，作符命。"

雄以病免，復召爲大夫。家素貧，嗜酒，人希至其門。時有好事者載酒肴從游學，而鉅鹿侯芭常從雄居，受其《太玄》《法言》焉。劉歆亦嘗觀之，謂雄曰："空自苦！今學者有禄利，然尚不能明《易》，又如《玄》何？吾恐後人用覆醬瓿也。"雄笑而不應。年七十一，天鳳五年卒，侯芭爲起墳，喪之三年。

時大司空王邑納言，嚴尤聞雄死，謂桓譚曰："子嘗稱楊雄書，豈能傳於後世乎？"譚曰："必傳。顧君與譚不及見也。凡人賤近而貴遠，親見楊子雲禄位容貌不能動人，故輕其書。昔老聃著虛無之言兩篇，薄仁義，非禮學，然後世好之者尚以爲過於'五經'，自漢文、景之君及司馬遷皆有是言。今楊子之書文義至深，而論不詭於聖人，若使遭遇時君，更閱賢知，爲所稱善，則必度越諸子矣。"諸儒或譏以爲雄非聖人而作經，猶春秋吳楚之君借號稱王，蓋誅絕之罪也。自雄之没至今四十餘年，其《法言》大行，而《玄》終不顯，然篇籍具存。

班固傳論
范曄

論曰：司馬遷、班固父子，其言史官載籍之作，大義粲然著矣。議者咸稱二子有良史之才。遷文直而事覈，固文贍而事詳。若固之序事，不激詭，不抑抗，贍而不穢，詳而有體，使讀之者亹亹而不厭，信哉其能成名也。彪、固譏遷，以爲是非頗謬於聖人。然其論議常排死節，否正直，而不敘殺身成仁之爲美，則輕仁義，賤守節愈矣。固傷遷博物洽聞，不能以智免極刑；然亦身陷大戮，智及之而不能守之。嗚呼，古人所以致論於目睫也！

王仲傳論
范曄

論曰：百家之言，政者尚矣。大略歸乎寧固根柢，革易時敝也。夫遭運無常，意見偏雜，故是非之論，紛然相乖。嘗試妄論之，以爲世非胥、庭，人乖彀飲，化迹萬肇，情故萌生。雖周物之智，不能研其推變；山川之奧，未足況其紆險。則應俗適事，難以常條。如使用審其道，則殊塗同會；才奕其分，則一豪以乖。何以言之？若夫玄聖御世，則羹同極，施舍之道，宜無殊典。而損益異運，文朴遞行。用䣥居晦，回沉[一]於曩時；興戈陳俎，參差於上世。及至戴黃屋，服絺衣，豐薄不齊，而致化則一；亦有宥公族，黥國儲，寬慘巨隔，而防非必同。此其分波而共源，百慮而一致者也。若乃偏情矯用，則枉直必過。故葛屨履霜，敝由崇儉；楚楚衣服，戒在窮奢；疎禁厚下，以尾大陵弱；斂威峻罰，以苛薄分崩。斯《曹》《魏》之刺，所以明乎國風；周、秦末軌，所以彰於微滅。故用舍之端，興敗資焉。是以繁簡唯時，寬猛相濟，刑書鑄鼎，事有可詳；三章在令，取貴能約。太叔致猛政之褒，國子流遺愛之涕，宣孟改冬日之和，平陽循畫一之法。斯實弛張之弘致，可以征其統乎。數子之言當世失得皆究矣，然多謬通方之訓，好申一隅之說。貴清靜者，以席上爲腐議；束名實者，以柱下爲誕辭。或推前王之風，可行於當年；有引救敝之政，宜流於長世。稽之篤論，將爲敝矣。如以舟無推陸之分，瑟非常調之音，不限局以疑遠，不拘玄以妨素，則化樞各管其極，理略可得而言與？

【校記】

[一]沉，陳本同。《後漢書》作沇。

周黃徐姜傳論
范曄

《易》曰："君子之道，或出或處，或默或語。"孔子稱："蘧伯玉邦有道則仕，邦無道則可卷而懷也。"然用舍之端，君子之所以存其誠也。故其行也，則濡足蒙垢，出身以狥時；及其止也，則窮棲茹菽，藏寶以迷國。

太原閔仲叔者，世稱節士，雖周黨之絜清，自以弗及也。黨見其含菽飲水，遺以生蒜，受而不食。建武中，應司徒侯霸之辟。既至，霸不及政事，徒勞苦而已。仲叔恨曰："始蒙嘉命，且喜且懼；今見明公，喜懼皆去。以仲叔爲不足問邪，不當辟也。辟而不問，是失人也。"遂辭出，投劾而去。復以博士徵，不至。客居安邑。老病家貧，不能得肉，日買猪肝一片，屠者或不肯與，安邑令聞，敕吏常給焉。仲叔怪而問之，知，乃歎曰："閔仲叔豈以口腹累安邑邪？"遂去，客沛。以壽終。

仲叔同郡荀恁，字君大，少亦修清節。資財千萬，父越卒，悉散與九族。隱居山澤，以求厥志。王莽末，匈奴寇其本縣廣武，聞恁名節，相約不入荀氏閭。光武徵之，以病不至。永平初，東平王蒼爲驃騎將軍，開東閣延賢俊，辟而應焉。及後朝會，顯宗戲之曰："先帝徵君不至，驃騎辟君而來，何也？"對曰："先帝秉德以惠下，故臣可得不來。驃騎執法以檢下，故臣不敢不至。"後月餘，罷歸，卒於家。

桓帝時，安陽人魏桓，字仲英，亦數被徵。其鄉人勸之行。桓曰："夫干祿求進，所以行其志也。今後宮千數，其可損乎？廄馬萬匹，其可減乎？左右悉權豪，其可去乎？"皆對曰："不可。"桓乃慨然歎曰："使桓生行死歸，於諸子何有哉！"遂隱身不出。

若二三子，可謂識去就之槩，候時而處。夫然，豈其枯槁苟而已哉？蓋詭時審己，以成其道焉。余故列其風流，區而載之。

左雄周黃傳論
范曄

論曰：古者諸侯咸貢士，進賢受上賞，非賢貶爵土。升之司馬，辯論其才，論定然後官之。任官然後祿之。故王者得其人，進仕勸其行，經邦弘務，所由久矣。漢初詔舉賢良、方正，州郡察孝廉、秀才，斯亦貢士之方也。中興以後，復增敦樸、有道、賢能、直言、獨行、高節、質直、清白、敦厚之屬。榮路既廣，觖望難裁，自是竊名偽服，浸以流競。權門貴仕，請謁繁興。自左雄任事，限年試才，頗有不密，固亦因識時宜。而黃瓊、胡廣、張衡、崔瑗之徒，泥滯舊方，互相詭駮，循名者屈其短，算實者挺其効。故雄在尚書，天下不敢妄選，十餘年間，稱爲得人，斯亦効實之徵乎？順帝始以童弱反政，而號令自出，知能任使，故士得用情，天下喁喁仰其風采。遂乃備玄纁玉帛，以聘南陽樊英，天子降寢殿，設壇席，尚書奉引，延問失得。急登賢之舉，虛降己之禮，於是處士鄙生，忘其拘儒，拂巾衽褐，以企旌車之招矣。至乃英能承風，俊乂咸事，若李固、周舉之淵謨弘深，左雄、黃瓊之政事貞固，桓焉、楊厚以儒學進，崔瑗、馬融以文章顯，吳祐、蘇章、种暠、欒巴牧民之良幹，龐參、虞詡將帥之宏規，王龔、張皓虛心以推士，張綱、杜喬，直道以糾違，郎顗陰陽詳密，張衡機術特妙：東京之士，於茲盛焉。向使廟堂納其高謀，疆埸[一]宣其智力，帷幄容其謇辭，舉厝稟其成式，則武、宣之軌，豈其遠而？《詩》云："靡不有初，鮮克有終。"可爲恨哉！及孝桓之時，碩德繼興，陳蕃、楊秉處稱賢宰，皇甫、張、段出號名將，王暢、李膺彌縫兗[二]闕，朱穆、劉陶獻替匡時，郭有道獎鑒人倫，陳仲弓弘道下邑。其餘宏儒遠智，高心絜行，激揚風流者，不可勝言。而斯道莫振，文武陵隊，在朝者以正議嬰戮，謝事者以黨錮致灾。徃車雖折，而來軫方遒。所以傾而未顛，決而未潰，豈非仁人君子心力之爲乎？嗚呼！

【校記】

[一]埸，陳本同。《後漢書》作場。

[二]兗，陳本、《後漢書》作袞。

黨錮傳論
范曄

孔子曰："性相近也，習相遠也。"言嗜惡之本同，而遷染之塗異也。夫刻意則行不肆，牽物則其志流。是以聖人導民理性，裁抑宕佚，愼其所與，節其所偏，雖情品萬區，質文異數，至於陶物振俗，其道一也。叔末澆訛，王道陵缺，而猶假仁以効己，憑義以濟功。舉中於理，則強梁褫氣；片言違正，則廝臺解情。蓋前哲之遺塵，有足求者。

霸德旣衰，狙詐萌起。強者以缺[一]勝爲雄，弱者以詳[二]或作計[陳]劣受屈。至有畫半策而綰萬金，開一說而錫琛瑞。或起徒步而仕執珪，解草衣以升卿相。士之飾巧馳辯，以要能釣利者，不期而景從矣。自是愛尚相奪，與時回變，其風不可留，其獘不能反。

及漢祖仗劒，武夫勃興，憲令寬賒，文禮簡闊，緒餘四豪之烈，人懷陵上之心，輕死重氣，怨惠必讎，令行私庭，權移匹庶，任俠之方，成其俗矣。自武帝以後，崇尚儒學，懷經協[三]術，所在霧會，至有石渠分爭之論，黨同伐異之說，守文之徒，盛於時矣。至王莽專僞，終篡國，忠義之流，耻見縷紳，遂乃榮華丘壑，甘足枯槁。雖中興在運，漢德重開，而保身懷方，彌相慕襲，去就之節，重於時矣。逮桓、靈之間，主荒政謬，國命委於閹寺，士子羞與爲伍，故匹夫抗憤，處士橫議，遂乃激揚名聲，互相題拂，品覆[四]公卿，裁量執政，婞直之風，於斯行矣。

夫上好則下必甚，橋枉故直必過，其理然矣。若范滂、張儉之徒，清心忌惡，終陷黨議，不其然乎？

初，桓帝爲蠡吾侯，受學於甘陵周福，及即帝位，擢福爲尚書。時同郡河南尹房植有名當朝，鄉人爲之謠曰："天下規矩房伯武，因師獲印周仲進。"二家賓客，互相譏[五]揣，遂各樹朋徒，漸成尤[六]隙，由是甘陵有南北部，黨人之議，自此始矣。後汝南太守宗資任功曹范滂，南陽太守成瑨亦委功曹岑晊，二郡又爲謠曰："汝南太守范孟博，南陽宗資主畫諾。南陽太守岑公孝，弘農成瑨但坐嘯。"因此流言轉入太學，諸生三萬餘人，郭林宗、賈偉節爲其冠，並與李膺、陳蕃、王暢更相褒重。學中語曰："天下模楷李元禮，不畏彊禦陳仲舉，天下俊秀王叔茂。"又渤海公族進階、扶風魏齊卿，並危言深論，不隱豪强。自公卿以下，莫不畏其貶議，屣履到門。

時河內張成，善說風角，推占當赦，遂教子殺人。李膺爲河南尹，督促收捕，既而逢宥獲免，膺愈懷憤疾，竟案殺之。初，成以方伎交通宦官，帝亦頗諮其占。成弟子牢脩因上書誣告膺等養太學游士，交結諸郡生徒，更相驅馳，共爲部黨，誹訕朝廷，疑亂風俗。於是天子震怒，班下郡國，逮捕黨人，布告天下，使同忿疾，遂收執膺等。其辭所連及陳寔之徒二百餘人，或有迯遁不獲，皆懸金購募，使者四出，相望於道。明年，尚書霍諝、城門校尉竇武並表爲請，帝意稍解，乃皆赦歸田里，禁錮終身。而黨人之名，猶書王或作三[陳]府。

自有正直廢放，邪枉熾結，海內希風之流，遂共相標榜，指天下名士，爲之稱號。上曰"三君"，次曰"八俊"，次曰"八顧"，次曰"八及"，次曰"八廚"，猶古之"八元"、"八凱"也。竇武、劉淑、陳蕃爲"三君"。君者，言一世之所宗也。李膺、荀翌、杜密、王暢、劉祐、魏朗、趙典、朱寓爲"八俊"。俊者，言人之英也。郭林宗、宗慈、巴肅、夏馥、范滂、尹勳、蔡衍、羊陟爲"八顧"。顧者，言能以德行引人者也。張儉、岑晊、劉表、陳翔、孔昱、范[七]康、檀敷、翟超爲"八及"。及者，言其能導人追宗者也。度尚、張邈、王考、劉儒、胡母班、秦周、蕃嚮、王章爲"八厨"。厨者，言能以財救人者也。

又張儉鄉人朱並，承望中常侍侯覽意旨，上書言儉與同鄉二十四人别相署號，共爲部黨，圖危社稷。以儉及檀彬、褚鳳、張肅、薛蘭、馮禧、魏玄、徐乾爲"八俊"，田林、張隱、劉表、薛郁、王訪、劉祗、宣靖、公緒恭爲"八顧"，朱楷、田槃、踈耽、薛敦、宋布、唐龍、嬴咨、宣褒爲"八及"，刻石立墠，共爲部黨，而儉爲之魁。靈帝詔刊章捕儉等。大長秋曹節因此諷有司奏捕前黨故司空虞放、太僕杜密、長樂少府李膺、司隸校尉朱寓、潁川太守巴肅、沛相荀翌[八]、河内太守魏朗、山陽太守翟超、任城相劉儒、太尉掾范滂等百餘人，皆死獄中。餘或先歿不及，或亡命獲免。自此諸爲怨隙者，因相陷害，睚眦之忿，濫入黨中。又州郡承旨，或有未嘗交關，亦罹禍毒。其死徙廢禁者，六七百人。

熹平五年，永昌太守曹鸞上書大訟黨人，言甚方切。帝省奏大怒，即詔司隸、益州檻車收鸞，送槐里獄掠殺之。於是又詔州郡更考党人門生故吏、父子兄弟，其在位者，免官禁錮，爰及五屬。

光和二年，上禄長和海上言："禮，從祖兄弟别居異財，恩義已輕，服屬疎末。而今黨人錮及五族，既乖典訓之文，有繆經常之法。"帝覽而悟之，黨錮自從祖以下，皆得解釋。

中平元年，黄巾賊起，中常侍吕彊言於帝曰："黨錮久積，人情多怨。若久不赦宥，輕與張角合謀，爲變滋大，悔之無救。"帝懼其言，乃大赦黨人，誅徙之家皆歸故郡。其後黄巾遂盛，朝野崩離，綱紀文章蕩然矣。

凡黨事始自甘陵、汝南，成於李膺、張儉，海内塗炭，二十餘年，諸所蔓衍，皆天下善士。三君、八俊等三十五人，其名迹存者，並載乎篇。陳蕃、竇武、王暢、劉表、度尚、郭林宗别有傳，荀翌[九]附《祖淑傳》，張邈附《吕布傳》，胡母班附《袁紹傳》。王考字文祖，東平壽張人，冀州刺史；秦周字平王，陳留平丘人，北海相；蕃嚮字嘉景，魯國人，郎中；王璋字伯儀，東萊曲城人，少府卿：位行並不顯。翟超，山陽太守，事在《陳蕃傳》，字及郡縣未詳。朱寓，沛人，與杜密等俱死獄中。唯趙典名見而已。

【校記】

[一]缺，陳本同。《後漢書》作決。

[二]詳，陳本同。《後漢書》作詐。

[三]協，陳本作挾。《後漢書》作協。

［四］覆，陳本同。《後漢書》作覈。
［五］譏，陳本作機。《後漢書》作譏。
［六］允，陳本同。《後漢書》作尤。
［七］范，陳本同。《後漢書》作苑。
［八］翌，陳本作昱。《後漢書》作翌。
［九］同［八］。

卷六十三

史述贊

五帝紀贊
司馬遷

　　太史公曰：學者多稱五帝，尚矣。然《尚書》獨載堯以來；而百家言黃帝，其文不雅馴，薦紳先生難言之。孔子所傳《宰予問五帝德》及《帝繫姓》，儒者或不傳。余嘗西至空桐，北過涿鹿，東漸於海，南浮江淮矣，至長老皆各往往稱黃帝、堯、舜之處，風教固殊焉，總之不離古文者近是。予觀《春秋》《國語》，其發明《五帝德》《帝繫姓》章矣，顧弟弗深考，其所表見皆不虛。《書》缺有間矣，其軼乃時時見於他說。非好學深思，心知其意，固難爲淺見寡聞道也。余並論次，擇其言尤雅者，故著爲本紀書首。

周紀贊
司馬遷

　　太史公曰：學者皆稱周伐紂，居洛邑，綜其實不然。武王營之，成王使召公卜居，居九鼎焉，而周復都豐、鎬。至犬戎敗幽王，周乃東徙于洛邑。所謂"周公葬我畢"，畢在鎬東南杜一作社[陳]中。秦滅周，漢興九十有餘載，天子將封太山，東巡狩至河南，求周苗裔，封其後嘉三十里地，號曰周子南君，比列侯，以奉其先祭祀。

秦始皇紀贊
司馬遷

　　太史公曰：秦之先伯翳，嘗有勳於唐虞之際，受土賜姓。及殷夏之間微散。至周之衰，秦興，邑于西垂。自繆公以來，稍蠶食諸侯，竟成始皇。

始皇自以爲功過五帝，地廣三王，而羞與之侔。

然以諸侯十三，并兼天下，極情縱欲，養育宗親。三十七年，兵無所不加，制作政令，施於後王。蓋得聖人之威，河神授圖，據狼、狐，蹈參、伐，佐政驅除，距之稱始皇。

始皇既歿，胡亥極愚，酈山未畢，復作阿房，以遂前策。云"凡所爲貴有天下者，肆意極欲，大臣至欲罷先君所爲"。誅斯、去疾，任用趙高。痛哉言乎！人頭畜鳴。不威不伐，惡不篤不虛亡，距之不得留，殘虐以促期，雖居形便之國，猶不得存。

子嬰度次得嗣，冠玉冠，佩華紱，車黃屋，從百司，謁七廟。小人乘非位，莫不怳忽失守，偷安日日，獨能長念却慮，父子作權，近取於戶牖之間，竟誅猾臣，爲君討賊。高死之後，賓婚未得盡相勞，餐未及下咽，酒未及濡脣，楚兵已屠關中，眞人翔霸上，素車嬰組，奉其符璽，以歸帝者。鄭伯茅旌鸞刀，嚴王退舍。河決不可復雍，魚爛不可復全。向使嬰有庸主之才，僅得中佐，山東雖亂，秦之地可全而有，宗廟之祀未當絕也。秦之積衰，天下土崩瓦解，雖有周旦之材，無所復陳其巧，而以責一日之孤，誤哉！俗傳秦始皇起罪惡，胡亥極，得其理矣。復責小子云秦地可全，所謂不通時變者也。紀季以酅，《春秋》不名。吾讀《秦紀》，至於子嬰車裂趙高，未嘗不健其決，憐其志，嬰死生之義備矣。

漢高祖紀贊
司馬遷

太史公曰：夏之政忠。忠之敝，小人以野，故殷人承之以敬。敬之敝，小人以鬼，故周人承之以文。文之敝，小人以僿，故救僿莫若以忠。三王之道若循環，終而復始。周秦之間，可謂文敝矣。秦政不改，反酷刑法，豈不繆乎？故漢興，承敝易變，使人不倦，得天統矣。

孔子世家贊
司馬遷

太史公曰：《詩》有之："高山仰止，景行行止。"雖不能至，然心鄉往之。余讀孔氏書，想見其爲人。適魯，觀仲尼廟堂車服禮器，諸生以時習禮其家，余低[一]回留之不能去云。天下君王至於賢人衆矣，當時則榮，沒則已焉。孔子布衣，傳十餘世，學者宗之。自天子王侯，中國言六藝者折中於夫子，可謂至聖矣！

【校記】

[一]低，陳本同。《史記》作祇。

楚元王世家贊
司馬遷

太史公曰：國之將興，必有禎祥，君子用而小人退。國之將亡，賢人隱，亂臣貴。使楚王戊毋刑申公，遵其言，趙任防與先生，豈有篡殺之謀，爲天下僇哉？賢人乎，賢人乎！非質有其內，惡能用之哉？甚矣。"安危在出令，存亡在所任"，誠哉是言也！

老莊申韓傳贊
司馬遷

老子所貴道，虛無，因應變化於無爲，故著書辭稱爲妙難識。莊子散道德，放論，要亦歸之自然。申子卑卑，施之於名實。韓子引繩墨，切事情，明是非，其極慘礉少恩。皆原於道德之意，而老子深遠矣。

屈原賈生傳贊
司馬遷

余讀《離騷》《天問》《招魂》《哀郢》，悲其志。適長沙，觀屈原所自沈淵，未嘗不垂涕，想見其爲人。及見賈生弔之文，又[一]恠屈原以彼其材，游諸侯，何國不容，而自令若是。讀《鵩鳥賦》，同死生，輕去就，又爽然自失矣。

【校記】

[一]陳本無"又"字。《史記》有。

司馬相如傳贊
司馬遷

《春秋》推見至隱，《易》本隱之以顯，《大雅》言王公大人而德逮黎庶，《小雅》譏小己之得失，其流及上。所以言雖外殊，其合德一也。相如雖多虛辭濫說，然其要歸引之節儉，此與《詩》之風諫何異。楊雄以爲靡麗之賦，勸百風一，猶馳騁鄭、衛之聲，曲終而奏雅，不已虧乎？余采其語可論者著于篇。[一]

【校記】
　　[一]"余采其語可論者著于篇"句，據陳本補。《史記》有。

述文紀贊
班固
　　太宗穆穆，允恭玄默，化民以躬，率下以德。農不供貢，罪不收孥，宮不新舘，陵不崇墓。我德如風，民應如草，國富刑清，登我漢道。

述宣紀贊
班固
　　中宗明明，寅用刑名，時舉傅納，聽斷惟精。柔遠能邇，燀燿威靈，龍荒幕朔，莫不來庭。丕顯祖烈，尚於有成。

述藝文志贊
班固
　　伏犧畫封，書契後作，虞夏商周，孔纂其業，篹撰同[陳]《書》刪《詩》，綴《禮》正《樂》，象繫大《易》，因史立法。六經既登，遭世罔弘，羣言紛亂，諸子相騰。秦人是滅，漢終[一]其缺，劉向司籍，九流以別。爰著目錄，畧序洪烈。

【校記】
　　[一]終，陳本、《漢書》作修。

述蕭曹傳贊
班固
　　猗與元勳，包漢舉信，鎮守關中，足食成軍，營都立宮，定制脩文。平陽玄默，繼而弗革，民用作歌，化我淳德。漢之宗臣，是謂相國。

述匈奴傳贊
班固
　　於惟帝典，戎夷猾夏；周宣攘之，亦列風雅。宗幽既昏，淫於褒女。戎敗我驪，遂亡酆鄗。大漢初定，匈奴彊盛。圍我平城，寇侵邊境。至于孝武，爰赫斯怒。王師雷起，霆擊朔野。宣承其末，迺施洪德。震我威靈，五世來服。王莽竊命，是傾是覆，備其變理，爲世典式。

述西域傳贊
班固

西戎即序，夏后是表。周穆觀兵，荒服不旅。漢武勞神，圖遠甚勤。王師騝騝，致誅大宛。婥婥公主，迺女烏孫，使命乃通，條支之瀕。昭、宣承業，都護是立。總督城郭，三十有六，脩奉朝貢，各以其職。

明帝紀贊
范曄

顯宗丕承，業業兢兢。危心恭德，久[一]察姦勝。備革朝物，省薄墳陵。永懷廢典，下身遵道。登臺觀雲，臨雍拜老。懋帷[二]帝績，增光文考。

【校記】
　　[一]久，陳本同。《後漢書》作政。
　　[二]帷，陳本同。《後漢書》作惟。

鄧寇傳贊
范曄

元侯淵謨，迺作司徒。明啓帝略，肇定秦都。勳成智隱，靜其如愚。子翼守溫，蕭公是呼[一]。繫兵轉食，以集鴻烈。誅文屈賈，有剛有折。

【校記】
　　[一]呼，陳本、《後漢書》作垺。

崔駰傳贊
范曄

崔為文宗，世禪雕龍。建新恥絜，摧志求容。永矣長岑，于遼之陰。不有直道，曷取泥沉。瑗不言祿，亦離冤辱。子真持論，感起昏俗。

鄭孔荀彧傳贊
范曄

公業稱豪，駿聲升騰。權詭時偪，揮金僚朋。北海天逸，音情頓挫。越俗易驚，孤音少和。直響安歸，高謀誰佐？彧之有弼，誠感國疾。功申運改，迹疑心一。

傳上廣

伯夷傳
司馬遷

太史公曰：余登箕山，其上蓋有許由冢云。孔子序列古之仁聖賢人，如吳太伯、伯夷之倫詳矣。余以所聞由、光義至高，其文辭不少概見，何哉？

孔子曰："伯夷、叔齊，不念舊惡，怨是用希。""求仁得仁，又何怨乎？"余悲伯夷之意，睹軼詩可異焉。其《傳》曰：

伯夷、叔齊，孤竹君之二子也。父欲立叔齊，及父卒，叔齊讓伯夷。伯夷曰："父命也。"遂逃去，叔齊亦不肯立而逃之。國人立其中子。於是伯夷、叔齊聞西伯昌善養老，盍往歸焉。及至，西伯卒，武王載木主，號爲文王，東伐紂。伯夷、叔齊叩馬而諫曰："父死不葬，爰及干戈，可謂孝乎？以臣弒君，可謂仁乎？"左右欲兵之。太公曰："此義人也"，扶而去之。武王已平殷亂，天下宗周，而伯夷、叔齊恥之，義不食周粟，隱於首陽山，采薇而食之。及餓且死，作歌。其辭曰："登彼西山兮，采其薇矣。以暴易暴兮，不知其非矣。神農、虞、夏忽焉沒兮，我安適歸矣？于嗟徂兮，命之衰矣！"遂餓死於首陽山。

由此觀之，怨邪非邪？

或曰："天道無親，常與善人。"若伯夷、叔齊，可謂善人者非邪？積仁絜行如此而餓死！且七十子之徒，仲尼獨薦顏淵爲好學。然回也屢空，糟糠不厭，而卒蚤夭。天之報施善人，其何如哉？盜跖日殺不辜，肝人之肉，暴戾恣睢，聚黨數千人橫行天下，竟以壽終。是遵何德哉？此其尤大彰明較著者也。至若近世，操行不軌，專犯忌諱，而終身逸樂，富厚累世不絕。或擇地而蹈之，時然後出言，行不由徑，非公正不發憤，而遇禍災者，不可勝數也。余甚惑焉，儻所謂天道，是邪非邪？

子曰："道不同不相爲謀。"亦各從其志也。故曰"富貴如可求，雖執鞭之士，吾亦爲之。如不可求，從吾所好"。"歲寒，然後知松柏之後凋"。舉世混濁，清士乃見。豈以其重若彼，其輕若此哉？

"君子疾沒世而名不稱焉。"賈子曰："貪夫狥財，烈士狥名，夸者死權，衆庶馮生。""同明相照，同類相求。""雲從龍，風從虎，聖人作而萬物覩。"伯夷、叔齊雖賢，得夫子而名益彰。顏淵雖篤學，附驥尾而行益顯。巖穴之士，趨舍有時若此，類名堙滅而不稱，悲夫！閭巷之人，欲砥行立名者，非附青雲之士，惡能施於後世哉？

莊子傳
司馬遷

莊子者，蒙人也，名周。周嘗爲蒙漆園吏，與梁惠王、齊宣王同時。其學無所不闚，然其要本歸於老子之言。故其著書十餘萬言，大抵率寓言也。作《漁父》《盜跖》《胠篋》，以詆訿孔子之徒，以明老子之術。《畏累虛》《亢桑子》之屬，皆空語無事實。然善屬書離辭，指事類情，用剽剝儒、墨，雖當世宿學不能自解免也。其言洸洋自恣以適己，故自王公大人不能器之。

楚威王聞莊周賢，使使厚幣迎之，許以爲相。莊周笑謂楚使者曰："千金，重利；卿相，尊位也。子獨不見郊祭之犧牛乎？養食之數歲，衣以文繡，以入太廟。當是之時，雖欲爲孤豚，豈可得乎？子亟去，無污我。我寧遊戲污瀆之中自快，無爲有國者所羈，終身不仕，以快吾志焉。"

孟子傳
司馬遷

太史公曰：余讀孟子書，至梁惠王問"何以利吾國"，未嘗不廢書而嘆也。曰：嗟乎，利誠亂之始也！夫子罕言利者，常防其原也。故曰"放於利而行，多怨"。自天子至於庶人，好利之弊何以異哉！[一]

孟子，鄒人也，受業子思之門人。道既通，游事齊宣王，宣王不能用。適梁，梁惠王不果所言，則見以爲迂遠而闊於事情。當是之時，秦用商君，富國彊兵；楚、魏用吳起，戰勝弱敵；齊威王、宣王用孫子、田忌之徒，而諸侯東面朝齊。天下方務於合從連衡，以攻伐爲賢，而孟軻乃述唐、虞、三代之德，是以所如者不合。退而與萬章之徒序《詩》《書》，述仲尼之意，作《孟子》七篇。其後有騶子之屬。

齊有三騶子。其前騶忌，以鼓琴干威王，因及國政，封爲成侯而受相印，先孟子。

其次騶衍，後孟子。騶衍睹有國者益淫侈，不能尚德，若《大雅》整之於身，施及黎庶矣。乃深觀陰陽消息而作怪迂之變，《終始》《大聖》之篇十餘萬言。其語閎大不經，必先驗小物，推而大之，至於無垠。先序今以上至黃帝，學者所共術，大並世盛衰，因載其禨祥度制，推而遠之，至天地未生，窈冥不可考而原也。先列中國名山大川，通谷禽獸，水土所殖，物類所珍，因而推之，及海外人之所不能睹。稱引天地剖判以來，五德轉移，治各有宜，而符應若茲。以爲儒者所謂中國者，於天下迺八十一分居其一分耳。中國名曰赤縣神州。赤縣神州內自有九州，禹之序九州是也，不得爲州數。中國外如赤縣神州者九，乃所謂九州也。於是有裨海環之，人民禽獸莫能相通者，如一區中者，乃爲一州。如此者九，乃有大瀛海環其外，天地之際焉。其術皆此類也。然要其歸，必止乎仁義節儉，君臣上下六親之施始也濫耳。王公大人初見其術，懼然顧化，其後不能行之。

是以騶子重於齊。適梁，惠王郊迎，執賓主之禮。適趙，平原君側行襒席。如燕，昭王擁篲先驅，請列弟子之座而受業，築碣石宮，身親往師之。作《主運》。其游諸侯見尊禮如此，豈與仲尼菜色陳、蔡，孟軻困於齊、梁同乎哉！故武王以仁義伐紂而王，伯夷餓不食周粟；衛靈公問陳，而孔子不答；梁惠王謀欲攻趙，孟軻稱太王去邠。此豈有意阿世俗苟合而已哉！持方枘欲內圜鑿，其能入乎？或曰：伊尹負鼎而勉湯以王，百里奚飯牛車下而繆公用霸，作先合，然後引之大道。騶衍其言雖不軌，儻亦有牛鼎之意乎？

自騶衍與齊之稷下先生，如淳于髡、慎到、環淵、接子、田駢、騶奭之徒，各著書言治亂之事，以干世主，豈可勝道哉！

【校記】

[一]第一段，陳本無。

屈原傳
司馬遷

屈原者，名平，楚之同姓也。爲楚懷王左徒。博聞彊志，明於治亂，嫺於辭令。入則與王圖議國事，以出號令；出則接遇賓客，應對諸侯。王甚任之。

上官大夫與之同列，爭寵而心害其能。懷王使屈原造爲憲令，屈平屬草藁未定。上官大夫見而欲奪之，屈平不與，因讒之曰："王使屈平爲令，衆莫不知，每一令出，平伐其功，曰以爲'非我莫能爲'也。"王怒而疏屈平。

屈平疾王聽之不聰也，讒諂之蔽明也，邪曲之害公也，方正之不容也，故憂愁幽思而作《離騷》。離騷者，猶離憂也。夫天者，人之始也；父母者，人之本也。人窮則反本，故勞苦倦極，未嘗不呼天也；疾痛慘怛，未嘗不呼父母也。屈平正道直行，竭忠盡智以事其君，讒人間之，可謂窮矣。信而見疑，忠而被謗，能無怨乎？屈平之作《離騷》，蓋自怨生也。《國風》好色而不淫，《小雅》怨誹而不亂。若《離騷》者，可謂兼之矣。上稱帝嚳，下道齊桓，中述湯武，以刺世事。明道德之廣崇，治亂之條貫，靡不畢見。其文約，其辭微，其志潔，其行廉，其稱文小而其指極大，舉類邇而見義遠。其志潔，故其稱物芳。其行廉，故死而不容。自疎濯淖汙泥之中，蟬蛻於濁穢，以浮游塵埃之外，不獲世之滋垢，皭然泥而不滓者也。推此志也，雖與日月爭光可也。

屈平既絀，其後秦欲伐齊，齊與楚從親，惠王患之，乃令張儀佯去秦，厚幣委質事楚，曰："秦甚憎齊，齊與楚從親，楚誠能絕齊，秦願獻商、於之地六百里。"楚懷王貪而信張儀，遂絕齊，使使如秦受地。張儀詐之曰："儀與王約六里，不聞六百里。"楚使怒去，歸告懷王。懷王怒，大興師伐秦。秦發兵擊之，大破楚師於丹、淅，斬首八萬，虜楚將屈匄，遂取楚之漢中地。懷王乃悉發國中兵以深入擊秦，戰於藍田。魏聞之，襲楚至鄧。楚兵懼，自秦歸。而齊竟怒不救楚，楚大困。

明年，秦割漢中地與楚以和。楚王曰："不願得地，願得張儀而甘心焉。"張儀聞，乃曰："以一儀而當漢中地，臣請往如楚。"如楚，又因厚幣用事者臣靳尚，而設詭辯於懷王之寵姬鄭袖。懷王竟聽鄭袖，復釋去張儀。是時屈平既疏，不復在位，使於齊，顧反，諫懷王曰："何不殺張儀？"懷王悔，追張儀不及。

其後諸侯共擊楚，大破之，殺其將唐眛。

時秦昭王與楚婚，欲與懷王會。懷王欲行，屈平曰："秦虎狼之國，不可信，不如無行。"懷王稚子子蘭勸王行："奈何絕秦歡！"懷王卒行。入武關，秦伏兵絕其後，因留懷王，以求割地。懷王怒，不聽。亡走趙，趙不內。復之秦，竟死於秦而歸葬。

長子頃襄王立，以其弟子蘭爲令尹。楚人既咎子蘭以勸懷王入秦而不反也。

屈平既嫉之，雖放流，睠顧楚國，繫心懷王，不忘欲反，冀幸君之一悟，俗之一改也。其存君興國而欲反覆之，一篇之中三致志焉。然終無可奈何，故不可以反，卒以此見懷王之終不悟也。人君無愚智賢不肖，莫不欲求忠以自爲，舉賢以自佐，然亡國破家相隨屬，而聖君治國累世而不見者，其所謂忠者不忠，而所謂賢者不賢也。懷王以不知忠臣之分，故内惑於鄭袖，外欺於張儀，疏屈平而信上官大夫、令尹子蘭。兵挫地削，亡其六郡，身客死於秦，爲天下笑，此不知人之禍也。《易》曰："井渫不食，爲我心惻，可以汲。王明，並受其福。"王之不明，豈足福哉！

令尹子蘭聞之大怒，卒使上官大夫短屈原於頃襄王，頃襄王怒而遷之。

屈原至於江濱，被髮行吟澤畔。顏色憔悴，形容枯槁。漁父見而問之曰："子非三閭大夫歟？何故而至此？"屈原曰："舉世混濁而我獨清，衆人皆醉而有獨醒，是以見放。"漁父曰："夫聖人者，不凝滯於物而能與世推移。舉世混濁，何不隨其流而揚其波？衆人皆醉，何不餔其糟而啜其釃？何故懷瑾握瑜而自令見放爲？"屈原曰："吾聞之，新沐者必彈冠，新浴者必振衣，人又誰能以身之察察，受物之汶汶者乎！寧赴常流而葬乎江魚腹中耳，又安能以皓皓之白而蒙世俗之溫蠖乎！"乃作《懷沙》之賦。其辭曰：

陶陶孟夏兮，草木莽莽。傷懷永哀兮，汨徂南土。眴兮窈窈，孔靜幽墨。冤結紆軫兮，離愍之長鞠；撫情効志兮，俛詘以自抑。刓方以爲圜兮，常度未替，易初本由兮，君子所鄙。章畫職墨兮，前度未改；內直質重兮，大人所盛。巧匠不斵兮，孰察其揆正？玄文幽處兮，矇謂之不章；離婁微睇兮，瞽以爲無明。變白而爲黑兮，倒上以爲下。鳳凰在笯兮，雞雉翔舞。同糅玉石兮，一槩而相量。夫黨人之鄙妬兮，羌不知吾所臧。

任重載盛兮，陷滯而不濟；懷瑾握瑜兮，窮不得余所示。邑犬群吠兮，吠所怪也；誹俊疑桀兮，固庸態也。文質疎內兮，衆不知吾之異采；材樸委積兮，莫知余之所有。重仁襲義兮，謹厚以爲豐；重華不可悟兮，孰知余之從容！古固有不並兮，豈知其故也？湯禹久遠兮，邈不可慕也。懲違改忿兮，抑心而自彊；離湣而不遷兮，願志之有象。進路北次兮，日昧昧其將暮；含憂虞哀兮，限之以大故。

亂曰：浩浩沅湘兮，分流汩兮。脩路幽拂兮，道遠忽兮。曾唫恒悲兮，永歎慨兮。世既莫吾知兮，人心不可謂兮。懷情抱質兮，獨無匹兮。伯樂既殁兮，驥將焉程兮？人生有命兮，各有所錯兮。定心廣志，余[一]何畏懼兮？曾傷爰哀，永嘆喟兮。世溷不吾知，心不可謂兮。知死不可讓兮，願勿愛兮。明以告君子兮，吾將以爲類兮。

於是懷石遂自投汨羅以死。

【校記】

[一]余，陳本同。《史記》作餘。

循吏傳
司馬遷

孫叔敖者，楚之處士也。虞丘相進之於楚莊王以自代也。三月爲楚相，施教導民，上下和合，世俗盛美，政緩禁止，吏無姦邪，盜賊不起。秋冬則勸民山採，春夏以水，各得其所便，民皆樂其生。

莊王以爲幣輕，更以小爲大，百姓不便，皆去其業。市令言之相曰：

"市亂，民莫安其處，次行不定。"相曰："如此幾何頃乎？"市令曰："三月頃。"相曰："罷，吾今令之復矣。"後五日，朝，相言之王曰："前日更幣，以爲輕。今市令來言曰'市亂，民莫安其處，次行之不定'。臣請遂令復如故。"王許之，下令三日而市復如故。

楚民俗好庳車，王以爲庳車不便馬，欲下令使高之。相曰："令數下，民不知所從，不可。王必欲高車，臣請教閭里使高其梱。乘車者皆君子，君子不能數下車。"王許之。居半歲，民悉自高其車。

此不教而民從其化，近者視而效之，遠者四面望而法之。故三得相而不喜，知其材自得之也；三去相而不悔，知非己之罪也。

子產者，鄭之列大夫也。鄭昭君之時，以所愛徐摯爲相，國亂，上下不親，父子不和。大宮子期言之君，以子產爲相。爲相一年，豎子不戲狎，斑白不提挈，僮子不犁畔。二年，市不豫賈。三年，門不夜關，道不拾遺。四年，田器不歸。五年，士無尺籍，喪期不令而治。治鄭二十六年而死，丁壯號哭，老人兒啼，曰："子產去我死乎！民將安歸？"

公儀休者，魯博士也。以高弟爲魯相。奉法循理，無所變更，百官自正。使食祿者不得與下民爭利，受大者不得取小。客有遺相魚者，相不受。客曰："聞君嗜魚，遺君魚，何故不受也？"相曰："以嗜魚，故不受也。今爲相，能自給魚；今受魚而免，誰復給我魚者？吾故不受也。"食茹而美，拔其園葵而棄之。見其家織布好，而疾出其家婦，燔其機，云："欲令農士工女安所讎其貨乎？"

石奢者，楚昭王相也。堅直廉正，無所阿避。行縣，道有殺人者，相追之，乃其父也。縱其父而還自繫焉。使人言之王曰："殺人者，臣之父也。夫以父立政，不孝也；廢法縱罪，非忠也；臣罪當死。"王曰："追而不及，不當伏罪，子其治事矣。"石奢曰："不私其父，非孝子也；不奉主法，非忠臣也。王赦其罪，上惠也；伏誅而死，臣職也。"遂不受令，自刎而死。

李離者，晉文公之理也。過聽殺人，自拘當死。文公曰："官有貴賤，罰有輕重。下吏有過，非子之罪也。"李離曰："臣居官爲長，不與吏讓位；受祿爲多，不與下分利。今過聽殺人，傅其罪下吏，非所聞也。"辭不受令。文公曰："子則自以爲有罪，寡人亦有罪邪？"李離曰："理有法，失刑則刑，失死則死。公以臣能聽微決疑，故使爲理。今過聽殺人，罪當死。"遂不受令，伏劍而死。

司馬季主傳
司馬遷

司馬季主者，楚人也。卜於長安東市。

宋忠爲中大夫，賈誼爲博士，同日俱出洗沐，相從論議，誦易先王聖人之道術，究徧人情，相視而歎。賈誼曰："吾聞古之聖人，不居朝廷，必在卜醫之中。今吾已見三公九卿朝士大夫，皆可知矣。試之卜數中以觀采。"二人即同輿而之市，游於卜肆中。天新雨，道少人，司馬季主閒坐，弟子三四人侍，方辯天地之道，日月之運，陰陽吉凶之本。二大夫再拜謁。司馬季主視其狀貌，如類有知者，即禮之，使弟子延之坐。坐定，司馬季主復理前語，分別天地之終始，日月星辰之紀，差次仁義之際，列吉凶之符，語數千言，莫不順理。

宋忠、賈誼瞿然而悟，獵纓正襟危坐，曰："吾望先生之狀，聽先生之辭，小子竊觀於世，未嘗見也。今何居之卑，何行之汙？"

司馬季主捧腹大笑曰："觀大夫類有道術者，今何言之陋也，何辭之野也！今夫子所賢者何也？所高者誰也？今何以卑汙長者？"

二君曰："尊官厚祿，世之所高也，賢才處之。今所處非其地，故謂之卑。言不信，行不驗，取不當，故謂之汙。夫卜筮者，世俗之所賤簡也。世皆言曰：'夫卜者多言誇嚴以得人情，虛高人祿命以說人志，擅言禍災以傷人心，矯言鬼神以盡人財，厚求拜謝以私於己。'此吾之所恥，故謂之卑汙也。"

司馬季主曰："公且安坐。公見夫被髮童子乎？日月照之則行，不照則止，問之日月疵瑕吉凶，則不能理。由是觀之，能知別賢與不肖者寡矣。賢之行也，直道以正諫，三諫不聽則退。其譽人也不望其報，惡人也不顧其怨，以便國家利眾爲務。故官非其任不處也，祿非其功不受也。見人不正，雖貴不敬也；見人有汙，雖尊不下也；得不爲喜，去不爲恨；非其罪也，雖累辱而不愧也。

"今公所謂賢者，皆可爲羞矣。卑疵而前，孅趨而言；相引以勢，相導以利；比周賓正，以求尊譽，以受公奉；事私利，枉主法，獵農民；以官爲威，以法爲機，求利逆暴：譬無異於操白刃劫人者也。初試官時，倍力爲巧詐，飾虛功執空文以誷主上，用居上爲右；試官不讓賢陳功，見僞增實，以無爲有，以少爲多，以求便勢尊位；食飲馳騁，從姬歌兒，不顧於親，犯法害民，虛公家：此夫爲盜不操矛弧者也，攻而不用弦刃者也，欺父母未有罪而弒君未伐者也。何以爲高賢才乎？

"盜賊發不能禁，夷貊不服不能攝，姦邪起不能塞，官秏亂不能治，四時不和不能調，歲穀不熟不能適。才賢不爲，是不忠也；才不賢而託官位，利上奉，妨賢者處，是竊位也；有人者進，有財者禮，是僞也。子獨不見鴟梟之與鳳皇翔乎？蘭芷芎藭棄於廣野，蒿蕭成林，使君子退而不顯衆，公等是也。

"述而不作，君子義也。今夫卜者，必法天地，象四時，順於仁義，分策定卦，旋式正棊，然後言天地之利害，事之成敗。昔先王之定國家，必先龜策日月，而後乃敢代；正時日，乃後入家；產子必先占吉凶，後乃有之。自伏羲作八卦，周文王演三百八十四爻而天下治。越王勾踐倣文王八卦以破敵國，霸天下。由是言之，卜筮有何負哉！

"且夫卜筮者，掃除設坐，正其冠帶，然後乃言事，此有禮也。言而鬼神或以饗，忠臣以事其上，孝子以養其親，慈父以畜其子，此有德者也。而以義置數十百錢，病者或以愈，且死或以生，患或以免，事或以成，嫁子娶婦或以養生：此之爲德，豈直數十百錢哉！此夫老子所謂'上德不德，是以有德'。今夫卜筮者利大而謝少，老子之云豈異於是乎？

"莊子曰：'君子內無飢寒之患，外無劫奪之憂，居上而敬，居下不爲害，君子之道也。' 今夫卜筮者之爲業也，積之無委聚，藏之不用府庫，徙之不用輜車，負裝之不重，止而用之無盡索之時。持不盡索之物，游於無窮之世，雖莊氏之行未能增於是也，子何故而云不可卜哉？天不足西北，星辰西北移；地不足東南，以海爲池；日中必移，月滿必虧；先王之道，乍存乍亡。公責卜者言必信，不亦惑乎！

"公見夫談士辯人乎？慮事定計，必是人也，然不能以一言說人主意，故言必稱先王，語必道上古。慮事定計，飾先王之成功，語其敗害，以恐喜人主之志，以求其欲。多言誇嚴，莫大於此矣。然欲彊國成功，盡忠於上，非此不立。今夫卜者，導惑教愚也。夫愚惑之人，豈能以一言而知之哉！言不厭多。

"故騏驥不能與罷驢爲駟，而鳳皇不與燕雀爲羣，而賢者亦不與不肖者同列。故君子處卑隱以辟衆，自匿以辟倫，微見德順以除羣害，以明天性，助上養下，多其功利，不求尊譽。公之等喁喁者也，何知長者之道乎！"

宋忠、賈誼忽而自失，芒乎無色，悵然噤口不能言。於是攝衣而起，再拜而辭，行洋洋也。出市門僅能自上車，伏軾低頭，卒不能出氣。

居三日，宋忠見賈誼於殿門外，乃相引屛語相謂自歎曰："道高益安，勢高益危。居赫赫之勢，失身且有日矣。夫卜而有不審，不見奪糈；爲人主計而不審，身無所處。此相去遠矣，猶天冠地屨也。此老子之所謂'無名者萬物之始'也。天地曠曠，物之熙熙，或安或危，莫知居之。我與若，何足預彼哉！彼久而愈安，雖曾氏之義未有以異也。"

久之，宋忠使匈奴，不至而還，抵罪。而賈誼爲梁懷王傅，王墮馬薨，誼不食，毒恨而死。此務華絕根者也。

太史公曰：古者卜人所以不載者，多不見于篇。及至司馬季主，余志而著之。

卷六十四

傳二廣

東方朔傳
班固

東方朔，字曼倩，平原厭次人也。武帝初即位，徵天下舉方正賢良文學材力之士，待以不次之位，四方士多上書言得失，自衒鬻者以千數，其不足采者輒報聞罷。朔初來，上書曰："臣朔少失父母，長養兄嫂。年十三學書，三冬文史足用；十五學擊劍；十六學《詩》《書》，誦二十二萬言；十九學孫、吳兵法，戰陣之具，鉦鼓之教，亦誦二十二萬言。凡臣朔固已誦四十四萬言。又常服子路之言。臣朔年二十二，長九尺三寸，目若懸珠，齒若編貝，勇若孟賁，捷若慶忌，廉若鮑叔，信若尾生。若此，可以爲天子大臣矣。臣朔昧死再拜以聞。"

朔文辭不遜，高自稱譽，上偉之，令待詔公車，奉祿薄，未得省見。

久之，朔紿騶朱儒，曰："上以若曹無益於縣官，耕田力作固不及人，臨衆處官不能治民，從軍擊[一]虜不任兵事，無益於國用，徒索衣食，今欲盡殺若曹。"朱儒大恐，啼泣。朔教曰："上即過，叩頭請罪。"居有頃，聞上過，朱儒皆號泣頓首。上問："何爲？"對曰："東方朔言上欲盡誅臣等。"上知朔多端，召問朔："何恐朱儒爲？"對曰："臣朔生亦言，死亦言。朱儒長三尺餘，奉一囊粟，錢二百四十；臣朔長九尺餘，亦奉一囊粟，錢二百四十。朱儒飽欲死，臣朔飢欲死。臣言可用，幸異其禮；不可用，罷之，無令但索長安米[二]。"上大笑，因使待詔金馬門，稍得親近。

上嘗使諸數家射覆，置守宮盆下，射之，皆不能中。朔自贊曰："臣嘗受《易》，請射之。"迺別蓍布卦而對曰："臣以爲龍又無角，謂之爲蛇又有足，跂跂脈脈善緣壁，是非守宮即蜥蜴。"上曰："善。"賜帛十匹。復使射他物，連中，輒賜帛。

時有幸倡郭舍人，滑稽不窮，常侍左右，曰："朔狂，幸中耳，非至數也。臣願令朔復射，朔中之，臣榜百，不能中，臣賜帛。"廼覆樹上寄生，令朔射之。朔曰："是寠藪也。"舍人曰："果知朔不能中也。"朔曰："生肉爲膾，乾肉爲脯；著樹爲寄生，盆下爲寠數。"上令倡監榜舍人，舍人不勝痛，呼謈。朔笑之言："咄！口無毛，聲謷謷，尻益高。"舍人恚曰："朔擅詆欺天子從官，當棄市。"上問朔："何故詆之？"對曰："臣非敢詆之，廼與爲隱耳。"上曰："隱云何？"朔曰："夫口無毛者，狗竇也；聲謷謷者，鳥哺鷇也；尻益高者，鶴俛啄也。"舍人不服，因曰："臣願復問朔隱語，不知，亦當榜。"即妄爲諧語曰："令壺齟，老柏塗，伊優亞，狋吽牙。何謂也？"朔曰："令者，命也；壺者，所以盛也；齟者，齒不正也；老者，人所敬也；柏者，鬼之廷也；塗者，漸洳徑也；伊優亞者，辭未定也；狋吽牙者，兩犬爭也。"舍人所問，朔應聲輒對，變詐鋒[二]出，莫能窮者，左右大驚。上以朔爲常侍郎，遂得愛幸。

久之，伏日，詔賜從官肉。大官丞曰晏不來，朔獨拔劍割肉，謂其同官曰："伏日當蚤歸，請受賜。"即懷肉去。大官奏之。朔入，上曰："昨賜肉，不待詔，以劍割肉而去之，何也？"朔免冠謝。上曰："先生起自責也。"朔再拜曰："朔來！朔來！受賜不待詔，何無禮也！拔劍割肉，一何壯也！割之不多，又何廉也！歸遺細君，又何仁也！"上笑曰："使先生自責，廼反自譽！"復賜酒一石，肉百斤，歸遺細君。

初，建元三年，微行始出，北至池陽，西至黃山，南獵長楊，東游宜春。微行常用飲酎已。八九月中，與侍中常侍武騎及待詔隴西北地良家子能騎射者期諸殿門，故有"期門"之號自此始。微行以夜漏下十刻廼出，常稱平陽侯。旦明，入山下馳射鹿豕狐兔，手格熊羆，馳騖禾稼稻秔之地。民皆號呼罵詈，相聚會，自言鄠杜令。令徃，欲謁平陽侯，諸騎欲擊鞭之。令大怒，使吏呵止，獵者數騎見留，廼示以乘輿物，久之廼得去。時夜出夕還，後齎五日粮，會朝長信宮，上大驩樂之。是後，南山下乃知微行數出也，然尚迫於太后，未敢遠出。丞相御史知指，乃使右輔都尉徼循長楊以東，右內史發小民共待會所。後廼私置更衣，從宣曲以南十二所，中休更衣，投宿諸宮，長楊、五柞、倍陽、宣曲尤幸。於是上以爲道遠勞苦，又爲百姓所患，廼使太中大夫吾丘壽王與待詔能用筭者二人，舉籍阿城以南，盩厔以東，宜春以西，提封頃畝，及其賈直，欲除以爲上林苑，屬之南山。又詔中尉、左右內史表屬縣草田，欲以償鄠杜之民。吾丘壽王奏事，上大說稱善。時朔在傍進諫。

是日因奏《泰階》之事，上乃拜朔爲太中大夫、給事中，賜黃金百斤。

然遂起上林苑，如壽王所奏云。

　　久之，隆慮公主子昭平君尚帝女夷安公主，隆慮主病困，以金千斤錢千萬爲昭平君豫贖死罪，上許之。隆慮主卒，昭平君日驕，醉殺主傅，獄繫內宮[四]。以公主子，廷尉上請請論。左右人人爲言："前又入贖，陛下許之。"上曰："吾弟老有是一子，死以屬我。"於是爲之垂涕歎息，良久曰："法令者，先帝所造也，用弟故而誣先帝之法，吾何面目入高廟乎！又下負萬民。"廼可其奏，哀不能自止，左右盡悲。朔前上壽，曰："臣聞聖王爲政，賞不避仇讎，誅不擇骨肉。《書》曰：'不偏不黨，王道蕩蕩。'此二者，五帝所重，三王所難也。陛下行之，是以四海之內元元之民各得其所，天下幸甚！臣朔奉觴，昧死再拜上萬歲壽。"上廼起，入省中，夕時召讓朔，曰："《傳》曰'時然後言，人不厭其言'。今先生上壽，時乎？"朔免冠頓首曰："臣聞樂太盛則陽溢，哀太盛則陰損，陰陽變則心氣動，心氣動則精神散，而邪氣及。銷憂者莫若酒[五]，臣朔所以上壽者，明陛下正而不阿，因以止哀也。愚不知忌諱，當死。"先是，朔嘗醉入殿中，小遺殿上，劾不敬。有詔免爲庶人，待詔宦者署。因此時復爲中郎，賜帛百匹。

　　初，帝姑館陶公主號竇太主，堂邑侯陳午尚之。午死，主寡居，年五十餘矣，近幸董偃。與母以賣珠爲事，偃年十三歲，隨母出入主家。左右言其姣好，主召見，曰："吾爲母養之。"因留第中，教書計相馬御射，頗讀傳記。至年十八而冠，出則執轡，入則侍內。爲人溫柔愛人，以主故，諸公接之，名稱城中，號曰董君。主因推令散財交士，令中府曰："董君所發，一日金滿百斤，錢滿百萬，帛滿千匹，乃白之。"安陵爰叔者，爰盎兄子也，與偃善，謂偃曰："足下私侍漢主，挾不測之罪，將欲安處乎？"偃懼曰："憂之久矣，不知所以。"爰叔曰："顧城廟遠無宿宮，又有萩竹籍田，足下何不白主獻長門園？此上所欲也。如是，上知計出於足下也，則安枕而臥，長無慘怛之憂。久之不然，上且請之，於足下何如？"偃頓首曰："敬奉教。"入言之主，主立奏書獻之。上大說，更名竇太主園爲長門宮。主大喜，使偃以黃金百斤爲爰叔壽。

　　[六]因是爲董君畫求見上之策，令主稱疾不朝。上徃臨疾，問所欲，主辭謝曰："妾幸蒙陛下厚恩，先帝遺德，奉朝請之禮，備臣妾之儀，列爲公主，賞賜邑入，隆天重地，死無以塞責。一日卒有不勝洒掃之職，先狗馬填溝壑，竊有所恨，不勝大願，願陛下時忘萬事，養精游神，從中掖庭回輿，枉路臨妾山林，得獻觴上壽，娛樂左右。如是而死，何恨之有！"上曰："主何憂？幸得愈。恐羣臣從官多，大爲主費。"上還。有頃，主

疾愈，起謁，上以錢千萬從主飲。後數日，上臨山林，主自執宰敝膝，道入登階就坐。坐未定，上曰："願謁主人翁。"主乃下殿，去簪珥，徒跣頓首謝曰："妾無狀，負陛下，身當伏誅。陛下不致之法，頓首死罪。"有詔謝。主簪履起，之東箱自引董君。董君綠幘傅鞲，隨主前，伏殿下。主廼贊："館陶公主胞人臣偃昧死昧死再拜謁。"因叩頭謝，上爲之起。有詔賜衣冠上。偃起，走就衣冠。主自奉食進觴。當是時，董君見尊不名，稱爲"主人翁"，飲大驩樂。主乃請賜將軍列侯從官金錢雜繒各有數。於是董君貴寵，天下莫不聞。郡國狗馬蹴鞠劍客輻湊董氏。常從遊戲北宮，馳逐平樂，觀雞鞠之會，角狗馬之足，上大歡樂之。於是上爲竇太主置酒宣室，使謁者引內董君。

　　是時，朔戟殿下，辟戟而前曰："董偃有斬罪三，安得入乎？"上曰："何謂也？"朔曰："偃以人臣私侍公主，其罪一也；敗男女之化，而亂婚姻之禮，傷王制，其罪二也；陛下富於春秋，方積思於'六經'，留神於王事，馳騖于唐、虞，折節於三代，偃不遵經勸學，反以靡麗爲右，奢侈爲務，盡狗馬之樂，極耳目之欲，行邪枉之道，徑淫辟之路，是乃國家之大賊，人主之大蜮。偃爲淫首，其罪三也。昔伯姬燔而諸侯憚，奈何乎陛下？"上默然不應，良久曰："吾業以設飲，後而自改。"朔曰："不可。夫宣室者，先帝之正處也，非法度之政不得入焉。故淫亂之漸，其變爲篡，是以豎貂爲淫而易牙作患，慶父死而魯國全，管、蔡誅而周室安。"上曰："善。"有詔止，更置酒北宮，引董君從東司馬門。東司馬門更名東交門，賜朔黃金三十斤。董君之寵由是日衰，至年三十而終。後數歲，竇太主卒，與董君會葬於霸陵。是後，公主貴人多踰禮制，自董偃始。

　　時天下侈靡趨末，百姓多離農畝。上從容問朔："吾欲化民，豈有道乎？"朔對曰："上爲淫侈如此，而欲使民獨不奢侈失農，事之難者也。陛下誠能用臣朔之計，推甲乙之帳燔之於四通之衢，却走馬示不復用，則堯、舜之隆宜可與比治矣。《易》曰：'正其本，萬事理；失之毫釐，差之千里。'願陛下留意察之。"

　　朔雖詼笑，然時觀察顔色，直言切諫，上常用之。自公卿在位，朔皆敖弄，無所爲屈。上以朔口諧辭給，好作問之。嘗問朔曰："先生視朕何如主也？"朔對曰："自唐、虞之隆，成、康之際，未足以諭當世。臣伏觀陛下功德，陳五帝之上，在三王之右。非徒此而已，誠得天下賢士，公卿在位咸得其人矣。譬若以周、邵爲丞相，孔丘爲御史大夫，太公爲將軍，畢公爲[七]拾遺於後，弁嚴子爲衛尉，皋陶爲大理，后稷爲司農，伊尹爲少府，子贛使外國，顔、閔爲博士，子夏爲太常，益爲右扶風，子路爲執金吾，契爲鴻臚，龍逢爲宗正，伯夷爲京兆，管仲爲馮翊，魯般爲將作，仲山甫爲光禄，申伯爲太僕，延陵季子爲水衡，百里奚爲典屬國，柳下惠爲大長秋，史魚爲司直，蘧伯玉爲太傅，孔父爲詹事，孫叔敖爲諸侯相，子産爲郡守，王慶忌爲期門，夏育爲鼎官，羿爲旄頭，宋萬爲式道侯。"上迺大笑。

　　是時朝廷多賢材，上復問朔："方今公孫丞相、兒大夫、董仲舒、夏侯始昌、司馬相如、吾丘壽王、主父偃、朱買臣、嚴助、汲黯、膠倉、終軍、嚴安、徐樂、司馬遷之倫，皆辯知閎達，溢於文辭，先生自視，何與比哉？"朔對曰："臣觀其舌齒牙，樹頰胲，吐脣吻，擢項頤，結股腳，連雕尻，遺蛇其迹，行步偶旅。臣朔雖不肖，尚兼此數子者。"朔之進對澹辭，皆此類也。

　　武帝既招英俊，程其器能，用之如不及。時方外事胡、越，內興制度，國家多事，自公孫丑[八]以下至司馬遷皆奉使方外，或爲郡國守相至公卿，而朔常至太中大夫，後嘗爲郎，與枚臯、郭舍人俱在左右，詼啁而已。久之，朔上書陳農戰彊國之計，因自訟獨不得大官，欲求試用。其言專商鞅、韓非之語也，指意放蕩，頗復詼諧，辭數萬言，終不見用。朔因著論，設客難己，用位卑以自慰諭。又設非有先生之論。

　　朔之文辭，此二篇最善。其餘有《封泰山》《責和氏璧》及《皇太子生禖》《風屏》[九]《殿上柏柱》《平樂觀賦獵》，八言、七言上下，《從公孫弘借車》，凡劉向所錄朔書具是矣，世所傳他事皆非也。

【校記】

　　[一]擊，陳本作繫。《漢書》作擊。
　　[二]未，陳本、《漢書》作米，是。
　　[三]鏠，陳本作鋒。《漢書》作鏠。
　　[四]宫，陳本、《漢書》作官。
　　[五]"若酒"二字據陳本補。
　　[六]《漢書》此有"叔"字。
　　[七]爲，陳本同。《漢書》作高。
　　[八]丑，陳本同。《漢書》作弘。
　　[九]風屏，陳本、《漢書》作屏風。

貨殖傳
班固

昔先王之制，自天子公侯卿大夫士至於皂隸抱關擊柝者，其爵祿、奉養、宮室、車服、棺槨、祭祀、死生之制各有差品，小不得僭大，賤不得踰貴。夫然，故上下序而民志定。於是辯其土地、川澤、丘陵、衍沃、原隰之宜，教民種樹畜養；五穀六畜及至魚鼈、鳥獸、雚蒲、材幹、器械之資，所以養生送終之具，靡不皆育。育之以時，而用之有節。中木未落，斧斤不入於山林；豺獺未祭，罝網不布於壄澤；鷹隼未擊，矰弋不施於徯或作蹊[陳]隧。既順時而取物，然猶山不茬蘖，澤不伐夭，蠵魚麛卵，咸有常禁。所以順時宣氣，蕃阜庶物，稸足功用，如此之備也。然後四民因其土宜，各任智力，夙興夜寐，以治其業，相與通功易事，交利而俱贍，非有徵發期會，而遠近咸足。故《易》曰"后以財成輔相天地之宜，以左右民"，"備物致用，立成器以爲天下利，莫大乎聖人"，此之謂也。《管子》云："古之四民不得雜處。"士相與言仁誼於閒宴，工相與議技巧於官府，商相與語財利於市井，農相與謀稼穡於田壄。朝夕從事，不見異物而遷焉。故其父兄之教不肅而成，子弟之學不勞而能，各安其居而樂其業，甘其食而美其服，雖見奇麗紛華，非其所習，辟猶戎翟之與于越，不相入矣。是以欲寡而事節，財足而不爭。於是在民上者，道之以德，齊之以禮，故民有恥而且敬，貴誼而賤利。此三代之所以直道而行，不嚴而治之大略也。

及周室衰，禮法墮，諸侯刻桷丹楹，大夫山節藻梲，八佾舞於庭，《雍》徹於堂。其流至乎士庶人，莫不離制而棄本，稼穡之民少，商旅之民多，穀不足而貨有餘。

陵夷至乎桓、文之後，禮誼大壞，上下相冒，國異政，家殊俗，耆欲不制，僭差亡極。於是商通難得之貨，工作亡用之器，士設反道之行，以追時好而取世資。偽民背實而要名，姦夫犯害而求利，篡弒取國者爲王公，圉與犁同[陳]奪成家者爲雄桀。禮誼不足以拘君子，刑戮不足以威小人。富者木土被文錦，犬馬餘肉粟，而貧者裋褐不完，唅菽飲水。其爲編戶齊民，同列而以財力相君，雖爲僕虜，猶亡慍色。故夫飾變詐爲姦軌者，自足乎一世之間；守道循理者，不免於飢寒之患。其教自上興，繇法度之無限也。故列其行事，以傳世變云。

昔粵王句踐困於會稽之上，廼用范蠡、計然。計然曰："知鬭則修備，時用則知物，二者形則萬貨之情可得見矣。故旱則資舟，水則資車，物之理也。"推此類而脩之，十年國富，厚賂戰士，遂報彊吳，刷會稽之恥。范蠡歎曰："計然之策，十用其五而得意。既以施國，吾欲施之家。"廼乘扁舟，浮江湖，變名姓，適齊爲鴟夷子皮，之陶爲朱公。以爲陶天下之中，諸侯四通，貨物所交易也，迺治產積居，與時逐而不責於人。故善治產者，能擇人而任時。十九年之間三致千金，再散分與貧友昆弟。後年衰老，聽子孫脩業而息之，遂至鉅萬。故言富者稱陶朱。

子贛既學於仲尼，退而仕衛，發貯鬻財曹、魯之間。七十子之徒，賜最爲饒。而顏淵簞食瓢飲，在于陋巷。子贛結駟連騎，束帛之幣聘享諸侯，所至，國君無不分庭與之亢禮。然孔子賢顏淵而譏子贛，曰："回也其庶乎，屢空。賜不受命，而貨殖焉，意[一]則屢中。"

白圭，周人也。當魏文侯時，李克務盡地力，而白圭樂觀時變，故人棄我取，人取我予。能薄飲食，忍嗜欲，節衣服，與用事僮僕同苦樂，趨時若猛獸摯鳥之發。故曰："吾治生猶伊尹、呂尚之謀，孫、吳用兵，商鞅行法是也。故智不足與權變，勇不足以決斷，仁不能以取予，彊不能以有守，雖欲學吾術，終不告也。"蓋天下言治生者祖白圭。

猗頓用鹽鹽起，邯鄲郭縱以鑄冶成業，與王者埒富。

烏氏嬴畜牧，及衆，斥賣，求奇繪物，間獻戎王。戎王十倍其償，與畜，畜至用谷量牛馬。秦始皇令嬴北封君，以時與列臣朝請。

巴寡婦清，其先得丹穴，而擅其利數世，家亦不訾。清寡婦能守其業，用財自衛，人不敢犯。始皇以爲貞婦而客之，爲築女懷清臺。

秦漢之制，列侯封君食租稅，咸率戶二百。千戶之君則二十萬，朝覲聘享出其中。庶民農工商賈，率亦歲萬息二千，[二]百萬之家即二十萬，而更繇租賦出其中，衣食[三]好美矣。故曰陸地牧馬二百蹏，牛千蹏角，千足羊，澤中千足彘，水居千石魚波，山居千章之萩。安邑千樹棗；燕、秦千樹栗；蜀、漢、江陵千樹橘。淮北滎南河濟之間千樹萩；陳、夏千畝漆；齊、魯千畝桑麻；渭川千畝竹。及名國萬家之城，帶郭千畝畝鐘之田，若千畝巵茜，千畦薑韭，此其人皆與千戶侯等。

諺曰："以貧求富，農不如工，工不如商，刺繡文不如倚市門。"此言末業，貧者之資也。通邑大都酤一歲千釀，醯醬千瓨，漿千儋，屠牛羊彘千皮，穀糶千鐘，薪稾千車，船長千丈，木千章，竹竿萬個，軺車百乘，牛車千兩；木器髹者千枚，銅器千鈞，素木鐵器若巵茜千石，馬蹏噭千，牛千足，羊彘千雙，童手指千，筋角丹沙千斤，其帛絮細布千鈞，文采千匹，荅布皮革千石，漆千大斗，蘗麴鹽豉千合，鮐鮆千斤，鮿鮑千鈞，棗栗千石者三之，狐貂裘千皮，羔羊裘千石，旃席千具，它果菜千種，子貸金錢千貫，節馹會，貪賈三之，廉賈五之，亦比千乘之家，此其大率也。

蜀卓氏之先，趙人也，用鐵冶富。秦破趙，遷卓氏之蜀，夫妻推輦行。

諸遷虜少有餘財，爭與吏，求近處，處葭萌。唯卓氏曰："此地陿薄。吾聞岷山之下沃壄，下有踆鴟，至死不飢。民工作布，易賈。"乃求遠遷。致之臨邛，大喜，即鐵山鼓鑄，運籌筭，賈滇、蜀民，富至僮八百人，田池射獵之樂擬於人君。

程鄭，山東遷虜也，亦冶鑄，賈魋結[四]民，富埒卓氏。

程、卓既衰，至成、哀間，成都羅裒訾至巨萬。初，裒賈京師，隨身數十百萬，為平陵石氏持錢。其人彊力。石氏訾次如、苴，親信，厚資遣之，令往來巴蜀，數年間致千餘萬。裒舉其半賂遺曲陽、定陵侯，依其權力，賒貸郡國，人莫敢負。擅鹽井之利，期年所得自倍，遂殖其貨。

宛孔氏之先，梁人也，用鐵冶為業。秦滅魏，遷孔氏南陽，大鼓鑄，規陂田，連騎游諸侯，因通商賈之利，有游閒公子之名。然其贏得過當，瘉於孅嗇，家致數千金，故南陽行賈盡法孔氏之雍容。

魯人俗儉嗇，而丙氏尤甚，以鐵冶起，富至鉅萬。然家自父兄子弟約，俛有拾，卬有取，貰貸行賈徧郡國。鄒、魯以其故，多去文學而趨利。

齊俗賤奴虜，而刀閒獨愛貴之。桀黠奴，人之所患，唯刀閒收取，使之逐魚鹽商賈之利，或連車騎交守相，然愈益任之，終得其力，起數千萬。故曰"寧爵無刀"，言能使豪奴自饒，而盡其力也。刀閒既衰，至成、哀間，臨淄姓偉訾五千萬。

周人既孅，而師史尤甚，轉轂百數，賈郡國，無所不至。雒陽街居在齊、秦、楚、趙之中，富貴相矜以久賈，過邑不入門。設用此等，故師史能致十千萬。

師史既衰，至成、哀、王莽時，雒陽張長叔、薛子促訾亦十千萬。莽皆以為納言士，欲法武帝，然不能得其利。

宣曲任氏，其先為督道倉吏。秦之敗也，豪桀爭取金玉，任氏獨窖倉粟。楚漢相距滎陽，民不得耕種，米石至萬，而豪桀金玉盡歸任氏，任氏以此起富。富人奢侈，而任氏折節為儉，力田畜。人爭取賤賈，任氏獨取貴善，富者數世。然任公家約，非田畜所生不衣食，公事不畢則不得飲酒食肉。以此為閭里率，故富而主上重之。

塞之斥也，唯橋桃以致馬千匹，牛倍之，羊萬，粟以萬鐘計。

吳、楚兵之起，長安中列侯封君行從軍旅，齎貸子錢家，子錢家以為關東成敗未決，莫肯予。唯毋鹽氏出捐千金貸，其息十之。三月，吳楚平。一歲之中，則毋鹽氏息十倍，用此富[五]關中。

關中富商大賈，大氐盡諸田，田牆、田蘭。韋家栗氏、安陵杜氏亦鉅萬。前富者既衰，自元、成訖王莽，京師富人杜陵樊嘉，茂陵摯網，平陵如氏、苴氏，長安丹王君房、豉樊少翁、王孫大卿，爲天下高訾。樊嘉五千萬，其餘皆鉅萬矣。王孫卿以財養士，與雄傑交，王莽以爲京司市師，漢司東市令也。

此其章章尤著者也。其餘郡國富民兼業顓利，以貨賂自行，取重於鄉里者，不可勝數。故秦楊以田農而甲一州，翁伯以販脂而傾縣邑，張氏以賣醬而喻侈，質氏以洒削而鼎食，濁氏以胃脯而連騎，張里以馬醫而擊鐘，皆越法矣。然常循守事業，積累贏利，漸有所起。至於蜀卓、宛孔、齊之刀閒，公擅山川銅鐵魚鹽市井之入，運其籌策，上爭王者之利，下錮齊民之業，皆陷不軌奢僭之惡。又況掘冢搏掩，犯姦成富，曲叔、稽發、雍樂成之徒，猶復齒列，傷化敗俗，大亂之道也。

【校記】

[一]意，陳本作億。《漢書》作意。
[二]陳本此有"戶"字。《漢書》無。
[三]陳本此有"之欲恣所"。《漢書》無。
[四]魋結，陳本作椎髻。《漢書》作魋結。
[五]陳本此有"埒"字。《漢書》無。

郭太傳
范曄

郭太字林宗，太原界休人也。家世貧賤。早孤，母欲使給事縣廷。林宗曰："大丈夫焉能處斗筲之役乎？"遂辭。就成皋屈伯彥學，三年業畢，博通墳籍。善談論，美言[一]制，乃游於洛陽。始見河南尹李膺，膺大奇之，遂相友善，於是名震京師。後歸鄉里，衣冠諸儒送至河上，車數千兩。林宗唯與李膺同舟而濟，衆賓望之，以爲神仙焉。

司徒黃瓊辟，太常趙典舉有道。或勸林宗仕進者，對曰："吾夜觀乾象，晝察人事，天之所廢，不可支也。"遂並不應。性明知人，好獎訓士類。身長八尺，容貌魁偉，褒衣博帶，周遊郡國。嘗於陳梁間行遇雨，巾一角墊，時人乃故折巾一角，以爲"林宗巾"。其見慕皆如此。或問汝南范滂曰："郭林宗何如人？"滂曰："隱不違親，貞不絕俗，天子不得臣，諸侯不得友，吾不知其它。"後遭母憂，有至孝稱。林宗雖善人倫，而不爲危言覈論，故宦官擅政而不能傷也。乃[二]黨事起，知名之士多被其害，唯林宗及汝南袁閎得免焉。遂閉門教授，弟子以千數。

建寧元年，太傅陳蕃、大將軍竇武爲閹人所害，林宗哭之於野，慟。既而歎曰："'人之云亡,邦國殄瘁'。'瞻烏爰止,不知于誰之屋'耳。"

明年春,卒于家,時年四十二。四方之士千餘人,皆來會葬。同志者乃共刻石立碑,蔡邕爲其文,既而謂涿郡盧植曰："吾爲碑銘多矣,皆有慙德,唯郭有道無愧色耳。"

其獎拔士人,皆如所鑒。初,太始至南州,過袁奉高,不宿而去;從叔度,累日不去。或以問太,太曰："奉高之器譬之汎濫,雖清而易挹;叔度之器,汪汪若千頃之陂,澄之不清,撓之不濁,不可量也。"已而果然,太以是名聞天下[三]。後之好事,或附益增張,故多華辭不經,又類卜相之書。今錄其章章効於事者,著之篇末。

左原者,陳留人也,爲郡學生,犯法見斥。林宗嘗遇諸路,爲設酒殽以慰之。謂曰:"昔顏涿聚梁甫之巨盜,段幹木晉國之大駔,卒爲齊之忠臣,魏之名賢。蘧瑗、顏回尚不能無[四],況其餘乎?慎勿恚恨,責躬而已。"原納其言而去。或有譏林宗不絕惡人者。對曰:"人而不仁,疾之以甚,亂也。"原後忽更懷忿,結客欲報諸生。其日林宗在學,原愧負前言,因遂罷去。後事露,衆人咸謝服焉。

茅容字季偉,陳留人也。年四十餘,耕於野,時與等輩避雨樹下,衆皆夷踞相對,容獨危坐愈恭。林宗行見之而奇其異,遂與共言,因請寓宿。旦日,容殺雞爲饌,林宗謂爲己設,既而以供其母,自以草蔬與客同飯。林宗起拜之曰:"卿賢乎哉!"因勸令學,卒以成德。

孟敏字叔達,鉅鹿楊氏人也。客居太原。荷甑墯地,不顧而去。林宗見而問其意。對曰:"甑已破矣,視之何益?"林宗以此異之,因勸令遊學。十年知名,三公俱辟,並不屈云。

庾乘字世遊,潁川鄢陵人也。少給事縣廷爲門士。林宗見而拔之,勸遊學官,遂爲諸生傭。後能講論,自以卑第,每處下坐[五],諸生博士皆就雠問,由是學中以下坐爲貴。後徵辟並不起,號曰"徵君"。

宋果字仲乙,扶風人也。性輕悍,憙與人報讎,爲郡縣所疾。林宗乃訓之義方,懼以禍敗。果感悔,叩頭謝負,遂改節自勑。後以烈氣聞,辟公府,侍御史、并州刺史,所在能化。

賈淑字子厚,林宗鄉人也。雖世有冠冕,而性險害,邑里患之。林宗遭母憂。淑來修弔,既而鉅鹿孫威直亦至。威直以林宗賢而受惡人弔,心怅之,不進而去。林宗追而謝之曰:"賈子厚誠實凶德,然洗心向善。仲尼不逆互鄉,故吾許其進也。"淑聞之,改過自厲,終成善士。鄉里有憂患者,淑輒傾身營救,爲州閭所稱。

史叔賓者,陳留人也。少有盛名。林宗見而告人曰:"牆高基下,雖得必失。"後果以論議阿枉敗名云。

黃允字子艾，濟陰人也。以儁才知名。林宗見而謂曰："卿有絕人之才，足成偉噐。然恐守道不篤，將失之矣。"後司徒袁隗欲爲從女求姻，見允而嘆曰："得壻如是足矣。"允聞而黜遣其妻夏侯氏。婦謂姑曰："今當見棄，方與黃氏長辭，乞一會親屬，以展離訣之情。"於是大集賓客三百餘人，婦中坐，攘袂數允隱匿穢惡十五事，言畢，登車而去。允以此廢於時。

謝甄字子微，汝南召陵人也。與陳留邊讓並善談論，俱有盛名。每共候林宗，未嘗不連日達夜。林宗謂門人曰："二子英才有餘，而並不入道，惜乎！"甄後不拘細行，爲時所毀。讓以輕侮曹操，操殺之。

王柔字叔優，弟澤，字季道，林宗同郡晉陽縣人也。兄弟總角共候林宗，以訪才行所宜。林宗曰："叔優當以仕進顯，季道當以經術通，然違方改務，亦不能至也。"後果如所言，柔爲護匈奴中郎將，澤爲代郡太守。

又識張孝仲芻牧之中，知范特祖郵置之役，召公子、許偉康並出屠酤，司馬子威拔自卒伍，及同郡郭長信、王長文、韓文布、李子政、曹子元、定襄周康子、西河王季然、雲中丘季智、郝禮真等六十人，並以成名。

【校記】

[一]言，陳本、《後漢書》作音。

[二]乃，陳本同。《後漢書》作及。

[三]"初，太始至南州"至"名聞天下"，據陳本補，劉本無。見《後漢書·郭太傳》注中所引謝承《後漢書》內容。

[四]之，陳本、《後漢書》作過。

[五]"坐"字據陳本補，《後漢書》同。

周黃徐姜申屠傳
范曄

周燮字彥祖，汝南安城人，决[一]曹掾燕之後也。燮生而欽頤折頞，醜狀駭人。其母欲棄之，其父不聽，曰："吾聞賢聖多有異貌，興我宗者，乃此兒也。"於是養之。

始在髫髫，而知廉讓；十歲就學，能通《詩》《論》；及長，專精《禮》《易》。不讀非聖之書，不脩賀問之好。有先人草廬結於岡畔，下有陂田，常肆勤以自給。非身所耕漁，則不食也。鄉黨宗族希得見者。

舉孝廉，賢良方正，特徵，皆以疾辭。延光二年，安帝以玄纁羔幣聘變,及南陽馮良,二郡各遣丞掾致禮。宗族更勸之曰:"夫脩德立行,所以爲國。自先世以來,勳寵相承,君獨何爲嗚[二]東岡之陂乎?"變曰:"吾既不能隱處巢穴,追綺季之跡,而猶顯然不遠父母之國,斯固以滑泥揚波,同其流[三]矣。夫修道者,度其時而動。動而不時,焉得亨乎!"因自載到潁川陽城,遣門生送敬,遂辭疾而歸。良亦載病到近縣,送禮而還。詔書告二郡,歲以羊酒養病。

良字君郎,出於孤微,少作縣吏。年三十,爲尉從佐。奉檄迎督郵,即路慨然,恥在厮役,因壞車殺馬,毀裂衣冠,乃遁至犍爲,從杜撫學。妻子求索,蹤迹斷絕,後乃見草中有敗車死馬,衣裳腐朽,謂爲虎狼盜賊所害,發喪制服。積十許年,乃還鄉里。志行高整,非禮不動,遇妻子如君臣,鄉黨以爲儀表。變、良年皆七十餘終。

黃憲字叔度,汝南慎陽人也。世貧賤,父爲牛醫。

潁川荀淑至慎陽,遇憲於逆旅[四],時年十四,淑竦然異之,揖與語,移日不能去。謂憲曰:"子,吾之師表也。"既而前至袁閎所,未及勞問,逆曰:"子國有顏子,寧識之乎?"閎曰:"見吾叔度邪?"是時,同郡戴良才高倨傲,而見憲未嘗不正容,及歸,罔然若有失也。其母問曰:"汝復從牛醫兒來邪?"對曰:"良不見叔度,不自以爲不及;既覩其人,則瞻之在前,忽焉在後,固難得而測矣。"同郡陳蕃、周舉常相謂曰:"時月之間不見黃生,則鄙吝之萌復存乎心。"及蕃爲三公,臨朝歎曰:"叔度若在,吾不敢先佩印綬矣。"太守王龔在郡,禮進賢達,多所降致,卒不能屈憲。郭林宗少游汝南,先過袁閎,不宿而退,進往從憲,累日方還。或以問林宗。林宗曰:"奉高之器,譬諸氿濫,雖清而易挹;叔度汪汪若千頃陂,澄之不清,淆之不濁,不可量也。"

憲初舉孝廉,又辟公府,友人勸其仕,憲亦不拒之,暫到京師而還,竟無所就。年四十八終,天下號曰"徵君"。

論曰:黃憲言論風旨,無所傳聞,然士君子見之者,靡不服深遠,去玼吝。將以道周性全,無德而稱乎?余曾祖穆侯以爲憲隤然其處順,淵乎其似道,淺深莫臻其分,清濁未議其方。若及門於孔氏,其殆庶乎!故嘗著論云。

徐穉字孺子,豫章南昌人也。家貧,常自耕稼,非其力不食。恭儉義讓,所居服其德。屢辟公府,不起。

時陳蕃爲太守,以禮請署功曹,穉不免之,既謁而退。蕃在郡不接賓客,唯穉來特設一榻,去則縣之。後舉有道,家拜太原太守,皆不就。

延熹二年,尚書令陳蕃、僕射胡廣等上疏薦穉等曰:"臣聞善人天地之紀，政之所由也。《詩》云：'思皇多士，生此王國。'天挺俊乂，爲陛下出，當輔弼明時，左右大業者也。伏見處士豫章徐穉、彭城姜肱、汝南袁閎、京兆韋著、潁川李曇，德行純備，著于人聽。若使擢登三事，協亮天工，必能翼宣盛美，增光日月矣。"桓帝乃以安車玄纁，備禮徵之，並不至。帝因問蕃曰："徐穉、袁閎、韋著孰爲先後？"蕃對曰："閎生出公族，聞道漸訓。著長於三輔禮義之俗，所謂不扶自直，不鏤自雕。至於穉者，爰自江南卑薄之域，而角立傑出，宜當爲先。"

穉嘗爲太尉黃瓊所辟，不就。及瓊卒歸葬，穉乃負糧徒步到江夏赴之，設雞酒薄祭，哭畢而去，不告姓名。時會者四方名士郭林宗等數十人，聞之，疑其穉也，乃選能言語生茅容輕騎追之。及於塗，容爲設飯，共言稼穡之事。臨訣去，謂容曰："爲我謝郭林宗，大樹將顚，非一繩所維，何爲栖栖不遑寧處？"及林宗有母憂，穉往弔之，置生芻一束於廬前而去。衆怪，不知其故。林宗曰："此必南州高士徐孺子也。《詩》不云乎：'生芻一束，其人如玉。'吾無德以堪之。"

靈帝初，欲蒲輪聘穉，會卒，時年七十二。

子胤字季登，篤行孝悌，亦隱居不仕。太守華歆禮請相見，固病不詣。漢末寇賊從橫，皆敬胤禮行，轉相約敕，不犯其閭。建安中卒。

李曇字雲，少孤，繼母嚴酷，曇事之愈謹，爲鄉里所稱法。養親行道，終身不仕。

姜肱字伯淮，彭城廣戚人也。家世名族。肱與二弟仲海、季江，俱以孝行著聞。其友愛天至，常共臥起。及各娶妻，兄弟相戀，不能別寢，以係嗣當立，乃遞往就室。

肱博通"五經"，兼明星緯，士之遠來就學者三千餘人。諸公爭加辟命，皆不就。二弟名聲相次，亦不應徵聘，時人慕之。

肱嘗與季江謁郡，夜於道遇盜，欲殺之。肱兄弟更相爭死，賊遂兩釋焉，但掠奪衣資而已。既至郡中，見肱無衣服，怪問其故，肱託以它辭，終不言盜。盜聞而感悔，後乃就精廬，求見徵君。肱與相見，皆叩頭謝罪，而還所略物。肱不受，勞以酒食而遣之。

後與徐穉俱征，不至。桓帝乃下彭城使畫工圖其形狀。肱卧於幽闇，以被韜面，言患眩疾，不欲出風。工竟不得見之。

中常侍曹節等專執朝事，新誅太傅陳蕃、大將軍竇武，欲借寵賢德，以釋衆望，乃白徵肱爲太守。肱得詔，乃私告其友曰："吾以虛獲實，遂藉聲價。明明在上，猶當固其本志，況今政在閹豎，夫何爲哉！"乃隱身遯命，遠浮海濱。再以玄纁聘，不就。即拜太中大夫，詔書至門，肱使家人對云"久病就醫",遂羸服閒行,竄伏青州界中,賣卜給食。召命得斷,家亦不知其處,歷年乃還。年七十七,熹平二年終于家。弟子陳留劉操追慕肱德,共刊石頌之。

申屠蟠字子龍,陳留外黃人也。九歲喪父,哀毀過禮。服除,不進酒肉十餘年。每忌日,輒三日不食。

同郡緱氏女玉爲父報讎,殺夫氏之黨,吏執玉以告外黃令梁配,配欲論殺玉。蟠時年十五,爲諸生,進諫曰:"玉之節義,足以感無恥之孫,激忍辱之子。不遭明時,尚當表旌廬墓,況在清聽,而不加哀矜!"配善其言,乃爲讞得減死論。鄉人稱美之。

家貧,傭爲漆工。郭林宗見而奇之。同郡蔡邕深重蟠,及被州辟,乃辭讓之曰:"申屠蟠禀氣玄妙,性敏心通,喪親盡禮,幾於毀滅。至行美義,人所鮮能。安貧樂潛,味道守真,不爲燥濕輕重,不爲窮達易節。方之於邕,以齒則長,以德則賢。"

後郡召爲主簿,不行。遂隱居精學,博貫"五經",兼明圖緯。始與濟陰王子居同在太學,子居臨歿,以身託蟠,蟠乃躬推輦車,送喪歸鄉里。遇司隸從事[五]河、鞏之間,從事義之,爲封傳護送,蟠不肯受,投傳於地而去。事畢還學。

太尉黃瓊辟,不就。及瓊卒,歸葬江夏,四方名豪會帳下者六七千人,互相談論,莫有及蟠者。唯南郡一生與相酬對,既別,執蟠手曰:"君非聘則徵,如是相見於上京矣。"蟠勃然作色曰:"始吾以子爲可與言也,何意乃相拘教樂貴之徒邪?"因振手而去,不復與言。再舉有道,不就。

先是京師游士汝南范滂等非訐朝政,自公卿以下皆折節下之。太學生爭慕其風,以爲文學將興,處士復用。蟠獨歎曰:"昔戰國之世,處士橫議,列國之王,至爲擁篲先驅,卒有阬儒燒書之禍,今之謂矣。"乃絕迹于梁碭之間,因樹爲屋,自同傭人。居二年,滂等果罹黨錮,或死或刑者數百人,蟠確然免於疑論。後蟠友人陳郡馮雍坐事繫獄,豫州牧黃琬欲殺之。或勸蟠救雍,蟠不肯行,曰:"黃子琰爲吾故邪,未必合罪。如不用吾言,雖徃何益!"琬聞之,遂免雍罪。

大將軍何進連徵不詣,進必欲致之,使蟠同郡黃忠書勸曰:"前莫府初開,至如先生,特加殊禮,優而不名,申以手筆,設几杖之坐。經過二載,而先生抗志彌高,所尚益固。竊論先生高節有餘,於時則未也。今潁川荀爽載病在道,北海鄭玄北面受署。彼豈樂羈牽哉,知時不可逸豫也。昔人之隱,遭時則放聲滅迹,巢棲茹薇。其不遇也,則裸身大笑,被髮狂歌。今先生處平壤,游人間,吟典籍,襲衣裳,事異昔人,而欲遠蹈其迹,不亦難乎！孔氏可師，何必首陽。"蟠不答。

中平五年，復與奭、玄及潁川韓融、陳紀等十四人並博士徵，不至。明年，董卓廢立，蟠及奭、融、紀等復俱公車徵，惟蟠不到。衆人咸勸之，蟠笑而不應。居無幾，奭等爲卓所脅迫，西都長安，京師擾亂。及大駕西遷，公卿多遇兵飢，室家流散，融等僅以身脫。唯蟠處亂末，終全高志。年七十四，終于家。

【校記】
[一]決，陳本作法。《後漢書》存兩說。
[二]鳴，陳本、《後漢書》作守。
[三]流，陳本作源。《後漢書》作流。
[四]族，陳本同。《後漢書》作旅。
[五]陳本、《後漢書》此有"於"字。

諸葛亮傳
陳壽

諸葛亮字孔明，琅邪陽都人也。漢司隸校尉諸葛豐後也。父珪，字子[一]貢，漢末爲太山郡丞。亮早孤，從父玄爲袁術所署豫章太守，玄將亮及亮弟均之官。會漢朝更選朱皓代玄，玄素與荆州牧劉表有舊，往依之。玄卒，亮躬耕隴畝，好爲《梁父吟》。身高八尺，每自比於管仲、樂毅，時人莫之許也。惟博陵崔州平、潁川徐庶元直與亮友善，謂爲信然。

時先主屯新野。徐庶見先主，先主器之，謂先主曰："諸葛孔明者，臥龍也，將軍豈願見之乎？"先主曰："君與俱來。"庶曰："此人可就見，不可屈致也。將軍宜枉駕顧之。"由是先主遂詣亮，凡三往，乃見。因屏人曰："漢室傾頹，姦臣竊命，主上蒙塵。孤不度德量力，欲信大義於天下，而智術淺短，遂用猖獗，至於今日。然志猶未已，君謂計將安出？"亮答曰："自董卓已來，豪傑並起，跨州連郡者不可勝數。曹操比於袁紹，則名微而衆寡，然操遂能克紹，以弱爲強者，非惟天時，抑亦人謀也。今操已擁百萬之衆，挾天子以令諸侯，此誠不可與爭鋒。孫權據有江東，已歷三世，國險而民附，賢能爲之用，此可以爲援而不可圖也。荆州北據漢、沔，利盡南海，東連吳會，西通巴、蜀，此用武之國，而其主不能守，此殆天所以資將軍，將軍豈有意乎？益州險塞，沃野千里，天府之土，高祖因之以成帝業。劉璋闇弱，張魯在北，民殷國富而不知存恤，智能之士思得明君。將軍既帝室之胄，信義著於四海，總攬英雄，思賢如渴，若跨有荆、益，保其巖阻，西和諸戎，南撫夷越，外結好孫權，內脩政理，天下有變，則命一上將將荆州之軍以向宛、洛，將軍身率益州之衆以出秦川，百姓孰敢不簞食壺漿以迎將軍者乎？誠如是，則霸業可成，漢室可興矣。"先主曰："善！"於是與亮情好日密。關羽、張飛等不悅，先主解之曰："孤之有孔明，猶魚之有水也。願諸君勿復言。"羽、飛乃止。

劉表長子琦，亦深器亮。表受後妻之言，愛少子琮，不悅於琦。琦每欲與亮謀自安之術，亮輒拒塞，未與處畫。琦乃將亮游觀後園，共上高樓，飲宴之間，令人去梯，因謂亮曰："今日上不至天，下不至地，言出子口，入於吾耳，可以言未？"亮答曰："君不見申生在內而危，重耳在外而安[二]乎？"琦意感悟，陰規出計。會黃祖死，得出，遂爲江夏太守。俄而表卒，琮聞曹公來征，遣使請降。先主在樊聞之，率其衆南行，亮與徐庶並從，爲曹公所追破，獲庶母。庶辭先主而指其心曰："本欲與將軍共圖王霸之業者，以此方寸之地也。今已失老母，方寸亂矣，無益於事，請從此別。"遂詣曹公。

先主至於夏口，亮曰："事急矣，請奉命求救於孫將軍。"時權擁軍在柴桑，觀望成敗，亮說權曰："海內大亂，將軍起兵據有江東，劉豫州亦收衆漢南，與曹操並爭天下。今操芟夷大難，略已平矣，遂破荆州，威震四海。英雄無所用武，故豫州遁逃至此。將軍量力而處之，若能以吳、越之衆與中國抗衡，不如早與之絕；若不能當，何不案兵束甲，北面而事之！今將軍外託服從之名，而內懷猶豫之計，事急而不斷，禍至無日矣！"權曰："苟如君言，劉豫州何不遂事之乎？"亮曰："田橫，齊之壯士耳，猶守義不辱，況劉豫州王室之胄，英才蓋世，衆士仰慕，若水之歸海；若事之不濟，此乃天也，安能復爲之下乎！"權勃然曰："吾不能舉全吳之地，十萬之衆，受制於人。吾計決矣！非劉豫州莫可以當曹操者，然豫州新敗之後，安能抗此難乎？"亮曰："豫州軍雖敗於長阪，今戰士還者及關羽水軍精甲萬人，劉琦合江夏戰士亦不下萬人。曹操之衆，遠來疲弊，聞追豫州，輕騎一日一夜行三百餘里，此所謂'彊弩之末，勢不能穿魯縞'者也。故兵法忌之，曰'必厥上將軍'。且北方之人，不習水戰；又荆州之民附操者，偪兵勢耳，非心服也。今將軍誠能命猛將統兵數萬，與豫州協規同力，破操軍必矣。操軍破，必北還，如此則荆、吳之勢彊，鼎足之形成矣。成敗之機，在於今日。"權大悅，即遣周瑜、程普、魯肅等水軍三萬，隨亮詣先主，並力拒曹公。曹公敗于赤壁，引軍歸鄴。先主遂收江南，以亮爲軍師中郎將，使督零陵、桂陽、長沙三郡，調其賦稅，以充軍實。

建安十六年，益州牧劉璋遣法正迎先主，使擊張魯。亮與關羽鎮荊州，先主自葭萌還攻璋，亮與張飛、趙雲等率衆泝江，分定郡縣，與先主共圍成都。成都平，以亮為軍師將軍，署左將軍府事。先主外出，亮常鎮守成都，足食足兵。二十六年，羣下勸先主稱尊號，先主未許，亮說曰："昔吳漢、耿弇等初勸世祖即帝位，世祖辭讓，前後數四，耿純進言曰：'天下英雄喁喁，冀有所望。如不從議者，士大夫各歸求生，無為從公也。'世祖感純言深至，遂然諾之。今曹氏篡漢，天下無主，大王劉氏苗族，紹世而起，今即帝位，乃其宜也。士大夫隨大王久勤苦者，亦欲望尺寸之功如純言耳。"先主於是即帝位，策亮為丞相曰："朕遭家不造，奉承大統，兢兢業業，不敢康寧，思盡百姓，懼未能綏。於戲！丞相亮其悉朕意，無怠輔朕之闕，助宣重光，以照明天下，君其勗哉！"亮以丞相錄尚書事，假節。張飛卒後，領司隸校尉。

章武三年春，先主於永安病篤，召亮於成都，屬以後事，謂亮曰："君才十倍曹丕，必能安國，終定大事。若嗣子可輔，輔之；如其不才，君可自取。"亮涕泣曰："臣敢竭股肱之力，効忠貞之節，繼之以死！"先主又為詔敕後主曰："汝與丞相從事，事之如父。"建興元年，封亮武鄉侯，開府治事。頃之，又領益州牧。政事無巨細，咸決於亮。南中諸郡，並皆叛亂，亮以新遭大喪，故未便加兵，且遣使聘吳，因結和親，遂為與國。

三年春，亮率衆南征，其秋悉平。軍資所出，國以富饒，乃治戎講武，以俟大舉。

五年，率諸軍北駐漢中，臨發，上疏，遂行，屯于沔陽。六年春，揚聲由斜谷道取郿，使趙雲、鄧芝為疑軍，據箕谷，魏大將軍曹真舉衆拒之。亮身率諸軍攻祁山，戎陳整齊，賞罰肅而號令長明，南安、天水、永安三郡叛魏應亮，關中響震。魏明帝西鎮長安，命張郃拒亮，亮使馬謖督諸軍在前，與郃戰于街亭。謖違亮節度，舉動失宜，大為郃所破。亮拔西縣千餘家，還于漢中，戮謖以謝衆。上疏曰："臣以弱才，叨竊非據，親秉旄鉞以厲三軍，不能訓章明法，臨事而懼，至有街亭違命之闕，箕谷不戒之失，咎皆在臣授任無方。臣明不知人，恤事多闇，《春秋》責帥，臣職是當。請自貶三等，以督厥咎。"於是以亮為右將軍，行丞相事，所總統如前。

冬，亮復出散關，圍陳倉，曹真拒之，亮糧盡而還。魏將軍王雙率騎追亮，亮與戰，破之，斬雙。七年，亮遣陳式攻武都、陰平。魏雍州刺史郭淮率衆欲擊式，亮自出至建威，淮退還，遂平二郡。詔策復丞相。九年，亮復出祁山，以木牛運，糧盡退軍，與魏將張郃交戰，射殺郃。十二年春，亮悉大衆由斜谷出，以流馬運，據武功五丈原，與司馬宣王對於渭南。亮每患糧不繼，使己志不伸，是以分兵屯田，爲久住之基。耕者雜於渭濵居民之間，而百姓安堵，軍無私焉，相持百餘日。其年八月，亮疾病，卒于軍，時年五十四。及軍退，宣王案行其營壘處所，曰："天下奇才也！"

亮遺命葬漢中定軍山，因山爲墳，冢足容棺，斂以時服，不須器物。詔策曰："惟君體資文武，明叡篤誠，受遺託孤，匡輔朕躬，繼絕興微，志存靖亂；爰整六師，無歲不征，神武赫然，威震八荒，將建殊功於季漢，參伊、周之巨勳。如何不弔，事臨垂克，遘疾隕喪！朕用傷悼，肝心若裂。夫崇德序功，紀行命諡，所以光昭將來，刊載不朽。"令使使持節左中郎將杜瓊，贈君丞相武鄉侯印綬，諡君爲忠武侯。魂而有靈，嘉茲寵榮。嗚呼哀哉！嗚呼哀哉！

初，亮自表後主曰："成都有桑八百株，薄田十五頃，子弟衣食，自有餘饒。至於臣在外任，無別調度，隨身衣食，悉仰於官，不別治生，以長尺寸。若臣死之日，不使內有餘帛，外有贏財，以負陛下。"及卒，如其所言。

亮性長於巧思，損益連弩，木牛流馬，皆出其意；推演兵法，作八陣圖，咸得其要云。亮言教書奏多可觀，別爲一集。

景耀六年春，詔爲亮立廟於沔陽。秋，魏鎮西將軍鍾會征蜀，至漢川，祭亮[三]之廟，令軍士不得於亮墓所左右芻牧樵採。亮弟均，官至長水校尉。亮子瞻，嗣爵。

【校記】
    [一]子，陳本、《三國志》作君。
    [二]字，陳本、《三國志》作安。
    [三]"亮"字據陳本補。《三國志》有。

王粲傳
陳壽

王粲字仲宣，山陽高平人也。曾祖父龔，祖父暢，皆爲漢三公。父謙，爲大將軍何進長史。進以謙名公之胄，欲與爲婚。見其二子，使擇焉。謙弗許，以疾免，卒于家。

獻帝西遷，粲徙長安，左中郎將蔡邕見而奇之。時邕才學顯著，貴重朝廷，常車騎填巷，賓客盈坐，聞粲在門，倒屣迎之。粲至，年既幼弱，容狀短小，一坐盡驚。邕曰："此王公孫也，有異才，吾不如也。吾家書籍文章，盡當與之。"年十七，司徒辟，詔除黃門侍郎，以西京擾亂，皆不就。乃之荊州依劉表。表以粲貌寢而體弱通侻，不甚重也。表卒，粲勸表子琮，令歸太祖。太祖辟爲丞相掾，賜爵關內侯。太祖置酒漢濱，粲奉觴賀曰："方今袁紹起河北，杖[一]大衆，志兼天下，然好賢而不能用，故奇士去之。劉表雍容荊楚，坐觀時變，自以爲西伯可規；士之避亂荊州者，皆海內之儁傑也。表不知所任，故國危而無輔。明公定冀州之日，下車即繕其甲卒，收其豪傑而用之，以橫行天下。及平江、漢，引其賢儁而置之列位，使海內回心，望風而願治，文武並用，英雄畢力，此三王之舉也。"後遷軍謀祭酒。魏國既建，拜侍中。博物多識，問無不對。時舊儀廢弛，興造制度，粲恒典之。

初，粲與人共行，讀道邊碑。人問曰："卿能闇誦乎？"曰："能。"固使背而誦之，不失一字。觀人圍棊，局壞，粲爲覆之。棊者不信，以帕蓋局，使更以他局爲之，用相比校，不誤一道。其彊記默識如此。性善筭，作筭術，略盡其理。善屬文，舉筆便成，無所改定，時人常以爲宿構。然正復精意覃思，亦不能加也。著詩、賦、論、議垂六十篇。建安二十一年，從征吳。二十二年春，道病，卒，時年四十一。粲二子，爲魏諷所引，誅。後絕。

始文帝爲五官將，及平原侯植皆好文學。粲與北海徐幹字偉長，廣陵陳琳字孔璋，陳留阮瑀字元瑜，汝南應瑒字德璉，東平劉楨字公幹並見友善。

幹爲司空軍謀祭酒掾屬，五官將文學。琳前爲何進主簿。進欲誅諸宦官，太后不聽，進乃召四方猛將，並使引兵向京城，欲以刼恐太后。琳諫進曰："《易》稱'即鹿無虞'，諺有'掩目捕雀'。夫微物尚不可欺以得志，況國之大事，其可以詐立乎？今將軍摠皇威，握兵要，龍驤虎步，高下在心，以此行事，無異於鼓洪爐以燎毛髮。但當速發雷霆，行權立斷，違經合道，天人順之；而反釋其利器，更徵於他。大兵合聚，彊者爲雄，所謂倒持干戈，授人以柄。必不成功，祇爲亂階。"進不納其言，竟以取禍。琳避難冀州，袁紹使典文章。袁氏敗，琳歸太祖。太祖謂曰："卿昔爲本初移書，但可罪狀孤而已，惡惡止其身，何乃上及父祖邪？"琳謝罪，太祖愛其才而不咎。

瑀少受學於蔡邕。建安中，都護曹洪欲使掌書記，瑀終不爲屈。太祖並以琳、瑀爲司空軍謀祭酒，管記室，軍國書檄，多琳、瑀所作也。琳徙門下督，瑀爲倉曹掾屬。瑒、楨各被太祖辟爲丞相掾屬。瑒轉爲平原侯庶子，後爲五官將文學。楨以不敬被刑，刑竟署吏。咸著文賦數十篇。

瑀以十七年卒。幹、琳、瑒、楨二十二年卒。文帝書與元城令吳質曰："昔年疾疫，親故多離其災，徐、陳、應、劉一時懼[二]逝。觀古今文人，類不護細行，鮮能以名節自立，而偉長獨懷文抱質，恬談寡欲，有箕山之志，可謂彬彬君子矣；著《中論》二十餘篇，辭義典雅，足傳于後。德璉常斐然有述作意，其才學足以著書，美志不遂，良可痛息。孔璋章表殊健，微為繁富。公幹有逸氣，但未遒耳。元瑜書記翩翩，致足樂也。仲宣獨自善於辭賦，惜其體弱，不知[三]其文，至於所善，古人無以遠過也。昔伯牙絕絃於鐘期，仲尼覆醢于子路，痛知音之難遇，傷門人之莫逮也。諸子但為未及古人，自一時之雋也。"

　　自穎川邯鄲淳、繁欽，陳留文[四]粹，沛國丁儀、丁廙、弘農楊脩、河內荀緯等，亦有文采，而不在此七人之例。瑒弟璩，璩子貞，咸以文章顯。璩官至侍中，貞咸熙中參相國軍事。瑀子籍，才藻豔逸，而倜儻放蕩，行己寡欲，以莊周為模則。官至步兵校尉。時又有譙郡嵇康，文辭壯麗，好言老、莊，而尚奇任俠。至景元中，坐事誅。

　　景初中，下邳桓威出自孤微，年十八而著《渾輿經》，依道以見意。從齊國門下書佐、司徒署吏，後為安成令。

　　吳質，濟陰人。以文才為文帝所善，官至振威將軍。假節都督河北諸軍事，封列侯。

【校記】

　　[一]杖，陳本、《三國志》作仗。
　　[二]懼，陳本、《三國志》作俱。
　　[三]知，陳本、《三國志》作起。
　　[四]文，陳本、《三國志》作路。

王弼傳
何劭

　　弼字輔嗣，何劭為其傳曰：弼幼而察慧，年十餘，好老氏，通辯能言。父業，為尚書郎。時裴徽為吏部郎，弼未弱冠，往造焉。徽一見而異之，問弼曰："夫無者誠萬物之所資也，然聖人莫肯致言，而老子申之無已者何？"弼曰："聖人體無，無又不可以訓，故不說也。老子是有者也，故恒言無所不足。"尋亦為傅嘏所知，于時何晏為吏部尚書，甚奇弼，歎之曰："仲尼稱後生可畏，若斯人者，可與言天人之際乎！"正始中，黃門侍郎累缺，晏既用賈充、裴秀、朱整，又議用弼。時丁謐與晏爭衡，致高邑王黎於曹爽，爽用黎。於是以弼補臺郎。初除，覲爽，請間，爽為屏左右，而弼與論道，移時無所他及，爽以此蚩之。時爽專朝政，黨與共相進用，弼通儁不治名高。尋黎無幾時病亡，爽用王忱代黎，弼遂不得在門下，晏為之歎恨。弼在臺既淺，事功亦雅非所長，益不留意焉。淮南人劉陶善論縱橫，為當時所推，每與弼語，常屈弼。弼天才卓出，當其所得，莫能奪也。性和理，樂游宴，解音律，善投壺。其論道賦會文辭，不如何晏，自然有所拔得，多晏也。頗以所長笑人，故時為士君子所疾。弼與鍾會善，會論議以校練為家，然每服弼之高致。何晏以為聖人無喜怒哀樂，其論甚精，鍾會等述之。弼與不同，以為聖人拔於人者神明也，同於人者五情也；神明茂故能體沖[一]和以通無；五情同故不能無哀樂以應物，然則聖人之情，應物而無累於物者也。今以其無累，便謂不復應物，失之多矣。弼注《易》，潁川人荀融難弼《大衍義》。弼答其意，白書以戲之曰："夫明足以尋極幽微，而不能去自然之性。顏子之量，孔父之所預在，然遇之不能無樂，喪之不能無哀。又常狹斯人，以為未能以情從理者也，而今乃知自然之不可革。足下之量，雖已定乎胸懷之內，然而隔逾旬朔，何其相思之多乎？故知尼父之於顏子，可以無大過矣。"弼注《老子》，為之指略，致有理統。注《道略論》，注《易》，往往有高麗言。太原王濟好談，病《老》《莊》，常云："見弼《易注》，所悟者多。"然弼為人淺而不識物情，初與王黎、荀融善，黎奪其黃門郎，於是恨黎，與融亦不終。正始十年，曹爽廢，以公事免。其秋遇癘疾亡，時年二十四，無子絕嗣。弼之卒也，晉景王聞之，嗟歎者累日，其為高識所惜如此。

【校記】

[一]沖，陳本作中。《三國志》作沖。

大人先生傳
阮籍

大人先生蓋老人也，不知姓字。陳天地之始，言神農、黃帝之事，昭然也。莫知其生年之數。嘗居蘇門之山，故世或謂之間。養性延壽，與自然齊光。其視堯舜之所，事若平[一]中耳。以萬里為一步，以千歲為一朝，行不赴而居不處，求乎大道而無所寓。先生以應變順和，天地為家，運去勢隤，魁然獨存。自以為能足與造化推移，故黙探道德，不與世同。自好者非之，無識者怪之，不知其變化神微也；而先生不以世之非恠而易其務也。先生以為中區之在天下，曾不若蠅蚊之著帷[二]，故終不以為事，而極意乎異方奇域，遊覽觀樂，非世所見，徘徊無所終極。遺其書於蘇門之山而去，天下莫知其所如往也。

或遺大人先生書曰："天下之貴，莫貴於君子。服有常色，貌有常則，言有常度，行有常式。立則磬折，拱若一作則抱鼓。動靜有節，趨步商羽，進退周旋，咸有規矩。心若懷冰，戰戰慄慄。束身脩行，日慎一日，擇地而行，唯恐遺失。誦周孔之遺訓，嘆唐虞之道德，唯法是脩，唯禮是剋。手執珪璧，足履繩墨，行欲爲無窮目前檢，言欲爲無窮則。少稱鄉閭，長聞邦國，上欲圖三公，下不失九州牧。故挾金玉，垂文組，享尊位，取茅土。揚聲名於後世，齊功德於往古。奉事君上，牧養百姓，退營私家，育長妻子。卜吉而宅，慮乃億祉，遠禍近福，永堅固已。此誠士君子之高致，古今不易之美行也。今先生乃被髮而居巨海之中，與若君子者遠，吾恐世之嘆一作咲先生而非之也。行爲世所笑，身無自由達，則可謂恥辱矣。身處困苦之地，而行爲世俗之所笑，吾爲先生不取也。"

於是大人先生乃逌然而嘆一作咲，假雲霓而應之曰："若之雲尚何通哉！夫大人者，乃與造物同體，天地並生，逍遙浮世，與道俱成，變化散聚，不常其形。天地制域於內，而浮明開達於外。天地之永固，非世俗之所及也，吾將爲汝言之：

"往者天嘗在下，地嘗在上，反覆顛倒，未之安固，焉得不失度式而常之？天因地動，山陷川起，雲散震壞，六合失理，汝又焉得擇地而行，趨步商羽？往者群氣爭存，萬物死慮，支體不從，身爲泥土，根拔枝殊，咸失其所，汝又焉得束身脩行，磬折抱鼓？李牧功而身死，伯宗忠而世絕，進求利以喪身，營爵賞而家滅，汝又焉得挾金玉萬億，祇奉君上而金[三]妻子乎？且汝獨不見夫虱之處於褌中，逃乎深縫，匿乎壞絮，自以爲吉宅也。行不敢離縫際，動不敢出褌襠，自以爲得繩墨也。飢則齧人，自以爲無窮食也。然炎丘火流，焦色滅都，羣虱死於褌中而不能出。汝君子之處區之內，亦何異夫虱之於褌中乎？悲夫！而乃自以爲遠禍近福，堅無窮已；亦觀夫陽烏遊於塵外而鷦鷯戲於蓬芰，小大固不相及，汝又何以爲若君子聞於余乎？且近者夏喪於商，周播之劉，耿薄爲墟，豐鎬成丘，至人來一顧而世代相酬，厥居未定，他人也一作己有。汝之茅土，將誰與久？是以主人不處而居，不脩而治，日月爲正，陰陽爲期。豈妄情乎世，繫累於一時。乘東雲，駕西風，與陰守雌，據陽爲雄，志得欲從，物莫之窮，又何不能自達而畏夫世笑哉！

"昔者天地開闢，萬物並生；大者恬其性，細者靜其形；陰藏其氣，陽發其精；害無所避，利無所爭；放之不失，收之不盈；亡不爲夭，存不爲壽；福無所得，禍無所咎：各從其命，以度相守。明者不以智勝，闇者不以愚敗，弱者不以迫畏，強者不以力盡。蓋無召[四]而庶物定，無臣而萬事理，保身脩性，不違其紀；惟茲若然，故能長久。今汝造音以亂聲，作色以詭形；外易其貌，內隱其情；懷欲以求多，詐僞以要君[五]；立名[六]而虐興，臣設而賊生，坐制禮法，束縛下民，欺愚誑拙，藏智自神。強者睽視而凌暴，弱者憔悴而事人。假廉而成貪，內險而外仁，罪至不悔過，幸遇則自矜。馳此混[七]奏除，故循—作滔滯而不振。

"夫無貴則賤者不怨，無富則貧者不爭，各足於身而無所求也。恩澤無所歸，則死敗無所仇；奇聲不作則耳不易聽，淫色不顯則目不改視，耳目不易，則無以亂其神矣；此先世之所至止也。今汝尊賢以相高，競能以相尚，爭勢以相君，寵貴以相加，驅天下以趣之，此所以上下相殘也。竭天地萬物之至以奉聲色無窮之欲，此非所以養百姓也。於是懼民之知其然，故重賞以喜之，嚴刑以威之；則[八]匱而賞不供，刑盡而罰不行，乃始有亡國戮君潰敗之禍。此非汝君子之爲乎？汝君子之禮法，誠天下殘賊、亂危、死亡之術耳，而乃目以爲美行不易之道，不行亦過乎！今吾乃飄飄於天地之外，與造化爲友，朝飱湯谷，夕飲西海，將變化遷易，與道周始，此之於萬物豈不厚哉？故不通於自然者不足以言道，闇於昭昭者不足與達明，子之謂也。"

先生既申若言，天下之喜奇者異之，忼慨者高之。其不知其體，不見其情，猜耳其道，虛偽之名，莫識其眞，弗達其情，雖異而高之，與嚮之非怪者，蔑如也。至人者，不知乃貴，不見乃神，神貴之道存乎內，而萬物運於外矣；故天下終而不知其用也。迺音由[陳]乎有宗或作宋[陳]，扶搖之野有隱士焉，見之而喜，自以爲均志同行也，曰："善哉！吾得之見而舒憤也。上古質樸純厚之道已廢，而末枝遺華並興。豺虎貪虐，羣物無辜，以害爲利，殞性亡軀。吾不忍見也，故去而處茲。人不可與爲儔，不若與木石爲鄰。安期逃乎蓬山，角李潛乎丹水—作山，鮑焦立以枯槁，萊維去而迺死：亦由茲夫！吾將抗志顯高，遂終於斯。禽生而獸死，埋形而遺骨，不復返余之生乎！夫志均者相求，好合者齊顏，與夫子同之。"於是先生乃舒虹霓以蕃塵，傾雪蓋以蔽明，倚瑶廂而徘徊，惚衆轡而安行，顧而謂之曰："泰初真人，惟大之根，專氣一志，萬物以存，退不見後，進不覩先。發西北而造制，啓東南以爲門，微道而以德久娛，跨天地而處尊，夫然成吾體也。是以不避物而處，所覩則寧；不以物爲累，所迴則成。傍仿佯足以舒其意，浮騰足以逞其情。故至人無宅，天地爲客；至人無主，天地無所；至人無事，至天地爲至故。無是非之別，無善惡之異。故天下被其澤，而萬物所以熾也。若夫惡彼而好惡我，自是而非人，忿激以爭求，貴志而賤身，伊禽生而獸死，尚何顯而獲榮？夫悲子之用心也！薄安利以忘生，要求名以喪體，誠與彼其無詭，何枯槁而迨死？子之所好，何足言哉？吾將去子矣。"乃揚眉而蕩目，振袖而撫裳，令緩轡而縱笑，遂風起而雲翔。彼人者瞻之而垂泣，自痛其志，衣草木之皮，伏于巖石之下，懼不終夕而死。

先生過神宮而息，漱吳泉而行，廻乎迨而遊覽焉。見薪於皋者，嘆曰："汝將焉以是終乎哉？"薪者曰："是終我乎，不以是終我乎，且聖人無懷，何其哀？夫盛衰變化，常不于兹，藏器於耳[九]，伏以俟時。孫剕足以擒龐，睢折脅而乃休，百里困而相嬴，牙旣老而弼周。旣顚而倒更來兮，固先窮而後收。秦破六國，并兼其地，夷滅諸侯，南面稱帝。姱盛色，崇靡麗，鑿南山以爲闕，表東海以爲門，門萬室而不絕，圖無窮而永存，美宮室而盛惟奕[十]，擊鐘皷而揚其章。廣苑囿而深池沼，興渭北而建咸陽。巗未曾未及成林，而荆棘已蘗乎阿房。時代存而迭處，故先得而後亡。山東之徒虜，遂起而王天下。由此視之，窮達詎可知耶？且聖人以道德爲心，不以富貴爲志；以無爲用，不以人物爲事。尊顯不加重，貧賤不自輕，失不自以爲辱，得不自以爲榮。木根挺而枝遠，葉繁茂而華零。無窮之死，猶一朝之生，身之多少，又何足營？"因歎而歌曰："日沒不周西方，月出丹淵中。陽精蔽不見，陰光大爲雄。亭亭在湏臾，厭厭將復東。離合雲霧兮，徃來如飄風。富貴俛仰間，貧賤何必終。留侯起亡虜，威武赫夷荒；召平封東陵兮，一旦爲布衣。枝葉托根柢，死生同盛衰；得志從命生，失勢與時隤。寒暑代征邁兮，變化更相推；禍福無常主，何憂身無歸？推兹由斯，負薪又何哀！"先生聞之，笑曰："雖不及大，庶免小也。"乃歌曰："天地解兮六和開，星辰實兮日月隤，我騰而上將何懷！衣弗襲而服美，佩弗飾而自章，上下徘徊兮誰識吾常。

"遂去而遐浮，肆雲罍，興氣蓋，徜徉回翔兮澘濊之外。建長星以爲旗兮，擊雷霆之礚礚。開不周而出車兮，出一作步九野之夷秦[十一]。坐中州而一顧兮，望崇山而廻邁。端余節而飛㳺兮，縱心慮乎荒裔。擇或作釋[陳]前者而弗修兮，馳㝱間而遠迨，棄世務之衆爲兮，何細事之足賴。虛形體而輕舉兮，精微妙而神豐。命夷羿使寬日兮，召忻來使緩風。扳扶桑之長枝兮，登扶摇之隆崇。躍潛飄之冥昧兮，洗光曜之昭明。遺衣裳而弗服兮，服雲氣而遂行。朝造駕乎湯谷兮，夕息馬乎長泉。時崦嵫而易氣兮，輝若華以照冥。左朱鴠以舉麾兮，右玄陰以建旗，變容飾而改度，遂騰竊以修征。

"陰陽更而代邁，四時奔而相遭，惟仙化之倏忽兮，心不樂乎久留。驚風奮而遺樂兮，雖雲起而忘憂，忽電消而神遁兮，歷寥廓而遐迺。佩日月以舒光兮，登徜徉而上浮，壓前進—作逾於彼迺兮，將步足乎虛州。掃紫宮而陳席兮，坐帝室而忽會酬，萃衆音而奏樂兮，聲驚渺而悠悠。五帝舞而再屬兮，六神歌而代周。樂啾啾肅肅，洞心達神，超遙遙茫茫，心住而忘返，慮大而志矜。局或作粤[陳]大人微而弗復兮，揚雲氣而上陳，召大幽之玉女兮，接上王之美人。體雲氣之逌鴨[十二]兮，服太清之淑眞。合歡情而微授兮，先艷溢其若神。華茲燁目俱發兮，采色煥其並振，傾玄髦而垂鬢兮，曜紅顏而自新。

　　"時曖曀而將逝兮，風飄飄而振衣。雲氣解而霧離兮，靄奔散而永歸。心惆悵而遙思兮，眇廻目而弗晞。揚清風以爲旟兮，翼旋軫而反衍。騰炎陽而出疆兮，命祝融而使遣。驅玄冥以攝堅兮，辱收秉而先戈。勾芒奉轂，浮驚朝霞，寥廓茫茫而靡都兮，邈無儔而獨立。倚瑤廂而一顧兮，哀下出[十三]之憔悴。分是非目爲行兮，以又何足與比類。霓旌飄兮雲旂藹，樂遊兮出天外。"

　　大人先生披髮飛鬢，衣方離之衣，繞絨陽之帶。含奇芝，嚙甘華，噏浮霧，湌霄霞，與朝雲，颺春風。奮乎太極之東，遊乎崑崙之西，遺響隤策，流眄乎唐虞之都，惘然而思，恨爾若忘，慨然而嘆，曰："嗚呼！時不若歲，歲不若天，天不若道，道不若神。神者，自然之根也。彼勾勾者自以爲貴夫世矣，而惡知夫世之賤乎茲哉！故與世爭貴，貴不足尊；與世爭富，富不足先。必超世而絕羣，遺俗而獨往，登乎太始之前，覽乎忽莫之初，慮周流於無外，志浩蕩而自舒，飄飄於四運，翩翶翔乎八隅。欲從肆而彷彿，浣瀁而靡拘，細行不足以爲毀，聖賢不足以爲譽。變化移易，與神明扶。廓無外以爲宅，周宇宙以爲廬，強八維而處安，攄制物以永居：夫如是，則可謂富貴矣！是故不與堯舜齊德，不與湯武並功，王許不足以爲匹，陽丘豈能與比縱，天地且不能越其壽，廣成子曾何足與並容。激八風以揚聲，躡元吉之高蹤；被九天以開除兮，來雲氣以馭飛龍，專上下以制統兮，殊古今而靡同；夫世之名利胡足以累之哉？故提齊而踧楚，挈趙而蹈跋秦，不滿一朝而天下無人，東西南北莫之與鄰。悲夫！子之修飾，以余觀之，將焉存乎？"

　　於茲先生乃去之，紛泱莽，軌湯洋，流衍溢歷，度重淵，跨青天，顧而遐覽焉。則有逍遙以永年，無存忽合，散而上臻。霍分離蕩，瀁瀁洋洋，颺誦—作踊雲浮，達於搖光，直馳騖乎太初之中，而休息乎無爲之宮。太初何如？無後無先。莫究其極，誰識其根。逸渺綿綿，乃反覆乎大道之所存，莫暢其究，誰曉其根。辟九靈而求索，曾何足以自隆。登其萬天而通觀，浴太始之和風。灪逍遙以遠迤，遵大路之無窮。遣太乙而弗使，陵天地而徑行。超濛鴻而遠跡，左蕩莽平聲[劉]而無涯，右幽攸而無方，上遙聽而無聲，下脩視而無章。施無有而宅神，永太清乎敖翔。

崔嵬高山勃玄雲，朔風橫厲白雪紛，積水若陵寒傷人。陰陽失位日月隕，地坼石裂林木摧，大冷陽凝寒傷懷。陽和微弱隆陰竭，海凍不流綿絮拆，乎噞不通寒傷裂。氣并代動變如神，寒倡熱隨害傷人，熙與真人懷太清。精專一用意平，寒暑勿傷莫不驚，憂患靡由素氣寧。浮霧凌天姿所經，徃來微妙路無傾，好樂非世又何爭，人且皆死我獨生。

真人游，駕八龍，曜日月，載雲旗，徘徊逍遊，樂所之。真人游，太階夷，原辟，天門開。雨濛濛，風颼颼，登黃山，出栖遲，江河清，洛無埃。雲氣消，真人來。真人來，惟樂哉！時世易，好樂隤，真人去，與天回。反未央，延年壽，獨敖世，望我何時反。赾瀁瀁，路日遠。

先生從此去矣，天下莫知其所終極。蓋陵天地而與浮明遨遊無始終，自然之至真也。鸚鴣不踰濟，洛不度汶，世之常人，亦由此矣。曾不通區域，又況四海之表、天地之外哉！若先生者，以天地爲卵耳。如小物細人欲論其長短，議其是非，豈不哀也哉！

【校記】

　　[一]平，陳本、《阮籍集校注》作手。

　　[二]著惟，陳本、《阮籍集校注》作着帷。

　　[三]金，陳本、《阮籍集校注》作全。

　　[四]召，陳本、《阮籍集校注》作君。

　　[五]君，陳本同。《阮籍集校注》作名。

　　[六]立名，陳本同。《阮籍集校注》作君立。

　　[七]混，陳本同。《阮籍集校注》作以。

　　[八]則，陳本、《阮籍集校注》作財。

　　[九]耳，陳本同。《阮籍集校注》作身。

　　[十]惟奕，陳本作帷席。《阮籍集校注》作帷欒。

　　[十一]秦，陳本、《阮籍集校注》作泰。

　　[十二]鴨，陳本同。《阮籍集校注》作暢。

　　[十三]出，陳本、《阮籍集校注》作土。

五柳先生傳
陶潛

先生不知何許人也,亦不詳其姓字,宅邊有五柳樹,因以爲號焉。閑靖少言,不慕榮利。好讀書,不求甚解,每有會意,便欣然忘食。性嗜酒,家貧不能常得。親舊知其如此,或置酒而招之。造飲輒盡,期在必醉,既醉而退,曾不吝情去留。環堵蕭然,不蔽風日。短褐穿結,簞瓢屢空,晏如也。常著文章自娛,頗示己志。忘懷得失,以此自終。

贊曰:黔婁[一]有言:"不戚戚於貧賤,不汲汲於富貴。"[二]其言,茲若人之儔乎?酣觴賦詩,以樂其志,無懷氏之民歟?葛天氏之民歟?

【校記】
[一]《陶淵明集箋注》有"之妻"二字。
[二]《陶淵明集箋注》有"極"字。

陶潛傳
沈約

陶潛,字淵明;或云淵明,字元亮。尋陽柴桑人也,曾祖侃,大司馬。潛少有高趣,嘗著《五柳先生傳》以自況,時人謂之實錄。親老家貧,起爲州祭酒,不堪吏職,少日,自解歸。州召主簿,不就。躬耕自資,遂抱羸疾,復為鎮軍、建威參軍。謂親朋曰:"聊欲弦歌,以為三逕之資,可乎?"執事者聞之,以為彭澤令。公田悉令吏種秫稻,妻子固請種秔,乃使二頃五十畝種秫,五十畝種秔。郡遣督郵至,縣吏白應束帶見之。潛歎曰:"我不能為五斗米,折腰向鄉里小人。"即日解印綬去職,賦《歸去來》。

義熙末,徵著作佐郎,不就。江州刺史王弘欲識之,不能致也。潛嘗往廬山,弘令潛故人龐通之齎酒具於半道栗里要之。潛有腳疾,使一門生二兒舉籃輿,既至,欣然便共飲酌,俄頃弘至,亦無忤也。先是,顏延之爲劉柳[一]後軍功曹,在尋陽,與潛情款。後為始安郡,經過,日日造潛,每往必酣飲致醉。臨去,留二萬錢與潛,潛悉送酒家,稍就取酒。嘗九月九日無酒,出宅邊菊叢中坐久,值弘送酒至,即便就酌,醉而後歸。潛不解音聲,而畜素琴一張,無絃,每有酒適,輒撫弄以寄其意。貴賤造之者,有酒輒設,潛若先醉,便語客:"我醉欲眠,卿可去。"其真率如此。郡將候潛值其酒熟,取頭上葛巾[二]漉酒,畢,還復著之。

潛弱年薄官,不潔去就之迹。自以曾祖晉世宰輔,恥復屈身後代,自高祖王業漸隆，不復肯仕。所著文章，皆題其年月，義熙以前，則書晉氏年號；自永初以來，唯云甲子而已。與子書以言其志，並爲訓戒曰：

天地賦命，有徃必終，自古賢聖，誰能獨免。子夏言曰："死生有命，富貴在天。"四友之人，親受音旨，發斯談者，豈非窮達不可妄求，壽夭永無外請故邪。吾年過五十，而窮苦荼毒，家貧弊，東西遊走。性剛才拙，與物多忤，自量爲己，必貽俗患，僶俛辭世，使汝幼而飢寒耳。常[三]感孺仲賢妻之言，敗絮自擁，何慙兒子，此既一事矣。但恨隣靡二仲，室無萊婦，抱茲苦心，良獨罔罔。

少年來好書，偶愛閑靜，開卷有得，便欣然忘食。見樹木交蔭，時鳥變聲，亦復歡爾有喜。嘗言五六月北窓下卧，遇涼風暫至，自謂是羲皇上人。意淺識陋，日月遂徃，緬求在昔，眇然如何。疾患以來，漸就衰損，親舊不遺，每以藥石見救，自恐大分將有限也。恨汝輩稚小，家貧無役，柴水之勞，何時可免，念之在心，若何可言。然雖不同生，當思四海皆弟兄之義。鮑叔、敬仲，分財無猜；歸生、伍舉，班荆道舊，遂能以敗爲成，因喪立功。他人尚爾，況共父之人哉！潁川韓元長，漢末名士，身處鄉佐，八十而終，兄弟同居，至于没齒。濟北氾稚春，晉時操行人也，七世同財，家人無怨色。《詩》云："高山仰止，景行行止。"汝其愼哉！吾復何言。又爲《命子詩》以貽之。元嘉四年卒，時年六十三。

【校記】

［一］柳，陳本作抑。《宋書》作柳。

［二］中，陳本、《宋書》作巾，是。

［三］常，陳本作當。《宋書》作常。

妙德先生傳
袁粲

有妙德先生，陳國人也。氣志淵虛，姿神清映，性孝履順，栖冲業簡，有舜之遺風。先生幼夙多疾，性疎嬾，無所營尚。然九流百氏之言，雕龍談天之藝，皆泛識其大歸，而不以成名。家貧，嘗仕，非其好也。混其聲迹，晦其心用，故深交或迕，俗察罔識。所處席門常掩，三徑裁通，雖楊子寂漠，嚴叟沈冥，不是過也。脩道遂志，終無得而稱焉。

卷六十五

論一

過秦論①
賈誼

秦并兼諸侯山東三十餘郡，繕津關，據險塞，脩甲兵而守之。然陳涉以戍卒散亂之衆數百，奮臂大呼，不用弓戟之兵，鉏櫌白梃，望屋而食，橫行天下。秦人阻險不守，關梁不闔，長戟不刺，彊弩不射。楚師深入，戰於鴻門，曾無藩籬之艱。於是山東大擾，諸侯並起，豪俊相立。秦使章邯將而東征，章邯因其三軍之衆要市於外，以謀其上。群臣之不信，可見於此矣。子嬰立，遂不寤。藉使子嬰有庸主之材，僅得中佐，山東雖亂，秦之地可全而有，宗廟之祀未當絕也。

秦地被山帶河以爲固，四塞之國也。自繆公以來，至於秦王，二十餘君，嘗爲諸侯雄。豈世世賢哉？其勢居然也。且天下常同心并力而攻秦矣，當此之世，賢智並列，良將行其師，賢相通其謀，然困於阻險而不能進，秦乃延入戰而爲之開關，百萬之徒逃北而遂壞。豈勇力智慧不足哉？形不利，勢不便也。秦小邑并大城，守險塞而軍，高壘毋戰，閉關據阸，荷戟而守之。諸侯起於匹夫，以利合，非有素王之行也。其交未親，其下未附，名爲亡秦，其實利之也。彼見秦阻之難犯也，必退師。安土息民，以待其敝，收弱扶疲，以令大國之君，不患不得意於海內。貴爲天子，富有天下，而身爲禽者，其救敗非也。

秦王足己而不問，遂過而不變。二世受之，因而不改，暴虐以重禍。子嬰孤立無親，危弱無輔。三主惑而終身不悟，亡不亦宜乎？當此時也，世非無深慮知化之士也，然所以不敢盡忠拂過者，秦俗多忌諱之禁，忠言未卒於口而身爲戮沒矣。故使天下之士，傾耳而聽，重足而立，箝口而不

_____
① 陳本中，本篇文本在下一篇《過秦論》後，連綴爲一篇。

言。是以三主失道，忠臣不敢諫，智士不敢謀。天下已亂，姦不上聞，豈不哀哉！先王知雍蔽之傷國也，故置公卿大夫士，以飾法設刑，而天下治。其彊也，禁暴誅亂而天下服；其弱也，五伯征而諸侯從；其削也，內守外附而社稷存。故秦之盛也，繁法嚴刑而天下振；及其衰也，百姓怨而海內畔矣。故周王序一作守[陳]得其道，而千餘歲不絕；秦本末並失，故不能長[一]。由此觀之，安危之統相去遠矣。

野諺曰："前事不忘，後事之師也。"是以君子爲國，觀之上古，驗之當世，參以人事，察盛衰之理，審權勢之宜，去就有序，變化應時，故曠日長久而社稷安矣。

【校記】

[一] 能長，陳本、《史記》作長久。

過秦論
賈誼

秦并海內，兼諸侯，南面稱帝，以養四海，天下之士斐然鄉風，若是者何也？曰：近古之無王者久矣。周室卑微，五霸既殁，令不行於天下。是以諸侯力政，彊侵弱，衆暴寡，兵革不休，士民罷敝。今秦南面而王天下，是上有天子也。既元元之民冀得安其性命，莫不虛心而仰上也。當此之時，守威定功，安危之本在於此矣。

秦王懷貪鄙之心，行自奮之智，不信功臣，不親士民，廢王道而立私權，焚[一]文書而酷刑法，先詐力而後仁義，以暴虐爲天下始。夫并兼者高詐力，安危者貴順權，此言取與守不同術也。秦離戰國而王天下，其道不易，其政不改，是其所以取之守之者異也。孤獨而有之，故其亡可立而待也。借使秦王計上世之事，並殷、周之迹，以制御其政，後雖有淫驕之主，猶[二]未有傾危之患也。故三王之建天下，名號顯羨，功業長久。

今秦三[三]世立，天下莫不引領而觀其政。夫寒者利裋[四]褐而饑者甘糟糠，天下嗷嗷，新主之資也。此言勞民之易爲仁也。鄉使二世有庸主之行，而任忠賢，臣主一心而憂海內之患，縞素而正先帝之過，裂地分民以封功臣之後，建國立君以禮天下，虛囹圄而免刑戮，除去收帑與孥同[陳]汙穢之罪，使各反其鄉里。發倉廩，散財幣，以振孤獨窮困之士，輕賦少事，以佐百姓之急，約法省刑以持其後，使天下之人皆得自新，更節脩行，各慎其身，塞萬民之望，而以盛德與天下，天下集矣。即四海之內，皆讙然各自安樂其處，唯恐有變，雖有狡猾之民，無離上之心，則不軌之臣無以飾其智，而暴亂之奸止矣。二世不行此術，而重之以無道，壞宗廟與民，更始作阿房宮，繁刑嚴誅，吏治刻深，賞罰不當，賦斂無度，天下多事，吏弗能紀，百姓困窮而主弗收恤。然後姦偽並起，而上下相遁，蒙罪者衆，刑戮相望於道，而天下苦之。自君卿以下至於衆庶，人懷自危之心，親處窮苦之實，咸不安其位，故易動也。是以陳涉不用湯武之賢，不籍公侯之尊，奮臂於大澤而天下響應者，其民危也。故先王見始終之變，知存亡之機。是以牧民之道，務在安之而已。下雖有逆行之臣，必無響應之助矣。故曰："安民可與行義，而危民易與為非"，此之謂也。

【校記】

[一]焚，陳本、《史記》作禁。
[二]猶，陳本、《史記》作而。
[三]三，陳本同。《史記》作二。
[四]裋，陳本作短。《史記》作裋。

六家指要論[一]
司馬談

《易大傳》："天下一致而百慮，同歸而殊塗。"夫陰陽、儒、墨、名、法、道德，此務為治者也，直所從言之異路，有省不省耳。嘗竊觀陰陽之術，大詳而衆忌諱，使人拘而多所畏；然其敘四時之大順，不可失也。儒者博而寡要，勞而少功，是以其事難盡從；然其敘君臣父子之禮，列夫婦長幼之別，不可易也。墨者儉而難遵，是以其事不可徧循，難盡用[二]；然其彊本節用，不可廢也。法家嚴而少恩；然其正君臣上下之分，不可改也。名家使人儉而善失真；然其正名實，不可不察也。道家使人精神專一，動合無形，澹足萬物；其為術也，因陰陽之大順，采儒墨之善，撮名法之要，與時遷徙，應物變化，立俗施事，無所不宜，指約而易操，事少而功多。儒者則不然，以為人主天下之儀表也，君唱臣和[三]，主先臣隨，如此則主勞而臣佚。至於大道之要，去健羨，絀聰明，釋此而任術。夫神大用則竭，形大勞則敝。形神騷衰[四]，欲與天地長久，非所聞也。夫陰陽四時、八位、十二度、二十四節各有教令，曰順之者昌，逆之者不死則亡[五]，未必然也，故曰"使人拘而多畏"。夫春生夏長，秋收冬藏，此天道之大經也，弗順則無以為天下綱紀，故曰"四時之大順，不可失也"。

夫儒者以六藝為法。六藝經傳以千萬數，累世不能通其學，當年不能究其禮，故曰"博而寡要，勞而少功"。若夫列君臣父子之禮，序夫婦長幼之別，雖百家不能易也。墨者亦上堯舜道，言其德行曰："堂高三尺，土階三等，茅茨不翦，採椽不斲。食土簋，啜土刑，糲梁之食，藜藿之羹。夏日葛衣，冬日鹿裘。"其送死，桐棺三寸，舉音不盡其哀。教喪禮，必以此爲萬民之率。使天下法若此，則尊卑無別也。夫世異時移，事業不必同，故曰"儉而難遵"。要曰強本節用，則人給家足之道也。此墨子之所長，雖百家不能廢也。

法家不別親疎，不殊貴賤，一斷於法，則親親尊尊之恩絕矣。可以行一時之計，而不可長用也，故曰"嚴而少恩"。若尊主卑臣，朙分職不得相踰越，雖百家不能改也。名家苛察繳繞，使人不得反其意，剸決於名，時而失人情，故曰："使人儉而善失眞。"若夫控名責實，參伍不失，此不可不察也。

道家無爲，又曰無不爲，其實易行，其辭難知。其術以虛無爲本，以因循爲用。無成埶，無常形，故能究萬物之情；不爲物先，不爲物後，故能爲萬物主。有法無法，因時爲業；有度無度，因物與合。故曰："聖人不朽，時變是守。虛者道之常也，因者君之綱也。"羣臣並至，使各自朙也。其實中其聲者謂之端，實不中其聲者謂之窾音款，空也[陳]。窾言不聽，姦乃不生，賢不肖自分，白黑乃行。在所欲用耳，何事不成。乃合大道，混混冥冥。光耀天下，復反無名。凡人所生者神也，所託者形也。神大用則竭，形大勞則敝，形神離則死。死者不可復生，離者不可復反，故聖人重之。由此觀之，神者生之本也，形者生之具也。不先定其神形[六]，而曰"我有以治天下"，何由哉？

【校記】

［一］陳本題作《六家要旨論》。
［二］"難盡用"三字，陳本無。《史記》亦無。
［三］君唱臣和，陳本、《史記》作主唱而臣和。
［四］衰，陳本、《史記》作動。
［五］"不死則"三字，據陳本補。《史記》同陳本。
［六］形，陳本無。《史記》有。

鹽鐵雜論
桓寬

客曰：余覩鹽、鐵之議，觀乎公卿、文學、賢良之論，意指殊路，各有所出，或上[一]仁義，或務權利。異哉吾所聞。周、秦粲然，皆有天下而南面焉，然安危長久殊世。始汝南朱子伯爲予言：當此之時，豪俊並進，四方輻湊。賢良茂陵唐生、文學魯萬生之倫，六十餘人，咸聚闕庭，舒'六藝'之風，論太平之原。智者贊其慮，仁者䐃其施，勇者見其斷，辯者陳其詞。闇闇焉，侃侃焉，雖未能詳備，斯可畧觀矣。然蔽於雲霧，終廢而不行，悲夫！公卿知任武可以辟地，而不知德廣可以附遠；知權利可以廣用，而不知稼穡可以富國也。近者親附，遠者說德，則何爲而不成，何求而不得？不出於斯路，而附畜利長威，豈不謬哉！中山劉子雍言王道，矯當世，復諸正，務在乎反本。直而不徼，切而不燥，斌斌然斯可謂弘博君子矣。九江祝生奮由路之意，推史魚之節，發憤懣，刺譏公卿，介然直而不撓，可謂不畏強禦矣。桑大夫據當世，合時變，推道術，尚權利，辟慁小辯，雖非正法，然巨儒宿學惡然，不能自解，可謂博物通士矣。然攝卿相之位，不引準繩，以道化下，放於利末，不師始古。《易》曰："焚如棄如。"處非其位，行非其道，果隕其性，以及厥宗。車丞相即周、魯之列，當軸處中，括囊不言，容身而去，彼哉！彼哉！若夫群丞相、御史，不能正議，以輔宰相，成同類，長同行，阿意苟合，以說其上，斗筲之人，道諛之徒，何足算哉。

【校記】

[一] 上，陳本作尚。《鹽鐵論校注》從上。

驃騎論功
吾丘壽王

驃騎將軍霍去病征匈奴，立克勝之功，壽王作士大夫之論，稱武帝之德，曰：

士或問於大夫曰："側聞強秦之用兵也，南不踰五嶺，北不渡大河，海內愁怨，以喪其國。漢興六十餘載矣，命將帥以抗憤，用干戈於四荒，南排朱崖，北建朔方，東越滄海，西極河源，拓地萬里，海內晏然。鄙人不識，敢問其蹤。"大夫曰："昔秦之得天下也，以力而不以德，以詐而不以誠。內用商鞅、李斯之謀，外用白起、王翦之兵，窺閒伺隙，既並海內之後，以威力爲至道，以權詐爲要術，遂非唐笑虞，絕滅舊章，防禁文學，行是古之戮，嚴誹謗之謀，十餘年遂滂沲而盈溢。是故皇天疾滅，更命大漢反秦政，務在敦厚，至今六世，可謂富安。天子文䎷，四夷向風，徒觀朝廷下僚門戶之士，謀如涌泉，動如駭機，皆能安中國，吞四夷，君臣若玆，何慮而不成，何征而不剋？雖拔泰山，塡蒼海，可也。"

前史得失論
班彪

論曰：唐虞三代，《詩》《書》所及，世有史官，以司典籍，暨於諸侯，國自有史，故《孟子》曰"楚之《檮杌》，晉之《乘》，魯之《春秋》，其事[一]一也"。定、哀之間，魯君子左丘明論集其文，作《左氏傳》三十篇，又撰異同，號曰《國語》，二十篇。由是《乘》《檮杌》之事遂闇，而《左氏》《國語》獨章。又有記錄黃帝以來至春秋時帝王公侯卿大夫，號曰《世本》，一十五篇。春秋之後，七國並爭，秦并諸侯，則有《戰國策》三十三篇。漢興定天下，太中大夫陸賈記錄時功，作《楚漢春秋》九篇。孝武之世，太史令司馬遷採《左氏》《國語》，刪《世本》《戰國策》，據楚、漢列國時事，上自黃帝，下訖獲麟，作本紀、世家、列傳、書、表凡百三十篇，而十篇缺焉。遷之所記，從漢元至武以絕，則其功也。至於採經撫傳，分散百家之事，甚多疎略，不如其本，務欲以多聞廣載爲功，論議淺而不篤。其論術學，則崇黃老而薄"五經"；序貨殖，則輕仁義而羞貧窮；道遊俠，則賤守節而貴俗功：此其大敝傷道，所以遇極刑之咎也。然善述事理，辯而不華，質而不俚，文質相稱，蓋良史之才也。誠令遷依"五經"之法言，同聖人之是非，意亦庶幾矣。

夫百家之書，猶可法也。若《左氏》《國語》《世本》《戰國策》《楚漢春秋》《太史公書》，今之所以知古，後之所由觀前，聖人之耳目也。司馬遷序帝王則曰本紀，公侯傳國則曰世家，卿士特起則曰列傳。又進項羽、陳涉而黜淮南、衡山，細意委曲，條例不經。若遷之著作，採獲古今，貫穿經傳，至廣博也。一人之精，文重思煩，故其書刊落不盡，尚有盈辭，多不齊一。若序司馬相如，舉郡縣，著其字，至蕭、曹、陳平之屬，及董仲舒並時之人，不記其字，或縣而不郡者，蓋不暇也。今此後篇，慎覈其事，整齊其文，不爲世家，唯紀、傳而已。《傳》曰："殺史見極，平易正直，《春秋》之義也。"

【校記】

[一]事，陳本作義。《後漢書》作事。

潛夫論五篇
王符

貴忠篇

夫帝王之所尊敬者，天也；皇天之所愛育者，人也。今人臣受君之重位，牧天之所愛，焉可以不安而利之，養而濟之哉？是以君子任職則思利人，達上則思進賢，故居上而下不怨，在前而後不恨也。《書》稱"天工人其代之"。王者法天而建官，故明主不敢以私授，忠臣不敢以虛受。竊人之財猶謂之盜，況偷天官以私己乎！以罪犯人，必加誅罰，況乃犯天，得無咎乎？夫五代[一]之臣，以道事君，澤及草木，仁被率土，是以福祚流衍，本支百世。季世之臣，以諂媚主，不思順天，專仗殺伐。白起、蒙恬，秦以為功，天以為賊；息夫、董賢，主以為忠，天以為盜。《易》曰："德薄而位尊，智小而謀大，鮮不及矣。"是故德不稱，其禍必酷；能不稱，其殃必大。夫竊位之人，天奪其鑒。雖有明察之資，仁義之志，一旦富貴，則背親捐舊，喪其本心，疏骨肉而親便辟，薄知友而厚犬馬，寧見朽貫千萬，而不忍貸人一錢；情知積粟腐倉，而不忍貸人一斗，骨肉怨望於家，細人謗讟於道。前人以敗，後爭襲之，誠可傷也。

歷觀前政貴人之用心也，與嬰兒子其何異哉？嬰兒有常病，貴人有常禍，父母有常失，人君有常過。嬰兒常病，傷於飽也；貴臣常禍，傷於寵也。哺乳多則生癎，富貴盛而致驕疾。愛子而賊之，驕臣而滅之者，非一也。極其罰者，乃有仆死深牢，銜刀都市，豈非無功於天，有害於人者乎？夫鳥以山為埤而增巢其上，魚以泉為淺而穿穴其中，卒所以得者餌也。貴戚願其宅吉而制為令名，欲其門堅而造作鐵樞，卒其所以敗者，非苦禁忌少而門樞朽也，常苦崇財貨而行驕僭耳。不上順天心，下育人物，而欲任其私智，竊弄君威，反戾天地，欺誣神明。居累卵之危，而圖太山之安；為朝露之行，而思傳世之功。豈不惑哉！豈不惑哉！

浮侈篇

王者以四海為家，兆人為子。一夫不耕，天下受其飢；一婦不織，天下受其寒。今舉俗舍本農，趨商賈，牛馬車輿，填塞道路，遊手為巧，充盈都邑，務本者少，浮食者眾。"商邑翼翼，四方是極。"今察洛陽，資末業者什於農夫，虛偽游手者什於末業。則一夫耕，百人食之，一婦桑，百人衣之，以一奉百，孰能供之！天下百郡千縣，市邑萬數，類皆如此。本末不足相供，則民安得不飢寒？飢寒並至，則民安能無姦軌？姦軌繁多，則吏安能無嚴酷？嚴酷數加，則下安能無愁怨？愁怨者多，則咎徵並臻；下民無聊，而上天降災，則國危矣。

夫貪生於富，弱生於彊，亂生於化，危生於安。是故明王之養民，憂之勞之，教之誨之，慎微防萌，以斷其邪。故《易》美節以制度，不傷財，不害民。《七月》之詩，大小教之，終而復始。由此觀之，人固不可恣也。

今人奢衣服，侈飲食，事口舌而習調欺。或以謀姦合任爲業，或以遊博持掩爲事。丁夫不扶犁鋤，而懷丸挾彈，攜手上山邀遊，或好取土作丸賣之，外不足禦寇盜，內不足禁鼠雀。或作泥車瓦狗諸戲弄之具，以巧詐小兒，此皆無益也。

《詩》刺"不績其麻，市也婆娑"。又婦人不脩中饋，休其蠶織，而起學巫祝，鼓舞事神，以欺誣細民，熒惑百姓妻女。羸弱疾病之家，懷憂憤憒，易爲恐懼。至使奔走便時，去離正宅，崎嶇路側，風寒所傷，姦人所利，盜賊所中。或增禍重崇，至於死亡，而不知巫所欺誤，反恨事神之晚，此妖妄之甚者也。或刻畫好繒，以書祝辭；或虛飾巧言，希致福祚；或糜折金綵，令廣分寸；或斷截衆縷，繞帶手腕；或裁切綺縠，縫紩成幡。皆單費百繚，用功千倍，破牢爲僞，以易就難，坐食嘉穀，消損白日。夫山林不能給野火，江海不能實漏卮，皆所宜禁也。

昔孝文皇帝躬衣弋綈，革舄韋帶。而今京師貴戚，衣服飲食，車輿廬第，奢過王制，固亦甚矣。且其徒御僕妾，皆服文組綵牒，錦繡綺紈，葛子升越，筩中女布。犀象珠玉，虎魄瑇瑁，石山隱飾，金銀錯鏤，窮極麗美，轉相誇咤。其嫁娶者，車軿數里，緹帷竟道，騎奴侍童，夾轂並引。富者競欲相過，貧者恥其不逮，一饗之所費，破終身之業。古者必有命，然後乃得衣繒絲而乘車馬，今雖不能復古，宜令細民略用孝文之制。

古之葬者，厚衣之以薪，葬之中野，不封不樹，喪期無數。後世聖人易之以棺槨，桐木爲棺，葛采爲緘，下不及泉，上不泄臭。中世以後，轉用楸梓槐柏杶樗之屬，各因方土，裁用膠漆，使其堅足恃，其用足任，如此而已。今者京師貴戚，必欲江南檽、梓、豫章之木。邊遠下土，亦競相放效。夫檽、梓、豫章，所出殊遠，伐之高山，引之窮谷，入海乘淮，逆河泝洛，工匠雕刻，連累日月，會衆而後動，多牛而後致。重且千斤，功將萬夫，而東至樂浪，西達郭煌，費力傷農於萬里之地。古者墓而不墳，中世墳而不崇。仲尼喪母，冢高四尺，遇雨而崩，弟子請修之，夫子泣曰："古不修墓。"及鯉也死，有棺無槨。文帝葬芷陽，明帝葬洛陽，皆不藏珠寶，不起山陵，墓雖卑而德最高。今京師貴戚，郡縣豪家，生不極養，死乃崇喪。或至金縷玉匣，檽、梓、楩、柟，多埋珍寶偶人車馬，造起大冢，廣種松柏，廬舍祠堂，務崇華侈。案鄗畢之陵，南城之冢，周公非不忠，曾子非不孝，以爲襃君愛父，不在於聚財；揚名顯親，無取於車馬。昔晉靈公多賦以雕牆，《春秋》以爲不君；華元、樂舉厚葬文公，君子以爲不臣。況於群司士庶，乃可僭侈主上，過天道乎？

實貢篇

　　國以賢興，以諂衰；君以忠安，以佞危。此古今之常論，而時所共知也。然衰國危君，繼踵不絕者，豈時無忠信正直之士哉，誠苦其道不得行耳。夫十步之間，必有茂草；十室之邑，必有忠信。是故亂殷有三仁，小衛多君子。今以大漢之廣土，士民之繁庶，朝廷之清朗，上下之脩正，而官無善吏，位無良臣。此豈時之無良，諒由取之乖實。夫志道者少與，逐俗者多疇，是以朋黨用私，背實趨華。其貢士者，不復依其質幹，准其才行，但虛造聲譽，妄生羽毛。略計所舉，歲且二百。覽察其狀，則德侔顏、冉，詳覈厥能，則鮮及中人，皆總務升官，自相推達。夫士者貴其用也，不必求備。故四友雖美，能不相兼；三仁[二]齊致，事丕[三]節。高祖佐命，出自亡秦；光武得士，亦資暴莽。況太平之時，而云無士乎！

　　夫明君之詔也若聲，忠臣之和也如響。長短大小，清濁疾徐，必相應也。且攻玉以石，洗金以鹽，濯錦以魚，浣布以灰。夫物固有以賤理貴，以醜化好者矣。智者棄短取士，以致其功。今使貢士必覈以實，其有小疵，勿彊衣飾，出處默語，各因其方，則蕭、曹、周、韓之倫，何足不致，吳、鄧、良、竇之屬，企踵可待。孔子曰："未之思也，夫何遠之有？"

愛日篇

　　國之所以為國者，以有民也；民之所以為民者，以有穀也；穀之所以豐植者，以有民功也；功之所以能建者，以日力也。化國之日舒以長，故其民閑暇而力有餘；亂國之日促以短，固其民困務而力不足。舒長者，非謂羲和安行，乃君明民靜而力有餘也。促短者，非謂分度損減，乃上闇下亂，力不足也。孔子稱"既庶則富之，既富乃教之"，是故禮義生於富足，盜竊起於貧窮；富足生於寬暇，貧窮起於無日。聖人深知力者民之本，國之基也，故務省繇役，使之愛日。是以堯勑羲和，欽若昊天，敬授民時。明帝時，公車以反支日不受章奏，帝聞而怪曰："民廢農桑，遠來詣闕，而復拘以禁忌，豈為政之意乎！"於是遂蠲其制。今冤民仰希申訴，而令長以神自畜，百姓廢農桑而趨府廷者，相續道路，非朝餔不得通，非意氣不得見。或連日累月，更相瞻視；或轉請隣里，饋糧應對。歲功既虧，天下豈無受其饑乎？

　　孔子曰："聽訟吾猶人也。"從此言之，中才以上，足議曲直；鄉亭部吏，亦有任決斷者，而類多枉曲，蓋有故焉。夫理直則恃[四]正而不橈，事曲則諂意以行賕。不橈，故無恩於吏；行賕，故見私於法。若事有反覆，吏應坐之，吏以應坐之故，不得不枉之於廷。以羸民之少黨，而與豪吏對訟，其勢得無屈乎？縣承吏言，故與之同。若事有反覆，縣亦應坐之，縣以應坐之故，而排之於郡。以一民之輕，與一縣爲訟，其理豈得申乎？事有反覆，郡亦坐之，郡以共坐之故，而排之於州。以一民之輕，與一郡爲訟，其事豈獲勝乎？既不肯理，故乃遠詣公府，公府復不能察，而當延以日月。貧弱者無以曠旬，疆富者可盈千日。理訟若此，何枉之能理乎？正士懷怨結而不見信，猾吏崇姦軌而不被坐，此小民所以易侵苦，而天下所以多困窮也。

且除上天感痛致災，但以人功見事言之：自三府州郡，至於鄉縣典司之吏，詞訟之民，官事相連，更相檢對者，日可有十萬人。一人有事，二人經營，是爲日三十萬人廢其業也。以中農率之，則是歲三百萬人受其饑者也。然則盜賊何從而銷，太平何由而作乎？《詩》云："莫肯念亂，誰無父母？"百姓不足，君誰與足？可無思哉！可無思哉！

述赦篇

凡療病者，必知脈之虛實，氣之所結，然後爲之方，故疾可愈而壽可長也。爲國者，必先知民之所苦，禍之所起，然後爲之禁，故姦可塞而國可安也。今日賊良民之甚者，莫大於數赦贖。赦贖數，則惡人昌而善人傷矣。何以朙之哉？夫勤[五]赦之人，身不蹈非，又有爲吏正直，不避疆禦，而姦猾之黨橫加誣言者，皆知赦之不久故也。善人君子，被侵怨而能至闕庭自朙者，萬無數人；數人之中得省問者，百不過一；既對尚書而空遣去者，復什六七矣。其輕薄姦軌，既陷罪法，怨毒之家冀其辜戮，以解畜憤，而反一槩悉蒙赦釋，令惡人高會而誇咤，老盜服臧而過門，孝子見讎而不得討，遭盜者覩物而不敢取，痛莫甚焉！

夫養稂莠者傷禾稼，惠姦軌者賊良民。《書》曰："文王作罰，刑茲無赦。"先王之制刑法也，非好傷人肌膚，斷人壽命也；貴威奸懲惡，除人害也。故《經》稱"天命有德，五服五章哉；天討有罪，五刑五用哉"；《詩》刺"彼宜有罪，汝反脫之"。古者唯始受命之君，承大亂之極，寇賊奸軌，難爲法禁，故不得不有一赦，與之更新，頤育萬物，以成大化。非以養姦活罪，放縱天賊也。夫性惡之民，民之豺狼，雖得放宥之澤，終無改悔之心。且脫重梏，夕還囹圄，嚴朙令尹，不能使其繼絕。何也？凡敢爲大姦者，才必有過於衆，而能自媚於上者也。多散誕得之財，奉以諂諛之辭，以轉相驅，非有第五公之廉直，孰不爲顧哉？論者多曰："久不赦則姦軌熾而吏不制，宜數肆眚以解散之。"此未昭政亂之本源，不察禍福之所生也。

【校記】

[一]五代，陳本作上世。《後漢書》作五代。

[二]仁，陳本作人。《後漢書》作仁。

[三]丕，陳本、《後漢書》作不一，當是。

[四]恃，陳本作持。《後漢書》作恃。

[五]勤，陳本、《後漢書》作謹。

政論

崔寔

自堯、舜之帝，湯、武之王，皆賴朙哲之佐，博物之臣。故臯陶陳謨而唐、虞以興；伊、箕作訓而殷、周用隆。及繼體之君，欲立中興之功者，曷嘗不賴賢哲之謀乎！凡天下所以不理者，常由人主承平日久，俗漸敝而不悟，政寖衰而不改，習亂安危，恱不自覩。或荒耽嗜欲，不恤萬機；或耳蔽箴誨，厭偽忽眞；或猶豫歧路，莫適所從；或見信之佐，括囊守禄；或疎遠之臣，言以賤廢。是以王綱縱弛于上，智士鬱伊於下。悲夫！

自漢興以來，三百五十餘歲矣。政令垢翫，上下怠懈，風俗彫敝，人庶巧偽，百姓嚚然，咸復思中興之效矣。且濟時拯世之術，豈必體堯蹈舜然後乃理哉？期於補綻決壞，枝柱邪傾，隨形裁割，要措斯世於安寧之域而已。故聖人執權，遭時定制，步驟之差，各有云設。不疆人以不能，背急切而慕所聞也。蓋孔子對葉公以來遠，哀公以臨人，景公以節禮，非其不同，所急異務也。是以受命之君，每輒創制；中興之主，亦匡時失。昔盤庚愍殷，遷都易民；周穆有闕，甫侯正刑。俗人拘文牽古，不達權制，奇偉所聞，簡忽所見，烏可與論國家之大事哉！故言事者雖合聖聽，輒見揥奪。何者？其頑士闇於時權，安習所見，不知樂成，況可與慮始？則苟云率由舊章而已。其達者或矜名妬能，耻策非己，舞筆奮辭，以破其義。寡不勝衆，遂見擯棄。雖稷、契復存，猶將困焉。斯賈生之所以排於絳、灌，屈子之所以攄其幽憤者也。夫以文帝之朙，賈生之賢，絳、灌之忠，而有此患，況其餘哉？

故宜量力度德，《春秋》之義。今旣不能純法八世，故宜參以霸政，霸政則宜重賞深罰以御之，朙著法術以檢之。自非上德，嚴之則理，寬之則亂。何以朙其然也？近孝宣皇帝朙以君人之道，審於爲政之理，故嚴刑峻法，破姦軌之膽，海內清肅，天下密如。薦勳祖廟，享號中宗，筭計見效，優於孝文。及元帝即位，多行寬政，卒以墮損，威權始奪，遂爲漢室基禍之主，政道得失於斯可監矣！昔孔子作《春秋》，襃齊桓，懿晉文，歎管仲之功。夫豈不美文、武之道哉？誠達權救敝之理也。故聖人能與世推移，而俗士苦不知變，以爲結繩之約，可復理亂秦之緒；《干戚》之舞，足以解平城之圍。

夫熊經鳥伸，雖延歷之術，非傷寒之理；呼吸吐納，雖度紀之道，非續骨之膏。蓋爲國之法，有似理身，平則致養，疾則攻焉。夫刑罰者，治亂之藥石也；德教者，興平之粱肉也。夫以德教除殘，是以粱肉理疾也；以刑罰理平，是以藥石供養也。方今承百王之敝，值戹運之會。自數世以來，政多恩貸，馭委其轡，馬駘其銜，四牡橫奔，皇路險傾。方將拊勒鞭䩭以救之，豈暇鳴和鑾，清節奏哉？昔高祖令蕭何作九章之律，有夷三族之令，黥、劓、斬趾、斷舌、梟首，故謂之具五刑。文帝雖除肉刑，當劓者笞三百，當斬左趾者笞五百，當斬右趾者棄市。右趾者既損其命，笞撻者往往至死，雖有輕刑之名，其實殺也。當此之時，民皆思復肉刑。至景帝元年，乃下詔曰：“笞與重罪無異，幸而不死，不可爲人[一]。”乃定律，減笞輕捶。自是之後，笞者得全。以此言之，文帝乃重刑，非輕之也；以嚴致平，非以寬致平也。必欲行若言，宜大定其本，使人主師五帝而式三王。蕩亡秦之俗，遵先聖之風，弃苟全之政，蹈稽古之蹤，復五等之爵，立井田之制。然後選稷、契爲佐，伊、呂爲輔，樂作而鳳凰儀，擊石而百獸舞。若不然，則多爲累而已。

【校記】

[一]人，陳本作民。《後漢書》從人。

崇厚論
朱穆

夫俗之薄也，有自來矣。故仲尼歎曰：“大道之行也，而丘不與焉”，蓋傷之也。夫道者以天下爲一，在彼猶在己也。故行違於道，則愧生於心，非畏義也；事違於理，則負結于意，非憚禮也。故率性而行謂之道，得其天性謂之德。德性失然後貴仁義，是以仁義起而道德遷，禮法興而淳樸散。故道德以仁義爲薄，淳樸以禮法爲賊也。夫中世之所敦，已爲上世之所薄，況又薄於此乎？[一]

故夫天不崇大，則覆幬不廣；地不深厚，則載物不博，人不敦厖，則道數不遠[二]。昔在仲尼不失舊於原壤，楚嚴不忍章於絕纓。由此觀之，聖賢之德敦矣。老氏之《經》曰：“大丈夫處其厚不處其薄，居其實不居其華，故去彼取此。”夫時有薄而厚施，行有失而惠用。故覆人之過者，敦之道也；救人之失者，厚之行也。往者，馬援深昭此道可以爲德，誡其兄子曰："吾欲汝曹聞人之過，如聞父母之名。耳可得聞，口不得言。"斯言要矣。遠則聖賢履之上世，近則邴吉、張子孺行之漢廷，故能振英聲於百世，播不滅之遺風，不亦美哉！

然而時俗或異，風化不敦，而尚相誹謗，謂之臧否。記短則兼折其長，貶惡則并伐其善。悠悠者皆是，其可稱乎！凡此之類，豈徒乖爲君子之道哉？將有危身累家之禍焉。悲夫！行之者不知憂其然，故害興而莫之及也。斯既然矣，又有異焉，人皆見之而不能自遷，何則？務進者趨前而不順[三]後，榮貴者矜己而不待人，智不接愚，富不賑貧，貞士孤而不恤，賢者危而不存。故田蚡以尊顯致安國之金，淳于貴執引方進之言。夫以韓、翟之操，爲漢之名宰，然猶不能振一貧賢，薦一孤士，又況其下者乎！此禽息、史魚所以專名於前，而莫繼於後者也。故時敦俗美，則小人守正，利不能誘也。時否俗薄，雖君子爲邪，義不能止也。何則？先進者既往而不反，後來者復習俗而追之，是以虛華盛而忠信微，刻薄稠而純篤稀。斯蓋《谷風》有"弃予"之歎，《伐木》有"鳥鳴"之悲矣！

嗟乎！世士誠躬師孔聖之崇則，嘉楚言之美行，希李老之雅誨，思馬援之所尚，鄙二宰之失度，美韓稜之抗正，貴丙、張之弘裕，賤時俗之誹謗，則道豐績盛，名顯身榮，載不刊之德，播不滅之聲，然後知薄者之不足，厚者之有餘也。彼與草木俱朽，此與金石相傾，豈得同年而語，並日而談哉！

【校記】

[一] "率性而行謂之道"至此，陳本無。《後漢書》有。
[二] 遠，陳本作還。《後漢書》作遠。
[三] 順，陳本作能顧。《後漢書》作顧。

絕交論
朱穆

"子絕存問，不見客，亦不苔也。何故？"曰："古者無私游之交，相見以公朝，亨會以禮紀，否則朋徒受習而已。"曰："人將疾子，如何？"曰："寧受疾。"曰："受疾可乎？"曰："世之務交游也久矣，敦千乘不記于君，犯禮以追之，皆公以從之。其愈者則孺子之愛也，其甚者則求蔽過竊譽，以贍其私。事替義退，公輕私重，居勞於聽也。或於道而求其私，贍矣。是故遂往不反，而莫敢止焉。是川瀆並決而莫敢之塞，游獵蹂嫁而莫之禁也。《詩》云：'威儀棣棣，不可算也。'後生將復何述？而吾不才，焉能規此？實悼無行，子道多闕，臣事多尤，思復白圭，重考古言，以補往過。時無孔堂，思兼則滯，匪有廢也，則亦焉興？是以敢受疾也，不亦可乎？"

卷六十六

論二

昌言論 三篇
仲長統

理亂篇

豪傑之當天命者，未始有天下之分者也。無天下之分，故戰爭者競起焉。于斯之時，並僞假天威，矯據方國，擁甲兵與我角才智，程勇力與我競雌雄，不知去就，疑誤天下，蓋不可數也。角知者皆窮，角力者皆負，形不堪復伉，勢不足復校，乃始羈首繫頸，就我之銜紲耳。夫或曾爲我之尊長矣，或曾與我爲等儕矣，或曾臣虜我矣，或曾勢囚我矣。彼之蔚蔚，皆匈詈腹詛，幸我之不成，而以奮其前志，詎肯用此爲終死之分邪？

及繼體之時，民心定矣。普天之下，賴我而得生育，由我而得富貴，安居樂業，長養子孫，天下晏然，皆歸心於我矣。豪傑之心旣絕，士民之志已定，貴有常家，尊在一人。當此之時，雖下愚之才居之，猶能使恩同天地，威侔鬼神。暴風疾霆，不足以方其怒；陽春時雨，不足以喻其澤；周、孔數千，無所復角其聖；賁、育百萬，無所復奮其勇矣。彼後嗣之愚主，見天下莫敢與之違，自謂若天地之不可亡也，乃奔其私嗜，騁其邪欲，君臣宣淫，上下同惡。目極角觝之觀，耳窮鄭衛之聲。入則耽於婦人，出則馳於田獵。荒廢庶政，弃亡人物，澶漫彌流，無所底極。信任親愛者，盡佞諂容說之人也；寵貴隆豐者，盡后妃姬妾之家也。使餓狼守庖廚，饑虎牧牢豚，遂至熬天下之脂膏，斷生人之骨髓。怨毒無聊，禍亂並起，中國擾攘，四夷侵叛，土崩瓦解，一朝而去。昔之爲我哺乳之子孫者，今盡是我飲血之寇讎也。至於運徙勢去，猶不覺悟者，豈非富貴生不仁，沈溺致愚疾邪？存亡以之迭代，政亂從此周復，天道常然之大數也。

又政之爲理者，取一切而已，非能斟酌賢愚之分，以開盛衰之數也。曰不如古，彌以遠甚，豈不然邪？漢興以來，相與同爲編戶齊民，而以財力相君長者，世無數焉。而清潔之士，徒自苦於茨棘之間，無所益損於風俗也。豪人之室，連棟數百，膏田滿野，奴婢千羣，徒附萬計。船車賈販，周於四方；廢居積貯，滿於都城。琦賂寶貸，巨室不能容；馬牛羊豕，山谷不能受。妖童美妾，塡乎綺室；娼謳伎樂，列乎深堂。賓客待見而不敢去，車騎交錯而不敢進。三牲之肉，臭而不可食；清醇之酎，敗而不可飲。睇盼則人從其目之所視，喜怒則人隨其心之所虜。比[一]皆公侯之廣樂，君長之厚實也。苟能運智詐者，則得之焉；苟能得之者，人不以爲罪焉。源發而橫流，路開而四通矣。求士之舍榮樂而居窮苦，弃放逸而赴束縛，夫誰肯而爲之者邪！夫亂世長而化世短，亂世則小人貴寵，君子困賤。當君子困賤之時，跼高天，蹐厚地，猶恐有鎮厭之禍也。逮至清世，則復入於矯枉過正之檢。老者耄矣，不能及寬饒之俗；少者方壯，將復困於衰亂之時。是使姦人擅無窮之福利，而善士持不赦之罪辜。苟目能辯色，耳能辯聲，口能辯味，體能辯寒溫者，將皆以脩潔爲諱惡，設智巧以避之焉，況肯有安而樂之者邪？斯下世人主一切之恣也。

昔春秋之時，周氏之亂世也。逮乎戰國，則又甚矣。秦政乘幷兼之埶，放虎狼之心，屠裂天下，吞食生人，暴虐不已，以招楚漢用兵之苦，甚於戰國之時也。漢二百年而遭王莽之亂，計其殘夷滅亡之數，又復倍乎秦、項矣。以及今日，名都空而不居，百里絕而無民者，不可勝數。此則又甚於亡新之時也。悲夫！不及五百年，大難三起，中間之亂，尚不數焉。變而彌猜，下而加酷，推此以往，可及於盡矣。嗟乎！不知來世聖人救此之道，將何用也？又不知天若窮此之數，欲何至邪？

【校記】

[一]比，陳本同。《後漢書》作此。

損益篇

作有利於時，制有便於物者，可爲也。事有乖於數，法有翫於時者，可改也。故行於古有其迹，用於今無其功者，不可不變。變而不如前，易而多所敗者，亦不可不復也。漢之初興，分王子弟，委之以士民之命，假之以生殺之權。於是驕逸自恣，志意無厭極。魚肉百姓，以盈其欲；暴蒸骨血，以快其情。上有篡叛不軌之姦，下有暴亂殘賊之害。雖籍親屬之恩，蓋源流形勢使之然也。降爵削土，稍稍割奪，卒至於坐食奉祿而已。然其洿穢之行，淫昏之罪，猶尚多焉。故淺其根本，輕其恩義，猶尚假一日之尊，收士民之用。況專之於國，擅之於嗣，豈可鞭笞叱咤，而使唯我所爲者乎？時政雕敝，風俗移易，純樸已去，智惠已來。出於禮制之防，放於嗜欲之域久矣，固不可授之以柄，假之以資者也。是故收其奕世之權，校其從橫之勢，善者早登，否者早去，故下土無壅滯之士，國朝無專貴之人。此變之善，可遂行者也。

井田之變，豪人貨殖，舘舍布於州郡，田畝連於方國。身無半通青綸之命，而竊三辰龍章之服；不爲編戶二[一]伍之長，而有千室名邑之役。榮樂過於封君，勢力侔於守令。財賂自營，犯法不坐。刺客死士，爲之投命。至使弱力少智之子，被穿帷敗，寄死不斂，冤枉窮困，不敢自理。雖亦由網禁疎闊，蓋分田無限使之然也。今欲張太平之紀綱，立至化之育[二]趾，齊民財之豐寡，正風俗之奢儉，非井田實莫由也。此變有所敗，而宜復者也。

肉刑之廢，輕重無品，下死則得髡鉗，下髡鉗則得鞭笞。死者不可復生，而髡者無傷於人。髡笞不足以懲中罪，安得不至於死哉！夫雞狗之攘竊，男女之淫奔，酒醴之賂遺，謬誤之傷害，皆非值於死者也。殺之則甚重，髡之則甚輕。不制中刑以稱其罪，則法令安得不參差，殺生安得不過謬乎？今患刑輕之不足以懲惡，則假藏貨以成罪，託疾病以諱殺。科條無所準，名實不相應，恐非帝王之通法，聖人之良制也。或曰：過刑惡人，可也；過刑善人，豈可復哉？曰：若前政以來，未曾枉害善人者，則有罪不死也，是爲忍於殺人，而不忍於刑人也。今令五刑有品，輕重有數，科條有序，名實有正，非殺人逆亂鳥獸之行甚重者，皆勿殺。嗣周氏之秘典，續呂侯之祥刑，此又宜復之善者也。

《易》曰："陽一君二臣，君子之道也；陰二君一臣，小人之道也。"然則寡者，爲人上者也；衆者，爲人下者也。一伍之長，才足以長一伍者也；一國之君，才足以君一國者也；天下之王，才足以王天下者也。愚役於智，猶枝之附幹，此理天下之常法也。制國以分人，立政以分事，人遠則難綏，事總則難了。今遠州之縣，或相去數百千里，雖多山陵洿澤，猶有可居人種穀者焉。當更制其境界，使遠者不過二百里。䀿版籍以相數閱，審什伍以相連持，限失[三]田以斷并兼，定五刑以救死亡，益君長以興政理，急農桑以豐委積，去末作以一本業，敦教學以移情性，表德行以厲風俗，聚才藝以敘官宜，簡精悍以習師田，脩武器以存守戰，嚴禁令以防僭差，信賞罰以驗懲勸，糾遊戲以杜姦邪，察苛刻以絕煩暴。審此十六者以爲政務，操之有常，課之有限，安寧勿懈墮，有事勿迫遽，聖人復起，不能易也。

　　向者，天下戶過千萬，除其老弱，但戶一丁壯，則千萬人也。遺漏既多，又蠻夷戎狄居漢地者尚不在焉。丁壯十人之中，必有堪爲其什五之長，推什長已上，則百萬人也[四]。又十取之，則佐史之才已上十萬人也。又十取之，則可使在政理之位者萬人也。以筋力用者謂之人，人求丁壯；以才智用者謂之士，士貴耆老。充此制以用天下之人，猶將有儲，何嫌乎不足也？故物有不求，未有無物之歲也；士有不用，未有少士之世也。夫如此，然後可以用天性，究人理，興頓廢，屬斷絕，網羅遺漏，拱枒天人矣。

　　或曰：善爲政者，欲除煩去苛，幷官省職，爲之以無爲，事之以無事，何子言之云云也？曰：若是，三代不足摹，聖人未可師也。君子用法制而至於化，小人用法制而至於亂。均是法制也，或以之化，或以之亂，行之不同也。苟使豺狼牧羊豚，盜跖主征稅，國家昏亂，吏人放縱，則惡復論損益之間哉！夫人待君子然後化理，國待蓄積乃無憂患。君子非自農桑以求衣食者也，蓄積非橫賦斂以取優饒也。奉祿誠厚，則割剝貿易之罪乃可絕也；蓄積誠多，則兵寇水旱之災不足苦也。故由其道而得之，民不以爲奢；由其道而取之，民不以爲勞。天災流行，開倉庫以稟貸，不亦仁乎？衣食有餘，損靡麗以散施，不亦義乎？彼君子居位爲士民之長，固宜重肉累帛，朱輪駟馬。今反謂薄屋者爲高，藿食者爲清，既失天地之性，又開虛僞之名，使小智居大位，庶績不咸熙，未必不由此也。得拘絜而失才能，非立功之實也。以廉舉而以貪去，非士君子之志也。夫選用必取善士。善士富者少而貧者多，祿不足以供養，安能不少營私門乎？從而罪之，是設機置穽以待天下之君子也。

　　盜賊凶荒，九州代作，饑饉暴至，軍旅卒發，橫稅弱人，割奪吏祿，所恃者寡，所取者猥，萬里懸乏，首尾不救，徭役並起，農桑失業，兆民呼嗟於昊天，貧窮轉死於溝壑矣。今通肥饒之率，計稼穡之入，令貥收三斛，斛取一斗，未爲甚多。一歲之間，則有數年之儲，雖興非法之役，恣奢侈之欲，廣愛幸之賜，猶未能盡也。不循古法，規爲輕稅，及至一方有警，一面被災，未建[五]三年，校計奪矩，坐視戰士之蔬食，立望餓殍之滿道，如之何爲君行此政也？二十稅一，名之曰貊，況三十稅一乎？夫薄吏祿以豐軍用，緣於秦征諸侯，續以四夷，漢承其業，遂不改更，危國亂家，此之由也。今田無常主，民無常居，吏食日稟，祿班未定。可爲法制，畫一定科，租稅十一，更賦如舊。今者土廣民稀，中地未墾；雖然，猶當限以大家，勿令過制。其地有草者，盡曰官田，力堪農事，乃聽受之。若聽其自取，後必爲姦也。

【校記】

[一] 二，陳本、《後漢書》作一。
[二] 育，陳本、《後漢書》作基。
[三] 失，陳本、《後漢書》作夫。
[四] "遺漏既多"至"則百萬人也"，據陳本補。《後漢書》有。
[五] 建，陳本、《後漢書》作逮。

法誡篇

《周禮》六典，冢宰二王而理天下。春秋之時，諸侯朗德者，皆一卿爲政。爰及戰國，亦皆然也。秦兼天下，則置丞相，而二之以御史大夫。自高帝逮于孝成，因而不改，多終其身。漢之隆盛，是惟在焉。夫任一人則政專，任數人則相倚。政專則和諧，相倚則違戾。和諧則太平之所興也，違戾則荒亂之所起也。光武皇帝慍數世之失權，忿疆臣之竊命，矯枉過直，政不任下，雖置三公，事歸臺閣。自此以來，三公之職，備員而已；然政有不理，猶加譴責。而權移外戚之家，寵被近習之豎，親其黨類，用其私人，內充京師，外布列郡，顛倒賢愚，貿易選舉，疲駕守境，貪殘牧民，撓擾百姓，忿怒四夷，招致乖叛，亂離斯瘼。怨氣並作，陰陽失和，三光虧缺，怪異數至，蟲螟食稼，水旱爲災，此皆戚宦之臣所致然也。反以策讓三公，至於死免，乃足爲叫呼蒼天，號咷泣血者也。又中世之選三公也，務於清愨謹慎，循常習故者。是婦女之檢柙，鄉曲之常人耳，惡足以居斯位邪？勢既如彼，選又如此，而欲望三公勳立於國家，績加於生民，不亦遠乎？昔文帝之於鄧通，可謂至愛，而猶展申徒嘉之志。夫見任如此，則何患於左右小臣哉？至於近世，外戚宦豎請託不行，意氣不滿，立能陷人於不測之禍，惡可得彈正者哉！曩者任之重而責之輕，今者任之輕而責之重。昔賈誼感絳侯之困辱，因陳大臣廉恥之分，開引自裁之端。自此以來，遂以成俗。繼世之主，生而見之，習其所常，曾莫之悟。嗚呼，可悲夫！左手據天下之圖，右手刎其喉，愚者猶知難之，況朗哲君子哉！言不以重利害其事，見《莊子》[劉]光武奪三公之重，至今而加甚，不假后黨以權，數世而不行，蓋親疎之勢異也。母后之黨，左右之人，有至親之勢，故其貴任萬世。常然之敗，無世而無之，莫之斯鑒，亦可痛矣。未若置丞相自總之。若委三公，則宜分任責成。夫使爲政者，不當與之婚姻；婚姻者，不當使之爲政也。如此，在並[一]病人病人謂萬姓困敝也[劉]，舉用失賢，百姓不安，爭訟不息，天地多變，人物多妖，然後可以分此罪矣。

或曰：政在一人，權甚重也。曰：人實難得，何重之嫌？昔者霍禹、竇憲、鄧騭、梁冀之徒，籍外戚之權，管國家之柄；及其伏誅，以一言之詔，詰朝而決，何重之畏乎？今夫國家漏神朙於媟近，輸權重於婦黨，算十世而爲之者八九焉。不此之罪而彼之疑，何其詭邪！

【校記】

[一]並，陳本、《後漢書》作位。

樂志論
仲長統

使居有良田廣宅，背山臨流，溝池環帀，竹木周布，場圃築前，果園樹後。舟車足以代步涉之難，使令足以息四體之役。養親有兼味之膳，妻孥無苦身之勞。良朋萃止，則陳酒肴以娛之；嘉時吉日，則亨羔[一]豚以奉之。躑躅畦苑，遊戲平林，濯清水，追涼風，釣遊鯉，弋高鴻。風於舞雩之下，詠歸高堂之上。安神閨房，思老氏之玄虛；呼吸精和，求至人之仿佛。與達者數子，論道講書，俯仰二儀，錯綜人物。彈《南風》之雅操，發清商之妙曲。逍遙一世之上，睥睨天地之間。不受當時之責，永保性命之期。如此，則可以凌霄漢，出宇宙之外矣，豈羨夫入帝王之門哉？

【校記】

[一]亨羔，陳本、《後漢書》作烹羊。

正交論
蔡邕

聞之前訓曰："君子以朋友講習而正人，無有淫朋。"是以古之交者，其義敦以正，其誓信以固。逮夫周德始衰，頌聲既寢，《伐木》有"鳥鳴"之刺，《谷風》有"棄予"之怨，自此已降，彌以陵遲，或闕其始終，或疆其比周。是以縉紳患其然，而論者諄諄如也。疾淺薄而攜二者有之，惡朋黨而絕交游者有之。其論交也，曰：富貴則人爭趨之，貧賤則人爭去之。是以君子愼人所以交己，審己所以交人；富貴則無暴集之客，貧賤則無棄舊之賓矣。原其所以來，則知其所以去；見其所以始，則觀其所以終。彼眞士者，貧賤不待夫富貴，富貴不驕乎貧賤，故可貴也。蓋朋友之道，有義則合，無義則離。善則久要不忘平生之言，惡則忠告善誨之，否則止，無自辱焉。故君子不爲可棄之行，不患人之遺己也。信有可歸之德，不病人之遠己也。不幸或然，則躬自厚而薄責於人，怨其遠矣。求諸己而不求諸人，咎其稀矣。夫遠怨稀咎之機，咸在乎躬，莫之改也。子夏之門人問交於子張，而二子各有聞乎夫子，然則以交誨也。商也寬，故告之以矩[一]人，師也褊，故訓之以容衆，各從其行而矯之。至於仲尼之正教，則泛愛衆而親仁，故非善不喜，非仁不親，交游以方，會友以文，可無貶也。穀梁亦[二]曰："心志既通，名譽不聞，友之罪也。"今將患其流而塞其源，病其末而刈其本，無乃未若擇其正而黜其邪，與其彼農皆黍而獨稷焉。夫黍亦神農之嘉穀，與稷竝爲粢盛也，使交而可廢，則黍其愆矣。括二論而言之，則刺薄者博而洽，斷交者眞而孤。孤有羔羊之節，與其不獲己而矯時也。走將從夫孤言[三]。

【校記】

[一]矩，陳本作拒。《後漢書》作距。
[二]亦，陳本作赤。《後漢書》"亦"前有"子"字。
[三]言，陳本、《後漢書》作焉。

朙堂月令論
蔡邕

朙堂者，天子太廟，所以宗嗣其祖，以配上帝者也。夏后氏曰世室，殷人曰重屋，周人曰朙堂。東曰青陽，南曰朙堂，西曰總章，北曰玄堂，中央曰太室。《易》曰："離也者，朙也，南方之卦也。"聖人南面而聽天下，鄉朙而治，人君之位，莫正於此焉。故雖有五名，而主以朙堂也。其正中皆曰太廟，謹承天順時之令，昭令德宗廟之禮，朙前功百辟之勞，起養老敬長之義，顯教幼誨穉之學，朝諸侯、選造士於其中，以朙制度。生者乘其能而[一]，死者論其功而祭，故爲大教之宮，而四學者具焉，官司備焉。譬如北辰，居其所而衆星拱之，萬象翼之，政教之所由生，變化之所由來。朙，一統也，故言朙堂之大義深[二]也。取其宗祀之清貌，則曰清廟；取其政室之貌，則曰太廟；取其尊崇矣，則曰太室；取其堂，則曰朙堂；取其四門之學，則曰太學；取其四面周水圜如璧，則曰辟雍。異名而同事，其實一也。

《春秋》因魯取宋之奸賂，則顯之太廟，以朙聖王建清廟朙堂之義。《經》曰："取郜大鼎于宋，戊申，納於太廟。"《傳》曰："非禮也。人君者，將昭德塞違，故昭令德以示子孫，是清廟茅屋，昭其儉也。夫德，儉而有度，升降有數。文物以紀之，聲朙以發之，以臨照百官。百官於是乎戒懼，而不敢易紀律。"所以朙大教也。以周清廟論曰，魯太廟皆朙堂也。魯禘祀周公於太廟朙堂，猶周宗祀文王於清廟朙堂也。《禮記・檀弓》曰"王齊禘於清廟朙堂"也。《孝經》曰："宗祀文王於朙堂。"《禮記・朙堂位》曰："太廟，天子曰朙堂。"又曰："成王幼弱，周公踐天子位以治天下，朝諸侯于朙堂，制禮作樂，頒度量，而天下大服。成王以周公爲有勳勞於天下，命魯公世世禘祀周公於太廟，以天子之禮，升歌清廟，下管象舞，所以廣魯於天下也。"取周清廟之歌，歌於魯太廟，朙魯之太廟猶周之清廟也。皆所以昭文王、周公之德，以示子孫也。《易傳・太初篇》曰："天子旦入東學，晝入南學，暮入西學。太學在中央，天子所自學也。"《禮記・傅保篇》曰："帝入東學，上親而貴仁；入西學，上賢而貴德；入南學，上齒而貴信；入北學，上貴而尊爵；入太學，承師而問道。"與《易傳》同。魏文侯《孝經傳》曰："太學者，中學朙堂之位也。"《禮記・古大朙堂之禮》曰："膳夫是相禮，日中出南闈，見九侯，反問于相。日側居西闈，視五國之事。日入出北闈，視帝節獸。"《爾視》曰："宮中之門謂之闈。"王居朙堂之禮，又別陰陽門，東南稱門，西北稱闈。故《周官》有門闈之學。師氏教以三德，守王門；保氏教以六藝，守王闈。然則師氏居東門、南門，保氏居西門、北門也。督堂[三]教國子與《易傳》保傅、王居朙堂之禮，糸詳發朙，爲學四焉。

《文王世子篇》曰："凡大合樂，則遂養老。天子至力，命有司行事，興[四]秩節，祭先聖先師焉。始之養也，適東序，釋奠於先老，遂設三老五更之席位，言教學始之於養，由東方歲始也。又春夏學干戈，秋冬學羽籥，皆習於東序。凡祭養老、乞言、合語之禮，皆小樂正詔之於東序。"又曰："大司成論說在東序。"然則學皆在東序之堂也，學者聚焉，故稱詔太學。仲夏之月，令祀百辟卿士之有德於民者。《禮記・太學志》曰："禮，士大夫學于聖人、善人，祭於朙堂，其無位者，祭于太學。"《禮記・昭穆篇》曰："祀先賢于西學，所以教諸侯之德也，即所以顯行國禮之處也。太學，朙堂之東序也，皆以朙堂辟雍之內。"《月令記》曰："朙堂者，所以朙天氣，統萬物。朙堂上通於天，象日辰，故下十二宮，象星辰也。水環四周，言王者動作法天地，德廣及四海，方此水也。"《禮記・盛德篇》曰："朙堂九室，以茅蓋屋，上圓下方，此水名曰辟雍。"《王制》曰："天子出征，執有罪，釋奠於學，以訊馘告。"《樂記》曰："武王伐殷，薦俘馘于京太室。"《詩・魯頌》云："矯矯虎臣，在泮獻馘。"京，鎬京也。太室，辟雍之中。朙堂，大室，與諸侯泮宮俱獻馘也。即《王制》所謂"以訊馘告"者也。《禮記》曰："祀乎朙堂，所以教諸侯之孝也。"《孝經》曰："孝悌之至，通於神朙，光於四海。"《詩》云："自西自東，自南自北，無思不服。"言行孝者則曰朙堂，行悌者則曰太學，故《孝經》合以爲一義，而引鎬京之詩以朙之。凣此皆朙堂、太室、辟雍、太學事通文合之義也。其制度之數，各有所依。堂方伯[五]四十四尺，坤之策也。屋圜屋徑二百一十六尺，乾之策也。太廟朙堂方三十六丈，通天屋，徑九丈，陰陽九六之變也。且圜蓋方載，六九之道也。八闥以象八卦，九室以象九州，十二室以應辰。三十六戶，七十二牖，以四戶、八牖乘九室之數也。戶皆外設而不閉，示天下不藏也。通天屋高八十一尺，黃鍾九九之實也。二十八柱列於四方，亦七宿之象也。堂高三丈，以應三統；四卿五色者，象其行。外廣二十四氣也。四周以水，象四海，王者之大禮_{疑作體}[陳]也。

　　《月令篇名》曰：因天時，制人事。天子發號施令，命神受職，每月異禮，故謂之月令。所以順陰陽，奉四時，効氣物，以王政也。成法備，各從時月，藏之朙堂，所以示承祖、考神而朙，朙不敢泄瀆之義，故以朙堂冠以名。月令其篇，自天地定位，有其象，聖帝朙君世有詔襲，蓋以成大業，非一代之事也。《易》正月之卦曰"泰[六]"，其《經》曰："王用亨于帝，吉。"《孟春令》曰："乃擇元日，祈穀于上帝。"《顓頊歷衛[七]》曰："天元正月己巳朔旦立春，日月俱起於天廟，營室[八]五度。"《令月[九]》："孟春之日，月在營室。"建《堯典》曰："乃命羲和，欽若昊天，歷象日月星辰，敬受人時。"《令》曰："乃命大史守典，司天星辰之行。"《易》曰："不利爲寇，利用禦寇。"《令》曰："兵伐不起，不可從我始。"《書》曰："歲二月，間[十]律度量衡。"《中春令》："日夜分，則同度量鈞衡石。"凣此皆於大歷唐政，其類不可稱。《戴禮·夏小正傳》曰："陰陽，生物之後，王事之次，則夏之月令也。殷人無文，及周而備。"文義所說，傅衍深遠，宜周公之所著也。官號職司，與《周官》合，《用[十一]》書七十二篇，而《月令》第五十三。古者諸侯朝正天子，受《月令》以歸，而藏諸廟中。天子藏之於朙堂，每月告朔朝廟，出而行之。周室既衰，諸侯怠於禮，魯文公廢告朔而朝，仲尼書譏之。《經》曰："閏月不告朔，猶朝于廟，刺舍大禮而徇小儀。"自是告朔遂闕，而徒用其羊，子貢非廢其令，而請去之。仲尼曰："賜也，爾愛其羊，我愛其禮"，庶朙王復興之。君人者，昭而朙之，稽而用之，耳無逆聽，令無逆政，所以臻乎大順。陰陽和平，穀豐太平，給符瑞至，由此而矣。秦相呂不韋著書，取《月令》爲紀號。淮南王安亦以取爲第四篇，政名曰《持則》。故偏見之徒，或云《月令》呂不韋作，或曰《淮南》，皆非也。

【校記】
　　[一]據《全後漢文》，當有"至"字。
　　[二]之大義深，陳本同。《全後漢文》作事之大，義之深。
　　[三]堂，陳本作掌。督堂，《全後漢文》作知掌。
　　[四]興，陳本作與。《全後漢文》作興。
　　[五]伯，陳本、《全後漢文》作百。
　　[六]"泰"字二本皆缺，據《全後漢文》補。
　　[七]衛，陳本同。《全後漢文》作術。
　　[八]天廟營室，陳本作大廟宮室。《全後漢文》同劉本。
　　[九]令月，據《全後漢文》，爲"月令"之誤。
　　[十]間，陳本同。《全後漢文》作同。
　　[十一]用，陳本同。《全後漢文》作周。

崇讓論
劉廙

　　古之聖王之化天下，所以貴讓者，欲以出賢才、息爭競也。夫人情莫不欲已之賢也，故勸令讓賢以自助賢也，豈假讓不賢哉！故讓道興，賢能之人不求而自出矣，至公之舉自立矣，百官之副亦豫具矣。一官缺，擇衆官所讓最多者而用之，審之道也。在朝之士相讓於上，草廬之人咸皆化之，推能讓賢之風從此生矣。爲一國所讓，則一國士也；天下所共推，則天下士也。推讓之風行，則賢與不肖灼然殊矣。此道之行，在上者無所用其心，因成清議，隨之而已。故曰蕩蕩乎堯之爲君，莫之能名。言天下自安矣，不見堯所以化之，故不能名也。又曰：舜、禹之有天下而不與焉，無爲而化者其舜也歟。賢人相讓於朝，大才之人恆在大官，小人不爭於野，天下無事矣。以賢才化無事，至道興矣。已仰其成，復何與焉！故可以歌《南風》之詩，彈五絃之琴也。成此功者非有他，崇讓之所致耳。孔子曰："能以禮讓爲國，則不難也。"

　　在朝之人不務相讓久矣，天下化之。自魏代以來，登進辟命之士，及在職之吏，臨見受敘，雖自辭不能，終莫肯讓有勝己者。夫推讓之風息，爭競之心生。孔子曰："上興讓則下不爭，朗讓不興，下必爭也。"推讓之道興，則賢能之人日見推舉；爭競之心生，則賢能之人日見謗毀。夫爭者之欲自先，甚惡能者之先，不能無毀也。故孔、墨不能免世之謗己，況不及孔、墨者乎？議者僉然言，世少高朗之才，朝廷不有大才之人可以爲大官者。山澤人、小官吏亦復云，朝廷之士雖有大官名德，皆不及往時人也。余以爲此二言皆失之矣。非時獨乏賢也，時不貴讓。一人有先衆之譽，毀必隨之，名不得成使之然也。雖令稷、契復存，亦不復能全其名矣。能否渾雜，優劣不分，士無素定之價，官職有缺，主選之吏不知所用，但案官次而舉之。同才之人先用者，非勢家之子，則必爲有勢者之所念也。非能獨賢，因其先用之資，而復遷之無已。遷之無已，不勝其任之病發矣。觀在官之人，政績無聞，自非勢家之子，率多因資次而進也。

向令天下貴讓，士必由於見讓而後名成，名成而官乃得用之。諸名行不立之人，在官無政績之稱，讓之者必矣，官無因得而用之也。所以見用不息者，由讓道廢，因資用人之有失久矣。故自漢魏以來，時開大舉，令衆官各舉所知，唯才所任，不限階次，如此者甚數矣。其所舉必有當者，不聞時有擢用，不知何誰最賢故也。所舉必有不當，而罪不加，不知何誰最不肖也。所以不可得知，由當時之人莫肯相推，賢愚之名不別，令其如此。舉者知在上者察不能審，故敢漫舉而進之。或舉所賢，因及所念，一頓而至，人數猥多，各言所舉者賢，加之高狀，相似如一，難得而分矣。參錯相亂，眞僞同貫，更復由此而甚。雖舉者不能盡忠之罪，亦由上開聽察之路濫，令其爾也。昔齊王好聽竽聲，必令三百人合吹而後聽之，廩以數人之俸。南郭先生，不知吹竽者也，以三百人合吹可以容其不知，因請爲王吹竽，虛食數人之俸。嗣王覺而改之，難彰先王之過，乃下令曰："吾之好聞竽聲有甚於先王，欲一一列而聽之。"先生於此逃矣。推賢之風不立，濫舉之法不改，則南郭先生之徒盈於朝矣；才高守道之士日退，馳走有勢之門日多矣。雖國有典刑，弗能禁矣。

夫讓道不興之弊，非徒賢人在下位，不得時進也，國之良臣荷重任者，亦將以漸受罪退矣。何以知其然也？孔子以爲顏氏之子不貳過耳，朙非聖人皆有過。寵貴之地欲之者多矣，惡賢能者塞其路，其過而毀之者亦多矣。夫謗毀之生，非徒空設，必因人之微過而甚之者也。毀謗之言數聞，在上者雖欲弗納，不能不杖所聞，因事之來而微察之也，無以，其驗至矣。得其驗，安得不理其罪。若知而從之，王之威日衰，令之不行自此始矣。知而皆理之，受罪退者稍多，大臣有不自固之心矣。賢才不進，貴臣日踈，此有國者之深憂也。《詩》曰："受祿不讓，至于己斯亡。"不讓之人憂亡不暇，而望其益國朝，不亦難乎！

竊以爲改此俗甚易耳。何以知之？夫一時在官之人，雖雜有冘猥之才，其中賢朙者亦多矣，豈可謂皆不知讓賢爲貴邪？直以其時皆不讓，習以成俗，故遂不爲耳。人臣初除，皆通表上聞，名之謝章，所由來尚矣。原謝章之本意，欲進賢能以謝國恩也。昔舜以禹爲司空，禹拜稽首，讓於稷契及咎繇。使益爲虞官，讓于朱虎、熊羆。使伯夷典三禮，讓于夔龍。唐虞之時，衆官初除，莫不皆讓也。謝章之義，蓋取於此。《書》記之者，欲以永世作則。季世所用，不賢不能讓賢，虛謝見用之恩而已。相承不變，習俗之失也。

夫敘用之官得通章表者，其讓賢推能乃通，其不能有所讓徒費簡紙者，皆絕不通。人臣初除，各思推賢能而讓之矣，讓之又付主者掌之。三司有缺，擇三司所讓最多者而用之。此爲一公缺，三公已豫選之矣。且主選之吏，不必任公而選三公，不如令三公自共選一公爲詳也。四征缺，擇四征所讓最多而用之，此爲一征缺，四征已豫選之矣，必詳於停缺而令主者選四征。尚書缺，擇尚書所讓最多者而用之，此爲八尚書共選一尚書，詳於臨缺令主者選八尚書也。郡守缺，擇衆郡所讓最多者而用之，詳於任主者令選百郡守也。

夫以衆官百郡之讓，與主者共相比，不可同歲而論也。雖復令三府參舉官，本不委以舉選之任，各不能以根其心也。其所用心者裁之不二三，但令主者案官次而舉之，不用精也。賢愚皆讓，百姓耳目盡爲國耳目。夫人情爭則欲毀己所不知，讓則競推於勝己。故世爭則毀譽交錯，優劣不分，難得而讓也。時讓則賢智顯出，能否之美歷歷相次，不可得而亂也。當此時也，能退身脩己者，讓之者多矣。雖欲守貧賤，不可得也。馳騖進趣而欲人見讓，猶却行而求前也。夫如此，愚智咸知進身求通，非脩之於己則無由矣。游外求者，於此相隨而歸矣。浮聲虛論，不禁而自息矣。人人無所用其心，任衆人之議，而天下自化矣。不言之化行，巍巍之美於此著矣。讓可以致此，豈可不務之哉！

《春秋傳》曰："范宣子之讓，其下皆讓。欒黶雖汰，弗敢違也。晉國以平，數世賴之。"上世之化也，君子尚能而讓其下，小人力農以事其上，上下有禮，讒慝遠黜，由不爭也。及其亂也，國家之弊，恒必由之，篤論了了如此。在朝君子典選大官，能不以人廢言，舉而行之，各以讓賢舉能爲先務，則群才猥出，能否殊別，蓋世之功，莫大於此。

辯和同論
劉梁

夫事有違而得道，有順而失義，有愛而爲害，有惡而爲美。其故何乎？蓋醐智之所得，闇僞之所失也。是以君子之於事也，無適無莫，必考之以義焉。得由和興，失由同起。故以可濟否謂之和，好惡不殊謂之同。《春秋傳》曰："和如羹焉，酸苦以濟[一]其味，君子食之，以平其心。同如水焉，若以水濟水，誰能食之？琴瑟之專一，誰能聽之？"是以君子之行，周而不比，和而不同，以救過爲正，以匡惡爲忠。

昔楚恭王有疾，曰："不穀不德，失先君之緒，覆楚國之師。若以宗廟之靈，得保首領以歿，請爲靈若厲。"大夫許諸。及其卒也，子囊曰："不然，夫事君者，從其善，不從其過。赫赫楚國，而君臨之，有是寵也，而知其過，可不謂恭乎？"此違而得道者也。及靈王驕淫，芋尹申亥從王之欲，以殞於乾谿，殉之二女。此順而失義者也。鄢陵之役，晉、楚對戰，陽穀獻酒，子反以斃，此愛而害之者也。臧武仲曰："孟孫之惡我，藥石也；季孫之愛我，美疢也。疢毒滋厚，石猶生我。"此惡而爲美者也。孔子曰："智之難也。有臧武仲之智，而不容於曾[二]國，抑有由也。作而不順，施而不恕矣。"蓋善其知義，譏其違道也。

夫知而違之，僞也；不知而失之，闇也。闇與僞焉，其患一也。故君子之行，動則思義，不爲利回，不爲義疢，進退周旋，唯道是務。苟失其道，則兄弟不阿；苟得其義，雖仇讎不廢。故解狐蒙祁奚之薦，二叔被周公之害，勃鞮以逆文爲成，傅瑕以順厲爲敗，管蘇以增忤取進，申侯以愛從見退，考之以義也。故曰："不在逆順，以義爲斷；不在憎愛，以道爲貴。"《記》曰："愛而知其惡，憎而知其善。"考義之謂也。

【校記】

[一]濟，陳本同。《後漢書》作劑。

[二]曾，陳本、《後漢書》作魯。

仁孝論
延篤

觀夫仁孝之辯，紛然異端，互引典文，代取事據，可謂篤論矣。夫人二致同源，總率百行，非復銖兩輕重，必定前後之數也。而如欲分其大較，體而名之，則孝在事親，仁施品物，施物則功濟於時，事親則德歸於己。歸己則事寡，濟時則功多，推此以言，仁則遠矣。然物有出微而著，事有由隱而章。近取諸身，則耳有聽受之用，目有察見之明，足有致遠之勞，手有飾衛之功，功雖顯外，本之者心也。遠取諸物，則草木之生，始於萌芽，終於彌蔓，枝葉扶踈，榮華紛縟，木雖繁蔚，致之者根也。夫仁人之有孝，猶四體之有心腹，枝葉之有本根也。聖人知之，故曰："夫孝，天之經也，地之義也，人之行也。""君子務本，本立而道生，孝弟也者，其爲仁[一]之本與！"然體大難備，物性好偏。故所施不同，事少兩[二]兼者也，如必對其優劣，則仁以枝葉扶疏爲大，孝以心體本根爲先，可無訟也。或謂先孝後仁，非仲尼序回、參之意。蓋以爲仁孝同質而生，純體之者，則互以爲稱，虞舜、顏回是也。若偏而體之，則各有其目，公劉、曾參是也。夫曾、閔以孝悌爲至德，管仲以九合爲仁功，未有論德不先回、參，考功不大夷吾。以此而言，各從其稱者也。

【校記】
　　［一］"仁"字據陳本補，《後漢書》同。
　　［二］雨，陳本、《後漢書》作兩，是。

遊俠論
荀悅

　　世有三遊，德之賊也。立氣勢，作威福，結私交以立強於世者，謂之遊俠；飾辯辭，設詐謀，馳逐於天下，以要時執者，謂之遊說；色取仁以合時，好連黨類，立虛譽，以爲權利者，謂之遊行：此三者，傷道害德，敗法惑世，亂之所由生也。國有四民，各脩其業；不由四民之業者，謂之姦民，姦民不生，王道乃成。凡此三遊，生於季世，制度不立，綱紀弛廢，以毀譽爲榮辱，以喜怒爲賞罰，是以犇走馳騁，越職僭度，飾華廢實，競趣時利。簡父兄之尊，而崇賓客之禮；薄骨肉之恩，而篤朋友之愛；忘脩身之道，而求衆人之譽；割衣食之業，以供饗宴之好。苞苴盈於門庭，聘問交於道路，書記繁於公文，私務衆於官事，於是流俗成而正道壞矣。

　　是以聖王在上，經國序民，正其制度，善惡要於功罪，而不淫於毀譽，聽其言而責其事，舉其名而指其實，故虛僞之行不得設，誣罔之辭不得行，有罪惡者無僥倖，無罪過者不憂懼，請謁無所行，貨賂無所用。養之以仁惠，文之以禮樂，則風俗定而大化成矣。

崇有論
裴頠

　　夫總混羣本，宗極之道也。方以族異，庶類之品也。形象著分，有生之體也。化感錯綜，理迹之原也。夫品而爲族，則所禀者偏，偏無自足，故憑乎外資。是以生而可尋，所謂理也；理之所體，所謂有也；有之所須，所謂資也；資有攸合，所謂宜也；擇乎厥宜，所謂情也。識智既授，雖出處異業，默語殊塗，所以寶生存宜，其情一也。衆理並而無害，故貴賤形焉。失得由乎所接，故吉凶兆焉。是以賢人君子，知欲不可絕，而交物有會。觀乎往復，稽中定務，惟夫用天之道，分地之利，躬其力任，勞而後饗。居以仁順，守以恭儉，率以忠信，行以敬讓，志無盈求，事無過用，乃可濟乎！故大建厥極，綏理群生，訓物垂範，於是乎在，斯則聖人為政之由也。

若乃淫抗陵肆，則危害萌矣。故欲衍則速患，情佚則怨博，擅恣則興攻，專利則延寇，可謂以厚生而失生者也。悠悠之徒，駭乎若茲之釁，而尋釁爭所緣。察夫偏質有弊，而覩簡損之善，遂闡貴無之議，而建賤有之論。賤有則必外形，外形則必遺制，遺制則必忽防，忽防則必忘禮。禮制弗存，則無以為政矣。眾之從上，猶水之居器也，故兆庶之情，信於所習；習則心服其業，業服則謂之理然。是以君人必慎所教，班其政形一切之務，分宅百姓，各授四職，能令稟命之者不肅而安，忽然忘異，莫有遷志。況於據在三之尊，懷所隆之情，敦以為訓者哉！斯乃昏明所階，不可不審。

夫盈欲可損而未可絕有也，過用可節而未可謂無貴也。蓋有講言之具者，深列有形之故，盛稱空無之美。形器之故有徵，空無之義難檢，辯巧之文可悅，似象之言足惑，眾聽眩焉，溺其成說。雖頗有異此心者，辭不獲濟，屈於所狎，因謂虛無之理，誠不可蓋。唱而有和，多往弗反，遂薄綜世之務，賤功列之用，高浮游之業，埤經實之賢。人情所殉，篤夫名利。於是文者衍其辭，訥者讚其旨，染其衆也。是以立言藉於虛無，謂之玄妙；處官不親所司，謂之雅遠；奉身散其廉操，謂之曠達。故砥礪之風，彌以陵遲。放者因斯，或悖吉凶之禮，而忽容止之表，瀆弃長幼之序，混漫貴賤之級。其甚者至於裸裎，言笑忘[一]宜，以不惜為弘，士行又虧矣。

老子既著五千之文，表擿穢雜之弊，甄舉靜一之義，有以令人釋然自夷，合於《易》之損、謙、艮、節之旨，而靜一守本，無虛無之謂也。損、艮之屬，蓋君子之一道，非《易》之所以為體守本無也。觀老子之書，雖博有所經，而云"有生於無"，以虛為主，偏立一家之辭，豈有以而然哉？人之既生，以保生為全；全之所借，以順感為務。若味近以虧業，則沈溺之釁興；懷末以忘本，則天理之真滅。故動之所交，存亡之會也。夫有非有，於無非無；於無非無，於有非有。是以申縱播之累，而著貴無之文，將以絕所非之盈謬，存大善之中節，收流遁於既過，反澄正于胃懷。宜其以無為辭，而旨在全有，故其辭曰"以為文不足"。若斯則是所寄之塗，一方之言也。若謂至理信以無為宗，則偏而害當矣。先賢達識，以非所滯，示之深論。惟班固著難，未足折其情。孫卿、楊雄大體抑之，猶偏有所許。而虛無之言，日以廣衍，眾家扇起，各列其說。上及造化，下被萬事，莫不貴無，所存僉同。情以眾固，乃號凡有之理皆義之埤者，薄而鄙焉。辯論人倫及經朙之業，遂易門肆，頗用矍然，申其所懷，而攻者盈集。或以爲一時口言，有客幸過，咸見命著文，摘列虛無不允之徵。若未能每事釋正，則無家之義弗可奪也。頗退而思之，雖君子宅情，無求於顯，及其立言，在乎達旨而已。然去聖久遠，異同紛糾，苟少有髣髴，可以崇濟先典，扶朙大業，有益於時，則惟患言之不能，焉得靜默；及未舉一隅，略示所存而已哉。

夫至無者無以能生，故始生者自生也。自生而必體有，則有遺而生虧矣。生以有爲己分，則虛無是有之所謂遺者也。故養既化之有，非無用之所能全也；理既有之衆，非無爲之所能循也。心非事也，而制事必由於心，然不可以制事以非事，謂心爲無也。匠非器也，而制器必須於匠，然不可以制器以非器，謂匠非有也。是以欲收重泉之鱗，非偃息之所能獲也；隕高墉之禽，非靜拱之所能捷也；審投弦餌之用，非無知之所能覽也。由此而觀，濟有者皆有也，虛無奚益於已有之羣生哉！

【校記】

[一]忘，陳本作志。《晉書》作忘。

仇國論
譙周

因餘之國小，而肇建之國大，並爭於世而爲仇敵。因餘之國有高賢卿者，問於伏愚子曰：“今國事未定，上下勞心，徃古之事，能以弱勝彊者，其術何如？”伏愚子曰：“吾聞之，處大無患者恒多慢，處小有憂者恒思善；多慢則生亂，思善則生治，理之常也。故周人養民，以少取多；句踐邺衆，以弱斃彊，此其術也。”賢卿曰：“曩者項彊漢弱，相與戰爭，無日寧息。然項羽與漢約分鴻溝爲界，各欲歸息民；張良以爲民志既定，則難動也，尋帥追羽，終斃項氏，豈必由文王之事乎？肇建之國方有疾疢，我因其隙，陷其邊陲，覬增其疢而斃之也。”伏愚子曰：“當殷、周之際，王侯世尊，君臣久固，民習所專；深根者難拔，據固者難遷。當此之時，雖漢祖安能杖劍鞭馬而取天下乎？當秦罷侯置守之後，民疲秦役，天下土崩，或歲改主，或月易公，鳥驚獸駭，莫知所從。於是豪彊並爭，虎裂狼分，疾搏者獲多，遲後者見吞。今我與肇建皆傳國易世矣，既非秦末鼎沸之時，實有六國並據之勢，故可爲文王，難爲漢祖。夫民疲勞，則騷擾之兆生；上慢下暴，則瓦解之形起。諺曰：‘射幸數跌，不如審發。’是故智者不爲小利移目，不爲意似改步，時可而後動，數合而後舉，故湯、武之師不再戰而克，誠重民勞而度時審也。如遂極武黷征，土崩勢生，不幸遇難，雖有智者，將不能謀之矣。若乃奇變縱橫，出入無間，衝波截轍，超谷越山，不由舟楫而濟盟津者，我愚子也，實所不及。"

辯諱論
張昭

客有見大國之議、士君子之論云：起元建武已來，舊君名諱五十六人，以爲後生不得協也。取乎經論，譬諸行事，義高辭麗，甚可嘉羨。愚意褊淺，竊有疑焉。蓋乾坤剖分，萬物定形，肇有父子君臣之經。故聖人順天之性，制禮尚敬，在三之義，君實食之；在喪之哀，君親臨之；厚莫重焉，恩莫大焉。誠臣子所尊仰，萬夫所大恃，焉得而同之哉？然親親有衰，尊尊有殺，故《禮》服上不盡高祖，下不盡玄孫。又《傳》記四世而緦麻，服之窮也；五世祖[一]免，降殺同姓也；六世而親屬竭矣。又《曲禮》有不逮事之義則不諱，不諱者，蓋名之謂，屬絕之義，不拘於協，況乃古君五十六哉！邾子會盟，季友來歸，不稱其名，咸書字者，是時魯人嘉之也。何解臣子爲君父諱乎？周穆王諱滿，至定王時有王孫滿者，其爲大夫，是臣協君也。又厲王諱胡，及莊王之子名胡，其比衆多。夫類事建議，經有明據，傳有徵案，然後進攻退守，萬無奔北，垂示百世，永無咎失。今應劭雖上尊舊君之名，而下無所斷齊，猶歸之疑云。《曲禮》之篇，疑事無質，觀省上下，闕義自證，文辭而爲，倡而不法，將來何觀？言聲一放，猶拾瀋也，過辭在前，悔其何追！

【校記】

［一］祖，陳本、《三國志》裴注作祖。

卷六十七

論三

中論五首
徐幹

治學

　　昔之君子，成德立行，身沒而名不朽，其故何哉？學也。學也者，所以疏神達思，怡情理性，聖人之上務也。民之初載，其矇未知，譬如寶在於玄室，有所求而不見。白日照焉，則群物斯辯矣。學者，心之白日也。故先王立教官，掌教國子，教以六德，曰：智、仁、聖、義、中、和；教以六行，曰：孝、友、睦、婣、任、恤；教以六藝，曰：禮、樂、射、御、書、數；三教備而人道畢矣。學猶飾也，器不飾則無以爲美觀，人不學則無以有懿德。有懿德故可以經人倫，爲美觀故可以供神祇。故《書》曰："若作梓材，既勤樸斲，惟其塗丹雘。"

　　夫聽黃鐘之聲，然後知擊缶之細；視袞龍之文，然後知被褐之陋；涉庠序之教，然後知不學之困。故學者如登山焉，動而益高；如寤寐焉，久而愈足。顧所由來，則杳然其遠，以其難而懈之，誤且非矣。《詩》云"高山仰止，景行行止"，好學之謂也。倦立而思遠，不如速行之必至也；矯首而徇飛，不如循雌之必獲之；孤居而願智，不如務學之必達也。故君子心不苟願，必以求學；身不苟動，必以從師；言不苟出，必以博聞。是以情性合人，而德音相繼也。孔子曰："弗學何以行？弗思何以得？小子勉之！"斯可謂師人矣。

　　馬雖有逸足，而不閑輿則不爲良駿；人雖有美質，而不習道則不爲君子。故學者，求習道也，若有似乎畫采，玄黃之色既著，而純皓之體斯亡，敝而不渝，孰知其素歟？子夏曰："日習則學不忘，自勉則身不墮，亟聞天下之大言，則志益廣。"故君子之於學也，其不懈，猶上天之動，猶日月之行，終身亹亹，沒而後已。故雖有其才，而無其志，亦不能興其功也。志者，學之師也；才者，學之徒也。學者不患才之不贍，而患志之不立。是以爲之者億兆，而成之者無幾，故君子必立其志。《易》曰："君子以自強不息。"大樂之成，非取乎一音；嘉膳之和，非取乎一味；聖人之德，非取乎一道。故曰學者所以總羣道也。羣道統乎己心，羣言一乎己口，唯所用之。故出則元亨，處則利貞，默則立象，語則成文。述千載之上，若共一時；論殊俗之類，若與同室。度幽胐之故，若見其情；原治亂之漸，若指已効。故《詩》曰 "學有緝熙于光胐"，其此之謂也。

夫獨思則滯而不通，獨爲則困而不就，人心必有胐焉，必有悟焉。如火得風而炎熾，如水赴下而流速。故太昊觀天地而畫八卦，燧人察時令而鑽火，帝軒聞鳳鳴而調律，倉頡視鳥跡而作書，斯大聖之學乎神胐，而發乎物類也。賢者不能學於遠，乃學於近，故以聖人爲師。昔顏淵之學聖人也，聞一以知十，子貢聞一以知二，斯皆觸類而長之，篤思而聞之者也。非唯賢者學於聖人，聖人亦相因而學也。孔子因於文、武，文、武因於成湯，成湯因於夏后，夏后因於堯、舜。故六籍者，羣聖相因之書也。其人雖亡，其道猶存。今之學者，勤心以取之，亦足以到昭胐而成博達矣！凡學者，大義爲先，物名爲後，大義舉而物名從之。然鄙儒之博學也，務於物名，詳於器械，矜於詁訓，摘其章句，而不能統其大義之所極，以獲先王之心，此無異乎女史誦詩，內竪傳令也。故使學者勞思慮而不知道，費日月而無成功。故君子必擇師焉。

法象

夫法象立，所以爲君子。法象者，莫先乎正容貌，慎威儀。是故先王之制禮也，爲冕服采章以旌之，爲珮玉鳴璜以聲之。欲其尊也，欲其莊也，焉可懈慢也！夫容貌者，人之符表也。容貌正，故情性治；情性治，故仁義存；仁義存，故盛德著；盛德著，故可以爲法象，斯謂之君子矣。君子者，無尺土之封而民尊之，無刑罰之威而民畏之，無羽籥之樂而民樂之，無爵祿之賞而民懷之，其所以致之者一也。故孔子曰："君子威而不猛，泰而不驕。"《詩》云："敬慎威儀，惟民之則。"若夫惰其威儀，恍其瞻視，忽其辭令，而望民之則我者，未之有也。莫之則者，則慢之者至矣。小人見慢也而致怨乎人，患己之卑而不思其所以然，哀哉！故《書》曰："惟聖罔念作狂，惟狂克念作聖。"

人性之所簡也，存乎幽微；人情之所忽也，存乎孤獨。夫幽微者顯之原也，孤獨者見之端也，胡可簡也，胡可忽也？是故君子敬孤獨而慎幽微，雖在隱蔽，鬼神不得見其隙耳。《詩》云"肅肅兔罝，施于中林"，處獨之謂也。又有顛沛而不可亂者，則成王、季路其人也。昔者成王將崩，體被冕服，然後發顧命之辭；季路遭亂，正冠結纓而後死白刃之難。夫以彌留之困，白刃之難，猶不忘敬，況於遊宴乎？故《詩》曰"就其深矣，方之舟之；就其淺矣，泳之游之"，言必濟也。君子者無戲謔之言，言必有防；無戲謔之行，行必有檢。故言必有防，行必有檢，故雖妻妾不可得而黷也，雖朋友不得而狎也。是以不愠怒而教行於閨門，不諫諭而風聲紀乎鄉黨。《傳》稱"大人正己，而物自正者"，蓋此之謂也。以匹夫之居猶然，況得志而行於天下者乎！故唐堯之帝允恭克讓，而光被四表；成湯不敢怠遑，而奄有九域；文王祗畏，而造彼區夏。《易》曰"觀盥而不薦，有孚顒若"，言下觀而化也。

禍敗之所由也，則有媟慢以爲階，可無慎乎？昔宋敏碎首於棊局，陳靈被矢於戲言，閻、郤造逆於相詬，乎[一]子公生弑於嘗黿。是故君子居身也謙，在敵也讓，臨下也莊，事上也敬，四者備而怨咎不作，福祿從之。《詩》云："靖共爾位，正直是與。神之聽之，式穀以女。"故君子之交人也，懽而不媟，和而不同，好而不佞詐，擧而不虛行。易親而難媚，多恕而寡非，故無絶交，無畔朋。《書》曰："慎始而敬，終以不困。"

夫禮也者，人之急也，可終身思，而不可須臾忘也。須臾離則慆慢之行臻焉，須臾忘則慆慢之心生焉，況無禮而可以終始乎？夫禮也者，敬之經也；敬也者，禮之情也。無敬無以行禮，無禮無以節敬，道不偏廢，相須而成。是能盡敬以從禮者，謂之成人。過則生亂，亂則災及其身。昔晉惠公以慢端無嗣，文公以肅命興國；郤犨以傲享徵亡，冀缺以敬妻受服；子圍以《大明》昭亂，薳罷以《既醉》保祿；良霄以《鶉奔》喪家，子展以《草蟲》昌族。君子感凶德之如彼，見吉德之如此，故立必磬折，坐必抱鼓，周旋中軌，折旋中矩，視不離於結襘之間，言不越乎表著之位，聲氣可聽，精神可愛，俯仰可宗，揖讓可貴，述作有方，動靜有常，帥禮不荒，故爲萬夫之望也。

虛道

人之爲德，其猶虛器歟？器虛則物注，滿則止焉。故君子常虛其心志，恭其容貌，不以逸羣之才加乎衆人之上，視彼猶賢，自視猶不足也，故人願告之而不倦。《易》曰："君子以虛受人。"《詩》曰："彼姝者子，何以告之？"君子之於善道也，大則大識之，小則小識之，善無大小，咸載於心，然後擧而行之。我之所有，既不可奪，而我之所無，又取於人，是以功常前人，而人後之也。故夫才敏過人，未足貴也；博辯過人，未足貴也；勇決過人，未足貴也。君子之所貴者，遷善懼其不及，改惡恐其有餘。故孔子曰："顏氏之子其殆庶幾乎？有不善未嘗不知，知之未嘗復行。"夫惡猶疾也，攻之則益悛，不攻則日甚。故君子之相求也，非特興善也，將以攻惡也。惡不廢則善不興，自然之道也。《易》曰："比[二]之匪人，不利君子貞，大徃小來。"陰長陽消之謂也。

先民有言，人之所難者二：樂攻其惡者難，以惡告人者難。夫惟君子，然後能爲己之所難，能到人之所難致。既能其所難也，猶恐舉人惡之輕，而舍己惡之重。君子患其如此也，故反之復之，鑽之核之，然後彼之所懷者竭，始盡知己惡之重矣。既知己惡之重者，而不能取彼；又將舍己，況拒之者乎？夫酒食人之所愛者也，而人相見莫不進焉，不吝於所愛者，以彼之嗜也。使嗜者[三]甚於酒食，人豈愛之？故忠言之不出，以未有嗜之者也。《詩》云："匪言不能，胡斯畏忌。"

目也者，能遠察而不能近見，其心亦如之；君子誠知心之似目也，是以務鑒於人以觀得失。故視不過垣墻之裏，而見邦國之表；聽不過閾墊之內，而聞千里之外，因人也。人之耳目，盡爲我用，則我之聰朗無敵於天下矣。是謂人一之，我萬之；人塞之，我通之。故知其高不可爲員，其廣不可爲方。

先王之禮，左史記事，右史記言，師瞽誦詩，庶僚箴誨，器用載銘，筵席書戒，月考其爲，歲會其行，所以自供正也。昔衛武公年過九十，猶夙夜不怠，思聞訓道，命其羣臣曰："無謂我老耄而舍我，必朝夕交戒。"又作《抑》詩以自儆也。衛人誦其德，爲賦《淇澳》，且曰"睿聖"。凡興國之君，未有不然者也。故《易》曰："君子以恐懼修省。"下愚反此道也，以爲己既仁矣、智矣、神矣、朗矣，兼此四者，何求乎衆人！是以辜罪昭著，腥德發聞，百姓傷心，鬼神怨痛，曾不自聞，愈休如也。若有告之者，則曰斯事也徒生乎子心，出乎子口。於是刑焉、戮焉、辱焉、禍焉。不然[四]則曰："與我異德故也，未達我道故也，又安足責？"是己之非，遂初之繆，至於身危國亡，可痛矣夫！《詩》曰："誨爾諄諄，聽之藐藐，匪用爲教，覆用爲虐。"

蓋聞舜之在鄉黨也，非家饋而戶贈之也，人莫不稱善焉；象之在鄉黨也，非家奪而戶掠之也，人莫不稱惡焉。由此觀之，人無賢愚，見善則譽之，見惡則謗之。此人情也，未必有私愛也，未必有私憎也。今夫立身不爲人之所譽，而爲人之所謗者，未盡爲善之理也。盡爲善之理，將若舜焉。人雖與舜不同，其敢謗之乎？故語稱"救寒莫如重裘，止謗莫如修身，療暑莫如親冰[五]",信矣哉！

藝紀

藝之興也,其由民心之有智乎？造藝者,將以有理乎？民生而心知物,知物而欲作,欲作而事繁,事繁而莫之能理也。故聖人因智以造藝,因藝以立事,二者近在乎身,而遠在乎物。藝者,所以旌智、飾能、統事、御羣也,聖人之所不能已也。藝者所以事成德者也,德者以道率身者也；藝者德之枝葉也,德者人之根榦也。斯二物者,不偏行,不獨立。木無枝葉,則不能豐其根榦,故謂之瘣；人無藝則不能成其德,故謂之野。若欲為夫君子,必兼之乎！

先王之欲人之為君子也,故立保氏,掌教六藝：一曰五禮,二曰六樂,三曰五射,四曰五御,五曰六書,六曰九數。教六儀：一曰祭祀之容,二曰賓客之容,三曰朝廷之容,四曰喪紀之容,五曰軍旅之容,六曰車馬之容。大胥掌學士之版,春入學舍,采合萬舞,秋班學合聲,諷誦講習,不解於時。故《詩》曰："菁菁者莪,在彼中阿。既見君子,樂且有儀。"美育材也,其猶人之於藝乎？既修其質,且加其文,文質著然後體全,體全然後可登乎清廟,而可羞乎王公。故君子非仁不立,非義不行,非藝不治,非容不莊,四者無怨,而聖賢之器就矣！《易》曰："富有之謂大業。"其斯之謂歟？君子者,表裏稱而本末度者也。故言貌稱乎心志,藝能度乎德行,美在其中,而暢於四支,純粹內實,光輝外著。孔子曰："君子恥有其服而無其容,恥有其容而無其辭,恥有其辭而無其行。"故寶玉之山,土木必潤；盛德之士,文藝必衆。昔在周公,嘗猶豫於斯矣。

孔子稱："安上治民,莫善於禮；移風易俗,莫善於樂。"存乎六藝者,著其末節也。謂夫陳籩豆,置尊俎,執羽籥,擊鐘磬,升降趨翔,屈伸俯仰之數也,非禮樂之本也。禮樂之本也者,其德音乎？《詩》云："我有嘉賓,德音孔昭。視民不恌,君子是則是效。我有旨酒,嘉賓式宴以敖。"此禮樂之所貴也。故恭恪廉讓,藝之情也；中和平直,藝之實也；齊敏不匱,藝之華也；威儀孔時,藝之飾也。通乎羣藝之情實者,可與論道；識乎羣藝之華飾者,可與講事。事者有司之職也,道者君子之業也。先王之賤藝者,蓋賤有司也,君子兼之則貴也。故孔子曰："志於道,據於德,依於仁,游於藝。"藝者,心之使也,仁之聲也,義之象也。故禮以考敬,樂以敦愛,射以平志,御以和心,書以綴事,數以理煩。敬考則民不慢,愛敦則羣生悅,志平則怨尤亡,心和則離德睦,事綴則法戒昭,煩理則物不悖。六者雖殊,其致一也。其道則君子專之,其事則有司共之,此藝之大體也。

曆數

昔者，聖王之造曆數也，察紀曆之行，觀運機之動，原星辰之迭中，寤晷景之長短，於是管[六]儀以准之，立表以測之，下漏以考之，布算以追之。然後元首齊乎上，中朔正乎下，寒暑順序，四時不忒。夫曆數者，先王以憲殺生之期，而詔作事之節也，使萬國之民不失其業者也。

昔少皞氏之衰也，九黎亂德，民神雜揉，不可方物。顓頊受之，乃命南正重司天以屬神，北正黎司地以屬民，使復舊常，毋相侵瀆。其後三苗復九黎之德，堯復育重黎之後，不忘舊者，使復典教之。故《書》曰："乃命羲和，欽若昊天，曆象日月星辰，敬授民時。"於是陰陽調和，災厲不作，休徵時至，嘉生蕃育，民人樂康，鬼神降福，舜、禹受之，循而勿失也。及夏德之衰，而羲和湎淫，廢時亂日。湯武革命，始作曆眲時，敬順天數。故《周禮》太史之職，"正歲年以序事，頒之於官府及都鄙，頒告朔於邦國"。於是分至啓閉之日，人君親登觀臺以望氣，而書雲物爲備者也。故周德既衰，百度墮替，而曆數失紀。故魯文公元年閏三月，《春秋》譏之，其《傳》曰："非禮也，先王之正時也，履端於始，舉正於中，歸餘於終。"履端於始，序則不愆；舉正於中，民則不惑；歸餘於終，事則不悖。又哀公十二年十二月螽，季孫問諸仲尼，仲尼曰："丘聞之也，火復而後蟄者畢，今火猶西流，司曆過也。"言火未伏，眲非立冬之日。自是之後，戰國構兵，更相吞滅，專以爭強攻取爲務，是以曆數廢而莫修，浸用乖繆。

大漢之興，海內新定，先王之禮法尚多有所缺，故因秦之制，以十月爲歲首，曆用《顓頊》。孝武皇帝恢復王度，率由舊章，招五經之儒，徵術數之士，使議定漢曆。及更用鄧平所治，元起太初，然後分至啓閉不失其節，弦望晦朔可得而驗。成、哀之間，劉歆用平術而廣之，以爲《三統曆》，比之衆家，最爲備悉。至孝章皇帝，年曆疎闊，不及天時，及更用《四分曆》舊法，元起庚辰。至靈帝，《四分曆》猶復後天半日。於是會稽都尉劉洪更造《乾象曆》，以追日月星辰之行，考之天文，於今爲密。會宮車宴駕，京師大亂，事不施行，惜哉！

上觀前化，下迄於今，帝王興作，未有奉贊天時以經人事者也。故孔子制《春秋》，書人事而因以天時，以眲二物相須而成也。故人君不在分至啓閉，則不書其時月，蓋刺怠慢也。夫曆數者，聖人之所以測靈耀之頤而窮玄妙之情也，非天下之至精，孰能致思焉？今麤論數家舊法，綴之於篇，庶爲後之達者，存損益之數云耳。

【校記】
　　[一]"乎"字陳本、《文選補遺》、孫啓治《中論解詁》無。
　　[二]比，陳本、《中論解詁》作否。
　　[三]者，陳本同。《中論解詁》作忠言。
　　[四]不然，陳本作免。《中論解詁》作不能免。
　　[五]"療暑莫如親氷"，據陳本補。《中論解詁》有。
　　[六]管，陳本、《中論解詁》作營。

通易論
阮籍

　　阮子曰："易"者何也？乃昔之玄眞，徃古之變經也。庖犧氏當天地一終，值人物憔悴，利用不存，法制夷昧，神朙之德不通，萬物之情不類，於是始作八卦。"引而伸之，觸類而長之"，分陰陽，序剛柔，積山澤，連水火，雜而一之，變而通之，終于"未濟"。六十四卦盡而不窮，是以天地象而萬物形，吉凶者而悔吝生，事用有取，變化有成。南面聽斷，"向朙而治"，"結繩而爲網罟"，致日中之貨，循[一]一作修[劉]耒耜之利，"以教天下"，皆"得其所"。

　　黄帝、堯、舜應時當務，各有攸取，窮神知化，述則天序。庖犧氏布演六十四卦之變；後世聖人觀而因之，象而用之。禹湯之經皆在，上古之文而不存；至乎文王，故係其辭，於是歸藏氏遊而周典經興。"上下無常，剛柔相易，不可爲典要，惟變所適"，故謂之"易"。

　　"易"之爲書也，本天地，因陰陽，推盛衰，出自幽微以致朙著。故"乾元"初"潛龍，勿用"，言大人之德隱而未彰，潛而未達，待時而興，循變而發。天地既設，"屯""蒙"詩云[二]，"需"以待時，"訟"以立義，"師"以聚眾，"比"以安民。是以"先王建萬國，親諸侯"，收其心也。原而積之，畜而制之，是以上下和洽，"裁成天地之道，輔相天地之宜，以左右民"，順其理也。先王既歿，德法乖易，上凌下替，君臣不制，剛柔不和，"天地不交"，是以君子一類求同，"遏惡揚善"，以致其大。"謙"而光之，"裒多益寡"，崇聖善以命，"雷出於地"，於是大人得立，朙聖又興，故先王"作樂""薦上帝"，昭朙其道，以答天貺。於是萬物服從，隨而事之，子遵其父，臣承其君，臨馭統一，"大觀"天下，是以"先王以省方、觀民、設教"，儀之以度也。苟而有之，合而含之，故先王用之以䁻罰敕法。自上乃下，貴復其賤，美盛享盡，時極日致，"先王閉關，商旅不行，居[三]不省方"，以靜民也。季葉既衰，非謀之獲，應運順天，不妄而作，故先王"茂對時育萬物"，施仁布澤以樹其德也。萬物歸隨，如法流承，養善過反惡，利積生害，"剛過"失柄，"習坎以位"，上失其道，下喪其羣，於是大人"繼䁻照于四方"，顯其德也。自"乾元"以來，施乎而䁻，盛衰有時，剛柔無常，或得或失，一陰一陽，出入吉凶，由闇察彰；"文䁻以卑[四]"，有翼不飛，隨之乃存，取之者歸，施之以若，用之在微，貴變慎小，與物反相追，非知來藏往者，莫之能審也。

"易"之爲書也，覆燾天地之道，囊括萬物之情，道至而反，事極而改。"反"用應時，"改"用當務。應時，故天下仰其澤；當務，故萬物恃其利。澤施而天下服，此天下之所以順自然，惠生類也。富貴侔天地，功名充六合，莫之能傾，莫之能害者，道不逆也。天地，"易"之主也，萬物，"易"之心也；故虛以受之，感以和之。男下女上，通其氣也；柔以承剛，久其類也；順而持之，遁而退之。下隆上積，剛動"大壯"；正大必用，力盛則望；䁻升惟"進"，光大則傷；聚以處身，異以成類。乖離既"解"，緩以爲失；"損""益"有時，察以主使。"揚于王庭"，乘五馬敗。剛既決柔，上索下合，令臣遭䁻君，以柔遇剛，品物咸亨。剛據中正，"天下大行"，是以后用"施命誥四國"，貴離教也。於是天地"萃"聚，百姓合同。"升"而不已，屆極及下，"井養不窮"，卑不能通，不可弗"革"。改以成器，尊卑有分，長幼有序。主上以衆"震"[五]，守之以威。動不可終，敵應而行。"漸"以進之，爲人求位，君子之欲進者也。臣之求君，陰之從陽，委之歸誠，乃得其所。歸而印[六]一作功[劉]之，專而一之，陽德受歸，道"豐"位大也。賢人君子，有衆以成其大也。窮侈喪大夫之位，羣而靡容，容而無所。卑身下意，"利見大人"。"巽以申命"，"柔順乎剛"，入而說之，說而教之，"順而應人"，"渙"然成章。"風行水上"，有文有光，男行不窮，女位乎外，衆陰一作陽[劉]承五，上同在中，從初更始，乘木有功。故"先王以享于帝，立廟"，奉天建國也。"剛柔分"，適得盛中，節之以制，其道不窮。信愛結內，剛得中位，誠發於心，庶物唯類。大得則虧，甚往則過，既應於遠，默則不利，故君子是以"行重乎恭，喪重乎哀"，篤僞薄也。"小過"下泰，"所[七]宜於上"，下止上動，"有飛鳥之象焉"。初六"坎"下，上六"離"體，飛鳥以凶，是以災眚也。"柔處中"，"剛失位"，利與時行，過而欲遂，小亨正象，陰皆乘陽，陽剛凌替，君臣易位，亂而不已，非中之謂，故"君子思患而豫防之"，慮其敗也。通變無窮，周敗又始，剛未出，陰在中者，柔濟不遺，遂度不窮，則象河洛，神物設教而天下服。"慎辨""居方"，陰陽相求，初興之道，遠作之由也。

卦體開闔，"乾"以一爲開，"坤"以二爲闔。"乾""坤"成體而剛柔有位，故木老於未，木生於申，而"坤"在西南；火老於戌，木生於亥，而"乾"在西北，剛柔之際也，故謂之父母。陽承"震"動，發而相承，專制遂行，萬物以興，故謂之長男；水老於辰，金生於巳，一氣存之，終而復起，故"巽"爲長女；震發於風，陰德有紀，火中鶊鳴，母道將始，故"離"爲中女；又在西北，健戰將升，季陰幼未，衰而不勝，故"兌"爲少女。倉中拔留，肇幽爲陽，在中未達，含而未章，故"坎"爲中男；周流接合，萬物既終，造微更始，朒而未融，故"坎"[八]爲少男。陽"乾"圓"坤"，女方柔男剛[九]，健柔時推，而福禍是將，循化知生，從變見亡；故吉凶成敗，不可亂也。

"大過"何也？"揀橈"莫輔，"大者過也"。先王之馭世也。刑設而不犯，罰者而不施，"習坎""剛中"，"惟以心亨"，王正其德，公守厥職，上下不疑，臣主無惑。"納約自牖"，非戶何咎？車騎中門，劍戟在闈，雖"寘叢棘"，凶已三歲，上六"失道"，刑決也。故"高宗伐鬼方"，柔道中也；"三年有賞"，德乃豐也。"同人"五號，思其終也；"旅"上之美，樂其窮也。是以失刑者嚴而不檢，喪德者高而不尊，故君子正義以守位，固法以威民，何衢則亨，"滅耳"而凶也。"小過"何也？踰位凌上，害正危身，"小者過"也。"既濟""初六終亂"何也？水加日上，三陰乘陽，以力求濟，不止必亡，故"初吉終亂"也。"未濟"上六，"飲酒無咎"，何也？過而莫改，危而弗間，誰咎之也！"無妄"何也？無望而至，非會合陰陽之違行也。六三，"無妄之災，或繫之牛，行人得之，邑人災"，何也？有國而不收其民，有衆而不修其器，行人得之，不亦災乎？九五之"疾，勿藥"，何也？非常之厚，離以爲同，無妄之疾，災以除凶，天時成敗，何疾之攻？"勿藥有喜"，不成何識一作試[劉]也。

"龍"者何也？陽健之類，盛德尊貴之喻也。配天之厚，盛德莫高之謂尊貴。大人受命，處中當陽，德之至也。"亢龍有悔"，何也？繼守承貴，有因而德不充者也。欲大而不顧其小，甘侈而不思其匱，居正上位而無卑有貴，勞而無據，喪志危身，是以悔也。"先王"何也？大人之功也。故"建萬國，親諸侯"，樹其義也。"作樂""薦上帝"，正其命也；"省方""觀民"，施其令也；"朙罰勅法"，督其政也；"閉關""不行"，靜亂民也；"茂時育德"，應顯其福也；"享帝立廟"，昭其祿也。稱聖王所造，非承平之謂也。"后"者何也？成君定位，據業修制，保教守法，畜履治安者也。故自然成功濟用，已聖一作至[劉]大通，后"成天地之道" "以左右民"也。成化理決，施令誥方，因統紹衰，中處將正之務，非應初受命之事也。"上"者何也？日月相易，盛衰相及，"致飾"則利之未捷受，故王后不稱，君子不錯，上以厚下，道自然也。"君子"者何也？佐聖扶命，翼教朗法，觀時而行，有道而臣人者也，因正德以理其義，察危廢以守其身。故經綸以正盈，果行以遂虋一作義[劉]，飲食以須時，辯義以作事，皆所以章先王之建國，輔聖人之神志也。見險慮難，"思患""預防"，別物"居方"，盛[十]初敬始，皆人臣之行，非大君之道也。"大人"者何也？龍德潛達，貴賤通朗，有位無稱，大以行之，故"大過"滅示，天下幽朗，大人發輝重光，"繼朗照于四方"，萬物仰生，合德天地，不爲而成，故"大人虎變"，天德興也。

　　君子曰："易"，順天地，序萬物，方圓有正體，四時有常位，事業有所麗，鳥獸有所萃，故萬物莫不一也。陰陽性生，性故有剛柔；剛柔情生，情故有愛惡。愛惡生得失，得失生悔吝，悔吝著而吉凶見。八卦居方以正性，著龜圓通以索情。情性交而利害出，故立仁義以定性，取著龜以制情。仁義有偶而禍福分，是故聖人以建天下之位，守尊卑之制，序陰陽之適，別剛柔之節。順之者存，逆之者亡，得之者身安，失之者身危，故犯之以別一作利[劉]求者，雖吉必凶；知之以守篤者，雖窮必通。故寂寞者德之主，恣睢者賊之原，進往者反之初，終盡者始之根也。是以未至不可坯也，已用不可越也。紂有天下之號，而比匹夫之類鄰；周處小侯之細，而亨[十一]於西山之賓。外內之應已施，而貴賤之名未分，何也？天道未究，善惡未淳也。是以朗夫天之道者不欲，審乎人之德者不憂。在上而不凌乎下，處卑而不犯乎貴，故道不可逆，德不可拂也。是以聖人獨立無悶，大群不益，釋之而道存，用之而不可既。

　　由此觀之，《易》可以通矣。

【校記】

　　[一]循，陳本作脩。《阮籍集校注》作修。

　　[二]屯蒙詩云，陳本、《阮籍集校注》作"屯""蒙"始生。

　　[三]居，陳本、《阮籍集校注》作后。

　　[四]卑，陳本、《阮籍集校注》作止。

　　[五]主上以衆震，陳本、《阮籍集校注》作主之以"震"。

　　[六]印，陳本、《阮籍集校注》作應。

　　[七]所，陳本同。《阮籍集校注》作不。

［八］坎，陳本、《阮籍集校注》作艮。

［九］《阮籍集校注》此句作"'乾'圓'坤'方，女柔男剛"。無"陽"字。

［十］盛，陳本、《阮籍集校注》作慎。

［十一］亨，陳本同。《阮籍集校注》作享。

莊論
阮籍

伊單閼之辰，執徐之歲，萬物權輿之時，季秋遙夜之月。先生徘徊翱翔，迎風而遊，徃遵乎赤水之上，來登乎隱坌之丘，臨乎曲轅之道，顧乎泱漭之州。恍然而止，忽然而休，不識曩之所以行，今之所以留；悢然而無樂，愀然而歸白素焉。平晝閒居，隱几而彈琴。

於是縉紳好事之徒相與聞之，共議撰辭合句，啓所常疑。乃闚鑒整餙，嚼齒先引，推年躡踵，相隨俱進。奕奕然步，睇睇然視，投跡蹈階，趨而翔至。羞肩而坐，恭袖而檢，猶豫相林或作臨［陳］，冀一作莫［陳］肎先占。

有一人，是其中雄桀也，乃怒目擊勢而大言曰："吾生乎唐虞之後，長乎文武之裔，遊乎成康之隆，盛乎今者之世，誦乎六經之教，習乎五［一］儒之迹。被沙衣，冕飛翩，垂曲裾，揚雙鴉有日矣；而未聞乎至道之要，有以異之於斯乎！且夫［二］人稱之，細人承之；願聞至教，以發其疑。"先生曰："何哉，子之所疑者？"客曰："天道貴生，地道貴貞，聖人修之，以建其名。吉凶有分，是非有經，務利高勢，惡死重生，故天下安而大功成也。今莊周乃齊禍福而一死生，以天地爲一物，以萬類爲一指，無乃激惑以失真，而自以爲誠是也？"

於是先生乃撫琴容與，慨然而嘆，俛而微笑，仰而流盼，噓噏精神，言其所見曰："昔人有欲觀於閬峰之上者，資端冕，服驊騮，至乎崑崙之下，沒而不反［三］。端冕者，常服之飾；驊騮者，凡乘之耳。非所以矯騰增城之上，遊玄圃之中也。且燭龍之光，不照一堂之上；鐘山之口，不談曲室之內。今將吾墮崔巍之高，杜衍漫之流，言子之所由，幾其寑而獲及乎！

"天地生於自然，萬物生於天地。自然者無外，故天地名焉。天地者有內，故萬物生焉。當其無外，誰謂異乎？當其有內，誰謂殊乎？地流其操［四］，天抗其濕。月東出，日西入，隨以相從，解而後合。升謂之陽，降謂之陰，在地謂之理，在天謂之文。蒸謂之雨，散謂之風；炎謂之火，凝謂之冰；形謂之石，象謂之星；朔謂之朝，晦謂之冥；通謂之川，回謂之源［五］淵；平謂之土，積謂之山。男女同位，山澤通氣。雷風不相射，水火不相勃[六]。天地合其德，日月順其光，自然一體，則萬物經其常。入謂之幽，出謂之章，一氣盛衰，變化而不傷。是以重陰雷電，非異出也；天地日月，非殊物也。故曰：'自其異者視之，則肝膽楚越也；自其同者視之，則萬物一體也。'

"人生天地之中，體自然之形。身者，陰陽之精氣也。性者，五行之正性也；情者，遊魂之變欲也；神者，天地之所以馭者也。以生言之，則物無不壽；推之以死，則物無不夭。自小視之，則萬物莫不小；由大觀之，則萬物莫不大。殤子爲壽，彭祖爲夭；秋毫爲火[七]，太山爲小；故以死生爲一貫，是非爲一條也。

"別而言之，則鬚眉異名；合而說之，則體之一毛也。彼六經之言，分處之教也；莊周之云，致意之辭也。大而臨之，則至極無外；小而理之，則物有其制。夫守什五之數，審左右之名，一曲之說也；循自然，佳一作性[陳]天地者，寥廓之談也。尢耳目之任[八]，名分之施，處官不易同[九]，舉奉其身，非以絕手足，裂肢體也。然後世之好異者不顧其本，各言我而已矣，何待於彼。殘生害性，還爲讎敵，斷割肢體，不以爲痛；目視色而不顧耳之所聞，耳所聽而不待心之所思，心奔欲而不過性之所安。故疾癘萌則生不盡，禍亂作則萬物殘矣。

"至人者，恬於生而靜於死。生恬則情不惑，死靜則神不離，故能與陰陽化而不易，從天地變而不移。生究其壽，死循其宜，心氣平治，不消不虧。是以廣成子處崆峒之山，以入元窮之門；軒轅登崑崙之阜，而遺玄殊之根，此則潛身者異以爲活，而離本者難與永存也。

"馮夷不遇海若，則不以己爲小；雲將不失於其鴻濛，則無以知其少。由斯言之，自是者不章，自建者不立，守其有者之據，持其無者無執。月弦則滿，日朝則襲，咸池不留陽谷之上，而懸車之後將入也。故永得者喪，爭剛者失，無欲者自足，空宮者受實。夫山靜而谷深者，自然之道也。得之道而正者，君子之實也。是以作智造巧者害於物，朗著是非者危其身，脩飭以顯絜者惑於生，畏死而榮生者失一作亂其眞。故自然之理不得作，天地不泰而日月爭隨，朝夕失期而晝夜無分。競逐趨利，舛倚橫馳，父子不合，君臣乖離。故復言以求信者，梁下之誠也；剋己以爲人者，郭外之仁也；竊其雄經者此句誤[陳]，亡家之子也；刳腹割肌者，亂國之臣也；曜菁華、被沉瀍者，昏世之士也；履霜露、蒙塵埃者，貪冒之民也；潔己以尤世，修身以朗洿者，誹謗之屬也；繁稱是非，背質追文者，迷罔之倫也；誠或作誠[陳]非媚悅，以容求孚，故被珠玉以赴水火者，桀紂之終也；含菽采薇，交餓而死，顏夷之窮也。是以名利之途開，則忠信之誠薄；是非之辭著，則醇厚之情一作精[劉]樂一作爍[劉]也。

"故至道之極，混一不分，同爲一體，得失無聞。伏羲氏結繩，神農教耕，逆之者死，順之者生。又安知貪洿之爲罰，而貞白之爲名乎！使至德之要，無外而已。大均淳固，不貳其紀，清靜寂寞，空豁以俟，善惡莫之分，是非無所爭，故萬物反其所而得其情也。

"儒墨之後，堅白並起，吉凶連物，得失在心，結徒聚儻，辯說相侵。昔大齊之雄，三晉之士，嘗相與瞋目張膽，分別此矣。咸以爲百年之生難致，而日月之蹉無常。皆盛僕馬，脩衣裳，美珠玉，飾帷墻，出媚君上，入欺父兄，矯厲才智，競逐縱橫。家以慧[十]子殘，國以才臣亡，故不終其天年而大自割繫其於世俗也。是以山中之木，本大而莫傷。復或作吹[陳]萬數竅一作物相和，忽焉自忌。夫鴈之不存，無其質而濁其質[十一]；死生無變而龜之見寶，知吉凶也。故至人清其質而濁其質[十二]而濁其文，死而無變而未始有云。

"夫別言者，懷道之談也；折辯者，毀德之端也；氣分者，一身之疾也；二心者，萬物之患也。故夫裝束馮軾哉者，行以離支一作交；慮在成敗者，坐而求敵；踰阻攻險者，趙氏之人也；舉山塡海者，燕楚之人也。莊周見其若此，故述道德之妙，敘無爲之本。寓言之廣之，假物以延之，聊以娛無爲之心而逍遙於一世；豈將以希咸陽之門而與稷下爭辯也哉？

"夫善接人者，導焉而已，無所逆之。故公孟季子衣繡而見，墨子弗攻；中山子牟心在魏闕，而詹子不距。因其所以來，用其所以至，循而泰之，使自居之，發而開之，使自舒之。且莊周之書何足道哉！猶未聞夫大始之論，玄古之微言乎？直能不害於物而形以生，物無所毀而神以清，形神在我而道德成，忠信不離而上下平。茲容[十三]今談而同古，奝[十四]說而意殊，是心能守其本，而口發不相須也。"

於是二三子者，風搖波蕩，相視腼脉，亂次而退，蹟跌失跡。隨而望之耳或作其[陳]，後頗亦以是，知其無實喪氣而慙愧於衰僻也。

【校記】

[一]五，陳本同。《阮籍集校注》作吾。

[二]夫，陳本同。《阮籍集校注》作大。

[三]反，陳本作及。《阮籍集校注》作反。

[四]操，陳本、《阮籍集校注》作燥。

[五]據《阮籍集校注》，源爲衍字。

[六]勃，陳本、《阮籍集校注》作薄。

[七]火，陳本、《阮籍集校注》作大，是。
[八]"任"字二本皆無，據《阮籍集校注》補。
[九]同，陳本、《阮籍集校注》作司。
[十]彗，陳本同。《阮籍集校注》作慧。
[十一]質，《阮籍集校注》作文。
[十二]"而濁其質"四字，陳本無。
[十三]容，陳本同。《阮籍集校注》作客。
[十四]奢，陳本、《阮籍集校注》作齊。

樂論
阮籍

劉子問曰："孔子云：'安上治民莫善於禮，移風易俗莫善於樂。'夫禮者，男女之所以別，父子之所以成，君臣之所以立，百姓之所以平也。爲政之具靡先於此，故'安上治民莫善於禮'也。夫金石絲竹，鍾皷管絃之音，干戚羽旄，進退俯仰之容，有之何益於政，無之何損於化，而曰'移風易俗莫善於樂'乎？"

阮先生曰："善哉，子之問也！昔者孔子著其都乎，且未舉其略也。今將爲子論其凡，而子自詳備焉。

"夫樂者，天地之體，萬物之性也。合其體，得其性，則和；離其體，失其性，則乖。昔者聖人之作樂也，將以順天地之體，成萬物之性也。故定天地八方之音，以迎陰陽八風之聲，均黃鍾中和之律，開群生萬物之情氣。故律呂協則陰陽和，音聲適而萬物類，男女不及[一]其所，君臣不犯其位，四海同其觀，九州一其節，奏之國—作國[劉]山而天神下，奏之方岳而地祇上。天地合其德則萬物合其生，刑賞—作罰不用而民自安。

"夫乾坤易簡，故雅樂不煩；道德平淡，故五聲無味。不煩則陰陽通，無味則百物自樂，日遷善成化而不自知，風俗移易而同於是樂，此自然之道，樂之所始也。

"其後聖人不作，道德荒壞，政法不立，智慧擾物，化廢欲行，各有風俗。故造子—作始之教謂之風，習而行之謂之俗。楚越之風好勇，故其俗輕死；鄭衛之風好淫，故其俗輕蕩。輕死，故有火熖、赴水之歌；輕蕩，故有桑間、濮上之典。各歌其所好，各詠其所爲，欲之者流涕，聞之者歎息，背而去之，無不慷慨。懷永日之娛，抱長夜之嘆，相聚而合之，群而習之，靡靡無已。棄父子之親，弛君臣之制，匱—作遺[劉]室家之禮，廢耕農之業，忘終身之樂，崇淫縱之俗。故江淮之南，其民好殘；漳、汝之間，其民好奔。吳有雙劍之節，趙有扶琴之客，氣發於中，聲入於耳，手足飛揚，不覺其駭。

"好勇則犯上，淫放則棄親；犯上則君臣逆，棄親則父子乖；乖逆交爭，則患生禍起。禍起而意愈異，患生而慮不同。故八方殊風，九州異俗，乖離分背，莫能相通，音異氣別，曲節不齊。故聖人立調適之音，建平和之聲，制便事之節，定順從之容，使天下之爲樂者莫不儀焉。自上以下，降殺有等，至於庶人，咸皆聞之。歌謠者詠先王之德，頫仰者習先王之容，器具者象先王之式，度數者應先王之制先王一作先帝[劉]；入於心，淪於氣，心氣和洽，則風俗齊一。

"聖人之爲進退頫仰之容也，將以屈形體，服心意，便所修，安所事也。歌詠詩曲，將以宣平和，著不逮也。鍾皷所以節耳，羽旄所以制目，聽之者不傾，視之者不衰；耳目不傾不衰則風俗移易，故'移風易俗莫善于樂'也。故八音有本體，五聲有自然，其同物者以大小相君。有自然，故不可亂；大小相君，故可得而平也。若夫空桑之琴，雲和之瑟，孤竹之管，泗濱之磬，其物皆調和淳均者，聲相宜也，故必有常處，以大小相君，應黃鍾之氣，故必有常數。有常處，故其器一作氣貴重；有常數，故其制不妄。貴重，故可得以事神；不妄，故可得以化人。其物係天地之象，故不可妄造；其几似遠物之音，故不可妄易。《雅》《頌》有分，故人神不雜；節會有數，故曲折不亂；周旋有度，故頫仰不惑；歌詠有主，故言語不悖。導之以善，綏之以和，守之以哀，特之以久[二]；散其群，比其文，扶其天，助其壽，使去風俗之偏習，歸聖王之一[三]化。

"先王之爲樂也，將以定萬物之情，一天下之意也。故使其聲平，其容和，下不思上之聲，君不欲臣之色，上下不爭而忠義成。夫正樂者，所以屏淫聲也，故樂廢則淫聲作。漢哀帝不好音，罷省樂府，而不知制正禮樂；法不修，淫聲遂起。張放、淳于長驕縱過度，丙彊、景武當益或作富溢[陳]於世。罷樂之後，下移踰肆。身不是好而淫亂愈甚者，禮不設也。

"刑、教一體，禮、樂外、內也。刑馳則教不獨行，禮廢則樂無所立。尊卑有分，上下有等，謂之禮；人安其生，情意無哀，謂之樂。車服、旌旗、宮室、飲食，禮之具也；鐘磬、鞞皷、琴瑟、歌舞，樂之器也。禮踰其制則尊卑乖，樂失其序則親疏亂。禮定其象，樂平其心；禮治其外，樂化其內；禮樂正而天下平。

"昔衛人求繁纓、曲縣而孔子嘆息，蓋惜禮壞而樂崩也。夫鍾之者聲之主也，縣者鍾之制也；鍾失其制則聲失其主，主制無常則怔聲並出。盛衰之代相及，古今之變若一，故聖教廢毀則聰慧之人並造奇音。景王喜大鍾之律，平公好師延之典曲，公卿大夫拊手嗟嘆，庶人群生踊躍思聞，正樂遂廢，鄭聲大典，《雅》《頌》之詩不講，而妖淫之曲是尋。故延年造傾城之歌，而孝武思嬾嫚之色；雍門作松栢之音，愍王念未寒之服。故猗靡哀思之音發，愁怨偷薄之辭興，則人役[四]有縱欲奢侈之意，人後有內顧自奉之心。是以君子惡《大凌》之歌，憎《北里》之舞也。

　　"昔先王制樂，非以縱耳目之觀，崇曲房之嬾也。必通天地之氣，靜萬物之神也；固上下之位，定性命之真也。故清廟之歌詠成功之績，賓饗之詩稱禮讓之則，百姓化其善，異俗服其德。此淫聲之所以薄，正樂之所以貴也。然禮與變俱，樂與時化，故五帝不同制，三王各異造，非其相反，應時變也。夫百姓安服淫亂之聲，殘壞先王之正，故後王必更作樂，各宣其功德於天下，通其變，使民不惓。然但改其名目，變造歌詠，至於樂聲，平和自若。故黃帝詠雲門之神，少昊歌鳳鳥之跡，《咸池》《六英》之名既變，而黃鍾之宮不改易。故達道之化者可與審樂，好音之聲者不足與論律也。

　　"舜命夔與一作龍典樂，教胄子以中和之德也：'詩言志，歌詠言，聲依詠，律和聲。八音克諧，無相奪倫，神人以和。'又曰：'予欲聞六律、五聲、八音，在治忽以出納五言。女聽！'夫煩乎淫聲，汩湮心耳，乃忘平和，君子弗聽。言正樂通，平易簡，心澄氣清，以聞音律，出納五言也。夔曰：'戛擊鳴球，搏拊琴必以詠，祖考來格；虞賓在位，群后德讓，下管鼗鼓，合止柷敔，笙鏞以間，鳥獸蹌蹌，簫韶九成，鳳凰來儀。'夔曰：'於，予擊石拊石，百獸率舞，庶尹允諧。'詩言志，歌詠言，操磬鳴琴，以聲依律，述先王之德，故祖考之神來格也。笙鏞以間，正一作無樂聲希，治修無害，故繁毓蹌蹌然也。樂有節適，九成而已，陰陽調達，和氣均通，故遠鳥來儀也。質而不文，四海合同，故擊石拊石，百獸率舞也。言天下治平，萬物得所，音聲不華，漠然未兆，故衆官皆和也。故孔子在齊聞《韶》，三月不知肉味，言至樂使人無欲，心平氣定，不以肉為滋味也。以此觀之，知聖人之樂和而已矣。

　　"自西陵、青陽之樂皆取之竹，聽鳳凰之鳴，尊長風之象，采大林之，當時之所不見，百姓之所希聞，故天下懷其德而化其神也。夫雅樂周通則萬物和，質靜則聽不淫，易簡則節制令一作全神，靜重則服人心：此先王造樂之意也。自後衰末之為樂也，其物不真，其器不固，其制不信，取於近物，同於人間，各求其好，恣意所存，閭里之聲競高，永巷之音爭先，童兒相聚以詠富貴，芻牧負載以歌賤貧，君臣之職未廢，而一人懷萬心也。

　　"當夏后之末，興或作與[陳]女萬人，衣以文繡，食以糧肉，端噪晨歌，聞之者憂戚，天下苦其殃，百姓傷其毒。殷之季君，亦奏斯樂，酒池肉林，夜以繼日；然咨嗟之音未絕，而敵國已收其琴瑟矣。滿堂而飲酒，樂奏而流涕，此非皆有憂者也，則此樂非樂也。當王[五]居臣之時，奏新樂於廣[六]中，聞之者皆爲之悲咽一作桓。帝聞楚琴，悽愴傷心，倚房而悲，慷慨長息曰：'善哉乎！爲琴若此，一而已足矣。'順帝上恭陵，過樊衢，聞鳥鳴而悲，泣下橫流，曰：'善哉鳥鳴[七]！'使左右吟之，曰：'使絲聲若是，豈不樂哉！'夫是謂以悲爲樂者也。誠以悲爲樂，則天下何樂之有？天下無樂，而有陰陽調和，災害不生，亦已難矣。樂者，使人精神平和，衰氣不入，天地交泰，遠物來集，故謂之樂也。今則流涕感動，噓唏傷氣，寒暑不適，庶物不遂，雖出絲竹，宜謂之哀，奈何俛仰嘆息，以此稱樂乎！昔季流子向風而琴，聽之者泣下沾襟，弟子曰：'善哉乎皷琴！亦已妙矣。'季流子曰：'樂謂之善，哀謂之傷；吾爲哀傷，非爲善樂也。'以此言之，絲竹不必爲樂，歌詠不必爲善也；故墨子之非樂也。悲夫！以哀爲樂者，胡疵玄耽哀不變，故願爲黔首；李斯隨哀不返，故思逐狡兔。嗚呼！君子可不鑒之哉！"

【校記】

[一]及，陳本、《阮籍集校注》作易。

[二]守之以哀，恃之以久，陳本、《阮籍集校注》作守之以衷，持之以久。

[三]一，陳本、《阮籍集校注》作大。

[四]役，陳本同。《阮籍集校注》作後。

[五]據《阮籍集校注》，此有"莽"字。

[六]廣，陳本、《阮籍集校注》作廟。

[七]鳴，陳本、《阮籍集校注》作聲。

辯[一]道論
曹植

世有方士，吾王悉所招致，甘陵有甘始，廬江有左慈，陽城有郄儉，善辟穀，悉號數百歲。[二]所以集之魏國者，誠恐此人之徒，挾姦詭以欺衆，行妖惡[三]以惑民，豈復欲觀神仙於瀛洲，求安期於邊海，釋金輅而顧雲輿，弃文[四]驥而求[五]飛龍哉？夫帝者，位殊萬國，富有天下，威尊彰朙，齊光日月。宮殿闕庭，焜[六]耀紫微，何顧乎王母之宮，崑崙之域哉？夫三鳥被致[七]，不如百官之美也；素女嫦娥，不若椒房之麗也；雲衣雨[八]裳，不若黼黻之飾也；駕螭載霓，不若乘輿之盛也；瓊蕤玉華，不若玉圭之潔也。而顧爲匹夫所罔，納虛妄之辭，信眩惑之說，隆禮以招弗臣，傾產以供虛求，散玉[九]爵以榮之，清閒館以居之，經年累稔，終無一驗。雖復誅其身，滅其族，紛然足爲天下一咲矣。若夫玄黃所以娛目，鏗鏘所以聳[十]耳，媛妃所以紹光[十一]，芻豢所以悅口也。何必甘無味之味，聽無聲之樂，觀無彩之色也，然後稱快哉[十二]？

【校記】

[一]辯，陳本同。《曹植集校注》作辨。

[二]《曹植集校注》有"本"字。

[三]惡，陳本同。《曹植集校注》作愿。

[四]文，陳本同。《曹植集校注》作六。

[五]求，陳本同。《曹植集校注》作羨。

[六]焜，陳本同。《曹植集校注》作等。

[七]致，陳本同。《曹植集校注》作役。

[八]雨，陳本同。《曹植集校注》作羽。

[九]玉，陳本同。《曹植集校注》作王。

[十]聳，陳本同。《曹植集校注》作樂。

[十一]光，陳本同。《曹植集校注》作先。

[十二]然後稱快哉，據陳本補。是句《曹植集校注》無。

公謙論
王坦之

夫天道以無私成名，二儀以至公立德。立德存乎至公，故無親而非理；成名在乎無私，故在當而忘我。此天地所以成功，聖人所以濟化。由斯論之，公道體於自然，故理泰而愈降；謙義生於不足，故時弊而義著。故大禹、咎繇稱功言惠而成功於彼，孟反、范燮殿軍後入而全身於此。從此觀之，則謙公之義固以殊矣。

夫物之所美，己不可收，人之所貴，我不可取。誠患人惡其上，人不可善，故君子居之，而每加損焉。隆名在於矯伐，而不在於期當；匿迹在於違顯，而不在於求是。於是謙光之義與矜競而俱生，卑挹之義與夸伐而並進。由親譽生於不足，未若不知之有餘；良藥效於瘳疾，未若無病之爲貴也。

夫乾道確然，示人易矣；坤道隤然，示人簡矣。二象顯於萬物，兩德彰於群生，豈矯枉過直而失其所哉。由此觀之，則大通之道公坦於天地，謙伐之議險巇於人事。今存公而廢謙，則自伐者託至公以生嫌，自美者因存黨以致惑。此王生所謂同貌而實異，不可不察者也。然理必有源，教亦有主，苟探其根，則玄指自顯。若尋其末，弊無不至，豈可以嫌似而疑至公，弊貪而忘於諒哉！

辯謙論
韓伯

夫尋理辯疑，必先定其名分所存；所存既明，則彼我之趣可得而詳也。夫謙之為義，存乎降己者也。以高從卑，以賢同鄙，故謙名生焉。孤寡不穀，人之所惡，而侯王以自稱，降其貴者也。執御執射，眾之所賤，而君子以自目，降其賢者也。與夫山在地中之象，其致豈殊哉！捨此二者，而更求其義，雖南轅求宜或誤[陳]，終莫近也。

夫有所貴，故有降焉；夫有所美，故有謙焉。譬影響之與形聲，相與而立。道足者，忘貴賤而一賢愚；體公者，乘或作秉[陳]理當而均彼我。降挹之義，於何而生？則謙之為美，固不可以語至足之道，涉乎大方之家矣。然君子之行己，必尚於至當，而必造乎匿善。至理在乎無私，而動之於降己者何？誠由未能一觀於能鄙，則貴賤之情立；非忘懷於彼我，則私己之累存。當其所貴在我則矜，值其所賢能之則伐。處貴非矜，而矜己者常有其貴；言善非伐，而伐善者驟稱其能。是以知矜貴之傷德者，故宅心於卑素；悟驟稱之虧理者，故情存乎不言。情存乎不言，則善斯匿矣；宅心於卑素，則貴斯降矣。夫所況君子之流，苟理有未盡，情有未夷，存我之理未冥於內，豈不同心於降挹洗其所滯哉！體有而擬無者，聖人之德；有累而存理者，君子之情。雖所滯不同，其於遣情之緣有弊而用，降己之道由私我而存一也。故懲忿窒欲，著於《損》象；卑以自牧，實繫《謙》爻。皆所以存其所不足，拂其所有餘者也。

王生之談，以至理無謙，近得之矣。云人有爭心，善不可收，假後物之迹，以逃動者之患，以語聖賢則可，施之於下斯者，豈惟逃患於外。亦所以洗心於內也。

安身論
潘尼

蓋崇德莫大乎安身，安身莫尚乎存正，存正莫重乎無私，無私莫深乎寡欲，是以君子安其身而後動，易其心而後語，定其交而後求，篤其志而後行。然則動者，吉凶之端也；語者，榮辱之主也；求者，利病之幾也；行者，安危之決也。故君子不妄動也，動必適其道；不徒語也，語必經於理；不苟求也，求必造於義；不虛行也，行必由於正。夫然後能免或繫之凶，享自天之祐。故身不安則殆，言不從則悖，交不審則惑，行不篤則危。四者行乎中，則患憂接於外矣。憂患之接，必生於自私，而興於有欲。自私者不能成其私，有欲者不能濟其欲，理之至也。欲苟不濟，能無爭乎？私苟不從，能無伐乎？人人自私，家家有欲，衆欲並爭，群私交伐。爭則亂之萌也，伐則怨之府也，怨亂旣構，危害及之，得不懼乎。

然棄本要末之徒，知進忘退之士，莫不飾才銳智，抽鋒擢穎，傾側乎勢利之交，馳騁乎當塗之務，朝有彈冠之朋，野有結綬之友。黨與熾於前，榮名[一]扇其後，握權則赴者鱗集，失寵則散者瓦解；求利則託刎頸之懽，爭路則構刻骨之隙。於是浮僞波騰，曲辯雲沸，寒暑殊聲，朝夕異價。駑塞希奔放之跡，鉛刀競一割之用。至於愛惡相攻，與奪交戰，誹謗噂嗒，毀譽縱橫。君子務能，小人伐技，風頹於上，俗弊於下，禍結而恨，爭之不彊，患至而悔，伐之未辯。大者傾國喪家，次則覆身滅祀，其何故邪？豈不始於私欲，而終於爭伐哉。

君子則不然，知自私之害公也，故後外其身，知有欲之傷德也，故遠絕榮利，知爭競之遘災也，故犯而不校，知好伐之招怨也，故有功而不德。安身而不爲私，故身正則私全；慎言而不適欲，故言濟而欲從；定交而不求益，故交立而益厚；謹行而不求名，故行成而名美。止則立乎無私之域，行則由乎不爭之塗，必將通天下之理，而濟萬物之性。天下猶我，故與天下同其欲；已猶萬物，故與萬物同其利。

夫能保其安者，非謂崇生生之厚，而耽逸豫之樂也，不忘危而已。有其進者，非謂窮貴寵之榮，而藉名位之重也，不忘退而已。存其治者，非謂嚴刑政之威，而明司察之禁也，不忘亂而已。故寢蓬室，隱陋巷，披短褐，茹藜藿，環堵而居，易衣而出，苟存乎道，非不安也。雖坐華殿，載文軒，服黼繡，御方丈，重門而處，成列而行，不得與之齊榮。用天時，分地利，甘布衣，安藪澤，沾體塗足，耕而後食，苟崇乎德，非不進也。雖居高位，饗重祿，執權衡，握機祕，功蓋當時，勢侔人主，不得與之比逸。遺意慮，没才智，忘肝膽，棄形器，貌若有能，志若不及，苟正乎心，非不治也。雖繁計策，廣術藝，審刑名，峻法制，文辯流離，議論絕世，不得與之爭功。故安也者，安乎道者也；進也者，進乎德者也；治也者，治乎心者也。未有安身而不能保國家，進德而不能處富貴，治心而不能治萬物者也。

然思危所以求安，慮退所以能進，懼亂所以保治，戒亡所以獲存也。若乃弱志虛心，曠神遠致，徒倚乎不拔之根，浮遊乎無垠之外。不自貴於物，而物宗焉。不自重於人，而人敬焉。可親而不可慢也，可尊而不可遠也，親之如不足，天下莫之能狎也。舉之如易勝，而當世莫之能困也。達則濟其道而不榮也，窮則善其身而不悶也，用則立於上而非爭也，舍則藏於下而非讓也。夫榮之所不能動者，則辱之所不能加也。利之所不能勸者，則害之所不能嬰也；譽之所不能益者，則毀之所不能損也。

　　今之學者，誠能釋自私之心，塞有欲之求，杜交爭之原，去矜伐之態。動則行乎至通之路，靜則入乎大順之門，泰則翔乎寥廓之宇，否則淪乎渾冥之泉。邪氣不能干其度，外物不能擾其神，哀樂不能盪其守，死生不能易其眞。而以造化爲工匠，天地爲陶鈞，名位爲糟粕，勢利爲埃塵。治其內而不飾其外，求諸己而不假諸人。忠肅以奉上，愛敬以事親，可以御一體，可以牧萬民，可以處富貴，可以安賤貧，經盛衰而不改，則庶幾乎能安身矣。

【校記】

　　［一］名，陳本作身。《晉書》作名。

卷六十八

論四

釋時論
王沈

東野丈人觀時以居，隱耕汙腴之墟。有冰氏之子者，出自沍寒之谷，過而問塗。丈人曰："子奚自？"曰："自涸陰之鄉。""奚適？"曰："欲適煌煌之堂。"丈人曰："入煌煌之堂者，必有赫赫之光。今子困於寒而欲求諸熱，無得熱之方。"冰子瞿然曰："胡爲其然也？"丈人曰："融融者皆趣熱之士，其得爐冶之門者，惟挾炭之子。苟非斯人，不如其已。"冰子曰："吾聞宗廟之器不要華林之木，四門之賓何必冠蓋之族。前賢有解韋索而佩朱紱，舍徒擔而乘丹轂，由此言之，何恤而無祿！惟先王告我塗之速[一]也。"

丈人曰："嗚呼！子聞得之若是，不知時之在彼，吾將釋子。夫道有安危，時有險易，才有所應，行有所適。英奇奮於從橫之世，賢智顯於霸王之初，當厄難則騁權譎以良圖，值制作則展儒道以暢攄，是則袞龍出於縕褐，卿相起於匹夫，故有朝賤而夕貴，先卷而後舒。當斯時也，豈計門資之高卑，論勢位之輕重乎，今則不然。上聖下明，時隆道寧，羣后逸豫，宴安守平。百辟君子，奕世相生，公門有公，卿門有卿。指禿腐骨，不簡蚩儜。多士豐於貴族，爵命不出閨庭。四門穆穆，綜襦是盈，仍叔之子，皆爲老成。賤有常辱，貴有常榮，肉食繼踵於華屋，疏飯襲跡於耨耕。談名位者以謟媚附勢，舉高譽者因資而隨形。至乃空嚚者以泓噆爲雅量，璅慧者以淺利爲鎗鎗；腜胎者以無檢爲弘曠，僂垢者以守意爲堅貞；嘲哳者以讝發爲高亮，韞蠢者以色厚爲篤誠；庵婪者以博納爲通濟，眠眠者以難入爲凝清。拉苔者有沉重之譽，嗛閃者得清勳之聲，嗆哼怯畏於謙讓，闠茸勇敢於饕諍。斯皆寒素之死病，榮達之嘉名。凡茲流也，視其用心，察其所安，責人必急，於己恆寬。德無厚而自貴，位未高而自尊，眼岡嚮而遠視，鼻齆齀而刺天。忌惡君子，悅媚小人，敖蔑道素，懾呀權門。心以利傾，智以勢惛，姻黨相扇，毀譽交紛，當局迷於所受，聽採惑於所聞。京邑翼翼，羣士千億，奔集勢門，求官買職，童僕闕其車乘，閽寺相其服飾，親客陰牣於靖室，疏賓徙倚於門側。時因接見，矜厲容色，心懷內荏，外詐剛直，譚道義謂之俗生，論政刑以爲鄙極。高會曲宴，惟言遷除消息，官無大小，問是論[二]力。今以子孤寒，懷眞抱素，志凌雲霄，偶景獨步，直順常道，關津難渡，欲騁韓盧，時無狡兔，衆塗圮塞，投足何錯！”

於是冰子釋然乃悟曰：“富貴人之所欲，貧賤人之所惡。僕少長於孔顏之門，久處於清寒之路，不謂熱勢自甘遮錮。敬承朗誨，服我初素，彈琴詠典，以保年祚。伯成、延陵，高節可慕，丹戮滅族，呂霍哀吟。朝榮夕滅，旦飛暮沉，聊周道師，巢由德林。豐屋蔀家，《易》著朗箴，人薄位尊，積罰難任。三郤尸晉，宋華咎深，投局正幅，實獲我心。”

【校記】

[一]速，陳本作迷。《晉書》作速。

[二]論，陳本、《晉書》作誰。

文章流別論
摯虞

文章者，所以宣上下之象，朗人倫之敘，窮理盡性，以究萬物之宜者也，王澤流而詩作，成功臻而頌興，德勳立而銘著，嘉美終而誄集。祝史陳辭，官箴王闕，周禮，太師掌教六詩：曰風，曰賦，曰比，曰興，曰雅，曰頌。言一國之事，擊[一]一人之本，謂之風；言天下之事，形四方之風，謂之雅；頌者美盛德之形容，賦者敷陳之稱也；比者喻類之言也，興者有感之辭也。後世之爲詩者多矣，其功德者謂之頌，其餘則總謂之詩。頌，詩之美者也，古者聖帝朗王，功成治定而頌聲興，於是奏於宗廟，告於鬼神，故頌之所美者，聖王之德也。古之作詩者，發乎情，止乎禮義；情之發，因辭以形之，禮義之指，須事以朗之，故有賦焉；所以假像盡辭，敷陳其志。古詩之賦，以情義爲主，以事類爲佐；今之賦，以事形爲本，以義正爲助。情義爲主，則言省而文有例矣；事形爲本，則言富而辭無常，文之煩省，辭之險易，蓋由於此。夫假像過大，則與類相遠，逸辭過壯，則與事相違；辯言過理，則與義相失；麗靡過美，則與情相悖。此四過者，所以背大體而害政教，是以司馬遷割相如之浮說，楊雄疾辭人之賦麗以淫。

詩之流也，有三言、四言、五言、六言、七言、九言，古詩率以四言爲體，而時有一句二句雜在四言之間，後世演之遂以爲篇。古詩之三言者，振振鷺，鷺于飛之屬是也。五言者，誰謂雀無角，何以穿我屋之屬是也。六言者，我姑酌彼金罍之屬是也。七言者，交交黃鳥止于桑之屬是也。九言者，泂酌彼行潦挹彼注茲之屬是也。夫詩雖以情志爲本，而以成聲爲節，然則雅音之韻，四言爲言[二]，其餘雖備曲折之體，而非詩[三]之正也。

【校記】

[一]掣，陳本、《全晉文》作繫。
[二]言，陳本、《全晉文》作正。
[三]詩，據陳本補。《全晉文》作音。

徙戎論
江統

夫夷蠻戎狄，謂之四海，九服之制，地在要荒。《春秋》之義，內諸夏而外夷狄。以其言語不通，贄幣不同，法俗詭異，種類乖殊。或居絕域之外，山河之表，崎嶇川谷阻險之地，與中國壤斷土隔，不相侵涉，賦役不及，正朔不加，故曰"天子有道，守在四夷"。禹平九土，而西戎即敘。其性氣貪婪，凶悍不仁，四夷之中，戎狄爲甚。弱則畏服，強則侵叛。雖有賢聖之世，大德之君，咸未能以通化率導，而以恩德柔懷也。當其強也，以殷之高宗而懲於鬼方，有周文王而患昆夷、獫狁，高祖困於白登，孝文軍於霸上。及其弱也，周公來九譯之貢，中宗納單于之朝，以元成之微而猶四夷賓服。此其已然之效也。故匈奴求守邊塞，而侯應陳其不可，單于屈膝未央，望之議以不臣。是以有道之君牧夷狄也，惟以待之有備，禦之有常，雖稽顙執贄而，而邊城不弛固守；爲寇賊強暴，而兵甲不加遠征，期令境內獲安，疆場不侵而已。

及至周室失統，諸侯專征，以大兼小，轉相殘滅，封疆不固，而利害異心。戎狄乘間，得入中國，或招誘安撫，以爲己用。故申、繒之禍，顛覆宗周；襄公要秦，遂興姜戎。當春秋時，義渠、大荔居秦、晉之域；陸渾、陰戎處伊、洛之間；鄋瞞之屬害及濟東，侵入齊、宋，陵虐邢、衛，南夷與北狄交侵中國，不絕若綫。齊桓攘之，存亡繼絕，北伐山戎，以開燕路。故仲尼稱管仲之力，加左衽之功。逮至春秋之末，戰國方盛，楚吞蠻氏，晉翦陸渾；趙武胡服，開榆中之地；秦雄咸陽，滅義渠之等。始皇之並天下也，南兼百越，北走匈奴，五嶺長城，戎卒億計。雖師役煩殷，寇賊橫暴，然一世之功，戎虜奔却，當時中國無復四夷也。

　　漢興而都長安，關中之郡號曰三輔，《禹貢》雍州，宗周豐、鎬之舊也。及至王莽之敗，赤眉因之，西都荒毀，百姓流亡。建武中，以馬援領隴西太守，討叛羌，徙其餘種於關中，居馮翊、河東空地，而與華人雜處。數歲之後，族類蕃息，既恃其肥強，且苦漢人侵之。永初之元，騎都尉王弘使西域，發調羌、氐以爲行衛。於是羣羌奔駭，互相扇動，二州之戎，一時俱發，覆没將守，屠破城邑。鄧騭之征，棄甲委兵，輿尸喪師，前後相繼，諸戎遂熾，至於南入蜀漢，東掠趙、魏，唐突軹關，侵及河內。及遣北軍中候朱寵將五營士於孟津距羌，十年之中，夷夏俱斃，任尚、馬賢僅乃克之。此所以爲害深重、累年不定者，雖由禦者之無方，將非其才；亦豈不以寇發心腹，害起肘腋，疢篤難療，瘡大遲愈之故哉！自此之後，餘燼不盡，小有際會，輒復侵叛。馬賢忸忲，終于覆敗，段熲臨衝，自西徂東。雍州之戎，常爲國患，中世之寇，惟此爲大。漢末之亂，關中殘滅；魏興之初，與蜀分隔。疆埸之戎，一彼一此。魏武皇帝令將軍夏侯妙才討叛氐阿貴、千萬等，後因拔弃漢中，遂徙武都之種於秦川，欲以弱寇強國，扞禦蜀虜。此蓋權宜之計，一時之勢，非所以爲萬世之利也。今者當之，已受其獘矣。

　　夫關中土沃物豐，厥田上上，加以涇、渭之流溉其舃鹵，鄭國、白渠灌浸相通，黍稷之饒，畝號一鍾，百姓謠詠其殷實，帝王之都每以爲居，未聞戎狄宜在此土也。非我族類，其心必異，戎狄志態，不與華同。而因其衰弊，遷之畿服，士庶翫習，侮其輕弱，使其怨恨之氣毒於骨髓。至於蕃育衆盛，則坐生其心，以貪悍之性，挾憤怒之情，候隙乘便，輒爲橫逆。而居封域之內，無障塞之隔，掩不備之人，收散野之積，故能爲禍滋蔓，暴害不測。此必然之勢，已驗之事也。當今之宜，宜及兵威方盛，衆事未罷，徙馮翊、北地、新平、安定界內諸羌，著先零、罕开、析支之地；徙扶風、始平、京兆之氐，出還隴右，著陰平、武都之界。廩其道路之糧，令足自致，各附本種，反其舊土，使屬國、撫夷就安集之。戎晉不雜，並得其所，上合往古即敘之義，下爲盛世永久之規。縱有猾夏之心，風塵之警，則絕遠中國，隔閡山河，雖爲寇暴，所害不廣。是以充國、子頎能以數萬之衆制群羌之命，有征無戰，全軍獨克，雖有謀謨深計，廟勝遠圖，豈不以華夷異處，戎夏區別，要塞易守之故，得成其功也哉！

　　難者曰："方今關中之禍，暴兵二載，征戍之勞，老師十萬，水旱之害，荐饑累荒，疫癘之災，札瘥夭昏。凶逆既戮，悔惡初附，且欸且畏，咸懷危懼，百姓愁苦，異人同慮，望寧息之有期，若枯旱之思雨露，誠宜鎮之以安豫。而子方欲作役起徒，興功造事，使疲悴之衆，徙自猜之寇；以無穀之人，遷乏食之虜，恐勢盡力屈，緒業不卒，羌戎離散，心不可一。前害未及弭，而後變復橫出矣。"

答曰："羌戎狡猾，擅相號署，攻城野戰，傷害牧守，連兵聚衆，載離寒暑矣。而今異類瓦解，同種土崩，老幼繫虜，丁壯降散，禽離獸迸，不能相一。子以此等尚挾餘資，悔惡反善，懷我德惠而來柔附乎？將勢窮道盡，智力俱困，懼我兵誅以至於此乎？曰無有餘力，勢窮道盡故也。然則我能制其短長之命，而令其進退由己矣。夫樂其業者不易事，安其居者無遷志。方其自疑危懼，畏怖促遽，故可制以兵威，使之左右無違也。迨其死亡散流，離邊未鳩，與關中之人，戶皆爲讐，故可遐遷遠處，令其心不懷土也。夫聖賢之謀事也，爲之於未有，理之於未亂，道不著而平，德不顯而成。其次則能轉禍爲福，因敗爲功，值困必濟，遇否能通。今子遭弊事之終而不圖更制之始，愛易轍之勤而得覆車之軌，何哉？且關中之人百餘萬口，率其少多，戎狄居半，處之與遷，必須口實。若有窮乏糁粒不繼者，故當傾關中之穀以全其生生之計，必無擠於溝壑而不爲侵掠之害也。今我遷之，傳食而至，附其種族，自使相贍；而秦地之人得其半穀，此爲濟行者以稟糧，遺居者以積倉，寬關中之逼，去盜賊之原，除旦夕之損，建終年之益。若憚蹔舉之小勞，而忘永逸之弘策；惜日月之煩苦，而遺累世之寇敵，非所謂能開物成務，創業垂統，崇基拓迹，謀及子孫者也。"

並州之胡，本實匈奴桀惡之寇也。漢宣之世，凍餒殘破，國內五裂。後合爲二，呼韓邪遂衰弱孤危，不能自存，依阻塞下，委質柔服。建武中，南單于復來降附，遂令入塞，居於漢南。數世之後，亦輒叛戾，故何熙、梁覲戎車屢征。中平中，以黃巾賊起，發調其兵，部衆不從，而殺羌渠。由是於彌扶羅求助於漢，以討其賊。仍值世喪亂，遂乘釁而作，鹵掠趙、魏，寇至河南。建安中，又使右賢王去卑誘質呼廚泉，聽其部落散居六郡。咸熙之際，以一部大強，分爲三率。泰始之初，又增爲四。於是劉猛內叛，連結外虜，近者郝散之變，發於穀遠。今五部之衆，戶至數萬，人口之盛，過於西戎。然其天性驍勇，弓馬便利，倍於氐、羌。若有不虞風塵之慮，則并州之域可爲寒心。勞[一]陽句驪本居遼東塞外，正始中，幽州刺史毋丘儉伐其叛者，徙其餘種。始徙之時，戶落百數，子孫孳息，今以千計，數世之後，必至殷熾。今百姓失職，猶或亡叛，犬馬肥充，則有噬嚙，況於夷狄，能不爲變？但顧其微弱勢力不陳或作敵[陳]耳。

夫爲邦者，患不在貧而在不均，憂不在寡而在不安。以四海之廣，士庶之富，豈須夷虜在內，然後取足哉！此等皆可申諭發遣，還其本域，慰彼羈旅懷土之思,釋我華夏纖介之憂。惠此中國,以綏四方,德施永世,於計爲長。

【校記】

[一]勞,陳本、《晉書》作榮。

聲無哀樂論
嵇康

有秦客問於東野主人曰:"聞之前論曰:'治世之音安以樂,亡國之音哀以思。'夫治亂在政,而音聲應之。故哀思之情,表于金石;安樂之象,形於管弦也。又仲尼聞《韶》,識虞舜之德;季札聽弦,知衆國之風。斯已然之事,先賢所不疑也。今子獨以爲聲無哀樂,其理何居?若有嘉訊,今請聞其說。"

主人應之曰:"斯義久滯,莫肯拯救,故念或作令[陳]歷世濫於名實。今蒙啓導,將言其一隅焉。夫天地合德,萬物貴生;寒暑代往,五行以成。故章爲五色,發爲五音。音聲之作,其猶臭味在於天地之間。其善與不善,雖遭遇濁亂,其體自若,而不變也。豈以愛憎易操,哀樂改度哉?及宮商集化,聲音克諧。此人心至願,情欲之所鍾。古人知情不可恣,欲不可極,因其所用,每爲之節。使哀不至傷,樂不至淫,斯其大較也。然樂云樂云,鍾鼓云乎哉?哀云哀云,哭泣云乎哉?因玆而言,玉帛非禮敬之實,歌舞非悲哀之主也。何以明之?夫殊方異俗,歌哭不同;使錯而用之,或聞哭而歡,或聽歌而感[一]。然而哀樂之情均也。今用均一之情,而發萬殊之聲,斯非音聲之無常哉?然聲音和比,感人之最深者也。勞者歌其事,樂者舞其功。夫内有悲痛之心,則激切哀言。言比成詩,聲比成音。雜而詠之,聚而聽之。心動於和聲,情感於苦言。嗟歎未絕,而泣涕流漣矣。夫哀心藏於苦心内,遇和聲而後發;和聲無象,而哀心有主。夫以有主之哀心,因乎無象之和聲,其所覺悟,唯哀而已。豈復知'吹萬不同,而使其自己'哉?風俗之流,遂成其政,是故國史明政教之得失,審國風之盛衰,吟詠情性以諷其上,故曰'亡國之音哀以思'也。夫喜怒哀樂,愛憎慙懼,凡此八者,生民所以接物傳情,區別有屬,而不可溢者也。夫味以甘苦爲稱,今以甲賢而心愛,以乙愚而情憎,則愛憎宜屬我,而賢愚宜屬彼也。可以我愛而謂之愛人,我憎而謂之憎人?所喜則謂之喜味,所怒而謂之怒味哉?由此言之,則外内殊用,彼我異名。聲音自當以善惡爲主,則無關於哀樂;哀樂自當以情感,則無係於聲音。名實俱去,則盡然可見矣。且季子在魯，採詩觀禮，以別《風》《雅》，豈徒任聲以決臧否哉？又仲尼聞《韶》，歎其一致，是以咨嗟，何必因聲以知虞舜之德，然後歎美邪？今麤明其一端，亦可思過半矣。」

秦客難曰：「八方異俗，歌哭萬殊，然其哀樂之情，不得不見也。夫心動於中，而聲出於心。雖託之於他音，寄之於餘聲，善聽察者，要自覺之不使得過也。昔伯牙理琴，而鍾子知其所志；隸人擊磬，而子產[二]識其心哀；魯人晨哭，而顏淵審其生離。夫數子者，豈復假智於常音，借驗於曲度哉？心戚者則形爲之動，情悲者則聲爲之哀。此自然相應，不可得逃，唯神明者能精之耳。夫能者不以聲衆爲難，不能者不以聲寡爲易。今不可以未遇善聽，而謂之聲無可察之理；見方俗之多變，而謂聲音無哀樂也。又云：賢不宜言愛，愚不宜言憎。然則有賢然後愛生，有愚然後憎成，但不當共其名耳。哀樂之作，亦有由而然。此爲聲使我哀，音使我樂也。苟哀樂由聲，更爲有實，何得名實俱去耶？又云：季子採詩觀禮，以別《風》《雅》，仲尼歎《韶》音之一致，是以咨嗟。是何言歟？且師襄奏[三]操，而仲尼覩文王之容；師涓進曲，而子野識亡國之音。寧復講詩而後下言，習禮然後立評哉？斯皆神妙獨見，不待留聞積日，而已綜其吉凶矣，是以前史以爲美談。今子以區區之近知，齊所見而爲限，無乃誣前賢之識微，負夫子之妙察耶？」

主人答曰：「難云：雖歌哭萬殊，善聽察者要自覺之，不假智于常音，不借驗於曲度，鍾子之徒云云是也。此爲心悲者雖談笑鼓舞，情歡者雖拊膺咨嗟，猶不能御外形以自匿，詊察者於疑似也。以爲就令聲音之無常，猶謂當有哀樂耳。又曰：『季子聽聲，以知衆國之風；師襄奏操，而仲尼覩文王之容。』案如所云，此爲文王之功德，與風俗之盛衰，皆可象之於聲音。聲之輕重，可移於後世，襄涓之巧，能得之於將來。若然者，三皇五帝，可不絕於今日，何獨數事哉？若此果然也，則文王之操有常度，韶武之音有定數，不可雜以他變，操以餘聲也。則向所謂聲音之無常，鍾子之觸類，於是乎躓矣。若音聲無[四]，鍾子觸類，其果然邪？則仲尼之識微，季札之善聽，固亦誣矣。此皆俗儒妄記，欲神其事而追爲耳，欲令天下惑聲音之道，不言理自盡此，而推使神妙難知，恨不遇奇聽於當時，慕古人而自歎，斯所[五]大罔後生也。夫推類辨物，當先求之自然之理；理已定，然後借古義以明之耳。今未得之於心，而多恃前言以爲談證，自此以徃，恐巧曆不能紀。又難云：『哀樂之作，猶愛憎之由賢愚，此爲聲使我哀，而音使我樂。苟哀樂由聲，更爲有實矣。』夫五色有好醜，五聲有善惡，此物之自然也。至於愛與不愛，人情之變，統物之理，唯止於此。然皆無豫於內，待物而成耳。至夫哀樂自以事會，先遘於心，但因和聲，以自顯發；故前論已明其無常，今復假此談以正名號耳。不謂哀樂發於聲音，如愛憎之生於賢愚也。然和聲之感人心，亦猶酒醴之發人情也。酒以甘苦爲主，而醉者以喜怒爲用。其見歡戚爲聲發，而謂聲有哀樂，不可見喜怒爲酒使，而謂酒有喜怒之理也。"

秦客難曰："夫觀氣採色，天下之通用也。心變於內而色應於外，較然可見，故吾子不疑。夫聲音，氣之激者也。心應感而動，聲從變而發；心有盛衰，聲亦隆殺。同見役於一身，何獨於聲便當疑耶？夫喜怒章於色診軫，視驗也[陳]，哀樂亦宜形於聲音。聲音自當有哀樂，但闇不能識之。至鍾子之徒，雖遭無常之聲，則穎然獨見矣。今矇瞽面墻而不悟，離婁昭秋毫於百尋，以此言之，則明闇殊能矣。不可守咫尺之度，而疑離婁之察；執中庸之聽，而猜鍾子之聰。皆謂古人爲妄記也。"

主人答曰："難云：心應感而動，聲從變而發，心有盛衰，聲亦隆殺。哀樂之情，必形於聲音。鍾子之徒，雖遭無常之聲，則穎然獨見矣。必若所言，則濁質之飽，首陽之饑，卞和之冤，伯奇之悲，相如之含怒，不占之怖祇，千變百態。使各發一詠之歌，同啓數彈之微，則鍾子之徒，各審其情矣。爾爲聽聲者，不以寡衆易思；察情者，不以大小爲異？同出一身者，期於識之也。設使從下[六]，則子野之徒，亦當復操律鳴管，以考其音，知南風之盛衰，別雅鄭之淫正也。夫食辛之與甚嚎，薰目之與哀泣，同用出淚，使狄牙嘗之，必不言樂淚甜而哀淚苦，斯可知矣。何者？肌液肉汗，踧笮便出，無主於哀樂，猶筐酒之囊漉，雖筐具不同，而酒味不變也。聲俱一體之所出，何獨當含哀樂之理也？且夫《咸池》《六莖》，《大章》《韶夏》，此先王之至樂，所以動天地、感鬼神。今必云聲音莫不象其體而傳其心，此必爲至樂不可託之于聾史，必須聖人理其弦管，爾乃雅音得全也。舜命夔擊石拊石，八音克諧，神人以和。以此言之，至樂雖待聖人而作，不必聖人自執也。何者？音聲有自然之和，而無係於人情。克諧之音，成於金石；至和之聲，得於管絃也。夫纖毫自有形可察，故離瞽以明闇異功耳。若以水濟水，孰異之哉！"

秦客難曰："雖衆喻有隱，足招攻難，然其大理，當有所就。若葛盧聞牛鳴，知其三子爲犧；師曠吹律，知南風不競，楚師必敗；羊舌母聽聞兒啼，而審其喪家。凡此數事，皆效於上世，是以咸見錄載。推此而言，則盛衰吉凶，莫不存乎聲音矣。今若復謂之誣罔，則前言徃記，皆爲棄物，無用之也。以言通論，未之或安。若能明斯所以，顯其所由，設二論俱濟，願重聞之。"

主人答曰："吾謂能反三隅者，得意而[七]言，是以前論畧而未詳。今復煩循環之難，敢不自一竭耶？夫魯牛能知犧曆之喪生，哀三子之不存，含悲經年，訴怨葛盧。此爲心與人同，異於獸形耳。此又吾之所疑也。且牛非人類，無道相通，若謂鳴獸皆能有言，葛盧受性獨曉之，此爲稱其語而論其事，猶譯傳異言耳，不爲考聲音而知其情，則非所以爲難也。若謂知者爲當觸物而達，無所不知，今且先議其所易者。請問聖人卒入胡域，當知其所言否乎？難者必曰知之。知之之理，何以明之？願借子之難以立鑒識之域。或當與關接識其言耶？將吹律鳴管，校其音耶？觀氣採色，和其心邪？此爲知心自由氣色，雖自不言，猶將知之。知之之道，可不待言也。若吹律校音以知其心，假令心志於馬而誤言鹿，察者固當由鹿以弘[八]馬也。此爲心不係於所言，言或不足以證心也。若當關接而知言，此爲孺子學言於所師，然後知之，則何貴於聰明哉？夫言非自然一定之物，五方殊俗，同事異號，舉一名以爲標識耳。夫聖人窮理，謂自然可尋，無微不照。理蔽則雖近不見，故異域之言不得強通。推此以往，葛盧之不知牛鳴，得不全[九]疑作信乎？又難云'師曠吹律，知南風不競，楚多死聲'，此又吾之所疑也。請問師曠吹律之時，楚國之風耶，則相去千里，聲不足達；若正識楚風來入律中耶，則楚南有吳、越，北有梁、宋，苟不見其原，奚以識之哉？凡陰陽憤激，然後成風；氣之相感，觸地而發；何得發楚庭來入晉乎？且又律呂分四時之氣耳，時至而氣動，律應而灰移，皆自然相待，不假人以爲用也。上生下生，所以均五聲之和，敘剛柔之分也。然律有一定之聲，雖冬吹中呂，其音自滿而無損也。今以晉人之氣，吹無韻之律，楚風安得來入其中，與爲盈縮耶？風無形、聲與律不通，則校理之地，無取於風律，不其然乎？豈獨師曠多識博物，自有以知勝敗之形，欲固衆心，而託以神微，若伯常騫之許景公壽哉？又難云'羊舌母聽聞兒啼，而審其喪家'，復請問何由知之？爲神心獨悟闇語而當耶？嘗聞兒啼若此其大而惡，今之啼聲似昔之啼聲，故知其喪家耶？若神心獨悟闇語之當，非理之所得也，雖曰聽啼，無取驗於兒聲矣。若以嘗聞之聲爲惡，故知今啼當惡，此爲以甲聲爲度，以校乙之啼也。夫聲之於音，猶形之於心也。有形同而情乖，貌殊而心均者。何以明之？聖人齊心等德，而形狀不同也。苟心同而形異，則何言乎觀形而知心哉？且口之激氣爲聲，何異於籟籥納氣而鳴耶？啼聲之善惡，不由兒口吉凶，猶琴瑟之清濁，不在操者之工拙也。心能辨理善談，而不能令內[十]籥調利，猶瞽者能善其曲度，而不能令器必清和也。器不假妙聲而良，籥不因惠心而調，然則心之與聲，明爲二物。二物之誠然，則求情者不留觀於形貌，揆心者不借聽於聲音也。察者欲因聲以知心，不亦外乎？今晉母未得之於老成，而專信昨日之聲，以證今日之啼，豈不誤中於前世，好奇者從而稱之哉？"

秦客難曰："吾聞敗者不羞走，所以全也。吾心未厭，而言難復，更從其餘。今平和之人，聽箏笛琵琶，則形躁而志越；聞琴瑟之音，則聽[十一]靜而心閑。同一器之中，曲用每殊，則情隨之變。奏秦聲則歎羨而慷慨，理齊楚則情一而思專，肆姣弄則歡放而欲愜。心爲聲變，若此其衆。苟躁靜由聲，則何爲限其哀樂？而但云至和之聲，無所不感；託大同於聲音，歸衆變於人情，得無知彼不䘏此哉？"

主人答曰："難云'琵琶箏笛令人躁越'，又云'曲用每殊，而情隨之變'。此情所以使人常感也。琵琶箏笛，間促而聲高，變衆而節數。以高聲御數節，故更[十二]形躁而志越。猶鈴鐸警耳，鍾鼓駭心，故聞鼓鼙之音，思將帥之臣，蓋以聲音有大小，故動人有猛靜也。琴瑟之體，閒遼而音埤，變希而聲清，以埤音御希變，不虛心靜聽，則不盡清和之極，是以聽[十三]靜而心閑也。夫曲用不同，亦猶殊器之音耳。齊楚之曲多重故情一，變妙[十四]故思專。姣弄之音，挹衆聲之美，會五音之和，其體贍而用博，故心侈於衆理。五音會，故歡放而欲愜。然皆以單複、高埤、善惡爲體，而人情以躁靜而容端。此爲聲音之體，盡於舒疾；情之應聲，亦止於躁靜耳。夫曲用每殊，而情之處變，猶滋味異美，而口輒識之也。五味萬殊，而大同於美；曲變雖衆，亦大同於和。美有甘，和有樂，然隨曲之情，盡於和域；應美之口，絕於甘境。安得哀樂於其間哉？然人情不同，自師所解，則發其所懷。若言平和哀樂正等，則無所先發，故終得躁靜。若有所發，則是有主於內，不爲平和也。以此言之，躁靜者，聲之功也；哀樂者，情之主也。不可見聲有躁靜之應，因謂哀樂者皆由聲音也。且聲音雖有猛靜，猛靜各有一和，和之所感，莫不自發。何以䘏之？夫會賓盈堂，酒酣奏琴，或忻然而歡，或慘爾而泣。非進哀於彼，導樂於此也。其音無變於昔，而歡感並用，斯非'吹萬不同'邪。夫唯無主於喜怒，無主於哀樂，故歡感俱見。若資偏固之音，含一致之聲，其所發䘏，各當其分，則焉能兼御羣理，總發衆情耶？由是言之：聲音以平和爲體，而感物無常；心志以所俟爲主，應感而發。然則聲之與心，殊塗異軌，不相經緯，焉得染太和於歡感，綴虛名於哀樂哉？"

秦客難曰："論云：猛靜之音，各有一和，和之所感，莫不自發。是以酒酣奏琴，而歡感並用。此言偏并之情先積於內，故懷歡者值哀音而發，內感者遇樂聲而感也。夫音聲自當有一定之哀樂，但聲化遲緩，不可倉卒，不能對易。偏重之情，觸物而作，故令哀樂同時而應耳。雖二情俱見，則何損於聲音有定理耶？"

主人答曰："難云'哀樂自有定聲，但偏重之情，不可卒移，故懷慼者遇樂聲而哀耳'。即如所言，聲有定分；假使《鹿鳴》重奏，是樂聲也；而令慼者遇之，雖聲化遲緩，但當不能使變令歡耳，何得更以哀耶？猶一爓之火，雖未能溫一室，不宜復增其寒矣。夫火非隆寒之物，樂非增哀之具也。理絃高堂而歡慼並用者，真主[十五]和[十六]之發滯導情，故令外物所感得自盡耳。難云'偏重之情，觸物而作，故令哀樂同時而應耳'。夫言哀者，或見机杖而泣，或覩輿服而悲，徒以感人亡而物存，痛事顯而形潛。其所以會之，皆自有由，不爲觸地而生哀，當席而淚出也。今見机杖以致感，聽和聲而流涕者，斯非和之所感，莫不自發也？"

秦客難曰："論云：酒酣奏琴，而歡慼並用。欲通此言，故答以偏情，感物而發耳。今且隱心而言，胢之以成效。夫人心不歡則慼，不慼則歡，此情志之大域也。然泣是感之傷，笑是懽之用。蓋聞齊、楚之曲者，唯覩其哀涕之容，而未曾見笑噱之貌。此必齊、楚之曲，以哀爲體；故其所感，皆應其度量；豈徒以多重而少變，則致情一而思專耶？若誠能致泣，則聲音之有哀樂，斷可知矣。"

主人答曰："雖人情感於哀樂，哀樂各有多少。又哀樂之極，不必同致也。夫小哀容壞，甚悲而泣，哀之方也。小懽顏悅，至樂心喻，樂之理也。何以胢之？夫至親安豫，則恬若自然，所自得也。及在危急，僅然後濟，則抃不及儛。由此言之，儛之不若向之自得，豈不然哉？至夫笑噱，雖出於懽情，然自然應聲之具也。此爲樂之應聲，以自得爲主；哀之應感，以垂涕爲故。垂涕則形動而可覺，自得則神合而無憂，是以觀其異而不識其同，別其外而未察其內耳。然笑噱之不顯於聲音，豈獨齊、楚之曲耶？今不求樂於自得之域，而以無笑噱謂齊、楚體哀，豈不知哀而不識樂乎？"

秦客問曰："仲尼有言，'移風易俗，莫善於樂'。即如所論，凡百哀樂，皆不在聲，即移風易俗，果以何物耶？又古人慎靡靡之風，抑慆耳之聲，故曰'放鄭聲，遠佞人'。然則鄭、衛之音，擊鳴球以協神人，敢問鄭雅之體，隆弊所極，風俗移易，奚由而濟？幸重聞之，以悟所疑。"

主人應之曰："夫言移風易俗者，必承衰弊之後也。古之王者，承天理物，必崇簡易之教，御無爲之治。君靜於上，臣順於下，玄化潛通，天人交泰。枯槁之類，浸育靈液，六合之內，沐浴鴻流，蕩滌塵垢；羣生安逸，自求多福；黙然從道，懷忠抱義，而不覺其所以然也。和心足於內，和氣見於外，故歌以敘志，儛以宣情。然後文之以采章，照之以風雅，播之以八音，感之以太和；導其神氣，養而就之；迎其情性，致而胢之；使心與理相順，和[十七]與聲相應。合乎會通，以濟其美。故凱樂之情，見於金石；含弘光大，顯於音聲也。若以往則萬國同風，芳榮濟茂，馥如秋蘭，不期而信，不謀而誠，穆然相愛；猶舒錦綵，而粲炳可觀也。大道之隆，莫盛於兹，太平之業，莫顯於此。故曰'移風易俗，莫善於樂。'樂之爲體，以心爲主。故無聲之樂，民之父母也。至八音會諧，人之所悅，亦總謂之樂。然風俗移易，不在此也。夫音聲和比，人情所不能已者也。是以古人知情之不可放，故抑其所遁；知欲之不可絕，故因其所自。爲可奉之禮，制可導之樂，口不盡味，樂不極音。揆終始之宜，度賢愚之中，爲之檢則，使遠近同風，用而不竭，亦所以結忠信，著不遷也。故鄉校庠塾亦隨之變，絲竹與俎豆並存，羽毛與揖讓俱用，正言與和聲同發。使將聽是聲也，必聞此言；將觀是容也，必崇此禮。禮猶賓主升降，然後酬酢行焉。於是言語之節，聲音之度，揖讓之儀，動止之數，進退相須，共爲一體。君臣用之於朝，庶士用之於家。少而習之，長而不怠，心安志固，從善日遷，然後臨之以敬，持之以久而不變，然後化成。此又先王用樂之意也。故朝宴聘享，嘉樂必存；是以國史採風俗之盛衰，寄之樂工，宣之管絃，使言之者無罪，聞之者足以自誡。此又先王用樂之意也。若夫鄭聲，是音聲之至妙，妙音感人，猶美色惑志，耽槃荒酒，易以喪業。自非至人，孰能禦之？先王恐天下流而不反，故具其八音，不瀆其聲，絕其大和，不窮其變。捐窈窕之聲，使樂而不淫。猶大羹不和，不及芍藥之味也。若流俗淺近，則聲不足悅，又非所歡也。若上失其道，國喪其紀，男女奔隨，婬荒無度；則風以此變，俗以好成。尚其所志，則羣能肆之；樂其所習，則何以誅之？託於和聲，配而長之，誠動於言，心感於和，風俗一成，因而名之。然所名之聲，無中[十八]於淫邪也。淫之與正同乎心，雅鄭之體，亦足以觀[十九]矣。"

【校記】

[一]感，陳本同。《嵇康集校注》作慼。

[二]子產，陳本同。《嵇康集校注》作子期。

[三]奏，陳本作奉。《嵇康集校注》從奏。

[四]《嵇康集校注》有"常"字。

[五]《嵇康集校注》有"以"字。

[六]《嵇康集校注》有"出"字。

[七]《嵇康集校注》有"忘"字。

[八]弘，陳本同。《嵇康集校注》作知。

[九]全，陳本同。《嵇康集校注》作信。
[十]內，陳本、《嵇康集校注》作籟。
[十一]聽，陳本同。《嵇康集校注》作體。
[十二]更，陳本同。《嵇康集校注》作使。
[十三]聽，陳本同。《嵇康集校注》作體。
[十四]妙，陳本同。《嵇康集校注》作少。
[十五]眞主，陳本同。《嵇康集校注》作直至。
[十六]和，陳本作何。《嵇康集校注》作和。
[十七]和，陳本同。《嵇康集校注》作氣。
[十八]中，陳本作甚。《嵇康集校注》作中。
[十九]觀，陳本作視。《嵇康集校注》作觀。

錢神論
魯褒

有司公子，富貴不齒，盛服而遊京邑。駐駕乎市里，顧見綦母先生，班白而徒行，公子曰："嘻！子年已長矣。徒行空手，將何之乎？"先生曰："欲之貴人。"公子曰："學《詩》乎？"曰："學矣。""學《禮》乎？"曰："學矣。""學《易》乎？"曰："學矣。"公子曰："《詩》不云乎：'幣帛筐篚，以將其厚意！然後忠臣嘉賓，得盡其心。'《禮》不云乎：'男贄玉帛禽鳥，女贄榛栗棗修。'《易》不云乎：'隨時之義大矣哉。'吾視子所以，觀子所由，豈隨世哉。雖曰已學，吾必謂之未也。"先生曰："吾將以清談爲筐篚，以機神爲幣帛，所謂'禮云禮云，玉帛云乎哉'者已。"

公子拊髀大笑曰："固哉！子之云。既不知古，又不知今。當今之急，何用清談？時易世變，古今異俗。富者榮貴，貧者賤辱。而子尚質，而子守實，無異於遺劍刻船，膠柱調瑟。貧不離於身，名譽不出乎家室，固其宜也。昔神農氏沒，黃帝、堯、舜教民農桑，以幣帛爲本。上智先覺變通之，乃掘銅山，俯視仰觀，鑄而爲錢。使內方象地，外圓象天。錢之爲體，有乾有坤，其積如山，其流如川。動靜有時，行藏有節。市井便易，不患耗折。難朽象壽，不遺象道，故能長久，爲世神寶。親愛如兄，字曰'孔方'。失之則貧弱，得之則富強。無翼而飛，無足而走。解嚴毅之顏，開難發之口。錢多者處前，錢少者居後。處前者爲君長，在後者爲臣僕。君長者豐衍而有餘，臣僕者窮竭而不足。《詩》云'哿矣富人，哀此煢獨'，豈是之謂乎？

"錢之爲言泉也！百姓日用，其源不匱。無遠不住，無深不至。京邑衣冠，疲勞講肄；厭聞清談，對之睡寐；見我家兄，莫不驚視。錢之所祐，吉無不利；何必讀書，然後富貴？由是論之，謂爲[一]神物。無位而尊，無勢而熱，排朱門，入紫闥，錢之所在，危可使安，死可使活；錢之所去，貴可使賤，生可使殺。是故忿諍辯訟，非錢不勝；孤弱幽滯，非錢不拔；怨仇嫌恨，非錢不解；令聞笑談，非錢不發。諺曰'錢無耳，可闇使'，豈虛也哉！又曰'有錢可使鬼'，而況於人乎！

　　"子夏云：'死生有命，富貴在天。'吾以死生無命，富貴在錢。何以明之？錢能轉禍爲福，因敗爲成，危者得安，死者得生。性命長短，相祿貴賤，皆在乎錢，天何與焉？天有所短，錢有所長。四時行焉，百物生焉，錢不如天；窮達開塞，賑貧濟乏，天不如錢。若臧武仲之智，卞莊子之勇，冉求之藝，文之以成人矣。今之成人者何必然？唯孔方而已！夫錢，窮者能使通達，富者能使溫暖，貧者能使勇悍，故曰：'君無財則士不來，軍無賞則士不往。'諺曰：'官無中人，不如歸田。'雖有中人，而無家兄，何異無足而欲行，無翼而欲翔？使才如顏子，容如子張，空手掉臂，何所希望？不如早歸，廣修農商，舟車上下，役使孔方。凡百君子，和塵同光，上交下接，名譽益彰。"

【校記】

　　[一]謂爲，陳本作可謂。《晉書》同劉本。

達性論
何承天

　　夫兩儀既位，帝王糸之，宇中莫尊焉。天以陰陽分，地以剛柔用，人以仁義立。人非天地不生，天地非人不靈，三才同體，相須而成者也。故能禀氣清和，神明特達，情綜古今，智周萬物；妙思窮幽賾，制作侔造化。歸仁與能，是爲君長；撫養黎元，助天宣德。日月淑清，四靈來格；祥風協律，玉燭揚暉。九穀豋蓁，陸産水育，酸醎百品，備其膳羞。棟宇舟車，銷金合土；絲紵玄黃，供其器服。文以禮度，娛以八音；庇物殖生，罔不備設。

　　夫民用儉則易足，易足則力有餘，力有餘則志情泰，樂治之心，於是生焉。事簡則不擾，不擾則神明靈，神明靈則謀慮審，濟治之務[一]於是成焉。故天地以儉素訓民，乾坤以易簡示人。所以訓示殷勤，若此之篤也，安得與夫飛沉蠉[二]蠕，並爲衆生哉？若夫衆生者，取之有時，用之有道，行火俟風暴，畋漁候豺獺，所以順天時也。大夫不麛卵，庶人不數罟，行葦作歌，霄魚垂化，所以愛人用也。庖廚不邇，五犯是翼，殷后改祝，孔釣不網，所以胹人[三]道也。至於生必有死，形斃神散，猶春榮秋落，四時代換，奚有於更受形哉？

　　《詩》云"愷悌君子，求福不回"，言弘道之在己也；"三后在天"，言精靈之升遐也。若乃內懷嗜欲、外憚權教，慮深方生，施而望報，在昔先師未之或言。余固不敏，罔知請事焉矣。

【校記】
　　[一]務，陳本作行。《全宋文》作務。
　　[二]蠕，陳本作喘。《全宋文》作蠕。
　　[三]人，陳本、《全宋文》作仁。

安邊論
何承天

　　漢世言偹匈奴之策，不過二科：武夫盡征伐之謀，儒生講和親之約。課其所言，未有遠志，加塞漠之外，胡敵掣肘，必未能摧鋒引日，規自開張。當由徃年冀土之民，附化者衆，二州臨境，三王出藩，經畧既張，宏圖將舉，士女延望，華夷慕義。故昧於小利，且自矜侈，外示餘力，內堅僞衆。今若務存遵養，許其自新，雖未可羈致北闕，猶足鎮靜邊境。然和親事重，當盡廟筭，誠非愚短所能究言。若追蹤衛、霍瀚海之志，時事不等，致功亦殊。寇雖習戰來久，又全據燕、趙，跨帶秦、魏，山河之險，終古如一。自非大田淮、泗，內實青、徐，使民有贏儲，野有積穀，然後分命方、召，摠率虎旅，精卒十萬，使一舉盪夷，則不足稍勤王師，以勞天下。何以言之？今遺黎習亂，志在偷安，非皆恥爲左衽，遠慕冠冕；徒以殘害剝辱，視息無寄，故繈負歸國，先後相尋。虜既不能校勝循理，攻城畧地，而輕兵掩襲，急在驅殘，是其所以速怨召禍滅亡之日。今若遣軍追討，報其侵暴，大蔑幽、冀，屠城破邑，則聖朝愛育黎元，方濟之以道。若但欲撫其歸附，伐罪弔民，則駿馬奔走，不肯來征，徒興巨費，無損於彼。復奇兵深入，殺敵破軍，苟陵患未盡，則困獸思鬬，報復之役，將遂無已。斯秦漢之末策，輪臺之所悔也。

　　安邊固守，於計爲長。臣以安邊之計，偹在史策；李牧言其端，嚴尤申其要，大畧舉矣。曹、孫之霸，才均智敵，江、淮之間，不居各數百里。魏捨合肥，退保新城，江陵移民南涘，濡須之戍，家停羨溪。及表陵之屯，民夷散雜，晉宣王以爲宜從江南以北岸，曹爽不許，果亡柤中，此皆前代之殷鑒也。何者？斥候之郊，非畜牧之地，非耕桑之邑。故堅壁清野，以俟其來，整甲繕兵，以乘其敝。雖時有古今，勢有強弱，保民全境，不出此塗。要而歸之有四：一曰移遠就近，二曰浚復城隍，三曰纂偶車牛，四曰計丁課仗。良守疆其土田，驍帥振其風畧。蒐獵宣其號令，俎豆訓其廉恥。縣爵以縻之，設禁以威之，徭稅有程，寬猛相濟，比及十載，民知義方。然後簡將授奇，楊旌雲朔，風卷河冀，電埽嵩恒，燕弧折鄴，代馬摧足。秦首斬其右臂，吳蹄絕其左肩，銘功於燕然之阿，饗徒於金微之曲。

寇雖亂亡有徵，昧弱易取，若天時人事，或未盡符；抑銳俟機，宜審其算。若邊戍未增，星居布野，勤惰異教，貧富殊資；疆場之民，多懷彼此，虜在去就，不根本業，難可驅率，易在振蕩。又狄虜之性，食肉衣皮，以馳騁爲儀容，以游獵爲南畝，非有車輿之安，宮室之衛。櫛風沐雨，不以爲勞；露宿草寢，維其常性。勝則競利，敗不羞走，彼來或驟，而此已奔疲。且今春踰濟，既獲其利，乘勝忸忕，未虞天誅，比及秋末，容更送死。猋騎蟻聚，輕兵鳥集，竝踐禾稼，焚爇閭井，雖邊將多略，未審何以禦之。若盛師連屯，廢農必衆；馳車奔駟[一]，起役必遽；散金行賞，損費必大；換土客戍，怨曠必繁。孰若因民所居，竝修農戰，無動衆心勞，有捍衛之實，其爲利害，優劣相縣也。

一曰移遠就近，以實內地。今青、兗舊民，冀州新附，在界首者二萬家，此寇之資也。今悉可內徙，青州民移東萊、正昌、北海諸郡。太山以南，南至下邳，左沭右沂，田良野沃，西阻蘭陵，北扼大峴，四塞之內，其號險固。民性重遷，闇於圖始，無虞之時，喜生咨怨。今新被鈔掠，餘懼未息，若曉示安危，居以樂土，宜其歌抃就路，視遷如歸。二曰浚復城隍，以增阻防。舊秋冬收斂，民人入保，所以警備暴客，使防衛有素也。古之城池，處處皆有，今雖頹毀，猶可修治。粗計戶數，量其所容，新徙之家，悉箸城內。假其經用，爲之間伍，納稼築場，還在一處。婦子守家，長吏爲師，丁夫匹婦，春夏佃牧。寇至之時，一城千室，堪戰之士，不下二千，其餘羸弱，猶能登陣鼓譟。十則圍之，兵家舊說，戰士二千，足抗群虜三萬矣。三曰纂偶車牛，以飾戎械。計千家之資，不下五百耦牛，爲車伍佰兩。參合鉤連，以衛其衆。設使城不可固，平行趨險，賊所不能干。既已族居，易可檢括，號令先朗，民知夙戒，有急徵發，信宿可聚。四曰計丁課仗，勿使有闕。千家之邑，戰士二千，隨其便能，各自有仗，素所服習，銘刻由己，還保輸之於庫，出行請以自衛。弓榦利鐵，民不辦得者，官以漸充之，數年之內，軍用粗備矣。

臣聞軍國異容，施於封畿之內；兵農竝脩，在於疆場之表。攻守之宜，皆因其習，任其怯勇。山陵川陸之形，寒暑溫涼之氣，各由本性，易則害生。是故戍申作師，遠屯清濟，功費旣重，詹疑作瞻[陳]怨亦深。以臣料之，未若即用彼衆之易也。管子治齊，寄令在民；商君爲秦，設以耕戰。終申威定霸，行其志業，非苟任強，實由有數。梁用走卒，其邦自滅；齊用技擊，厥衆亦離。漢、魏以來，茲制漸絕，蒐田非復先王之禮，治兵徒逞耳目之欲，有急之日，民不知戰，至乃廣延賞募，奉以厚秩，發遽奔救，天下騷然。方伯刺史，拱手坐聽，自無經畧，唯望朝廷遣軍，此皆忘戰之害，不教之失也。

今移民實內，浚治城隍，族居聚處，課其騎射，長吏簡試，差品能不，甲科上第，漸就優別，䎡[一]其勳才，表言州郡。如此則屯部有常，不遷其業。內護老弱，外通官塗，朋曹素定，同憂等樂，情由習親，藝困[二]事箸。晝戰見貌足相識，夜戰聞聲足相救，斯教[三]戰之一隅，先哲之遺術。論者必以古城荒毀，難可修復，今不謂頓便加功，整麗如舊，但欲先定民，營其閭術，墉壍存者，因而即之，其有毀缺，權時柵斷。足以禦彼輕兵，防遏游騎，假以方將，漸就只立。車牛之賦，課仗之宜，攻守所資，軍國之要，今因民所利，導而率之。耕農之器，爲府庫之寶，田疁之垊，兼城之用；千家總倍旅之兵，萬戶具全軍之衆，兵強而敵不戒，國富而民不勞，比於優復隊伍，坐食廩糧者，不可同年而校矣。

今承平日久，邊令弛縱，弓矟利鐵，旣不都斷；往歲棄甲，垂二十年，課其所住，理應消壞。謂宜申䎡舊科，嚴加禁塞，諸商賈徃來，幢隊挾藏者，皆以軍法治之。又界上嚴立關候，杜廢間蹊，城保之境，諸所課仗，竝加雕鐫，別造程式。若有遺鏃亡刃，及私爲竊盜者，皆可立驗，於事爲長。又鉅野湖澤廣大，南通洙、泗，北連青、齊，有舊縣城，正在澤內。宜立式修復舊堵，利其埭遏，給輕艦百艘。寇若入境，引艦出戰，左右隨宜應接，據其師津，毀其航漕。此以利制車，運我所長，亦微徹敵之要也。

【校記】

[一]䎡，陳本作驛。《全宋文》作䎡。

[二]困，陳本、《全宋文》作因。

[三]教，陳本作殺。《全宋文》作教。

肉刑論
袁宏

夫民心樂全而不能常，蓋利用之物縣於外，而嗜慾之情動於內也。於是有進取貪競之行，希求放肆不已，不能充其嗜慾，則苟且徼倖之所生也；希求無饜，無以愜其欲，則姦偽忿怒之所興也。先王知其如此，而欲救其弊，故先以德禮陶其心；其心不化，然後加以刑辟。《書》曰："百姓不親，五品不遜。汝作司徒而敬敷五教。蠻夷猾夏，寇賊姦宄。汝作士，五刑有服。"然則德、刑之設，糸而用之者也。三代相因，其義詳焉。《周禮》"使墨者守門，劓者守關，宮者守內，刖者守囿"，此肉刑之制可得而論者也。荀卿亦云："殺人者死，傷人者刑，百王之所同，未有知其所由來者也。"夫殺人者死，而相殺者不已，是大辟可以懲未殺，不能使天下無殺也。傷人者刑，而害物者不息，是黥、劓可以懼未刑，不能使天下無刑也。故將欲止之，莫若先以德化。夫罪過彰著，然後入於刑辟，是將殺人者不必死，傷人者不必刑。縱而弗化，則陷於刑辟，故刑之所制，在於不可移之地。禮教則不然，釩其善惡，所以僭勸其情，消之於未殺也；示之耻辱，所以內愧其心，治之於未傷也。故過微而不至於著，罪薄而不及於刑。終入。

　　不由其道，求之於戰陳，則非孫、吳之倫也；考之於道藝，則非孔氏之門也；以變詐爲務，則非忠信之事也；以劫殺爲名，則非仁者之意也，而空妨日廢業，終無補益。是何異設求而擊之，置石而投之哉！且君子之居室也，勤身以致養，其在朝也竭命以納忠，臨事且猶旰食，而何博弈之足耽？夫然，故孝友之行立，貞純之名彰也。方今大吳受命，海內未平，聖朝乾乾，務在得人，勇略之士則受熊虎之任，儒雅之徒則處龍鳳之署；百行兼苞，文武並鶩，博選良才，旌簡髦俊。設程試之科，垂金爵之賞，誠千載之嘉會，百世之良遇也。當世之士，宜勉思至道，愛功惜功，以佐明時，使名書史籍，勛在盟府，乃君子之上務，當今之先急也。夫一木之枰孰與方國之封？枯棊三百孰與萬人之將？袞龍之服，金石之音，足以兼棊局而貿博弈矣。假令世士移博弈之力而用之於詩書，是有顏、閔之志也；用之於智計，是有良、平之思也；用之於資貨，是有猗頓之富也；用之於射、御，是有將帥之備也。如此則功名立而鄙賤遠矣。[一]

【校記】
　　[一]"不由其道"起之本文第二段，陳本無。據考出自《三國志》卷六十五，非袁宏《肉刑論》。

諸葛亮論
袁準

　　袁子曰：或問："諸葛亮何如人也？"袁子曰："張飛、關羽與劉備俱起，爪牙腹心之臣，而武人也。晚得諸葛亮，因以爲佐相，而群臣悅服，劉備足信、亮足重故也。及其受六尺之孤，攝一國之政，事凢庸之君，專權而不失禮，行君事而國人不疑，如此即以爲君臣百姓之心欣戴之矣。行法嚴而國人悅服，用民盡其力而下不怨。及其兵出入如賓，行不寇，芻蕘者不獵，如在國中。其用兵也，止如山，進退如風，兵出之日，天下震動，而人心不憂。亮死至今數十年，國人歌思，如周人之思召公也，孔子曰'雍也可使南面'，諸葛亮有焉。"又問："諸葛亮始出隴右，南安、天水、安定三郡人反應之，若亮速進，則三郡非中國之有也，而亮徐行不進；既而官兵上隴，三郡復，亮無尺寸之功，失此機，何也？"袁子曰："蜀兵既脫[一]，良將少，亮始出，未知中國疆弱，是以疑而嘗之；且大會者不求近功，所以不進也。"曰："何以知其疑也？"袁子曰："初出遲重，屯營重複，後轉降未進兵欲戰，亮勇而能鬭，三郡反而不速應，此其疑徵也。"曰："何以知其勇而能鬭也？"袁子曰："亮之在街亭也，前軍大破，亮屯去數里，不救；官兵相接，又徐行，此其勇也；亮之行軍，安靜而堅重，安靜則易動，堅重則可以進退。亮法令明，賞罰信，士卒用命，赴險而不顧，此所以能鬭也。"曰："亮師數萬之衆，其所興造，若數十萬之功，是其奇者也。所至營壘、井竈、圊溷、藩籬、障塞皆應繩墨，一月之行，去之如始至，勞費而徒爲飾好，何也？"袁子曰："蜀人輕脫，亮故堅用之。"曰："何以卹其然也？"袁子曰："亮治實而不治名，志大而所欲遠，非求近速者也。"曰："亮好治官府、次舍、橋梁、道路，此非急務，何也？"袁子曰："小國賢才少，故欲其尊嚴也。亮之治蜀，田疇辟，倉廩實，器械利，蓄積饒，朝會不華，路無醉人。夫本立故末治，有餘力而後及小事，此所以勸其功也。"曰："子之論諸葛亮，則有證也？以亮之才而少其功，何也？"袁子曰："亮，立本者也，其於應變，則非所長也，故不敢用其短。"曰："然則吾子美之，何也？"袁子曰："此固賢者之遠矣，安可以備體責也？夫能知所短而不用，此賢者之大也；知所短則知所長矣。夫前識與言而不中，亮之所不用也，此吾之所謂可也。"

【校記】

[一]既脫，陳本作輕銳。《三國志》裴注作輕銳。

神滅論
范縝

或問予云："神滅，何以知其滅也？"荅曰："神即形也，形即神也。

是以形存則神存，形謝則神滅也。"

問曰："形者無知之稱，神者有知之名，知與無知，即事有異，神之與形，理不容一，形神相即，非所聞也。"荅曰："形者神之質，神者形之用，是則形稱其質，神言其用，形之與神，不得相異也。"

問曰："神故非用，不得為異，其義安在？"荅曰："名殊而體一也。"

問曰："名既已殊，體何得一？"荅曰："神之於質，猶利之於刀；形之於用，猶刀之於利。利之名非刀也，刀之名非利也。然而捨利無刀，捨刀無利，未聞刀沒而利存，豈容形亡而神在。"

問曰："刃之與利，或如來說，形之與神，其義不然。何以言之？木之質無知也，人之質有知也，人既有如木之質，而有異木之知，豈非木有其一，人有其二邪？"荅曰："異哉言乎！人若有如木之質以為形，又有異木之知以為神，則可如來論也。今人之質，質有知也；木之質，質無知也；人之質非木質也，木之質非人質也，安在有如木之質而復有異木之知哉？"

問曰："人之質所以異木質者，以其有知耳。人而無知，與木何異？"荅曰："人無無知之質，猶木無有知之形。"

問曰："死者之形骸，豈非無知之質邪？"荅曰："是無人質。"

問曰："若然者，人果有如木之質，而有異木之知矣。"荅曰："死者如木，而無異木之知；生者有異木之知，而無如木之質也。"

問曰："死者之骨骸，非生之形骸邪？"荅曰："生形之非死形，死形之非生形，匪[一]已革矣。安有生人之形骸，而有死人之骨骸哉？"

問曰："若生者之形骸非死者之骨骸，非死者之骨骸，則應不由生者之形骸；不由生者之形骸，則此骨骸從何而至此邪？"荅曰："是生者之形骸，變為死者之骨骸也。"

問曰："生者之形骸雖變為死者之骨骸，豈不因生而有死，則知死體猶生體也。"荅曰："如因榮木變為枯木，枯木之質，寧是榮[二]木之體。"

問曰："榮體變為枯體，枯體即是榮體；絲體變為縷體，縷體即是絲體，有何別焉？"荅曰："若枯即是榮，榮即是枯，應榮時凋零，枯時結實也。又榮木不應變為枯木，以榮即枯，無所復變也。榮枯是一，何不先枯後榮？要先榮後枯，何也？絲縷之義，亦同此破。"

問曰："生形之謝，便應豁然都盡，何故方受死形，綿歷未已邪？"荅曰："生滅之體，要有其次故也。夫欻而生者必欻而滅，漸而生者必漸而滅。欻而生者，飄驟是也；漸而生者，動植是也。有欻有漸，物之理也。

問曰："形即是神者，手等亦是邪？"荅曰："皆是神之分也。"

問曰："若皆是神之分，神既能慮，手等亦應能慮也？"荅曰："手等亦應能有痛癢之知，而無是非之慮。"

問曰："慮爲一爲異？"荅曰："知即是慮，淺則爲知，深則爲慮。"

問曰："若爾，應有二乎？"荅曰："人體惟一，神何得二？"

問曰："若不得二，安有痛癢之知，復有是非之慮？"荅曰："如手足雖異，總爲一人；是非痛癢雖復有異，亦總爲一神矣。"

問曰："是非之慮，不關手足，當關何處？"荅曰："是非之意，心器所主。"

問曰："心器是五臟之心，非邪？"荅曰："是也。"

問曰："五藏有何殊別，而心獨有是非心慮乎？"荅曰："七竅亦復何殊，而司用不均？"

問曰："慮思無方，何以知是心器所主？"荅曰："五臟各有所司，無有能慮者，是以心爲慮本。"

問曰："何不寄在眼等分中？"荅曰："若慮可寄於眼分，眼何故不寄於耳分邪？"

問曰："慮體無本，故可寄之於眼分；眼自有本，不假寄於佗分也。"荅曰："眼何故有本而慮無本？苟無本於我形，而可徧寄於異地，亦可張甲之情，寄王乙之軀；李丙之性，託趙丁之體。然乎哉？不然也！"

問曰："聖人形猶凡人之形，而有凡聖之殊，故知形神異矣。"荅曰："不然。金之精者能昭，穢者不能昭，有能昭之精金，寧有不昭之穢質。又豈有聖人之神而寄凡大[三]之器，亦無凡人之神而託聖人之體。是以八采、重瞳，勛、華之容；龍顏、馬口，軒、皞之狀，此形表之異也。比干之心，七竅列角；伯約之膽，其大若拳，此心器之殊也。是知聖人定分，每絕常區，非惟道革群生，乃亦形超萬有。凡聖均體，所未敢安。"

問曰："子云聖人之形必異於凡者，敢問陽貨類仲尼，項籍似大舜，舜、項、孔、陽，智革形同，其故何邪？"荅曰："珉似玉而非玉，雞類鳳而非鳳，物誠有之，人故宜爾。項、陽貌似而非實似，心器不均，雖貌無益。"

問曰："凡聖之殊，形器不一，可也。貞極理無有二，而丘、旦殊姿，湯、文異狀，神不侔色，於此益朗矣。"荅曰："聖同於心器，形不必同也，猶馬殊毛而齊逸，玉異色而均美。是以晉棘、荊和，等價連城；驊騮、盜驪，俱致千里。"

問曰："形神不二，既聞之矣，形謝神滅，理固宜然，敢問《經》云

'爲之宗廟，以鬼饗之'，何謂也？"荅曰："聖人之教然也。所以彌孝子之心，而厲偷薄之意，神而朙之，此之謂矣。"

問曰："伯有被甲，彭生豕見，《墳》《索》著其事，寧是設教而已邪？"荅曰："妖恠茫茫，或存或亡，彊死者衆，不皆爲鬼，彭生、伯有，何獨能然？乍爲人豕，未必齊、鄭之公子也。"

問曰："《易》稱'故知鬼神之情狀，與天地相似而不違'；又曰'載鬼一車'，其義云何？"荅曰："有禽焉，有獸焉，飛走之别也；有人焉，有鬼焉，幽朙之别也。人滅而爲鬼，鬼滅而爲人，則未之知也。"

問曰："知此神滅，有何利用邪？"荅曰："浮屠害政，桑門蠹俗，風驚霧起，馳蕩不休，吾哀其弊，思拯其溺。夫竭財以赴僧，破產以趨佛，而不恤親戚，不憐窮匱者何？良由厚我之情深，濟物之意淺。是以圭撮涉於貧友，丞情動於顏色，千鐘委于富僧，歡意暢於容髮。豈不以僧有多餘之期，友無遺秉之報，務施關於周急，歸德必於有[四]己。又惑以茫昧之言，懼以阿鼻之苦，誘以虛誕之辭，欣以兜率之樂。故捨逢掖，襲橫衣，廢俎豆，列缾缽，家家棄其親愛，人人絕其嗣續。致使兵挫於行間，吏空於官府，粟罄於惰[五]遊，貨殫於泥木。所以姦宄弗勝，頌聲尚擁，惟此之故，其流莫已，其病無限。若陶甄稟於自然，森羅均於獨化，忽焉自有，怳爾而無，來也不禦，去也不追，乘夫天理，各安其性。小人甘其壟畝，君子保其恬素，耕而食，食不可窮也；蠶而衣，衣不可盡也。下有餘以奉其上，上無爲以待其下，可以全生，可以匡國，可以霸君，用此道也。"

【校記】

[一]匡，陳本、《梁書》作區，是。
[二]"榮"字據陳本補。《梁書》有。
[三]大，陳本同。《梁書》作人，是。
[四]有，陳本、《梁書》作在。
[五]惰，陳本作墮。《梁書》作惰。

王何論
范甯

或曰："黄唐緬邈，至道淪翳，濠濮輟詠，風流靡託，爭奪兆於仁義，是非成於儒墨。平叔神懷超絕，輔嗣妙思通微，振千載之頹綱，落周、孔之塵網。斯蓋軒冕之龍門，豪梁之宗匠。嘗聞夫子之論，以爲罪過桀紂，何哉？"

荅曰："子信有聖人之言乎？夫聖人者，德侔二儀，道冠三才，雖帝皇殊號，質文異制，而統天成務，曠代齊趣。王何蔑棄典文，不遵禮度，游辭浮說，波蕩後生，飾華言以翳實，騁繁文以惑世。縉紳之徒，翻然改轍，洙泗之風，緬焉將墮。遂令仁義幽淪，儒雅蒙塵，禮壞樂崩，中原傾覆。古之所謂言偽而辯，行僻而堅者，其斯人之徒歟！昔夫子斬少正於魯，太公戮華士於齊，豈非曠世而同誅乎？桀、紂暴虐，正足以滅身覆國，為後世鑒誡耳，豈能迴百姓之視聽哉！王何叨海內之浮譽，資膏粱之傲誕，畫螭魅以為巧，扇無檢以為俗。鄭聲之亂樂，利口之覆邦，信矣哉！吾固以為一世之禍輕，歷代之罪重；自喪之釁小，迷衆之愆大也！"

演慎論
傅亮

大道有言，慎終如始，則無敗事矣。《易》曰："括囊無咎。"慎不害也。又曰："藉之用茅，何咎之有。"慎之至也。文王小心，《大雅》詠其多福；仲由好勇，馮河貽其苦箴。《虞書》箸慎身之譽，周廟銘陛坐之側。因斯以談，所以保身全德，其莫尚於慎乎！

夫四道好謙，三材忌滿，祥萃虛室，鬼瞰高屋，豐屋有蔀家之災，鼎食無百年之胤。然而徇欲厚生者，忽而不戒；知進忘退者，曾莫之懲。前車已摧，後轡不息，乘危以庶安，行險而徼幸，於是有顛墜覆亡之禍，殘生夭命之釁。其故何哉？流溺忘反，而以身輕於物也。

故昔之君子，同名爵於香餌，故傾危不及；思憂患而豫防，則針石無用。洪流壅於涓涓，合拱挫於纖蘖，介焉是式，色斯而舉，悟高鳥以風逝，鑒醴酒而投紱。夫豈敝著而後謀通，患結而後思復云爾而已哉！故《詩》曰："慎爾侯度，用戒不虞。"言防萌也。夫單以營內喪末，張以治外失中；齊、秦有守一之敗，偏恃無兼濟之功；冰炭澆於胷心，巖墻絕於四體。夫然，故形神偕全，表裏寧一，營魄內澄，百骸外固，邪氣不能襲，憂患不能及，然可以語至而言極矣！

夫以嵇子之抗心希古，絕羈獨放，五難之根既拔，立生之道無累，人患殆乎盡矣。徒以忽防於鐘、呂，肆言於禹、湯，禍機發於豪端，逸翩鎩於垂舉。觀夫貽書良友，則匹厚味於甘酖。缺八字其懼患也，若無轡而乘奔；其慎禍也，猶履兵而臨谷。或振褐高棲，揭竿獨往；或保約違豐，安于卑位。故漆園外楚，忌在龜犠；商洛遐遯，畏此駟馬。平仲辭邑，殷鑒於崔、慶；張臨挹滿，灼戒乎桑、霍。若君子覽茲二塗，則賢鄙之分既明，全喪之實又顯。非知之難，慎之惟艱，慎也者，言行之樞管乎！

夫據圖揮刃，愚夫弗爲，臨淵登峭，莫不惴慄。何則？害交故慮篤，患切而懼深。故《詩》曰："不敢暴虎，不敢馮河。"慎微之謂也。故庖子涉族，怵然爲戒，差之一毫，樊猶如此。況乎觸害犯機，自投死地。禍福之具，內充外斥；陵九折於邛僰，泛衝波於吕梁，傾側成於俄頃，性命哀而莫救。嗚呼！嗚呼！故語有之曰，誠能慎之，福之根也。曰是何傷，禍之門爾。言慎而已矣。

卷六十九

說廣

籍田說
曹植

春耕于籍田，郎中令侍寡人焉，顧而謂之曰："昔者神農氏始嘗萬草，教民種植，今寡人之興此田，將欲以擬乎治國，非徒娛耳目而已也。夫營疇萬畝，厥田上上，經以大陌，帶以橫阡，此亦寡人之封疆也。日殄沒而歸館，晨未昕而即野，此亦寡人之先下也。菽藿[一]特疇，禾黍異田，此寡人之理政也。及其息也[二]涌，庇重陰，懷有虞，撫素琴，此亦寡人之所親賢也。[三]藜臭蔚，弃之乎遠疆，此亦寡人之所遠[四]也。若年豐歲登，果茂菜滋，則臣僕小大咸取驗焉。"

又曰："封人有能以輕鑿脩鉤去樹之蝎者，樹得以茂繁。"中舍人曰："不識天下者亦有蝎者乎？"寡人告之曰："昔三苗、共工、鯀、驩兜，非堯之蝎與？"問曰："諸侯之國，亦有蝎乎？"寡人告之曰："齊之諸田，晉之六卿，魯之三桓，非諸侯之蠍與？然三國無輕鑿脩鉤之任，終於齊篡魯弱，晉國以分，不亦痛乎？"曰："不識爲君子者亦有蝎乎？"寡人告之曰："固有之也，富而慢，貴而驕，殘仁賊義，甘財脫色，[五]亦君子之蝎也。天子勤耕以收一國，大夫勤耕以收世祿，君子勤耕以顯令德。夫農者，始於種，終於獲。澤既時矣，苗既美矣，弃而不耘，則改爲荒疇。蓋豐年者期於必收，譬修道者亦期於沒世[六]。"

【校記】

[一]藿，陳本、《文選補遺》同。《曹植集校注》作藋。

[二]也，陳本、《文選補遺》同。《曹植集校注》作泉。

[三]《曹植集校注》有"刺"字。《文選補遺》作菜。

[四]《文選補遺》、《曹植集校注》有"佞"字。
[五]《文選補遺》、《曹植集校注》有"此"字。
[六]世，陳本、《文選補遺》同。《曹植集校注》作身。

髑髏說
曹植

曹子遊乎陂塘之濱，步乎蓁穢之藪，蕭條潛虛，經幽踐阻。顧見髑髏，塊然獨居，於是伏軾而問之曰："子將結纓首[一]劍殉國君乎？將被堅執銳斃三軍乎？將嬰茲固疾命殞傾乎？將壽終數極歸幽冥乎？"

叩遺骸而歎息，哀白骨之無靈，慕嚴周之適楚，儻託夢以通情。於是伻[二]若有來，怳若有存，影見容隱，厲聲而言曰："子何國之君子乎？既枉輿駕，閔其枯朽，不惜咳唾之音，而慰以若[三]言。子則辯於辭矣，然未達幽冥之情、[四]死生之說也。夫死之爲言歸也，歸也者，歸於道也。道也者，身以無形爲主，故能與化推移。陰陽不能更，四節不能虧，是故洞於纖微之域，通於怳惚之庭，望之不見其象，聽之不聞其聲。挹之不克[五]，注之不盈，吹之不凋，噓之不榮，激之不流，凝之不庭。寥落冥漠，與道相拘，偃然長寢，樂莫是踰。"

曹子曰："余將請之上帝，求諸神靈，使司命輟籍，反子骸形。"

於是髑髏長呻，廓然曰："甚矣，何子之難語也！昔太素氏不仁，勞我以形，苦我以生，今也幸變而之死，是反吾眞也。何子之好勞，我之好逸乎！余將歸於太虛。"

於是言卒響絕，神光霧除。顧將旋軫，乃命僕夫拂以玄塵，覆以縞巾。爰將藏彼路濱，覆以丹土，翳以緣榛。夫存亡之異勢，乃宣尼之所陳，何神憑之虛對，云死生之必均。

【校記】

[一]首，陳本、《文選補遺》同。《曹植集校注》作手。
[二]伻，陳本、《文選補遺》同。《曹植集校注》作砰。
[三]若，陳本、《文選補遺》同。《曹植集校注》作苦。
[四]《曹植集校注》有"識"字。《文選補遺》無。
[五]克，陳本、《文選補遺》同。《曹植集校注》作沖。

連珠

連珠
楊雄

臣聞明君取士，貴拔衆之所遺；忠臣不薦，善[一]廢格而所排。是以巖穴無隱，而側陋章顯也。

【校記】

[一]善，《揚雄集校注》作不。

連珠三首
班固

臣聞公輸愛其斧，故能妙其巧；明主貴其士，故能成其治。臣聞良匠度見材而成大廈，明主器其士而建功業。

又

臣聞聽決價而資玉者，無楚和之名；因近習而取士者，無伯玉之功。故璵璠之爲寶，非駔儈之術也；伊呂之佐，非左右之舊。

又

臣聞鸑鳳養六翮以凌雲，帝王乘英雄以濟民。《易》曰："鴻漸于陸，其羽可以爲儀。"臣聞馬伏皁而不用，則駑與良而爲羣；士齊僚而不職，則賢與愚而不分。

擬連珠
潘勗

臣聞媚上以布利者，臣之常情，主之所患；忘身以憂國者，臣之所難，主之所願。是以忠臣背利而修所難，明主排患而獲所願。

連珠三首
魏文帝

蓋聞琴瑟高張則哀彈發，節士抗行則榮名至。是以申胥流音於南極，蘇武揚聲於朔裔。

蓋聞四節異氣以成歲，君子殊道以成名。敬微子奔走而顯，比干剖心而榮。

蓋聞駑蹇服御，良樂咨嗟，鉛刀剖截，區冶歎息。故少師幸而季梁懼，宰嚭任而伍員憂。

做連珠四首
王粲

臣聞明主之舉賢，不待近習；聖君用人，不拘毀譽。故呂尚一見而爲師，陳平烏集而爲輔。

又

臣聞記功誌過，君臣之道也；不念舊惡，賢人之業也。是以齊用管仲而霸功立，秦任孟明而晉恥雪。

又

臣聞振鷺雖林，飛[一]六翮無以翔四海；帝王雖賢，非良臣無以濟天下。

又

臣聞觀於朗鏡，則疵瑕不滯於軀；聽於直言，則過行不累乎身。

【校記】

[一]飛，《建安七子集》作非。

連珠四首
謝惠連

蓋聞獻技者易忽，養德者難致。是以子張重跰，不獲哀公之祿；干木偃息，不受文侯之位。

蓋聞機心難湛，不接異類；淳德易孚，可狎殊方。是以高羅舉而雲鳥降，海人萃而水禽翔。

蓋聞春蘭早芳，實忌鳴鳩；秋菊晚秀，無憚繁霜。何則？榮乎始者易悴，貞乎末者難傷。是以傅長沙而志沮，登金馬而名揚。

蓋聞修己知足，慮德其逸；音榮昧進，志忘其審。是以飲河滿腸，而求安愈泰；緣木務高，而畏下滋甚。

範連珠
顔延年

蓋聞匹夫履順則天地不違一物，投誠則神祇可交，事有微而逾著，理有闇而必昭。是以魯陽傾首，離光爲之反舍；有鳥拂波，河伯爲之不潮。

範連珠
王仲寶

蓋聞王佐之才雖遠，豈必見採於當世；陵雲之氣徒盛，無以自致於雲間。是故魏人指玉於外野，和氏泣血於荊山。

連珠二首
沈約

臣聞烈風雖震，不斷蔓草之根；朽壤誠微，遂貫崇山之峭。是以一夫不佳，威於赫怒，千乘必致，亡於巧笑。

臣聞鳴籟受響，非有志於要風；涓流長邁，寧厝心於歸海。是以萬竅怒號，不叩而咸應；百川是納，用卑而爲宰。

箴上

周虞人箴

芒芒禹迹，畫爲九州。經啓九道，民有寢廟。獸有茂草，各有攸處，聽用不擾。在帝夷羿，冒于原獸，忘其國恤，而思其麀牡。武不可重，用不恢于夏家。獸臣司原，敢告僕夫。

百官箴二十八首
楊雄

冀州牧箴

洋洋冀州，鴻原大陸，岳陽是都，島夷皮服。潺湲河流，夾[一]以碣石，三后攸降，列爲侯伯。隆周之末，趙魏是宅，冀土糜沸，炫泛如湯。更盛更衰，載從載橫，陪臣擅命，天王是替。趙魏相反，秦拾其斃，北築長城，恢夏之場。漢興定制，改封藩王，仰覽前世，厥力孔多。初安如山，後崩如崖。故治不忘亂，安不遺危。周宗自怙，云焉有予驟，六國奮矯，果絕其維。牧臣司冀，敢告在階。

【校記】
　　[一]夾，陳本、《古文苑》同。《揚雄集校注》作表。

兗州牧箴
　　悠悠濟河，兗州之寓，九河既導，雷夏攸處。草繇木條，漆絲絺紵，濟漯既通，降丘宅土。成湯五徙，卒都于亳，盤庚北渡，牧野是宅。丁感雊雉，祖巳伊忠，爰正厥事，遂緒高宗。厥後陵遲，顛覆湯緒，西伯戡黎，祖伊奔走。致天威命，不恐不震，婦言是用，牝鷄是晨。三仁既知，武果戎殷，牧野之禽，豈復能耽。甲子之朝，豈能復笑，有國雖久，必畏天咎。有民雖長，必懼人殃，箕子歔欷，厥居爲墟。牧臣司兗，敢告執書。

青州牧箴
　　茫茫青州，海岱是極，鹽鐵之地，鈆松怪石。群水攸歸，萊夷作牧，貢篚以時，莫怠莫違。昔在文武，封呂於齊，厥土塗泥，在丘之營。五侯九伯，是討是征，馬殆其銜，御失其度。周室荒亂，小白以霸，諸侯斂服，復尊京師。小白既沒，周卒陵遲，嗟茲天王，附命下土，失其法度，喪其文武，牧臣司青，敢告執矩。

徐州牧箴
　　海岱伊淮，東海是渚。徐州之土，邑于蕃宇。大野既瀦，有羽有蒙。孤桐蠙珠，泗沂攸同。實列蕃蔽，侯衛東方，民好農蠶，大野以康。帝癸及辛，不祇不格[一]，沈湎于酒，而忘其民作。天命湯武，勦絕其緒祚，降周任姜，鎮于琅琊。姜姓絕苗，田氏攸都，事由細微，不慮不圖。禍如丘山，本在萌芽，牧臣司徐，敢告僕夫。

【校記】
　　[一]格，陳本同。《古文苑》、《揚雄集校注》作恪。

揚州牧箴
　　矯矯楊州，江漢之滸，彭蠡既瀦，陽鳥攸處。橘柚羽貝，瑤琨篠簜，閩越北垠，沅湘攸徑。獷矣淮夷，蠢蠢荊蠻，翩彼昭王，南征不旋。人咸躓於垤，莫躓於山，咸跌於洿，莫跌於川。明哲[一]不云我昭，童蒙不云我昏，湯武聖而師伊呂，桀紂悖而誅逄干。蓋彌而不可察[二]，遠而不可親[三]，靡有孝而逆父，罔有義而忘君。太伯遜位，基吳紹類，夫差一誤，太伯無祚。周室不匡，勾踐入霸，當周之隆，越裳重譯。春秋之末，侯甸叛逆，元首不可不思，股肱不可不孽。堯崇屢省，舜盛欽謀，牧臣司揚，敢告執籌。

【校記】
　　［一］哲，陳本、《古文苑》同。《揚雄集校注》作者。
　　［二］《古文苑》、《揚雄集校注》本句作"蓋彌不可不察"。
　　［三］《古文苑》、《揚雄集校注》本句作"遠不可不親"。

荆州牧箴

　　杳杳巫山，在荆之陽，江漢朝宗，其流湯湯。夏君遭鴻，荆衡是調，雲夢塗泥，包匭菁茅。金玉砥礪，象齒元龜，貢篚百物，世世以饒。戰戰慄慄，至桀荒溢。曰我在帝位，若天有日。不順庶國，孰敢余奪，亦有成湯，果秉其鉞。放之南巢，號之以桀，南巢茫茫，包楚與荆。風慓以悍，氣銳以剛，有道後服，無道先強。世雖安平，無敢逸豫，牧臣司荆，敢告執御。

豫州牧箴

　　郁郁荆河，伊雒是經，滎播栞漆，惟用攸成。田田相拏，廬廬相距，夏殷不都，成周攸處。豫野所居，爰在鶉墟，四隩咸宅，寓內莫如。陪臣執命，不慮不圖，王室陵遲，喪其爪牙。靡哲靡聖，捐失其正，方伯不維，韓卒擅命。文武孔純，至厲作昏，成康孔寧，至幽作傾。故有天下者，毋曰我大，莫或余敗；毋曰我強，靡克余亡。夏宅九州，至於季世，放于南巢。成康太平，降及周微，帶蔽屏營，屏營不起。施于孫子，王赧爲極，實絕周祀。牧臣司豫，敢告柱史。

益州牧箴

　　巖巖岷山，古曰梁州，華陽西極，黑水南流。茫茫洪波，鯀堙降陸，于時八都，厥民不隩。禹導江沱，岷嶓啓乾，遠近底貢，磬錯筨丹。絲麻條暢，有粳有稻，自京徂畛，民攸溫飽。帝有桀紂，湎沈頗僻，遏絕苗民，滅夏殷績。爰周受命，復古之常，幽厲夷業，破絕為荒。秦作無道，三方潰叛，義兵征暴，遂國于漢。拓開疆宇，恢梁之野，列爲十二，光羨虞夏。牧臣司梁，是職是圖，經營盛衰，敢告士夫。

雍州牧箴

　　黑水西河，橫截崑崙，邪指閶闔，畫為雍垠。上侵積石，下礙龍門，自彼氐羌，莫敢不來庭，莫敢不來匡。每在季主，常失厥緒，侯紀不貢，荒侵其寓。陵遲衰微，秦據以庚，興兵山東，六國顛沛。上帝不寧，命漢作京，隴山徂以，列為西荒。南排勁越，北起彊胡，并連屬國，一護攸都。蓋安不忘危，盛不諱衰，牧臣司雍，敢告贅衣。

幽州牧箴

　　蕩蕩平川，惟冀之別，北陁幽都，戎夏交偪。伊昔唐虞，實爲平陸，周末荐臻，追于獯鬻。晉溺其陪，周使不阻，六國擅權，燕趙本都。東陌[一]穢狢，羨及東胡，彊秦北排，蒙公城壃。大漢初定，介狄之荒，元戎屢征，如風之騰。義兵涉漠，偃我邊萌，既定且康，復古虞唐。盛不可不圖，衰不可或忘，隄潰蟻穴，器漏箴亡[二]。牧臣司幽，敢告侍傍。

【校記】

　　[一]陌，陳本、《古文苑》作限。《揚雄集校注》作陌。
　　[二]亡，陳本、《古文苑》、《揚雄集校注》作芒。

并州牧箴

　　雍別朔方，河水悠悠，北辟獯鬻，南界涇流。盡茲朔土，正真幽方，自昔何爲，莫敢不來貢，莫敢不來王。周穆遐征，犬戎不享，爰貊伊德，侵玩上國。宣王命將，攘之涇北，宗周罔識，日用奭蹉。既不俎豆，又不干戈，犬戎作亂，斃于驪阿。太上曜德，其次曜兵；德兵俱顛，靡不悴荒，牧臣司并，敢告執綱。

交州牧箴

　　交州荒裔，水與天際，越裳是南，荒國之外。爰自開闢，不羈不絆，周公攝祚，白雉是獻。昭王陵遲，周室是亂，越裳絕貢，荊楚逆叛。四國內侵，蠶食周宗，臻于季赧，遂以滅亡。大漢受命，中國兼該，南海之宇，聖武是恢。稍稍受羈，遂臻黃支，杭海三萬，來牽其犀。盛不可不憂，隆不可不懼，顧瞻陵遲，而忘其規摹。亡國多逸豫，而存國多難，泉竭中虛，池竭瀕乾。牧臣司交，敢告執憲。

光禄勳箴

经兆宮室，畫爲中外，廊殿門闑，限以禁界[一]。國有周[二]衛，民[三]有蕃籬，各有攸保，守以不歧。昔在夏殷，桀紂淫湎，特[四]牛之飲，門戶充亂。郎雖執戟，謁者參差，殿中成市。或鼓或鞞[五]。忘其廊廟，而聚夫逋逃，四方多罪，載號載呶。內不可不省，外不可不清，德人立朝，義[六]士充庭。祿臣司光，敢告執經。

【校記】

[一]界，陳本、《古文苑》同。《揚雄集校注》作三。
[二]周，陳本同。《揚雄集校注》作固。
[三]民，陳本、《古文苑》同。《揚雄集校注》作人。
[四]特，陳本、《古文苑》同。《揚雄集校注》作符。
[五]或鼓或鞞，陳本同。《揚雄集校注》作或室內鼓鞞。
[六]義，陳本、《古文苑》作議。《揚雄集校注》作義。

衛尉箴

茫茫上天，崇高其居，設置山險，畫爲防禦。重垠累垓，以難不律，闕爲城衛，以待暴卒。國以有固，民以有內，各保其守，永修不敗。維昔庶僚，官得其人，荷戈而歌，中外以堅。齊桓沐[一]愓，宿衛不飭，門非其人，戶廢其職。曹子標[二]劍，遂成其詐，軻挾匕首，而衛人不寤。二世妄宿，敗於望夷。閻樂矯搜，戟者不誰謂誰何也[陳]。尉臣司衛，敢告執維。

【校記】

[一]沐，陳本同。《古文苑》、《揚雄集校注》作怵。
[二]標，陳本、《古文苑》同。《揚雄集校注》作摽。

太僕箴

肅肅太僕，車馬是供，鏘鏘和鸞，駕彼時龍。昔在上帝，巡狩四宅，王用三驅，前禽是射[一]。紂作不令，武王征殷，檀車孔夏，四騵孔昕。僕夫執鋒，載騈載駽，我輿云安，我馬惟[二]閑。雖馳雖驅，匪逸匪愆，昔有淫羿，馳騁忘歸。景公千駟，而淫於齊，詩好牡馬，牧於駉野，輦車就牧，而詩人興魯。廄焚問人，仲尼厚醜。孟子蓋惡夫廄多肥馬，而野有餓殍與殍同[陳]。僕臣司駕，敢告執皁。

【校記】
　　[一]射，陳本作失。《古文苑》、《揚雄集校注》作射。
　　[二]惟，陳本、《古文苑》同。《揚雄集校注》作云。

廷尉箴
　　天降五刑，惟夏之績，亂茲平民，不回不辟。昔在蚩尤，爰作淫刑，延于苗民，夏氏不寧。穆王耄荒，甫侯伊謀，五刑訓天，周以阜基。厥後凌遲，上帝不觚[一]，周輕其制，秦繁其辜。五刑紛紛，靡遏靡止，寇賊滿山，刑者半道[二]。昔唐虞象刑，天民是全，紂作炮烙，墜民于淵。故有國者，無云何謂，是刖是劓，無云何害，是剥是剖，惟瘧惟殺，人莫予奈[三]。殷以刑顚，秦以酷敗，獄臣司理，敢告執謁。

【校記】
　　[一]觚，陳本、《古文苑》同。《揚雄集校注》作孤。
　　[二]道，陳本、《古文苑》同。《揚雄集校注》作市。
　　[三]人莫予奈，陳本、《古文苑》同。《揚雄集校注》作人其莫泰。

大鴻臚箴
　　蕩蕩唐虞，經通埈極，陶陶百王，天工人力。畫爲上下，羅條百職，人有材能，寮有級差。遷能於官，各有攸宜，主以不廢，官以不隳。昔在三代，二季不躅，穢德慢道，署非其人。人失其材，職反其官，寀寮荒耄，國政如漫。文不可武，武不可文，大小上下，不可奪倫。鴻臣司爵，敢告在隣。

宗正箴
　　巍巍帝堯，欲[一]親九族，經哲宗伯，禮有攸訓。屬有攸籍，各有育一作胄[陳]子，世以不錯。昔在夏時，太[二]康不恭，有仍二女，五子家降。晉獻悖統，宋宣亂序，齊桓不胤，而忘其宗緒。周譏戎女，魯喜子同，高作秦崇，而扶蘇被凶。宗廟荒墟，覛靈靡附，伯臣司宗，敢告執主。

【校記】
　　[一]欲，陳本、《古文苑》、《揚雄集校注》作欽。
　　[二]太，陳本、《古文苑》同。《揚雄集校注》作少。

大司農箴

　　時維大農，爰司金穀，自京徂荒，粒民是斟。肇自厥初，實施惟食，厥僚后稷，有無遷易。實均實贏，惟都作程，旁求衣食，厥民攸生。上稽二帝，下閱三王，什一而征，爲民作常。遠近貢篚，百則[一]不忘，帝王之盛，咸[二]在農殖。季周爛漫，而東作不勑，膏腴不穫，庶物並荒。府藏單[三]虛，靡積靡倉，陵遲衰微，姬[四]卒以瘁[五]。秦收太平[六]，二世不瘳，泣血之有，海內無聊。農臣司均，敢告執騶。

【校記】

　　[一]則，陳本作姓。《揚雄集校注》作則。《古文苑》從姓。
　　[二]咸，陳本、《古文苑》同。《揚雄集校注》作實。
　　[三]單，陳本、《古文苑》同。《揚雄集校注》作殫。
　　[四]姬，陳本、《古文苑》同。《揚雄集校注》作周。
　　[五]瘁，陳本、《古文苑》同。《揚雄集校注》作亡。
　　[六]平，陳本同。《古文苑》、《揚雄集校注》作半。

少府箴

　　實實少府，奉養是供，紀經九品，臣子攸同。海內幣帛，祁祁如雲，家有孝子，官有忠臣。其僚率舊，聖則越遵，民以不擾，國以不煩。昔在帝季，癸辛之世，酒地糟隄，而象箸以噬。至於躭樂流湎，而姐妹[一]作祟，共寮不御不恢，夏殷喪其國康，而卒以陵遲。嗜不可不察，欲不可不圖。未嘗失之於約，常失於奢。府臣司共，敢告執瓠。

【校記】

　　[一]姐妹，陳本同。《古文苑》、《揚雄集校注》作妲末。

執金吾箴

　　溫溫唐虞，重襲純孰一作敦[陳]，經表九德，張設武官，以御寇賊。如虎有牙，如鷹有爪，國以自固，獸以自保。牙爪莨莨，動作宜時，用之不理，實反生灾。秦政暴戾，播其威虐，亡其仁義，而思其殘酷。猛不可重任，威不可獨行。堯咨虞舜，惟思是尚。吾臣司金，敢告執璜。

將作大將箴

　　侃侃將作，經構宮室，墻以禦風，宇以蔽日。寒暑攸除，鳥鼠攸去，王有宮殿，民有宅居。昔在帝世，茅茨土階，夏卑宮觀，在彼溝洫。桀作瑤臺，紂爲璇室，人力不堪，而帝業不卒。《詩》詠宣王，由儉改奢，觀《豐》上六，大屋小家。《春秋》譏刺，書彼泉臺，兩觀雉門，而魯以不恢。或作長府，而閔子不仁，秦築驪阿，嬴姓以顛。故人君無云我貴，榱題是遂。毋云我富，淫作極遊。在彼墻屋，而忘其國戮。作臣司匠，敢告執斵。

城門校尉箴
　　幽幽山川，徑塞九路，磐石唐芒，襲險重固。國有城溝，家有柝柜，各有攸堅，民以不虞。德懷其內，險難其外，王公設險，而承以盤蓋。昔在上世，有殷有夏，癸辛不德，而設夫險阻。湯武愛征，而莫遏莫禦，作君之危，不可德少，而城溝伊保；不可德希[一]，而城溝是依。唐虞長德，而四海永懷；秦恢長城，而天下畔乖。尉臣司城，敢告侍階。

【校記】
　　[一]希，陳本、《古文苑》同。《揚雄集校注》作稀。

上林苑令箴
　　茫茫大田，芃芃作穀，山有征陸，野有林麓。夷原污藪，禽獸攸伏，魚鱉以時，芻蕘咸殖。國以殷富，民以家給，昔在帝羿，共田徑游。弧矢是尚，而射夫封豬，不顧於愆，卒遇後憂。是以田獲三驅，不可過差；麀鹿攸伏，不如德至。衡臣司虞，敢告執指。

司空箴
　　普彼坤靈，俾天作則，分制五服，劃爲萬國。乃立地官，空惟是職，茫茫九州，都鄙盈區。綱以羣牧，綴以方侯，烈烈雋义，翼翼王臣。臣當其官，官當[一]其人，九一之政，七賦以均。昔在季葉，班祿遺賢，掊克充朝，而象恭滔天。匪人斯力，匪政斯勑，流貨市寵，而苞苴是鬻。王路斯浮[二]，孰不傾覆。空臣司土，敢告在側。

【校記】
　　[一]當，陳本、《古文苑》作宜。《揚雄集校注》作當。
　　[二]浮，陳本、《古文苑》同。《揚雄集校注》作荒。

太常箴
　　翼翼太常，寔爲宗伯，穆穆靈祇，寢廟奕奕。稱秩元祀，班於羣神，我祀既祗，我粢孔蠲。匪愆匪忒，公尸攸宜，弗祈弗求，惟德之報。不矯不誣，庶無罪悔。昔在成湯，葛爲不吊，棄禮慢祖。夔子不祀，楚師是虜。魯人躋僖，臧文不寤。文瑬太室，相納郜賂，災降二宮，用誥不祧。故聖人在位，無曰我貴，慢行繁祭；無曰我材，輕身恃巫。東隣之犧牛，不如西鄰[一]麥魚。秦殞望夷，隱斃鐘巫。常臣司宗，敢告執書。

【校記】

[一]《扬雄集校注》有"之"字。《古文苑》無。

尚書箴

皇皇聖哲，允勑百工，命作齎慓，龍爲[一]納言。是機是密，出入朕[二]命，王之喉舌，獻善宣美，而讒說是折。我視云明，我聽云聰，載夙載夜，惟允惟恭。故君子在室，出言如風，動於民人，渙其大號，而萬國平信。《春秋》譏漏言，《易》稱"不密則失臣"，兌吉其和，巽吝其頻；《書》稱其明，申申厥鄰。昔秦尚權詐，官非其人，符璽竊發，而扶蘇殞身。一姦愆命，七廟爲墟，威福同門，牀上維辜。書臣司命，敢靠[三]侍隅。

【校記】

[一]爲，陳本、《古文苑》同。《扬雄集校注》作惟。
[二]朕，陳本、《古文苑》同。《扬雄集校注》作王。
[三]靠，陳本、《古文苑》、《扬雄集校注》作告。

博士箴

洋洋三代，典禮是修，畫爲辟雍。國有學校，侯有泮宮，各有攸教，德用不陵。昔在文王，經啓其軌，勗于德音。而思皇多士，多士作楨，惟周以寧，國人興讓，虞芮質成。公劉挹行潦，而[一]濁亂斯清。官操其業，士執其經，昔聖人之綏俗，莫美於施化。故孔子觀夫大學，而知爲王之易易；大舜南面無爲，而祇席平邊師。階級之間，三苗以懷。秦作無道，斬決天紀，漫彼王迹，而坑夫術士。《詩》《書》是泯，家言是守，俎豆不陳，而顛其社稷。故仲尼不對問陳，而胡簋是遵；原伯非學，而閔子知周之不振。儒臣司典，敢告在賓。

【校記】

[一]而，陳本同。《古文苑》、《扬雄集校注》作洒。

卷七十

箋下

太尉諸箴四首
崔駰

天官冢宰，庶寮之率，師錫有帝，命虞作尉。爰叶台極，妥平國域，制軍詰禁，王旅惟式。九州用綏，群公咸治，干戈載戢，宿纏其紀。上之云據，下之云戴，苟非其人，斁我帝載。昔周人思文公，而《召南》詠甘棠，昆夷[一]隆夏，伊摯盛商。季世頗僻，禮用不匡，無曰我強，莫余敢喪；無曰我大，輕戰好殺。衬師百萬，卒以不艾，宰臣司馬，敢告在際。

【校記】

[一]夷，陳本、《古文苑》作吾。《全後漢文》作夷。

河南尹箴
崔駰

茫茫天區，畫冀爲京，商邑翼翼，四方是營。唐虞商周，河洛是居，成王郟鄏，以處鶉墟。諸夏勁強，是從是橫，徹我牆屋，而師尹不匡。覇奪其權，宗器以分，圖籍遷齊，九鼎入秦。

司徒箴
崔駰

天鑒在下，仁德是興，乃立司徒，亂茲黎烝。芒芒庶域，率土祁祁，人具爾瞻，四方是維。乾乾夕惕，靡怠靡違。敬敷五教，九德咸事。嗇人用章，黔甿是富，無曰余恃，忘予爾輔；無曰余聖，以忽執政，匪用其良，乃荒厥命。庶績不怡，疢于爾祿，豐其折右[一]，而鼎覆其餗。《書》歌股肱，《詩》刺南山，尹氏不堪，國度斯僽。徒臣司裘，敢告執藩。

【校記】
［一］豐其折右，陳本、《古文苑》同。《全後漢文》作豐有折肱。

大理箴
崔駰

邈矣皋陶，翊唐作士，設爲犴狴，九刑允理。如石之平，如淵之清，三槐九棘，以質以聽。罪人斯殛，鹵旅斯并，熙乂帝載，旁施作朙。昔在仲尼，哀矜聖人《論語》：如得其情，則哀矜勿喜[陳]，子罕禮刑，衛人釋艱。釋之其忠，勳亮孝文，於公哀寡，定國廣門。夐哉邈矣，舊訓不遵，主慢臣驕，虐用其民。賞以崇欲，刑以肆忿，紂作炮烙，周人滅殷。商用淫刑，湯誓其軍，衛鞅酷烈，卒殞于秦。不疑知害，禍不反身，嗟茲大理，慎于爾官。賞不可不思，斷不可不虔，或有忠能被害，或有孝而見殘。吳沉伍胥，殷剖比干，莫遂爾情，是截是刑。無遂爾心，以速以殛，天鑒在顔，無細不錄。福善灾惡，其效甚速，理臣司律，敢告執獄。

東觀諸箴 三首
崔瑗

洋洋東觀，古之史官，三墳五典，靡義不貫。左書君行，右記其言，辛、尹顧訪，文、武明宣。倚相見寶，荆國以安，何以季世，咆哮不虔。在強奮矯，戮彼逢、干，衛巫監謗，國莫敢言。狐突見斥，淖齒見殘，焚文坑儒，嬴反爲漢。巫蠱之毒，殘者數萬，嗟嗟後王，曷不斯鑒？是以朙哲先識，擇木而處，夏終殷摯，周聘晉黍。或笑或泣，抱籍遁走，三葉靖公，果喪厥緒。宗廟隨夷，遠之荆楚，麥秀之歌，億載不腐。史臣司藝，敢告侍後。

尚書箴
崔瑗

龍作納言，帝命惟允，山甫翼周，實司喉吻。赫赫禁臺，萬邦所庭，無曰我平，而慢爾衡；無曰我審，而怠爾朙。四岳阿鯀，績用不成，虞登八元，五教聿清。舉以無私，乃丞服榮，正直是與，伊道之經。先民匪懈，永世流聲，君子下問，敢告侍庭。

司隸校尉箴
崔瑗

煌煌古制，分劃五服，翼翼封畿，四方之極。牧監匡設，是謂王國，大漢通變，崇弘簡易。吞舟之網，以濟難陁，自時厥後，或慢或遲。繡衣四出，禍起宮闈，江克作亂，辱于戾園。率隸掘蠱，以詰其姦，既定既寧，爰遂其官。俾督京甸，時惟鷹鸇，必正必式，國之司直；乃回乃邪，寔爲讒慝，毀於貞賢，悔其何及！昔唐虞晏晏，庶績以熙；嬴氏慘慘，怨毒用滋。是故履上位者，無云我貴，苟任激訐。平陽玄默，以式百辟，畫一之歌，豈猶遐逖。使臣司隸，敢告執役。

外戚箴
崔琦

赫赫外戚，華寵煌煌，昔在帝舜，德隆英皇。周興三母，有莘崇湯，宣王晏起，姜后脫簪，齊桓好樂，衛姬不音。皆輔王以禮，扶君以仁，逹才進善，以義濟身。爰暨衰葉，漸已頹虧，貫魚不敘，九御差池。晉國之難，禍起於麗，惟家之索，牝雞之晨。專權擅愛，顯己蔽人，陵長間舊，圮剝至親。並后匹嫡，淫女斃陳，匪賢是上，番爲司徒。荷爵負乘，采食名都，詩人是刺，德用不懋。暴卒惑婦，拒諫自孤，蝮蛇其心，從毒不辜。諸父是殺，孕子是刳，天怒地忿，人謀鬼圖，甲子昧爽，身首分離。初爲天子，後爲人螭，非但耽色，母后尤然。不相率以禮，而競獎以權，先笑後號，卒以辱殘。家國泯絕，宗廟燒燔，末[一]嬉喪夏，褎姒斃周，妲己亡殷，趙靈沙丘。戚姬人豕，呂宗以敗，陳后作巫，卒死於外，霍欲鴆子，身乃罹廢。故曰：無謂我貴，天將爾摧；無恃常好，色有歇微；無怙常幸，爰有陵遲；無曰我能，天人爾違。患生不德，福有愼機，日不常中，月盈有虧。履道者固，仗勢者危，微臣司戚，敢告在斯。

【校記】

[一]末，陳本作妹。《後漢書》作末。

侍中箴
胡廣

皇矣聖上，神居天處，勤求俊良，是弼是輔，匪懈于位，庶工以敘。昔在周文，創德西鄰，勗聞上帝，賴茲四臣。辛尹是訪，八虞是詢，濟濟多士，乂用有勳。文公欽若，越興周道，亦惟先正，克愼左右，常伯常任，實爲政首。降及厲王，不祇不恪，曖彼榮夷，用肆其虐。惟敗天命，寇賊並作，圮墜宗緒，寢廟靡託。無曰我賢，不選至親；無曰我仁[一]，妄用嬖人。籍閎飾顏，穢我神武，鄧通擅鑄，不終厥後。中書竊命，石弘作禍，高安斷袂，哀用無主。侍中司中，敢告執矩。

【校記】

[一]仁，陳本、《古文苑》作任。《初學記》作仁。

贈第五永箴
高彪

文武將墜，乃俾俊臣，整我皇綱，董此不虔。古之君子，即戎忘身，明其果毅，尚其桓桓。呂尚七十，氣冠三軍，詩人作歌，如鷹如鸇。天有太一，五將三門；地有九變，丘陵山川；人有計策，六奇五間。總茲三事，謀則咨詢，無曰已能，務在求賢，淮陰之勇，廣野是尊。周公大聖，石碏純臣，以威克愛，以義滅親。勿謂時險，不正其身；勿謂無人，莫識己眞。忘富遺貴，福祿乃存，枉道依合，復無所觀。先公高節，越可永遵，佩藏斯戒，以厲終身。

諫大夫箴
崔寔

於昭上帝，迪茲旣哲，匪於水鑒，惟人是察。處有誦訓，出則旅賁，木鐸之求，爰納道人。各有攸訊，政以不紛，昔在大禹，拜承昌言。癸辛暴戾，虐及於天，逢于周厲，慢德不蠲。煦煦胥讒，人謗乃作，不顧厥愆，是討是格。庶類不堪，流之彘宅，防人之口，譬諸防川。豈不速止，潰乃潺湲，潺湲尚塞，言擁爲賊。默默之患，用顚厥國，諫臣司議，敢告執翼。

太師箴
嵇康

浩浩太素，陽曜陰凝。二儀陶化，人倫肇興。厥初冥昧，不慮不營。欲以物開，患以事成。犯機觸害，智不救生。宗長歸仁，自然之情。故君道自然，必託賢明。茫茫在昔，罔或不寧。赫胥旣往，紹以皇羲。默靜無文，大朴未虧。萬物熙熙，不夭不離。爰及唐虞，猶篤其緒。體資易簡，應天順矩，絺褐其裳，土木其宇。物或失性，懼若在予。疇咨熙載，終禪舜禹。夫統之者勞，仰之者逸。至人重身，棄而不恤。故子州稱疾，石戶乘桴。許由鞠躬，辭長九州。先王仁愛，愍世憂時。哀萬物之將頹，然後苾之。

下逮德衰，大道沉淪。智惠日用，漸私其親。懼物乖離，擘[一]仁。利巧愈競，繁禮屢陳。刑教爭施，天性喪貞。季世陵遲，繼體承資。憑尊恃勢，不友不師，宰割天下，以奉其私。故君位益侈，臣路生心。竭智謀國，不吝灰沈，賞罰雖存，莫勸莫禁。若乃驕盈肆志，阻兵擅權。矜威縱虐，禍蒙丘山。刑本懲暴，今以脅賢。昔為天下，今為一身。下疾其上，君猜其臣。喪亂弘多，國乃殞顛。故殷辛不道，首綴素旗。周朝敗度，虩人是謀。楚靈極暴，乾溪潰叛。晉厲殘虐，欒書[二]作難。主父棄禮，觳胎不宰。秦皇荼毒，禍流四海。是以亡國繼踵，古今相承。醜彼摧滅，而襲其亡徵。初安若山，後敗如崩，臨刃振鋒，悔何所增！

故居帝王者，無曰我尊，慢爾德音；無曰我強，肆于驕淫。棄彼佞倖，納比遐顏。諛言順耳，染德生患。悠悠庶類，我控我告。唯賢是授，何必親戚。順乃造[三]好，民實胥效。治亂之原，豈無昌教？穆穆天子，思問其愆，虛心導人，允求讜言。師臣司訓，敢告在前。

【校記】

[一]《嵇康集校注》有"義畫"二字。

[二]"書"字據陳本補。《嵇康集校注》同。

[三]造，陳本同。《嵇康集校注》作浩。

乘輿箴
潘尼

《易》稱："有天地然後有人倫，有父子然後有君臣。"《傳》曰："大者天地，其次君臣。"然君臣父子之道，天地人倫之本，未有以先之者也。故天生蒸人而樹之君，使司牧之，將以導群生之性，而理萬物之情。豈以寵一人之身，極無量之欲，如斯而已哉！夫古之為君者，無欲而至公，故有茅茨土階之儉；而後之為君，有欲而自利，故有瑤臺瓊室之侈。無欲者，天下共推之；有欲者，天下共爭之。推之之極，雖禪代猶脫屣；爭之之極，雖刧殺而不避。故曰："天下非一人之天下，乃天下之天下。"安可求而得，辭而已者乎！

夫修諸己而化諸人，出乎邇而見乎遠者，言行之謂也。故人主所患，莫甚於不知其過；而所美，莫美於好聞其過。若有君於此，而曰子必無過，唯其言而莫之違，斯孔子所謂其庶幾乎一言而喪國者也。蓋君子之過，如日月之蝕：過也，人皆見之；更也，人皆仰之。雖以堯、舜、湯、武之盛，必有誹謗之木，敢諫之鼓，盤杅之銘，無諱之史，所以閑其邪僻而納諸正道，其自維持如此之備。故箴規之興，將以救過補闕，然猶依違諷諭，使言之者無罪，聞之者足以自誡。先儒既援古義，舉内外之殊，而高祖亦序六官，論成敗之要，義正辭約，又盡善矣。自《虞人箴》以至揚於《百官》，非唯規其所司，誠欲人主斟酌其得失焉。《春秋傳》曰"命百官箴王闕"，則亦天子之事也。

九以爲王者膺受命之期，當神器之運，總萬機而撫四海，簡群才而審所授，孜孜於得人，汲汲于聞過，雖廷爭面折，猶將祈請而求焉。至於箴規，諫之順者，曷爲獨闕之哉？是以不量其學陋思淺，因負擔之餘，嘗試撰而述之。不敢斥至尊之號，故以"乘輿"目篇。蓋帝王之事至大，而古今之變至衆，文繁而義詭，意局而辭野，將欲希企前賢，髣髴崇軌，譬猶丘坻之望華岱，恒星之繫日月也，其不逮明矣。

元元遂初，芒芒太始。清濁同流，玄黄錯時。上下弗形，尊卑靡紀。赫胥悠哉，大庭尚矣。皇極啓建，兩儀既分。彜倫需未序，萬邦已紛。國事明王，家奉嚴君。各有攸尊，德用不勤。羲、農已降，暨于夏、殷。或禪或傳，乃質乃文。

太上無名，下知有之。仁義不存，而人歸孝慈。無爲無執，何欲何思。忠信之薄，禮刑實滋。既譽既畏，以侮以欺。作誓作盟，而人始叛疑。煌煌四海，藹藹萬乘，匪誓焉憑？左輔右弼，前疑後丞。一日萬機，業業兢兢。夫出其言善，則千里是應；而莫予違，亦喪邦有徵。樞機之動，式以廢興。殷鑒不遠，若之何勿徵！

且厚味腊毒，豐屋生災。辛作琁室，而夏興瑤台。糟丘酒池，象箸玉杯。厥肴伊何？龍肝豹胎。惟此哲婦，職爲亂階。殷用喪師，夏亦不恢。是以帝堯在位，茅茨不剪。周文日昃，昧旦丕顯。夫德輶如毛，而或舉之[一]者鮮。故《濩》有慙德，《武》未盡善。下世道衰，末俗化淺。耽樂逸游，荒淫沈湎。不式古訓，而好是佞辯；不遵王路，而覆車是踐。成敗之效，載在先典，匪唯陵夷，厥世用殄。故曰樹君如之何？將人是司牧。視之猶傷，而知其寒燠。故能撫之斯柔，而敦之斯睦；無遠不懷，靡思不服。夫豈厭縱一人，而玩其耳目；内迷聲色，外荒弛逐；不修政事，而終於顛覆？

昔唐氏授舜，舜亦命禹，受終納祖，丕丞天序，放桀惟湯，剋殷伊武。故禪代非一姓，社稷無常主。四嶽三塗，九州之阻。彭蠡洞庭，殷商之旅。虞夏之隆，非由尺土，而紂之百剋，卒於絕緒。故王者無親，唯在擇人，傾蓋惟舊，白首乃新。望由鈞夫，伊起有莘，負鼎鼓刀，而謀合聖神。夫豈借官左右，而取介近臣。蓋有國有家者，莫云我聰，或此面從；莫謂我智，聽受未易。甘言美疾，斟不爲累，由夷逃寵，遠於脫屣。奈何人主，位極則侈？知人則哲，惟帝所難。唐朝旣泰，四族作奸，周室旣隆，而管、蔡不虔。匪我二聖，孰弭斯患？若九德咸受，俊乂在官，君非臣莫治，臣非君莫安。故《書》美康哉，而《易》貴金蘭。有皇司國，敢告納言。

【校記】
[一]"之者足以自誡"至"而或舉之"，據陳本補。

尚書箴[一]
傅玄

明明王範，制爲九秩，君執常道，臣有定職。各有攸司，乂用不匱，貴無常尊，賤不指卑。不勗厥德，國用顛危。昔舜舉咎繇，而俊乂在官；湯舉阿衡，而不仁流屏。且表正而象平，日夕而景側。處喉舌者，患銓衡之無常，不患於不勗。故曰無謂隱微，廢公任私，無好自專，違衆取怨。是以古之君子，無親無疎，縱心大倫，修己以道，弘道以身。易貴好爵，書慎官人，官不可妄授，職不可闇受。能者養之致福，不能者弊之招咎。衡臣司書，敢告左右。

【校記】
[一]陳本題作《吏部尚書箴》。

學箴
李充

《老子》云："絕仁棄義，家復孝慈。"豈仁義之道絕，然後孝慈乃生哉？蓋患乎情仁義者寡而利仁義者衆也。道德喪而仁義彰，仁義彰而名利作，禮教之弊，直在茲也。先王以道德之不行，故以仁義化之；行仁義之不篤，故以禮律檢之。檢之彌繁，而僞亦愈廣，老莊是乃勗無爲之益，塞爭欲之門。夫極靈智之妙、總會通之和者，莫尚乎聖人；革一代之弘制，垂千載之遺風，則非聖不立。然則聖人之在世，吐言則爲訓辭，莅事則爲物軌，運通則與時隆，理喪則與世獘矣。是以大爲之論以摽其旨，物必有宗，事必有主，寄責於聖人而遣累乎陳迹也。故化之以絕聖棄智，鎮之以無名之樸。聖教救其末，老莊勗其本，本末之塗殊而爲教一也。人之迷也，其日久矣！見刑者衆，及道者尟，不覿千仞之門而迹適物之迹，逐迹逾篤，離本逾遠，遂使華端與薄俗俱興，妙緒與淳風並絕，所以聖人長潛而迹未嘗滅矣。懼後進或其如此，將越禮棄學而希無爲之風，見義教之殺而不覩其隆矣。畧言所懷，以補其闕，引道家之弘旨，會世教之適當，義不違本，言不流放，庶以袪困蒙之蔽，悟一往之惑乎！[一]

茫茫太初，悠悠鴻荒，蚩蚩萬累，與道兼忘。聖迹未顯，賢名不彰，怡此鼓腹，率我倡狂。資生既廣，群塗思通，闇實師明，匪余求蒙，遺己濟物而天下爲公。大庭唱基，羲農宏贊，立位時成，離暉大觀。澤洽雨濡，化流風散，比屋同塵，而人罔慇亂。爰暨中古，哲王胥承，質文代作，禮統迭興。事藉用以繁，化因阻而凝，動非性擾，靜豈神澄。名之攸彰，道之攸廢，乃損所隆，乃崇所替。刑作由於德衰，三辟興乎叔世，既敦既誘，乃矯乃厲。敦亦既儉，矯亦既深，彫琢生文，抑揚成音。群能騁技，衆巧竭心，野無陸馬，山無散林。風罔不動，化罔不移，人之失德，反正作奇。乃放欲以越禮，不知希競之爲病，違彼夷塗，而遵此險徑。狡兔陵岡，游魚遁川，至賾深妙，大象幽玄。棄餌收罝，而責功蹄筌；失綟喪歸，而寄㫖忘言。政異徵辭[二]，拔本塞源，遁迹永日，尋響窮年，刻意離性而失其常然。世有險夷，運有通圮，損益適時，升降惟理。道不可以一日廢，亦不可以一朝擬；禮不可以千載制，亦不可以當年止。非仁無以長物，非義無以齊恥，仁義固不可遠，去其害仁義者而已。力行猶懼不逮，希企邈以遠矣。室有善言，應在千里，況乎行止復禮克己。風人司箴，敬貽君子。

【校記】

[一]此前一段，陳本無。《晉書》有。

[二]辭，陳本作亂。《晉書》作辭。

尚書箴[一]
張華

明明先王，開國承家，作制垂憲，仰觀列曜。府令百官，政用罔慇。昔舜納大麓，七政以齊，內成外平，而風雨不迷。仲山翼周，靡剛靡柔，補我袞職，正[二]我王猷，王猷允塞，而四海咸休。雖曰聖明，必資良材；無曰我智，官不任能。發言如絲，其出成綸，千里之應，樞機在身。世季道缺，天綱縱替，既無老成，改舊法制。法制不修，不長厥裔，尚臣司

宣十二年春，楚子圍鄭，旬有七日。鄭人卜行成，不吉，卜臨于大宮，且巷出車，吉。國人大臨，守陴者皆哭。楚子退師，鄭人脩城，進復圍之，

三月,克之。入自皇門,至於逵路。鄭伯肉袒牽羊以逆,曰:"孤不天,不能事君,使君懷怒以及敝邑,孤之罪也,敢不唯命是聽?其俘諸江南以實海濱,亦唯命。其翦以賜諸侯,使臣妾之,亦唯命。若惠顧前好,徼福於厲、宣、桓、武,不泯其社稷,使改事君,夷於九縣,君之惠也,孤之願也,非所敢望也!敢布腹心,君實圖之。"左右曰:"不可許也,得國無赦。"王曰:"其君能下人,必能信用其民矣,庸可幾乎?"退三十里而許之平。潘尪入盟,子良出質。夏六月,晉師救鄭。荀林父將中軍,先縠佐之;士會將上軍,郤克佐之;趙朔將下軍,欒書佐之。趙括、趙嬰齊爲中軍大夫,鞏朔、韓穿爲上軍大夫,荀首、趙同爲下軍大夫,韓厥爲司馬。及河,聞鄭既及楚平,桓子欲還,曰:"無及於鄭而剿民,焉用之?楚歸而動,不後。"隨武子曰:"善。會聞用師,觀釁而動。德刑政事典禮不易,不可敵也,不爲是征。楚軍討鄭,怒其貳而哀其卑。叛而伐之,服而舍之,德刑成矣。伐叛,刑也;柔服,德也,二者立矣。昔歲入陳,今茲入鄭,民不罷勞,君無怨讟,政有經矣。荊尸而舉,商農工賈不敗其業,而卒乘輯睦,事不奸矣。蒍敖爲宰,擇楚國之令典,軍行,右轅,左追蓐,前茅慮無,中權,後勁。百官象物而動,軍政不戒而備,能用典矣。其君之舉也,內姓選於親,外姓選於舊。舉不失德,賞不失勞;老有加惠,旅有施舍。君子小人,物有服章,貴有常尊,賤有等威,禮[三]

臺,敢言侍衛。

【校記】

[一]陳本題作《尚書令箴》。

[二]正,陳本作玉,並注:謂使之光明温潤如玉也。《初學記》作闓。

[三]"宣十二年春"至"禮"一段,陳本、《初學記》無,應爲衍文。

卷七十一

銘上

沛泗水亭銘
班固

皇皇聖漢，兆自沛豐。乾降著符，精感赤龍。承魌—作累，唐氏之後曰劉累[陳]流裔，襲唐末風。寸天尺土，無竢斯亭。建號軍[一]基，維以沛公。揚威斬蛇，金精摧傷。涉關陵郊，係獲秦王。應門造勢，斗璧納忠。天期乘祚，受爵漢中。勒陳東征，剹擒三秦。靈神威佑，鴻溝是乘。漢軍改歌，楚衆易心。誅項討羽，諸夏以康。陳、張畫策，蕭、勃翼終。出爵襃賢，列士[二]封功。炎火之德，彌光以朗。源清流潔，本盛末榮。敘將十八，替[三]述股肱。休勳顯祚，永永無疆。國寧家安，我君是升。根生葉茂，舊邑是仍。於皇舊亭，苗嗣是承。天之福祐，萬年是興。

【校記】
[一]軍，陳本、《全後漢文》作宣。《古文苑》作軍。
[二]列士，陳本、《全後漢文》作裂土。《古文苑》同劉本。
[三]替，陳本同。《古文苑》、《全後漢文》作贊。

十八侯銘
班固

酇侯蕭何
　　肫肫相國，弘策不追。御國維綱，秉統樞機。文昌四友，漢有蕭何。序功第一，受封于酇。

將軍舞陽侯樊噲
　　虓虓將軍，威蓋不當。操盾千鈞，拔主項堂。漢興破楚，矯矯忠良。

卒爲丞相，帝室以康。
將軍留侯張良
　　赫赫將軍，受兵黃石。規圖勝負，不出帷幄。命惠瞻仰，安全正朔。
國師是封，光營舊宅。
太尉絳侯周勃
　　懿懿太尉，惇厚朴誠。輔翼受命，應節御營。歷位卿相，土國兼幷。
見危致命，社稷以寧。
將軍平陽侯曹參
　　蹇蹇相國，允忠克誠。臨危處險，安而匡傾。興代之際，濟主立名。
身履國土，秉御乾楨。
丞相戶牖侯陳平
　　洋洋丞相，勢譎師旅。擾攘楚魏，爲漢謀主。六奇解厄，揚名于後。
南宮侯張敖
　　堂堂張敖，耳之遺萌。以誠佐國，序跡建忠。功成德立，襲封南宮。
垂號萬春，永保無疆。
衛尉曲陽侯酈商
　　衍衍衛尉，德行循規。遭兄食其，隕歿於齊。橫恥愧景，刎頸自獻。
金紫褒表，萬世不刊。
將軍潁陽侯灌嬰
　　煌煌將軍，輔漢久長。威震呂氏，姦惡不揚。寇攘殄盡，躬迎代王。
功顯帝室，萬世益章。
將軍汝陰侯夏侯嬰
　　斌斌將軍，鷹武是揚。內康王室，外鎮四方。諸夏乂安，流及要荒。
聲聘海內，苗嗣紀功。
將軍陽陵侯傅寬
　　休休將軍，如虎如羆。御師勒陳，破敵以威。靈金曜楚，火流烏飛。
將命仗節，功績永垂。
將軍信武侯靳歙
　　斤斤將軍，忠信孔雅。出身六師，十二匹旅。折衝扞難，遂寧天下。
金龜章德，建號傳後。
丞相安國侯王陵
　　朗朗丞相，天賦庭直。剛德正行，不枉不曲。功業成著，榮顯食邑。
距呂奉主，昭然不惑。
將軍襄平侯韓信
　　桓桓將軍，輔主克征。奉使全璧，身泚項營。序功差德，履讓以平。

轉北而遊，雲中以傾。
將軍棘津侯陳武
　　巖巖將軍，帶武佩威。御雄乘險，難困不違。仇滅主定，四海是楨。功成食土，德被遐邇。
曲成侯蠱達
　　晏晏曲成，輿從龍騰。安危從主，赤曜以升。赫赫皇皇，道彌光朗。惟德御國，流及後萌。
御史大夫汾陰侯周昌
　　肅肅御史，以武以文。相趙距呂，志安君身。徵詣行所，如意不全。天秩邑土，勛乃永存。
將軍青陽侯王吸
　　邑邑將軍，育養烝徒。建謀正直，行不匿邪。入軍討敵，頂定天都。佩雀雙印，百里爲家。

西嶽華山堂闕銘
張昶

　　《易》曰："天地定位，山澤通氣。"然山莫尊於嶽，澤莫盛於瀆。山嶽有五而華處其一，瀆有四而河在其數，其靈也至矣。聖人廢興，必有其應。故岱山石立，中宗繼統；太華授璧，秦胡絕緒；白魚入舟，姬武建業；寶珪出水，子朝喪位。布伍方則處其四，列三條則居其中。若廣袤奇蟲，《山經》有紀矣。是以帝皇巡狩，親五嶽而告至，觀方后而考禮，故經有望秩之禮，典有生殖之祀，蓋所以崇山川而報功也。四海一統，天子秉其禮；諸侯力政，疆國攝其祭。奉其邑曰華陰也久矣，乃紀於《禹貢》而分秦、晉之境。奉鄙晉之西則曰陰晉，邊秦之東則曰寧秦。邑既遷徙，禮亦如之。二國力爭，以奉以祭。其城險固，基趾猶存，故老之言，未殞於民也。逮至大漢，受命克亂，不愆不忘，舊名是復。率禮不越，故祀是尊，歷葉增修，處恭又備。一禱三祀，終歲而四，以迄于今。而世宗又經集靈之宮於其下，想喬、松之疇，是遊是憩。郡國方士，自遠而至者，充巖塞厓。鄉邑巫覡，宗祀乎其中者，盈谷溢豁。咸有浮飄之志，愉悅之色，必雲霄之路，可升而越；果繁昌之福，可降而致也。故殖財之寶，黃玉自出；令德之珍，卿相是毓。匪惟嵩高，降生申甫，此亦有焉。天有所興，必先廢之，故殷宗、周宣，以衰致盛。是時也，王業中缺，大化陵遲，郡縣既毀，財匱禮乏。庭朝[一]傾壞，壇場蕪穢，祭祀之禮有缺焉。於是鎮遠將軍領北地太守鄳卿亭侯叚君諱煨字忠朗，自武威占此土，憑託河華，二靈是興。故能以昭烈之德，享上將之尊，御命持重，屯斯寄國，討叛柔服，威懷是示。群兇既除，郡縣集寧，家給人足；戶有樂生之歡，朝釋西顧之慮，而懷關中之恃。雖昔蕭相輔佐之功，功冠群后，弗以加也。遂解甲休士，陣而不戰，以逸其力，修飾享廟。壇場之位，地荒而復辟，禮廢而復興。又造祠堂，表以參闕，建路^[一]路之端首，觀壯麗乎孔徹。然后旅祀祈請，既有常處，雖雨霑衣，而禮不廢。於是邑之士女，咸曰宜之，乃建碑刻石，垂示後裔。其辭曰：

於穆堂闕，堂闕昭明。經之營之，不日而成。匪奢匪儉，惟德是程。匪豐匪約，惟禮是榮。虔恭禋祀，黍稷芬馨。神具醉止，降福穰穰。

【校記】

[一]朝，陳本、《古文苑》作廟。庭朝，《文選補遺》作宗廟。

[二]路，陳本、《古文苑》、《文選補遺》作神，是。

孟津銘
李尤

洋洋河水，赴宗于海。經自中州，龍圖所在。黃函白神，赤符以信。黃^[一]在周武，集會孟津。魚入王舟，乃徃克殷。大漢承緒，懷附遐鄰。邦事來濟，各貢厥珍。

【校記】

[一]黃，陳本、《古文苑》作昔。

洛銘
李尤

洛其熊耳，東流會集。夏禹導疏，經于洛邑。玄龜赤字，漢符是立。帝都通路，建國南鄉。萬乘終濟，造舟為梁。三都五州，貢篚萬方。廣視遠聽，審任賢良。元首昭明，庶類是康。

函谷關銘
李尤

函谷險要，襟帶喉咽。尹從李老，留作二篇。孟嘗離秦，奔騖東征。夜造稽疑，譎以雞鳴。范雎將入，自盛以囊。元甹革移，錯之新安。舍彼西阻，東即高原。長墉重關，閑固不踰。簡易易從，與乾合符。

太平山銘
孫綽

嵬峨太平,峻踰華霍,秀嶺樊縕,奇峯挺崿。上干翠霞,下籠丹壑,有士冥遊,默往奇託。肅形枯林,映心幽漠,亦既覯止,渙焉融滯。懸棟翠微,飛宇雲際,重巒寒產,廻溪縈帶。被以青松,灑以素瀨,流風佇芳,翔雲停藹。

凌煙樓銘
鮑照

臣聞憑颷薦響,唱微效長;垂波鑒景,功少致深。是以氷臺築乎魏邑,鳳閣起於漢京,皆所以贊生通志,感悅幽情者也。伏見所製凌煙樓,棲置崇迥,延瞰平寂,即秀神皋,因基地勢。東臨吳甸,西眺楚關。奔江永瀉,鱗嶺相茸,重樹窮天,通原盡日。悲積陳古,賞絕舊年。誠可以暉曠高明,澡撤遠心矣。夫識緣感傾,事待言彰,匪言匪述,綿世罔傳。敢作銘曰:

巖巖崇樓,藐藐層隅。階基天削,戶牖雲區。瞰江列楹,望景延除。積清風露,合綵煙塗。俯窺淮海,俛眺荊吳。我王結駕,藻思神居。宣此萬春,修靈所扶。

桐柏山金庭館碑銘
沈約

夫生靈為貴,有識斯同,道天云及,終天莫反。終天莫反,故仙學之祕,上聖攸尊。啓玉笈之幽文,貽金壇之妙訣。駐景濛谷,還光上枝。吐吸煙霞,變煉丹液。出沒無方,升降自已。下栖洞室,上賓羣帝。覩靈岳之驟啓,見滄波之屢竭。望玄洲而駿驪,指蓬山而永騖。芝蓋三重,駕螭龍之蜿蜒;雲車萬乘,載旗旆之逶迤。此蓋栖靈五嶽,未曁夫三清者也。若夫上玄奧遠,言象斯絕,金簡玉字之書,玄霜絳雪之寶,俗士所不能窺,學徒不敢輕慕。且禁誓嚴重,志業艱劬,自非天稟上才,未易可擬。自惟凡劣,識鑒鮮方,徒抱出俗之願,而無致遠之力。早尚幽栖,屏棄情累。留愛巖壑,託分魚鳥。塗愈遠而靡倦,年既老而不衰。高宗明皇帝以上聖之德,結宗玄之念,忘其菲薄,曲賜提引。末自夏汭,固乞還山,權憩汝南縣境,固非息心之地。聖主纘歷,復蒙繁維,永泰元年,方遂初願。遂遠出天台,定居茲嶺,所憩之山,實惟桐栢。實靈聖之下都,五縣之餘地。仰出星河,上糸倒景,高崖萬沓,邃澗千廻。因高建壇,憑巖考室,飭降神之字[一],置朝禮之地。桐栢所在,厥號金庭,事曷靈圖,因以名館。聖上曲降幽情，留信彌密，置道士十人，用祈嘉祉。越[二]以不才，首膺斯任，永棄人群，竄景窮麓。結懇志於玄都，望霄容於雲路，仰宣國靈，介茲景福。延吉祥於清廟，納萬壽於神躬，又願道無不懷，澤無不至。幽荒屈膝，戎貊稽顙。息鼓輟烽，守在海外，因此自勉，兼遂微誠。日久鄞邬，自強不已，翹心屬念，晚卧晨興。滄正陽於停午，念孔神於中夜，采三芝而延佇，飛九丹而宴息。乘鳧輕舉，留舄忘歸，以茲丹慤，表之玄極。無曰在上，日鑒非遠，銘石靈館，以旌厥心。其辭曰：

　　道無不在，若存若亡。於惟上學，理妙群方。用之日損，言則非常。儵焉靈化，羽衣霓裳。九重堯兇，三山璀璨。日爲車馬，芝成宮觀。虹旌拂月，龍輈漸漢。萬春方華，千齡始旦。伊余菲薄，竊慕隱淪。尋師講道，結友問津。東採震澤，西遊漢濱。依俙靈眷，髣髴幽人。帝馭紹歷，惟皇纂位。屬心禺湖，脫屣神器。降命凡底，仰祈靈祕。瞻彼高山，興言覆簀。啓基桐栢，厥號金庭。喬峯迥峭，擘漢分星。臨雲置埒，駕岳開櫺。磵塗塞產，林祈葱青。誰謂應遠，神道微密。慶集宮闈，祥流罕畢。其久如地，其恒如日。壽同南山，與天無卒。吏生變煉，外示無功。少君飛轉，密與神通。因資假力，輕舉騰空。庶憑嘉誘，永濟微躬。

【校記】

　　[一]字，陳本、《全梁文》作宇。
　　[二]越，陳本、《全梁文》作約。

卷七十二

銘 下

器物銘十八首
周武王

席銘
　　安樂必敬，無行可悔。一反一側，亦不可以忘。所監不遠，視邇所代。
机銘
　　皇皇惟敬，口口生敬，口生垢戕口。
鑑銘
　　見爾前，慮爾後。
盥盤銘
　　與其溺於人也，寧溺於淵。溺于淵，猶可游也；溺於人，不可救也。
楹銘
　　毋曰胡殘，其禍將然；毋曰胡害，其禍將大；毋曰胡傷，其禍將長。
杖銘
　　惡乎危？於忿疐。惡乎失道？於嗜慾。惡乎相忘？於富貴。
帶銘
　　火滅修容，慎戒必共，共則壽。
履銘
　　慎之勞，勞則富。
觴豆銘
　　食自杖，食自杖，戒之憍，憍則逃。
戶銘
　　夫名難得而易失。無勤弗志，而曰我知之乎？無勤弗及，而曰我杖之乎？擾咀以泥之，若風將至，必先搖搖。雖有聖人，不能爲謀也。

牖銘

　　隨天之時，以地之財。敬祀皇天，敬以先時。

劒銘

　　帶之以爲服，動必行德，行德則興，倍德則崩。

弓銘

　　屈伸之義，發之行之，無忘自過。

矛銘

　　造矛造矛，少問弗忍，終身之羞。予一人聞，以戒後世子孫。

衣銘

　　桑蠶苦，女工難，得新損，故後必寒。

鏡銘

　　以鑑自照者見形容，以人自照者見吉凶。

觴銘

　　樂極則悲，沈湎致非，社稷爲危。

金人銘
無名氏

　　古之慎言人也，戒之哉！無多言，多言多敗；無多事，多事多患。安樂必戒，無行所悔。勿謂何傷，其禍將長；勿謂何害，其禍將大；勿謂不聞，神將伺文[一]。熖熖不滅，炎炎若何；涓涓不壅，終成江河；綿綿不絕，或成網羅；毫末不劄，將尋斧柯。誠能慎之，福之根也，曰是何傷，禍之門也。強梁者不得其死，好勝者必遇其敵，盜憎主人，民怨其上。君子知天下之不可上也，故下之；知衆人之不可先也，故後之；溫恭慎德，使人慕之。執雌持下，莫能[二]踰之，人皆趨彼，我獨守此；人皆惑之，我獨不徙。內藏我知，不與[三]人論技，我雖尊高，人莫害我。夫江湖長百谷者[四]，以其卑下也。天道無親，常與善人。戒之哉！

【校記】

　　[一]文，陳本、《文選補遺》、《全上古三代文》作人。

　　[二]莫能，陳本、《文選補遺》作人莫。《全上古三代文》本句作"莫能與之爭者"。

　　[三]與，陳本作示。《文選補遺》、《全上古三代文》作與。

　　[四]此句陳本作：夫江湖雖左，長於百谷者。《文選補遺》、《全上古三代文》同劉本。

鼎銘
正考父

一命而僂，再命而傴，三命而俯。循牆而走，亦莫余敢侮。饘於是，鬻於是，以糊余口。

鼎銘
孔悝

六月丁亥，公假于太廟。公曰叔舅，乃祖莊叔，左右成公。成公乃命莊叔，隨難於漢陽，即宮于宗周。奔走無射，啓右獻公。獻公乃命成叔，纂乃祖服。乃考文叔，興舊考欲，作率慶士，躬恤衛國。其勤公家，夙夜不懈，民咸曰休哉。公曰叔舅，予汝銘，若纂乃孝服。悝拜稽首曰：對揚以辟之，勤大命，施行烝彝鼎。

杖銘
劉向

歷危乘險，匪杖不行；年耆力竭，匪杖不彊。有杖不任，顛跌誰怨？有士不用，害何足言？都蔗雖甘，殆不可杖；佞人悅己，亦不可相。杖必取便，不必用味；士必任賢，何必取貴？

仲山甫鼎銘
崔駰

鼎耳革，其行塞，雉膏不食。方雨虧悔，終吉有福。足勝其任，公餗乃珍。於高思危，在滿戒溢。可以永年，天之大律。

車左銘
傅毅

虞氏作車，取象璣衡。君子建左，法天之陽。正位受綏，車不內顧。塵不出軌，鸞以節步。彼言不疾，彼指不躬。玄覽於道，永思厥中。

車右銘
傅毅

擇御卜右，採德用良。詢納耆老，于我是匡。惟賢是師，惟道是式。箴闕旅賁，內顧自勑。匪望其度，匪愆其則。越戒敦約，禮以華國。

漏刻銘
李尤

昔在先聖，配天垂則。仰瞀七曜，俯順坤德。力[一]建日官，俾立漏刻。昏明既序，景曜不忒。唐命羲和，敬授人時。縣象著明，帝以崇熙。季末不虔，德衰于茲。挈壺失職，刺流在詩。聖哲稽古，帝則是欽。尺璧非寶，重此寸陰。昧旦丕顯，敬聽漏音。思我王度，如玉如金。

【校記】

[一]力，陳本、《古文苑》同。《全後漢文》作乃。

座右銘
嚴遵

夫疾形不能遁影，大音不能掩響，默然託蔭，則影響無因。常體卑弱，則禍患無萌。口舌者，禍福之門，滅身之斧；言語者，天命之屬，形骸之部。出失則患入，言失則亡身。是以聖人當言而懷，發言而憂，如赴水火，履危臨深，有不得已，當而後言。嗜慾者，潰腹之矛；貨利者，喪身之仇；嫉妬者，亡軀之害；讒佞者，刎頸之兵；殘酷者，絕世之殃；陷害者，滅嗣之場；淫戲者，殫家之塹；嗜酒者，窮餓之藪；忠孝者，富貴之門；節儉者，不竭之源。吾日三省，傳告後嗣，萬世勿遺。

五熟釜[一]銘
魏文帝

於赫有魏，作漢藩輔。厥相維鍾，實幹心膂。靖共夙夜，匪遑安處。百僚師師，皆茲矩度。

【校記】

[一]釜，陳本作金，誤。《三國志》云：文帝在東宮，賜繇五熟釜，爲之銘曰。

承露盤銘
曹植

岩岩[一]承露，峻極太清。神君[二]礧磈，洪基嶽停。下潛醴泉，上受雲英。和氣四充，翔風所經。匪我明君，孰能經營？近歷躔[三]度，三光朗明。殊俗歸義，祥瑞混并。鸞鳳晨棲，甘露霄零。神物攸協[四]，高而不傾。奉天戴巍[五]，恭統神器。固若露盤，長存永貴。聖賢繼跡，奕世朙德。不忝先功，保茲皇極。垂祚億兆，永荷天秩。

【校記】

[一]岩岩，陳本同。《曹植集校注》作苕苕。

[二]君，陳本同。《曹植集校注》作石。

[三]躔，陳本同。《曹植集校注》作闡。

[四]協，陳本同。《曹植集校注》作挾。

[五]奉天戴巍，陳本同。《曹植集校注》作奉載巍巍。

無射鐘銘
王粲

有魏匡國，成功允章。格于上下，光于四方。休徵時序，人悅時康。造茲衡鐘，有命自皇。三以紀之，六以平之。厥量孔嘉，厥齊孔時。音聲和協，人德同熙。聽之無斁[一]，用以啓期。

【校記】

[一]斁，陳本、《古文苑》同。《建安七子集》作射。

反金人銘
孫楚

晉太廟有石人焉，大張其口，而書其胷曰：我古之多言人也。無少言，無少事，少言少事，則後生何述焉！夫唯立言，名乃長久，胡爲塊然，生鉗其口。凡夫貪財，烈士殉名。盜跖爲濁，夷柳爲清。鮑肆爲臭，蘭闍爲馨。莫貴澄清，莫賤淬穢，二者言異，歸於一會。堯懸諫鼓，舜立謗木，聽采風謠，惟日不足，道潤群生，化隆比屋。末葉陵遲，禮教彌衰，承旨則順，忤意則違。時好細腰，宮中皆飢；時悅廣額，不作細眉。逆龍之鱗，必陷斯機，括囊無咎，乃免誅夷。顛覆厥德，可爲傷悲。斯可用戒，無妄之時，假說周廟，於言爲蚩。是以君子，追而改之。

卷七十三

誄

孔子誄
魯哀公
天不遺耆老，莫相予位焉。嗚呼哀哉，尼父！
又
昊天不弔，不愸遺一老，俾屏余一人以在位，煢煢予在疚！嗚呼哀哉，尼父！

元后誄
楊雄
新室文母太后崩，天下哀痛，號哭涕泗，思慕功德，咸上柩，誄之，銘曰：

惟我有新室文母聖朗皇太后，姓出黃帝，西陵昌意，實生高陽。純德虞帝，孝聞四方。登陟帝位，禪受伊唐。爰初胙土，陳田至王。營相厥宇，度河濟旁。沙麓之靈，太陰之精。天生聖姿，豫有祥禎。作合于漢，配元生成。

孝順皇姑，承家尚莊。內則純被，後烈丕光。肇初酌先，天命是將。兆徵顯見，新都黃龍。漢成既終，胤嗣匪生。哀帝承祚，惟離典經。尚是言異，大命俄顛。厥年夭隕，大終不盈。文母覽之，千載不傾。博選大智，新都宰衡。

明聖作佐，與圖國艱，以度厄運。徵立中山，庶其可濟。博采淑女，備其婦娣。覡禮高禖，祈廟嗣繼。靡格匪天，靡動匪地。穆穆明明，昭事上帝。弘漢祖考，夙夜匪懈。興滅繼絕，博立侯王。親睦庶族，昭穆序朗。帝致友屬，靡有遺荒，咸被祚慶。冀以金火，赤仍有央。

勉進大聖，上下兼該。羣祥衆瑞，正我黃來。火德將滅，惟后于斯。天之所壞，人不敢支。哀平夭折，百姓分離。祖宗之惫，終其不全。天命有託，謫在于前。屬遭不造，榮極而遷。皇天眷命，黃虞之孫。歷世運移，屬在聖新。代于漢劉，受祚于天。漢祖受命，赤傳于卜[一]。攝帝受禪，立爲眞皇。允受厥中，以安黎衆。漢祖黜廢，移定安公。

皇皇靈祖，惟若孔臧。降茲珪璧，命服有常。爲新帝母，鴻德不忘。欽德伊何，奉命是行。菲薄服食，神祇是崇。尊不虛統，惟祇惟庸。隆循人敬，先民是從。承天祇家，允恭虔恪。豐阜庶卉，旅力不射。恤民于留，不皇詭作。別計十邑，國之是度。還奉于此，以處貧薄。罷苑置縣，築里作宅。以處貧窮，哀此嫠獨。起常盈倉，五十萬斛。爲諸生儲，以勸好學。志在黎元，是勞是勤。春巡灞滻，秋臻黃山。夏撫樗杜，冬郵涇樊。大射饗飲，飛羽之門。綏宥耆幼，不拘婦人。刑女歸家，以宥[二]貞信。玄冥季冬，搜狩上蘭。寅賓出日，東秩暘谷。鳴鳩拂羽，戴勝降桑。蠶于繭舘，躬筐執曲。帥導群妾，咸循蠶蔟。分繭理絲，女工是勑。遐邇蒙祉，中外禔福。自京逮海，靡不仰德。成類存生，秉天地經。無物不理，無人不寧。尊號文母，與新有成。世奉長壽，靡墮有傾。著德太常，注諸旒旌。嗚呼哀哉，以昭鴻名。享國六十，殂落而崩。

四海傷懷，擗踊拊心。若喪考妣，遏密入[三]音。嗚呼哀哉，萬方不勝。德被海表，彌流魂精。去此昭昭，就彼冥冥。忽兮不見，超兮西征。既作下宮，不復故庭。爰緘伊銘，嗚呼哀哉！

【校記】

[一]卜，《古文苑》、《揚雄集校注》作黃。

[二]宥，《古文苑》、《揚雄集校注》作育。

[三]入，《古文苑》、《揚雄集校注》作八。

朙帝誄
傅毅

惟此永平，其德不回。恢廓鴻績，遐方是懷。朙朙肅肅，四國順威。赫赫盛漢，功德巍巍。躬履聖德，以臨萬國。仁風弘惠，雲布雨集。武伏蚩尤，文騰孔墨。下制九州，上係皇極。豐美中世，垂華億載。冠堯佩舜，踐履五代。三雍既洽，帝道繼備。七經宣暢，孔業淑著。朙德慎罰，尊上師傅。薄刑厚賞，惠慈仁恕。朙並日月，無有偏照。譬如北辰，與天同曜。發號施令，萬國震懼。庠序設陳，禮樂宣布。璇璣所建，靡不奄有。貢篚納賦，如歸父母。正朔永昌，冠帶儋耳。四方共貫，八極同軌。

北海王誄
傅毅

誄曰：永平七年，北海靜王薨。於是境內市不交易，塗無征旅，農不修畞，室無女工。感傷慘怛，若喪厥親，俯哭后土，仰愬皇旻。於惟羣英列俊，靜思勒銘，惟王勛德，是昭是皕。存隆其實，光[一]曜其聲，終始之際，於斯爲榮。乃作誄曰：

覽視昔初，若論往代。有國有家，篇籍攸載。貴尠不驕，滿罔不溢。莫能履道，聲色以卒。惟王建國，作此藩弼。撫綏方域，承翼京室。對揚休嘉，光昭其則。溫恭朝夕，敦循伊德。

【校記】
[一]光，《古文苑》同。陳本作死，非。

和帝誄
蘇順

天王徂登，率土奄傷。如何昊窮，奪我聖皇。恩德累代，乃作銘章。其辭曰：

恭惟大行，配天建德。陶元二化，風流萬國。立我蒸民，宜此儀則。厥初生民，三五作剛[一]。載藉之盛，著於虞唐。恭惟大行，爰同其光。自昔何爲，欽明允塞。恭惟大行，天覆地載。無爲而治，冠斯往代。往代崎嶇，諸夏擅[二]命。爰茲發號，民樂其政。奄有萬國，民臣咸袟，大孝備矣。閟宮有洫，由昔姜嫄，祖妣之室，本枝百世。神契惟一，彌留不豫，道揚末命，勞謙有終。實惟其性，衣不制新，犀玉遠屛，履和而行。威稜上古，洪澤滂流，茂化沾溥，不憖少留。民斯何怙，歔欷成雲，泣涕成雨。昊天不弔，喪我慈父。

【校記】
[一]剛，陳本作網。《全後漢文》作剛。
[二]擅，陳本作誕。《全後漢文》作擅。

曹蒼舒誄
魏文帝

惟建安十有五年五月甲戌，童子曹蒼舒卒，嗚呼哀哉。乃作誄曰：

於惟淑弟，懿矣純良。誕豐令質，荷天之光。既哲且仁，爰柔克剛。彼德之容，茲義肇行。猗歟公子，終然允臧。宜逢介祉，以永無疆。如何昊天，雕斯俊英。嗚呼哀哉！惟人之生，忽若朝露。役役百年，亹亹行暮。矧爾夙夭，十三而卒。何辜于天，景命不遂？兼悲增傷，侘傺失氣。永思長懷，哀爾罔極。貽爾良妃，襚爾嘉服。越以乙酉，宅彼城隅。增丘我我，寢廟渠渠。姻媾雲會，充路盈衢。悠悠羣司，岌岌其車。傾都蕩邑，爰迄爾居。魂而有靈，庶可以娛。嗚呼哀哉！

魏文帝誄
曹植

嗚呼哀哉！于時天震地駭，崩山隕霜。陽精薄景，五緯錯行。百姓呀嗟，萬國悲悼。若喪考妣，恩過慕唐。擗踊郊野，仰想窮蒼。僉曰何為[一]，早世隕喪。嗚呼哀哉！悲夫大行，忽焉光滅。永弃萬民，雲往雨絕。承問慌惚，悁憎哽咽。袖鋒抽刃，欲自强[二]斃。追慕三良，甘心同穴。感惟南風，惟以鬱滯。終於偕沒，指景自誓。考諸先記，尋之擥[三]言。生若浮寄，惟德可論。朝聞夕死，孔志所存。皇雖一殁，天祿永延。何以述德？表之素旂；何以詠功？宜之管絃。乃作誄曰：

皓皓太素，兩儀始分。中和產物，肇有人倫。爰暨三星，寔秉道眞。降逮五帝，繼以懿純。三代製作，踵武之勲。季嗣不綱[四]，網漏于秦。崩樂滅學，儒坑禮焚。二世而殞，漢氏乃因。弗求古訓，嬴政是遵。王綱帝典，闃爾無聞。未[五]光幽昧，道究運遷。乾坤回曆，簡聖授賢。乃眷大行，屬以黎元。龍飛啓祚，合契上玄。五行定紀，改號革年。明明赫赫，受命于天。仁風偃物，德以禮宣。祥[六]惟聖質，疑在幼妍[七]。庶[八]幾六典，學不過度[九]。潛心無妄，元[十]志清冥。才秀藻朗，如玉之瑩。聽察無響，瞻覩未形。其剛如金，其貞如瓊。如冰之潔，如砥之平。爵必[十一]無私，戮違無輕。心鏡萬機，攬照下情。思良股肱，嘉昔伊呂。搜揚側陋，舉湯代禹。拔才巖穴，取士蓬戶。唯德是繁，弗拘禰祖。宅土之表[十二]，[十三]道義是圖。弗營厥險，六合是虞。齊契共遵，下以純民[十四]。恢折[十五]規矩，克紹前人。科條品制，襃貶以因。乘殷之輅，行夏之辰。金根黃屋，翠葆龍鱗。緋冕崇麗，衡紞維新。尊肅禮容，矚之若神。方牧妙舉，欽於恤民。虎將荷節，鎮彼四鄰。朱旗所勦，九壤被震。疇克不若，孰敢不臣？縣旌海表，萬里無塵。虜備凶徹，烏殪江岷。摧[十六]若涸魚，乾若脯鱗。肅慎約貢，越裳效珍。條支絕域，獻歆內實。德儕先皇，功侔太古。上靈降瑞，黃初叔祐。

　　河龍洛龜，陵波遊下。平鈞應繩，神鷥翔舞。數莢階除，系[十七]風扇暑。皓獸素禽，飛走郊野。神鐘寶甹，形自舊土。雲英甘露，瀸塗被宇。靈芝冒沼，朱華蔭渚。回回凱風，祁祁甘雨。稼穡豐登，我稷我黍。家佩惠君，戶蒙慈父。圖致太和，洽德全義。將登泰[十八]山，先皇作儷。鐫石紀勳，兼錄衆瑞。方隆封禪，歸功天地。賓禮百靈，勳命視規。望祭四嶽，燎封奉柴。肅于南郊，宗祀上帝。三牲既供，夏禘秋嘗。元侯佐祭，獻璧奉璋。鸞輿幽藹，龍旂太常。爰迄太廟，鐘皷鍠鍠；頌德詠功，八佾鏘鏘。皇祖既饗，烈考來享。神具醉止，降兹福祥。天地震蕩，大行康之。三辰暗昧，大行光之。皇絃惟絕，大行綱之。神器莫統，大行當之。禮樂廢馳，大行張之。仁義陸沈，大行揚之。潛德隱鳳，大行翔之。疏狄遐康，大行匡之。在位七載，元[十九]功仍舉。將永[二十]太和，絕迹三五。宜作物師，長為神主。壽終金石，等算東父。如何奄忽？摧身后土。俾我煢煢，靡瞻靡顧。嗟嗟皇穹，胡寧忍務？嗚呼哀哉！朗鑑吉凶，體遠存亡。深垂典制，申之嗣王。聖上處[二一]奉，是順是將。乃剏[二二]玄宇，基爲首陽。擬迹穀林，追堯慕唐。合山同陵，不樹不疆。塗車芻靈，珠玉靡藏。百神警侍，來實幽堂。耕禽田獸，望魂之翔。

　　於是俟大隧之致力兮，練元辰之淑禎。潛華體於梓宮兮，馮正殿以居靈。顧望嗣之號咷兮，存臨者之悲聲。悼晏駕之既往[二三]兮，感容車之速征。浮飛魂於輕[二四]霄兮，就黃壚以滅[二五]形。背三光之昭晰兮，歸玄宅之冥冥。嗟一往之不返兮，痛閟闈之長扃，咨遠臣之眇眇兮，成凶諱以怛驚。心孤絕而靡告兮，紛流涕而交頸。思恩榮以橫奔兮，閡關塞之嶢崢。顧衰經以輕舉兮，念[二六]關防之我嬰。欲高飛而遙憩兮，憚天網之遠經。遙[二七]投骨於山足兮，報恩養於下庭。慨拊心而自悼兮，懼施重而命輕。嗟微軀之是效兮，甘九死而忘生。幾司命之役籍兮，先黃髮而隕零。天蓋高同[二八]而察卑兮，冀神朗於[二九]我聽。獨鬱悒而莫告兮，追顧景而憐形。奏斯文以寫思兮，結翰墨以敷誠。嗚呼哀哉！

【校記】

　　[一]爲，陳本同。《曹植集校注》作辜。

　　[二]强，陳本同。《曹植集校注》作僵。

　　[三]擔，陳本、《曹植集校注》作哲。

[四]網，陳本同。《曹植集校注》作維。
[五]未，陳本、《曹植集校注》作末。
[六]祥，陳本同。《曹植集校注》作詳。
[七]疑在幼妍，陳本同。《曹植集校注》作岐嶷幼齡。
[八]庶，陳本同。《曹植集校注》作研。
[九]度，陳本同。《曹植集校注》作庭。
[十]元，陳本、《曹植集校注》作亢。
[十一]必，陳本同。《曹植集校注》作功。
[十二]表，陳本同。《曹植集校注》作衷。
[十三]《曹植集校注》此有"率民以漸"四字。
[十四]此句《曹植集校注》作導下以純，民由樸檢。
[十五]折，陳本、《曹植集校注》作拓。
[十六]摧，陳本同。《曹植集校注》作權。
[十七]系，陳本同。《曹植集校注》作景。
[十八]泰，陳本同。《曹植集校注》作介。
[十九]元，陳本同。《曹植集校注》作久。
[二十]永，陳本同。《曹植集校注》作承。
[二一]處，陳本、《曹植集校注》作虔。
[二二]刱，陳本同。《曹植集校注》作啓。
[二三]往，陳本同。《曹植集校注》作疾。
[二四]輕，陳本同。《曹植集校注》作青。
[二五]滅，陳本同。《曹植集校注》作藏。
[二六]念，陳本同。《曹植集校注》作迫。
[二七]遙，陳本同。《曹植集校注》作願。
[二八]《曹植集校注》無"同"字。
[二九]於，陳本同。《曹植集校注》作之。

任城[一]王誄
曹植

昔二虢佐文，旦奭翼武。於休我王，魏之元輔。將崇懿迹，等號齊魯。如何奄忽，命不是與。仁者悼没，兼彼殊類。矧我同生，能不憯阻[二]。目想官墀，心存平素。髣髴魂神，馳情陵墓。凡夫愛命，達者狥名。王雖薨徂，功著丹青。人誰不没，德貴有遺[三]。乃作誄曰：

幼有令質[四]，光耀珪璋。孝殊閔氏，義達參商。温温其恭，爰柔克剛。

心存建業，王室是匡。矯矯元戎，雷動雨[五]徂。橫行燕代，威慴北胡。奔虜無竄，還戰高柳。王率壯士，常爲君[六]首。宜究長年，永保皇家。如何奄忽，景命不遐。同盟飲淚，百寮咨嗟。

【校記】

[一]誠，陳本同。《文選補遺》、《曹植集校注》作城。
[二]阻，陳本、《文選補遺》同。《曹植集校注》作悴。
[三]德貴有遺，陳本、《文選補遺》同。《曹植集校注》作貴有遺聲。
[四]質，陳本、《文選補遺》同。《曹植集校注》作德。
[五]雨，陳本、《文選補遺》同。《曹植集校注》作雲。
[六]君，陳本、《文選補遺》同。《曹植集校注》作軍。

吳丞相陸公誄
陸雲

惟赤烏八年二月，粵乙卯，吳故使特節、鄿州牧、左都護丞相、江陵邵[一]侯陸公薨。嗚呼哀哉！皇朝迭紹，成命昊天。聖王作矣，世有哲臣。觀監在吳，乃降斯神。思皇我后，應運對揚。穎秀崇華，景逸扶桑。龍輝襲[二]極，鳳鳴玉堂。舉旗清阻，奮鉞夷荒。悠結沈維，峻極公綱。將撫遠績，括地九圍。皇淳爽泰，昊旻疾威。生民如何？哲人其頹。登靈在天，遺音播徽。敢揚元勳，表之素旟。乃作誄曰：

潛哲我祖，時文俊[三]德。玄粹納眞，清休載式。本承慶輝，駿惠岡極。申錫多祜，本支千億。芳條遠蔭，靈根茂植。根條伊何？苗黃裔舜。長發有祥，貽我祚晉。神明之緒，實蕃瑰雋。和音嗣世，不替碩彥。明覽[四]在下，降命上玄。我公初載，天瑕之純。重光納照，旋璣授銓。仰儀喬嶽，俯濯洪川。清耀秀穎，雲翹映晨。肇彼岐嶷，允迪天眞。先心則智，率意斯仁[五]。秉彝清昧，體靈愶神。神休載鑠，九德兼和。挹揮茂朴，豐淳鎭華。景峻凌高，玄源湧波。造辰竦隆，彌海廓遐。光備既淳，逸軌爰超。閎罔包荒，景靈渥耀。山林嶽秀，天光乃照。窮化機神，探頤衆妙。駭塵氛埃，澄響清肖。恢淵博量，騰嶮峻邵。振綱宇表，登軌絕蹈。

厥初藏器，棲蟠海嶽。披藻崑崙，濯秀暘谷。沉輝熙茂，清塵熠鑠。含章在淵，發揮龍躍。時服陽九，承乾之衰。有皇于井，王[六]軒徘徊。爰茲赫奕，需期雲飛。天步皇輿，載見太微。華堂誕基，委蛇自階。禺輝既隮，嘉命乃集。和美未飪，宰物下邑。康年屢登，惠風時愶。在斷無頗，于教斯輯。金虎覬精，戎車孔肆。神器播越，天人釋位。有命在茲，帝思元帥。委弁總干,振翼虎噬。威靈旣授,六軍有序。乃誓我衆,乃整我旅。神干山立,雄旗電舉。懸旌氾陽,即戎江滸。我后曰敬,上帝臨余。靖共夙夜,匪寧匪處。

乃干中軍,入作內輔。公侯陟降,在帝左右。關羽滔天,作雲西土。帝曰將軍,整爾熊虎。赫赫明明,皇輿出祖。龍舟照淵,旟旐映野。鋪敦江濆,仍執醜虜。荊南旣集,方險未夷。天子命我,撫之西垂。公侯庪止,威神緝熙。虔劉作虐,思輯子來。妖旖北靡,搴爾雄旗。獷彼羣蠻,祁祁遺黎。柔遠能和,薄言綏之。方隅肅清,烈文雋武。舍爵䣩堂,冊勳天府。天子曰咨,我圖乃功。錫爾青土,建侯于東。開國名墟,光宅海邦。分圭作寶,軒輅以庸。旣受帝祐,公用如[七]大。馴鐵孔阜,元戎杳藹。淑旂飛藻,綏章承蓋。振我輝靈,四方于邁。

劉王負嶮,寇我西鄰。公侯赫怒,干戈啓陳。金鉞鏡日,雲旗絳天。凌岡襄嶽,沈維括淵。元王隕難,鯨鯢墜鱗。戎漢時殄,方域清塵。曹休東踰,我疆斯越。帝簡厥佐,將命其傑。乃俾我公,啓行警伐。江漢之滸,天子[八]授鉞。捐帝整旅,隱爾霆發。桓桓神誅,震驚魏方。我公矯矯,虎視元戎。殲彼醜旅,効此武功。武功旣彰,天威薄曜。靈武震華,邊陲清暴。振旅凱入,王假有廟。假廟伊何?本庸寵祚。土田陪敦,四牡載路。出餞于郊,此惟予顧。禮嘉嵩高,樂和湛露。改容肅至,傾蓋寵步。鑾帶翩紛,珍裘阿那。

區宇惟寧,繁遏帝祉。於穆疇咨,敷奏多士。將庸元輔,相維[九]天子。僉曰公侯,宜有爰止。繡裳絺藻,袞帶重紫。遂虛上司,命公登宰。帝曰丞相,朕嘉君德。以茲軒冕,往踐乃職。宣爾睿心,惟皇[十]協極。邦國若否,四方爾式。公拜稽首,欽翼䣩聖。乃御璣衡,仰徽七政。祇恪本[十一]顯,無易惟命。巍巍大[十二]邑,惟清四門。公侯作弼,煥炳皇文。重輝熾景,協風煙熅—作絪縕[陳]。百神秩祀,兆獻思淳。克諧庶尹,遂成帝勳。時雍旣濟,王途克廣。儀形我度,軌物垂象。後遐施歸,崇薩惠仰。茂德棲音,廣問沈響。

洪範遠迪,玄猷洞深。靈澤崇藪,天險垂陰。翰飛樂嶮,淵蟠泳沉。澤豐丘泉,潤博雲林。遭世大過,彝倫靡肅。亶亶公侯,思維雅俗。發憤戎衣,永言禮樂。被分敦化,荷戈思學。體仁長物,御風熙國。叡鑒擢微,玄輝鏡璞。戒危膏粱,收後[十三]白屋。五品時訓,民神攸鑠。

我有煥文,如曜如辰。何以崇之,匪闡伊人。我有烈武,如震如霆。何以將之?保大豐年。思弘景業,熙世登民。克壯碩老,秉鉞河津。祉作勿引,早世幽神。仰慕遺輝,寤辟憂殷。嗚呼哀哉!永惟我公,克䣩德心。

幼藹芳和，被之惠林。公侯殁矣，孰嗣徽音？名存體逝，德茂形潛。民之秉思，好是謳吟。嗚呼哀哉！惟帝念功，寵命光大。考謚典謨，崇榮協泰。安宫載考，我公于邁。輀軒啓塗，先驅驚斾。哀風結輿，遺思馮蓋。舍此休閱，即彼重藹。攀慕靡及，永戀光愛。嗚呼哀哉！

【校記】

[一]邵，陳本、《陸雲集》作郡。《文選補遺》作邵。
[二]襲，陳本、《文選補遺》同。《陸雲集》作紫。
[三]俊，陳本作峻。《文選補遺》、《陸雲集》作畯。
[四]覽，陳本、《陸雲集》作鑒。《文選補遺》作監。
[五]仁，陳本作人。《文選補遺》、《陸雲集》作仁。
[六]王，陳本、《陸雲集》作玉。《文選補遺》作王。
[七] 如，陳本、《文選補遺》、《陸雲集》作加。
[八]天子，陳本、《文選補遺》同。《陸雲集》作恪恭。
[九]"相維"二字據陳本補。《陸雲集》作相惟。
[十]皇，陳本、《文選補遺》同。《陸雲集》作黃。
[十一]本，陳本、《陸雲集》作丕。
[十二]大，陳本同。《陸雲集》作天。
[十三]後，陳本同。《陸雲集》作俊。

故散騎常侍陸府君誄
陸雲

惟太康五年夏四月丙申，晉故散騎常侍吳郡陸君卒。嗚呼哀哉！天降純嘏，誕育俊乂。才雄[一]九奥，德鍾三懿。應運繼期，顯微闡昧。特恢大猷，雍化熙世。昊天不弔，奄忽零墜。嗚呼哀哉！朝隕棠榦，邦喪國輝。帝欽遺烈，士詠清機。思經皇心，痛浹民懷。揮淚充邑。惜慟盈畿。敢述洪迹，于茲素斾。其辭曰：

於穆皇源，時惟誕弘。權輿有媯，爰帝暨王。徽音接響，丕祚克昌。乾鑒南眷，誕降我祖。顯考尚書，納言帝宇。正命惟允，銓衡收序。篤生常侍，固天所隆。祚以靈粹，陶以惠風。道協體稟，德與性鍾。叡心遠暢，淵思遐通。瞻言潛覽，克哲克聰。躭精遐奥，肆志篇章。仰咨遺訓，思齊曩蹤。擒光丞[二]晦，微言是綱。錯綜羣藝，精徹豪芒。顯允閑姿，旣明且偉。敦敘氾愛，經德紀義。契闊邦族，是綜是緯。博約以禮，陳錫載施。雍雍閨闈，克諧由仁。率禮崇化，色養寧親。九族和睦，德被宗姻。猗猗髦俊，祁祁縉紳。鑽仰朙範，挹道希塵。愷悌弘裕，惠化是振。潛機密暢，靡幽不甄。濯以清波，權以明鈴。旌善板築，刊穢紫宸。邦無媮幸，靈不牟眞。沐浴玄源，風移俗純。儀德鄒甸，比化泗濱。

耀略[三]切輝，旣升未融。爰莅揚邑，作尹名邦。密邇帝畿，大東小東。宣敷五教，敵化以崇。徵無墜命，興無廢功。帝欽良政，民懷穆風。粵稽舊章，率由典刑。考績三載，絀幽陟朙。超踐皇闈，紆組垂纓。奕世納言，帝衡以平。本崇曩烈，堂構克榮。征聲屢振，干戈未戢。乃秉雄戟，徵戎東邑。四牡徂征，威德以立。爰守會稽，青綬旣襲。帝曰欽哉，疇咨羣后，改授顯服，屯騎是撫。雍容皇甸，綜文經武。時值大過，士爽其德。虔惟常侍，高朙柔直。履冰察霜，淪心遠測。春存三季，形志于色。頻顚厄運，載離咎愆。靖亨思順，曹氏匪革。投弁釋紱，皓恩[四]或作浩恩[陳]東嶽。遁世無悶，清源是濯。馥風彌馨，朙徽載繶[五]。

皇途旣闢，天罔誕張。運在九五，違巇即康。猗歟高懿，避風遠臧。帝降大命，丘園是揚。祼將天邑，舒藻舊京。僉曰休哉，昭德塞違。乃升常伯，補闕拾遺。振纓紫極，攄光太微。奕奕玄冕，熠熠貂璫。仰耀皇維，俯映朙堂。輿振鳴鸞，體佩琮璜。居德彌沖，雖休匪康。旣珊君宿，未跱畀辰。將陟太階，弘載育民。皇靈靡顧，大命奄臻。屬凶彌留，儵忽頹湮。嗚呼哀哉！

黃河難澄，梁木易荒。聖賢絕景，希世齊光。豈曰徒生，實維天綱。於鑠常侍，本德昭仁。俯鏗瑤響，仰綴玉振。其在克壯，自塞乘屯。鳳翳靈條，龍竄祕泉。收遁匪耀，洪略陶緼。雖珊嘉運，託景風雲。瑰光旣耀，靈寶未闡。弗慮皇圖，銜恨徂遷。嗚呼哀哉！

江河慕海，丘陵樂山。於惟君德，齊聖廣淵。羣彥景附，漸化濯眞。蓋以崇嚴，函以裕淵。西徂華源，負澤慕塵。幽萌潛暢，滯思賴振。六言六行，匪君不肅。五有三無，匪君不極。衡准失平，匪君不直。方榮遐邈，匪君不式。君其永没，民其焉則。結思遺愛，惟哀允惻。嗚呼哀哉！

仲尼喪魯，孺慕失聲。國僑殞鄭，邦無竽笙。實惟常侍，徽懿克朙。思懷士心，信結民情。聞者巷泣，赴者風征。八音輟響，獻酢弗營。羽概翳川，輕駕盈庭。揮袂雲藹，殞淚雨零。嗚呼哀哉！

伊惟平生，襲寵荷輝。愷樂承朙，桑梓猶哀。聿懷震丘，言告言歸。朙德遠燭，慮凶以音[六]。雖則榮泰，存亡是郵。爰築新邑，經始匪日。眷懷不虞，寧襯斯室。王事靡監，皇畿是旋。鳴和吉往，曾未浹辰。震旆凶歸，輝景長泯。痛感皇祇，哀普四民。嗚呼哀哉！

穆穆天子，昭朙有融。乃命三人，禮憲是崇。賜以歸賵，榮以贈終。

冕蓋南徂,映族輝邦。日薄南陸,辰次天漢。龜筴恊貞,靈域載判。朗器既庇,神道已羨。縣象未登,朗星有爛。軒車微動,執紼同贊。永棄高廈,黃廬是館。寧彼昏昧,荒此輝粲。幽房長鍵,脩夜靡旦。翼翼輕蓋,翩翩丹旐。龍章舒藻,旗旒有輝。轜輪轇結,玄駟徘徊。人誰弗思,靡思匪哀。援札心楚,投翰餘悲。嗚呼哀哉!

【校記】

[一]"雄"字據陳本補。《陸雲集》有。
[二]丞,陳本作承。擒,《陸雲集》作摛;丞,作啟。
[三]略,陳本同。《陸雲集》作畧。
[四]恩,陳本同。《陸雲集》作思。
[五]纞,陳本同。《陸雲集》作鑠。
[六]音,陳本、《陸雲集》作吉。

卷七十四

哀

文朙王皇后哀策文
晉武帝

朗朗先后，興我晉道。暉章淑問，以翼皇考。邁德宣猷，大業有造。貽慶孤矇，堂構是保。庶資復顧，永享難老。奄然登遐，棄我何早。沈哀罔訴，如何穹昊。嗚呼哀哉！厥初生民，樹之惠康。帝遷朙德，顧予先皇。天立厥配，我皇是光。作邦作對，德音無疆。愍予不吊，天篤降殃。日沒朙夷，中年隕喪。煢煢在疚，永懷摧傷。尋惟景行，於穆不已。海岱降靈，世荷繁祉。永錫祚胤，篤生文母。誕膺純和，淑愼容止。質直不渝，體茲孝友。詩書是悅，禮籍是紀。三從無違，中饋允理。追惟先后，勞謙是尚。爰初在室，竭力致養。嬪于大邦，皇基是相。謐靜隆化，帝業以創。內斂嬪御，外愜時望。履信居順，德行洽暢。宓勿無荒，劬勞克讓。崇儉抑華，沖素是放。雖享崇高，歡加_{或作如[陳]}未饗。胡寧棄之，我將曷仰？咨余不造，大罰荐臻。皇考背世，始踰三年。仰奉慈親，冀無後艱。凶災仍集，何辜于天。嗚呼哀哉！靈輀鳳駕，設祖中闈。輀輬動軫，既往不追。哀哀皇妣，永潛靈暉。進攀梓宮，顧援素旂。屏營窮痛，誰告誰依？訴情贈策，以舒傷悲。尚或有聞，顧予孤遺。嗚呼哀哉！

武元楊皇后哀策文
左貴嬪[一]

天地配序，成化兩儀。王假有家，道在伉儷。姜嫄佐嚳，一[二]妃興嬀。仰希古昔，冀亦同規。今胡不然，景命凤虧。嗚呼哀哉！我應圖籙，臨統萬方。正位于內，實在嬪嬙。天作之合，駿發之祥。河嶽降靈，啓祚華陽。奕世豐衍，朱紱斯煌。纘女惟行，受命溥將。來翼家邦，憲度是常。緝熙陰教，德聲顯揚。昔我先妣，暉曜休光。后承前訓，奉述遺芳。宜嗣徽音，繼序無荒。如何不吊，背世隕喪。望齊無主，長去蒸嘗。追懷永悼，率土摧傷。嗚呼哀哉！陵兆既窆，將遷幽都，宵陳夙駕，元妃其徂。宮闈邈密，階庭空虛。設祖布紼，告駕啓塗。服翬褕狄，寄象容車。金路晻藹，裳帳不舒。千乘動軫，六驥躊躇。銘旌樹表，翣柳雲敷。祁祁同軌，岌岌蒸徒。孰不云懷，哀感萬夫。寧神虞卜，安體玄廬。土房陶篡，齊制遂初。依行紀諡，聲被八區。雖背明光，亦歸皇姑。没而不朽，世德作謨。嗚呼哀哉！

【校記】

[一]陳本題爲晉武帝作。據《晉書》，爲晉武帝命史臣作。

[二]一，陳本、《晉書》作二。

晉武帝哀策文
張華

感大饗之無虧，哀鐏俎之虛設，叩龍輀以長叫，痛靈暉之潛逝。其辭曰：

欽惟皇考，體道之真。德侔乾坤，齊曜三辰。應期登禪，協于天人。上虔郊祀，下惠兆民。憲章唐虞，允得其津。搜揚仄陋，故老是寶。百揆時序，盛業日新。恩從雲翔，威猶霆震。江海靜波，岷岳無塵。四夷率服，莫不來臣。肅慎奉貢，越裳効珍。化此弊俗，歸之至淳。昔在上聖，咸享百年。哀哀皇考，胡不是臻。遘厲彌侵，景命殞顛。舍此昭晰，即彼幽玄。仰瞻靡怙，廓若無天。終制尚儉，率由典度。華幕弗陳，器必陶素。不封不樹，所在惟固。貽法來世，是則是慕。大隧既啓，吉日將征。鍾皷雷震，白虎抗旌。龍螭驤首，良駟悲鳴。倡者振鐸，挽夫齊行。背此崇殿，將適下庭。玄宮窈窕，脩夜冥冥。光燈永戢，幽闥長扃。仰設皇穹，零淚屛營。云誰能忍，寄之我情。結心墳隴，永憑聖靈。

晉元帝哀策文
郭璞

永惟殿宇之廓寂，悲彝奠之莫歆，感鸞輅之晏駕，哀袞裘之委衿，痛聖躬之遐往，長淪景於太陰。乃作策曰：

王之不極，百六作艱。鵷集瓊林，鯨躍神淵。懷愍失據，海覆岳巔。蠢蠢六合，罔不倒懸。靈慶有底，見龍在田。誰不極[一]哉，我后先天。大人承運，重辟繼作。撫征淮海，駿命再廓。仁風旁靡，神化潛鑠。處沖思挹，居簡行約。聖敬日邁，玄心逾漠。用物與能，總攬群略。林無滯才，山無遺錯。恩靡不懷，化靡不被。茫茫海域，欸塞慕義。萬里同塵，罔匪王隸。熙熙遺黎，莫知其寄。括終宇宙，混同天地。曰功永年，曰德慶隆。奈何氛厲，奄集聖躬。大業未恢，皇齡未中。天憯其景，崑頹其崇。煢煢小子，藐藐孤沖。靡天何戴，靡地何憑。恍惚極慕，若存若終。蔑焉無聞，廓焉長寂。聆音靡晞，瞻顏失視。窮號曷訴，叩心誰告。何悲之哀，何痛之酷。嗚呼我皇，逢天之戚。嗚呼哀哉！眇然升遐，即安玄室。煌煌火龍，赫赫朱韠。終焉永潛，曷其有出。朗訓長絕，小子何述。望皐增欷，臨崩慟慄。哀兼陟方，痛過過密。靈爽安之，反貞復質。永合元漠，終始得一。

【校記】

[一]不極，陳本作其拯。《全晉文》作其極。

哀辭 廣

金瓠哀辭
曹植

金瓠，余之首女。雖未能言，固已授色知心矣。生十九旬而夭折，乃作辭曰：

在襁褓而撫育，尚孩笑而未言。不終年而夭絕，何負罰於皇天？信吾罪之所招，悲弱子之無辜。去父母之懷抱，滅微骸於糞土。天長地久，人生幾時？先後無覺，促[一]爾有期。

【校記】

[一]促，陳本、《文選補遺》同。《曹植集校注》作從。

仲雍哀辭
曹植

曹喈字仲雍，魏太子中之子也。三月而生，五月而亡。昔后稷之在寒冰，鸜鷇之在楚澤，咸依鳥憑虎，而無風塵之災。今之玄弟[一]文茵，無寒冰之慘；羅幬綺帳，暖於翔鳥之翼；幽房閑宇，密於雲夢之野；慈母良保，仁乎鳥虎[二]之情。卒不能延期於暮[三]載，雖六旬而夭歿。彼孤蘭之眇眇，亮成幹其畢榮。哀綿綿於[四]弱子，早背世而潛形。且四孟之未周，將頑之乎一齡。陰雲回於素蓋，悲風動其扶輪。臨埏闥以歔欷，淚流射而霑巾。

【校記】

[一]弟，陳本作䋆。《曹植集校注》作第。《文選補遺》作弟。
[二]虎，陳本、《文選補遺》同。《曹植集校注》作菟。
[三]暮，陳本、《文選補遺》同。《曹植集校注》作莒。
[四]於，陳本同。《文選補遺》、《曹植集校注》作之。

陽城劉氏妹哀辭
潘岳

鳥鳴于栢，烏號于荆，徘徊躑躅，立聞其聲。相彼羽族，矧伊人情，叩心長叫，痛我同生。誕育聖王，發奇稚齒，如彼名駒，昂昂[一]千里。劉氏懷寶，未曜隨和，伊予輕弱，弗克負荷。祿微于朝，貯匱于家，俾我令妹，勤儉備加。珍羞罕御，器服靡華，撫膺恨毒，逝矣奈何。哀哀母氏，蒸蒸聖慈，震慟擗摽，何痛如之。魂而有靈，豈不慕思，嗟哉往矣。當復何時。

【校記】

[一]昂昂，陳本、《全晉文》作昂昂。

悲邢生辭
潘岳

周文公之苗裔，予元舅之洪胄。厲操確其不拔，鄉譽著而日就。妙邦畿而高察，雄州閭以擢秀。茂實暢矣，而休名未衍，其財至貧，其位至賤，而死之日，奔者盈庭。停余車而在郊，撫靈襯以增悲，瞻輀容而想像，曾無覿乎餘輝。送子兮境垂，永訣兮路岐，一別兮長絕，盡哀兮告離。

碑文一

漢魯相置孔子廟卒史碑文

司徒臣雄[一]、司空臣戒[二]稽首言：魯前相瑛書言，詔書崇聖道，勉闕藝，孔子作《春秋》，制《孝經》，刪述[三]闕二字[劉]五經，演《易》繫辭，經緯天地，幽贊神眀。故特立廟，襃成侯四時來祠。事已即去，廟有禮器，無常人掌領，請置百石卒史一人，典主守廟。春秋饗禮，財出王家，錢給大酒直，須報。謹問太常祠曹掾馮牟、史郭玄。辭對：故事，辟雍禮未行，祠先聖師，侍祠者，孔子子孫；太宰，太祝令各一人，皆備爵；太常丞監祠，河南尹給牛羊豕雞闕二字[劉]各一；大司農給米祠。臣愚以爲如瑛言，孔子大聖，則象乾坤，爲漢制作，先世所尊，祠用衆牲，長吏備闕二字[劉]，欲加寵子孫，敬恭朗祀，傳于罔極，可許。臣請魯相爲孔子廟置百石卒史一人，掌領禮器，出王家錢，給太酒直，他如故事。臣雄[四]、臣戒[五]愚戇，誠惶誠恐，頓首頓首，死罪死罪。臣稽首以聞。制曰：可。元嘉三年三月二十七日壬寅，司徒雄、司空美下魯相承書，從事下當用者選年四十以上、經通一藝、雜試通利、能奉弘先聖之禮、爲宗所歸者如詔書，到言：永興元年六月甲辰朔十八日辛酉，魯相平，行長史事，下守長擅，叩頭死罪，敢言之磨滅不知幾字，司徒司空府壬寅詔書，爲孔子廟置百戶卒史一人，掌主禮器；選年四十以上，經通一藝，雜試能奉弘先聖之禮，爲宗所歸者。平叩頭叩頭，死罪死罪。謹按文書，守文學掾魯孔龢，師孔憲，戶曹史孔闕[陳]等雜試。龢脩《春秋》嚴氏，經通高第，事親至孝，能奉先聖之禮，爲宗所歸。一除龢，補名狀如牒，平惶恐叩頭死罪，上司空府。

讚曰：巍巍大聖，赫赫彌章，相一瑛字少鄉，平原高唐人，令鮑疊字文公，上黨屯留人，政教稽古，名重規矩，一君察舉，守宅除吏，孔子十九世孫麟，廉請置百石卒史一人，鮑君造作百戶吏舍，功垂無窮，於是始缺。

【校記】

[一]雄，陳本作雒。《全後漢文》作雄。
[二]戒，陳本作美。《全後漢文》作戒。
[三]"刪述"二字劉本無，據陳本補。《全後漢文》作無。
[四]同[一]。
[五]同[二]。

漢魯相晨孔子廟碑文

建寧二年三月癸卯朔七日己酉，魯相臣晨、長史臣謙頓首，死罪，上尚書。臣晨頓首頓首，死罪死罪[一]。臣蒙厚恩，受任符守，得在奎、婁、周、孔舊寓，不能闡弘德政，恢崇一變，夙夜憂怖，累息屏營。臣晨頓首頓首，死罪死罪。臣以建寧元年到官，行秋饗，飲酒畔宮，畢，復禮孔子宅。拜謁神坐，仰瞻榱桷，俯視几筵，靈所馮依，肅肅猶存，而無公出酒脯之祠。臣即自以奉錢脩上，案食醊具，以敘小節，不敢空謁。臣伏念孔子，乾坤所挺，西狩獲麟，爲漢制作。故《孝經援神契》曰："玄丘制命帝卯行。"又《尚書·考靈燿》曰："丘生倉際，觸期稽度，爲赤制。"故作《春秋》，以覡文命；綴紀撰書，脩定禮義。臣以爲素王稽古，德亞皇代，雖有襃成世享之封，四時來祭，畢即歸國。臣伏見臨璧雍日，祠孔子以太牢，長吏備爵，所以尊先師，重教化也。夫封土爲社，立稷而祀，皆爲百姓興利除害，以祈豐穰。《月令》祀百辟卿士，有益於民。矧乃孔子，玄德焕炳，光于上下，而本國舊居，復禮之日，闕而不祀，誠朝廷聖恩所宜特加。臣寢息耿耿，情所思惟。臣輒依社稷，出王家穀，春秋行禮，以共禋祀。餘闕[劉]賜先生執事。臣晨誠惶誠恐[二]，頓首頓首，死罪死罪。臣盡力思惟庶政，報稱爲效，增異輒上。臣晨誠惶誠恐，頓首頓首，死罪死罪，上尚書。[三]

昔在仲尼，叶光之精。大帝所挺，顔母毓靈。承敝遭衰，黑不代倉。闕[劉]汦[四]應聘，嘆鳳不臻。自衛反魯，養徒三千。獲麟趣作，端門見徵。血書著紀，黃玉響應[五]。主[六]爲漢制，道審可行。乃作《春秋》，復演《孝經》。刪定《六藝》，象與天談。鉤《河》摘《洛》，却揆未然。巍巍蕩蕩，與乾比崇。

【校記】

[一]"上尚書：臣晨頓首頓首，死罪死罪"，陳本無。《全後漢文》有。

[二]誠惶誠恐，據陳本補。《全後漢文》無。

[三]"臣盡力思惟庶政"至"上尚書"，陳本作：上言太尉、司徒、司空、大司農府治所部、從事府。二本文字《全後漢文》皆有。

[四]汦，陳本作周流。《全後漢文》同劉本。

[五]響應，陳本作景音。《全後漢文》作韹應。

[六]主，陳本作王。《全後漢文》作主。

魯相顔午乞復顔氏幵官氏繇發碑文

惟永壽二年，青龍在涒灘，霜月之靈，皇極之日，魯相河南京顔君，追惟太古華胥，生皇維顔，誕育至寶，宰制元道，百王不改。孔子近聖，爲漢定道，自天王以下，至於初學，莫不顗思，嘆仰師鏡。顔氏聖舅，家居魯里，并官聖妃，在安樂里。聖族之親，禮所宜異。復顔氏並官氏，邑中繇發，以尊禮心。念聖歷世，禮樂陵遲，秦項作亂，不尊圖書，倍道畔德，離敗聖輿，食糧亡于沙丘。君於是造立禮器，樂之音符，鐘磬瑟鼓，雷洗觴觚，爵鹿俎豆，籩柉禁壺，脩飾宅廟，更作二輿，朝車威熹，宣抒玄汙，以注水流。法舊不煩，備而不奢，上合紫臺，稽之中和；下合聖制，事得禮儀。於是四方士仁，聞君風耀，敬詠其德，尊其大人之意，卓彌之思，乃共立表石，紀傳億載。其文曰：

皇統華胥，承天畫卦。顏育空桑，孔制元孝。俱祖紫宮，大一所授。前闓九頭，以什言教。後制百王，獲麟未吐。制不空作，承天之語。乾元以來，三九之載。八皇三代，至孔乃備。聖人不世，期五百載。三陽吐圖，二陰出讖。制作之義，以俟知奧。於穆韓君，獨見天意。復聖之族，逴越紀思。脩造禮樂，瑚璉器用。存古舊宇，憖憖宅廟。朝車威熹，出誠造更。漆不水解，工不爭賈。深除玄汙，水通四[一]注。禮器升堂，天雨降澍。百姓訢和，舉國蒙慶。神靈祐誠，竭敬之報。天與厥福，永享年壽。上極華紫，旁及皇代。刊石表銘，與乾煇耀。長期蕩蕩，於盛復授。赫赫罔窮，聲垂億載。

【校記】

[一]四，陳本作流。《全後漢文》作四。

漢西嶽華山廟碑文

《周禮·職方氏》：河南山鎮曰華，謂之西嶽。《春秋傳》曰：〝山嶽則配天。乾坤定位，山澤通氣，雲行雨施，旣成萬物，《易》之義也。〞《祀典》曰：〝日月星辰，所昭仰也；地理山川，所生殖也，功加於民，祀以報也。〞《禮記》曰：〝天子祭天地，及山川，歲徧焉。〞自三五迭興，其奉山川，或在天子，或在諸侯。是以唐虞疇咨四嶽，五歲一巡狩，皆以四時之中月，各省其方，親至其山，柴祭燔燎。夏商則未聞所損益，周鑒於二代，十有二歲，王巡狩殷國，亦有事於方嶽，祀以圭璧，樂奏六歌。高祖初興，改秦淫祀，太宗承循，各詔有司，其山川在諸侯者，以時祠之。孝武皇帝脩封禪之禮，思登假之道，巡省五嶽，禋祀豐備；故立宮其下，宮曰集靈宮，壂曰存僊壂，門曰望僊門。仲宗之世，重使使者持節祀焉，歲一禱而三祠。後不承前。至于亡新，寖用丘虛，訖今垣趾營兆猶存。建武之元，事舉其中，禮從其省，但使二千石以歲時往祠，其有風旱，禱請祈求，靡不報應。自是以來，百有餘年，有事西巡，輒過享祭；然其所立碑石，刻紀時事，文字摩滅，莫能存識。延熹四年七月甲子，弘農太守安國亭侯汝南袁逢，掌華嶽之主位，應古制，脩廢起頓，閔其若茲，深達和民事神之義，精通誠至衺祭之福，乃案經傳所載，原本所由，銘勒斯石，垂之于後，其辭曰：

巖巖西嶽，峻極穹蒼。奄有河朔，遂荒華陽。觸石興雲，雨我農桑。資糧品物，亦相瑤光。崇冠二州，古曰雍梁。馮于蒟岐，文武克昌。天子展義，巡狩省方。玉帛之贄，禮與岱亢。六樂之變，舞以致康。在漢中葉，建設宇堂。山嶽之守，是秩是望。侯惟安國，兼命斯章。尊脩靈基，肅共壇場。明德惟馨，神歆其芳。遏襄凶札，掔斂吉祥。歲其有年，民說無疆。

卷七十五

碑文二

桐柏廟碑文
王延壽

　　延熹六年正月八日乙酉，南陽太守中山盧奴張君，處正好禮，尊神敬祀。以淮出平氏，始於大復，潛行地中，見於陽口。立廟桐柏，春秋宗奉，災異告譴[一]，水旱請求。位比諸侯，聖漢所尊，受珪上帝。太常定甲，郡守奉祀，務潔沈祭。從郭君以來，二十餘年，不復身到，遣行承事，簡略不敬。朙神弗歆，災害以生。五嶽四瀆，與天合德。仲尼慎祭，常若神在。君準則大聖，親之桐柏，奉見廟祠，崎嶇逼狹。開拓神門，立闕四達。增廣壇場，飾治華蓋，高大殿宇，穿齊傳舘，石獸表道，靈龜十四。衢廷弘敞，宮廟嵩峻。祇慎慶祀，一年再至。躬進牲牷，執玉以沈，爲民祈福。靈祇報祐，天地清和，異祥昭格。禽獸碩茂，草木芬芳。黎庶預祉，民用作頌。其辭曰：

　　泫泫淮源，聖禹所導。湯湯其逝，惟海是造。疏穢濟遠，柔順其道。弱而能强，仁而能武。聖賢立式，朙哲所取。定爲四瀆，與河合矩。烈烈朙府，好古之則。虔恭禮祀，不愆其德。惟前廢弛，匪恭匪力。災眚以興，陰陽以忒。陟彼高岡，臻茲廟側。肅肅其敬，靈祇降福。雍雍其和，民用悅服。穰穰其慶，年穀豐植。望君輿駕，扶老携集。慕君塵軌，奔走忘食。懷君惠貺，思君罔極。于胥樂兮，傳於萬億。

【校記】

　　[一]譴，陳本同。《全後漢文》作愬。《古文苑》作譴。

西岳華山亭碑文
衛顗

惟光和元年，歲在戊子，名曰咸池，季冬己巳，弘農太守河南樊君諱毅字仲德，下車之初，恭肅神祀西嶽至尊。詔書奉祠，躬親自往，省從勞謙，即事有漸。散齋華亭，齋堂逼窄，郡縣官屬，清齋無處。尊卑錯綜，精誠不固，畏天之威，逢斯癉怒。時雨不興，甘澍不布，念存黔首，懼闓曠素。於是與令巴郡朐忍先諺公謀，圖議繕故，斷度樀廊，立室異處，左右趣之，莫不競慕。二年正月己卯興就，既成有元，休嘉啓窹，各得竭情，福祿是顧。刻茲碑號，吏卒俠路。其辭曰：

巖巖西嶽，五鎮次宗。緒德之尊，太華優隆。皇帝永思，祀典孔朙。高神肯宴，圭璧贄通。赫赫在上，以畜萬邦。惟嶽降神，實生羣公。卿士百辟，纘業攸蒙。帝命不違，歲事報功。羣后命卿，散齋外亭。敬恭明祀，以奉皇靈。處所逼窄，屑窣有聲。神樂其靜，翛翿無形。尊卑有序，潔心致誠。因繕舊室，整頓端平。在其板屋，孰不加精？天人同道，萬祚來迎。既受帝祉，延于後生。爲龍爲光，顯乂王庭。爲公爲侯，福祿來成。刻石紀號，永享利貞。

光武濟陽宮碑
蔡邕

王室中微，哀、平短祚。姦臣王莽，偷有神器，十有八年，罪盈惡熟，天人致誅。帝乃龍見白水，淵躍昆濿，破前隊之衆，珍二公之師，收兵略地，經營河朔，戮力戎功，翼戴更始，又不即命，帝位闕焉[一]。於是羣公諸將，據河洛之文，恊符瑞之徵，僉曰："歷數在帝，踐祚允宜。"乃以建武元年六月乙未，即位于鄗縣之陽。五成[二]之陌，祀漢配天，罔失舊物，享國三十有三年。方內乂安，蠻夷率服，巡狩太山，禪梁父。皇代之遐迹，帝者之上儀，罔不畢舉，道德餘慶，延于無窮。先民有言曰："樂，樂其所自生；而禮，不忘其本。"是以虞稱嬀汭，姬美周原。皇天乃眷，神宮實始于此，厥路藐哉！所謂神麗顯融，越不可尚。小臣河南尹瑋，來在濟陽，願見神宮，追惟桑梓褎述之義，用敢作頌。其辭曰：

赫赫炎光[三]，爰曜其暉。篤生聖皇，二漢之微。稽度虔則，誕育靈姿。黃孽作慝，篡握天機。帝赫斯怒，爰整其師。應期潛見，扶陽而飛。禍亂克定，群凶殄夷。匡復帝載，萬國以綏。巡于四岳，展義省方。登封降禪，升于中皇。爰茲初基，天命孔彰。子子孫孫，保之無疆。

【校記】
　　[一]"戮力戎功"至"帝位闕焉"，據陳本補。
　　[二]五成，陳本作九域。《全後漢文》作五成。
　　[三]赫赫炎光，陳本作赫矣天光。《全後漢文》作赫矣炎光。

汝南周巨勝碑文
蔡邕

　　君諱縂，字巨勝。陳留太守之孫，光祿勳之子也。君應白乾[一]之淳靈，繼命世之期運，玄懿清廟，貞厲精粹。體仁足以長人，嘉德足以合禮。總"六經"之要，括《河》《洛》之機，援天心以立鈞，贊幽朙以揆時。沉靜微密，淪於無內，寬裕弘博，含乎無外。或缺之織[二]，罔不總也。是以實繁於華，德盈乎譽。初以父任拜郎中，疾去官，察孝廉。是時郡守梁氏，外戚貴寵，非其好也，遂以病辭。太守復察孝廉，乃俯而就之，以朙可否。然猶私存衡門講誨之樂，不屑已也，又委之而旋。故大將軍梁冀，專國作威，海內從風。世之雄材優逸之徒，莫不委質從命，而顛覆者蓋以多矣。聞君洪名，前後三辟，而卒不降身。由是縉紳歸高，群公事德，太尉司徒，再辟三辟，察賢良方正，舉才襃貢令，皆病不就。擾攘之際，災眚仍發。聖上詢諮，師錫策，公車特徵。君仰瞻天象，俯效人事，世路多險，進非其時。乃托疾杜門靜居，里巷無人跡，外庭生蓬蒿。如此者十餘年，強禦不能奪其守，王爵不能滑其慮。至延熹二年，乃更闢門延賓，享宴醇樂。及秋而梁氏誅滅，十二月君卒，然則識機知命，可覩於斯矣。洋洋乎若德，雖崇山千仞，重淵百尺，未足以喻其高、究其深也。夫三精垂耀，處者有表，爰在上世，作者七人。焉有該百行，備九德，齊光日月，洞靈神明，如君之至者與？寔所謂天民之秀也。享年五十，不登期考，遏邇歎悼，痛心失圖。乃相與建碑勒銘，以旌休美。其辭曰：

　　厥初生民，天賜之性。有龐有醇，有否有聖。伊茲周君，允丁[三]其政。誕茲明德，自始哲今[四]。奧乎其文，如星之布。確乎不拔，如山之固。追綜先緒，應期作度。潛心大猷，譚思德謨。遯世無悶，屢辭王寮。洋洋必丘，于以逍遙。蔑爾童蒙，是訓是教。瞻彼榮寵，譬諸雲霄。優哉游哉，俾此弘高。名振華夏，光耀昆苗。清風丕揚，德音孔昭。

【校記】
　　[一]白乾，陳本、《全後漢文》作乾坤。
　　[二]據《全後漢文》，本句作"巨細洪纖"。

[三]丁，陳本作人。《全後漢文》作丁。
[四]今，陳本作命。《全後漢文》本句作"自貽哲命"。

京兆尹樊陵碑文
蔡邕

於顯哲尹，誕德孔彰。膺帝休命，謂篤不忘。爰納忠式，規悟聖皇。欽崇園邑，大孝允光。九命車服，昭示采章。軒輖四牡，承祀蒸嘗。多士時貢，繇役永息。道路孔夷，民清險棘。同體諸舊，兆萌蒙福。惠垂無疆，守以罔極。

九疑山碑文
蔡邕

巖巖九疑，峻極于天。觸石膚合，興播建雲。時風嘉雨，浸潤下民。芒芒南土，實賴厥勛。逮于虞舜，聖德光明。克諧頑傲，以孝蒸蒸。師錫帝世，堯而授徵。受終文祖，璇璣是承。太階以平，人以有終，遂葬九疑，解體而升。登此崔嵬，託靈神仙。

漢酸棗令劉熊碑文

君諱熊，字孟闕[劉]，廣陵海西人也。厥祖天皇大帝，垂精接感，生聖明，闕[劉]仍其則，子孫亨之。分源而流，枝葉扶疏，出王別胤，受爵列土。封侯載德，相繼丕顯。闕五字[劉]光武皇帝之玄孫，廣陵王之孫，俞鄉侯之季子也。誕生照明，岐嶷踰絕，長闕四字[劉]柴，守約履勤，體聖心叡，敦五經之瑋，圖兼古業，纂其妙行。脩言道闕五字[劉]宜，京夏莫不師仰，六籍五典，如源如泉。既練州郡，卷舒委隨，忠貞闕[劉]郊，官闕三字[劉]。出省揚土，流化南城。政猶北辰，衆星所從，三祀有成，來臻我邦。循東闕[劉]之惠，抑闕[劉]禮官，賞進屬頑。約之以禮，博之以文，政教始初，慎徽五典，勤恤民殷，闕[劉]心顧下闕二字[劉]仁恩如冬日，威猛炎夏。貪究革情，清修勸慕，德惠潛流，芎芳旁布。尤愍縣闕[劉]，濟濟之儀，孜孜之踴，帥屬後學，致之雍泮。草上之風，莫不嚮應，悅誨日新，砥闕二字[劉]素。七業勃然而興，咸居今而好古，雖未盡道善，必有所由。處民之秉彝，寔我劉父其人。魯無君子，斯焉取斯，允我劉父，言善誘人，講禮習聆，匪徒豐學。屢獲有年，闕[劉]載克成，神民協欣，兩不相傷，故德交歸焉。自古在昔，先民有作，洪範則甄，盛德闕刻，表諸來世，垂之罔極。襃賢表善，揚幽扢微，式序在位，量能授宜。官無曠事，闕二字[劉]爲正，以卒爲更，憨念蒸民，勞苦不均，爲作正彈，造設門更。富者不獨逸樂，貧者闕[劉]順四時，積和感暢，歲爲豐穰，賦稅不煩。實我劉父，吏民愛若慈父，畏若神明，悔闕[劉]令德，清越孤竹，德牟產奇，誠宜褒顯，照其憲則，乃相闕[劉]咨度諏詢，采摭謠言，刊闕[劉]詩三章。其辭曰：

　　清和穆鑠，寔惟乾闕一字[劉]。惟嶽降靈，篤生我君。服骨叡聖，允鐘厥醇。誕生岐嶷，言協闕[劉]墳。懿德震燿，孝行通神。動履規繩，文彰彪縯。成是正服，以道德民。

　　有父子然後有君臣，理財正辭，束帛戔戔。闕[劉]夢刻像，鶴鳴一震。天臨保漢，寔生闕[劉]勳。明試賦授，夷夏已親。嘉錫來撫，潛化如神。其神伊何，靈不傷人。衍歟明哲，秉道之樞。養闕[劉]之神，惟德之偶。淵乎其長，渙乎成功。闕[劉]暇民豫，新我闕[劉]通。用行則達，以誘我邦。賴茲劉父，用說其闕[劉]。澤零年豐，黔首歌頌。

漢堂邑令費鳳誅碑文

　　惟熹平六年，歲格于大荒，無射之月，堂邑令費君寢疾卒。嗚呼哀哉！於是夫人元弟故闕三字[劉]守卜胤追而誅之。其辭曰：

　　君體履柔和，溫其如玉。脩孝友乎閨閫，執忠謇於王室。立迹州郡，仕更右職，舉直錯枉，強禦闕[劉]貸。貢孝三署，勛譽有則，出宰近甸，民懷厥德。色斯輕翔，翻然高潔。王人述職，分闕[劉]班爵。台闕二字[劉]招，助甹調物，退己進弟，不營榮祿。棲遲歷稔，項領滯畜。鄠土不庭，黔民作闕一字[劉]，命君闕二字[劉]，政化闕行，逆善遷恩。三朞致道，有恥且格，文守旌功，轉在堂邑。垂拱不言，而民帥伏。三時之間，卒以闕洽。旻天不吊，命也早歿，春秋六十六。黎儀瘁瘍，泣涕連灑，豈愛我躬？命不可贖。臨終迷闕二字[劉]內發。祖業良田，畝直一金，推予弟息。辭位讓財，行義高邵，卓不可及。名實相副，有始有卒。闕二字[劉]人善，瘛方切惻。

　　故吏鄀施業字世堅，義民堂邑戚忠。忠年十有一，慈考早隕喪，以備於禮制，蓬首而闕三字[劉]壞而消辟，地闕三字[劉]行。母氏以闕四字[劉]而悼傷，服闕[劉]菲五五，縗杖莫未除。廣陵之郡守，東海闕二字[劉]聞。寢疾而終卒，凡百普悲闕四字[劉]舜化，比屋之餘慶，隨闕[劉]棺柩車，哀以而逆之，祖載已畢託，還返其故鄉。君闕[劉]其節操，悲其有闕二字[劉]，每以闕五字[劉]其老親，忠闕二字[劉]君厚德，念君之仁恩，聞君之隕隧，剝斷而辛酸。復截縗麻杖，闕君之柩棺，扶號而竭闕，泣涕其闕八字[劉]甫於岐山，闕字[劉]其從之，迷君而到官，上書而薦君，盡禽息之闕三字[劉]君之闕三字[劉]君闕[劉]三闕七字[劉]於山闕[劉]列種嘉奇樹，特爲之潤解，忠業與闕二字[劉]，猶君恩使然。雖君有大化，孰能爾者難？子喪之終闕三字[劉]思其顏，而闕[劉]死可贖，不愛闕二字[劉]。人今君闕[劉]於彼，卓譎而超倫，吏氏慕高蹤，來者其如雨。偉名建闕一字[劉]石，埀示於闕二字[劉]。

　　門下功曹徐侃字元節，主簿呂嘉字元闕[劉]，主史陳信字聖舉，主記史闕[劉]忠字建臺，門下游徼闕[劉]字叔騰，門下賊曹闕二字[劉]字聖臺，門下史曹助字仲臺，闕[劉]吏呂常字孝讓，從掾位徐超字元貴。

卷七十六

碑文三

張平子碑文
崔瑗

河間相張君，南陽西鄂人，諱衡，字平子。其先出自張老，爲晉大夫，納規趙武，而反其侈，書傳美之。君天姿叡哲，敏而好學，如川之逝，不舍晝夜。是以道德漫流，文章雲浮；數術窮天地，制作侔造化。壞[一]辭麗說，奇技偉藝，磊落煥炳，與神合契。然而體性溫良，聲氣芬芳，仁愛篤密，與世無傷，可謂淑人君子者矣！初舉孝廉，爲尚書侍郎；遷太史令，實掌重黎歷紀之度，亦能焞燿敦大。天明地德，光照有漢，遷公車司馬令、侍中，遂相河間。政以禮成，民是用思。遭命不永，闇忽瞏徂。朝失良臣，民隕令君，天泯斯道，世喪斯文。凡百君子，靡不傷焉，乃銘斯表，以旌厥聞。其辭曰：

於惟張君，資質懿豐，德茂材羨，高明顯融。焉所不學，亦何不師，盈科而逝，成章乃達。一物不知，實以爲恥；聞一善言，不勝其喜。包羅品類，稟授無或作庶[陳]形，酌焉不竭，冲而復盈。廩廩其庶，亹亹其幾，膺數命世，紹聖作師。苟華必實，令德惟恭，柔嘉伊則，孝友祇容。允出在茲，維帝念功，往才或作哉[陳]女諧，化洽民雖。愍而不弔，降此咎兇，哲人其萎，罔不時恫。紀於銘勒，永終譽兮，死而不朽，芳烈著兮。

【校記】

[一]壞，陳本作環。《古文苑》作瓌。

楚相孫叔敖碑文

楚相孫君諱饒，字叔敖，本是縣人也。六國時期思屬楚，楚都南郢，南郢即南郡江陵縣也。君受純靈之精，懷絕世之才，有大賢次聖之質。少見枝首兩頭[陳]虺，對其母泣：「吾將死。」母問其故，曰：「吾聞見枝首虺者死，今日見之。」母曰：「若奈之何？」曰：「吾殺之。行數十步，念獨吾死可，空復令他人見之死爲，因埋掩其刑[一]。」母曰：「若無憂焉，其陰德玄善。」遂爲父母九族所異。及其爲相，布政以道，考天象之度，敬授民時。聚藏於山，殖物於藪，宣導川谷，波[二]障源瀆，溉灌圩澤，堤防湖浦，以爲池沼。鍾天地之美，收九罩古澤字[陳]之利，以慰潤國家，家富人喜，優贍樂業。式序在朝，野無螟蜮，豐年蕃庶；人有曾、閔貞孝之行，四民美好，從容中節，高相改幣，一朝而化。其憂國忘私，乘馬三季不別牝牡。

繼高陽、重黎、五舉、子文之統，其忠信廉勇，禮樂文章，軌儀同制。其富國充民，明天時，盡地力，雖堅禹稷，不能踰也。專國權寵，而不榮華，一旦可得百金，至於歿齒而無分銖之蓄。破玉玦，不以寶財遺子孫，終始若矢。去不善如絕絃，辟患害於無形。徹節高義，敦良奇介，自曹臧、孤竹、吳札、子罕之倫，不能驂也。生於季末，仕於靈王，立溷濁而澄清，處幽暗而照明，其遺武餘典，恨不與戲皇帝代同世。世爲列埏，國在朝廷，其意常墨墨，若剋章甫而坐塗炭也。病甚臨卒，將無棺槨，令其子曰：「優孟曾許千金貸吾。」孟，故楚之樂長，與相君相善，雖言千金，實不貸也。卒後數幸，莊王置酒以爲樂，優孟乃言孫君相楚之功，即忼慨高歌，曲曰：「貪吏而可爲，而不可爲；廉吏而可爲，而不可爲。貪吏而不可爲者，當時有污名；而可爲者，子孫以家成。廉吏而可爲者，當時有清名；而不可爲者，子孫困窮，披褐而賣薪。貪吏常苦富，廉吏常苦貧，獨不見楚相孫叔敖，廉潔不受錢。」涕泣數行，若投首王。王心感動覺悟，問孟，孟具列對，即來其子而加封焉。子辭：「父有命，如楚不忘亡臣社稷，圖而欲有賞，必於潘國下濕墝埆，人所不貪。」遂封潘鄉，潘即固始也。三九無嗣，國絕祀廢。固始令段君夢見孫君，則存其後，就其故祠，爲架廟屋，立石銘碑，春秋蒸嘗，明神報祚。即歲遷長倓大守，及期思縣宰。

段君諱光，字世賢，魏郡鄴人。庶慕先賢，體德允恭，篤古尊舊，奉履憲章。欽翼天道，五典興通，攷籍祭祠，祗肅神明。臨縣一載，志在惠康，葬枯粟乏，愛育黎蒸。討掃醜類，鰥寡是矜，杜僞養善，是[三]忠表仁。感想孫君，廼發嘉訓，興祀立壇，勤勤愛敬。念意自然，刻石銘碑，千載表績，萬古摽記。福祐期思，縣興士熾，孫氏蒙恩。漢延熹三年五月二十八日立。

【校記】

[一]刑，陳本作形。《古文苑》同劉本。
[二]波，陳本作陂。《古文苑》作波。
[三]是，陳本作顯。《古文苑》作是。

漢北海相景君碑文

惟漢安二年仲秋闕二字[劉]，故北海相任城景府君卒，嗚呼哀哉！國闕二字[劉]寶，英彥闕一字[劉]疇，列宿虧精，晚學後晚。子何穹蒼，布命授期，有生有死，天寔爲之，豈夫仁哲，彼克不遺。於是故吏諸生，相與論曰：上世羣后，莫不流光闕[劉]於無窮，乖芬燿於書篇，身殁而行明，體亡而名存；或著形像於列圖，或繫頌於管絃；後來詠其烈，竹帛敘其勳。乃作誅曰：

伏惟明府，受質自天。孝弟淵懿，帥禮蹈仁。根道核藝，抱淑守眞。晶白清方，克己治身。寔柔寔剛，乃武乃文。遵考孝謁，假階司農。流德元城，興利惠民。強禦改節，微弱蒙恩。威立澤宣，化行如神。帝嘉厥功，授以符命。守郡益州，路遐戀親。躬作遜讓，夙宵朝廷。建英忠讜，拜秩東衍。璽追嘉錫，據北海相。部城十九，鄰邦歸向。公明好惡，先以敬讓。殘僞易心，輕黠踰竟。鴟梟不鳴，分子還養。元元鰥寡，蒙祐以寧。蓄道脩德，闕[劉]祉以榮。紛紛令儀，明府體之。仁義道術，明府膺之。黃朱邵父，明府三之。台輔之任，明府宜之。以病被徵，委位致仕。民闕[劉]思慕，遠近搔首。農夫釋耒，商人空市，隨轝飲淚。奈何朝廷，奪我慈父。去官未旬，病乃困危。珪璧之質，臨卒不回。獻闕[劉]賣絕，奄忽不闕[劉]。孝子惏懍，顛倒剝摧。遂闕[劉]克瘞，永潛長歸。州里鄉黨，隕涕奔哀。故吏怊怛，歔欷闕一字[劉]偭。四海冠蓋，驚慟傷懷。大命闕[劉]期，寔惟天闕[劉]。明主設位，明府不就。臣子欲養，明府弗留。嗚呼哀哉！

亂曰：考積幽冥，闕三字[劉]兮。闕四字[劉]，翔議郎兮。再命虎將，綏元元兮。規英榘謨，主忠信兮。羽衛藩屏，撫萬民兮。闕四字[劉]，恩闕二字[劉]兮。宜參闕一字[劉]斡，闕[劉]斡禎兮。不永糜壽，棄臣子兮。仁敷海外，著甘棠兮。闕石勒銘，闕[劉]不亡兮。

漢泰山都尉孔宙碑

君諱宙，字季將，孔子十九世之孫也，天姿醇嘏，齊聖達道。少習家訓，治《嚴氏春秋》，緝熙之業旣就，而閨閫之行允恭。德音孔昭，遂舉孝廉，除郎中都昌長，祗傅五教，尊賢養老。躬忠恕以及人，兼禹湯之罪己，故能興朴。闕二字[劉]彤幣，濟弘功於易簡。三載考績，遷元城令，是時東嶽黔首，猾夏不闕三字[劉]祠兵，遺畔未寧。乃擢君典戎，以文脩之，旬月之間，莫不解甲服罪，闕三字[劉]樾。田畯喜于荒圃，商旅交乎險路；會鹿鳴於樂崩，復長幼於酬酢，闕三字[劉]稔，會遭篤病，告困致休，得從所好。年六十一，延熹六年正月乙未，闕三字[劉]疾。貴速朽之反眞，慕寧儉之遺則，窀夕不華，䩞器不設，凡百印高，闕三字[劉]述。於是故吏門人，乃共陟名山，采嘉石，勒銘示後，俾有彝式，其辭曰：

於顯我君，懿德惟光。紹聖作儒，身立名彰。貢登王室，闇闕[劉]是虔。夙夜闕二字[劉]，在公䩞䩞。乃綏二縣，黎儀以康。於元時廱，撫茲岱方。闕一字[劉]彼凶人，覆俾闕二字[劉]。南畆孔饇，山有夷行。豐年多黍，稱彼兕觥。帝賴其勳，民斯是皇。疾闕三字[劉]，乃委其榮。忠告慇懃，屢省乃聽。恭儉自終，簋簋不勑。生播高譽，沒乖令名。永矢不刊，億載揚聲。

漢中侍樊君碑文
司馬遷

君諱安，字子佑，南陽湖陽人也。厥祖曰仲山父，翼佐周宣，出納王命，爲之侯舌，以致中興。食菜[一]于樊，子孫氏焉，奕世載德，守業不愆。在漢中葉，篤生哲媛，作合南頓，實產世祖，征討逆畔，復漢郊廟。而樊氏以帝元舅，顯受茅土，封寵五國。壽張侯以功德加位，特進其次，並已高聲處鄉校侍中尚書，據州典郡，不可勝載。爲天下學，治《韓詩》《論語》《孝經》，兼典記傳古今異義，甘貧樂約，意不回貳。天姿淑慎，稟性有直，秉操不移，不以覬貴。世政促峻，邑宰寡識，慢賢役德，被以勞事。然後慷慨，官于王室，歷中黃門冗從儀史，拜小黃門、小黃門右史，遷藏府令、中常恃[二]。其事上也，貞固密慎，矜矜戰戰，作主股肱。助國視聽，外職不誣，內言不泄，爲近臣楷模。以兄弟並盛，雙據二郡，宗親賴榮。年五十有六，以永壽四年二月甲辰卒。朝思其忠，追拜騎都尉，寵以印綬，策畫褒歎，賻贈有加。嗣子遷寔以幼弱，夙叙王爵，而喪所天。禮備復位，以延熹三年冬十有一月自生蒸祭，乃尋惟烈考恭修之懿。勒之碑石，俾不失墜。其辭曰：

肅肅我君，帝躬是翼。王事多難，我君是立。秉此小心，以亮皇職。惟帝念功，庸以興服。大命傾賈，魂神僊佚。龜艾追贈，用光其德。藹藹遺稱，作呈作式。勒銘茲石，垂示罔極。勳名不剗，永昭千億。

【校記】

[一]菜，陳本、《古文苑》同。《全漢文》作采。

[二]恃，陳本、《古文苑》、《全漢文》作侍。

漢桂陽太守周府君碑

　　桂陽太守周府君者，徐州下邳人也，諱憬，字君光。體性敦仁，天姿篤厚，行興閨門，名闕[劉]州里。舉孝廉，拜尚書侍郎，遷汝南固始相，遂拜桂陽。廼宣魯衛之政，敷《二南》之澤，政以德綏，化猶風騰，撫集烝細，闕[劉]綏有方。進則貞直，退則錯枉，崇舉濟濟，吉士充朝。招訓闕[劉]蒙，開誘六蔽，君子道長，小人道消。信感神祇，靈瑞符闕[劉]。嘉穀生於野，奇草像闕一字[劉]莆，異根之樹，超然連理。於此闕[劉]時，邦域惟寧，郡又與南海接比，商旅所臻。自瀑亭至乎曲紅，壹由此水。其水源也，出於王禽之山，山蓋隆闕三字[劉]于天，泉肇沸踊，發射其顛，分流離散，爲十二川。彌陵隨阻，丘阜錯連，隅輒甕藹，末由騁焉。爾乃貫山鑽石，經闕四字[劉]揚爭怒，浮沈潛伏，虯龍蛣屈。澧隆鬱泡，千渠萬澮，合聚豁澗，下迄安闕一字[劉]。六瀧作難，湍瀨闕二字[劉]，汯沄潒瀁；雖《詩》稱"百川沸騰"，"高岸爲谷，深谷爲陵"，蓋莫若斯。天軌所經，惡得已改。其下注也，若奔車失轡，狂牛無縻，闕[劉]忽荒忽，臚睦不相知。及其上也，則群輩相隨，檀柁提闕[劉]，唱號慷慨，沈深不前。其成敗也，非徒喪寶玩，隕珍奇，替珠貝，流象犀也。徃古來今，變甚終矣。於是府君乃思夏后之遺訓，闕[劉]應龍之畫，傷行旅之悲，窮哀闕一字[劉]人困乏，感蜀守冰，矜絕犁堆，嘉夫昧淵，永用夷易。廼命良吏，闕一字[劉]師壯夫，排積闕一字[劉]石，投之寥闕二字[劉]高塡下，鑿截回曲，弱水之邪性，順導其經脉，斷硋灔之電波，弱陽侯之汹湧。由是小蹊乃平直，大道允通利，抱布貿絲，交易南至，升涉周旋，功萬於前。除昔闕二字[劉]樹塞於茲，雖非龍門之鴻績，亦人君之德宗。故船人嘆於水渚，行旅語於塗陸。孔子曰："禹不決江疎河，吾其魚矣！"於是熹平三年，歲在攝提，仲冬之月，曲紅長零陵重安區祉字景賢，遵承典憲，宣揚德訓，帥禮不越，欽仰高山。乃與邑子故吏龔臺、郭蒼龔雒等，命工擊石，建碑於瀧上，勒銘公功，傳之萬世，垂示無窮。其辭曰：

　　乾坤剖兮建兩儀，剛柔分兮有險夷。咨中嶽兮穆崔嵬，嘆衡林兮獨傾虧。增陵陔兮甚陁陭，鮁莫涉兮禹不規。仰王禽兮又陲峗，俯瀧淵兮怛以悲。岸參天兮無路蹊，石縱橫兮流洄洄。波隆隆兮聲若雷，或抱貨兮以從利。或追恩兮有赴義，氾自楫兮有不避。闕[劉]躬軀兮于玄池，委性命兮於芒繡。惜寒慄兮不皇計，忽隨流兮殞忘歸。懿賢后兮發聖荄，閉不通兮治斯谿。麗巨石兮以塡，開切闕一字[劉]兮導曲機。摧六瀧兮弱闕五字[劉]兮散其波。威怒定兮混瀾瀾，息聊啾兮闕五字[劉]逝兮蛟龍藏，睦老唱兮臚人歌。名冠世兮超踰倫，今稱闕[劉]兮燿流沙。功斐斐兮鏡海裔，君乎君，壽不訾。

淳于長夏承碑

君諱長，字仲兗，東萊府君之孫，太尉掾之中子，右中郎將弟也。累葉牧守，印綬典據，十有餘人，皆得任其位，名豐其爵。是故寵祿傳于歷世，策勳著于王室。君鍾其美，受性淵懿，含和履仁，治《詩》《尚書》，兼覽羣藝，靡不尋暢。州郡更請，屈己匡君，爲主薄、督郵、五官掾功曹、上計掾、守令冀州從事；所在執憲，彈繩糾枉，忠潔清肅，進退以禮，允道篤愛，先人後己，克讓有終。察孝不行，大傅胡公歆其德美，旌招俯就，羔羊在公，四府歸高。除淳于長到官正席，流恩褒善，糾姦示惡，旬月化行，風俗改易。轓軒六轡，飛躍臨津，不日則月。皓天不弔，殲此良人，年五十有六，建寧三年六月癸巳淹疾卒官，嗚呼痛哉！臣隸辟踊，悲動左右，百姓號咷，若喪考妣，孩孤憤泣，忉怛傷摧。勒銘金石，惟以告哀。其辭曰：

於穆皇祖，天挺應期。佐時理物，紹縱先軌。積行勤約，燕于孫子。君之群戚，並時繁祉。明明君德，令問不已。高山景行，慕前賢列。庶同如蘭，意願未止。中遭冤夭，不終其紀。夙世賈祚，早喪懿寶。抱器幽潛，永歸蒿里。痛矣如之，行路感動。儻魂有靈，垂後不朽。

漢玄儒先生婁壽碑

先生諱壽，字元考，南陽隆人也。曾祖父修《春秋》，以大夫待講至五官中郎將。祖父太常博士，徵朱爵司馬。親父安貧守賤，不可榮以祿。先生童孩多奇，岐嶷有志，捥髮傳業，好學不厭，不修廉隅，不飾小行。溫然而恭，慨然而義，善與人交，久而能敬。榮且[一]溺之耦耕，甘山林之杳藹，遁世無悶，恬佚淨漠，偞偯衡門，下學上達。有朋自遠，冕紳莘莘，朝夕講習，樂以忘憂。郡縣禮請，終不回顧，高位厚祿，固不動心。麤絺大布之衣，糲糳疏菜之食，蓬戶茅宇，桊樞甕牖，樂天知命，榷乎其不可拔也。是以守道識貞之士，高尚其事，鄉鄰州鄰，閒親愛懷。年七十有八，熹平三年正月甲子不祿。國人乃相與論德處謚，刻石作銘。其辭曰：

皇矣先生，懷德惟明。優於春秋，玄嘿有成。知賤爲貴，與世無爭。偞偯衡門，禮義滋醇，窮下不苟，知我者天。身歿聲彰，千載作珍。縣之日月，與金石存。

【校記】

[一]且，陳本作沮。《全後漢文》作且。

卷七十七

碑文四

童子逢盛碑

童子諱盛，字伯彌，薄令之玄孫，蘧成君之曾孫，安平君之孫，五官掾之長子也。胎懷正氣，生克自然，捬育孩嚶，弱而能言。至於垂髫，脟惠聰哲，過庭受試，退誦《詩》《禮》。心開意審，聞一知十，書畫規矩，制中園橢。日就月將，學有緝熙，才亞后夔，當爲師楷。自天生授，罔不在初，謂當邛遂，令儀令色。整齊珪角，立朝進仕，究竟人爵，克啓厥後。以彰明德，胤嗣昭達。何寤季世，顥天不惠。伯彊涇行，降此大戾。年十有二，歲在協洽，五月乙巳，噓噏不反。爰隕精晃，苗而不秀，命有脩短，無可柰何。慈父悼傷，割哀回鯉。其十二月丁酉而安措諸，永潛黄壚，沒而不存。於是門生東武孫理、下密王升姜，感慨三成，一列同義，故共刊石，敘述才美，以銘不朽。其辭曰：

嘉慈伯彌，天授其姿。夙克岐嶷，聰叡敏達。當遂過迤，立號建基。時非三代，符命無恒。人生在世，壽無金石，身潛名彰，顯於後葉。

巴郡太守樊敏碑

君諱敏，字升達。肇祖宓戲，遺苗后稷，爲堯種樹，舍潛于岐，天顧亶甫，乃萌昌發。周室衰微，霸伯匡弼，晋爲韓魏，魯分爲楊，充曜封邑，厥土河東。楚漢之際，或居於楚，或集于梁，君纘其緒，華南西亹，濱近聖禹，飲汶茹汸。總角好學，治《春秋嚴氏經》，貫究道度，無文不睹。於是國君備禮招請，濯冕題綱，傑立忠謇，有夷史之直，卓宓之風。鄉黨見歸，察孝除郎、永昌長史，遷宕渠令。布化三載，遭離母憂，五五斷仁，大將軍辟。光和之中，京師擾攘，碓狐綏綏，冠履同囊。投袂長驅，畢志枕立，國復重察，辭病不就。再奉朝娉，十辟外臺，常爲治中、諸部從事。

舉直錯枉，譚思舊制，彈饕糾貪，務鉏民穢。患苦政俗，喜怒作律，案罪殺人，不顧倡獗。告子屬孫，敢若此者，不入墓門，州里僉然，號曰吏師。季世不祥，米巫凶虐，續蠢青羌，姦狄並起，陷附者衆。君執一心，賴無汙耻，復辟司徒，道隔不往。牧伯劉公，二世欽重，表授巴郡。後漢中，秋老乞身，以助義都尉養疾閭里，又行褒義校尉。君仕不爲人，祿不爲己，栝桓大度，體蹈箕首，當窮台絙，松僑愶軌。八十有四，歲在汁洽，紀驗期臻，奄召臧形。凡百咸痛，士女涕泠，臣子褒術，刊勒銘。其辭曰：

於戲與考，經德炳明。勞謙損益，耽古儉清。立朝正色，能無撓煩，威恩御下，持滿億盈。所歷見慕，遺歌景形。書載俊茭，股肱幹楨。有物有則，模楷後生。宜糸鼎鉉，稽建皇靈。王路阪險，鬼方不庭。恒哉節足，輕寵賤榮。故闕大選，而捐陪臣。晏嬰邔殿，留侯距齊。非辭福也，乃辟禍兮。

亂曰：演元垂闕[劉]，岳瀆闕二字[劉]兮。金精火佐，寔生賢兮。闕[劉]欲救民，德彌大兮。遭偶陽九，百六會兮。當闕[劉]邅季，今遂逝兮。嗚呼哀哉，魂神闕[劉]兮。

金鄉長侯成碑

君諱成，字伯盛，山陽防東人也。其先出自幽岐，周文之後，封于鄭。鄭共仲賜氏曰侯，厥胤宣多，以功佐國，要盟齊、魯，嘉會自邥，因以爲家焉。漢之興也，侯公納英，濟太上皇於鴻溝之阨，謐曰安國君，曾孫醙封明繞侯。光武中興，玄孫霸爲臨淮大守，擁兵從光武平定天下，轉拜執法右刺姦、五威司命、大司徒公，封於陵侯，枝葉繁茂，或家河洧，或邑山濟。君則上黨太守之弟，幼履慈孝之德，長執忠謇之捺。治《春秋經》，博綜書傳，以典藉教授，滋滋履真。安貧樂道，忽於時榮，敬上接下，溫故知新。翹節建志，冠於羣倫，孝友内著，仁義外宣。郡請署主簿、督郵、五官掾功曹、守金鄉長，即家假印綬。君介心如石，不易其志。刺史嘉其高名，辟部東平泰山治中從事。君叡精謙宮，委虵衡門，以禮盤桓，名德可尊。行顯身隱，縣輿養神。聖人制命，曰仁常存。今胡不然，喪此國偉。君年八十一，建寧二年，歲在己酉，四月二日癸酉遭疾而卒，嗚呼哀哉！於是邐邋士仁，祁祁來庭，集會如雲，號哭發哀，泣涕汍蘭。將去白日，歸彼玄陰，同盟必至，縞素填街。存顯名，終有遺勳，魂如有靈，嘉斯寵榮。於是儒林衆雋，惟想景，乃樹立銘石，以揚淑美。其辭曰：

於穆君德，姿履正平。乾皇所挺，應符如生。耽藝樂術，怡忽世榮。虛位禮請，介然不傾。壽非南山，不俟河清。梁木圮頹，鴻儀催零。昆嗣切剥，哀慟感情。乃銘乃勒，億載永寧。

漢故金城守殷君碑
衛顗

君諱華，字叔時，上郡定陽人。大匠君之子也，其先出自有殷，因國定氏，不改其號。聖哲玄流，至君而懿。幼膺瓊蘭之美，長有沖邈之志。敦《詩》說《禮》，輜輵竹賁；誕循前業，守以恪恭。仕歷州郡，忠謁有聞，其大操也。耽耽虎視，龍變不羈，故能雄傑於并域，聲班於上京。州察孝廉貢，除郎中左馮翊丞，協宣文物。公事知州，譽茂才宛丘令，崇行寬猛，示之禮禁，褒延庠校，政以惠和。三載陟隕，邪臨金城，郡障羌虜，避難遷移，役兼民匱，室如懸罄。乃敷權略，獎厲威信，獫狁率服，不敢窺踰。兵戢而時動，因省獵以習義。興利弭患，順其所樂，開通狹道，造作傳館，吏士咸悅，不勞而勸。是以縉紳之徒，譚講雅誦，釋軍旅之犀革，陳俎豆于泮宮。其[一]艾檐輘，旌顯才良，咨量三壽，賞罰不僭。邦場寧靜，歲時豐登，耆叟擊壤，童齔謳譟。功庸顯列，當升寵祚，天不憖遺，景命失靈。以光和元年九月乙酉卒官，生有嘉休，終則鼎銘。於是故吏邊竺、江英、韓緒等追送遲丘，刊石勒勳。其辭曰：

於惟明后，懷德握醇。昆台之耀，秀出不群。文昭有毅，武烈能仁。含舒憲墨，以育生民。垂紀東壤，西國著勳。身殁名流，載世常存。古之遺老，非此孰云。于爾臣思，績其臭芬。

【校記】

[一]其，陳本作耆。《古文苑》作其。

漢蕩陰令張君碑

君諱遷，字公方，陳留己吾人也。君之先出自有周，周宣王中興，有張仲以孝友爲行，披覽《詩》《雅》，煥知其祖。高帝龍興，有張良，善用蕭何，在帷幕之內，決勝負千里之外，析珪於留。文景之間，有張釋之建忠弼之謨，帝遊上林，問禽狩所有，苑令不對，更問嗇夫，嗇夫事對。於是進嗇夫爲令，令退爲嗇夫，釋之議爲不可：苑令有公卿之才，嗇夫喋喋小吏，非社稷之重。上從言。孝武時有張騫，廣通風俗，開闕一字[劉]畿寓，南苞八蠻，西羈六戎，北震五狄，東勤九夷。荒遠既殯，各貢所有，張是輔漢，世載其德。爰既且於君，蓋其繾綣，纘戎鴻緒，牧守相係，不殞高問。孝弟於家，中謇於朝，治《京氏易》，聰麗權略，藝於從畋。少爲郡吏，隱練職位，常在股肱，數爲從事，聲無細聞。徵拜闕一字[劉]中，除穀城長，蟄月之務，不閑四門。騰正之際，休囚歸賀。八月莧民，不煩於鄉。隨就虛落，存恤高年。路無拾遺，黎種宿野。黃巾初起，燒平闕一字[劉]市，斯縣獨全。子賤孔蔑，闕二字[劉]道區別，《尚書》五教，君崇其寬。《詩》云愷悌，君隆其恩。東里潤色，君垂其仁。邵伯分陝，君懿于棠。晉陽佩瑾，西門帶弦，君之體素，能雙其勳。流闕一字[劉]基，遷蕩陰令，吏民頡頏，隨送如雲。周公東征，西人怨思。奚斯讚魯，考父頌殷。前喆遺芳，有功不書，後無述焉。於是刊石整表，銘勒萬載，三代以來，雖遠猶近。詩云舊國，其命惟新。

於穆我君，既敦既純。雪白之性，孝友之仁。紀行來本，蘭生有芬。克岐有兆，綏御有勳，利器不覿，魚不出淵。國之良幹，垂愛在民。蔽沛棠樹，溫溫恭人。乾道不繆，唯淑是親。既多受祉，永享南山。干祿無疆，子子孫孫。惟中平三年，歲在攝提，二月震節，紀日上旬，陽氣厥析，感思舊君。故吏韋萌等僉然同聲，貢師孫興，刊石立表，以示後昆。共享天祚，億載萬年。

漢郎中鄭固碑

君諱固，字伯堅，著君元子也。含中和之淑質，履上仁闕三字[劉]，孝友著乎閨門，至行立乎鄉黨。初受業於歐陽，遂窮究于典籍，膺游夏之文學，襄冉季之政事。弱冠仕郡諸曹掾史、主薄、督郵、五官掾功曹。入則腹心，出則爪耳，忠以衛上，清以自脩，犯顏謇諤，造膝詭辭。加以好成方類，推賢達善，逡遁退讓，當世以此服之。邦后珍瑋，以爲儲舉。先屈計掾，奉我闕[劉]貢。清眇冠乎群彥，德能簡乎聖心。延熹元年二月十九日，詔拜郎中，非其好也，以疾固辭。未滿期限，從其本規，乃遘凶愍，年四十二，其四月廿四日，遭命隕身，痛如之何！先是，君大男孟子有楊烏之才，善性形於岐嶷，闕二字[劉]見於垂髫，年七歲而夭，大君夫人所共哀也。故建闕[劉]共墳，配食斯壇，以慰考妣之心。琦瑤延以爲至德不紀，則鐘鼎奚銘，昔姬闕二字[劉]武，弟述其兄。綜闕四字[劉]行於薎陋，獨曷敢忘。乃刊石以旌遺芳。其辭曰：

於惟郎中，寔天生德。頤親誨弟，虔恭竭力。教我義方，導我禮則。傳宣孔業，作世模式。從政事上，忠以自勗。貢計王庭，華夏歸服。帝用嘉之，顯拜殊特。將從睢意，色斯自得。乃遭氛災，隕命顛沛。家失所怙，國闕忠直。俯哭誰訴，仰號焉告。嗟嗟孟子，苗而弗毓。奉我元兄，脩孝罔極。魂而有靈，亦歆斯勒。

陳君碑文
邯鄲淳

君諱紀，字元方，太丘君之元子也。始祖有虞，受禪陶唐，亦以命禹，其後嬀滿。當周武王時，祚土于陳，君其世也。君生應乾坤之純質，受嵩岳之粹精，内包九德，外兼百行，淵深淪於不測，膽智應於無方，弘裕足以容衆，矜嚴足以正己[一]。然後研幾道奧，涉覽文學。凡前言徃行，竹帛所載，靡不坐該其善也。疊疊[二]焉其誘人也，是以令聞廣譽，塞于天淵；儀形嘉誨，範乎人倫。存乎本傳，故略舉其著於人事者焉。

顯考以茂行崇冠先儔，季弟亦以英才知名當世。孝靈之初，並遭黨錮，俱廢于家，號曰三君。故得奉常供養，以循子道，親執饋食，朝夕竭歡。及太丘君疾病終亡，喪過乎哀，崩傷嘔血，如此者數焉。服禮既除，戚容彌甚，聞名心瞿，言及隕涕，雖太舜之終慕，曾[三]參之自盡，無以踰也。豫州刺史嘉懿至德，命勒百城，圖畫形象，于今遺稱。越在民口，既處隱約，潛躬味道，足不踰閾。乃覃思著書三十余萬言，言不務華，事不虛設，其所交釋合贊，䂓聖哲而後建旨明歸焉，今所謂陳子者也。初平之元，禁罔蠲除，四府並辟，弓旌交至。雖崇其禮命，莫敢屈用。大將軍何進表選明儒，君爲舉首。公車特徵，起家拜五官中郎將，到遷侍中，旬有八日，出相平原。會孝靈晏駕，賊臣秉政，肆其兇虐，剥亂宇内，州郡幅裂，戎輿並戒。君冒犯鋒矢，勤恤民隱，馴之以禮教，示之以知恥，視事未朞，士女向方。會刺史敗於黄巾，幽冀二州，争利其土。君料敵知難，不忍其民爲己致死，乃辭而去之。於是老弱隨慕，扳轅持轂，輪不得轉。遂晨夜間行，寓於邳郯之野。袁術恣睢，僭號江淮，圖覆社稷，結婚吕布，斯事成重，必不測救。君謚布不從，遂與成婚，送女在塗。君爲國深憂，乃奮策出奇，以奪其心，卒使絶好，追女而還。離逖姦謀，使不得成，國用又安，君之力也。唯帝念功，命作尚書令。會車駕幸許，拜大鴻臚，實掌九儀，四門穆穆。遂登補袞闕，以熙帝載。不幸寢疾，年七十有一，建安四年六月卒。惜乎懷道處否，登庸日寡，實使大業不究，元勛靡建，兹海内所爲嗟悼，凡百所以失望也。天子愍焉，使者弔祭，郡卿以下，臨喪會葬。有子曰群，追惟蓼莪罔極之恩，乃與邦彦、碩老，咨所以計功稱伐，銘贊之義，遂樹斯石，用監于後。其辭曰：

於穆上德，時惟我君。固天縱之，天鍾厥純。命世作則，實紹斯文。遭險龍潛，抗志浮雲。所貴在己，樂存事親。雖處畎畝，天子屢聞。乃階郎將，陪帝作鄰。平原寇深，遂辭其民。思齊古公，邠土是因。不忘諗國，惠我無垠。復命喉舌，秉國之均。爰登卿士，媚兹一人。如何穹蒼，不授遐年。勘厥在位，每懷不申。股肱或虧，朝誰與詢？煢煢小子，號泣于旻。勒銘表德，久而彌新。

【校記】

[一]己，陳本、《古文苑》作世。《全三國文》作己。
[二]疊疊，陳本、《古文苑》、《全三國文》作亹亹。
[三]曾，陳本、《古文苑》作魯。《全三國文》作曾。

漢廬江太守范府君碑

君諱式，字闕八字[劉]，功存有夏，寔曰御龍，闕[劉]胙商周，世昭其隆。晉主夏明，有士會者，光演弘謨，翼崇霸業，錫邑命族，闕[劉]爲范氏，則其後也。君稟靈醇之茂度，體玄亮之殊高，徽柔懿恭，明允篤恕，九德靡奐，百行淵備，弘道佹藝，恢韜墳籍，探賾研機，罔深不入。若乃立德隆禮，樹節寶真，志諒足以弼國，篤友足以輔仁；用能昭其洪懿，聲充宇甸。接華彥於汝墳，潤枯薿於荊漢；超管鮑之遐蹤，信靈評乎炳煥。是以闕[劉]化泉流，芳闕[劉]鴻奮，燿仁闓於權輿，濟俗俾乎皇訓，群公偉焉，弓旌盈路。再讓考闕二字[劉]三府舉高第侍御史，拜冀州刺史，糾剔瑕慝，六教允施。翰飛肅於鷹揚，典刑闕二字[劉]軌闕[劉]，帝闕[劉]其勳，遷廬江太守。擬泰和以陶化，昭八則以隆治，彌闕[劉]弘略，惠訓亡倦，闕二字[劉]協闕三字[劉]齊闕二字[劉]清源之深閎，寶疏氏之至順。以疾告辭，韜光潛燿，詠琴書以寧闕九字[劉]其猶充洽外內，寔昭德之奧藪，而儀民之淵表也。未亮三事，闕三字[劉]終闕六字[劉]常山相暨子汜孫，而胤嗣罔繼。粵青龍三年正月丙戌，縣長汝南薛闕七字[劉]感靈堺之不饗，思隆懿模，以紹奕世，乃與縣之碩儒，咨典謨之中闕[劉]同宗闕三字[劉]之胄，昭告祖考，俾守厥祀。本著宣融之祚，人神協休茂之慶焉，禮也。於是鄉闕二字[劉]上計椽翟循、州部泰山從事史翟邵等，僉以爲君雖煇名載籍，光颺前列，而靈墳亡闕，儀問靡述。遂相與略依舊傳，昭撰景行，刊銘樹墓，以聲百世。其辭曰：

於昭上德，實唐之胤。誕表靈和，蹈矩履信。窮神周覽，祇道之訓。邁德徽猶，鴻漸闕奮。穢彼夸毗，寶此醇懿。以文會友，以仁翼闕。敷化濟殖，群生以遂。永言孝思，民之攸曁。如何昊天，不信其軌。明德不報，胤胙亡紀。爰輯訓典，詢爾髦士。育茲赫闕，以永遐祉。詒厥孫謀，燿于萬祀。

魏大饗碑

惟延康元年八月旬有八日辛未，魏王龍興踐祚，規恢鴻業，構亮皇基，萬邦統世。忿吳夷之凶暴，滅蜀虜之僭逆。于赫斯怒，順天致罰，奮虓虎之校，蒭猛銳之卒。爰整六軍，率匈奴暨單于、烏桓、鮮卑引弓之類，持戟百萬，控弦千隊。玄甲曜野，華旗蔽日。天動雷震，星流雷震，戎備素辨，役不更藉。農夫安疇，商不變肆。是以士有拊譟之驪，民懷惠康之德。皇恩所漸，無遠不至；武師所加，無強不服。故寬令西飛，則蜀將東馳；六旆南徂，則吳黨委質。二虜震驚，魚爛菹潰。將氾自三江之流，方軌邛來之阪，斬吳夷以染鉞，血蜀虜以釁鼓。曜天威於遐裔，復九圻之疆寓；除生民之災孽，去聖皇之宿憤。次于舊邑，觀釁而動。築壇墠之宮，置表著之位，大饗六軍，爰及譙縣父老男女。臨饗之日，陳兵清塗，慶雲垂覆，乃備俾禦，整法駕，設天官之列衛，乘金華之鸞路；建升龍於大常，張天狼之威弧。千葉風舉，萬騎龍驤；威靈之飭，震曜康衢。既登高壇，蔭九增之華蓋，處流蘇之幄坐；陳旅酬之高會，行無筭之酣飲。干酒波流，胾烝陵積，瞽師設縣，金奏讚樂。六變既畢，乃陳祕戲。巴俞丸劍，奇舞麗倒。衝夾踊鋒，上閒躡高。舩鼎緣橦，舞輪摘鏡。騁狗逐兔，戲馬立騎之妙技，白虎青鹿，辟非辟耶。魚龍靈龜，國鎮之恠獸，瓌變屈出，異巧神化。自鄉校將守以下，下及陪臺隸圉，莫不歆淫宴喜，咸懷醉飽。雖夏啓均臺之亨，周成歧陽之蒐，高祖邑中之會，光武舊里之宴，何以尚茲！是以刊石立銘，光示來葉。其辭曰：

　　赫王師，征南裔。舊靈威，震天外。吳夷讋，蜀虜竄。區夏清，八荒艾。幸舊邦，設高會。皇德洽，洪恩邁。刊金石，光萬世。

制命孔羨爲宗聖侯奉家祀碑文
曹植

惟黃初元年，大魏受命，胤軒轅之高蹤，紹虞氏之遐統，應曆數以改物，揚仁風以作教。於是輯五瑞，班宗彝，鈞衡石，同度量。秩群祀於無文，順天時以布化。既乃緝熙聖緒，紹顯上世，追存三代[一]之禮，兼紹宣尼[二]之後，以魯縣百戶命孔子二十一世孫議郎孔羨爲宗聖侯，以奉孔子之祀。制詔三公曰：

昔仲尼負[三]大聖之才，懷帝王之器，當衰周之末，[四]無受命之運，在魯衛之朝，教化乎洙泗之上。栖栖焉，皇皇焉，欲屈己以存道，貶身以救世。當時[五]王公終莫能用之。乃退[六]考五[七]代之禮，脩素王之事，因魯史而制《春秋》，就太師而正《雅》《頌》。俾千載之後，莫不宗[八]其文以述作，仰[九]其聖以謀，咨可謂命世大聖，億載之師表者已。遭天下大亂，百祀堕壞，舊居之廟毀而不脩，褒成之後絕而莫繼，闕里不聞講誦之聲，四時不睹蒸嘗之位，斯豈所謂崇禮報功、盛德必百世[十]祀者哉？

嗟乎，朕甚愍焉！其以議郎孔羡爲宗聖侯，邑百戶，奉孔子之祀。令魯郡脩起舊廟，置百戶[十一]卒吏以守衛之。又於其外廣爲屋宇，以居學者。於是魯之父老、諸生、遊士，睹廟堂之始復，觀俎豆之初設，嘉聖靈於髣髴，想禎祥之來集。乃慨然而嘆曰：“大道衰廢，禮學[十二]絕滅三十餘年，皇上懷仁聖之懿德，兼二儀之化育，廣大包於無方，淵深淪於不測。故自受命以來，天人咸和，神氣氤氲，嘉瑞踵武，休徵屢臻。殊俗解編髮而慕義，遐夷越險阻而來賓。雖太皡遊龍以君世，虞氏儀鳳以臨民，伯禹命玄宫[十三]而爲夏后，西伯由岐社而爲周文，尚何足稱於大魏哉！若乃紹繼微絕，興脩廢官，疇咨稽古，崇配乾坤，况神明之所福作[十四]，宇宙之所觀或作歡[陳]欣欣之色，豈徒魯邦而已哉？”爾乃感殷人路寢之義，嘉先民泮宫之事。以爲高宗、僖公蓋嗣世之王、諸侯之國耳，猶著德於三[十五]頌，騰聲乎千載。况今聖皇肇造區夏，創業垂統，受命之日，曾未下輿，而褒美大聖，隆化如此，能無頌乎！乃作頌曰：

煌煌大魏，受命溥將。繼體黄唐，包夏含商[十六]。降釐下土，廓[十七]清三光。群祀咸秩，靡事不綱。嘉彼玄聖，有赫其靈。遭世霧亂，莫顯莫[十八]榮。褒成既絕，寢廟斯傾。闕里蕭條，靡韶紹也[陳]靡馨。我皇悼之，尋其世武，乃建宗聖，以紹厥後。脩復舊堂，豐其甍宇。莘莘學徒，爰居爰處。王教既新[十九]，群小遄沮。魯道以興，永作憲矩。洪聲豈遐，神祇來和[二十]。休徵雜遝，瑞我邦家。内光域區，外被荒遐。殊方慕義，搏拊揚歌。於赫四聖，運世應期。仲尼既没，文亦在兹。彬彬我后，越而五之。垂於億載，如山之基。

【校記】

[一]三代，陳本同。《曹植集校注》作二代三恪。

[二]《曹植集校注》有“褒成”二字。

[三]負，陳本同。《曹植集校注》作姿。

[四]《曹植集校注》有“而”字。

[五]當時，陳本作於是。《曹植集校注》作當時。

[六]退，陳本同。《曹植集校注》作追。

[七]五，陳本同。《曹植集校注》作三。

[八]宗，陳本同。《曹植集校注》作采。

［九］仰，陳本同。《曹植集校注》作印。

［十］必百世，陳本同。《曹植集校注》作百世必。

［十一］戶，陳本同。《曹植集校注》作石。

［十二］學，陳本、《曹植集校注》作樂。

［十三］宮，陳本同。《曹植集校注》作官。

［十四］作，陳本同。《曹植集校注》作怍。

［十五］三，陳本同。《曹植集校注》作名。

［十六］包夏含商，陳本同。《曹植集校注》作含夏苞商。

［十七］廓，陳本同。《曹植集校注》作上。

［十八］莫，陳本、《曹植集校注》作其。

［十九］新，陳本同。《曹植集校注》作備。

［二十］和，陳本同。《曹植集校注》作祐。

曹娥碑文
邯鄲淳

孝女曹娥者，上虞曹盱之女也。其先與周同祖，末胄荒流，爰茲適居。盱能撫節按歌，婆娑樂神。漢安二年五月，時迎五君，逆濤而上，爲水所淹，不得其屍。時娥年十四，號慕思盱，哀吟澤畔，旬有七日，遂自投江死，經五日抱父屍出。以漢安迄于元嘉元年，青龍在辛卯，莫之有表。度尚設祭誄之，辭曰：

爵伊孝女，曄曄之姿。偏其反而，令色孔儀。窈窕淑女，巧笑倩兮。宜其家室，在洽之陽。大禮未施，嗟喪慈父。彼蒼伊何？無父孰怙！訴伸告哀，赴江永號，視死如歸。是以眇然輕絕，投入沙泥。翩翩孝女，載沉載浮。或泊洲渚，或在中流。或趨湍瀨，或逐波濤。千夫失聲，悼痛萬餘。觀者塡道，雲集路衢。泣淚掩涕，驚動[一]國都。是以哀姜哭市，杞崩城隅。或有尅面引鏡，劗音割[陳]耳用刀，坐臺待水，抱樹而燒。於戲孝女，德茂此儔。何者大國，防禮自修。豈況庶賤，露屋草茅。不扶自直，不鏤自彫。越梁過宋，比之有殊。哀此貞厲，千載不渝。嗚呼哀哉！

辭[二]曰：名勒金石，質之乾坤，歲數歷祀，立廟起墳。光于后土，顯昭天人。生賤死貴，利之義門。何悵華落，飄零早分。葩艷窈窕，永世配神。若堯二女，爲湘夫人。時效髣髴，以昭後昆。

【校記】

［一］動，陳本、《古文苑》作慟。《文選補遺》作動。

[二]辭，陳本、《古文苑》同。《文選補遺》作亂。

魏散騎常侍步兵校尉東平太守碑
嵇康

先生諱籍，字嗣宗，陳留尉氏人也。厥遠祖陶化於上世，而先生弘謨於後代；《詩》所載阮國，則是族之本也。先生承命世之美，希達節之度。得意忘言，尋妙於萬物之始；窮理盡性，研幾於幽明之極。和光同略，群生莫能屬也；確乎不可拔，當途莫能貴也。或出或處，與時升降；或默或語，與世推移。望其形者猶登嶽涉海，蕩然無以究其高、測其深；覽其神者，猶旁璞親珪，肅然無不欽其寶而偉其奇也。不屑夷、齊之潔，故其清不可尚也；不履思[一]連之汙，故其道不可屈也。蓬瑗昇降於卷舒，甯武去就於愚智，顧盼二子，不亦泰如？危宗廟之犧，安不靈之龜，故無孤犢之逼，而有塗中之廣。觀屈穀鳴鴉，是以處下[二]才之間；察巨瓠緯帶，是以遊有用之際。夸大辨而御之以訥，資大白而洿之以厚[三]—作辱[劉]。為無為，而名不能累也；事無事，而世不能役也。訪垂天之翼於寂寞之域，投芒刃之穎於有解之會，固恢恢必有餘地，豈若接輿被張以養生，於陵觀園以求實，齷齪近步，脩—作循軌轍而已哉！尼父議老成於遊龍，衛賜譬重仞於日月，揆之先生，其殆熟幾乎！方將攀逸駕於洪涯，懇遐軌於巢州，跨宇宙以高挹，陵雲霄以優遊。享年如[四]干，遘病而卒。於是遠鑒之士，有識之徒，先生之沒，夫豈不慨然！臨豪傑而存惠子之問，運斧斲而思郢人之功，乃探賾索隱以敘雅操，使將來君子知莊生之跡，略舉其志。坤之曰：

我我先生，天挺[五]無欲。玄虛恬淡，混濟榮辱。盪滌穢累，婆娑山足。胎胞造化，韜蘊光燭。鼓棹滄浪，彈冠嶠岳。頤神太素，簡邁世局。澄之不清，溷之不濁。翱翔區外，遺物庶俗。隱處巨室，反真歸漠。汪汪淵源，邁跡圖錄。

【校記】
　　[一]思，陳本、《全三國文》作惠。
　　[二]下，陳本作不。《全三國文》作才不。
　　[三]厚，陳本、《全三國文》作辱。
　　[四]如，陳本作若。《全三國文》作如。
　　[五]挺，陳本、《全三國文》作挻。

車騎將軍賀婁公碑文
庾信

昔者軒丘命氏，初分兄弟之姓；若水降居，始逮諸侯之國。自是以官爲族，因地爲宗，水派枝分，其可知矣。公諱慈，字元達，本姓張，清河東武城人也。仕於周，張仲爲孝友；謀於晉，張彥爲賢臣。韓有開地，則五世強國；趙有孟談，則三卿不戰。祖慶，少習邊將，憑仗智勇。雖復五車竹簡，不取博士之名；一卷兵書，即以將軍自許。角端在手，必無齊魯之侵；蓮花插腰，甚得蛟龍之氣。爲車騎大將軍、儀同三司、散騎常侍、霸城縣開國伯，贈河州刺史。父璨。公子公孫，有鎡基於天下；良弓良冶，有世業於家風。書則百家可知，劍則千人可敵。三槐以禺禺象物，知其神姦；五等以桓珪旆或作布[陳]瑞，守其宮室。君以才望，兼而受之。終於使節、車騎大將軍、儀同三司、散騎常侍、武定縣開國公，贈河州刺史。

惟公秉山岳之靈，受星辰之氣，年在髫髮，甫就勝衣。竹馬來迎，已之名於郭及[一]；羊車在道，即見賞於王澄，豈直童子明經，書生說卦而已。至如禪河清論，秋水高談，故以辯折龜林，聲馳鹿野。國家官族，君爲首姓。起家車騎大將軍、儀同三司，襲爵爲公，增邑合一千六百戶。弱冠登朝，傳呼甚寵。漢魏台郎，故無此缺[陳]；中朝方伯，罕有其年。大冢宰任惣機衡，是勤王略，惜君忠壯，委以爪牙。乃領左廂親信，出爲梁州防主。華陽西極，漢水東流，巴濮既寧，沉黎即靜。

保定四年，王師北伐，以君驍勇，被召將兵，師下宜陽，身登函谷，將燒白馬之城，以覆鳥巢之壘。既而中途甚雨，未獲圍原，軍師聞喪，不成侵宋。柱國趙王，今上之第九弟也。文則河間上書，武則任城置陣，作鎮岷丘，揚旆錦水，白虎之俗難安，黃龍之盟不定。以君智畧，入佐中權，天和元年，授使持節、大都督、治柱國惣府司録，仍轉司馬，餘官封如故。相如西喻，鏤石於靈山；武侯南征，浮船于瀘水。方之今日，彼獨何人？九品課工，爲上之下。四年，入朝，歸事宰旅。即受載師大夫，將命齊國。尋盟出境，即用和鄰；入國聞喪，仍從會葬之禮。可使南面，此之謂乎？

尋以本官入治軍正。至如渭水兵書，在心爲志；軒丘陣法，聚石成圖。既得師不疲勞，兵無怨讟，入陪中禁，更領儀同。邸客城池，門闌戶籍，咸資巡警，並用司存。帝城近臣，公室密戚，如逢司隸，似畏都官。既而孤城鄭嫗，不相其年；巴水深翁，不醫其疾。春秋三十有三，奄捐官舍。呂子明之疾甚，欵軫吳王；阮元瑜之長逝，悲深魏主。有詔贈某官，禮也。以建德四年三月日歸葬於河州苑川郡之禁山。

公六郡良家，西河冑族，地壯金行，人雄塞氣。《兵書》七卷，河水浮來；《射法》三篇，天弧夜下。鋒旗不息，刁斗恒驚，猶得馬上讀書，軍中習禮，太史子義善於謀策，諸葛公休長於撫馭。四代儀同三司，七世河州刺史，鐘虡成列，冠蓋連陰，所謂生爲貴臣，死爲貴神者也。但以遊魂久客，反葬途遠，道阻山長，妻孤子幼，哀聲滿野，愁氣連雲。況復松檟飄颻，方臨武威之戍；丘陵廻遠，直對臨洮之城。馬援亡於武溪，尸柩返於魏里；梁鴻死於會稽[二]，妻子歸於平陵。嗚呼哀哉！崎嶇遠矣。

昔者繁昌祠前，即有黃金之碣；德陽墓下，猶傳青石之碑。是謂勒功，乃爲銘曰：

七葉佐漢，五世相韓。忠臣入仕，孝友當官。青城仙洞，黃石祠壇。臺堪走馬，書或作堂[陳]足廻鸞。武定風颷，霸城嚴肅。並馳雙傳，俱分兩竹。重世刺舉或作史[陳]，連鑣袞服。草靡青丘，風馳赤谷。世不乏賢，挺玆上嗣。孝有三德，忠無二志。劍足身挺，書堪面試。旂節既秉，高蟬且珥。龜轉印函，虵盤綬笥。左右將軍，前後常侍。繼踵五侯，因循三事。旟旆几坂，艫舳雙流。還驅[三]木馬，更引金牛。江波錦落，火井星浮。蹲酒望帝，安歌蜀侯。受脹河陽，偏師洛浦。署陣成皋，連旗廣武。朝兵減竈，夜營多鼓。箭起六麋，鋒推九虎。倏忽人世，俄然今古。崇發兩星，瘞鷩二豎。遊魂通夢，言反舊塋。紫泥賜冊，黃腸贈行。途登石紐，路入金城。寒關樹直，秋塞雲平。劍埋合柱，書藏鑿楹。武侯爲廟，欒公爲社。雲蓋低臨，霓裳紛下。碑枕金龜，松橫石馬。永矣身世，留名華夏。

【校記】

[一]已之名於郭及，陳本作已齊名於郭伋。《庾子山集注》作已知名於郭及。

[二]稽，陳本作計。《庾子山集注》作稽。

[三]驅，陳本作樞。《庾子山集注》作驅。

墓誌

徵君何先生墓誌
梁簡文帝

先生履玉燭之禎氣，應大賢之一期，實生而知機。撫塵或作成[陳]斯庚，敬非習起，孝乃因心，聚徒教習，學侶成群，與沛國劉瓛、汝南周顒爲友，陸璉、賀瑒之徒，更道北面。永明中，王文憲儉，受詔撰禮，未竟而卒，屬在司徒文宣王，王以讓先生，因廣加刊緝。故以含文燕居，說六典五恩之義，或齊侯所不鎭或作縝[陳]，孟嘉所未知，皆折茲大物，成此良教。小人道長，每諷考槃之詩；君子道消，便執天山之筮。乃毀車挂冠，拂衣東嶺，始居若耶，來從秦望。今上經綸天地，權輿樹業，始徵爲軍謀祭酒，實允文若之舉，且光彥先之選。又徵特進右光祿大夫，高尚其事，確乎不拔，玄纁徒徃，束帛虛歸，而給白衣尚書祿。固辭不受，卒宩乎其山，正衾在殯，嗟鏤器與玉衣，尭典入棺，耻密章及書綬，知與不知，並懷惋愴，咸以人亡素楷，禮墜文章，洙泗頹經，扶風罷學。關西疑聖之德，自此長淪；高松引風之氣，於茲永息。余昔在殊方，亟枉翰迹，欽風味道，迄淹歲時。旣而位阻桂宮，塗乖咫尺，不獲擁經步至，問春卿之病，徐輪三反，入杜夷之舍，痛祥雲之滅采，悲列曜之晞暉，追勒高鄉，乃爲銘曰：

　　文範高世，玄晏絕倫，復有令德，遠之與均。誰與均此，嗚呼哲人，第五肥遁，餘軌尚遵。司空開學，其風不泯，傳茲孝敬，曰悌且仁。氣高瓊岳，心虛谷神，括羽儒囿，舟輿席珍。旣遊慧水，兼引法輪，談扇猶在，鳴琴尚陳。如何不憖，德素長淪，寂寥嚴穴，荒涼渭濱。橋曰隻雞，徐稱酹素，余欽夫子，風期夙著。蓄思含毫，傳芳寫響，沉礎雖貞，玄泉無曙。

司徒章昭達墓誌
徐陵

　　周原膴膴，佳氣蔥蔥，王業攸興，帝圖斯盛。在昔光武佐命，鄰縣者鄧侯，高祖元臣，同郡者蕭相。公台輔之量，便著綺紈，瑚璉之姿，無待雕琢。起家爲東宮直前，所奉之君，則梁簡文皇帝。旣而黑山巨盜，憑陵上國，白水彊胡，虔劉中夏。公傾其產業，慕是驍雄，思報星儲，累殲鯨寇。屬幽風有象，代邸方降，搜荊楚之英才，資班輪之妙略。百樓忽起，登雲霄而俯臨；萬弩俱張，隨雷霆而並震。揚兵於九天之上，決勝於千里之中，殱彼群兇，皆無旋踵。陳寶應志懷反叛，客引周迪，資其食力，更事窺窬。公奉詔崇朝，飮冰將力，前茅後勁，步驟奔馳，仍向甌閩，殄其窠窟。若夫鳴蚺之洞，深谷隱於蒼天；飛猿之嶺，喬樹參於雲日，宜越艇而登嶠，蒙燕犀而涉江，威武紛紜，震山風海。於是咸俘僞師，悉據高埤，爰泊滄溟，莫不懲乂。旣而齊人無信，將謀鄴藩，鬭艦戈船，窺江淹漢。公纔聞羽檄，邊稟師期，馳襲荊郢，應時燒蕩。方欲宣威隴汧，太討梁華，屬上將之韜光，逢中台之掩曜。大建三年，薨於軍幕。爾乃青烏柏或作柏[陳]墓，白鶴標墳，林有逃車，樹同華蓋，前旂熊軾，後乘龍輴。介士發三河之民，哀鐃同駟馬之曲，長安傳坐，恩禮盛於西京；襄陽墮淚，悲慟喧於南峴。

行狀

齊司空曲江公行狀
任昉

公禀靈景宿，擅氣中和，一匵初登，東嶽之功可監；埏埴在器，瑚璉之姿先表。豈惟荆南有聖童之目，襄城著孔甫之稱而已哉？故以羽儀宗家，冠蓋後進，路叔之一日千里，北海之稱美共治，方斯蔑如也。志學之年，偏治經紀。登隆十載，網羅百氏。藻斷贍逸，蔚爲詞宗。延賈誼而升堂，攜相如而入室，加以翰牘精辯，發言有章，持論從容，辭無矜尚。自河洛丘墟，歷載二百，俾我逢掖，遂淪左袵。晉宋所以遺恨，祖宗是用顧懷，公自荷方任，志在尅復，將欲使功遂之日，身退有所。爰乃卜宇金陵，縈帶林壑，用辭聊城之賞，以爲疏韓之館。人謝運往，遂輟遠圖。

齊司空柳世隆行狀
沈約

公禀靈華嶽，幼挺珪璋，清襟素履，發乎韶非[一]。及長，風質洞遠，儀止祥華，動容合矩，吐言被律。時沈攸之狼據陝西，氣陵物上，而太祖登庸作宰，夫[二]歷在躬，攸之播封豕之情，惣令或作全[陳]荆之力，兕甲十萬，鐵馬千群，水陸長鶩，志窺皇邑。公抗威川浹，勇略紛紜，顯晦有方，出没無緒。攸之乃反旆亘圍，親受矢石，增櫓乘埤，嚴衝駕雉，雲輣俯闚，地冗斜通，半藏晚湌，負戶晨汲。公乃綏衆以武，應敵以奇，靈鋒電曜，威策雲舉。事切三版之危，氣損或作捐[陳]九天之就，殘冠外老，逆黨內離[三]，焚舟委甲，掬指宵遯。公風標秀徹，器範弘潤，茂乎辭彩，雅善鼓琴。摛純蔡之高芬，纂鍾嵇之妙曲，雖嬰拂世務，而素業無改。臨姑蘇而想八桂，登衡山而望九疑[四]，七紆邦組，三臨蕩甸，五職瑞扇，一司百揆。固可以齊衡八凱，方駕五臣。

【校記】

[一]非，陳本作卯。《藝文類聚》作卯。
[二]夫，陳本、《藝文類聚》作天。
[三]雜，陳本作摧。《藝文類聚》作離。
[四]"臨姑蘇而想八桂，登衡山而望九疑"，據陳本補。《藝文類聚》同。

卷七十八

吊文

吊夷齊文
王粲

歲旻秋之仲月，從王師以南征。濟河津而長驅，踰芒阜之崢嶸。覽首陽於東隅，見孤竹之遺靈。心於邑而感懷，意惆悵而不平。望壇宇而遥吊，抑悲古之幽情。知養老之可歸，忘除暴之爲世或作仁[陳]。絜己躬以騁志，愍聖哲之大倫。忘舊惡而希古，退採薇以窮居。守聖人之清槩，要既死而不渝。厲清風於貪士，立果志於懦夫。到于今而見稱，爲作者之表符。雖不同於大道，今尼父之所譽。

吊孟嘗君文
潘岳

人罔貴賤，士無眞僞，入國如歸，望寶若企。出握秦機，入專齊政，右昒而嬴强，左顧而田競。且以造化爲水，天地爲舟，樂則齊喜，哀則同憂。豈區區之國而大邦是謀，瑣瑣之身而名利是求？畏首畏尾，東奔而囚，志撓於木偶，命懸於狐裘。

吊賈誼文
庾闡

中興二十三載，余忝守衡南，鼓枻三江，路次巴陵。望君山而過洞庭，涉湘川而觀汨水，臨賈生投書之川，慨以永懷矣。及造長沙，觀其遺象，喟然有感，乃吊之云。

偉哉蘭生而芳，玉產而絜，陽葩熙冰，寒松負雪。莫邪挺鍔，天驥汗血，苟云其儔，誰與比傑！是以高明倬茂，獨發竒秀，道率天真，不議世疢。煥乎若望舒燿景而焯群星，矯乎若翔鷥拊翼而逸宇宙也。飛榮洛汭，擢穎山東，質清浮磬，聲若孤桐。琅琅其璞，巖巖其峯，信道居正，而以天下爲公；方駕逸步，不以曲路期通。是以張高弦悲，聲激柱落，清唱未和，而桑濮代作。雖有惠音，莫過《韶》《濩》；雖有騰鱗，終仆一壑。嗚呼！大庭旣邈，玄風悠緬，皇道不以智隆，上德不以仁顯。三五親譽，其輒可仰而摽；霸功雖逸，其塗可翼而闡。悲矣先生，何命之蹇；懷寶如玉，而生運之淺！

昔咎繇謨虞，呂尚歸昌；德協充符，乃應帝王。夷吾相桓，漢登蕭、張；草廬三顧，臭若蘭芳。是以道隱則蠖屈，數感則鳳覩，若棲不擇木，翔非九五；雖曰玉折，儁才何補！夫心非死灰，智必存形，形託神川，故能全生。柰何蘭膏，揚芳漢庭，摧景飆風，獨喪厥明。悠悠太素，存亡一指，道來斯通，世徃斯圮。吾哀其生，未見其死，敢不敬吊，寄之淥水。

吊莊周文
稽含

帝婿王弘遠，華池豐屋，黃[一]延賢彥。圖莊生垂綸之象，記先達辭聘之事，畫眞人於刻桶之室，載退士於進趣之堂。可謂託非其所，可吊不可讚也。其辭曰：

邁矣莊周，天縱特放；大塊授其生，自然資其量；器虛神潰或作潰[陳]，窮玄極曠。人僞俗季，貞風旣散，野無訟屈之聲，朝有爭寵之歎，上下相陵，長幼失貫。於是借玄虛以助溺，引道德以自獎，戶詠恬曠之辭，家畫老莊之象。今王生沈淪名利，身尚帝女，連耀三光，有出無處。池非巖石之溜，宅非茅茨之宇，馳屈產於皇衢，畫茲象其焉取。嗟乎先生，高迹何局！生處巖岫之居，死寄彫楹之屋，託非其所，沒有餘辱。悼大道之湮晦，遂含悲而吐曲。

【校記】
[一]黃，陳本、《晉書》作廣。

祭文

祭橋公文
魏武帝

故太尉橋公，誕敷明德，汎愛博容。國念明訓，士思令模。靈幽體翳，邈哉晞矣。吾以幼年，逮升堂屋，特以頑鄙之姿，爲大君子所納。增榮益觀，皆由獎助，猶仲尼稱不如顏淵，李生之厚嘆賈復。士死知己，懷此無忘。又承從容約誓之言："殂逝之後，路有經由，不以斗酒隻雞，過相沃酹，車過三步，腹痛勿恠。"雖臨時戲笑之言，非至親之篤好，胡肯爲此辭乎？匪謂靈忿，能貽己疾，舊懷惟歡，念之悽愴。奉命東征，屯次鄉里，北望貴土，乃心陵墓。栽致薄奠，公其尚饗！

祭墓文
王羲之

維永和十一年三月癸卯朔，九日辛亥，小子羲之敢告二尊之靈。羲之不天，夙遭閔凶，不蒙過庭之訓。母兄鞠育，得漸庶幾，遂因人乏，蒙國寵榮。進無忠孝之節，退違推賢之義，每仰詠老氏、周任之誡，常恐斯亡無日，憂及宗祀，豈在微身而已！是用寤寐永歎，若墜深谷。止足之分，定之於今。謹以今日吉辰，肆筵設席，稽顙歸誠，告誓先靈。自今之後，敢渝此心，貪冒苟進，是有無尊之心而不子也。子而不子，天地所不覆載，名教所不得容。信誓之誠，有如皦日。

祭程氏妹文
陶潛

維晉義熙三年，五月甲辰，程氏妹服制再周。淵明以少牢之奠，俛而酹之。嗚呼哀哉！

寒往暑來，日月寖疎，梁塵委積，庭草荒蕪。寥寥空室，哀哀遺孤。肴觴虛奠，人逝焉如。誰無兄弟，人亦同生。嗟我與爾，特百常情。慈妣早世，時尚孺嬰，我年二六，爾纔九齡。爰從靡識，撫髫相成。

咨爾令妹，有德有操。靖恭鮮言，聞善則樂。能正能和，惟友惟孝。行止中閨，可象可傚。我聞爲善，慶自己蹈。彼蒼何偏，而不斯報！昔在江陵，重罹天罰。兄弟索居，乖隔楚越。伊我與爾，百哀是切。黯黯高雲，蕭蕭冬月。白雪掩晨，長風悲節。感惟崩號，興言泣血。尋念平昔，觸事未遠。書疏猶存，遺孤滿眼。如何一往，終天不返！

寂寂高堂，何時復踐？藐藐孤女，曷依曷恃？煢煢遊魂，誰主誰[一]祀？柰何程妹，於此永已！死如有知，相見蒿里。嗚呼哀哉！

【校記】

[一] "主誰"二字，據陳本補。《文選補遺》、《陶淵明集箋注》同。

祭從弟敬遠文
陶潛

歲在辛亥，月惟仲秋，旬有九日，從弟敬遠，卜辰云窆，永寧后土。感平生之游處，悲一往之不返，情惻惻以摧心，淚愍愍而盈眼。乃以園果時醪，祖其將行。嗚呼哀哉！

於鑠吾弟，有操有概。孝發幼齡，友自天愛。少思寡欲，靡執靡介。後己先人，臨財思惠。心遺得失，情不依世。其色能溫，其言則厲。樂勝朋高，好是文藝。遙遙帝鄉，爰感奇心，絕粒委務，考槃山陰。淙淙懸溜，曖曖荒林，晨採上藥，夕閑素琴。曰仁者壽，竊獨信之，如何斯言，徒能見欺。年甫過立，奄與世辭，長歸蒿里，邈無還期。

惟我與爾，匪但親友，父則同生，母則從母。相及齠齒，並罹偏咎。斯情實深，斯愛實厚！念疇昔日，同房之歡。冬無縕褐，夏渴瓢簞。相將以道，相開以顏。豈不多之[一]，忽忘飢寒。余嘗學仕，纏綿人事，流浪無成。懼負素志，斂策歸來。爾知我意，常願攜手，寘彼眾意。每意有秋，我將其刈，與汝偕行，舫舟同濟。三宿水濱，樂飲川界。靜月澄高，溫風始逝。撫杯而言，物久人脆。

奈何吾弟，先我離世！事不可尋，思亦何極？日徂月流，寒暑代息。死生異方，存亡有域。候晨永歸，指塗載陟。呱呱遺稚，未能正言。哀哀嫠人，禮儀孔閑。庭樹如故，齋宇廓然，孰云敬遠，何時復還！余惟人斯，昧茲近情。蓍龜有吉，制我祖行。望旐翩翩，執筆涕盈。神其有知，昭余中誠。嗚呼哀哉！

【校記】

[一]之，陳本同。《文選補遺》、《陶淵明集箋注》作乏。

自祭文
陶潛

歲惟丁卯，律中無射。天寒夜長，風氣蕭索。陶子將辭逆旅之館，永歸於本宅。故人悽其相悲，同祖行於今夕。羞以嘉蔬，薦以清酌。候顏已冥，聆音愈漠。嗚呼哀哉！茫茫大塊，悠悠高旻，是生萬物，余得為人。自余為人，逢運之貧，簞瓢屢罄，絺綌冬陳。含歡谷汲，行歌負薪，翳翳柴門，事我宵晨。春秋代謝，有務中園，載耘載籽，迺育迺繁。欣以素牘，和以七弦。冬曝其日，夏濯其泉。勤靡餘勞，心有常閑。樂天委分，以至百年。

惟此百年，夫人愛之，懼彼無成，竭日惜時。存爲世珍，沒亦見思。嗟我獨邁，曾是異茲。寵非已榮，涅豈吾錙？捽兀窮廬，酣飲賦詩。識運知命，疇能罔眷？余今斯化，可以無恨。壽涉百齡，身慕肥遁，從老得終，奚所復戀！寒暑逾邁，亡既異存。外姻晨來，良友宵奔。葬之中野，以安其魂。窅窅我行，蕭蕭墓門。奢侈[一]或作鄙[陳]宋臣，儉笑王孫。廓兮已滅，慨焉已遐。不封不樹，日月遂過。匪貴前譽，孰重後歌。人生實難，死如之何？嗚呼哀哉！

【校記】
[一]侈，陳本、《文選補遺》同。《陶淵明集箋注》作恥。

祭周居士文
謝惠連

維君陶造化之純元，侔先哲之遐蹤。體無事於高尚，蹈虛素乎中庸。不臣天子，不事諸侯。公辟弗眄，王命匪酬。窮歡極樂，帶素被裘。

祭禹廟文
謝惠連

謹遣左曹掾，奉水土之羞，敬薦夏帝之靈。咨聖繼天，載誕英徽。克明克哲，知章知微。運此宏謨，郵彼民憂。身勞五岳，形疲九州。呱呱弗顧，虔虔是欽。物貴尺璧，我重寸陰。乃錫玄圭，以告成功。虞數既改，夏德乃隆。臨朝總政，巡國觀風。淹留稽嶺，乃徂行宮。恭司皇役，敬屬暉融。神且略薦，乃昭其忠。

祭虞舜文
顏延之

惟哲化神，繼天作聖。藏器漁陶，致身愛敬。是以二妃嬪德，九子觀命，在麓不迷，御衡以正。唐歷既終，虞道乃光。咨堯授禹，素阻采堂。百齡厭世，萬里涉方。敬詢故老，欽咨聖君。職奉西湘，虔屬南雲。神之聽之，匪酒伊葷。

祖祭弟文
顏延之

闔棺窮野，啓殯中荒。靈影戾滅，筵寢虛張。人性或作性[陳]運來，自秋祖陽。蕃蘭落色，宿草滋長。孰云不痛，辭家去鄉。爾之于役，爰適兹邑。上秋告來，方春佇立。如何不弔，吉違凶集。六親憧心，姻朋浩泣。我雖載奔，伊何云及？求懷在昔，追亡悼存。惟兄及弟，瞻母望昆。生無榮嬿，没望歸魂。令龜吉兆，祖襯東旋。靈輀次露，嚴舟在川。廓然何及，痛矣終天。

祭雜墳文
任孝恭

惟爾冥然徂代，求圓石而無名，邈矣遐年，討方塼而不記。封樹漂殄，誰别羽商之家，墳壟傾廻，終迷庚癸之向。近創此伽藍，寔湏泥九[一]，命彼碩人，置兹屯邑。不謂綸繩所用，遂毁牛亭之基。鍬鍤所侵，爰傷馬鬣之勢，重使翠幕臨風，佳城見日。昔靈沼枯骨，周王改以衣寇；廣武横尸，漢主加其轊櫝。輒勒彼山虞，覆頽隍於舊趾，命兹匠者，修反壤於故林。遷蟻結之文，依以[二]坊之勢，幸得宜陽大道，無變無移，京兆長阡，勿廻勿徙。庶幽魂遊止，踐昔徑而不疑；塗車徃還，瞻舊轍而猶在。

【校記】
　　[一]九，陳本、《全梁文》作丸。
　　[二]以，陳本、《全梁文》作似。

祝文 廣

祭告天地群神文
漢光武

皇天上帝，后土神祇，眷顧降命，屬秀黎元。爲人父母，秀不敢當。群下百辟，不謀同辭。咸曰："王莽篡弒竊位，秀發憤興義兵，破王尋、王邑百萬衆於昆陽，誅王郎、銅馬、赤眉、青犢賊於河北，平定天下，海内蒙恩。上當天地之心，下爲元元所歸。"讖記曰："劉秀發兵捕不道，卯金修德爲天子。"秀猶固辭，至于再，至于三。群下僉曰："皇天大命，不可稽留。"敢不敬承。

祭告天地神祇文
漢昭烈[一]

惟建安二十六年四月丙午，皇帝備用玄牡，昭告皇天上帝后土神祇：

漢有天下，歷數無疆。曩者王莽篡盜，光武皇帝震怒致誅，社稷復存。今曹操阻兵安忍，戮殺主后，滔天泯夏，罔顧天顯。操子丕，載其凶逆，竊居神器。群臣將士以爲社稷墮廢，備宜修之，嗣武二祖，龔行天罰。備雖否德，懼忝帝位。詢於庶民，外及蠻夷君長，僉曰："天命不可以不荅，祖業不可以久替，四海不可以無主。"率土式望，在備一人。備畏天明命，又懼漢阼將湮于地，謹擇元日，與百寮登壇，受皇帝璽綬。修燔瘞，告類于天神，惟神饗祚于漢家，永綏四海。

【校記】
  [一]陳本題爲漢先主作。

卷七十九

雜文上廣

王會
汲冢周書

周室既寧，八方會同，各以職來獻，欲垂法厥世，作《王會》。

成周之會，墠上張赤帟張陰羽，天子南面立，絻無繁露，朝服八十物，摺珽。唐叔、荀叔、周公在左，太公望在右，皆絻，亦無繁露，朝服七十物，摺笏，旁天子而立於堂上。堂下之右，唐公、虞公南面立焉。堂下之左，殷公、夏公立焉，皆南面，絻有繁露，朝服五十物，皆摺笏。爲諸侯之有疾病者，阼階之南，祝淮氏、榮氏次之，珪瓚次之，皆西面。彌宗之旁，爲諸侯有疾病之醫藥所居。相者太史魚、大行人皆朝服，有繁露。堂下之東面，郭叔掌爲天子菉幣焉，絻有繁露。內臺西面正北方，應侯、曹叔、伯舅、中舅，比服次之，要服次之，荒服次之。西方東面正北方，伯父、中子次之。方千里之內爲比服，方二千里之內爲要服，方三千里之內爲荒服，是皆朝於內者。堂後東北爲赤帟焉，浴盆在其中。其西，天子車，立馬乘六青，陰羽凫旌。中臺之外，其右泰士，臺右彌士。受贄者八人，東面者四人。陳幣當外臺，天玄氂宗馬十二，王元[一]繚璧琫十二，參方玄繚璧、豹虎皮十二，四方玄繚璧琰十二。外臺之四隅，每隅張赤帟，爲諸侯欲息者皆息焉，命之曰爻閒。

周公旦主東方，所之青馬、黑氂，謂之母兒，其守營牆者，衣青操弓執矛。西面者，正北方，稷慎大麈。穢人前兒，前兒若獼猴，立行，聲似小兒。良夷在子，在子幣身人首，脂其腹炙之，霍則鳴曰在子。揚州禺禺，魚名，解隃冠，發人鹿人；鹿人者，若鹿迅走。俞人雖馬，青丘狐九尾，周頭煇羝，煇羝者，羊也。黑齒白鹿白馬，白民乘黃，乘黃者似騏，背有兩角。東越海蛤，甌人蟬蛇，順食之美。於越納姑妹珍，且甌文蜃，共人玄貝。海陽大蟹，自深桂。會稽以鼀，皆面西嚮。正北方，義渠以茲白，茲白者，若白馬，鋸牙，食虎豹。央[一]林以酋耳，酋耳者，身若虎豹，尾長，參其身，食虎豹。北唐以閭，似隃冠。渠叟以䚟犬，䚟犬者，露犬也，能飛食虎豹。樓煩以星施，星施者，珥旄。卜盧以紈牛，紈牛者，牛之小者也。區陽以鼇封，鼇封者，若虒，前後有首。規規以麟，麟者仁獸也。西申以鳳鳥，鳳鳥者，戴仁、抱義、掖信[三]。氐羌以鸞鳥，巴人以比翼鳥，方煬以皇鳥。蜀人以文翰，文翰者，若皋雞。方人以孔鳥，卜人以丹砂，夷用闓木[四]。康民以桴苡，桴苡者，其實如李，食之宜子。州靡費費，其形人身反踵自笑，笑則上脣翕其目，食人，北方謂之吐嘍。都郭狴狌，欺羽狴狌，若黃狗，人面能言。奇幹善芳，善芳者，頭若雄雞，佩之令人不昧。皆東嚮。北方臺正東，高夷嗛羊，嗛羊者，羊而四角。獨鹿邛邛距虛，善走也。孤竹距虛，不令支玄獏，不屠何青熊。東胡黃羆，山戎戎菽。其西，般吾白虎。屠州黑豹，禺氏騊駼。大夏茲白牛，大戎文馬，而赤鬣縞身，目若黃金，名吉皇之乘。數楚每牛，每牛者，牛之小者也。匈奴狡犬，狡犬者，巨身四足果。皆北嚮。權扶玉目，白州比閭。比閭者，其華若羽，伐其木以爲車，終行不敗。禽人營，路人大竹，長沙鱉。其西，魚復鼓鍾，鍾牛。蠻楊之翟，倉吾翡翠，翡翠者，所以取羽。其餘皆可知，自古之政。南人至，衆者皆北嚮。

【校記】

　　[一]元，陳本、黃懷信等《逸周書彙校集注》作玄。
　　[二]央，陳本、《逸周書彙校集注》作史。
　　[三]陳本、《逸周書彙校集注》此有"歸有德"三字。
　　[四]木，陳本、《逸周書彙校集注》作采。

周祝
汲冢周書

　　民非后罔乂，后非民罔與爲邦，慎政在微，作《周祝》。
　　曰：維哉其時告汝，○○道，恐爲身災。謹哉民乎，朕則生汝，朕則刑汝，朕則經汝，朕則亡汝，朕則壽汝，朕則名汝。故曰：文之美而以身剝，自謂智也者，故不足。角之美，殺其牛，榮華之言，後有茅。凡彼濟者，必不怠；觀彼聖人，必趣時。石有玉而傷其山，萬民之患在口言。時之行也，勤以徙；不知道者，福爲禍。時之從也，勤以行；不知道者，以福亡。故曰：肥豕必烹，甘泉必竭，直木必伐。

地出物而聖人是時，雞鳴而人爲時，觀彼萬物，且何爲求？故天有時，人以爲正；地出利，而民是爭。人出謀，聖人是經；陳五刑，民乃敬；教之以禮，民不爭；被之以刑，民始聽；因其能，民乃靜。故狐有牙而不敢以噬，獌有蚤而不敢以撅。勢居小者，不能爲大。特欲正中，不貪其害。凡勢道者，不可以不大。故木之伐也，而木爲斧賊；難而起者，自近者。二人同術，誰昭誰瞑；二虎同穴，誰死誰生。故虎之猛也，而陷於獲；人之智也，而陷於詐。葉之美也，解柯；柯之美也，離其枝；枝之美也，拔其本。儳矢將至，不可以無盾。

故澤有獸而焚其草木，大威將至，不可爲巧。焚其草木則無種，大威將至，不可以爲勇。故天之生也，固有度；國家之患，離之以故。地之生也，固有植；國家之患，離之以謀。故時之還也，無私貌；日之出也，無私照。時之行也，順至無逆。爲天下者，用大略。火之燀也，固定上。爲天下者，用牧。水之流也，固走下。不善，故有桴。故福之起也，惡別之；禍之起也，惡別之。

故平國若之何？須國覆國事國孤國屠，皆若之何？故日之中也仄，月之望也食。威之失也，陰食陽。善爲國者，使之有行。是彼萬物，必有常。國君而無道，以微亡。故天爲蓋，地爲軫，善用道者終無盡。地爲軫，天爲蓋，善用道者終無害。天地之間，有滄熱，善用道者終不竭。陳彼五行，必有勝，天之所覆，盡可稱。故萬物之所生也，性於從；萬物之所反也，性於同。故惡姑幽，惡姑明，惡姑陰陽，惡姑短長，惡姑剛柔。

故海之大也，而魚何爲可得？山之深也，虎豹貙貅何爲可服？人智之邃也，奚爲可測？跂動噦息，而奚爲可牧？玉石之堅也，奚可刻？陰陽之號也，孰使之？牝牡之合也，孰交之？君子不察，福不來。故忌而不得，是生事；故欲而不得，是生詐。欲伐而不得，生斧柯；欲鳥而不得，生網羅；欲彼天下，是生爲。維彼幽心，是生包；維彼大心，是生雄；維彼忌心，是生勝。

故天爲高，地爲下，察汝躬，奚爲喜怒？天爲古，地久，察彼萬物，名於始。左名左，右名右。視彼萬物，數爲紀。紀之行也，利而無方，行而無止，以觀人情。利有等。維彼大道，成而弗改，周攸夫[一]道知其極，加諸事，則萬物服。用其則必有羣，加諸物則爲之君，舉其脩則有理，加諸物則爲天子。

【校記】

[一]周攸夫，陳本、《逸周書彙校集注》作用彼大。

石鼓文
周宣王

一

　　避車旣工，避馬旣同。避車旣好，避馬旣騷。君子員員邋邋員㫃，麀鹿速速，君子之求。○酋弓，茲㠯寺。避歐其孫，其來趩，趩夒即避即時。麀鹿趬趬，歐其樸來射其來囪旣，避其猏蜀。

二

　　汧殴沔沔，烝叒淖淵。鰻鯉處之，君子漁之。澫澫又鯊，其㫃趣趣。帛魚鱳鱳，其蘊氐鮮。黃帛其鯿，又鯝又鰟。其豆孔庶。欒之氇氇，洭洭趩趩。其魚佳可，佳鰅佳鯉。可㠯櫜之，佳楊及柳。

三

　　田車孔安，鋚○勒馬。○㝬旣簡，左驂旛旛，右驂騝騝，避㠯隮于原。避戎陣止世阢，宮車其寫，秀弓時射，麋豕孔庶，麀鹿雄兔。其○又旆，其○蘱囗。大○出各，亞○○𡉈。○執而勿射。○庶趬趬，君子迺樂。

四

　　○○鑾車，䩦敕真○。○弓孔碩，彤矢○○。○馬其寫，六轡鶩鶩，辻駺孔庶，麗𦔻搏搏。豈卓載衍，○徒如章，邍濕陰陽。趍趍六馬，射之𣦼，迓如虎獸，麀如○。○○多賢，迪禽○○，避兔允異。

五

　　○○淒淒，靁雨○漊，汔湧盩渫渫。君子即，涉馬○漊。汧殴洎洎，淒淒○○。舫舟西遝，○○自廊，徒駺湯湯，佳舟㠯衎，或陰或陽。極深㠯戶，○于水一方，勿○○止，其奔其敧○○其㚔。

六

　　獸乍遄乍，衛遄我驌。除帥叒𨻶，蒦爲世里。微微逌囿，橐柞棫其檄楢，庸庸鳴亞，箸其夸爲。所㫃虉籆，衛亯對合孫。

七

　　而師弓矢，孔庶左驂，滔滔是戣，不具夒復具肝來。其寫矢具來，樂天子來，嗣王始古我來。

八

　　叡走驦驦，馬驀皙若，微雉立其一之。

九

　　避水衛，既平既止，喜樹則劓里。天子永窓，日佳丙申。〇〇，避其用衛。馬既申救，肅肅駕。左驂驌騋騋，扯女不輪霸。公謂天，余及如周，不余及。

十

　　吳人慫敀，朝夕敬〇。載卤載北，勿奄勿伏。皋而出〇〇獻〇〇〇〇〇〇〇大祝〇〇〇膏〇〇樹窓逢卓孔圖〇麐鹿麞麞。避〇其〇麐鹿驣天〇〇〇〇〇〇求又〇〇〇〇〇〇是〇〇〇〇〇〇〇。

春秋傳 八首
左丘明

鄭莊公叔段本末

　　隱元年初，鄭武公娶于申，曰莊[一]姜，生莊公及共叔段。莊公寤生，驚姜氏，故名曰"寤生"，遂惡之。愛共叔段，欲立之。亟請於武公，公弗許。及莊公即位，爲之請制。公曰："制，巖邑也，虢叔死焉，佗邑唯命。"請京，使居之，謂之京城大叔。祭仲曰："都，城過百雉，國之害也。先王之制：大都不過參國之一；中，五之一；小，九之一。今京不度，非制也，君將不堪。"公曰："姜氏欲之，焉辟害？"對曰："姜氏何厭之有？不如早爲之所，無使滋蔓。蔓，難圖也。蔓草猶不可除，況君之寵弟乎？"公曰："多行不義，必自斃，子姑待之。"

　　既而大叔命西鄙、北鄙貳於己。公子呂曰："國不堪貳，君將若之何？欲與大叔，臣請事之；若弗與，則請除之，無生民心。"公曰："無庸，將自及。"大叔又收貳以爲己邑，至于廩延。子封曰："可矣，厚將得衆。"公曰："不義不暱，厚將崩。"

　　大叔完聚，繕甲兵，具卒乘，將襲鄭，夫人將啓之。公聞其期，曰："可矣。"命子封帥車二百乘以伐京。京叛大叔段，段入于鄢，公伐諸鄢。五月辛丑，大叔出奔共。

　　書曰："鄭伯克段于鄢。"段不弟，故不言弟；如二君，故曰克；稱鄭伯，譏失教也，謂之鄭志。不言出奔，難之也。

　　遂寘姜氏于城潁，而誓之曰："不及黃泉，無相見也。"既而悔之。

穎考叔爲穎谷封人，聞之，有獻於公，公賜之食。食舍肉。公問之，對曰："小人有母，皆嘗小人之食矣，未嘗君之羹，請以遺之。"公曰："爾有母遺，繄我獨無！"穎考叔曰："敢問何謂也？"公語之故，且告之悔。對曰："君何患焉？若闕地及泉，隧而相見，其誰曰不然？"公從之。公入而賦："大隧之中，其樂也融融。"姜出而賦："大隧之外，其樂也洩洩。"遂爲母子如初。君子曰："穎考叔，純孝也，愛其母，施及莊公。《詩》曰'孝子不匱，永錫爾類'，其是之謂乎！"

【校記】

[一]莊，陳本、楊伯峻《春秋左傳注》作武。

晉重耳出亡本末

僖二十三年，晉公子重耳之及於難也，晉人伐諸蒲城。蒲城人欲戰，重耳不可，曰："保君父之命而享其生禄，於是乎得人。有人而校，罪莫大焉。吾其奔也。"遂奔狄。從者狐偃、趙衰、顚頡、魏武子、司空季子。狄人伐廧咎如，獲其二女，叔隗、季隗，納諸公子。公子取季隗，生伯儵、叔劉，以叔隗妻趙衰，生盾。將適齊，謂季隗曰："待我二十五年，不來而後嫁。"對曰："我二十五年矣，又如是而嫁，則就木焉。請待子。"處狄十二年而行。

過衛，衛文公不禮焉。出於五鹿，乞食於野人，野人與之塊。公子怒，欲鞭之。子犯曰："天賜也。"稽首受而載之。

及齊，齊桓公妻之，有馬二十乘，公子安之。從者以爲不可，將行，謀於桑下。蠶妾在其上，以告姜氏。姜氏殺之，而謂公子曰："子有四方之志，其聞之者，吾殺之矣。"公子曰："無之。"姜曰："行也！懷與安，實敗名。"公子不可。姜與子犯謀，醉而遣之。醒，以戈逐子犯。

及曹，曹共公聞其駢脅，欲觀其裸。浴，薄而觀之。僖負羈之妻曰："吾觀晉公子之從者，皆足以相國。若以相，夫子必反其國。反其國，必得志於諸侯。得志於諸侯，而誅無禮，曹其首也。子盍蚤自貳焉！"乃饋盤飧，寘璧焉。公子受飧反璧。

及宋，宋襄公贈之以馬二十乘。

及鄭，鄭文公亦不禮焉。叔詹諫曰："臣聞天之所啓，人弗及也。晉公子有三焉，天其或者將建諸，君其禮焉！男女同姓，其生不蕃。晉公子，姬出也，而至於今，一也。離外之患，而天不靖晉國，殆將啓之，二也。有三士，足以上人而從之，三也。晉、鄭同儕，其過子弟固將禮焉，况天之所啟乎！"弗聽。

及楚，楚子饗之，曰："公子若反晉國，則何以報不穀？"對曰："子、女、玉、帛，則君有之，羽、毛、齒、革，則君地生焉。其波及晉國者，君之餘也，其何以報君？"曰："雖然，何以報我？"對曰："若以君之靈，得反晉國，晉、楚治兵，遇於中原，其辟君三舍。若不獲命，其左執鞭弭、右屬櫜鞬，以與君周旋。"子玉請殺之。楚子曰："晉公子廣而儉，文而有禮；其從者肅而寬，忠而能力。晉侯無親，外內惡之。吾聞姬姓唐叔之後，其後衰者也，其將由晉公子乎！天將興之，誰能廢之？違天，必有大咎。"乃送諸秦。

秦伯納女五人，懷嬴與焉。奉匜沃盥，既而揮之。怒，曰："秦、晉匹也，何以卑我？"公子懼，降服而囚。他日，公享之。子犯曰："吾不如衰之文也，請使衰從。"公子賦《河水》，公賦《六月》。趙衰曰："重耳拜賜。"公子降，拜，稽首，公降一級而辭焉。衰曰："君稱所以佐天子者命重耳，重耳敢不拜。"

晉楚戰城濮

僖二十八年春，晉侯將伐曹，假道于衛，衛人弗許。還，自南河濟，侵曹、伐衛。正月戊申，取五鹿。二月，晉郤縠卒。原軫將中軍，胥臣佐下軍，上德也。晉侯、齊侯盟于斂盂。衛侯請盟，晉人弗許。衛侯欲與楚，國人不欲，故出其君，以說于晉。衛侯出居于襄牛。

公子買戍衛，楚人救衛，不克。公懼於晉，殺子叢以說焉。謂楚人曰："不卒戍也。"

晉侯圍曹，門焉，多死。曹人尸諸城上，晉侯患之，聽輿人之謀曰："稱'舍於墓'。"師遷焉，曹人兇懼，為其所得者，棺而出之。因其兇也而攻之。三月丙午，入曹。數之以其不用僖負羈，而乘軒者三百人也，且曰獻狀。令無入僖負羈之宮，而免其族，報施也。魏犨、顛頡怒，曰："勞之不圖，報於何有！"爇[一]僖負羈氏。魏犨傷於胸。公欲殺之，而愛其材，使問，且視之。病，將殺之。魏犨束胸見使者，曰："以君之靈，不有寧也！"距躍三百，曲踊三百。乃舍之。殺顛頡以徇于師，立舟之僑以為戎右。

宋人使門尹般如晉師告急。公曰："宋人告急，舍之則絕，告楚不許。我欲戰矣，齊、秦未可，若之何？"先軫曰："使宋舍我而賂齊、秦，藉之告楚。我執曹君而分曹、衛之田以賜宋人。楚愛曹、衛，必不許也。喜賂怒頑，能無戰乎？"公說，執曹伯，分曹、衛之田以畀[二]宋人。

楚子入居于申，使申叔去穀，使子玉去宋，曰："無從晉師！晉侯在外十九年矣，而果得晉國。險阻艱難，備嘗之矣；民之情偽，盡知之矣。天假之年，而除其害，天之所置，其可廢乎？《軍志》曰："允當則歸。"又曰："知難而退。"又曰："有德不可敵。"此三志者，晉之謂矣。"子玉使伯棼請戰，曰："非敢必有功也，願以間執讒慝之口。"王怒，少與之師，唯西廣、東宮與若敖之六卒實從之。

子玉使宛春告於晉師曰："請復衛侯而封曹，臣亦釋宋之圍。"子犯曰："子玉無禮哉！君取一，臣取二，不可失矣。"先軫曰："子與之！定人之謂禮，楚一言而定三國，我一言而亡之。我則無禮，何以戰乎？不許楚言，是棄宋也；救而棄之，謂諸侯何？楚有三施，我有三怨，怨讎已多，將何以戰？不如私許復曹、衛以攜之，執宛春以怒楚，既戰而後圖之。"公說，乃拘宛春於衛，且私許復曹、衛。曹、衛告絕於楚。

子玉怒，從晉師。晉師退，軍吏曰："以君辟臣，辱也。且楚師老矣，何故退？"子犯曰："師直為壯，曲為老，豈在久乎？微楚之惠不及此，退三舍辟之，所以報也。背惠食言，以亢其讎，我曲楚直，其眾素飽，不可謂老。我退而楚還，我將何求？若其不還，君退、臣犯，曲在彼矣。"退三舍。楚眾欲止，子玉不可。

夏四月戊辰，晉侯、宋公、齊國歸父、崔夭、秦小子憖次于城濮。楚師背酅而舍，晉侯患之，聽輿人之誦，曰："原田每每，舍其舊而新是謀。"公疑焉。子犯曰："戰也！戰而捷，必得諸侯。若其不捷，表裏山河，必無害也。"公曰："若楚惠何？"欒貞子曰："漢陽諸姬，楚實盡之，思小惠而忘大恥，不如戰也。"晉侯夢與楚子搏，楚子伏己而盬其腦，是以懼。子犯曰："吉。我得天，楚伏其罪，吾且柔之矣。"

子玉使鬥勃請戰，曰："請與君之士戲，君馮軾而觀之，得臣與寓目焉。"晉侯使欒枝對曰："寡君聞命矣。楚君之惠，未之敢忘，是以在此。為大夫退，其敢當君乎？既不獲命矣，敢煩大夫謂二三子：'戒爾車乘，敬爾君事，詰朝將見。'"

晉車七百乘，韅、靷、鞅、靽。晉侯登有莘之虛以觀師，曰："少長有禮，其可用也。"遂伐其木，以益其兵。

己巳，晉師陳于莘北，胥臣以下軍之佐當陳、蔡。子玉以若敖六卒將中軍，曰："今日必無晉矣。"子西將左，子上將右。胥臣蒙馬以虎皮，先犯陳、蔡。陳、蔡奔，楚右師潰。狐毛設二旆而退之，欒枝使輿曳柴而偽遁，楚師馳之，原軫、郤溱以中軍公族橫擊之，狐毛、狐偃以上軍夾攻子西，楚左師潰。楚師敗績。子玉收其卒而止，故不敗。

晉師三日館、穀，及癸酉而還。甲午，至于衡雍，作王宮于踐土。

【校記】

[一]蓺，陳本作藝。《春秋左傳注》作蓺。

[二]畀，陳本同。《春秋左傳注》作賜。

晉楚戰邲

宣十二年春，楚子圍鄭。旬有七日，鄭人卜行成，不吉；卜臨于大宮，且巷出車，吉。國人大臨，守陴者皆哭。楚子退師，鄭人脩城。進復圍之，三月，克之。入自皇門，至于逵路。鄭伯肉袒牽羊以逆，曰："孤不天，不能事君，使君懷怒以及敝邑，孤之罪也，敢不唯命是聽？其俘諸江南，以實海濱，亦唯命；其翦以賜諸侯，使臣妾之，亦唯命。若惠顧前好，徼福於厲、宣、桓、武，不泯其社稷，使改事君，夷於九縣，君之惠也，孤之願之[一]，非所敢望也。敢布腹心，君實圖之。"左右曰："不可許也，得國無赦。"王曰："其君能下人，必能信用其民矣，庸可幾乎？"退三十里而許之平。潘尪入盟，子良出質。

夏六月，晉師救鄭。荀林父將中軍，先縠佐之；士會將上軍，郤克佐之；趙朔將下軍，欒書佐之。趙括、趙嬰齊為中軍大夫，鞏朔、韓穿為上軍大夫，荀首、趙同為下軍大夫。韓厥為司馬。及河，聞鄭既及楚平，桓子欲還，曰："無及於鄭而勦民，焉用之？楚歸而動，不後。"隨武子曰："善。會聞用師，觀釁而動。德、刑、政、事、典、禮不易，不可敵也，不為是征。楚軍討鄭，怒其貳而哀其卑，叛而伐之，服而舍之，德、刑成矣。伐叛，刑也；柔服，德也，二者立矣。昔歲入陳，今兹入鄭，民不罷勞，君無怨讟，政有經矣。荆尸而舉，商、農、工、賈不敗其業，而卒乘輯睦，事不奸矣。蒍敖為宰，擇楚國之令典；軍行，右轅，左追蓐，前茅慮無，中權，後勁。百官象物而動，軍政不戒而備，能用典矣。其君之舉也，內姓選於親，外姓選於舊。舉不失德，賞不失勞。老有加惠，旅有施舍。君子小人，物有服章。貴有常尊，賤有等威，禮不逆矣。德立、刑行，政成、事時，典從、禮順，若之何敵之？見可而進，知難而退，軍之善政也。兼弱攻昧，武之善經也。子姑整軍而經武乎！猶有弱而昧者，何必楚？仲虺有言曰，'取亂侮亡'，兼弱也。《汋》曰'於鑠王師，遵養時晦'，耆昧也。《武》曰'無競惟烈'，撫弱耆昧，以務烈所，可也。"彘子曰："不可。晉所以霸，師武、臣力也。今失諸侯，不可謂力；有敵而不從，不可謂武。由我失霸，不如死。且成師以出，聞敵彊而退，非夫也。命為軍師，而卒以非夫，唯羣子能，我弗爲也。"以中軍佐濟。

知莊子曰："此師殆哉！《周易》有之，在《師》䷆之《臨》䷒，曰：'師出以律，否臧，凶。'執事順成爲臧，逆爲否。衆散爲弱，川壅爲澤，有律以如己也，故曰律。否臧，且律竭也。盈而以竭，夭且不整，所以凶也。不行謂之《臨》，有帥而不從，臨孰甚焉？此之謂矣。果遇，必敗，彘子尸之。雖免而歸，必有大咎。"韓獻子謂桓子曰："彘子以偏師陷，子罪大矣。子爲元帥，帥不用命，誰之罪也？失屬、亡師，爲罪已重，不如進也。事之不捷，惡有所分，與其專罪，六人同之，不猶愈乎？"師遂濟。

楚子北師次於郔，沈尹將中軍，子重將左，子反將右，將飮馬於河而歸。聞晉師旣濟，王欲還，嬖人伍參欲戰。令尹孫叔敖弗欲，曰："昔歲入陳，今茲入鄭，不無事矣。戰而不捷，參之肉其足食乎？"參曰："若事之捷，孫叔爲無謀矣。不捷，參之肉將在晉軍，可得食乎？"令尹南轅、反旆，伍參言於王曰："晉之從政者新，未能行令。其佐先縠剛愎不仁，未肯用命。其三帥者，專行不獲，聽而無上，衆誰適從？此行也，晉師必敗。且君而逃臣，若社稷何？"王病之，告令尹改乘轅而北之，次于管以待之。

晉師在敖、鄗之間。鄭皇戌使如晉師，曰："鄭之從楚，社稷之故也，未有貳心。楚師驟勝而驕，其師老矣，而不設備，子擊之，鄭師爲承，楚師必敗。"彘子曰："敗楚、服鄭，於此在矣，必許之。"欒武子曰："楚自克庸以來，其君無日不討國人而訓之于民生之不易、禍至之無日、戒懼之不可以怠；在軍，無日不討軍實而申儆之于勝之不可保、紂之百克而卒無後，訓之以若敖、蚡冒篳路籃縷以啓山林。箴之曰：'民生在勤，勤則不匱，'不可謂驕。先大夫子犯有言曰：'師直爲壯，曲爲老。'我則不德，而徼怨于楚，我曲楚直，不可謂老。其君之戎分爲二廣，廣有一卒，卒偏之兩。右廣初駕，數及日中，左則受之，以至於昏。內官序當其夜，以待不虞。不可謂無備。子良，鄭之良也；師叔，楚之崇也。師叔入盟，子良在楚，楚、鄭親矣。來勸我戰，我克則來，不克遂往，以我卜也！鄭不可從。"趙括、趙同曰："率師以來，唯敵是求。克敵、得屬，又何俟？必從彘子！"知季曰："原、屛，咎之徒也。"趙莊子曰："欒伯善哉！實其言，必長晉國。"

楚少宰如晉師，曰："寡君少遭閔凶，不能文。聞二先君之出入此行也，將鄭是訓定，豈敢求罪于晉？二三子無淹久！"隨季對曰："昔平王命我先君文侯曰：'與鄭夾輔周室，毋廢王命。'今鄭不率，寡君使羣臣問諸鄭，豈敢辱候人？敢拜君命之辱。"巰子以爲諂，使趙括從而更之，曰："行人失辭。寡君使羣臣遷大國之迹於鄭，曰：'無辟敵。'羣臣無所逃命。"

楚子又使求成于晉，晉人許之，盟有日矣。楚許伯御樂伯，攝叔爲右，以致晉師。許伯曰："吾聞致師者，御靡旌、摩壘而還。"樂伯曰："吾聞致師者，左射以菆，代御執轡，御下，兩馬、掉鞅而還。"攝叔曰："吾聞致師者，右入壘，折馘、執俘而還。"皆行其所聞而復。晉人逐之，左右角之。樂伯左射馬，而右射人，角不能進，矢一而已。麋興於前，射麋，麗龜。晉鮑癸當其後，使攝叔奉麋獻焉，曰："以歲之非時，獻禽之未至，敢膳諸從者。"鮑癸止之，曰："其左善射，其右有辭，君子也。"旣免。

晉魏錡求公族未得，而怒，欲敗晉師。請致師，弗許。請使，許之。遂往，請戰而還。楚潘黨逐之，及熒澤，見六麋，射一麋以顧獻曰："子有軍事，獸人無乃不給於鮮？敢獻於從者。"叔黨命去之。趙旃求卿未得，且怒於失楚之致師者。請挑戰，弗許。請召盟，許之，與魏錡皆命而往。郤獻子曰："二憾往矣，弗備，必敗。"巰子曰："鄭人勸戰，弗敢從也；楚人求成，弗能好也。師無成命，多備何爲？"士季曰："備之善。若二子怒楚，楚人乘我，喪師無日矣，不如備之。楚之無惡，除備而盟，何損於好？若以惡來，有備，不敗。且雖諸侯相見，軍衛不徹，警也。"巰子不可。

士季使鞏朔、韓穿帥七覆于敖前，故上軍不敗。趙嬰齊使其徒先具舟于河，故敗而先濟。

潘黨旣逐魏錡，趙旃夜至于楚軍，席於軍門之外，使其徒入之。楚子爲乘廣三十乘，分爲左右。右廣雞鳴而駕，日中而說。左則受之，日入而說。許偃御右廣，養由基爲右；彭名御左廣，屈蕩爲右。乙卯，王乘左廣以逐趙旃，趙旃棄車而走林，屈蕩搏之，得其甲裳。晉人懼二子之怒楚師也，使軘車逆之。潘黨望其塵，使騁而告曰："晉師至矣。"楚人亦懼王之入晉軍也，遂出陳。孫叔曰："進之！寧我薄人，無人薄我。《詩》云'元戎十乘，以先啓行'，先人也。《軍志》曰'先人有奪人之心'，薄之也。"遂疾進師，車馳、卒奔，乘晉軍。桓子不知所爲，鼓於軍中曰："先濟者有賞！"中軍、下軍爭舟，舟中之指可掬也。

晉師右移，上軍未動。工尹齊將右拒卒以逐下軍，楚子使唐狡與蔡鳩居告唐惠侯曰："不穀不德而貪，以遇大敵，不穀之罪也。然楚不克，君之羞也，敢藉君靈以濟楚師。"使潘黨率游闕四十乘，從唐侯以爲左拒，以從上軍。駒伯曰："待諸乎？"隨季曰："楚師方壯，若萃於我，吾師必盡，不如收而去之。分謗、生民，不亦可乎？"殿其卒而退，不敗。

王見右廣，將從之乘。屈蕩尸之，曰："君以此始，亦必以終。"自是楚之乘廣先左。

晉人或以廣隊不能進，楚人惎之脫扃。少進，馬還，又惎之拔旆投衡，乃出。顧曰："吾不如大國之數奔也。"

趙旃以其良馬二濟其兄與叔父，以他馬反，遇敵不能去，棄車而走林。逢大夫與其二子乘，謂其二子無顧。顧曰："趙傁在後。"怒之，使下，指木曰："尸女於是。"授趙旃綏，以免。明日，以表尸之，皆重獲在木下。

楚熊負羈囚知罃。知莊子以其族反之，厨武子御，下軍之士多從之。每射，抽矢，菆，納諸厨子之房。厨子怒曰："非子之求，而蒲之愛，董澤之蒲，可勝既乎？"知季曰："不以人子，吾子其可得乎？吾不可以苟射故也。"射連尹襄老，獲之，遂載其尸；射公子穀臣，囚之。以二者還。

及昏，楚師軍於邲，晉之餘師不能軍，宵濟，亦終夜有聲。

丙辰，楚重至於邲，遂次于衡雍。潘黨曰："君盍築武軍而收晉尸以爲京觀？臣聞克敵必示子孫，以無忘武功。"楚子曰："非爾所知也。夫文，止戈爲武。武王克商，作《頌》曰：'載戢干戈，載櫜弓矢。我求懿德，肆于時夏，允王保之。'又作《武》，其末章曰：'耆定爾功。'其三曰：'鋪時繹思，我徂維求定。'其六曰：'綏萬邦，屢豐年。'夫武，禁暴、戢兵、保太[二]、定功、安民、和衆、豐財者也，故使子孫無忘其章。今我使二國暴骨，暴矣；觀兵以威諸侯，兵不戢矣。暴而不戢，安能保大？猶有晉在，焉得定功？所違民欲猶多，民何安焉？無德而彊爭諸侯，何以和衆？利人之幾，而安人之亂，以爲己榮，何以豐財？武有七德，我無一焉，何以示子孫？其爲先君宮，告成事而已，武非吾功也。古者明王民[三]不敬，取其鯨鯢而封之，以爲大戮，於是乎有京觀以懲淫慝。今罪無所，而民皆盡忠以死君命，又可以爲京觀乎？"祀于河，作先君宮，告成事而還。

【校記】

[一]之，陳本同。《春秋左傳注》作也。

[二]太，陳本同。《春秋左傳注》作大。

[三]民，陳本、《春秋左傳注》作伐。

齊晉戰靡笄

成二年春，齊侯伐我北鄙，圍龍。頃公之嬖人盧蒲就魁門焉，龍人囚之。齊侯曰："勿殺，吾與而盟，無入而封。"弗聽，殺而膊諸城上。齊侯親鼓，士陵城。三日，取龍。遂南侵，及巢丘。

衛侯使孫良夫、石稷、甯相、向禽將侵齊，與齊師遇。石子欲還，孫子曰："不可。以師伐人，遇其師而還，將謂君何？若之[一]不能，則如無出。今既遇矣，不如戰也。"

夏，有。

石成子曰："師敗矣，子不少須，衆懼盡。子喪師徒，何以覆命？"皆不對。又曰："子，國卿也。隕子，辱矣。子以衆退，我此乃止。"且告車來甚衆。齊師乃止，次於鞫居。新築人仲叔于奚救孫桓子，桓子是以免。

既，衛人賞之以邑，辭，請曲縣、繁纓以朝，許之。

仲尼聞之曰："惜也，不如多與之邑。唯器與名，不可以假人，君之所司也。名以出信，信以守器，器以藏禮，禮以行義，義以生利，利以平民，政之大節也。若以假人，與人政也。政亡，則國家從之，弗可止也已。"

孫桓子還於新築，不入，遂如晉乞師。臧宣叔亦如晉乞師。皆主郤獻子。晉侯許之七百乘。郤子曰："此城濮之賦也。有先君之明與先大夫之肅，故捷。克於先大夫，無能爲役，請八百乘。"許之。郤克將中軍，士燮佐上軍，欒書將下軍，韓厥爲司馬，以救魯、衛。臧宣叔逆晉師，且道之。季文子帥師會之。

及衛地，韓獻子將斬人，郤獻子馳，將救之。至，則既斬之矣。郤子使速以徇，告其僕曰："吾以分謗也。"

師從齊師於莘。六月壬申，師至于靡笄之下。齊侯使請戰，曰："子以君師辱於敝邑，不腆敝賦，詰朝請見。"對曰："晉與魯、衛，兄弟也。來告曰：'大國朝夕釋憾於敝邑之地。'寡君不忍，使羣臣請於大國，無令輿師淹於君地。能進不能退，君無所辱命。"齊侯曰："大夫之許，寡人之願也；若其不許，亦將見也。"齊高固入晉師，桀石以投人，禽之而乘其車，繫桑本焉，以徇齊壘，曰："欲勇者賈余餘勇！"

癸酉，師陳于鞌。邴夏御齊侯，逢丑父爲右。晉解張御郤克，鄭丘緩爲右。齊侯曰："余姑翦滅此而朝食。"不介馬而馳之。郤克傷於矢，流血及屨，未絕鼓音，曰："余病矣！"張侯曰："自始合，而矢貫余手及肘，余折以御，左輪朱殷，豈敢言病？吾子忍之！"緩曰："自始合，苟有險，余必下推車，子豈識之？然子病矣！"張侯曰："師之耳目，在吾旗鼓，進退從之。此車一人殿之，可以集事。若之何其以病敗君之大事也？擐甲執兵，固即死也，病未及死，吾子勉之！"左并轡，右援枹而鼓。馬逸不能止，師從之。齊師敗績。逐之，三周華不注。

韓厥夢子輿謂己曰："旦辟左右！"故中御而從齊侯。邴夏曰："射其御者，君子也。"公曰："謂之君子而射之，非禮也。"射其左，越于車下。射其右，斃于車中。綦毋張喪車，從韓厥曰："請寓乘。"從左右，皆射[二]之，使立於後。韓厥俛，定其右。逢丑父與公易位。將及華泉，驂絓於木而止。丑父寢於轏中，蛇出於其下，以肱擊之，傷而匿之，故不能推車而及。韓厥執縶馬前，再拜稽首，奉觴加璧以進，曰："寡君使羣臣爲魯、衛請，曰：'無令輿師陷入君地。'下臣不幸，屬當戎行，無所逃隱。且懼奔辟，而忝兩君，臣辱戎士，敢告不敏，攝官承乏。"丑父使公下，如華泉取飲。鄭周父御佐車，宛茷爲右，載齊侯以免。韓厥獻丑父，郤獻子將戮之，呼曰："自今無有代其君任患者，有一於此，將爲戮乎？"郤子曰："人不難以死免其君，我戮之，不祥。赦之，以勸事君者。"乃免之。

齊侯免，求丑父，三入三出。每出，齊師以帥退。入于狄卒，狄卒皆抽戈、楯冒之。以入于衛師，衛師免之。遂自徐關入。齊侯見保者，曰："勉之！齊師敗矣！"辟女子，女子曰："君免乎？"曰："免矣。"曰："銳司徒免乎？"曰："免矣。"曰："苟君與吾父免矣，可若何？"乃奔。齊侯以爲有禮，既而問之，辟司徒之妻也。予之石窌。

【校記】

［一］之，陳本同。《春秋左傳注》作知。

［二］射，陳本同。《春秋左傳注》作肘。

晉楚戰鄢陵

成十六年春，楚子自武城使公子成以汝陰之田求成于鄭。鄭叛晉，子駟從楚子盟于武城。

夏四月，滕文公卒。鄭子罕伐宋，宋將鉏、樂懼敗諸汋陂。退，舍於夫渠，不儆。鄭人覆之，敗諸汋陵，獲將鉏、樂懼。宋恃勝也。

衛侯伐鄭，至于鳴雁，爲晉故也。

晉侯將伐鄭，范文子曰："若逞吾願，諸侯皆叛，晉可以逞。若唯鄭叛，晉國之憂，可立俟也。"欒武子曰："不可以當吾世而失諸侯，必伐鄭。"乃興師。欒書將中軍，士燮佐之；郤錡將上軍，荀偃佐之；韓厥將下軍，郤至佐新軍。荀罃居守。郤犨如衛，遂如齊，皆乞師焉。欒黶來乞師。孟獻子曰："[一]有勝矣。"戊寅，晉師起。

鄭人聞有晉師，使告于楚，姚句耳與往。楚子救鄭，司馬將中軍，令尹將左，右尹子辛將右。過申，子反入見申叔時，曰："師其何如？"對曰："德、刑、詳、義、禮、信，戰之器也。德以施惠，刑以正邪，詳以事神，義以建利，禮以順時，信以守物。民生厚而德正，用利而事節，時順而物成。上下和睦，周旋不逆，求無不具，各知其極。故《詩》曰：'立我烝民，莫匪爾極。'是以神降之福，時無災害，民生敦庬，和同以聽，莫不盡力以從上命，致死以補其闕，此戰之所由克也。今楚內棄其民，而外絕其好，瀆齊盟而食話言，奸時以動，而疲民以逞。民不知信，進退罪也。人恤所底，其誰致死？子其勉之！吾不復見子矣。"姚句耳先歸，子駟問焉，對曰："其行速，過險而不整。速則失志，不整，喪列。志失、列喪，將何以戰？楚懼不可用也。"

五月，晉師濟河。聞楚師將至，范文子欲反，曰："我偽逃楚，可以紓憂。夫合諸侯，非吾所能也，以遺能者。我若羣臣輯睦以事君，多矣。"武子曰："不可。"

六月，晉、楚遇於鄢陵。范文子不欲戰。郤至曰："韓之戰，惠公不振旅；箕之役，先軫不反命；邲之師，荀伯不復從，皆晉之恥也。子亦見先君之事矣，今我辟楚，又益恥也。"文子曰："吾先君之亟戰也，有故。秦、狄、齊、楚皆彊，不盡力，子孫將弱。今三彊服矣，敵楚而已。唯聖人能外內無患。自非聖人，外寧必有內憂，盍釋楚以為外懼乎？"

甲午晦，楚晨壓晉軍而陳。軍吏患之。范匄趨進，曰："塞井夷竈，陳於軍中，而疏行首。晉、楚唯天所授，何患焉？"文子執戈逐之，曰："國之存亡，天也，童子何知焉？"欒書曰："楚師輕窕，固壘而待之，三日必退。退而擊之，必獲勝焉。"郤至曰："楚有六間，不可失也。其二卿相惡，王卒以舊，鄭陳而不整，蠻軍而不陳，陳不違晦，在陳而囂，合而加囂，各顧其後，莫有鬥心；舊不必良，以犯天忌。我必克之。"

楚子登巢車，以望晉軍。子重使大宰伯州犂侍于王後。王曰："騁而左右，何也？"曰："召軍吏也。""皆聚於中軍矣。"曰："合謀也。""張幕矣。"曰："虔卜於先君也。""徹幕矣。"曰："將發命也。""甚囂，且塵上矣！"曰："將塞井夷竈而為行也。""皆乘矣，左右執兵而下矣。"曰："聽誓也。""戰乎？"曰："未可知也。""乘而左右皆下矣。"曰："戰禱也。"伯州犂以公卒告王，苗賁皇在晉侯之側，亦以王卒告。皆曰："國士在，且厚，不可當也。"苗賁皇言於晉侯曰："楚之良，在其中軍王族而已。請分良以擊其左右，而三軍萃於王卒，必大敗之。"公筮之。史曰："吉。其卦遇《復》☷☷，曰：'南國蹙，射其元王，中厥目。'國戚、王傷，不敗何待？"公從之。

有淖於前，乃皆左右相違於淖。步毅御晉厲公，欒鍼爲右；彭名御楚共王，潘黨爲右；石首御鄭成公，唐苟爲右。欒、范以其族夾公行，陷於淖。欒書將載晉侯。鍼曰："書退！國有大任，焉得專之？且侵官，冒也；失官，慢也；離局，姦也。有三罪焉，不可犯也。"乃掀公以出於淖。

癸巳，潘尫之黨與養由基蹲甲而射之，徹七札焉。以示王，曰："君有二臣如此，何憂於戰？"王怒曰："大辱國！詰朝爾射，死藝。"呂錡夢射月，中之，退入於泥。占之，曰："姬姓，日也；異姓，月也，必楚王也。射而中之，退入於泥，亦必死矣。"及戰，射共王中目。王召養由基，與之兩矢，使射呂錡，中項，伏弢。以一矢復命。

郤至三遇楚子之卒，見楚子，必下，免冑而趨風。楚子使工尹襄問之以弓，曰："方事之殷也，有韎韋之跗注，君子也。識見不穀而趨，無乃傷乎？"郤至見客，免冑承命，曰："君之外臣至從寡君之戎事，以君之靈，間蒙甲冑，不敢拜命。敢告不寧，君命之辱。爲事之故，敢肅使者。"三肅使者而退。

晉韓厥從鄭伯，其御杜溷羅曰："速從之？其御屢顧，不在馬，可及也。"韓厥曰："不可以再辱國君。"乃止。郤至從鄭伯，其右茀翰胡曰："諜輅之，余從之乘，而俘以下。"郤至曰："傷國君有刑。"亦止。石首曰："衛懿公唯不去其旗，是以敗於熒。"乃[二]旌於弢中。唐苟謂石首曰："子在君側，敗者壹大。我不如子，子以君免，我請止。"乃死。

楚師薄於險，叔山冉謂養由基曰："雖君有命，爲國故，子必射。"乃射，再發，盡殪。叔山冉搏人以投，中車，折軾。晉師乃止，囚楚公子茷。

欒鍼見子重之旌，請曰："楚人謂：'夫旌，子重之旌也。'彼其子重也。日臣之使於楚也，子重問晉國之勇。臣對曰：'好以衆整。'曰：'又何如？'臣對曰：'好以暇。'今兩國治戎，行人不使，不可謂整；臨事而食言，不可謂暇。請攝飲焉。"公許之。使行人執榼承飲，造于子重，曰："寡君乏使，使鍼御持矛，是以不得犒從者，使某攝飲。"子重曰："夫子嘗與吾言於楚，必是故也。不亦識乎！"受而飲之，免使者而復鼓。旦而戰，見星未已。

子反命軍吏察夷傷，補卒乘，繕甲兵，展車馬，雞鳴而食，唯命是聽。晉人患之。苗賁皇徇曰："蒐乘、補卒，秣馬、利兵，脩陳、固列，蓐食、申禱，明日復戰。"乃逸楚囚。王聞之，召子反謀。穀陽豎獻飲於子反，子反醉而不能見。王曰："天敗楚也夫！余不可以待。"乃宵遁。

晉入楚軍，三日穀。范文子立於戎馬之前，曰："君幼，諸臣不佞，何以及此？君其戒之！《周書》曰：'唯命不于常。'有德之謂。"

楚師還，及瑕，王使謂子反曰："先大夫之覆師徒者，君不在。子無以爲過，不穀之罪也。"子反再拜稽首曰："君賜臣死，死且不朽。臣之卒實奔，臣之罪也。"子重使謂子反曰："初隕師徒者，而亦聞之矣。盍圖之！"對曰："雖微先大夫有之，大夫命側，側敢不義？側亡君師，敢忘其死？"王使止之，弗及而卒。

【校記】

[一]《春秋左傳注》此有"晉"字。

[二]陳本、《春秋左傳注》此有"內"字。

向戌合晉楚成

襄二十七年，宋向戌善於趙文子，又善於令尹子木，欲弭諸侯之兵以爲名。如晉，告趙孟，趙孟謀于諸大夫。韓宣子曰："兵，民之殘也，財用之蠹，小國之大菑也。將或弭之，雖曰不可，必將許之。弗許，楚將許之，以召諸侯，則我失爲盟主矣。"晉人許之。如楚，楚亦許之。如齊，齊人難之。陳文子曰："晉、楚許之，我焉得已？且人曰'弭兵'，而我弗許，則固攜吾民矣，將焉用之？"齊人許之。告於秦，秦亦許之。皆告於小國，爲會于宋。

五月甲辰，晉趙武至於宋。丙午，鄭良霄至。六月丁未朔，宋人享趙文子，叔向爲介。司馬置折俎，禮也。仲尼使舉是禮也，以爲多文辭。戊申，叔孫豹、齊慶封、陳須無、衛石惡至。甲寅，晉荀盈從趙武至。丙辰，邾悼公至。壬戌，楚公子黑肱先至，成言於晉。丁卯，宋向戌如陳，從子木成言於楚。戊辰，滕成公至。子木謂向戌，請晉、楚之從交相見也。庚午，向戌復於趙孟。趙孟曰："晉、楚、齊、秦，匹也，晉之不能於齊，猶楚之不能於秦也。楚君若能使秦君辱於敝邑，寡君敢不固請於齊？"壬申，左師復言於子木，子木使馹謁諸王，王曰："釋齊、秦，他國請相見也。"秋七月戊寅，左師至。是夜也，趙孟及子晳盟，以齊言。庚辰，子木至自陳。陳孔奐、蔡公孫歸生至，曹、許之大夫皆至。以藩爲軍。

晉、楚各處其偏。伯夙謂趙孟曰："楚氛甚惡，懼難。"趙孟曰："吾左還，入於宋，若我何？"辛巳，將盟於宋西門之外。楚人衷甲。伯州犁曰："合諸侯之師，以爲不信，無乃不可乎？夫諸侯望信於楚，是以來服。若不信，是棄其所以服諸侯也。"固請釋甲。子木曰："晉、楚無信久矣，事利而已。苟得志焉，焉用有信？"大宰退，告人曰："令尹將死矣，不及三年。求逞志而棄信，志將逞乎？志以發言，言以出信，信以立志。參以定之。信亡，何以及三？"趙孟患楚衷甲，以告叔向。叔向曰："何害也？匹夫一爲不信，猶不可，單斃其死。若合諸侯之卿，以爲不信，必不捷矣。食言者不病，非子之患也。夫以信召人，而以僭濟之，必莫之與也，安能害我？且吾因宋以守病，則夫能致死。與宋致死，雖倍楚可也，子何懼焉？又不及是。曰弭兵以召諸侯，而稱兵以害我，吾庸多矣，非所患也。"

季武子使謂叔孫以公命曰："視邾、滕。"既而齊人請邾，宋人請滕，皆不與盟。叔孫曰："邾、滕，人之私也；我，列國也，何故視之？宋、衛，吾匹也。"乃盟。故不書其族，言違命也。

晉、楚爭先。晉人曰："晉固爲諸侯盟主，未有先晉者也。"楚人曰："子言晉、楚匹也，若晉常先，是楚弱也。且晉、楚狎主諸侯之盟也久矣，豈專在晉？"叔向謂趙孟曰："諸侯歸晉之德只，非歸其尸盟也。子務德，無爭先。且諸侯盟，小國固必有尸盟者，楚爲晉細，不亦可乎？"乃先楚人，書先晉，晉有信也。

吳公子請觀周樂

襄二十九年，吳公子札來聘，請觀於周樂。使工爲之歌《周南》《召南》，曰："美哉！始基之矣，猶未也。然勤而不怨矣。"爲之歌《邶》《鄘》《衛》，曰："美哉，淵乎！憂而不困者也。吾聞衛康叔、武公之德如是，是其《衛風》乎！"爲之歌《王》，曰："美哉！思而不懼，其周之東乎！"爲之歌《鄭》，曰："美哉！其細已甚，民弗堪也。是其先亡乎！"爲之歌《齊》，曰："美哉，泱泱乎！大風也哉！表東海者，其大公乎！國未可量也。"爲之歌《豳》，曰："美哉，蕩乎！樂而不淫，其周公之東乎！"爲之歌《秦》，曰："此之謂夏聲。夫能夏則大，大之至也，其周之舊乎！"爲之歌《魏》，曰："美哉，渢渢乎！大而婉，險而易行，以德輔此，則明主也。"爲之歌《唐》，曰："思深哉！其有陶唐氏之遺民乎！不然，何憂之遠也？非令德之後，誰能若是？"爲之歌《陳》，曰："國無主，其能久乎！"自《鄶》以下無譏焉。爲之歌《小雅》，曰："美哉！思而不貳，怨而不言，其周德之衰乎！猶有先王之遺民焉。"爲之歌《大雅》，曰："廣哉，熙熙乎！曲而有直體，其文王之德乎！"爲之歌《頌》，曰："至矣哉！直而不倨，曲而不屈，邇而不偪，遠而不攜，遷而不淫，復而不厭，哀而不愁，樂而不荒，用而不匱，廣而不宣，施而不費，取而不貪，處而不底，行而不流。五聲和，八風平。節有度，守有序，盛德之所同也。"

見舞《象箾》《南籥》者，曰："美哉！猶有憾。"見舞《太武》者，曰："美哉！周之盛也，其若此乎！"見舞《韶》《濩》者，曰："聖人之弘也，而猶有慙德，聖人之難也。"見舞《大夏》者，曰："美哉！勤而不德，非禹，其誰能脩之？"見舞《韶箾》者，曰："德至矣哉，大矣！如天之無不幬也，如地之無不載也，雖甚盛德，其蔑以加於此矣，觀止矣。若有他樂，吾不敢請已。"

國語 六首
左丘明

周襄王不許晉文公請隧

晉文公既定襄王于郟，王勞之以地，辭，請隧焉。王弗許，曰："昔我先王之有天下也，規方千里以為甸服，以供上帝山川百神之祀，以備百姓兆民之用，以待不庭不虞之患。其餘以均分公侯伯子男，使各有寧宇，以順及天地，無逢其災害。先王豈有賴焉，內官不過九御，外官不過九品，足以供給神祇而已，豈敢猒縱其耳目心腹以亂百度？亦唯是死生之服物采章，以臨長百姓而輕重布之，王何異之有？今天降禍災於周室，余一人僅亦守府，又不佞以勤叔父，而班先王之大物以賞私德，其叔父實應且憎，以非余一人，余一人豈敢有愛也？先民有言曰：'改玉改行。'叔父若能光裕大德，更姓改物，以創制天下，自顯庸也。而縮取備物，以鎮撫百姓，余一人其流辟於裔土，何辭之有與！若由是姬姓也，尚將列為公侯，以復先王之職，大物其未可改也。叔父其茂昭明德，物將自至，余[一]敢以私勞變前之大章，以忝天下，其若先王與百姓何？何政令之為也。若不然，叔父有地而隧焉，余安能知之？"

文公遂不敢請，受地而還。

【校記】

[一]徐元誥《國語集解》此有"何"字。

襄王止晉殺衛侯

温之會，晉人執衛成公，歸之于周。晉侯請殺之，王曰："不可！夫政，自上下者也。上作政，而下行之不逆，故上下無怨。今叔父作政而不行，無乃不可乎？夫君臣無獄，今元咺雖直，不可聽也。君臣皆獄，父子將獄，是無上下也。而叔父聽之，一逆矣。又為臣殺其君，其安庸刑？布刑而不庸，再逆矣。一合諸侯而有再逆政，余懼其無後也。不然，余何私於衛侯。"晉人乃歸衛侯。

定王使王孫滿對楚子①

　　楚子伐陸渾之戎，遂至於雒，觀兵于周疆。定王使王孫滿勞楚子。楚子問鼎之大小、輕重焉，對曰："在德不在鼎。昔夏之方有德也，遠方圖物，貢金九牧，鑄鼎象物，百物而爲之備，使民知神、姦。故民入川澤、山林，不逢不若。螭魅罔兩，莫能逢之。用能協于上下，以承天休。桀有昏德，鼎遷于商，載祀六百。商紂暴虐，鼎遷于周。德之休明，雖小，重也。其姦回昏亂，雖大，輕也。天祚明德，有所底止。成王定鼎于郟鄏，卜世三十，卜年七百，天所命也。周德雖衰，天命未改。鼎之輕重，未可問也。"

定王辭鞏朔獻齊捷②

　　晉侯使鞏朔獻齊捷于周。王弗見，使單襄公辭焉，曰："蠻夷戎狄，不式王命，淫湎毀常，王命伐之，則有獻捷。王親受而勞之，所以懲不敬、勸有功也。兄弟甥舅，侵敗王略，王命伐之，告事而已，不獻其功，所以敬親暱、禁淫慝也。今叔父克遂，有功于齊，而不使命卿鎮撫王室，所使來撫余一人，而鞏伯實來，未有職司於王室，又姦先王之禮。余雖欲於鞏伯，其敢廢舊典以忝叔父？夫齊，甥舅之國也，而大師之後也，寧不亦淫從其欲以怒叔父，抑豈不可諫誨？"士莊伯不能對。王使委於三吏，禮之如侯伯克敵使大夫告慶之禮，降於卿禮一等。

景王使詹桓伯責晉③

　　周甘人與晉閻嘉爭閻田。晉梁丙、張趯率陰戎伐潁。王使詹桓伯辭於晉，曰："我自夏以后稷，魏、駘、芮、岐、畢，吾西土也。及武王克商，蒲姑、商奄，吾東土也；巴、濮、楚、鄧，吾南土也；肅慎、燕、亳，吾北土也。吾何邇封之有？文、武、成、康之建母弟，以蕃屏周，亦其廢隊是爲，豈如弁髦，而因以敝之。先王居檮杌于四裔，以禦螭魅，故允姓之姦居于瓜州。伯父惠公歸自秦，而誘以來，使偪我諸姬，入我郊甸，則戎焉取之。戎有中國，誰之咎也？后稷封殖天下，今戎制之，不亦難乎？伯父圖之！我在伯父，猶衣服之有冠冕，木水之有本原，民人之有謀主也。

---

① 此篇出自《左傳·宣公三年》，非《國語》。
② 此篇出自《左傳·成公二年》。
③ 此篇出自《左傳·昭公九年》。

伯父若裂冠毀冕，拔本塞原，專棄謀主，雖戎狄，其何有余一人？"叔向謂宣子曰："文之伯也，豈能改物？翼戴天子，而加之以共。自文以來，世有衰德，而暴蔑宗周，以宣示其俀，諸侯之貳，不亦宜乎！且王辭直，子其圖之。"宣子說。王有姻喪，使趙成如周弔，且致閻田與襚，反潁俘。王亦使賓滑執甘大夫襄以說於晉，晉人禮而歸之。

敬王告晉請城成周①

　　王使富辛與石張如晉，請城成周。天子曰："天降禍于周，俾我兄弟並有亂心，以為伯父憂。我一二親暱甥舅不皇啓處，於今十年。勤戍五年。余一人無日忘之，閔閔焉如農夫之望歲，懼以待時。伯父若肆大惠，復二文之業，弛周室之憂，徼文、武之福，以固盟主，宣昭令名，則余一人有大願矣。昔成王合諸侯，城成周，以為東都，崇文德焉。今我欲徼福假靈于成王，脩成周之城，俾戍人無勤，諸侯用寧，蠻賊遠屏，晉之力也。其委諸伯父，使伯父實重圖之。俾我一人無徵怨于百姓，而伯父有榮施，先王庸之。"

　　范獻子謂魏獻子曰："與其戍周，不如城之。天子實云，雖有後事，晉勿與知可也。從王命以紓諸侯，晉國無憂，是之不務，而又焉從事？"魏獻子曰："善。"使伯音對曰："天子有命，敢不奉承以奔告於諸侯，遲速衰序，於是焉在。"

---

① 此篇出自《左傳·昭公三十二年》。

卷八十

雜文二

弟子職
管仲

先生施教，弟子是則。溫恭自虛，所受是極。見善從之，聞義則服。溫柔孝悌，毋驕恃力。志無虛邪，行必正直。游居有常，必就有德。顔色整齊，中心必式。夙興夜寐，衣帶必飭。朝益暮習，小心翼翼。一此不解，是謂學則。

少者之事，夜寐早作，既拚盥漱，執事有恪。攝衣共盥，先生乃作。沃盥徹盥，汎拚正席，先生乃坐。出入恭敬，如見賓客。危坐鄉師，顔色毋怍。

受業之紀，必由長始，一周則然，其餘則否。始誦必作，其次則已。凡言與行，思中以爲紀。古之將興者，必由此始。後至就席，狹坐則起。若有賓客，弟子駿作。對客無讓，應且遂行，趨進受命。所求雖不得，必以反命。反坐復業。若有所疑，捧手問之。師出皆起。

至於食時，先生將食，弟子饌饋。攝衽盥漱，跪坐而饋。置醬醋食，陳膳毋悖。凡置彼食，鳥獸魚鼈，必先菜羹。羹胾中別，胾在醬前，其設要方。飯是爲卒，左酒右醬。告具而退，捧手而立。三飯二斗，左執虛豆，右執挾匕，周還而貳，唯嗛之視。同嗛以齒，周則有始，柄尺不跪，是謂貳紀。先生已食，弟子乃徹。趨走進漱，拚前斂祭。[一]

先生有命，弟子乃食，以齒相要，坐必盡席。飯必奉擥，羹不以手。亦有據膝，毋有隱肘。既食乃飽，循咡覆手，振衽掃席。已食者作，摳衣而降。旋而鄉席，各徹其饋，如於賓客。既徹並器，乃還而立。

凡拚之道，實水于盤，攘臂袂及肘，堂上則播灑，室中握手。執箕膺揲，厥中有帚。入戶而立，其儀不忒。執帚下箕，倚于戶側。凡拚之紀，必由奧始。俯仰磬折，拚毋有徹。拚前而退，聚於戶內。坐板排之，以葉適己，實帚于箕。先生若作，乃興而辭。坐執而立，遂出弃之。既拚反立，是協是稽。暮食復禮。昏將舉火，執燭隅坐。錯摠之法，橫于坐所。櫛之遠近，乃承厥火。居句如矩，蒸間容蒸。然者處下，捧椀以爲緒。右手執燭，左手正櫛。有墮代燭，交坐毋倍尊者。乃取厥櫛，遂出是去。

先生將息，弟子皆起。敬奉枕席，問所何趾。俶衽則請，有常則否。先生既息，各就其友。相切相磋，各長其儀。周則復始，是謂弟子之紀。

【校記】

[一]"先生已食"至"拚前斂祭"，陳本無。黎翔鳳《管子校注》有。

撰吏三篇
鬻熊

政者，法教也。此明王之政事，以爲法教可稱也[一]。君子不與人謀之則已矣，若與人謀之，則非道無由也。故君子之謀，能必用道，而不能必見受；能必忠，而不能必入；能必信，而不能必見信。君子非人者，不出之於辭，而施之於行。故非非者行是，惡惡者行善，而道諭矣。

民者，賢不肖之杖也，賢不肖皆具焉。故賢人得焉，不肖人休焉。杖能側焉，忠信飾焉。民者，積愚也。雖愚，明主撰吏焉，必使民興焉。士民與之，明上舉之；士民若之，明上去之。故王者取吏不忘，必使民唱然後和。

民者，吏之程也。察吏於民，然後隨。政曰："民者，至卑也，而使之取吏焉，必取所愛。"故十人愛之，則十人之吏也；百人愛之，則百人之吏也；千人愛之，則千人之吏也；萬人愛之，則萬人之吏也。故萬人之吏，撰卿相矣。卿相者，諸侯之丞也。故封侯之土[二]，秩出焉。卿相者，侯之本也。

【校記】

[一]"政者"至"可稱也"，陳本無。鐘肇鵬《鬻子校理》注文中有。
[二]土，陳本作上。《鬻子校理》作土。

湯政
鬻熊

天地闢而萬物生，萬物生而人爲政焉。無不能生而無殺也。唯天地之所以殺，人不能生，人化而爲善，獸化而爲惡。人而不善者，謂之獸。有天然後有地，有地然後有別，有別然後有義，有義然後有教，有教然後有道，有道然後有理，有理然後有數。日有冥有旦，有晝有夜，然後以爲數。月一盈一虧，月合月離以數紀，四者皆陳以爲數治。政者、衛也，始終之謂衛。

政道
亢倉楚

人无濾以知天之四時寒暑，日月星辰之所行。知天若四時寒暑，日月星辰之所行，當則諸生血氣之類，皆得其處，而安其產矣。人臣亦无濾以知主，以主之賞罰爵禄之所加知主，若主之賞罰爵禄之所加，宜則親疎遠近賢不肖者，皆盡其力而以為用矣。信全則天下安，信失則天下危。夫百姓勤勞，則物殫盡，則爭害之心生而不相信矣。人不相信，由政之不平也；政之不平，吏之皋也，吏之有皋，刑賞不齊也，刑賞不齊，主不勤明也。夫主勤明則刑賞一，刑賞一則吏奉法，吏奉法則政下宜，政下宜則人人得其所而交相信矣。是知天下不相信者，由主不勤明也。

亢倉子居息壤五年，靈王使祭公致篚帛與紉璐曰："余末小子，否惪忝位，水旱不時，藉為人君，何以禳之？"亢倉子曰："水，陰滲也，陰於國政類刑，人事類私；旱，陽過也，陽於國政類惪、人事類盈。楚以爲凡遭水旱，天子宜正刑脩惪，百官宜去私戒盈，則以類而消，百福日至矣。"

人之情，欲生而惡死，欲安而惡危，欲榮而惡辱。天下之人得其欲則樂，樂則安；不得其欲則苦，苦則危。若人主放其欲，則百吏廉長具展其欲，百吏廉長具展其欲，則天下之人，貧者竭其力，富者竭其財，四人失其序，皆不得其欲矣。天下之人不得其欲，則相與提攜保抱，逋逃隱蔽，漂流捃拾也[陳]采，以祈性命。吏又從而捕之，是故不勝其危苦，因有羣聚背叛之心生，則國非其國也。勿貪戶口，百姓汝走；多壯城池，百姓汝疲。賦斂不中，窮者日窮，刑罰且貳。瞀者日瞀，科禁大行，國則以傾。官吏非才，則寬猛失所，或與百姓爭利，則狡詐之心生，所以天下姦而難知。天下難知則上人疑，上人疑則下益惑，下既惑則官長勞，官長勞則賞不足勸、刑不能禁，易動而難靖。此由官不得人故也。政術至要，力於審士。士有才行，比於一鄉，委之鄉才；行比於一縣，委之縣才；行比於一州，委之州才；行比於一國，委之國政，而後廼能无伏士矣。人有惡戾於鄉者，則誨之，不改是爲惡戾，於縣則撻之；不改是爲惡戾；於國則誅之，廼能無復逆節矣。誠如是，舉天下之人，一一畏懷，無有干悁謟慢之萌矣，此之謂靖人。凢為天下之務，莫大求士。士之待來，莫善通政。通政之善，莫若靖人。靖人之才，蓋以文章考之，百不四五；以言論考之，十或一二；以神器靖作態度考之，十全八九。是皆賢王慶代、明識裁擇所能爾也。王天下者，若以文章取士，則蔚巧綺纚益至，而正雅素實益藏矣；以言論取士，則浮揆遊飭益來，而謇諤靜直益晦矣；以神氣靖作態度取士，則外正內邪益尊，而清脩明實益隱矣。若然者，賢愈倒，政愈僻，令愈勤，人愈亂矣。夫天下至大器也，帝王至重位也，得士則靖，失士則亂。人主勞於求賢，逸於任使。嗚呼！守國聚人者，其胡可以不事誠於士虖！人情失宜，主所湥恤。失宜之大，莫痛刑獄。夫明達之才，將欲聽訟，或誘之以詐，或脅之以威，或開之以情，或苦之以戮，雖作設權異，而必也公平。故使天下之人，生無所於悥，死無所於怨。夫秉國建吏，持刑若此，可謂至官。至官之世，群情穌正，諸產咸宜，悉敬交湥，上下條固，不可搖蕩，有類一家。苟違領一作順[陳]凌逆，安得動哉？

　　平王返正，旣宅天邑，務求才良。等聞一善，憪豫連日。左右侍僕累言大臣有賢異者，如是踰歲，王曰："余一人于悥不明，務求賢異，益恐山澤遺逸不舉，豈樂聞善以自閉塞哉！"廼者反媚僕臣，累譽權任，頗階左右，意余屛昧，无能斷明，徒唯共穌，依違浸長，自賢敗悥，莫此為多。不時匡遏，就兹固黨。於是棄左右近習三人於市，貶庶司尹長五人，曰無令人臣附下罔上，持祿阿意。天下聞之，稱為齊明，海南之西歸者七國。

　　至理之代，輿服純素，憲令寬簡，禁網疎闊。夫輿服純素則人不勝羡，憲令寬簡則俗无忌諱，禁網疎闊則易避難犯，若人不勝羡則嗜慾希微，而服役樂業矣。俗无忌諱則抑閉開舒，而歡欣交通矣。易避難犯則好惡分明，而賢德知耻矣。夫服役樂業之謂順，歡欣交通之謂穌，賢悥知耻之謂正，浮墮之人不勝於順，逆節之人不勝於穌，姦邪之人不勝於正，順、穌、正三者，理國之宗也。

　　衰末之世，輿服文巧，憲令禳祈，禁網頗僻。夫輿服文巧則流相炎慕，憲令禳祈則俗多忌諱，禁網頗僻則莫知所逭。若流相炎慕則人不忠潔，而耻樸賢華；俗多忌諱則情志不通，而上下膠戾矣；莫知所逭則讒禍繁興，而衆不懼死矣。夫耻樸賢華之謂浮，上下膠戾之謂塞，衆不懼死之謂冒。真正之士不官於浮，公直之士不官於塞，器能之士不官於冒，浮、塞、冒三者，亂國之梯也。

荆君熊圍問水旱理亂，亢倉子曰："水旱由天，理亂由人。若人事飫理，雖有水旱，無能為奊。堯、湯是也。故周之秩官云'人强勝天'。若人事壞亂，縱無水旱，日益崩離，且桀、紂之滅，豈惟水旱？"荆君北面遵循，稽首曰："天不棄不穀，及此言也。"乃以弘璧十朋爲亢倉子壽，拜為亞尹，曰："庶吾國有瘳乎？"亢倉子不得已，中宿微服，違之他邦。

至理之代，山無僞隱，市無邪利，朝無佞祿。國産問："何由得人俗醇樸？"亢倉子曰："政煩苛則人姦僞，政省一則人醇樸。夫人俗隨國政之方圓，猶蠖屈之於葉也，食黃則身黃，食蒼則身蒼。"曰："何爲則人富？"亢倉子曰："賦斂以時，官上清約，則人富；賦斂無節，官上奢縱，則人貧。"

勾粵之欘鎩以精金，鷙隼爲之羽，以之挆窐，則其與槁樸也無擇。及夫蕩宼爭奊音衝[陳]，覿武決勝，加之駃駑之上，則三百步之外不立敵矣；蜚景之劍威奪白日，氣盛紫蜺，以之剚獲，則其與劂刃也無擇。及夫凶邪流毒，沸渭不靖，加之運掌之上，則千里之内不留行矣。夫材有分而用有當，所賢善因時而已耳。

昔者明王聖帝，天下飫平，萬物暢茂，群性得極，善因時啬而勿擾者也。庍古近字[陳]古昌來天下姦邪者衆，正直者寡，輕薄趍利者多，敲方退靜者鱻。姦者出言等於忠言，遂使天下之人交相疑奊，悲夫！

作澅賢於易避而難犯，救弊賢於省事而一令。除去豪橫則官人不敢務私利，官人不敢務私利而百姓富。《史刑》曰："眚災肆赦，赦不欲數。"赦數則惡者得計，平人生心，而賢良否塞矣。人有大爲賊奊，官吏捕獲，因廣條引，誣謟貞良，闊遠牽率，叀推啬序，卒蒙赦宥。遇賊奊者訖楳音無[陳]所快，自毒而已。由是平人遞生黠計，吏勞政酷，莫能鎮止。此由數赦之過也。夫人之所以惡爲楳道不善者，爲其有罰也；所以勉爲有道行義者，爲其有賞也。今楳道不義者赦之，而有道行義者被妎音害[陳]而不賞，欲人之就善也，不亦難乎？代有賢主秀士肯察此論。

君道
亢倉楚

始生之者天地，養成之者人也。能養天之所生，而物攖之，謂之天子。天子之動也，以全天氣，故此官之所以自立也。立官者以全生也，今代之惑主多官而反以奊生，則失所以爲立之本矣。草鬱則爲腐，樹鬱則爲蠹，人鬱則爲病，國鬱則百疴竝起，危亂不禁。所謂國鬱者，主慇不下宣，人欲不上達也。是故聖王賢忠臣正士，爲其敢直言而決鬱塞也。尅已復禮，賢良自至；君耕後蚕，蒼生自化。由是言之，賢良正可待不可求，求得非賢也；蒼生正可化不可刑，刑行非理也。堯舜有爲人主之勤，无爲人主之欲，天下各得濟其欲；有爲人主之位，无爲人主之心，故天下各得肆其心。士有天下人愛之而主不愛者，有主獨愛之而天下人不愛者，用天下人愛者，劚天下安用主。獨愛者則天下危，人主安可以自放其愛憎哉。由是重天下愛者，當制其情。所謂天下者，謂其有爭物也；所謂邦國者，謂其有人衆也。夫國以人爲本，人安劚音則[陳]國安，故悬音憂[陳]國之主，務求理人之術。玉之所以難辨者，謂其有怪石也；金之所以難辨者，謂其有鋀石也。

今夫以隼翼而被之鷂視，而不明者，正以爲隼明者，視之乃鷂也。今夫小人多誦經籍方書，或學奇技通說，而被以青紫章服，使愚者耵音聽[陳]而睞之，正爲君子；明者耵而睞之，乃小人也。故人主誠明，以言取人理也，以才取人理也，以行取人理也；人主不明，以言取人亂也，以才取人亂也，以行取人亂也。夫聖主之用人也，賮音貴[陳]耳不聞之功，目不見之功，口不可道之功，而百姓暢然自理矣。若人主賮耳聞之功，劚天下之人運貨逐利而市譽矣；賮目見之功，劚天下之人恢形異蓺音藝[陳]而爭進矣；賮可道之功，劚天下之人習舌調吻而飾辭矣。使天下之人市譽、爭進、飾辭見達，劚政敗矣。人主皆知鏡之明己也，而惡士之明己也。鏡之明己也功細，士之明己也功大，知其細失其大，不知類矣。

於虖！人主清心省叓音事[陳]，人臣恭儉守職，太平立致矣。而代主或難之，吾所不知也！若人主方寸之地不明不斷，劚天地之宜，四海之內，動植爭類，咸失其道矣！以耳目取人者，官多而政亂；以心慮取人者，官少而政清。是知循理之代，務求不可見不可聞之材；澆危之世，務取可聞可見之材。於虖，人主豈知哉！以耳目取人，人人皆戴忱穰奉[陳]以買譽；以心慮取人，人皆靜正以勤德。吏靜正以勤悳，則不言而自化；吏戴忱以買譽，則刑之而不塞音畏[陳]，代主豈不知哉！

賢道
亢倉楚

賢良所以屢求而不至，難進而易退者，非爲愛身而不死王事，適恐盡忠而主莫之信耳。自知有材識之人，外恭謹而內無悬。其於衆也，穌正而不狎，親之則彌莊，疎之劚逻音退[陳]去而不怨，窮厄劚以命自寬，榮達劚以道自止。人有睞其儀賢也，耵其聲賢也，徵神識，或負所望。夫賢人其見用也，入劚諷譽，出劚龔默，職司勤辨，居室儉間謂防閒也[陳]。其未見用也，藏身於終，藏識於目，藏言於口，飽食安步，獨善其善，貞而不怨。

智者不疑事，識者不疑人。有識之士行危而色不可疎，言遜而理不可拔。凡謂賢人不自稱賢，效在官，功在事事。太平之時，上士運其識，中士竭其耐音能[陳]，小人輸其力。

齊有掊子者，材可以振國，行可以獨立，事父母孝，謹鄉黨恭。循念居貧無以爲養，施信義而遊者久之矣。所如寡合，或爲棄岢夸毗者所蚩。紿於是，負杖步足問乎亢倉子，曰："吾聞至音至[陳]人忘情，黎人不事情。存情之曹，務其教訓而尊信義。吾乃今不知爲工能也[陳]，受不信爲信，信而不見信爲信，爲勤慕義爲義。然則信義之士，常獨厄隨退。胡以取賢乎？岢而教理之所上也。"亢倉子俯而循袵，仰而譆，超然歌曰："時之陽兮信義囧音昌[陳]，時之默兮信義伏。"陽與默、昌與伏，汩吾無誰私兮，羌忽不知其讀。夫運正性以如適，而物莫之應者，真不行也。夫真且不行，謂之道喪。道喪之岢，上士乃隱。隱之爲義有可爲也、莫可爲者也，有可用也、莫可用者也。

祭公問賢材何從而不致，亢倉子曰："賢正可待不可求，材慎在求不在無。若天子靜、大臣明、刑不避賢、澤不隔下，則賢人自至而求用矣。賢人用則四海之內明，目而睄清，耳而聽坦，心而無鬱矣。天自成，地自寧，筝音萬[陳]物醇化，庶音鬼[陳]神不能霧，故曰賢，正可待不可求。若天子勤明，大臣穌理之求士也，則恢弘方大、公直靖人之材至；若天子苛察，大臣躁急之求士也，則曲心巧應、毀方破道之材至；若天子疑忌，大臣巧隨之求士也，則奇姓異名、仄媚怪術之材至；若天子自賢，大臣固位之求士也，則事文逐譽、貪濁浮麗之材至；若天子依違，大臣囘佞之求士也，則外忠內僻、情毒言穌音和[陳]之才至。故曰：才慎在求不慎無譽者。黃帝得常僊，封鴻庶容丘，商王得伊尹，中興得甫申音申[陳]，齊桓得甯籍卽甯戚[陳]，皆由數。君體道邁仁，布昭聖武，思輯兊明，寬厚昌正，而衆賢自至而求用，非爲簡核而得也。"

祭公曰："夫子云賢人不求而自至，亦有非賢不求而自至者虖？"亢倉子曰："夫非賢不求而自至者，固衆矣。夫天下有道，則賢人不求而自至；天下無道，則非賢不求而自至。人主有道者寡，無道者衆，天下賢人少，不肖者多。是知非賢不求而自至者多矣。"祭公曰："賢固濟天下，材亦能濟天下，俱濟天下，賢與材安取異邪？"亢倉子曰："寠虖哉其問也！功成事畢，不殉封譽，恭迈樸儉之謂賢；功成事畢，榮在禄譽，兊揚滿志之謂材。賢可以鎮國，材可以理國。所謂鎮者，穌寧無爲，人不知其力；所謂理者，勤率其事，人知所於德。一賢統衆材則有餘，衆材度一賢猶不足。如是賢材之殊域，有居山林而誼者，有在人俗而靜者，有誼而正者，有靜而邪者。凡眡察其貌鄙俗，而能有賢者，夲不有一；眡察其貌端雅，而實小人者十而九。夫不練其言而知其文，不責其儀而審其度，不采其譽而知其善，不流其毀而斷其實，可謂有識者也。"

農道
亢倉楚

人捨本而事末，則不一令。不一令則不可以守、不可以戰。人捨本而事末，則丌音基[陳]產約。丌產約則輕流徙，輕流徙則國家岂有災患，皆生遠志，無復居心。人忘本而曳末，則好知智；好知則多詐，多詐則巧法令，巧法令則目是爲非、目非爲是。古先聖王之所以理人者，先務農。農業非徒爲地也，贄其志也。人農則樸，樸則易用，易用則邊境安，安則主位尊。人農則童，童則少私議，少私議則公法立。力博淡農則丌產複，丌產複則重流散音散[陳]，重流散則死其处，旡二慮。是天下爲一心矣。天下一心，軒轅几蕖之理不是過也。古先聖王之所以茂耕織者，以爲本教也。是故天子躬率，諸侯耕籍，田大夫士第有功級，勸人尊地產也；后妃率嬪御絲於郊桑公田，勸人力婦教也。男子不織而衣，婦人不耕而食，男女貿功，資相乭音爲[陳]業，此聖王之制也。故敬岂愛日，埒實課功，非老不休，非疾不息。一人勤之，十人食之。當時之務，不興土功，不料師旅，男不出御，女不外嫁，以方農。黃帝曰："四岂之不正，正五穀而已耳。"夫稼爲之者人也，生之者天也，養之者地也。是以稼之容足，耨之容耰，耘之容手，是謂耕道。農攻食，工攻器，賈攻貨，時事不簀，慾之目土功，是謂大殃。

凡稼蚤者先岂。暮者不及岂，寒暑不節，稼乃生災。冬至已後五旬有七日而昌生，於是虜始耕。事農之道，見生而藝生，見死而獲死。天發岂，地產財，不與人吞音期[陳]。有年祀土，無年祀土，無失人岂。迨時而作，過岂而止，老弱之力，可峯音使[陳]盡起。不知岂者，來至而逆之，既徃而慕之，當其岂而薄之，此從事之下也。人耨必以早，峯地肥而土緩，稼欲產於毳土而殖。於地堅者慎其種，勿峯數，亦無峯疎。於其施土，無峯不足，亦無峯有餘。酬欲深以端，畎欲沃以平，下得陰，上得陽，然後盛生。吾苗有行，故速長。強弱不相害，故速大。正其行，通亦一作其[陳]中，疏爲泠風，則有收而多功。率稼望之有餘，就之則疏，是地之竊也。不除則蕪，除之則虛，是事之傷也。苗其弱也，欲孤其長也，欲相與居。其熟也，欲相扶，三以爲族。稼乃多穀，凡苗之患，不俱生而俱死。是以先生者美米，後生者爲粃。是故其耨也，長其兄而去其弟，樹肥無使扶疎，樹墝不欲專生而獨居。肥而扶疎，則多粃；墝而獨居，則多死。不知耨者，去其兄而養其弟，不收其稟而收其秕，上下不安，則稼多死。

得時之禾，長稠而大穗，團稟而薄糠，米粕而香，舂而易而食之強。失凷之禾，深芒而小莖，穗銳多秕而青蘦。得時之黍，穗不芒以長，搏米而寡糠。失時之黍，大本華莖，葉膏短穗。得時之稻，莖葆長，桐穗如馬尾。失時之稻，纖莖而不滋，厚糠而菑死。得時之麻，疎節而色陽，堅枲而小本。失時之麻，蕃柯短莖，岸節而葉蟲。得時之菽，長莖而短足，其莢二七以爲族，多枝數節，競葉繁實，稱之重，食之息。失時之菽，必長以蔓，浮葉虛本，疎節而小莢。得時之麥，長稠而頸族二七以爲行，薄翼而醇色，食之使人肥且有力。失時之麥，胕腫多病，弱苗而翳穗。是故得時之稼豐，失時之稼約。庶穀盡宜，從而食之，使人四衛變強，耳目聰明，殄氣不入，身無苛殃。善虖孔生之言！冬飽則身溫，夏飽則身涼。夫溫涼時適，則人無病疢。人無疾疢，是疫癘不行。疫癘不行，咸得遂其天年。故曰：穀者人之天，是以興王務農。王不務農，是棄人也。王而棄人，將何國哉！

一宇二章
尹喜

無一物非天，無一物非命。無一物非神，無一物非玄。物既如此，人豈不然？人皆可曰天，人皆可曰神，人皆可致命，人皆可造玄。不可彼天此非天，彼神此非神，彼命此非命，彼玄此非玄。是以善吾道者，即一物中，知天盡神，致命造玄。學之，狥異名，析同實。得之，契同實，忘異名。

觀道者如觀水，以觀沼爲未足，則之河、之江、之海，曰水至也，殊不知我之津、液、涎、淚皆水。

二柱一章
尹喜

若椀若盂，若缾若壺，若甕若盎，皆能建天地。兆龜數蓍，破瓦文石，皆能告吉凶。是知天地萬物成理，一物包焉，物物皆包之，各不相借。以我之精，合彼之精，兩精相搏，而神應之。一雌一雄，卵生；一牝一牡，胎生。形者，彼之精；理者，彼之神；愛者，我之精；觀者，我之神。愛者爲水，觀爲火。愛執而觀，因之爲木；觀存而愛，攝之爲金。先想乎一元之氣，具乎一物，執愛之以合彼之形，冥觀之以合彼之理，則象存焉。一運之象，周乎太空，自中而升爲天，自中而降爲地。無有升而不降，無有降而不升。升者爲火，降者爲水；欲升而不能升者爲木，欲降而不能降者爲金。木之爲物，鑽之得火，絞之得水；金之爲物，擊之得火，鎔之得水。金木者，水火之交也。水爲精爲天，火爲神爲地，木爲魂爲人，金爲魄爲物。運而不已者爲時，包而有在者爲方，惟土終始之，有解之者，有去之者。

三極一章
尹喜

聖人之治天下，不我賢愚，故因人之賢而賢之，因人之愚而愚之；不我是非，故因事之是而是之，因事之非而非之。知古今之大同，故或先古，或先今；知內外之大同，故或先內，或先外。天下之物，無得以累之，故本之以謙；天下之物，無得以外之，故含之以虛；天下之物，無得以難之，故行之以易；天下之物，無得以窒之，故變之以權。以此中天下，可以制禮；以此和天下，可以作樂；以此公天下，可以理財；以此周天下，可以禦侮；以此因天下，可以立法；以此觀天下，可以制器。聖人不以一己治天下，而以天下治天下。天下歸功於聖人，聖人任功於天下。所以堯、舜、禹、湯之治天下，天下皆曰自然。

天瑞
列禦寇

子列子居鄭圃，四十年人無識者。國君卿大夫眎之，猶眾庶也。國不足，將嫁於衛，弟子曰："先生徃無反期，弟子敢有所謁，先生將何以教？先生不聞壺丘子林之言乎？"子列子笑曰："壺子何言哉？雖然，夫子嘗語伯昏瞀人。吾側聞之，試以告女。其言曰：有生不生，有化不化。不生者能生生，不化者能化化。生者不能不生，化者不能不化，故常生常化。常生常化者，無時不生，無時不化。陰陽爾，四時爾。不生者疑獨，不化者徃復。徃復，其際不可終；疑獨，其道不可窮。《黃帝書》曰：'谷神不死，是謂玄牝；玄牝之門，是謂天地之根。綿綿若存，用之不勤。'故生物者不生，化物者不化。自生自化，自形自色，自智自力，自消自息。謂之生化形色智力消息者，非也。"

子列子曰："昔者聖人因陰陽以統天地。夫有形者生於無形，則天地安從生？故曰：有太易，有太初，有太始，有太素。太易者，未見氣也；太初者，氣之始也；太始者，形之始也；太素者，質之始也。氣形質具而未相離，故曰渾淪。渾淪者，言萬物相渾淪而未相離也。視之不見，聽之不聞，循之不得，故曰易也。易無形埒，易變而爲一，一變而爲七，七變而爲九。九變者，究也，乃復變而爲一。一者，形變之始也，清輕者上爲天，濁重者下爲地，沖和氣者爲人；故天地含精，萬物化生。"

子列子曰："天地無全功，聖人無全能，萬物無全用；故天職生覆，地職形載，聖職教化，物職所宜。然則天有所短，地有所長，聖有所否，物有所通。何則？生覆者不能形載，形載者不能教化，教化者不能違所宜，宜定者不出所位。故天地之道，非陰則陽；聖人之教，非仁則義；萬物之宜，非柔則剛；此皆隨所宜而不能出所位者也。故有生者，有生生者；有形者，有形形者；有聲者，有聲聲者；有色者，有色色者；有味者，有味味者。生之所生者死矣，而生生者未嘗終；形之所形者實矣，而形形者未嘗有；聲之所聲者聞矣，而聲聲者未嘗發；色之所色者彰矣，而色色者未嘗顯；味之所味者甞矣，而味味者未嘗呈，皆無爲之職也。能陰能陽，能柔能剛，能短能長，能圓能方，能生能死，能暑能涼，能浮能沈，能宮能商，能出能没，能玄能黄，能甘能苦。能羶能香。無知也，無能也，而無不知也，而無不能也。"

雜篇天下
莊周

天下之治方術者多矣，皆以其有爲不可加矣！古之所謂道術者，果惡乎在？曰："无乎不在。"曰："神何由降？明何由出？""聖有所生，王有所成，皆原於一。"

不離于宗，謂之天人；不離於精，謂之神人；不離於真，謂之至人。以天爲宗，以德爲本，以道爲門，兆於變化，謂之聖人；以仁爲恩，以義爲理，以禮爲行，以樂爲和，薰然慈仁，謂之君子。以法爲分，以名爲表，以參爲驗，以稽爲決，其數一二三四是也，百官以此相齒；以事相[一]常，以衣食爲主，蕃息畜藏，老弱孤寡爲意，皆有以養，民之理也。

古之人其備乎！配神明，醇天地，育萬物，和天下，澤及百姓，明於本數，係於末度，六通四辟，小大精粗，其運无乎不在。其明而在歷[二]數者，舊法、世傳之史尚多有之；其在於《詩[三]》《書》《禮》《樂》者，鄒魯之士、搢紳先生多能明之。《詩》以道志，《書》以道事，《禮》以道行，《樂》以道和，《易》以道陰陽，《春秋》以道名分。其數散於天下而設於中國者，百家之學時或稱而道之。

天下大亂，賢聖不明，道德不一。天下多得一察焉以自好。譬如耳目鼻口，皆有所明，不能相通。猶有[四]家衆技也，皆有所長，時有所用。雖然，不該不徧，一曲之士也。判天地之美，析萬物之理，察古人之全。寡能備於天地之美，稱神明之容。是故內聖外王之道，闇而不明，鬱而不發，天下之人各爲其所欲焉，以自爲方。悲夫！百家往而不反，必不合矣！後世之學者，不幸不見天地之純，古人之大體，道術將爲天下裂。

【校記】

[一]相，陳本同。《莊子集釋》作爲。
[二]歷，陳本同。《莊子集釋》作數。
[三]二本皆作諸，據《莊子集釋》，應作詩。
[四]有，陳本、《莊子集釋》作百。

詛楚文
秦惠王

又[一]秦嗣王，敢用吉玉瑄璧，使其宗祝邵鼛，布憼[二]告于不顯大神巫咸，㠯底楚王熊相之多辠。昔我先君穆公及楚成王，寔戮力同心，兩邦若一，絆㠯婚姻，袗㠯齊盟。曰：葉萬子孫，毋相爲不利。親即[三]不顯大神巫咸而質焉。今楚王熊相，康回無道，淫佚甚亂，宣夆競從，變輸盟刺。內之則虣虐不辜，刑戮孕婦，幽刺親戚，拘圉其叔父，寘諸冥室櫝棺之中；外之則冒改久心，不畏皇天上帝，及不顯大神巫咸之光烈威神，而兼倍[四]十八世之詛盟。率諸侯之兵㠯臨加我，欲剗伐我社稷，伐滅我百姓，求蔑法皇天上帝及不顯大神巫咸之卹。祠圭玉、犧牲，逮取我偝邊城新隍，及郍長親，偝不叚曰可。今有悉興其衆，張矜憶怒，飾甲底兵，奮士盛師，㠯偪偝邊竟，將欲復其脫迹。唯是秦邦之羸衆敝賦，輪輸棧輿，禮使介老將之，㠯自救也。亦應受皇天上帝及不顯大神巫咸之幾，靈德賜克劑楚師，日復略我邊城。敢數楚王熊相之倍盟犯詛，箸諸石章，以盟大神之威神。

【校記】

[一]又，陳本作有。《全上古三代文》存兩說。
[二]憼，陳本作忠。《全上古三代文》作憼。
[三]即，陳本作仰。《全上古三代文》作卬。
[四]倍，陳本、《全上古三代文》作倍。

儒效篇
荀況

大儒之效，武王崩，成王幼，周公屏成王而及武王，以屬天下，惡天下之倍周也。履天子[一]之籍，聽天下之斷，偃然如固有之，而天下不稱貪焉。殺管叔，虛殷國，而天下不稱戾焉。兼制天下，立七十一國，姬姓獨居五十三人，而天下不稱偏焉。教誨開導成王，使諭於道，而能揜迹於文、武。周公歸周，反籍於成王，而天下不輟事周，然而周公北面而朝之。天子也者，不可以少當也，不可以假爲也；能則天下歸之，不能則天下去之，是以周公屏成王而及武王以屬天下，惡天下之離周也。成王冠，成人，周公歸周，反籍焉，明不滅王之義也。周公有天下矣，鄉有天下，今無天下，非擅也；成王鄉無天下，今有天下，非奪也；變勢次序節然也。故以枝代主而非越也；以弟誅兄而非暴也；君臣易位而非不順也。因天下之和，遂文、武之業，明枝主之義，抑亦變化，天下厭然猶一也。非聖人莫之能爲，夫是之謂大儒之效。

【校記】

[一]子，陳本作下。《荀子集解》作子。

非相篇
荀況

相，古之人無有也，學者不道也。

古者有姑布子卿，今之世，梁有唐舉，相人之形狀、顏色而知其吉凶妖祥，世俗稱之。古之人無有也，學者不道也。故相形不如論心，論心不如擇術。形不勝心，心不勝術。術正而心順之，則形相雖惡而心術善，無害爲君子也；形相雖善而心術惡，無害爲小人也。君子之謂吉，小人之謂凶。故長短、小大、善惡形相，非吉凶也，古之人無有也。學者不道也。蓋帝堯長，帝舜短；文王長，周公短；仲尼長，子弓短。昔者，衛靈公有臣曰公孫呂，身長七尺，面長三尺，焉廣三寸，鼻目耳具，而名動天下。楚之孫叔敖，期思之鄙人也，突禿長左，軒較之下，而以楚霸；葉公子高，微小短瘠，行若將不勝其衣。然白公之亂也，令尹子西、司馬子期皆死焉；葉公子高入據楚，誅白公，定楚國，如反手耳，仁義功名善於後世。故事不揣長，不揳大，不權輕重，亦將志乎耳。長短、小大、美惡形相，豈論也哉！且徐偃王之狀，目可瞻焉；仲尼之狀，面如蒙倛；周公之狀，身如斷菑；皋陶之狀，色如削瓜；閎夭之狀，面無見膚；傅說之狀，身如植鰭；伊尹之狀，面無須麋；禹跳、湯偏，堯、舜參牟子。從者將論志意，比類文學耶？直將差長短，辨美惡，而相期傲耶？

古者桀、紂長巨姣美，天下之傑也；筋力越勁，百人之敵也。然身死國亡，爲天下大僇，後世言惡則必稽焉。是非容貌之患也，聞見之不衆，論議之卑耳！今世俗之亂君，鄉曲之儇子，莫不美麗姚冶，奇衣婦飾，血氣態度擬於女子；婦人莫不願得以爲夫，處女莫不願得以爲士，弃其親家而欲奔之者，比肩並起。然而中君羞以爲臣，中父羞以爲子，中兄羞以爲弟，中人羞以爲友，俄則束乎有司而戮乎大市，莫不呼天啼哭，苦傷其今而後悔其始。是非容貌之患也，聞見之不衆，論議之卑耳。然則從者將孰可也。

人有三不祥：幼而不肯事長，賤而不肯事貴，不肖而不肯事賢，是人之三不祥也。人有三必窮：爲上則不能愛下，爲下則好非其上，是人之一必窮也；鄉則不若，偝則謾之，是人之二必窮也；知行淺薄，曲直有以懸矣，然而仁人[一]不能推，知不能明，是人之三必窮也。人有此三數行者，以爲上則必危，爲下則必滅。《詩》曰："雨雪瀌瀌，見晛曰消。莫肯下遺，式居婁驕。"此之謂也。

【校記】

[一]陳本無"人"字。《荀子集解》有。

說難
韓非

凡說之難，非我知之有以說之之難也；又非吾辯之能明吾意之難也；又非吾敢橫失而能盡之難也。凡說之難，在之[一]所說之心，可以吾說當之。所說出於爲名高者也，而說之以厚利，則見下節而遇卑賤，必棄遠矣。所說出於厚利者也，而說之以名高，則見無心而遠事情，必不收矣。所說陰爲厚利而顯爲名高者也，而說之以名高，則陽收其身而實疏之；說之以厚利，則陰用其言顯棄其身矣。此不可不察也。

夫事以密成，語以泄敗；未必其身泄之也，而語及所匿之事，如此者身危。彼顯有所出事，而乃以成他故，說者不徒知所出而已矣，又知其所以爲，如此者身危。規異事而當，知者揣之外而得之，事泄於外，必以爲己也，如此者身危。規異事而當，知者揣之外而得之，事泄於外，必以爲己也，如此者身危。周澤未渥也，而語極知，說行而有功，則德忘；說不行而有敗，則見疑，如此者身危。貴人有過端，而說者明言禮義以挑其惡，如此者身危。貴人或得計而欲自以爲功，說者與知焉，如此者身危。彊以其所不能爲，止以其所不能已，如此者身危。故與之論大人，則以爲間己矣；與之論細人，則以爲賣重。論其所愛，則以爲藉資；論其所憎，則以爲嘗己也。徑省其說，則以爲不智而拙之；米鹽博辯，則以爲多而交之；略事陳意，則曰怯懦而不盡；慮事廣肆，則曰草野而倨侮。此說之難，不可不知也。

　　凡說之務，在知飾所說之所矜而滅其所恥。彼有私急也，必以公義示而強之。其意有下也，然而不能已，說者因爲之飾其美，而少其不爲也。其心有高也，而實不能及，說者爲之舉其過而見其惡，而多其不行也。有欲矜以智能，則爲之舉異事之同類者，多爲之地，使之資說於我，而佯不知也以資其智。欲內相存之言，則必以美名明之，而微見其合於私利也。欲陳危害之事，則顯其毀誹，而微見其合於私患也。譽異人與同行者，規異事與同計者。有與同汙者，則必以大飾其無傷也；有與同敗者，則必以明飾其無失也。彼自多其力，則毋以其難概之也；自勇之斷，則毋以其謫怒之；自智其計，則毋以其敗窮之。大意無所拂忤，辭言無所擊摩，然後極騁智辯焉。此道所得，親近不疑而得盡辭也。伊尹爲宰，百里奚爲虜，皆所以干其上也。此二人者皆聖人也，然猶不能無役身以進，如此其汙也！今以吾言爲宰虜，而可以聽用而振世，此非能仕之所恥也。夫曠日離久，而周澤未渥，深計而不疑，引爭而不罪，則明割利害以致其功，直指是非以飾其身，以此相持，此說之成也。

　　昔者鄭武公欲伐胡，故先以其女妻胡君以娛其意。因問於羣臣："吾欲用兵，誰可伐者？"大夫關其思對曰："胡可伐。"武公怒而戮之，曰："胡，兄弟之國也。子言伐之何也？"胡君聞之，以鄭爲親己，遂不備鄭。鄭人襲胡，取之。宋有富人，天雨，牆壞。其子曰："不築，必將有盜。"其鄰人之父亦云。暮而果大亡其財。其家甚智其子，而疑鄰人之父。此二人說者皆當矣，厚者爲戮，薄者見疑，則非知之難也，處知則難也。故繞朝之言當矣，其爲聖人於晉，而爲戮於秦也，此不可不察。

　　昔者彌子瑕有寵於衛君。衛國之法，竊駕君車者罪刖。彌子瑕[一]母病，人間往夜告彌子，彌子矯駕君車以出。君聞而賢之，曰："孝哉！爲母之故，忘其刖罪。"異日，與君游於果園，食桃而甘，不盡，以其半啗君。君曰："愛我哉！忘其口味，以啗寡人。"及彌子色衰愛弛，得罪於君，君曰："是固嘗矯駕吾車，又嘗啗我以餘桃。"故彌子之行未變於初也，而以前之所以見賢而後獲罪者，愛憎之變也。故有愛於主，則智當而加親；有憎於主，則智不當見罪而加疏。故諫說談論之士，不可不察愛憎之主而後說焉。

　　夫龍之爲蟲也，柔可狎而騎也；然其喉下有逆鱗徑尺，若人有嬰之者則必殺人。人主亦有逆鱗，說者能無嬰人主之逆鱗，則幾矣。

【校記】
　　[一]之，陳本、王先謙《韓非子集解》作知。
　　[二]陳本無"瑕"字。《韓非子集解》有。

登鄒嶧山刻石文
秦始皇

　　皇帝立國，維初在昔，嗣世稱王。討伐亂逆，威動四極，武義直方。戎臣奉詔，經時不久，滅六暴強。二十有六年，上薦高號，孝道顯明。既獻泰成，乃降專惠，親巡遠方。登於嶧山，羣臣從者，咸思攸長。追念亂世，分土建邦，以開爭理。功[一]戰日作，流血於野，自泰古始。世無萬數，阤及五帝，莫能禁止。廼今皇帝，一家天下，兵不復起。災害滅除，黔首康定，利澤長久。羣臣誦略，刻此樂石，以著經紀。

【校記】
　　[一]功，陳本作攻。《全秦文》作功。

登泰山刻石文
秦始皇

　　皇帝臨位，作制明法，臣下脩飭。二十有六年，初並天下，罔不賓服。親巡遠方黎民，登兹泰山，周覽東極。從臣思迹，本原事業，祇誦功德。治道運行，諸產得宜，皆有法式。大義休明，垂于後世，順承勿革。皇帝躬聖，既平天下，不懈於治。夙興夜寐，建設長利，專隆教誨。訓經宣達，遠近畢理，咸承聖志。貴賤分明，男女禮順，慎遵職事。昭隔內外，靡不清淨，施于後嗣。化及無窮，遵奉遺詔，永承重戎[一]。

【校記】
　　[一]戎，陳本同。《史記》作戒。

登琅邪臺刻石文
秦始皇

　　維二十六年，皇帝作始。端平法度，萬物之紀。以明人事，合同父子。聖智仁義，顯白道理。東撫東土，以省卒士。事已大畢，乃臨于海。皇帝之功，勤勞本事。上農除末，黔首是富。普天之下，搏心揖或作攝[陳]志。器械一量，同書文字。日月所照，舟輿所載。皆終其命，莫不得意。應時動事，是維皇帝。匡飭異俗，陵水經地。憂恤黔首，朝夕不懈。除疑定法，咸知所辟。方伯分職，諸治經易。舉錯必當，莫不如畫。皇帝之明，臨察四方。尊卑貴賤，不踰次行。姦邪不容，皆務貞良。細大盡力，莫敢怠荒。遠邇辟隱，專務肅莊。端直敦忠，事業有常。皇帝之德，存定四極。誅亂除害，興利致福。節事以時，諸產繁殖。黔首安寧，不用兵革。六親相保，終無寇賊。驩欣奉教，盡知法式。六合之內，皇帝之土。西涉流沙，南盡北戶。東有東海，北過大夏。人迹所至，無不臣者。功蓋五帝，澤及牛馬。莫不受德，各安其宇。

　　維秦王兼有天下，立名爲皇帝，乃撫東土，至於琅邪。列侯武城侯王離、列侯通武侯王賁、倫侯建成侯趙亥、倫侯昌武侯缺[陳]成、倫侯武信侯馮毋擇、丞相隗林、丞相王綰、卿李斯、卿王戊、五大夫趙嬰、五大夫楊樛從，與議於海上。曰："古之帝者，地不過千里，諸侯各守其封域，或朝或否，相侵暴亂，殘伐不止，猶刻金石，以自爲紀。古之五帝三王，知教不同，法度不明，假威鬼神，以欺遠方，實不稱名，故不久長。其身未殁，諸侯倍叛，法令不行。今皇帝并一海內，以爲郡縣，天下和平。昭明宗廟，體道行德，尊號大成。羣臣相與誦皇帝功德，刻于金石，以爲表經。"

登之罘山刻石文
秦始皇

　　維二十九年，時在中春，陽和方起。皇帝東游，巡登之罘，臨照于海。從臣嘉觀，原念休烈，追誦本始。大聖作治，建定法度，顯著綱紀。外教諸侯，光施文惠，明以義理。六國回辟，貪戾無厭，虐殺不已。皇帝哀衆，遂發討師，奮揚武德。義誅信行，威燀旁達，莫不賓服。烹滅彊暴，振救黔首，周定四極。普施明法，經緯天下，永爲儀則。大矣哉！宇縣之中，承順聖意。羣臣誦功，請刻于石，表垂于常式。

刻碣石門文
秦始皇

　　遂興師旅，誅戮無道，爲逆滅息。武殄暴逆，文復無罪，庶心咸服。惠論功勞，賞及牛馬，恩肥土域。皇帝奮威，德并諸侯，初一泰平。墮壞城郭，決通川防，夷去險阻。地勢既定，黎庶無繇，天下咸撫。男樂其疇，女脩其業，事各有序。惠被諸產，久並來田，莫不安所。羣臣誦烈，請刻此石，垂著儀矩。

登會稽山刻石文
秦始皇

皇帝休烈，平一宇內，德惠脩[一]長。三十有七年，親巡天下，周覽遠方。遂登會稽，宣省習俗，黔首齋莊。羣臣誦功，本原事迹，追首高明。秦聖臨國，始定刑名，顯陳舊章。初平法式，審別職任，以立恒常。六王專倍，貪戾慠猛，率衆自彊。暴虐恣行，負力而驕，數動甲兵。陰通間使，以事合從，行爲辟方。內飾詐謀，外來侵邊，遂起禍殃。義威誅之，殄熄暴悖，亂賊滅亡。聖德廣密，六合之中，被澤無疆。皇帝并宇，兼聽萬事，遠近畢清。運理羣物，考驗事實，各載其名。貴賤並通，善否陳前，靡有隱情。飾省宣義，有子而嫁，倍死不貞。防隔內外，禁止淫泆，男女絜誠。夫爲寄豭，殺之無罪，男秉義程。妻爲逃嫁，子不得母，咸化廉清。大治濯俗，天下承風，蒙被休經。皆遵軌度，和安敦勉，莫不順令。黔首脩[二]潔，人樂同則，嘉保太平。後敬奉法，常治無極，輿舟不傾。從臣誦烈，請刻此石，光垂休銘。

【校記】

[一]脩，陳本作攸。《史記》作脩。
[二]脩，陳本作條。《史記》作脩。

遇合
呂不韋

凡遇，合也。時不合，必待合而後行。故比翼之鳥从乎木，比目之魚从乎海。孔子周流海內，再干世主，如齊至衛，所見八十餘君，委質爲弟子者三千人，達赴七十人。七十人者，萬乘之主得一人用可爲師，不爲無人。目此遊僅至於魯司寇。此天子之所目時絕也，諸侯之所目大亂也。亂則愚者之多幸也，幸則必不勝其任矣。任久不勝，則幸反爲禍。其幸大者，其禍亦大，非禍獨及己也。故君子不處幸，不爲苟，必審諸己然後任，任然後動。

凡能聽說者，必達乎論議者也。世主之能識論議者寡，所遇惡得不苟？凡能聽音者，必達於五聲。人之能知五聲者寡，所善一作善惡得不苟？客有目吹籟見越王者，羽、角、宮、徵、商不謬，越王不善，爲野音而反善之。說之道亦有如此者也。

人有爲人妻者，人告其父母曰："嫁不必生也。衣器之物，可外藏之，目備不生。"其父母目爲然，於是令其女常外藏。姑妐知之，曰："爲我婦而有外心，不可畜。"因出之。婦之父母目謂爲己謀者目爲忠，終身善之，亦不知所以然矣。宗廟之滅，天下之失，亦由此矣。故曰：遇，合也，無常。說，適然也。若人之於色也，無不知說美者，而美者未必遇也。故嫫母執乎黄帝，黄帝曰："屬女德而弗忘，與女正而弗衰，雖惡奚傷？"若人之於滋味，無不說甘脆，而甘脆未必受也。文王嗜菖蒲葅[一]，孔子聞而服之，縮頞而食之，三年然後勝之。人有大臭者，其親戚兄弟妻妾知識無能與居者，自苦而居海上。海上人有說其臭者，晝夜隨之而弗能去。說亦有若此者。

陳有惡人焉，曰敦洽讎麋，雄[二]一作椎顙廣顏，色如浹頳一作沫赭，垂眼一作髪臨鼻，長肘而盭。陳侯見而甚說之，外使治其國，內使制其身。楚合諸侯，陳侯病不能往，使敦洽讎麋徃謝焉。楚王怪一作知其名而先見之。客有進狀有惡其名言有惡狀，楚王怒，合大夫而告之，曰："陳侯不知其不可使，是不知也；知而使之，是侮也。侮且不智，不可不攻也。"興師伐陳，三月然後喪。惡足以駭人，言足以喪國，而友之足於陳侯而無上也，至於亡而友不衰。夫不宜遇而遇者則必廢，宜遇而不遇者，此國之所以亂，世之所以衰也。天下之民，其苦愁勞務從此生。凡舉人之本，太上以志，其次以事，其次以功。三者弗能，國必殘亡，羣孽大至，身必夃殃，季[三]得至七十、九十猶尚幸。賢聖之後，反而孽民，是以賊一作殘其身，豈能獨哉！

【校記】

[一]葅，陳本同。許維遹《呂氏春秋集釋》作菹。
[二]雄，陳本同。《呂氏春秋集釋》作椎。
[三]季，陳本同。《呂氏春秋集釋》作年。

察微
呂不韋

使治亂存亡若高山之與深谿，若白堊之與黑漆，則無所用智，雖愚猶可矣。且治亂存亡則不然。如可知，如可不知；如可見，如可不見。故智士賢者相與積心愁慮以求之，猶尚有管叔、蔡叔之事，與東夷八國不聽之謀。故治亂存亡，其始若秋毫。察其秋毫，則大物不過矣。

魯國之法，魯人爲人臣妾於諸侯，有能贖之者，取其金於府。子貢贖魯人於諸侯，來而讓不取其金。孔子曰："賜失之矣。自今以往，魯人不贖人矣。取其金則無損於行，不取其金則不復贖人矣。"子路拯溺者，其人拜之以牛，子路受之。孔子曰："魯人必拯溺者矣。"孔子見之以細，觀化遠也。

楚之邊邑曰卑梁，其處女與吳之邊邑處女桑於境上，戲而傷卑梁之處女。卑梁人操其傷子以讓吳人，吳人應之不恭，怒，殺而去之。吳人往報之，盡屠其家。卑梁公怒，曰："吳人焉敢攻吾邑？"舉兵反攻之，老弱盡殺之矣。吳王夷昧聞之，怒，使人舉兵侵楚之邊邑，克夷而後去之，吳、楚以此大隆。吳公子光又率師與楚人戰於雞父，大敗楚人，獲其帥潘子臣、小帷子、陳夏齧。又反伐鄖，得荊平王之夫人以歸，實爲雞父之戰。凡持國，太上知始，其次知終，其次知中。三者不能，國必危，身必窮。《孝經》曰："高而不危，所以長守貴也；滿而不溢，所以長守富也。富貴不離其身，然後能保其社稷，而和其民人。"楚不能之也。

鄭公子歸生率師伐宋。宋華元率師應之大棘，羊斟御。明日將戰，華元殺羊饗士，羊斟不與焉。明日戰，怒謂華元曰："昨日之事，子爲制；今日之事，我爲制。"遂驅入於鄭師。宋師敗績，華元虜。夫弩機差以米則不發；戰，大機也。饗士而忘其御也，將以此敗而爲虜，豈不宜哉！故凡戰必悉熟偏備，知彼知己，然後可也。

魯季氏與郈氏鬥雞，郈氏介其雞，季氏爲之金距。季氏之雞不勝，季平子怒，因歸郈氏之宮而益其宅。郈昭伯怒，傷之於昭公，曰："禘於襄公之廟也，舞者二人而已，其飲[一]盡舞於季氏。季氏之舞[二]道，無上久矣，弗誅，必危社稷。"公怒不審，乃使郈昭伯將師徒以攻季氏，遂入其宮。仲孫氏、叔孫氏相與謀曰："無季氏，則吾族也，死亡無日矣。" 遂起甲以往，陷西北隅以入之，三家爲一，郈昭伯不勝而死。昭公懼，遂出奔齊，卒於乾侯。魯昭聽傷而不辨其義，懼以魯國不勝季氏，而不知仲、叔氏之恐而與季氏同患也，是不達乎人心也。不達乎人心，位雖尊，何益於安也？以魯國恐不勝一季氏，況於三季？同惡固相助，權物若此其過也，非獨仲、叔氏也，魯國皆恐。魯國皆恐，則是與一國爲敵也，其得至乾侯而卒猶遠。

【校記】

[一] 飲，陳本、《呂氏春秋集釋》作餘。

[二] 舞，陳本作無。《呂氏春秋集釋》作舞。

觀表
呂不韋

　　凡論人心，觀事傳，不可不熟，不可不深。天爲高矣，而日月星辰雲氣雨露未嘗休矣；地爲大矣，而水泉草木毛羽裸鱗未嘗息也。凡居於天地之間、六合之內者，其務爲相安利也？夫爲相害危者，不可勝數。人事皆然。事隨心，心隨欲。欲無度者，其心無度。心無度者，則其所爲不可知矣。人之心隱匿難見，淵深難測，故聖人於事志焉。聖人之所以過人以先知，先知必審徵表，無徵表而欲先知，堯、舜與衆人同等。徵雖易，表雖難，聖人則不可以飄矣，衆人則無道至焉。無道至則以爲神，以爲幸。非神非幸，其數不得不然，郈成子、吳起近一作有之矣。

　　郈成子爲魯聘於晉，過衛，右宰穀臣止而觴之。陳樂而不樂，酒酣而送之以璧。顧反，過而弗辭。其僕曰："曏者，右宰穀臣之觴吾子也甚懽，今侯渫過而弗辭？"郈成子曰："夫止而觴我，與我懽也；陳樂而不樂，告我憂也；酒酣而送之我以璧，寄之我也。若由是觀之，衛其有亂乎？"倍衛三十里，聞甯喜之難作，右宰穀臣死之。還車而臨，三舉而歸。至，使人迎其妻子，隔宅而異之，分祿而食之，其子長而反其璧。孔子聞之，曰："夫智可以微謀，仁可以託財者，其郈成子之謂乎！"郈成子之觀右宰穀臣也，深矣妙矣。不觀其事而觀其志，可謂能觀人矣。

　　吳起治西河之外，王錯譖之於魏武侯，武侯使人召之。吳起至於岸門，止車而休，望西河，泣數行而下。其僕謂之曰："竊觀公之志，視舍天下若舍屣。今去西河而泣，何也？"吳起雪泣而應之曰："子弗識也。君誠知我，而使我畢能，秦必可亡，而西河可以王。今君聽讒人之議，而不知我，西河之爲秦也不久矣，魏國從此削矣。"吳起果去魏入荆，而西河畢入秦。魏日以削，秦日益大。此吳起之所以先見而泣也。

　　古之善相馬者，寒風是或作氏[陳]相口齒，麻朝相頰，子女厲相目，衛忌相髭，許鄙相䐄，投伐褐相胸脅，管青相膹䏿，陳悲相股脚，秦牙相前，贊君相後。凡此十人者，皆天下之良工也。其所以相者不同，見馬之一徵也，而知節之高卑，足之滑易，材之堅脆，能之長短。非獨相馬然也，人亦有徵，事與國皆有徵。聖人上知千歲，下知千歲，非意之也，蓋有自云也。綠圖幡薄，從此生矣。

辨土
呂不韋

　　凡耕之道，必始於壚，爲其寡澤而後枯；必厚其靹，爲其唯厚而及；

饞者莛之，堅者耕之，澤其鞔而後之。上田則被其處，下田則盡其汙，無與三盜任地。夫四序糸發，大畖小畎，爲青魚胠，苗若直獵，地竊之也；既種而無行，耕而不長，則苗相竊也；弗除則蕪，除之則虛，則草竊之也。故去此三盜者，而後粟可多也。

所謂今之耕也，營而無獲者，其蚤者先時，晚者不及時，寒暑不節，稼乃多菑實。其爲畮也，高而危則澤奪，陂則埒，見風則僛，高培則拔，寒則雕，熱則修，一時而五六死，故不能爲來。不俱生而俱死，虛稼先死，衆盜乃竊，望之侣有餘，就之則虛。農夫知其田之易也，不知其稼之疏而不適也；知其田之際也，不知其稼居地之虛也。不除則蕪，除之則虛，此事之傷也。故畮欲廣以平，畎欲小以深，下得陰，上得陽，然後咸生。

稼欲生於塵而殖於堅者，慎其種，勿使數，亦無使疏。於其施土，無使不足，亦無使有餘。熟有耰也，必務其培，其耰也植，植者其生也必先。其施土也均，均者其生也必堅。是以畮廣以平，則不喪本莖。生於地者，五分之以地，莖生有行故速長，弱不相害故速大。衡行必得，縱行必術。正其行，通其風，夬心中央，帥爲泠風。苗其弱也欲孤，其長也欲相與居，其熟也欲相扶。是故三以爲族，乃多粟。

凡禾之患，不俱生而俱死，是以先生者美米，後生者爲粃。是故其耨也，長其兄而去其弟。樹肥無使扶疏，樹墝不欲專生而族居。肥而扶疏則多粃，墝而專居則多死。不知稼者，其耨也去其兄而養其弟，不收其粟而收其粃，上下[一]安則禾多死。厚土則蘖不通，薄土則蕃轓而不發。墟壚冥色，剛土柔種，免耕殺匿，使農事得。

【校記】

[一]《呂氏春秋集釋》此有"不"字。

卷八十一

雜文三

精神訓
劉安

古未有天地之時，惟象無形，窈窈冥冥，芒芠漠閔，澒濛鴻洞，莫知其門[一]。有二神混生，經天營地，孔乎莫知其所終極，滔乎莫知其所止息。於是乃別爲陰陽，離爲八極，剛柔相成，萬物乃形，煩氣爲蟲，精氣爲人。是故精神者，天之有也；而骨骸者，地之有也。精神入其門，而骨骸反其根，我尚何存？是故聖人法天順情，不拘於俗，不誘於人，以天爲父，以地爲母，陰陽爲綱，四時爲紀。天靜以清，地定以寧。萬物失之者死，法之者生。夫靜漠者，神明之宅也；虛無者，道之所居也。是故或求之於外者，失之於內；有守之於內者，失之於外。譬猶本與末也，從本引之，千枝萬葉莫不隨也。

夫精神者，所受於天也；而形體者，所禀於地也。故曰："一生二，二生三，三生萬物。"萬物背陰而抱陽，沖氣以爲和，故曰一月而膏，二月而胅，三月而胎，四月而肌，五月而筋，六月而骨，七月而成，八月而動，九月而躁，十月而生。形體以成，五藏乃形，是故肺主目，腎主鼻，膽主口，肝主耳，脾主舌[二]。外爲表而內爲裹，開閉張歙，各有經紀。故頭之圓也象天，足之方也象地，天有四時、五行、九解、三百六十六日，人亦有四支、五藏、九竅、三百六十六節。天有風雨寒暑，人亦有取與喜怒。故膽爲雲，肺爲氣，肝爲風，腎爲雨，脾爲雷，以與天地相參也，而心爲之主。是故耳目者日月也，血氣者風雨也。日中有踆烏，而月中有蟾蜍。日月失其行，薄蝕無光；風雨非其時，毀折生災；五星失其行，州國受殃。夫天地之道，至紘以大，尚猶節其章光，愛其神明，人之耳目曷能久熏勞而不息乎？精神何能久馳騁而不既乎？是故血氣者，人之華也；而五藏者，人之精也。夫血氣能專於五藏嗛[三]而不外越，則胸腹充而嗜慾省矣。胸腹充而嗜慾省，則耳目清、聽視達矣。耳目清、聽視達，謂之明。五藏能屬於心而無乖，則敎志勝而行不僻矣。敎志勝而行之不僻，則精神盛而氣不散矣。精神盛而氣不散則理，理則均，均則通，通則神，神則以視無不見，以聽無不聞也，以爲無不成也。是故憂患不能入也，而邪氣不能襲。故事有求之于四海之外而不能遇，或守之於形骸之內而不見也。故所求多者所得少，所見大者所知小。

　　夫孔竅者，精神之戶牖也；而氣志者，五藏之使候也。耳目淫[四]於聲色之樂，則五藏搖動而不定矣。五藏搖動而不定，則血氣滔蕩而不休矣。血氣滔蕩而不休，則精神馳騁於外而不守矣。精神馳騁於外而不守，則禍福之至，雖如丘山，無由識之矣。使耳目精明玄達而無誘慕，氣志虛靜恬愉而省嗜慾，五藏定寧充盈而不泄，精神內守形骸而不外越，則望於往世之前，而視於來事之後，猶未足爲也，豈直禍福之間哉！故曰："其出彌遠者，其知彌少。"以言夫精神之不可使外淫也。是故五色亂目，使目不明；五聲嘩耳，使耳不聰；五味亂口，使口爽傷；趣舍滑心，使行飛揚。此四者，天下之所養性也，然皆人累也。故曰：嗜慾者使人之氣越，而好憎者使人之心勞，弗疾去，則志氣日耗。夫人之所以不能終其壽命而中道夭於刑戮者，何也？以其生生之厚。夫惟能無以生爲者，則所以修得生也。

　　夫天地運而相通，萬物總而爲一。能知一，則無一之不知也；不能知一，則無一之能知也。譬吾處於天下也，亦爲一物矣，不識天下之以我備其物與？且惟無我而物無不備者乎？然則我亦物也，物亦物也，物之與物也，又何以相物也？雖然，其生我也，將以何益？其殺我也，將以何損？夫造化者旣以我爲坯矣，將無所違之矣。吾安知夫刺灸而欲生者之非惑也？又安知夫絞經而求死者之非福也？或者生乃徭役也，而死乃休息也？天下茫茫，孰知之哉！其生我也不疆求已，其殺我也不疆求止。欲生而不事，憎死而不辭，賤之而弗憎，貴之而弗喜，隨其天資而安之丕[五]極。吾生也有七尺之形，吾死也有一棺之土。吾生之比於有形之類，猶吾死之淪於無形之中也。然則吾生也物不以益衆，吾死也土不以加厚，吾又安知所喜憎利害其間者乎！夫造化者之攖援物也，譬猶陶人之埏埴也；其取之地而已爲盆盎也，與其未離於地也無以異，其已成器而破碎漫瀾而復歸其故也，與其爲盆盎亦無以異矣。夫臨江之鄉，居人汲水以浸其園，江水弗憎也；苦洿之家，決洿而注之江，洿水弗樂也。是故其在江也，無以異其浸園也；其在洿也，亦無以異其在江也。是故聖人因時以安其位，當世而樂其業。

夫悲樂者，德之邪也；而喜怒者，道之過也；好憎者，心之暴也。故曰："其生也天行，其死也物化，靜則與陰俱閉，動則與陽俱開。"精神澹然無極，不與物散，而天下自服。故心者形之主也，而神者心之寶也。形勞而不休則蹶，精用而不已則竭，是故聖人貴而尊之，不敢越也。夫有夏[六]氏之璜者，匣匱而藏之，寶之至也。夫精神之可寶也，非直夏后氏之璜也。是故聖人以無應有，必究其理；以虛受實，必窮其節；恬愉虛靜，以終其命。是故無所甚疏，無所甚親，抱德煬和，以順於天。與道爲際，與德爲鄰，不爲福始，不爲禍先。魂魄處其宅，而精神守其根，死生無變於己，故曰至神。

　　所謂真人者，性合於道也。故有而若無，實而若虛，處其一不知其二，治其內不識其外，明白太素，無爲復樸，體本抱神，以游于天地之樊，芒然仿佯乎塵垢之外，而消搖于無事之業。浩浩蕩蕩乎，機械之巧弗載於心。是故死生亦大矣，而不爲變；雖天地覆育，亦不與之抮抱矣。審乎無瑕而不與物糅，見事之亂而能守其宗。若然者，正肝膽，遺耳目，心志專于內，通達耦于一。居不知所爲，行不知所之，渾然而往，逯然而來。形若槁木，心若死灰，忘其五藏，損其形骸。不學而知，不視而見，不爲而成，不治而辯。感而應，迫而動，不得已而往，如光之燿，如景之効，以道爲紃，有待而然。抱其太清之本而無所容與，而物無能營；廓惝而虛，清靖而無思慮，大澤焚而不能熱，河漢涸而不能寒也，大雷毀山而不能驚也，大風晦日而不能傷也。是故視珍寶珠玉猶石礫也，視至尊窮寵猶行客也，視毛嬙、西施猶[七]醜也。以死生爲一化，以萬物爲一方，同精於太清之本，而游於忽區之旁。有精而不使，有神而不用，契大渾之樸，而立至清之中。是故其寢不夢，其智不萌，其魄不抑，其魂不騰，反復終始，不知其端緒，甘暝於太宵之宅，而覺視于昭昭之宇，休息于無委曲之隅，而游敖于無形埒之野。居而無容，處而無所，其動無形，其靜無體，存而若亡，生而若死，出入無間，役使鬼神，淪於不測，入於無間，以不同形相嬗也，終始若環，莫得其倫。此精神之所以能假于道也，是故真人之所以游。若吹呴呼吸，吐故內新，熊經鳥伸，鳧浴蝯躩，鴟視虎顧，是養形之人也，不以滑心。使神滔蕩而不失其充，日夜無傷而與物爲春，則是合而生時于心也。

　　且人有戒形而無損於心，有綴宅而無耗精。夫癩者趨不變，狂者形不虧，神將有所遠徙，孰假[八]知其所爲！故形有摩而神未嘗化者，以不化應化，千變萬紾而未始有極。化者，復歸於無形也；不化者，與天地俱生也。夫木之死也，青青去之也，夫使木生者豈木也？猶克形者之非形也。故生生者未嘗死也，其所生則死矣；化物者未嘗化也，其所化則化矣。輕天下，則神無累矣；細萬物，則心不惑矣；齊死生，則志不懾矣；同變化，則明不眩矣。衆人以爲虚言，吾將舉類而實之。

人之所以樂爲人主者，以其窮耳目之欲，而適躬體之便也。今高臺層榭，人之所麗也，而堯樸桷不斲，素題不枅。珍怪奇異，人之所美也，而堯糲粢之飯，藜藿之羹。文繡白狐[九]，人之所好也，而堯布衣揜形，鹿裘御寒。養性之具不加厚，而增之以任重之憂，故舉天下而傳之于舜，若解重負然，非直辭讓，誠無以爲也。此輕天下之具也。禹南省方，濟于江，黄龍負舟，舟中之人五色無主，禹乃熙笑而稱曰："我受命於天，竭力而勞萬民，生寄也，死歸也，何足以滑和！"視龍猶蝘蜓，顔色不變，龍乃弭耳掉尾而逃。禹之視物亦細矣。鄭之神巫相壺子林，見其徵，告列子。列子行泣報壺子。壺子持以天壤，名實不入，幾發於踵，壺子之視死生亦齊矣。子求行年五十有四而病偏僂，脊管高于頂，臑下迫頤，兩脾在上，燭營指天，匍匐自闚於井曰："偉哉造化者！其以我爲此拘拘邪？"此其視變化亦同矣。故觀堯之道，乃知天下之輕也；觀禹之志，乃知天下之細也；原壺子之論，乃知死生之齊也；見子求之行，乃知變化之同也。夫至人倚不拔之柱，行不關之途，禀不竭之府，學不死之師，無往而不遂，無至而不通。生不足以挂心[十]，死不足以幽神，屈伸俛仰，抱命而婉轉。禍福利害，千變萬紾，孰足以患心！若此人者，抱素守精，蟬蛻蛇解，游於太清，輕舉獨往，忽然入冥。鳳皇不能與之儷，而況斥鷃乎！勢位爵禄何足以槳志也！

晏子與崔杼盟，臨死地而不易其義。殖、華將戰而死，莒君厚賂而止之，不改其行。故晏子可迫以仁，不可刼以兵；殖、華可止以義，而不可縣以利。君子義死，而不可以富貴留也；義爲，而不可以死亡恐也。彼則直爲義耳，而尚猶不拘於物，又況無爲者矣！堯不以有天下爲貴，故授舜；公子札不以有國爲尊，故讓位；子罕不以玉爲富，故不受寶；務光不以生害義，故自投於淵。由此觀之，至貴不待爵，至富不待財。天下至大矣，而以與他人；身至親矣，而棄之淵，此外其餘無足利矣。此之謂無累之人，不以天下爲貴矣。

上觀至人之論，深原道德之意，以下考世俗之行，乃足羞也。故通許由之意，《金縢》《豹韜》廢矣；延陵季子不受吴國，而頌間田者愧矣；子罕不利寶玉，而爭券契者媿矣；務光不汙於世，而貪利偷生者悶矣。故不觀大義者，不知生之不足貪也；不聞大言者，不知天下之不足利也。今夫窮鄙之社也，叩盆拊瓴，相和而歌，自以爲樂矣。嘗試爲之擊建鼓、撞巨鐘，乃性仍仍然，知其盆瓴之足羞也。藏《詩》《書》，修文[十一]學，而不知至論之旨，則拊盆叩瓴之徒也。夫以天下爲者，學之建鼓矣。

尊勢厚利，人之所貪也。使之左據天下圖而右手刎其喉，愚夫不爲。由此觀之，生尊於天下也。聖人食足以接氣，衣足以蓋形，適情不求餘，無天下不虧其性，有天下不羨其和。有天下，無天下，一實也。今贛人敖倉，予人河水，飢而餐之，渴而飲之，其入腹者不過簞食瓢漿，則身飽而敖倉不爲之減也，腹滿而河水不爲之竭也。有之不加飽，無之不爲之飢，與守其簞笔、有其井，一實也。人大怒破陰，大喜墜陽，大憂內崩，大怖生狂。除穢去累，莫若未始出其宗，乃爲大通。清目而不以視，靜耳而不以聽，鉗口而不以言，委心而不以慮，棄聰明而反太素，休精神而棄知故，覺而若昧，以生而若死，終則反本未生之時，而與化爲一體。死之與生，一體也。

今夫舔者，揭钁臿，負籠土，鹽汗交流，喘息薄喉。當此之時，得休越下，則脫然而喜矣。巖穴之間，非直越下之休也。病疵瘕者，捧心抑腹，膝上叩頭，蜷跼而諦，通夕不寐，當此之時，噲然得卧，則親戚兄弟歡然而喜。夫修夜之寧，非直一噲之樂也。故知宇宙之大，則不可刦以死生；知養生之和，則不可縣以天下；知未生之樂，則不可畏以死；知許由之貴於舜，則不貪物。墻之立，不若其偃也，又況不爲墻乎！冰之凝，不若其釋也，又況不爲冰乎！自無蹠有，自有蹠無，終始無端，莫知其所萌。非通於外內，孰能無好憎？無外之外，至大也；無內之內，至貴也。能知大貴，何往而不遂！

衰世湊學，不知原心反本，直雕琢其性，矯拂其情，以與世交。故目雖欲之，禁之以度，心雖樂之，節之以禮，趨翔周旋，詘節卑拜，肉凝而不食，酒澄而不飲，外束其形，內總其德，鉗陰陽之和，而迫性命之情，故終身爲悲人。達至道者則不然，理情性，治心術，養以和，持以適，樂道而忘賤，安德而忘貧。性有不欲，無欲而不得；心有不樂，無樂而弗爲。無益於情者不以累德，不便於性者不以滑和，故縱體肆意，而度制可以爲天下儀。今夫儒者，不本其所以欲而禁其所欲，不原其所以樂而閉其所樂，是猶決江河之源而障之以手也。夫牧民者，猶畜禽獸也，不塞其囿垣，使有野心，系絆其足，以禁其動，而欲修生壽終，豈可得乎！夫顏囬、季路、子夏、冉伯牛，孔子之通學也。然顏囬夭死，季路菹於衛，子夏失明，冉伯牛爲厲。此皆迫性拂情而不得其和也。故子夏見曾子，一臞一肥，曾子問其故，曰："出見富貴之樂而欲之，入見先王之道又說之，兩者心戰，故臞。先王之道勝，故肥。"推此志，非能不[十二]貪富貴之位，不便侈靡之樂，直宜迫性閉欲，以義自防也。雖情心鬱殪，形性屈竭，猶不得已自強也，故莫能終其天年。

若夫至人，量腹而食，度形而衣，容身而游，適情而行，餘天下而不貪，委萬物而不利，處大廓之宇，游無極之野，登太皇，馮太一，玩天地于掌握之中，夫豈爲貧富肥臞哉！故儒者非能使人弗欲，而能止之；非能使人勿樂，而能禁之。夫使天下畏刑而不敢盜，豈若能使無有盜心哉！越人得髯蛇，以爲上肴，中國得而棄之無用。故知其無所用，貪者能辭之；不知其無所用，廉者不能讓也。夫人主之所以殘亡其國家，損棄其社稷，身死於人手，爲天下笑，未嘗非爲非欲也。夫仇由貪大鐘之賂而亡其國，虞君利垂棘之璧而擒其身，獻公豔驪姬之美而亂四世，桓公甘易牙之和而不以時葬，胡王淫女樂之娛而亡上地。使此五君者，適情辭餘，以己爲度，不隨物而動，豈有此大患哉？故射者非矢不中也，學射者不治矢也；御者非轡不行也，學御者不爲轡也。知冬日之箑、夏日之裘無用於己，則萬物之變爲塵埃矣。故以湯止沸，沸乃不止；誠知其本，則去火而已矣。

【校記】

［一］門，陳本作間。劉文典《淮南鴻烈集解》作門。
［二］"脾主舌"三字，據陳本補。《淮南鴻烈集解》無此三字。
［三］據《淮南鴻烈集解》，"嗶"爲衍字。
［四］湲，陳本作滛。《淮南鴻烈集解》作淫。
［五］丕，陳本同。《淮南鴻烈集解》作不。
［六］《淮南鴻烈集解》此有"后"字。
［七］陳本、《淮南鴻烈集解》此有"顛"字。
［八］假，陳本同。《淮南鴻烈集解》作暇。
［九］白狐，陳本同。《淮南鴻烈集解》作狐白。
［十］心，陳本同。《淮南鴻烈集解》作志。
［十一］"文"字二本皆無，據《淮南鴻烈集解》補。
［十二］陳本此有"不"字，《淮南鴻烈集解》無。

氾論訓
劉安

古者有鍪而綣領以王天下者矣，其德生而不辱，予而不奪，天下不非其服，同懷其德。當此之時，陰陽和平，風雨時節，萬物蕃息，烏鵲之巢可俯而探也，禽獸可羈而從也，豈必褒衣博帶，句襟委章甫哉！古者民澤處復穴，冬日則不勝霜雪霧露，夏日則不勝暑熱蟁虻。聖人乃作爲之築土構木,以爲宮室,上棟下宇,以蔽風雨,以避寒暑,而百姓安之。伯余之初作衣也,緂麻索縷,手經指挂,其成猶網羅。後世爲之機杼勝復或作盛服[陳]以便其用,而民得以揜形禦寒。古者剡耜而耕,摩蜃而耨,木鉤而樵,抱甄而汲,民勞而利薄。後世爲之耒耜櫌鋤,斧柯而樵,桔橰而汲,民逸而利多焉。古者大川名谷,衝絕道路,不通往來也,乃爲窬木方版,以爲舟航。故地勢有無,得相委輸。乃爲靼蹻而超千里,肩負儋之勤也,而作爲之揉輪建輿,駕馬服牛,民以致遠而不勞。爲鷙禽猛獸之害傷人而無以禁禦也,而作爲之鑄金鍛鐵,以爲兵刃,猛獸不能爲害。故民迫其難則求其便,困其患則操[一]其備。人各以其所知,去其所害,就其所利。常故不可循,器械不可因也,則先王之法度有移易者矣。

古之制,婚禮必稱主人,舜不告而娶,非禮也。立子以長,文王舍伯邑考而用武王,非制也。禮三十而娶,文王十五而生武王,非法也。夏后氏殯於阼階之上,殷人殯於兩楹之間,周人殯於西階之上,此禮之不同者也。有虞氏用瓦棺,夏后氏墐周,殷人用梓,周人牆置翣,此葬之不同者也。夏后氏祭於闇,殷人祭於陽,周人祭於日出以朝,此祭之不同者也。堯《大章》,舜《九韶》,禹《大夏》,湯《大濩》,周《武象》,此樂之不同者也。故五帝異道而德覆天下,三王殊事而名施後世。此皆因時變而制禮樂者。譬猶師曠之施瑟柱也,所推移上下者無寸尺之度,而靡不中音,故通於禮樂之情者能作音,有本主於中,而以知榘彠之所用者也。魯昭公有慈母而愛之,死爲之練冠,故有慈母之服。陽侯殺蓼侯而竊其夫人,故大饗廢夫人之禮。先王之制,不宜則廢之;末世之事,善則著之,是故禮樂未始有常也。故聖人制禮樂,而不制於禮樂。治國有常,而利民爲本。政教有經,而令行爲上。苟利於民,不必法古;苟周於事,不必循舊。夫夏、商之衰也,不變法而亡;三代之起也,不相襲而王。故聖人法與時變,禮與俗化。衣服器械各便其用,法度制令各因其宜。故變古未可非,而循俗未足多也。百川異源而皆歸於海,百家殊業而皆務於治。王道缺而《詩》作,周室廢、禮義壞而《春秋》作。《詩》《春秋》,學之美者也,皆世衰之造也,儒者循之以教導於世,豈若三代之盛哉!以《詩》《春秋》爲古之道而貴之,又有未作《詩》《春秋》之時。夫道其缺也,不若道其全也。誦先王之《詩》《書》,不若聞得其言;聞得其言,不若得其所以言,得其所以言者,言弗能言也。故道可道者,非常道也。

周公事文王也,行無專制,事無由己,身若不勝衣,言若不出口,有奉持於文王,洞洞屬屬,而將不勝,恐失之,可謂能子矣。武王崩,成王幼少。周公繼文王之業,履天子之籍,聽天下之政,平夷狄之亂,誅管、蔡之罪，負扆而朝諸侯，誅賞制斷，無所顧問，威動天地，聲懾海內，可謂能武矣。成王既壯，周公屬籍致政，北面委質而臣事之，請而後爲，復而後行，無擅恣之志，無伐矜之色，可謂能臣矣。故一人之身而三變者，所以應時矣。何況乎君數易世，國數易君，人以其位達其好憎，以其威勢供嗜欲，而欲以一行之禮，一定之法，應時偶變，其所不能中權，亦明矣。故聖人所由曰道，所爲曰事。道猶金石，一調不更；事猶琴瑟，每絃改調。故法制禮義者，治人之具也，而非所以爲治也。故仁以爲經，義以爲紀，此萬世不更者也。若乃人考其才，而時省其用，雖日變可也。天下豈有常法哉！當於世事，得於人理，順於天地，祥於鬼神，則可以正治矣。

　　古者人醇工厖，商樸女重，是以政教易化，風俗易移也。今世德益衰，民俗益薄，欲以樸重之法，治既弊之民，是猶無鑣銜橜策錣而御悍馬也。昔者，神農無制令而民從，唐、虞有制令而無刑罰，夏后氏不負言，殷人誓，周人盟。逮至當今之世，忍詢而輕辱，貪得而寡羞，欲以神農之道治之，則其亂必矣。伯成子高辭爲諸侯而耕，天下高之。今之時人，辭官而隱處，爲鄉邑之下，豈可同哉！古之兵，弓劍而已矣，槽矛無擊，修戟無刺。晚世之兵，隆衝以攻，渠幨以守，連弩以射，銷車以鬭。古之伐國，不殺黃口，不獲二毛。於古爲義，於今爲笑。古之所以爲榮者，今之所以爲辱也；古之所以爲治者，今之所以爲亂也。夫神農、伏羲不施賞罰而民不爲非，然而立政者不能廢法而治民。舜[二]干戚而服有苗，然而征伐者不能釋甲兵而制彊暴。由此觀之，法度者，所以論民俗而節緩急也；器械者，因時變而制宜適也。夫聖人作法而萬物制焉，賢者立禮而不肖者拘焉。制法之民，不可與遠舉；拘禮之人，不可使應變。耳不知清濁之分者，不可令調音；心不知治亂之源者，不可令制法。必有獨聞之聰，獨見之明，然後能擅道而行矣。

　　夫殷變夏，周變殷，春秋變周，三代之禮不同，何古之從！大人作而弟子循。知法治所由生，則應時而變；不知法治之源，雖循古，終亂。今世之法籍與時變，禮義與俗易，爲學者循先襲業，據籍守舊教，以爲非此不治，是猶持方柄而周圓鑿也，欲得適宜致固焉，則難矣。今儒墨者稱三代、文武而弗行，是言其所不行也；非今時之世而弗改，是行其所非也。稱其所是，行其所非，是以盡日極慮而無益於治，勞形竭智而無補於主也。今夫圖工而好畫鬼魅，而憎圖狗馬者，何也？鬼魅不世出，而狗馬可日見也。夫存危治亂，非智不能；道而先稱古，雖愚有餘。故不用之法，聖王弗行；不驗之言，聖王弗聽。

　　天地之氣，莫大於和。和者，陰陽調，日夜分，而生物。春分而生，秋分而成，生之與成，必得和之精。故聖人之道，寬而栗，嚴而溫，柔而直，猛而仁。太剛則折，太柔則卷，聖人正在剛柔之間，乃得道之本。積陰則沉，積陽則飛，陰陽相接，乃能成和。夫繩之爲度也，可卷而懷也；引而伸之，可直而晞，故聖人以身體之。夫脩而不橫，短而不窮，直而不剛，久而不忘者，其唯繩乎！故恩推則懦，懦則不威；嚴推則猛，猛則不和；愛推則縱，縱則不令；刑推則虐，虐則無親。昔者，齊簡公釋其國家之柄，而專任其大臣將相，攝威擅勢，私門成黨，而公道不行，故使陳成田常、鴟夷子皮得成其難。使呂氏絕祀而陳氏有國者，此柔懦所生也。鄭子陽剛毅而好罰，其於罰也，執而無赦。舍人有折弓者，畏罪而恐誅，則因獵狗之驚以殺子陽，此剛猛之所致也。今不知道者，見柔懦者侵，則矜爲剛毅；見剛毅者亡，則矜爲柔懦。此本無主於中，而見聞紛馳於外者也，故終身而無所定趣。譬猶不知音者之歌也，濁之則鬱而無轉，清之則燋而不謳，及至韓娥、秦青、薛談之謳，侯同、曼聲之歌，憤於志，積於內，盈而發音，則莫比於律而和於人心。何則？中有所本主以定清濁，不受於外而自爲儀表也。

今夫盲者行於道，人謂之左則左，謂之右則右，遇君子則易道，遇小人則陷溝壑。何則？目無以接物也。故魏兩用樓翟、吳起而亡西河，湣王專用淖齒而死于東廟，無術以御之也。文王兩用呂望、召公奭而王，楚莊王專任孫叔敖而霸，有術以御之也。夫弦歌鼓舞以爲樂，盤旋揖讓以脩禮，厚葬久喪以送死，孔子之所立也，而墨子非之。兼愛上賢，右鬼非命，墨子之所立也，而楊子非之。全性保真，不以物累形，楊子之所立也，而孟子非之。趨捨人異，各有曉心。故是非有處，得其處則無非，失其處則無是。丹穴、太蒙、反踵、空同、大夏、北戶、奇肱、脩股之民，是非各異，習俗相反，君臣上下，夫婦父子，有以相使也。此之是，非彼之是也；此之非，非彼之非也。譬若斤斧椎鑿之各有所施也。

禹之時，以五音聽治，懸鐘鼓磬鐸，置鞀，以待四方之士，爲號曰："教寡人以道者擊鼓，諭寡人以事者振鐸，語寡人以憂者擊磬，有獄訟者搖鞀。"當此之時，一饋而十起，一沐而三捉髮，以勞天下之民，此而不能達善効忠者，則才不足也。秦之時，高爲臺榭，大爲苑囿，遠爲馳道，鑄金人，發適戍，入芻稾，頭會箕賦，輸於少府。丁壯丈夫，西至臨洮、狄道，東至會稽、浮石；南至豫章、桂林，北至飛狐、陽原，道路死人以溝量。當此之時，忠諫者謂之不祥，而道仁義者謂之狂。逮至高皇帝，存亡繼絕，舉天下之大義，身自奮袂執銳，以爲百姓請命于皇天。當此之時，天下雄儁豪英暴露于野澤，前蒙矢石，而後墮谿壑，出百死而給一生，以爭天下之權，奮武厲誠，以決一旦之命。當此之時，豐衣博帶而道儒墨者，以為不肖。逮至暴亂已勝，海內大定，繼文之業，立武之功，履天子之圖籍，造劉氏之貌冠，總鄒、魯之儒墨，通先聖之遺教，戴天子之旗，乘大路，建九斿，撞大鐘，擊鳴皷，奏《咸池》，揚干戚。當此之時，有立武者見疑，一世之間，而文武代為雌雄，有時而用也。今世之為武者，則非文也；為文者，則非武也。文武更相非，而不知時世之用也。此見隅曲之一指，而不知八極之廣太也。故東面而望，不見西牆；南面而視，不覩北方；唯無所嚮者，則無所不通。

國之所以存者，道德也；家之所以亡者，理塞也。堯無百戶之郭，舜無置錐之地，以有天下。禹無十人之衆，湯無七里之分，以王諸侯。文王處岐周之間也，地方不過百里，而立為天子者，有王道也。夏桀、殷紂之盛也，人跡所至，舟車所通，莫不為郡縣，然而身死人手，而為天下笑者，有亡形也。故聖人見化以觀其徵。德有盛衰，風先萌焉。故得王道者，雖小必大；有亡形者，雖成必敗。夫夏之將亡，太史令終古先奔於商，三年而桀乃亡。殷之將敗也，太史令向藝先歸文王，期年而紂乃亡。故聖人見存亡之迹，成敗之際也，非待鳴條之野，甲子之日也。今謂彊者勝則度地計衆，富者利則量粟稱金，若此，則千乘之君無不霸王者，而百乘之國無不破亡者矣。存亡之迹，若此其易知也，愚夫惷婦皆能論之。趙襄子以晉陽之城霸，智伯以三晉之地擒；湣王以大齊亡，田單以即墨有功。故國之亡也，雖大不足恃；道之行也，雖小不可輕。由此觀之，存在得道而不在於大也，亡在失道而不在於小也。《詩》云："乃眷西顧，此惟與宅。"言去殷而遷于周也。

故亂國之君，務廣其地而不務仁義，務高其位而不務道德。是釋其所以存，而造其所以亡也。故桀囚於焦門，而不能自非其所行，而悔不殺湯於夏臺；紂居於宣室，而不反其過，而悔不誅文王於羑里。二君處彊大勢位，脩仁義之道，湯、武救罪之不給，何謀之敢當！若上亂三光之明，下失萬民之心，雖微湯、武，孰弗能奪也？今不審其在己者，而反備之於人，天下非一湯、武也，殺一人，則必有繼之者也。且湯、武之所以處小弱而能以王者，以其有道也；桀、紂之所以處彊大而見奪者，以其無道也。今不行人之所以王者，而反益己之所以奪，是趣亡之道也。武王克殷，欲築宮於五行之山，周公曰："不可。夫五行之山，固塞險阻之地也。使我德能覆之，則天下納其貢職者迥也。使我有暴亂之行，則天下之伐我難矣。"此所以三十六世而不奪也。周公可謂能持滿矣。

昔者，《周書》有言曰："上言者，下用也；下言者，上用也。上言者，常也；下言者，權也。"此存亡之術也。唯聖人爲能知權。言而必信，期而必當，天下之高行也。直躬其父攘羊而子證之，尾生與婦人期而死之。直而證父，信而溺死，雖有直信，孰能貴之！夫三軍矯命，過之大者也。秦穆公興兵襲鄭，過周而東。鄭賈人弦高將西販牛，道遇秦師於周、鄭之間，乃矯鄭伯之命，犒以十二牛，寳秦師而却之，以存鄭國。故事有所至，信反爲過，誕反爲功。何謂失禮而有大功？昔楚恭王戰於陰陵，潘尫、養由基、黃衰微、公孫丙相與篡之。恭王懼而失禮，黃衰微舉足蹶其體，恭王乃覺。怒其失禮，奮體而起，四大夫載而行。昔蒼吾繞娶妻而美，以讓兄，此所謂忠愛而不可行者也。是故聖人論事之曲直，與之屈伸偃仰，無常儀表，時屈時伸。卑弱柔如蒲葦，非攝奪也；剛強猛毅，志厲青雲，非本矜也；以乘時應變也。夫君臣之接，屈膝卑拜，以相尊禮也；至其迫於患也，則舉足蹶其體，天下莫能非也。是故忠之所在，禮不足以難之也。孝子之事親，和顏卑體，奉帶運履；至其溺也，則捽其髮而拯，非敢驕侮，以救其死也。故溺則捽父，祝則名君，勢不得不然也。此權之所設也。故孔子曰："可以共學矣，而未可以適道也。可與適道，未可以立也。可以立，未可與權。"權者，聖人之所獨見也。故忤而後合者，謂之知權；合而後舛者，謂之不知權。不知權者，善反醜矣。故禮者，實之華而僞之文也，方於卒迫窮遽之中也，則無所用矣。是故聖人以文交於世，而以實從事於宜，不結於一迹之途，凝滯而不化，是故敗事少而成事多，號令行于天下而莫之能非矣。

猩猩知往而不知來，乾鵠知來而不知往，此脩短之分也。昔者萇弘，周室之執數者也，天地之氣，日月之行，風雨之變，律曆之數，無所不通，然而不能自知，車裂而死。蘇秦，匹夫徒步之人也，靻蹻贏蓋，經營萬乘之主，服諾諸侯，然不自免於車裂之患。徐偃王被服慈惠，身行仁義，陸地之朝者三十二國，然而身死國亡，子孫無類。大夫種輔翼越王句踐，而爲之報怨雪恥，擒夫差之身，開地數千里，然而身伏屬鏤而死。此皆達於治亂之機，而未知全性之具者。故萇弘知天道而不知人事，蘇秦知權謀而不知禍福，徐偃王知仁義而不知時，大夫種知忠而不知謀。聖人則不然，論世而爲之事，權事而爲之謀，是以舒之天下而不窕，內之尋常而不塞。使天下荒亂，禮義絕，綱紀廢，強弱相乘，力征相攘，臣主無差，貴賤無序，甲胄生蟣蝨，燕雀處帷幄，而兵不休息，而乃始服屬臾一作俗儒[陳]之貌，恭儉之禮，則必滅抑而不能興矣。天下安寧，政教和平，百姓肅睦，上下相親，而乃始立氣矜，奮勇力，則必不免於有司之法矣。是故聖人者，能陰能陽，能弱能強，隨時而動靜，因資而立功，物動而知其反，事萌而察其變，化則爲之象，運則爲之應，是以終身行而無所困。故事有可行而不可言者，有可言而不可行者，有易爲而難成者，以難成而易敗者。所謂可行而不可言者，趨舍也；可言而不可行者，僞詐也；易爲而難成者，事也；難成而易敗者，名也。此四策者，聖人之所獨見而留意也。

故聖人之論賢也，見其一行而賢不肖分矣。孔子辭廩丘，終不盜刀鉤；許由讓天子，終不利封侯。故未嘗灼而不敢握火者，見其有所燒也；未嘗傷而不敢握刃者，見其有所害也。由此觀之，見者可以論未發也，而觀小節可以知大體矣。故論人之道，貴則觀其所舉，富則觀其所施，窮則觀其所不受，賤則觀其所不爲，貧則觀其所不取。視其更難，以知其勇；動以喜樂，以觀其守；委以財貨，以論其仁；振以恐懼，以知其節，則人情備矣。

【校記】

［一］操，《淮南鴻烈集解》作造。

［二］《淮南鴻烈集解》此有"執"字。

泰族訓
劉安

天設日月，列星辰，調陰陽，張四時，日以暴之，夜以息之，風以乾之，雨露以濡之。其生物也，莫見其所養而物長；其殺物也，莫見其所喪而物亡，此之謂神明。聖人象之，故其起福也，不見其所由而福起；其除禍也，不見其所以而禍除。遠之則邇，延之則疎；稽之弗得，察之不虛；日計無筭，歲計有餘。夫溼之至也，莫見其形，而炭已重矣。風之至也，莫見其象，而木已動矣。日之行也，不見其移，騏驥倍日而馳，草木爲之靡；懸爂未轉，而日在其前。故天之且風，草木未動而鳥已翔矣，其且雨也，陰曀未集而魚已噞矣。以陰陽之氣相動也。故寒暑燥溼，以類相從；聲響疾除，以音相應也。故《易》曰："鳴鶴在陰，其子和之。"高宗諒闇，三年不言，四海之內寂然無聲；一言聲然，大動天下。是以天心呋唫者也，故一動其本而百枝皆應，若春雨之灌萬物也，渾然而流，沛然而施，無地而不澍，無物而不生。故聖人者懷天心，聲然後能動化天下者也。故精誠感於內，形氣動於天，則景星見，黃龍下，祥鳳至，醴泉出，嘉穀生，河不滿溢，海不溶波。故《詩》云："懷柔百神，及河嶠岳。"逆天暴物，則日月薄蝕，五星失行，四時干乖，晝冥宵光，山崩川涸，冬雷夏霜。《詩》曰："正月繁霜，我心憂傷。"天之與人有以相通也。故國危亡而天文變，世惑亂而虹蜺見，萬物有以相連，精祲有以相蕩也。

故神明之事，不可以智巧爲也，不可以筋力致也。天地所包，陰陽所嘔，雨露所濡，化生萬物，瑤碧玉珠，翡翠玳瑁，文彩明朗，潤澤若濡，摩而不玩，久而不渝，奚仲不能旅，魯班不能造，此之謂大巧。宋人有以象爲其君爲楮葉者，三年而成，莖柯豪或作亳[陳]芒，鋒殺顏澤，亂之楮葉之中而不可知也。列子曰："使天地三年而成一葉，則萬物之有葉者寡矣。夫天地之施化也，嘔之而生，吹之而落，豈此契契哉！"故凡可度者，小也；可數者，少也。至大，非度之所能及也；至衆，非數之所能領也。故九州不可頃畝也，八極不可道里也，太山不可丈尺也，江海不可斗斛也。故大人者，與天地合德，日月合明，鬼神合靈，與四時合信。故聖人懷天氣，抱天心，執中含和，不下廟堂而衍四海，變習易俗，民化而遷善，若性諸己，能以神化也。《詩》云："神之聽之，終和且平。"夫鬼神，視之無形，聽之無聲，然而郊天、望山川，禱祠而求福，雩兌而請雨，卜筮而決事。《詩》云："神之格思，不可度思，矧可射思！"此之謂也。

天致其高，地致其厚，月照其夜，日照其晝，陰陽化，列星朗，非其道而物自然。故陰陽四時，非生萬物也；雨露時降，非養草木也。神明接，陰陽和，而萬物生矣。故高山深林，非爲虎豹也；大木茂枝，非爲飛鳥也；流源千里，淵深百仞，非爲蛟龍也；致其高崇，成其廣大，山居木棲，巢枝穴藏，水潛陸行，各得其所安焉。夫大生小，多生少，天之道也。故丘阜不能生雲雨，涔水不能生魚鱉者，小也。牛馬之氣蒸生蟣虱，蟣虱之氣蒸不能生牛馬。故化生於外，非生於內也。夫蛟龍伏寢於淵，而卵割於陵；騰蛇雄鳴於上風，雌鳴於下風而化成形，精之至也。故聖人養心，莫善於誠，至誠而能動化矣。今夫道者，藏精於內，棲神於心，靜漠恬淡，訟謬或作綱繆[陳]胸中，邪氣無所留滯，四枝節族，毛蒸理泄，則機樞調利，百脈九竅莫不順比，其所居神者得其位也，豈節樹而毛脩之哉！聖主在上，廓然無形，寂然無聲，官府若無事，朝廷若無人，無隱士，無軼民，無勞役，無冤刑。四海之內莫不仰上之德，象主之指，夷狄之國重譯而至，非戶辯而家說之也，推其誠心，施之天下而已矣。《詩》曰："惠此中國，以綏四方。"內順而外寧矣。大王亶父處邠，狄人攻之，杖策而去，百姓攜幼扶老，負釜甑，踰梁山，而國乎歧周，非令之所能招也。秦穆公爲野人食駿馬肉之傷也，飲之美酒，韓之戰，以其死力報，非券之所責也。宓子治亶父，巫馬期往觀化焉，見夜漁者得小即釋之，非刑之所能禁也。孔子爲魯司寇，道不拾遺，市賈[一]不豫賈，田漁皆讓長，而斑白不負戴，非法之所能致也。夫矢之所以射遠貫牢者，弩力也；其所以中的剖微者，正心也。

賞善罰暴者，政令也；其所以能行者，精誠也。故弩雖強不能獨中，令雖明不能獨行，必自精氣所以與之施道。故據道以被民，而民弗從者，誠心弗施也。

　　天地四時，非生萬物也，神明接，陰陽和，而萬物生之。聖人之治天下，非易民性也，柎循其所有而滌蕩之，故因則大，化則細矣。禹鑿龍門，辟伊闕，決江濬河，東注之海，因水之流也。后稷墾草發菑，糞土樹穀，使五種各得其宜，因地之勢也。湯、武革車三百乘，甲卒二千人，討暴亂，制夏、商，因民之欲也。故能因，則無敵於天下矣。夫物有以自然，而後人事有治也。故良匠不能斲金，巧冶不能治爍木，金之勢不可斲，而木之性不可鑠也。埏埴而為器，窬木而為舟，鑠鐵而為刃，鑄金而為鐘，因其可也。駕馬服牛，令雞司夜，令狗守門，因其然也。民有好色之性，故有大婚之禮；有飲食之性，故有大饗之誼；有喜樂之性，故有鐘鼓筦絃之音；有悲哀之性，故有衰麻哭踊之節。故先王之制法也，因民之所好而為之節文者也。因其好色而制婚姻之禮，故男女有別；因其喜音而正《雅》《頌》之聲，故風俗不流；因其寧家室、樂妻子，教之以順，故父子有親；因其喜朋友而教之以弟，故長幼有序。然後修朝聘以明貴賤，饗飲習射以明長幼，時蒐振旅以慣用兵也，入學庠序以修人倫。此皆人之所於性，而聖人之所曲[二]成也。故無其性，不可教訓；有其性，無其資[三]，不能遵道。繭之性為絲，然非得工女煮以熱湯而抽其統紀，則不能成絲。卵之化為雛，非慈雌嘔煖覆伏，累日積久，則不能為雛。人之性有仁義之資，非聖人為之法度而教導之，則不可使向方。故先王之教也，因其所喜以勸善，因其所惡以禁奸，故刑罰不用而威行如流，政令約省而化燿如神。故因其性則天下聽從，拂其性則法懸而不用。

　　昔者，五帝三王之蒞政施教，必用參五。何謂參五？仰取象於天，俯取度於地，中取法於人，乃立明堂之朝，行明堂之令，以調陰陽之氣，以和四時之節，以辟疾病之菑。俯視地理，以制度量，察陵陸水澤肥墝高下之宜，立事生財，以除飢寒之患。中考乎人德，以制禮樂，行仁義之道，以治人倫而除暴亂之禍。乃澄列金木水火土之性，故立父子之親而成家；別清濁五音六律相生之數，以立君臣之義而成國；察四時季孟之序，以立長幼之禮而成官，此之謂參。制君臣之義，父子之親，夫婦之辨，長幼之序，朋友之際，此之謂五。乃裂地而州之，分職而治之，築城而居之，割宅而異之，分財而衣食之，立大學而教誨之，夙興夜寐而勞力之。此治之綱紀也。然得其人則舉，失其人則廢。堯治天下，政教平，德潤洽。在位七十載，乃求所屬天下之統，令四岳揚側陋。四岳舉舜而薦之堯，堯乃妻以二女，以觀其內；任以百官，以觀其外；既入大麓，烈風雷雨而不迷，乃屬以九子，贈以昭華之玉，而傳天下焉。以爲雖有法度，而朱弗能綂也。

夫物未嘗有張而不弛、成而不毀者也，惟聖人能盛而不衰，盈而不虧。神農之初作琴也，以歸神；及其淫也，反其天心。夔之初作樂也，皆合六律而調五音，以通八風；及其衰也，以沉湎淫康，不顧政治，至於滅亡。蒼頡之初作書，以辯治百官，領理萬事，愚者得以不忘，智者得以志遠；至其衰也，爲奸刻僞書，以解有罪，以殺不辜。湯之初作囿也，以奉宗廟鮮轎之具，簡士卒，習射御，以戒不虞；及至其衰也，馳騁田獵，以奪民時，罷民之力。堯之舉禹、契、后稷、皐陶，政教平，姦宄息，獄訟止而衣食足，賢者勸善而不肖者懷其德；及至其末，朋黨比周，各推其與，廢公趨私，內外相推舉，姦人在朝而賢者隱處。故《易》之失也卦，《書》之失也敷，樂之失也淫，《詩》之失也辟，禮之失也責，《春秋》之失也刺。天地之道，極則反，盈則損。五色雖朗，有時而渝；茂木豐草，有時而落；物有降殺，不得自若。故聖人事窮而更爲，法弊而改制，非樂變古易常也，將以救則[四]扶衰，黜淫濟非，以調天地之氣，順萬物之宜也。

聖人天覆地載，日月照，陰陽調，四時化，萬物不同，無故無新，無疎無親，故能法天。夫天地不包一物，陰陽不生一類。海不讓水潦以成其大，山不讓土石以成其高。夫守一隅而遺萬方，取一物而棄其餘，則得者鮮，而所治者淺矣。

治大者道不可以小，地廣者制不可以狹，位高者事不可以煩，民衆者教不可以苛。夫事碎，難治也；法煩，難行也；求多，難澹也。寸而度之，至丈必差；銖而稱之，至石必過。石秤丈量，徑而寡失；簡絲數米，煩而不察。故大較易爲智，曲辯難爲慧。故無益於治而有益於煩者，聖人不爲；無益於用而有益於費者，智者弗行也。故功不厭約，事不厭省，求不厭寡。功約，易成也；事省，易治也；求寡，易贍也。衆易之，於以任人，易矣！孔子曰："小辯破言，小利破義，小藝破道，小見不達，達必簡。"河以逶蛇，故能遠；山以陵遲，故能高；陰陽無爲，故能和；道以優遊，故能化。夫徹於一事，察於一辭，審於一技，可以曲說，而未可廣應也。蓼菜成行，翩甌有芷[五]，秤薪而爨，數米而炊，可以治小，而未可以治大也。員中規，方中矩，動成獸，止成文，可以愉舞，而不可以陳軍。滌盌而食，洗爵而飲，盥而後饋，可以養少，而不可饗衆。今夫祭者，屠割烹殺，剝狗燒豕，調平五味者，庖也；陳簠簋，列樽俎，設籩豆者，祝也；齊明盛服，淵默而不言，神之所依者，尸也。宰、祝雖不能，尸不越樽俎而代之。故張瑟者，小絃急而大絃緩；立事者，賤者勞而貴者逸。舜爲天子，彈五絃之琴，謂《南風》之詩，而天下治。周公肴臑而不收於前，鐘鼓不解而懸，而四夷服。秦政晝決獄而理書，御史冠蓋接於郡縣，覆稽趨留，戍五嶺以備越，築修城以守胡，然姦邪萌生，盜賊群居，事愈煩而亂愈生。故法者，治之具也，而非所以爲治也。而猶弓矢，中之具，而非所以中也。黃帝曰："芒芒昧昧，因天之威，與元同氣。"故同氣者帝，同義者王，同功者霸，無一焉者亡。

故人主有伐國之志，邑犬群噑，雄雞夜鳴，庫兵動而戎馬驚；今日解怨偃兵，家老甘臥，巷無聚人，妖菑不生。非法之應也，精氣之動也。故不言而信，不施而仁，不怒而威，是以天心動化者也；施而仁，言而信，怒而威，是以精誠感之者也；施而不仁，言而不信，怒而不威，是以外貌爲之者也。故有道以統之，法雖少，足以化矣；無道以統之，法雖衆，足以亂矣。治身，太上養神，其次養形；治國，太上養化，其次正法。神清志平，百節皆寧，養性之本也；肥肌膚，充腸腹，供嗜欲，養生之末也。民交讓爭處卑，委利爭受寡，力事爭就勞，日化上遷善而不知其所以然，此治之上也。利賞而勸善，畏刑而不爲非，法令正於上而百姓服於下，此治之末也。上世養本而下世事末，此太平之所以不起也。夫欲治之主不世出，而可與興治之臣不萬一，以萬一求不世出，此所以千歲不一會也。

水之性，淖以清，窮谷之汙，生以青苔，不治其性也。掘其所流而深之，茨其所決而高之，使得循勢而行，乘衰而流，雖有腐髊流漸，弗能汙也。其性非異也，通之與不通也。風俗猶此也。誠決其善志，防其邪心，啟其善道，塞其奸路，與同出一道，則民性可善，風俗猶此也。誠決其善志，防其邪心，啓其善道，塞其姦路，與同出一道，則民性可善而風俗可美也。所以貴扁鵲者，非貴其隨病而調藥，貴其擪息脉血，知病之所從生也。所以貴聖人者，非貴隨罪而鑒刑也，貴其知亂之所由起也。若不修其風俗，而縱之淫辟，乃隨之以刑，繩之以法，雖殘賊天下，弗能禁也。禹以夏王，桀以夏亡；湯以殷王，紂以殷亡；非法度不存也，紀綱不張，風俗壞也。三代之法不亡，而世不治者，無三代之智—作聖[陳]也。六律具存，而莫能聽者，無師曠之耳也。故法雖在，必待聖而後治；律雖具，必待耳而後聽。故國之所以存者，非以有法也，以有賢人也；其所以亡者，非以無法也，以無賢人也。晉獻公欲伐虞，宮之奇存焉，爲之寢不安席，食不甘味，而不敢加兵焉。賂以寶玉駿馬，宮之奇諫而不聽，言而不用，越疆而去，苟息伐之，兵不血刃，抱寶牽馬而去。故守不待渠壍而固，攻不待衝降而拔，得賢之與失賢也。故臧武仲以其智存魯，而天下莫能亡也；璩伯玉以其仁寧衛，而天下莫能危也。《易》曰："豐其屋，蔀其家，窺其戶，闚其無人。"無人者，非無衆庶也，言無聖人以統理之也。民無廉恥，不可治也；非修禮義，廉恥不立。民不知禮義，法弗能正也；非崇善廢醜，不向禮義。無法不可以爲治也，不知禮義不可以行法。法能殺不孝者，而不能使人爲孔、曾之行；法能刑竊盜者，而不能使人爲伯夷之廉。孔子弟子七十，養徒三千人，皆入孝出弟，言爲文章，行爲儀表，教之成也。墨子服役者百八十人，皆可使赴火蹈刃，死不還踵，化之所致也。夫刻肌膚，鑱皮革，被創流血，至難也，然越爲之，以求榮也。聖王在上，明好惡以示之，經誹譽以導之，親賢而進之，賤不肖而退之，無被創流血之苦，而有高世尊顯之名，民孰不從古[六]？

古者法設而不犯，刑錯而不用，非可刑而不刑也，百工維時，庶績咸熙，禮義修而任賢德也。故舉天下之高以爲三公，一國之高以爲九卿，一縣之高以爲二十七大夫，一鄉之高以爲八十一元士。故智過萬人者謂之英，千人者謂之俊，百人者謂之豪，十人者謂之傑。英俊豪傑，各以小大之材處其位，得其宜，由本流末，以重制輕，上唱而民和，上動而下隨，四海之內，一心同歸，背貪鄙而向義理，其於化民也，若風之搖草木，無之而不靡。今使愚教智，使不肖臨賢，雖嚴刑罰，民弗從也。小不能制大，弱不能使強也。故聖主者舉賢以立功，不肖主舉其所與同。文王舉太公望、召公奭而王，桓公任管仲、隰朋而霸，此舉賢以立功也。夫差用太宰嚭而滅，秦任李斯、趙高而亡，此舉所與同。故觀其所舉，而治亂可見也；察其黨與，而賢不肖可論也。

欲成霸王之業者，必得勝者也。能得勝者，必強者也。能強者，必用人力者也。能用人力者，必得人心者也。能得人心者，必自得者也。故心者，身之本也；身者，國之本也。未有得己而失人者也，未有失己而得人者也。故爲治之本，務在寧民；寧民之本，在於足用；足用之本，在於勿奪時；勿奪時之本，在於省事；省事之本，在於節用；節用之本，在於反性。未有能搖其本而靜其末，濁其源而清其流者也。故知性之情者，不務性之所無以爲；知命之情者，不憂命之所無奈何。故不高宫室者，非愛木也；不大鐘鼎者，非愛金也。直行性命之情，而制度可以爲萬民儀。今目悅五色，口嚼滋味，耳淫五聲，七竅交爭以害其性，日引邪欲而澆其身夫調，身弗能治，奈天下何？故自養得其節，則養民得其心矣。

所謂有天下者，非謂其履勢位、受傳籍、稱尊號也，言運天下之力而得天下之心。紂之地，左東海，右流沙，前交趾，後幽都。師起容關，至蒲水，士億有餘萬，然皆倒矢而射，傍戟而戰。武王左操黃鉞、右執白旄以麾之，則瓦解而走，遂土崩而下。紂有南面之名，而無一人之德，此失天下也。故桀、紂不爲王，湯、武不爲放。周處酆鎬之地，方不過百里，而誓紂牧之野，入據殷國，朝成湯之廟，表商容之閭，封比干之墓，解箕子之囚，乃折抱毀鼓，偃五兵，縱牛馬，搢笏而朝天下，百姓歌謳而樂之，諸侯執禽而朝之，得民心也。闔閭伐楚，五戰入郢，燒高府之粟，破九龍之鐘，鞭荊平王之墓，舍昭王之宮。昭王奔隨，百姓父兄攜幼扶老而隨之，乃相率而爲致勇之寇，皆方面奮臂而爲之鬭。當此之時，無將卒以行列之，各致其死，却吳兵，復楚地。靈王作章華之臺，發乾谿之役，外內搔動，百姓罷敝，弃疾乘民之怨而立公子比，百姓放臂而去之，餓於乾谿，食莽飲水，枕塊而死。楚國山川不變，土地不易，民性不殊，昭王則相率而殉之，靈王則倍畔而去之，得民之與失民也。故天子得道，守在四夷；天子失道，守在諸侯。諸侯得道，守在四鄰；諸侯失道，守在四境。故湯處亳七十里，文王處酆百里，皆令行禁止於天下。周之衰也，戎伐凡伯于楚丘以歸。故得道則以百里之地令於諸侯，失道則以天下之大畏於冀州。故曰：無恃其不吾奪也，恃吾不可奪。行可奪之道，而非篡弒之行，無益於持天下矣。

　　治之所以爲本者，仁義也；所以爲末者，法度也。先本後末，謂之君子；以末害本，謂之小人。君子與小人之性非異也，所在先後而已矣。草木，洪者爲本，而殺者爲末；禽獸之性，大者爲首，而小者爲尾。末大於本則折，尾大於要則不掉矣。故食其口而百節肥，灌其本而枝葉美，天地之性也。天地之生物也有本末，其養物也有先後，人之於治也，豈得無終始哉？故仁義者，治之本也，今不知事修其本，而務治其末，是釋其根而灌其枝也。且法之生也，以輔仁義，今重法而棄義，是貴其冠履而忘其頭足也。故仁義者，爲厚基者也，不益其厚而張其廣者毀，不廣其基而增其高者覆。呂政不增其德而累其高，故滅；智伯不行仁義而務廣地，故亡其國。《語》曰："不大其棟，不能任重。重莫若國，棟莫若德。"國主之有民也，猶城之有基，木之有根。根深則本固，基美則上寧。

　　五帝三王之道，天下之綱紀，治之儀表也。今商鞅之啓塞，申子之三符，韓非之孤憤，張儀、蘇秦之從衡，皆掇取之權，一切之術也；非治之大本，事之恒常，可博聞而世傳者也。子囊北而全楚，北不可以爲庸；弦高誕而存鄭，誕不可以爲常。今夫《雅》《頌》之聲，皆發於詞，本於情，故君臣以睦，父子以親。故《韶》《夏》之樂也，聲浸乎金石，潤乎草木。今取怨思之聲，施之於絃管，聞其音者，不淫則悲，淫則亂男女之辨，悲則感怨思之氣，豈所謂樂哉？趙王遷流於房陵，思故鄉，作爲《山水》之謳，聞者莫不殞涕。荊軻西刺秦王，高漸離、宋意爲擊築，而謌於易水之上，聞者莫不瞋目或作瞑目[陳]裂眦，髮植穿冠。因以此聲爲樂而入宗廟，豈古之所謂樂哉？故并冕絡輿，可服而不可好也；大羹之和，可食而不可嗜也；朱絃疏越，一唱而三嘆，可聽而不可快也。故無聲者，正其可聽者也；其無味者，正其足味者也。吠聲清於耳，兼味快於口，非其貴也。故事不本於道德者，不可以爲儀；言不合乎先王者，不可以爲道；音不調乎《雅》《頌》者，不可以爲樂。故五子之言，所以便說掇取也，非天下之通義也。

聖王之設政施教也，必察其終始，其縣法立儀，必原其本末，不可以一事備一物而已矣。見其造而思其功，觀其源而知其流，故博施而不竭，彌久而不垢。夫水出於山而入於海，稼生於田而藏於倉，聖人見其所生，則知其所歸矣。故舜深藏黃金於嶄巖之山，所以塞貪鄙之心也。儀狄爲酒，禹飲而甘之，遂疏儀狄而絕嗜或作吉[陳]酒，所以遏沉湎之行也。師延爲平公鼓朝詞北鄙之音，師曠曰："此亡國之樂也。"大息而撫之，所以防淫辟之風也。故民知書而德衰，知數而厚衰，知券契而信衰，知械機而實衰也。巧詐藏於胷中，則純白不備，而神德不全矣。聖人見禍福於重閉之內，而慮患於九拂之外者也。

螟蟲一歲再收，非不利也，然而王法禁之者，爲其殘桑也。離先稻熟，而農夫耨之，不以小利傷大獲也。家老異飯而食，殊器而享，子婦跣而上堂，跪而斟羹，非不費也，然而不可省者，爲其害義也。待媒而結言，聘納而娶婦，紱繞而親迎，非不煩也，然而不可易者，所以防淫也。使民居處相司，有罪相覺，於以舉姦，非不掇也，然而傷和睦之心，而構仇讎之怨。故事有鑿一孔而生百隙，材[七]一物而生萬葉者，所鑿不足以爲便，而所開足以爲敗；所樹不足以爲利，而所生足以爲穢。愚者惑於小利，而忘其大害。昌羊去蚤虱，而人弗痒或作痛[陳]者，爲其來蛉窮也；狸執鼠而不可脫於庭者，爲搏雞也。故事有利於小而害於大，得於此而亡於彼者。故行棊，或食兩而路窮，或予踦而取勝。偷利不可以爲行，而知術不可以爲法，故仁知，人材之美者也。所謂仁者，愛人也；所謂知者，知人也。愛人則無虐刑矣，知人則無亂政矣。治由文理，則無悖謬之事矣；刑不侵濫，則無暴虐之行矣。上無煩亂之治，下無怨望之心，則百殘除而中和作矣，此三代之所昌。故《書》曰："能哲且惠，黎民懷之。何憂讙兜，何遷有苗。"智伯有五過人之材，而不免於身死人手者，不愛人也。齊王建有三過人之巧，而身虜於秦者，不知賢也。故仁莫大於愛人，知莫大於知人。二者不立，雖察慧捷巧，劬祿疾力，不免於亂也。

【校記】

［一］賈，《淮南鴻烈集解》作買。
［二］曲，《淮南鴻烈集解》作匠。
［三］資，《淮南鴻烈集解》作養。
［四］則，《淮南鴻烈集解》作敗。
［五］茝，《淮南鴻烈集解》作莖。
［六］據《淮南鴻烈集解》，"古"爲衍字。
［七］材，《淮南鴻烈集解》作樹。

禮書
司馬遷

太史公曰：洋洋美德乎！宰制萬物，役使羣衆，豈人力也哉？余至大行禮官，觀三代損益，乃知緣人情而制禮，依人性而作儀，其所由來尚矣。

人道經緯萬端，規矩無所不貫，誘進以仁義，束縛以刑罰，故德厚者位尊，禄重者寵榮，所以總一海內而整齊萬民也。人體安駕乗，爲之金輿錯衡以繁其飾；目好五色，爲之黼黻文章以表其能；耳樂鐘磬，爲之調諧八音以蕩其心；口甘五味，爲之庶羞酸鹹以致其美；情好珍善，爲之琢磨圭璧以通其意。故大路越席，皮弁布裳，朱絃洞越，大羹玄酒，所以防其淫侈，救其彫敝。是以君臣朝廷尊卑貴賤之序，下及黎庶車輿衣服宮室飲食嫁娶喪祭之分，事有宜適，物有節文。仲尼曰："禘自既灌而往者，吾不欲觀之矣。"

周衰，禮廢樂壞，大小相踰，管仲之家，兼備三歸。循法守正者見侮於世，奢溢僭差者謂之顯榮。自子夏，門人之高第也，猶云"出見紛華盛麗而說，入聞夫子之道而樂，二者心戰，未能自決"，而況中庸以下，漸漬於失教，被服於成俗乎？孔子曰"必也正名"，於衛所居不合。仲尼沒後，受業之徒沈湮而不舉，或適齊、楚，或入河海，豈不痛哉！

至秦有天下，悉內六國禮儀，采擇其善，雖不合聖制，其尊君抑臣，朝廷濟濟，依古以來。至於高祖，光有四海，叔孫通頗有所增益減損，大抵皆襲秦故。自天子稱號，下至佐僚及宮室官名，少所變改。孝文即位，有司議欲定儀禮，孝文好道家之學，以爲繁禮飾貌，無益於治，躬化謂何耳，故罷去之。孝景時，御史大夫鼂錯明於世務刑名，數干諫孝景曰："諸侯藩輔，臣子一例，古今之制也。今大國專治異政，不稟京師，恐不可傳後。"孝景用其計而六國畔逆，以錯首名，天子誅錯以解難，事在袁盎語中。是後官者養交安禄而已，莫敢覆議。

今上即位，招致儒術之士，令共定儀，十餘年不就。或言古者太平，萬民和喜，瑞應辨至，乃采風俗，定制作。上聞之，制詔御史曰："蓋受命而王，各有所由興，殊路而同歸，謂因民而作，追俗爲制也。議者咸稱太古，百姓何望？漢亦一家之事，典法不傳，謂子孫何？化隆者閎博，治淺者褊狹，可不勉與！"乃以太初之元改正朔，易服色，封泰山，定宗廟百官之儀，以爲典常，垂之於後云。

禮由人起。人生有欲，欲而不得則不能無忿，忿而無度量則爭，爭則亂。先王惡其亂，故制禮義以分之養人之欲，給人之求，使欲不窮於物，物不屈於欲，二者相待而長，是禮之所起也。故禮者養也，稻粱五味，所以養口也；椒蘭芬茝，所以養鼻也；鐘鼓管絃，所以養耳也；刻鏤文章，所以養目也；疏房牀第，所以養體也，故禮者養也。

君子既得其養，又好其辨也。所謂辨者，貴賤有等，長少有差，貧富輕重皆有稱也。故天子大路越席，所以養體也；側載臭茝，所以養鼻也；前有錯衡，所以養目也；和鸞之聲，步中《武象》，驟中《韶》《濩》，所以養耳也；龍旂九斿，所以養信也；寢兕持虎，鮫韅彌龍，所以養威也。故大路之馬，必信至教順，然後乘之，所以養安也。孰知夫出死要節之所以養生也，孰知夫輕費用之所以養財也，孰知夫恭敬辭讓之所以養安也，孰知夫禮義文理之所以養情也。

人苟生之爲見，若者必死；苟利之爲見，若者必害；怠惰之爲安，若者必危；情性之爲安，若者必滅。故聖人一之於禮義，則兩得之矣；一之於性情，則兩失之矣。故儒者將使人兩得之者也，墨者將使人兩失之者也，是儒墨之分。

治辨之極也，彊固之本也，威行之道也，功名之總也。王公由之，所以一天下、臣諸侯也；弗由之，所以捐社稷也。故堅革利兵不足以爲勝，高城深池不足以爲固，嚴令繁刑不足以爲威。由其道則行，不由其道則廢。楚人鮫革犀兕，所以爲甲，堅如金石；宛之鉅鐵施，鑽如蠭蠆，輕利剽遫，卒如熛風。然而兵殆於垂涉，唐昧死焉；莊蹻起，楚分而爲四參。是豈無堅革利兵哉？其所以統之者非其道故也。汝潁以爲險，江漢以爲池，阻之以鄧林，緣之以方城。然而秦師至鄢郢，舉若振槁。是豈無固塞險阻哉？其所以統之者非其道故也。紂剖比干，囚箕子，爲炮烙，刑殺無辜，時臣下懍然，莫必其命。然而周師至，而令不行乎下，不能用其民。是豈令不嚴、刑不峻哉？其所以統之者非其道故也。

古者之兵，戈矛弓矢而已，然而敵國不待試而詘。城郭不集，溝池不掘，固塞不樹，機變不張，然而國晏然不畏外而固者，無他故焉，明道而均分之，時使而誠愛之，則下應之如景響。有不由命者，然後俟之以刑，則民知皋矣。故刑一人而天下服。皋人不尤其上，知皋之在己也。是故刑罰省而威行如流，無他故焉，由其道故也。故由其道則行，不由其道則廢。古者帝堯之治天下也，蓋殺一人刑二人而天下治。《傳》曰："威厲而不試，刑措而不用。"

天地者，生之本也；先祖者，類之本也；君師者，治之本也。無天地惡生？無先祖惡出？無君師惡治？三者偏亡，則無安人。故禮，上事天，下事地，尊先祖而隆君師，是禮之三本也。

故王者天太祖，諸侯不敢懷，大夫士有常宗，所以辨貴賤。貴賤治，得之本也。郊疇乎天子，社至乎諸侯，函及士大夫，所以辨尊者事尊，卑者事卑，宜鉅者鉅，宜小者小。故有天下者事七世，有一國者事五世，有五乘之地者事三世，有三乘之地者事二世，有特牲而食者不得立宗廟，所以辨積厚者流澤廣，積薄者流澤狹也。

大饗上玄尊，俎上腥魚，先大羹，貴食飲之本也。大饗上玄尊而用薄酒，食先黍稷而飯稻粱，祭嚌先大羹而飽庶羞，貴本而親用也。貴本之謂文，親用之謂理，兩者合而成文，以歸太一，是謂太隆。故尊之上玄尊也，俎之上腥魚也，豆之上大羹，一也。利爵弗啐也，成事俎弗嘗也，三宥之弗食也，大昏之未廢齊也，大廟之未內尸也，始絕之未小斂也，一也。大路之素幬也，郊之麻絻，喪服之先散麻，一也。三年哭之不反也，《清廟》之歌一倡而三嘆，縣一鐘尚拊膈，朱絃而通越，一也。

凡禮始乎脫，成乎文，終乎稅。故至備，情文俱盡；其次，情文代勝；其下，復情以歸太一。天地以合，日月以朙，四時以序，星辰以行，江河以流，萬物以昌，好惡以節，喜怒以當。以為下則順，以為上則朙。

太史公曰：至矣哉！立隆以為極，而天下莫之能益損也。本末相順，終始相應，至文有以辨，至察有以說。天下從之者治，不從者亂；從之者安，不從者危。小人不能則也。

禮之貌誠深矣，堅白同異之察，入焉而弱。其貌誠大矣，擅作典制褊陋之說，入焉而喪[一]。其貌誠高矣，暴慢恣睢，輕俗以為高之屬，入焉而墜。故繩誠陳，則不可欺以曲直；衡誠縣，則不可欺以輕重；規矩誠錯，則不可欺以方員；君子審禮，則不可欺以詐偽。故繩者，直之至也；衡者，平之至也；規矩者，方員之至也；禮者，人道之極也。然而不法禮者不足禮，謂之無方之民；法禮足禮，謂之有方之士。禮之中，能思索，謂之能慮；能慮勿易，謂之能固。能慮能固，加好之焉，聖矣。天者，高之極也；地者，下之極也；日月者，朙之極也；無窮者，廣大之極也；聖人者，道之極也。

以財物爲用，以貴賤爲文，以多少爲異，以隆殺爲要。文貌繁，情欲省，禮之隆也；文貌省，情欲繁，禮之殺也；文貌情欲相爲內外表裏，並行而雜，禮之中流也。君子上致其隆，下盡其殺，而中處其中。步驟馳騁廣騖不外，是以君子之性守宮庭也。人域是域，士君子也。外是，民也。於是中焉，房皇周浹，曲得其次序，聖人也。故厚者，禮之積也；大者，禮之廣也；高者，禮之隆也；明者，禮之盡也。

【校記】

[一]嗛，陳本同。《史記》作望。

孟子題辭
趙岐

《孟子題辭》者，所以題號孟子之書本末指義文辭之表也。孟，姓也。子者，男子之通稱也。此書孟子之所作也，故總謂之《孟子》，其篇目則各自有名。

孟子，鄒人也，名軻，字則未聞也。鄒本春秋邾子之國，至孟子時改曰鄒矣。國近魯，後爲魯所并。又言邾爲楚所並，非魯也。今鄒縣是也。或曰：「孟子，魯公族孟孫之後，故孟子仕於齊，喪母而歸葬于魯也。三桓子孫，既以衰微，分適他國。」孟子生有淑質，夙喪其父，幼被慈母三遷之教，長師孔子之孫子思，治儒術之道。通"五經"，尤長於《詩》《書》。周衰之末，戰國縱橫，用兵爭強，以相侵奪。當世取士，務先權謀，以爲上賢。先王大道，陵遲隳廢，異端並起，楊朱、墨翟放蕩之言，以干時惑衆者非一。孟子閔悼堯、舜、湯、文、周、孔之業將遂湮微，正塗壅底，仁義荒怠，佞僞馳騁，紅紫亂朱；於是則慕仲尼周流憂世，遂以儒道遊於諸侯，思濟斯民。然由不肯枉尺直尋，時君咸謂之迂闊於事，終莫能聽納其說。孟子亦自知遭蒼姬之訖錄，值炎劉之未奮，進不得佐興唐虞雍熙之和，退不能信三代之餘風，恥沒世而無聞焉，是故垂憲言以詒後人。仲尼有云："我欲託之空言，不如載之行事之深切著明也。"於是退而論集所與高弟弟子公孫丑、萬章之徒難疑答問，又自撰其法度之言，著書七篇，二百六十一章，三萬四千六百八十五字。包羅天地，揆序萬類，仁義道德，性命禍福，粲然靡所不載。帝王公侯遵之，則可以致隆平，頌清廟；卿大夫士蹈之，則可以尊君父，立忠信；守志厲操者儀之，則可以崇其[一]節，抗浮雲。有《風》人之託物，二《雅》之正言，可謂直而不倨，曲而不屈，命世亞聖之大才者也。孔子自衛反魯，然後樂正，《雅》《頌》各得其所，乃刪《詩》定《書》，繫《周易》，作《春秋》。孟子退自齊、梁，述堯、舜之道而著作焉，此大賢擬聖而作者也。七十子之疇，會集夫子所言，以爲《論語》。《論語》者，五經之錧鎋，六藝之喉衿也。《孟子》之書，則而象之。衛靈公問陳於孔子，孔子答以俎豆；梁惠王問利國，孟子對以仁義。宋桓魋欲害孔子，孔子稱"天生德於予"；魯減倉毀鬲孟子，孟子曰"臧氏之子，焉能使予不遇哉"，旨意合同，若此者衆。又有《外書》四篇，《性善》《辨文》《說〈孝經〉》《爲正》，其文不能弘深，不與內篇相似，似非孟子本眞，後世依放而託之者也。孟子既沒之後，大道遂絀，逮至亡秦，焚滅經術，阬[一]戮儒生，孟子徒黨盡矣。其書號爲諸子，故篇籍得不泯絕。

漢興，除秦虐禁，開延道德。孝文皇帝欲廣遊學之路，《論語》《孝經》《孟子》《爾雅》皆置博士。後罷傳記博士，獨立五經而已。訖今諸經通義，得引《孟子》以明事，謂之博文。孟子長於譬喻，辭不迫切，而意已獨至。其言曰："說《詩》者不以文害辭，不以辭害志；以意逆志，爲得之矣。"斯言殆欲使後人深求其意，以解其文，不但施於說《詩》也。今諸解者徃徃摭取而說之，其說文多乖異不同。孟子以來五百餘載，傳之者亦已衆多。余生西京，世尋丕祚，有自來矣。少蒙義方，訓涉典文，知命之際，嬰戚于天，邁屯離蹇，詭性遁身；經營八紘之内，十有餘年，心勤形瘵，何勤如焉！嘗息肩弛擔於濟、岱之間，或有溫故知新，雅德君子，矜我劬瘁，睹我皓首，訪論稽古，慰以大道。余困吝之中，精神遐漂，靡所濟集，聊欲係志於翰墨，得以亂思遺老。惟六籍之學，先覺之士釋而辯之者既已詳矣，儒家惟有《孟子》，閎遠微妙，縕奧難見，宜在條理之科。於是乃述己所聞，證以經傳，爲之章句，具載本文，章別其指，分爲上下，凡十四卷。究而言之，不敢以當達者；施於新學，可以寤疑辯惑。愚亦未能審於是非，後之明者見其違闕，儻改而正諸，不亦宜乎。

【校記】

[一]其，陳本、焦循《孟子正義》作高。

[二]阬，陳本、焦循《孟子正義》作坑。

太玄衝
楊雄

中則陽始，應則陰生。周，復乎德；迎，逆乎刑。礥，大戚；遇，小願。閑孤而竈鄰。少，微也；大，肥也。戾，內反；廓，外違。上，觸素；

文，多故。干，在[一]也；禮，方也。狩則來而逃則亡。羨，私曲；唐，公而無欲。差過也而常穀。童寡有而度無乏。增始昌而永極長。銳執一而昆大同。達，日益其類；減，日損其彙。交，相從也；唫，不通也。疢，有畏；守，不可攻。傒也出，禽也入。從散也而聚集也。進，多謀；積，多財。釋，推也；餕，衰也。格好也是而疑惡也非。夷平而視傾。樂，上楊；沉，下藏。爭，士齊也；內，女懷也。務則意而去則悲。事，尚作；晦，尚休。更，變而共笑；瞢，久而益憂。斷，多事；窮，無喜。毅敢而割㥻。裝，徙鄉；止，不行。衆，溫柔；堅，寒剛。密，不可問；成，不可更。親，親乎善；闃，闃乎恩。斂也得，失亡福。疆，善不倦；劇，惡不息。睟，君道也；馴，臣保也。盛壯將老也。居，得乎位；難，遇乎詘。法，易與天下同也；勤，苦而無功也。養受群餘，君子養吉，小人養凶也。

【校記】

[一]在，鄭萬耕《太玄校釋》作狂。

太玄擒
楊雄

玄者，幽擒萬類而不見形者也。資陶宮無而生乎規，擒神明而定摹，通同古今以開類，擒揩[一]陰陽而發氣。一判一合，天地備矣。天日廻行，剛柔接矣。還復其所，終始定矣。一生一死，性命瑩矣。

仰以觀乎象，俯以視乎情。察性知命，原始見終。三儀同科，厚薄相劘。圜則杌棿，方則嗇吝。嘘則流體，唫則疑形。是故闔天謂之宇，闢宇謂之宙。日月往來，一寒一暑。律則成物，曆則編時。律曆交道，聖人以謀。晝以好之，夜以醜之。一晝一夜，陰陽分索。夜道極陰，晝道極陽。牝牡群貞，以擒吉凶，則君臣、父子、夫婦之道辯矣。是故日動而東，天動而西，天日錯行，陰陽更巡。死生相摎，萬物乃纏，故玄聘取天下之合而連之者也。綴之以其類，占之以其觚，曉天下之瞶瞶，瑩天下之晦晦者，其唯玄乎。

夫玄，晦其位而冥其畛，深其阜而眇其根，攘其功而幽其所以然也。故玄卓然示人遠矣，曠然廓人大矣，淵然引人深矣，渺然絕人眇矣。嘿而該之者，玄也；擒而散之者，人也。稽其門，闢其戶，叩其鍵，然後乃應，況其否者乎？人之所好而不足者，善也；人之所醜而有餘者，惡也。君子曰疆其所不足而拂其所有餘，則玄之道幾矣。仰而視之在乎上，俯而窺之在乎下，企而望之在乎前，棄而忘之在乎後，欲違則不能，默[二]而得其所者，玄也。

故玄者，用之至也。見而知之者智也，視而愛之者仁也，斷而決之者勇也，兼制而博用者公也，能以偶物者通也，無所繫軏者聖也，時與不時者命也。虛形萬物所道之謂道也，因循無革天下之理得之謂德也，理生昆群兼愛之謂仁也，列敵度宜之謂義也，秉道德仁義而施之之謂業也，瑩天功、明萬物之謂陽也，幽無形、深不測之謂陰也。陽知陽而不知陰，陰知陰而不知陽。知陰知陽，知止知行，知晦知明者，其唯玄乎。

縣之者權也，平之者衡也。濁者使清，險者使平。離乎情者必著乎僞，離乎僞者必著乎情。情僞相盪而君子小人之道較然見矣。玄者以衡量者也，高者下之，卑者舉之，饒者取之，罄者與之，明者定之，疑者提之。規之者思也，立之者事也，說之者辯也，成之者信也。

夫天，宙然示人神矣；夫地，他然示人明也。天地奠位，神明通氣，有一有二有三。位各殊輩，囬行九區，終始連屬，上下無隅。察龍虎之文，觀鳥龜之理，運諸黍政，繫之泰始極焉，以通旋璣之統，正玉衡之平。圓方之相研，剛柔之相干，盛則人衰，窮則更生，有實有虛，流止無常。

夫天地設，故貴賤序；四時行，故父子繼；律曆陳，故君臣理；常變錯，故百事扴[三]。質文形，故有無明；吉凶見，故善否著；虛實盪，故萬物纏。陽不極則陰不萌，陰不極則陽不牙。極寒生熱，極熱生寒。信道致詘，詘道致信。其動也，日造其所無而好其所新；其靜也，日減其所有而損其所成。故推之以刻，糸之以晷，反覆其序，軫轉其道也。以見不見之形，抽不抽之緒，與萬類相連。

其上也縣天，下也淪淵，纖也入薉，廣也包畛。其道游冥而挹盈，存存而亡亡，微微而章章，始始而終終。近玄者，玄亦近之；遠玄者，玄亦遠之。譬若天蒼蒼然在於東面、南面、西面、北面，仰而無不在焉，及其俛則不見也。天豈去人哉？人自去也。冬至及夜半以後者，近玄之象也。進而未極，徃而未至，虛而未滿，故謂之近玄。夏至及日中以後者，遠玄之象也。進極而退，徃窮而還，已滿而損，故謂之遠玄。日一南而萬物死，日一北而萬物生；斗一北而萬物虛，斗一南而萬物盈。日之南也，右行而左還；斗之南也，左行而右還。或左或右，或死或生，神靈合謀，天地乃并，天神而地靈。

【校記】

［一］措，陳本作錯。《太玄校釋》作措。

［二］默，陳本、《太玄校釋》作嘿。

[三]扐，陳本作折。《太玄校釋》作扐。

太玄數
楊雄

三八爲木，爲東方，爲春，日甲乙，辰寅卯，聲角，色清，味酸，臭羶，形詘信，生火，勝土，時生，藏脾，侟志，性仁，情喜，事貌，用恭，撝肅，徵旱，帝太昊，神勾芒，星從其位。類爲鱗，爲雷，爲鼓，爲恢聲，爲新，爲躁，爲户，爲牖，爲嗣，爲承，爲葉，爲緒，爲赦，爲解，爲多子，爲出，爲予，爲竹，爲草，爲果，爲實，爲魚，爲疏器，爲規，爲田，爲木工，爲矛，爲青恠，爲瓠，爲狂。

四九爲金，爲西方，爲秋，日庚辛，辰申酉，聲商，色白，味辛，臭腥，形革，生水，勝木，時殺，藏肝，侟魄，性誼，情怒，事言，用從，撝乂，徵雨，帝少昊，神蓐收，星從其位。類爲毛，爲毉，爲巫祝，爲猛，爲舊，爲鳴，爲門，爲山，爲限，爲邊，爲城，爲骨，爲石，爲環珮，爲首飾，爲重寶，爲大哆，爲釦器，爲舂，爲椎，爲力，爲縣，爲燧，爲兵，爲械，爲齒，爲角，爲螫，爲毒，爲狗，爲入，爲取，爲罕，爲殺，爲賊，爲理，爲矩，爲金工，爲鉞，爲白怪，爲瘠，爲讚。

二七爲火，爲南方，爲夏，日丙丁，辰巳午，聲徵，色赤，味苦，臭焦，形上，生土，勝金，時養，臟肺，侟魂，性禮，情樂，事視，用明，撝哲，徵熱，帝炎帝，神祝融，星從其位。類爲羽，爲竈，爲絲爲網，爲索，爲珠，爲文，爲駮，爲印，爲綬，爲書，爲輕，爲高，爲臺，爲酒，爲吐，爲射，爲戈，爲甲，爲叢，爲司馬，爲禮，爲繩，爲火工，爲刀，爲赤恠，爲育，爲舒。

一六爲水，爲北方，爲冬，日壬癸，辰子亥，聲羽，色黑，味鹹，臭朽，形下，生木，勝火，時藏，藏腎，侟精，性智，情悲，事聽，用聰，撝謀，徵寒，帝顓頊，神玄冥，星從其位。類爲介，爲鬼，爲祠，爲廟，爲井，爲冗，爲竇，爲鏡，爲玉，爲履，爲遠行，爲勞，爲血，爲膏，爲貪，爲含，爲蟄，爲火獵，爲閉，爲盜，爲司空，爲法，爲准，爲水工，爲盾，爲黑恠，爲聾，爲急。

五五爲土，爲中央，爲四維，日戊己，辰辰戌丑未，聲宮，色黃，味甘，臭芳，形殖，生金，勝水，時該，藏心，侟神，性信，情恐懼，事思，用睿，撝聖，徵風，帝黃帝，神后土，星從其位。類爲其裸，爲封，爲餅，爲宮，爲宅，爲中霤，爲內事，爲纖，爲衣，爲裘，爲繭，爲絮，爲牀，爲薦，爲馴，爲懷，爲腹器，爲脂漆，爲膠，爲囊，爲包，爲輿，爲轂，爲稼，爲嗇，爲食，爲宂，爲棺，爲犢，爲衢，爲會，爲都，爲度，爲量，爲土工，爲弓失，爲黃恠，爲愚，爲牟。

僮約
王褒

蜀郡王子淵，以事到煎，上寡婦楊惠舍。有一奴名便了，倩行酤酒，便了捍大杖，上夫冢巔曰："大夫買便了時，只約守家，不約爲他家男子酤酒！"子淵大怒曰："奴寧欲賣邪？"惠曰："奴父許人，人無欲者。"子[一]即決賣券之。奴復曰："欲使，皆上[二]，不上券，便了不能爲也！"子淵曰："諾！"券文曰：

神爵三年正月十五日，資生男子王子淵，從成都安志里女子楊惠買夫時戶下髯奴便了，決賣萬五千。奴從百役使，不得有二言。晨起灑掃，食了洗滌。居當穿臼縛箒，裁盂鑿井。浚渠縛落，鉏園研陌。杜埂地，刻大枊。屈竹作杷，削治鹿盧。出入不得騎馬載車，跂坐大呶。下牀振頭，捶鉤刈芻，結葦躐繐，沃不酩，住酤釀。織履作麄，黏雀張烏，結網捕魚，繳鴈彈鳧；登山射鹿，入水捕龜，浚國縱魚，鴈鶩百餘；驅逐鴟鳥，持梢牧猪，種薑養芋，長育豚駒，糞除堂潔，餧食馬牛。鼓四起坐，夜半益芻。二月春分，被隄杜疆，落桑皮樓。種瓜作瓠，別茄披葱。焚槎發等，壅集破封。日中早羹，鷄鳴起舂。調治馬驢，兼落三重。舍中有客，提壺行酤，汲水作餔。滌杯整案，園中拔蒜，斲蘇切脯。築肉臛芋，膾魚炰鱉，烹茶盡具，鋪已蓋藏。關門塞竇，餧猪縱犬，勿與隣里爭鬪。奴但當飯豆飲水，不得嗜酒，欲飲美酒，唯得染脣漬口，不得傾盂覆斗。不得辰出夜入，交關伴偶。舍後有樹，當裁作舩，上至江州，下到煎主，爲府掾求用錢。推紡惡販梭索，綿亭買席，往來都洛，當爲婦女求脂澤，販於小市。歸都擔梟，轉出旁蹉。牽犬販鵝，武陽買茶。楊氏池中擔荷，往來市聚，愼護奸偷。入市不得夷蹲旁臥，惡言醜罵。多作刀弓，持入益州，貨易牛羊。奴自交精惠，不得癡愚。持斧入山，斷檡裁轅，若殘，當作俎杌木屐及戯盤。焚薪作炭，石礨薄岸，治舍蓋屋，書削代牘。日暮以歸，當送乾薪二三束。四月當坡，五月當穫，十月收豆，多取蒲芋，益作繩索。雨墮無所爲，當編蔣織箔。植種桃李，梨柿柘桑，三丈一樹，八赤爲行，果類相從，縱橫相當。果熟收斂，不得吮嘗。犬吠當起，驚告鄰里。棖門柱戶，上樓擊鼓。椅盾曳舒，還落三用。勤心疾走，不得遨遊。奴老力索，種莞織蓆。事訖欲休，當舂一石。夜半無事，浣衣當白。若有私斂，主給賓客。奴不得有奸私，事事當聞白。奴不聽教，當笞一百。

讀券文徧訖，詞窮詐索，仡仡扣頭，兩手自搏，目淚下落，鼻涕長一尺："當如王大夫言，不如早歸黃土陌，蚯蚓鑽額。早知當爾，[三]王大夫酤酒，真不敢作惡。"

【校記】

[一]據《全漢文》，當有"淵"字。
[二]據《全漢文》，當有"券"字。
[三]據《全漢文》，當有"爲"字。

律歷志
班固

《虞書》曰："乃同律度量衡。"所以齊遠近立民信也。自伏犧畫八卦，由數起，至黃帝、堯、舜而大備。三代稽古，法度章焉。周衰官失，孔子陳後王之法，曰："謹權量，審法度，修廢官，舉逸民，四方之政行矣。"漢興，北平侯張蒼首律歷事，孝武帝時樂官考正。至元始中王莽秉政，欲燿名譽，徵天下通知鐘律者百餘人，使羲和劉歆等典領條奏，言之最詳。故刪其僞辭，取正義，著于篇。

一曰備數，二曰和聲，三曰審度，四曰嘉量，五曰權衡。參五以變，錯綜其數，稽之於古今，劾之於氣物，和之於心耳，考之於經傳，咸得其實，靡不協同。

數者，一、十、百、千、萬也，所以筭數事物，順性命之理也。《書》曰："先其筭命。"本起於黃鐘之數，始於一而三之，三三積之，歷十二辰之數，十有七萬七千一百四十七，而五數備矣。其筭法用竹，徑一分，長六寸，二百七十一枚而成六觚，爲一握。徑象乾律黃鐘之一，而長象坤呂林鐘之長。其數以《易》大衍之數五十，其用四十九，成陽六爻，得周流六虛之象也。夫推歷生律制器，規圓[一]矩方，權重衡平，準繩嘉量，探賾索隱，鉤深至遠，莫不用焉。度長短者不失毫釐，量多少者不失圭撮，權輕重者不失黍絫。紀於一，協於十，長於百，大於千，衍千[二]萬，其法在筭術。宣于天下，小學是則。職在太史，羲和長[三]之。

聲者，宮、商、角、徵、羽也。所以作樂者，諧八音，蕩滌人之邪意，全其正性，移風易俗也。八音：土曰塤，匏曰笙，皮曰鼓，竹曰管，絲曰絃，石曰磬，金曰鐘，木曰柷。五聲和，八音諧，而樂成。商之爲言章也，物成孰可章度也。角，觸也，物觸地而出，戴芒角也。宮，中也，居中央，暢四方，唱始施生，爲四聲綱也。徵，祉也，物盛大而繁祉[四]也。羽，宇也，物聚臧宇覆之地[五]。夫聲者，中於宮，觸於角，祉於徵，章於商，宇於羽，故四聲爲宮紀也。恊之五行，則角爲木，五常爲仁，五事爲貌。商爲金，爲義，爲言；徵爲火，爲禮，爲視；羽爲水，爲智，爲聽；宮爲土，爲信，爲思。以君臣民事物言之，則宮爲君，商爲臣，角爲民，徵爲事，羽爲物。唱和有象，故言君臣位事之體也。

五聲之本，生於黃鐘之律。九寸爲宮，或損或益，以定商、角、徵、羽。九六相生，陰陽之應也。律十有二，陽六爲律，陰六爲吕。律以統氣類物，一曰黃鐘，二曰太族，三曰姑洗，四曰蕤賓，五曰夷則，六曰亡射。吕以旅陽宣氣，一曰林鐘，二曰南吕，三曰應鐘，四曰大吕，五曰夾鐘，六曰中吕。有三統之義焉。其《傳》曰，黃帝之所作也。黃帝使泠綸，自大夏之西，昆侖之陰，取竹之解谷生，其竅厚均者，斷兩節間而吹之，以爲黃鐘之宮。制十二箭以聽鳳之鳴，其雄鳴爲六，雌鳴亦六，比黃鐘之宮，而皆可以生之，是爲律本。至治之世，天地之氣合以生風；天地之風氣正，十二律定。黃鐘：黃者，中之色，君之服也；鐘者，種也。天之中數五，五爲聲，聲上宮，五聲莫大焉。地之中數六，六爲律，律有形有色，色上黃，五色莫盛焉。故陽氣施種於黃泉，孳萌萬物，爲六氣元也。以黃色名元氣律者，著宮聲也。宮以九唱六，變動不居，周流六宮。始於子，在十一月。大吕：吕，旅也，言陰大，旅助黃鐘宣氣而牙物也。位於丑，在十二月。太族：族，奏也，言陽氣大，奏地而達物也。位於寅，在正月。夾鐘，言陰夾助太族宣四方之氣而出種物也。位於卯，在二月。姑洗：洗，絜也，言陽氣洗物辜絜之也。位於辰，在三月。中吕，言微陰始起未成，著於其中旅助姑洗宣氣齊物也。位於巳，在四月。蕤賓：蕤，繼也；賓，導也，言陽始導陰氣使繼養物也。位於午，在五月。林鐘：林，君也，言陰氣受任，助蕤賓君主種物使長大楙盛也。位於未，在六月。夷則：則，法也，言陽氣正法度，而使陰氣夷當傷之物也。位於申，在七月。南鐘[六]：南，任也，言陰氣旅助夷則任成萬物也。位於酉，在八月。亡射：射，厭也，言陽氣究物而使陰氣畢剥落之，終而復始，亡厭已也。位於戌，在九月。應鐘，言陰氣應亡謝[七]，該臧萬物而雜陽閡種也。位於亥，在十月。[八]

三統者，天施，地化，人事之紀也。十一月，"乾"之初九，陽氣伏於地下，始著爲一，萬物萌動，鐘於太陰，故黃鐘爲天統，律長九寸。九者，所以究極中和，爲萬物元也。《易》曰："立天之道，陰與陽。"六月，"坤"之初六，陰氣受任於太陽，繼養化柔，萬物生長，楙之於未，令種剛彊大，故林鐘爲地統，律長六寸。六者，所以含陽之施，楙之於六合之內，令剛柔有體也。"立地之道，曰柔與剛。""乾知太始，坤作成物。"正月，"乾"之九三，萬物棣通，族出於寅，人奉而成之，仁以養之，義以行之，令事物各得其理。寅，木也，爲仁；其聲，商也，爲義。故太族爲人統，律長八寸，象八卦，伏犧氏之所以順天地，通神明，類萬物之情也。"立人之道，曰仁與義。""在天成象，在地成形。""后以裁成天地之道，輔相天地之宜，以左右民。"此三律之謂矣，是爲三統。

《易》曰："參天兩地而倚數。"天之數始於一，終於二十有五。其義紀之以三，故置一得三，又二十五分之六，凡二十五置，終天之數，得八十一，以天地五位之合終於十者乘之，爲八百一十分，應歷一統千五百三十九歲之章數，黃鐘之實也。繇此之義，起十二律之周徑。地之數始於二，終於三十。其義紀之以兩，故置一得二，凡三十置，終地之數，得六十，以地中數六乘之，爲三百六十分，當期之日，林鐘之實。人者，繼天順地，序氣成物，統八卦，調八風，理八政，正八節，諧八音，舞八佾，監八方，被八荒，以終天地之功，故八八六十四。其義極天地之變，以天地五位之合終於十者乘之，爲六百四十分，以應六十四卦，大族之實也。

《書》曰："天功，人其代之。"天兼地，人則天，故以五位之合乘焉，"唯天爲大，唯堯則之"之象也。地以中數乘者，陰道理內，在中餽之象也。三統相通，故黃鐘、林鐘、太族律長皆全寸而亡餘分也。

天之中數五，地之中數六，而二者爲合。六爲虛，五爲聲，周流於六虛。虛者，爻律夫陰陽，登降運行，列爲十二，而律呂和矣。太極元氣，函三爲一。極，中也。元，始也。行於十二辰，始動於子。參之於丑，得三。又參之於寅，得九。又參之於卯，得二十七。又參之於辰，得八十一。又參之於巳，得二百四十三。又參之於午，得七百二十九。又參之於未，得二千一百八十七。又參之于申，得六千五百六十一。又參之於酉，得萬九千六百八十三。又參之於戌，得五萬九千四十九。又參之於亥，得十七萬七千一百四十七。此陰陽合德，氣鐘於子，化生萬物者也。[九]故孳萌於子，紐牙於丑，引達於寅，冒茆於卯，振美於辰，已盛於巳，咢布於午，昧曖於未，申堅於申，留孰於酉，畢入於戌，該閡於亥。出甲於甲，奮軋於乙，明炳於丙，大盛於丁，豐楙於戊，理紀於己，斂更於庚，悉新於辛，懷任於壬，陳揆於癸。故陰陽之施化，萬物之終始，既類旅於律呂，又經歷於日辰，而變化之情可見矣。

玉衡杓建，天之綱也；日月初躔，星之紀也。綱紀之交，以原始造設，合樂用焉。律呂唱和，以育生成化，歌奏用焉。指顧取象，然後陰陽萬物靡不條鬯該成。故以成之數忖該之積，如法爲一寸，則黃鐘之長也。陰陽相生，自黃鐘始而左旋，八八爲伍。其法皆用銅。職在大樂，太常掌之。

度者，分、寸、尺、丈、引也，所以度長短也。本起黃鐘之長。以子穀秬黍中者，一黍之廣，度之九十分，黃鐘之長。一爲一分，十分爲寸，十寸爲尺，十尺爲丈，十丈爲引，而五度審矣。其法用銅，高一寸，廣二寸，長一丈，而分寸尺丈存焉。用竹爲引，高一分，廣六分，長十丈，其方法矩，高廣之數，陰陽之象也。分者，自三微而成著，可分別也。寸者，忖也。尺者，蒦也。丈者，張也。引者，信也。[十]夫度者，別於分，忖於寸，蒦於尺，張於丈，信於引。引者，信天下也。職在內官，廷尉掌之。

量者，龠、合、升、斗、斛也，所以量多少也。本起於黃鐘之龠，用度數審其容，以子穀秬黍中者千有二百實其龠，以井水準其槪。合龠爲合，十合爲升，十升爲斗，十斗爲斛，而五量嘉矣。其法用銅，方尺而圜其外，旁有庣焉。其上爲斛，其下爲斗。左耳爲升，右耳爲合龠。其狀似爵，以縻爵祿。上三下二，參天兩地，圜而函方，左一右二，陰陽之象也。其圜象規，其重二鈞，備氣物之數，合萬有一千五百二十。聲中黃鐘，始於黃鐘而反覆焉，君制器之象也。龠者，黃鐘律之實也，躍微動氣而生物也。合者，合龠之量也。斗者，聚升之量也。斛者，角斗平多少之量也[十一]。夫量者，躍於龠，合於合，登於升，聚於斗，角於斛也。職在太倉，大司農掌之。

衡權者，衡，平也；權，重也，衡所以任權而均物平輕重也。其道如底，以見準之正，繩之直。左旋見規，右折見矩，其在天也；佐助旋機，斟酌建指，以齊七政，故曰玉衡。《論語》曰："立則見其參於前也，在車則見其倚於衡也。"又曰："齊之以禮。"此衡在前居南方之義也。

權者，銖、兩、斤、鈞、石也，所以稱物平施，知輕重也。本起於黃鐘之重，一龠容千二百黍，重十二銖，兩之爲兩。二十四銖爲兩，十六兩爲斤，三十斤爲鈞，四鈞爲石。忖爲十八，《易》十有八變之象也。五權之制，以義立之，以物鈞之，其餘小大之差，以輕重爲宜。圜而環之，令之肉倍好者，周旋無端，終而復始，無窮已也。銖者，物繇忽微始，至於成著，可殊異也。兩者，兩黃鐘律之重也。二十四銖而成兩者，二十四氣之象也。斤者，明也，三百八十四銖，《易》二篇之爻，陰陽變動之象也。十六兩成斤者，四時乘四方之象也。鈞者，均也，陽施其氣，陰化其物，皆得其成就平均也。權與物均，重萬一千五百二十銖，當萬物之象也。四百八十兩者，六旬行八節之象也。三十斤成鈞者，一月之象也。石者，大也，權之大者也。始於銖，兩於兩，明於斤，均於鈞，終於石，物終石大也。四鈞爲石者，四時之象也。重百二十斤者，十二月之象也。終於十二辰而復於子，黃鐘之象也。[十二]九百二十兩者，陰陽之數也。三百八十四爻，五行之象也。四萬六千八十銖者，萬一千五百二十歷四時之象也。而歲功成就，五權謹矣[十三]。

權與物鈞而生衡，衡運生規，規圜生矩，矩方生繩，繩直生準，準正則平衡而鈞權矣，是爲五則。規者，所以規圜器械，令得其類也。矩者，[十四]矩方器械，令不失其形也。規矩相須，陰陽位序，圜方乃成。準者，所以揆平取正也；繩者，上下端直，經緯四通也。準繩連體，衡權合德，百工繇焉，以定法式，輔弼執玉，以翼天子。《詩》云：「尹氏大師，秉國之鈞，四方是維，天子是毗，俾民不迷。」咸有五象，其義一也。五則揆物，有輕重圜方平直陰陽之義，四方四時之體，五常五行之象。厥法有品，各順其方而應其行。職在大行，鴻臚掌之。

《書》曰：「予欲聞六律、五聲、八音、七始詠，以出內五言，女聽。」予者，帝舜也。言以律呂和五聲，施之八音，合之成樂。七者，天地四時人之始也。順以歌詠五常之言，聽之則順乎天地，序乎四時，應人倫，本陰陽，原情性，風之以德，感之以樂，莫不同乎一。唯聖人爲能同天下之意，故帝舜欲聞之也。今廣延群儒，博謀講道，脩明舊典；同律，審度，嘉量，平衡，均權，正準，直繩，立于五則，備數和聲，以利兆民，貞天下於一，同海內之歸。凡律度量衡用銅者，名自名也，所以同天下，齊風俗也。銅爲物之至精，不爲燥溼寒暑變其節，不爲風雨暴露改其形，介然有常，有似於士君子之行，是以用銅也。用竹爲引者，事之宜也。

歷數之起上矣。傳述顓頊命南正重司天，火正黎司地，其後三苗亂德，二官咸廢，而閏餘乖次，孟陬殄滅，攝提失方。堯復育重、黎之後，使纂其業，故《書》曰：「乃命羲和，欽若昊天，歷象日月星辰，敬授民時。」「歲三百有六旬有六日，以閏月定四時成歲，允釐百官，衆功皆美。」其後以授舜曰：「咨爾舜，天之歷數在爾躬。」舜亦以命禹。至周武王訪箕子，箕子言大法九章，而五紀明歷法。故自殷、周，皆創業改制，咸正歷紀，服色從之，順其時氣，以應天道。三代既没，五伯之末，史官喪紀，疇人子弟分散，或在夷狄，故其所記，有《黃帝》《顓頊》《夏》《殷》《周》及《魯歷》。戰國擾攘，秦兼天下，未皇暇也，亦頗推五勝，而自以獲水德，乃以十月爲正，色尚黑。

漢興，方綱紀大基，庶事草創，襲秦正朔。以北平侯張蒼言，用《顓頊歷》，比於六歷，疏闊中最爲微近。然正朔服色，未睹其真，而朔晦月見，弦望滿虧，多非是[十五]。

至武帝元封七年，漢興百二歲矣，大中大夫公孫卿、壺遂、太史令司馬遷等言：「歷紀壞廢，宜改正朔。」是時御史大夫兒寬明經術，上乃詔寬曰：「與博士共議，今宜何以爲正朔？服色何上？」寬與博士賜等議，皆曰：「帝王必改正朔，易服色，所以明受命於天也。創業變改，制不相復，推傳序文，則今夏時也。臣等問學褊陋，不能明。陛下躬聖發憤，昭配天地，臣愚以爲三統之制，後聖復前聖者，二代在前也。今二代之統絕而不序矣，唯陛下發聖德，宣考天地四時之極，則順陰陽以定大明之制，爲萬世則。」於是廼詔御史曰：「廼者有司言歷未定，廣延宣問，以考星度，未能讎也。蓋聞古者黃帝合而不死，名察發斂，定清濁，起五部，建氣物分數。然則上矣，書缺樂弛，朕甚難之。依違以惟，未能修明，其以七年爲元年。」遂詔卿、遂、遷與侍郎尊、大典星射姓等議造《漢歷》。廼定東西，立晷儀，下漏刻，以追二十八宿相距於四方，舉終以定朔晦分至，[十六]離弦望。廼以前歷上元泰初四千六百一十七歲，至於元封七年，復得閼逢攝提格之歲，中冬十一月甲子朔旦冬至，日月在建星，太歲在子，已得太初本星度新正[十七]。姓等奏不能爲算，願募治歷者，更造密度，各自增減，以造漢《太初歷》。廼選治歷鄧平及長樂司馬可、酒泉候宜君、侍郎尊及與民間治歷者，凡一[十八]十餘人，方士唐都、巴郡落下閎與焉。都分天部，而閎運算轉歷。其法以律起歷，曰：「律容一龠，積八十一寸，則一日之分也。與長相終，律長九寸，百七十一分而終復。三復而得甲子。夫律陰陽九六，爻象所從出也。故黃鐘紀元氣之謂律。律，法也，莫不取法焉。」與鄧平所治同。於是皆觀新星度、日月行，更以算推，如門、平法。法：一月之日二十九日八十一分日之四十三。先藉半日，名曰陽歷；不藉，名曰陰歷。所謂陽歷者，先朔月生；陰歷者，朔而後月廼生。平曰：「陽歷朔皆先旦月生，以朝諸侯王群臣便。」廼詔遷用鄧平所造八十一分律歷，罷廢尤疏遠者十七家，復使校歷律昏眀。宦者淳于陵渠覆《太初歷》晦朔弦望，皆最密，日月如合璧，五星如連珠。陵渠奏狀[十九]，遂用鄧平歷，以平爲太史丞。

後二十七年，元鳳三年，太史令張壽王上書言：「歷者天地之大紀，上帝所爲。傳黃帝《調律歷》，漢元年以來用之。今陰陽不調，宜更歷之過也。」詔下主歷使者鮮于妄人詰問，壽王不服。妄人請與治歷大司農中丞麻光等二十餘人雜候日月晦朔弦望、八節二十四氣，鈞校諸歷用狀。奏可。詔與丞相、御史、大將軍、右將軍史各一人雜候上林清臺，課諸歷疏密，凡十一家。以元鳳三年十一月朔旦冬至，盡五年十二月，各有第。壽王課疏遠。誹謗益甚，竟以下吏。故歷本之驗在於天，自漢歷初起，盡元鳳六年，三十六歲，而是非堅定。

至孝成世，劉向總六歷，列是非，作《五紀論》。向子歆究其微眇，作《三統曆》及《譜》以說《春秋》，推法密要，故述焉。

夫歷《春秋》者，天時也，列人事而目以天時。《傳》曰："民受天地之中以生，所謂命也。是故有禮誼動作威儀之則以定命也，能者養以之福，不能者敗以取禍。"故列十二公二百四十二年之事，以陰陽之中制其禮。故春爲陽中，萬物以生；秋爲陰中，萬物以成。是以事舉其中，禮取其和，歷數以閏正天地之中，以作事厚生，皆所以定命也。《易》金、火相革之卦曰"湯、武革命，順乎天而應乎人"，又曰"治歷明時"，所以和人道也。

周道既衰，幽王既喪，天子不能班朔，魯歷不正，以閏餘一之歲爲蔀首。故《春秋》刺"十一月乙亥朔，日有食之"。於是辰在申，而司歷以爲在建戌，史書建亥。哀十二年，亦以建申充大[二十]之月爲建亥，而怪蟄蟲之不伏也。自文公閏月不告朔，至此百有餘年，莫能正歷數。故子貢欲去其餼羊，孔子愛其禮，而著其法於《春秋》。《經》曰："冬十月朔，日有食之。"《傳》曰："不書日，官失之也。天子有日官，諸侯有日御，日官居卿以底日，禮也，日御不失日以授百官於朝。"言告朔也。元典歷始曰元，《傳》曰："元，善之長也。"共養三德爲善。又曰"元，體之長也"，合三體而爲之原，故曰元。於春三月，每月書王，元之三統也。三統合於一元，故因元一而九三之以爲法，三[二一]十一三之以爲實，實如法得一。黃鐘初九，律之首，陽之變也。因而六之，以九爲法，得林鐘初六，呂之首，陰之變也。皆參天兩地之法也。上生六而倍之，下生六而損之，皆以九爲法。九六，陰陽夫婦子母之道也。律娶妻而呂生子，天地之情也。六律六呂，而十二辰立矣。五聲清濁，而十日行矣。《傳》曰"天六地五"，數之常也。天有六氣，降生五味。夫五六者，天地之中合，而民所受以生也。故日有六甲，辰有五子，十一而天地之道畢，言終而復始。太極中央元氣，故爲黃鐘，其實一龠，以其長自乘，故八十一爲日法，所以生權衡度量，禮樂之所繇出也。《經》元一以統始，《易》太極之首也；春秋二目目歲，《易》兩儀之中也；於春每月書王，《易》三極之統也；於四時雖亡事必書時月，《易》四象之節也；時月以建分至啓閉之分，《易》八卦之位也；象事成敗，《易》吉凶之效也；朝聘會盟，《易》大業之本也。故《易》與《春秋》，天人之道也。《傳》曰："龜，象也；筮，數也。物生而後有象，象而後有滋，滋而後有數。"

是故元始有象一也，春秋二也，三統三也，四時四也，合而爲十，成五體。目五乘十，大衍之數也，而道據其一，其餘四十九，所當用也，故蓍以爲數。目象兩兩之，又以象三三之，又以象四四之，又歸奇象閏十九及所據一加之，因目再扐兩之，是爲月法之實。如日法得一，則一月之日數也，而三辰之告[一一]交矣，是目能生吉凶。故《易》曰："天一地二，天三地四，天五地六，天七地八，天九地十。天數五，地數五，五位相得而各有合。天數二十有五，地數三十，凡天地之數五十有五，此所以成變化而行鬼神也。"并終數爲十九，《易》窮則變，故爲閏法。參天九，兩地十，是爲會數。參天數二十五，兩地數三十，是爲朔、望之會。目會數乘之，則周於朔旦冬至，是爲會月。九會而復元，黃鐘初九之數也。經於四時，雖亡事必書時月；時所以記啓閉也，月所以紀分至也。啓閉者，節也；分至者，中也。節不必在其月，故時中必在正數之月。故《傳》曰："先王之正時也，履端於始，舉正於中，歸餘於終。履端於始，序則不愆；舉正於中，民則不惑；歸餘於終，事則不誖。"此聖王之重閏也。《春秋》曰："舉正於中。"又曰："閏月不告朔，非禮也。閏以正時，時以作事，事以厚生，生民之道於是乎在矣。不告閏朔，棄時正也，何以爲民？"故魯僖"五年春王正月辛亥朔，日南至，公旣視朔，遂登觀臺以望，而書，禮也。凡分、至、啓、閉，必書雲物，爲備故也。"至昭二十年二月己丑，日南至，失閏，至在非其月。梓慎望氛氣而弗正，不履端於始也。故《傳》不曰冬至，而曰日南至。極於牽牛之初，日中之時景最長，以此知其南至也。斗綱之端連貫營室，織女之紀指牽牛之初，以紀日月，故曰星紀。五星起其初，日月起其中，凡十二次。日至其初爲節，至其中斗建下爲十二辰。視其建而知其次，故曰："制禮上物，不過十二，天之大數也。"《經》曰"春，王正月"，《傳》曰周正月"火出，於夏爲三月，商爲四月，周爲五月，夏數得天"，得四時之正也。三代各據一統，明三統常合，而迭爲首，登降三統之首，周還五行之道也。五行與三統相錯，《傳》曰"天有三辰，地有五行"，然則三統五星可知也。《易》曰："參五以變，錯綜其數。通其變，遂成天下之文；極其數，遂定天下之象。"太極運三辰五星於上，而元氣轉三統五行於下，其於人，皇極統三德五事。故三辰之合於三統也，日合於天統，月合於地統，斗合於人統。五星之合於五行，水合於辰星，火合於熒惑，金合於太白，木合於歲星，土合於填星，三辰五星而相經緯也。天以一生水，地以二生火，天以三生木，地以四生金，天以五生土。五勝相乘，以生小周，以乘"乾""坤"之策，而成大周。陰陽比類，交錯相乘，故九六之變登降於六體。三微而成著，三著而成象，二象十有八變而成卦，四營而成易，爲七十二；參三統兩四時相乘之數也。參之則得"乾"之策，兩之則得"坤"之策。以陽九九之，爲六百四十八；以陰六六之，爲四百三十二；凡一千八十，陰陽各一卦之徵筭策也。八之，爲八千六百四十，而八卦小成；引而信之，又八之，爲六萬九千一百二十；天地再之，爲十三萬八千二百四十，然後大成。五星會終，觸類而長之，以乘章歲，爲二百六十二萬六千五百六十，而與日月會。三會爲七百八十七萬九千六百八十，而與三統會。三統二千三百六十三萬九千四十，而復於太極上元。九章歲而六之爲法，太極上元爲實，實如法得一陰一陽各萬一千五百二十，當萬物氣體之數，天下之能事畢矣。

【校記】
　　［一］圜，陳本、《漢書》作圓。
　　［二］千，陳本、《漢書》作於。
　　［三］長，陳本同。《漢書》作掌。
　　［四］繁祉，陳本、《漢書》作緐止。
　　［五］地，陳本、《漢書》作也。
　　［六］鐘，陳本同。《漢書》作呂。
　　［七］謝，陳本、《漢書》作射。
　　［八］本段"黃鐘"至"在十月"，據陳本補。《漢書》有。
　　［九］"始動於子"至"化生萬物者也"，據陳本補。《漢書》有。
　　［十］"其法用銅"至"引者，信也"，據陳本補。《漢書》有。
　　［十一］本段"其法用銅"至"多少之量也"，據陳本補。《漢書》有。
　　［十二］《漢書》此有"千"字。
　　［十三］"五權之制"至"五權謹矣"，據陳本補。《漢書》有。
　　［十四］陳本、《漢書》此有"所以"二字。
　　［十五］"以北平侯張蒼言"至"多非是"，據陳本補。《漢書》有。
　　［十六］《漢書》此有"躔"字。
　　［十七］"廼定東西"至"已得太初本星度新正"，據陳本補。《漢書》有。
　　［十八］一，陳本、《漢書》作二。
　　［十九］"於是皆觀新星度"至"陵渠奏狀"，據陳本補。《漢書》有。
　　［二十］炕大，陳本、《漢書》作流火。
　　［二一］陳本無"三"字。《漢書》亦無。
　　［二二］告，陳本同。《漢書》作會。

五行
班固

五行者，何謂也？謂金木水火土也。言行者，欲言爲天行氣之義也。地之承天，猶妻之事夫，臣之事君也。謂其位卑，卑者親事，故自周於一行尊於天也。《尚書》："一曰水，二曰火，三曰木，四曰金，五曰土。"水位在北方，北方者陰氣，在黃泉之下，任養萬物。水之爲言淮也，陰化沾濡任生木。木在東方，東方者，陰[一]陽氣始動，萬物始生；木之爲言觸也，陽氣動躍。火在南方，南方者，陽在上，萬物垂枝；火之爲言委隨也，言萬物布施；火之爲言化也，陽氣用事，萬物變化也。金在西方，西方者，陰始起，萬物禁止。金之爲言禁也。土在中央者，主吐含萬物。土之爲言吐也。何知東方生？《樂記》曰："春生夏長，秋收冬藏。"土所以不名時，地，土別名也。比於五行最尊，故不自居部職也。《元命包》曰："土之爲位而道在，故大不預化，人主不任部職。"

五行之性或上或下何？火者，陽也，尊，故上。水者，陰也，卑，故下。水[二]者，少陽；金者，少陰，有中和之性，故可曲可直從革。土者最大，苞含物將生者出者，將歸者[三]，不嫌清濁爲萬物。《尚書》曰："水曰潤下，火曰炎上，木曰曲直，金曰從革，土爰稼穡。"五行所以二陽三陰何？土尊，尊者配天，金木水火，陰陽自偶。

水味所以鹹何？是其性也。所以北方鹹者，萬物鹹與所以堅之也，猶五味得鹹乃堅也。木味所以酸者何？東方萬物之生也，酸者以達生也，猶五味得酸乃達也。火味所以苦何？南方主長養，苦者所以長養也，猶五味須苦可以養也。金味所以辛何？西方煞傷成物，辛所以煞傷之也，猶五味得辛乃委煞也。土味所以甘何？中央者，中和也，故甘，猶五味以甘爲主也。《尚書》曰："潤下作鹹，炎上作苦，曲直作酸，從革作辛，稼穡作甘。"北方其臭朽者何？北方水，萬物所幽藏也。又水者受垢濁，故臭腐朽也。東方者木也，萬物新出地中，故其臭羶。南方者火也，盛陽承動，故其臭焦。西方者金也，萬物成熟始復諾，故其臭腥。中央土也，主養，故其臭香也。《月令》曰："東方其臭羶，南方其臭焦，中央其臭香，西方其臭腥，北方其臭朽。"所以名之爲東方者，動方也，萬物始動生也。南方者，任養之方，萬物懷任也。西方者，遷方也，萬物遷落也。北方者，伏方也，萬物伏藏也。

少陽見寅，寅者，演也。律中大簇，律之言率，所以率氣令生也。卯者，茂也，律中夾鐘。衰於辰，辰，震也，律中姑洗。其日甲乙者，萬物孚甲也。乙者，物蕃屈有節欲出。時爲春，春之爲言偆偆動也，位在東方，其色青，其音角；角者，氣動耀也。其帝太皞，皞者，大起萬物擾也。其神勾芒者，物之始生，其精青龍，芒之爲言萌也。陰中陽故，太陽見於巳，巳者物必起，律中仲呂。壯盛於午，午物滿長，律中蕤賓。衰於未，未味也，律中林鐘。其日丙丁者，其物炳明丁者，強也。時爲夏，夏之言大也，位在南方，其色赤，其音徵，徵，止也，陽度極也；其帝炎帝者，太陽也，其神祝融，祝融者，屬續，其精爲鳥，離爲鸞。故少陰見於申，申者，身也，律中夷則。壯於酉，酉者，老物收斂，律中南呂。衰於戌，戌者，滅也，律中無射，無射者，無聲也。其日庚辛，庚者，物更也。辛者，陰始成。時爲秋，秋之爲言愁亾也，其位西方，其色白，其音商，商者，強也。其神少皞，少皞者，少斂也，其神蓐收，蓐收者，縮也。其精白虎，虎之爲言搏討也。故太陰見於亥，亥者，仰也，律中應鐘；壯於子，於子者，孳也，律中黃鐘。衰於丑，丑者，紐，律中大呂。其日壬癸，壬者，陰始任。癸者，揆度也。時爲冬，冬之爲言終也，其位在北方，其音羽，羽之爲言舒，言萬物始孳。其帝顓頊，顓頊者，寒縮也。其神玄冥，玄冥者，入冥也，其精玄武，掩起離體泉，龜蛟珠蛤。土爲中宮，其日戊己。戊者，茂也。己抑屈起，其音宮，宮者，中也。其帝黃帝，其神后土。

　　《月令》云：十一月律謂之黃鐘何？中和之色。鐘者，動也，言陽氣動於黃泉之下，動養萬物也。十二月律之謂之大呂何？大，大也；呂者，拒也。言陽氣欲出，陰不許也。呂之爲言拒者，旅抑拒難之也。正月律謂之太簇何？大，亦大也；簇者，湊也。言萬物始大，湊地而出也。二月律謂之夾鐘何？夾者，孚甲也，言萬物孚甲，種類分也。三月謂之姑洗何？姑者，故也；洗者，鮮也。言萬物皆去故就其新，莫不鮮明也。四月謂之仲呂何？陽氣極將，彼故復中難之也。五月謂之蕤賓，蕤者，下也；賓者，敬也。言陽氣上極，陰氣始，賓敬之也。六月謂之林鐘何？林者，衆也，萬物成熟，種類衆多。七月謂之夷則何？夷，傷；則，法也。言萬物始傷，被刑法也。八月謂之南呂何？南者，任也。言陽氣尚有，任生薺麥也，故陰拒之也。九月謂之無射何？射者，終也，言萬物隨陽而終也，當復隨陰而起，無有終已。十月謂之應鐘何？鐘，動也，言萬物應陽而動下藏也。

　　五行所以更王何？以其轉相生，故有終始也。木生火，火生土，土生金，金生水，水生木。是以木王，火相，土死，金囚，水休。王所勝老死囚，故王者休。見王火相何？以知爲臣，土所以死者，子爲父報仇者也。五行之子愼之物歸母，木王火相，金成，其火爍金。金生水，水滅火，報其理。火生土，土則害水，莫能而禦。五行所以相害者，天地之性。衆勝寡，故水勝火也；精勝堅，故火勝金；剛勝柔，故金勝木；專勝散，故木勝土；實勝虛，故土勝水也。火陽，君之象也；水陰，臣之義也。臣所以勝其君何？此謂無道之君也，故爲眾陰所害，猶紂王也。是使水得施行，金以蓋之，土以應之，欲溫則溫，欲寒亦何從得害火乎？曰：五行各自有陰陽，木生火所以還燒其母何？曰金勝木，火欲爲木害金。金者，堅強難消，故母以遜體助火燒金，此自欲成子之義，又陽道不相離，故爲兩盛火死子乃繼之。木王所以七十二日何？土王四季，各十八日，合九十日爲一時，王九十日。土所以王四季何？木非土不生，火非土不榮，金非土不成，水無土不高。土扶微助衰，歷成其道，故五行更王，亦須土也。王四季，居中央不名時。五行何以知同時起？丑訖義相生。《傳》曰：“五行並起赴，各以名別。”陽生陰煞，火中無生物，水中反有生物何？生者以內火，陰在內，故不生也。水、火獨一種，金、木多品何？以爲南北陰陽之極也，得其極故一也。東西非其極也，故非一也。水、木可食，金、火、土不可食何？木者陽，陽者施生，故可食；火者陰在內，金者陰嗇吝，故不可食。火、水所以殺人何？水盛氣也，故入而殺人；火陰在內，故殺人壯于水也；金木微氣，故不能自殺人也。火不可入其中者，陰在內也，入則殺人矣。水、土陽在內，故可入其中。金、木微氣也，精密不可得入也。水、火不可加人功爲用，金、木加人功何？火者盛陽，水者盛陰者也，氣盛不變，故不可加人功爲人用。金木者不能自成，故須人加功，以爲人用也。五行之性，火熱水寒，有溫水，無寒火何？明臣可以爲君，君不可更爲臣。五行常在，火乍亾何？水太陰也，刑者故常在。金少陰，木少陽，微氣無變，故亦常在。火，太陽精微，人君之象。象尊常藏，猶天子居九重之內，臣下衛之也。藏於木者，依於仁也，木自主金，須人取之乃成，陰卑不能自成也。木所以浮，金所以沉何？子生於母之義。肝所以沉，肺所以浮何？有知者尊其母也。一說木畏金，金之妻庚，受庚之化，木者法其本，柔可曲直，故浮也，肝法其化，直故沉。五行皆同義。

　　天子所以內明而外昧，人所以外明而內昧何？明天人欲相嚮而治也。行有五，時有四何？四時爲時，五行爲節，故木王即謂之春，金王即謂之秋，土尊不任職，君不居部，故時有四也。子不肯禪何法？法四時火不興土而興金也。父死子繼何法？法木終火王也。兄死弟及何法？夏之承春也。“善善及子孫”何法？法春生待夏復長也。“惡惡止其身”何法？法秋煞不待冬也。主幼臣攝政何法？法土用事於季、孟之間也。子之復讎何法？法土勝水、水勝火也。子順父、臣順君、妻順夫何法？法地順天也。男不離父母何法？法火不離木也。女離父母何法？法水流去金也。娶妻親迎何法？法日入，陽下陰也。君讓臣何法？法月三十日，名其功也。善稱君、過稱己何法？法陰陽共敘共生，陽名生，陰名煞。臣有功歸於君何法？法歸明於日也。臣法君何法？法金正木也。子諫父何法？法火揉直木也。臣諫君不從則去何法？法水潤下、達於上也。君子遠子近孫何法？法木遠火近土也。親屬臣諫不相去何法？法水木枝葉不相離也。父爲子隱何法？法木之藏火也。子爲父隱何法？法水逃金也。君有衆民何法？法天有衆星也。王者賜先親近、後疎遠何法？法天雨，高者先得之也。長幼何法？法四時有孟、仲、季也。朋友何法？法水合流相承也。父母生子養、長子何法？法水生木長大也。子養父母何法？法夏養長木，此火養母也。不以父命廢主命何法？法金不畏土而畏火。陽舒陰急何法？法日行遲、月行疾也。有分土無分民何法？法四時各有分而所生者通也，若言東，東方天下皆生也。君一娶九女何法？法九州象天之施也。不娶同姓何法？法五行異類乃相生也。子喪父母何法？法木不見水則憔悴也。喪三年何法？法三年一閏，天道終也。父喪子、夫喪妻何法？法一歲物有終始，天氣亦爲之變也。年六十閉房何法？法六月陽氣衰也。人有五藏六府何法？法五行六合也。人目何法？法日月明也。日照晝，月照夜，人目所不更照何法？目亦更用事也。王者監二王之後何法？法木湏金以正，湏水以潤也。明王先賞後罰何法？法四時先生後煞也。

【校記】

  [一]據陳立《白虎通疏證》，無"陰"字。
  [二]水，《白虎通疏證》作木，是。
  [三]據《白虎通疏證》，有"入"字。

奕旨
班固

大冠言博既終，或進而問之曰："孔子稱有博奕，今博行於世，而奕獨絕。博義既弘，奕義不述，問之論家，師不能說，其聲可聞乎？"

曰："學不廣博，無以應客。北方之人，謂棊爲奕。弘而說之，舉其大畧，厥義深矣。局必方正，象地則也。道必正直，神明德也。棊有白黑，陰陽分也。駢羅列布，效天文也。四象既陳，行之在人，蓋王政也。成敗臧否，爲仁由己，危或作道[陳]之正也。夫博懸於投，不專在行，優者有不遇，劣者有僥倖。踦挐相淩，氣勢力争，雖有雄雌，未足以爲平也。至於奕則不然，高下相推，人有等級。若孔氏之門，回賜相服，循名責實，謀以計策。若唐虞之朝，考功黜陟，器用有常，施設无析。因敵爲資，應時屈伸，續之不復，變化日新。或虛設豫置以自護衛，蓋象庖羲罔罟之制，隄防周起，障塞漏決。有似夏后治水之勢，一孔有闕，壞穨不振。有似瓠子汎濫之敗，一枼破窒，亡地復還。曹子之威，作伏設詐，突圍橫行；田單之奇，要厄相刼，割地取償；蘇張之姿，固本自廣，敵人恐懼。三分有二，釋而不誅，周文之德，知者之慮也。旣有過失，能量弱強，逡巡需行，保角依旁，却自補續，雖敗不亡，繆公之智，中庸之方也。上有天地之象，次有帝王之治，中有五霸之權，下有戰國之事。覽其得失，古今畧備。及其晏也，至於發憤忘食，樂以忘憂。推而高之，仲尼槩也，樂而不盈[一]，哀而不傷。質之《詩》《書》，《關睢》類也。紕專知柔，陰陽代至。施之養性，彭祖氣也。外若無爲，默而識淨泊，自守以道意。隱居放言，遠咎悔行，象虞仲，信可喜。感乎大冠論未備，故因問者喻其事。"

【校記】

　　[一]盈，陳本、《全後漢文》作淫。

卷八十二

雜文四廣

篆勢
蔡邕

　　字畫之始，因於[一]鳥遺跡，皇頡循聖，作則制斯文。體有六，篆[二]爲真，形要妙，巧入神。或龜文斜列，櫛比龍鱗，紆體放尾，長短副身。穎若黍稷之垂穎，蘊若蟲蛇之棼蘊。揚波振激，鷹跱鳥震，延頸脅翼，勢似凌雲。或輕舉内投，微本濃末，若絶若連，似露緣絲，垂凝下端。從者如懸，衡者如編，抄者邪趣，不方不圓，若行若飛，跂跂翾翾。遠而望之，若鴻鵠群遊，駱驛[三]遷延；迫而察之，端澄不可得見，指撝不可勝原。研桑不能數其詰屈，離婁不能覩其隙間。般倕揖讓而辭巧，籀誦拱手而韜翰。處篇籍之首目，粲粲斌斌其可觀。摘華豔於紈素，爲學藝之範圍。嘉文德之弘懿，舉大體而論旃。

【校記】

　　[一]"字畫之始，因於"六字，二本皆缺，據《全後漢文》補。
　　[二]篆，陳本、《全後漢文》作篆。《古文苑》作篆。
　　[三]駱驛，陳本、《古文苑》、《全後漢文》作絡繹。

草書勢
崔瑗

　　書契之興，始自頡皇，寫彼鳥跡，以定文章。爰暨末葉，典籍彌繁，時之多僻，政之多權。官事荒蕪，勦其墨翰，惟作佐隸，舊字是刪。草書之法，蓋又簡略，應時諭指，用於卒迫。兼功并用，愛日省力，純儉之變，豈必古式。觀其法象，俯仰有儀，方不中矩，圓不副規，抑左揚右，望之若崎。竦企鳥跱，志在飛移；狡獸暴駭，將奔未馳。或蚪黗點黵，狀似連珠，絕而不離，畜怒怫鬱，放逸生奇。或凌邃惕慄，若據高臨危，旁點邪附，似蜩螗捐枝。絕筆收勢，餘綖糾結，若杜伯揵毒緣巘；螣蛇赴穴，頭没尾垂。是故遠而望之，漼焉若沮岑崩涯；就而察之，一畫不可移。幾微要妙，臨時從宜，略率大較，髣髴若斯。

責髯奴文
黃香

我觀人鬚，長而復黑，冉弱而調，離離若綠城之竹，鬱鬱若春田之苗，因風披靡，隨風飄飄。爾乃附以豐頤，表以蛾眉，發以素顔，呈以妍姿。約之以縰綾，潤之以芳脂，莘莘翼翼，靡靡綏綏，振之發曜，黝若玄珪之垂。於是摇鬚奮髭，則論說唐虞；鼓鬐動鬣，則研覈否臧。内有環刑，外闡宫商，相如以之閑都，顓孫以之堂堂。豈若子髯，旣亂且赭，枯槁禿瘁，劬勞辛苦，汗垢流離，汙穢泥土，傖囁穰襦，與塵爲侣。無素顔可依，無豐頤可怙，動則困於惣滅，靜則窘於困虜。薄命爲髭，正著子頤，爲身不能疵其四體，爲智不能飾其形骸。癩鬚瘦面，常如死灰，曾不如犬羊之毛尾、狐狸之毫氅[一]。爲子鬚，不亦難乎？

【校記】

[一]氅，《初學記》、《古文苑》作氂。

申鑒
荀悅

夫道之本，仁義而已矣。五典以經之，羣籍以緯之，詠之歌之，弦之舞之，前鑒旣明，後復申之。故古之聖王，其於仁義也，申重而已。篤序無疆，謂之申鑒。

聖漢統天，惟宗時亮，其功格宇宙。粵有虎臣亂政，時亦惟荒圮湮，茲洪軌儀，鑒于三代之典。王允迪厥德，功業有尚，天道在爾，惟帝茂止，陟降膚止，萬國康止，允出茲，斯行遠矣。立天之道，曰陰與陽；立地之道，曰柔與剛；立人之道，曰仁與義。陰陽以統其精氣，剛柔以品其羣形，仁義以經其事業，是爲道也。故凡政之大經，法教而已。教者，陽之化也；法者，陰之符也；仁也者，慈此者也；義也者，宜此者也；禮也者，履此者也；信也者，守此者也；智也者，知此者也。是故好惡以章之，喜怒以洿之，哀樂以恤之。若乃二端不忒，五德不離，六節不悖，則三才允序，五事交備，百工惟釐，庶績咸熙。天作道，皇作極，臣作輔，民作基。[一]惟先喆王之政，一曰承天，二曰正身，三曰任賢，四曰恤民，五曰明制，六曰立業。承天惟允，正身惟常，任賢惟固，恤民惟勤，明制惟典，立業惟敦，是謂政體也。致治之術，先屛四患，乃崇五政。一曰僞，二曰私，三曰放，四曰奢；僞亂俗，私壞法，放越軌，奢敗制；四者不除，則政未由行矣。俗亂則道荒，雖天地不得保其性矣；法壞則世傾，雖人主不得守其度矣；軌越則禮亡，雖聖人不得全其道矣；制敗則欲肆，雖四表不能克其求矣，是謂四患。興農桑以養其生，審好惡以正其俗，宣文教以章其化，立武備以秉其威，明賞罰以統其法，是謂五政。民不畏死，不可懼以罪；民不樂生，不可觀以善。雖使咼布五教，咎繇作士，政不行焉。故在上者，先豐民財以定其志。帝耕籍田，后桑蠶宮，國無遊民，野無荒業，財不虛用，力不妄加，以周民事，是謂養生。

　　君子之所以動天地，應神明，正萬物，而成王治者，必本乎真實而已。故在上者，審則儀道以定好惡，善惡要於功罪，毀譽效於準驗，聽言責事，舉名察實，無或詐僞以蕩衆心；故事無不覈，物無不切，善無不顯，惡無不彰，俗無姦怪，民無淫風。百姓上下睹利害之存乎己也，故肅恭其心，慎修其行，內不忒惑，外無異望。慮其睹去徼倖，無罪過不憂懼，請謁無所聽，財賂無所用，則民志平矣，是謂正俗。君子以情用，小人以刑用。榮辱者，賞罰之精華也，故禮教榮辱以加君子，化其情也；桎梏鞭朴[二]以加小人，治其刑[三]也。君子不犯辱，況於刑乎？小人不忌刑，況於辱乎？若夫中人之論，則刑禮兼焉。教化之廢，惟[四]中人而墜於小人之域；教化之行，引中人而納於君子之塗，是謂章化。小人之情，緩則驕，驕則恣，恣則急，急則怨，怨則畔，危則謀亂，安則思欲，非威強無以懲之。故在上者，必有武備，以戒不虞，以遏寇虐。安居則寄之內政，有事則用之軍旅，是謂秉威。賞罰，政之柄也。明賞必罰，審信慎令；賞以勸善，罰以懲惡。人主不妄賞，非徒愛其財也，賞妄行則善不勸矣；不妄罰，非徒慎其刑也，罰妄行則惡不懲矣。賞不勸，謂之止善；罰不懲，謂之縱惡。在上者能不止下爲善，不縱下爲惡，則治國矣，是謂統法。四患既蠲，五政既立，行之以誠，守之以固；簡而不怠，疏而不失；無爲爲之，使自施之；無事事之，使自交之。不肅而治，垂拱揖遜而海內平矣，是謂爲政之方也。

【校記】

　　[一]陳本此有：制度以綱之，事業以紀之。黃省曾《申鑒注校補》有。

[二]朴，陳本、《申鑒注校補》作扑。
[三]刑，陳本、《申鑒注校補》作形。
[四]惟，陳本、《申鑒注校補》作推。

釋愁文
曹植

予以愁慘，行吟路邊，形容枯悴，憂心如醉[一]。有玄靈[二]先生見而問之曰："子將何疾以至於斯？"苔曰："吾所病者，愁也。"先生曰："愁是何物，而能病子乎？"苔曰："愁之爲物，惟惚[三]惟恍。不召自來，推之弗往。尋之不知其際，握之不盈一掌。寂寂長夜，或羣或黨，去來無方，亂其情[四]爽。其來也難進，其去也易追，臨餐困於哽咽，煩冤毒於酸嘶。加之以粉飾不澤，飲之以兼肴不肥，温之以金[五]石不消，摩之以神膏不希，授之以巧笑不悦，樂之以絲竹增悲。醫和絕思而無措，先生豈能爲我螯[六]龜乎？"先生作色而言曰："子徒辯子之愁形，未知子愁所由而生，吾獨爲子言其發矣。方今大道既隱，子生末季，沉溺流俗，眩惑名位，濯纓彈冠，諂趣榮貴，坐不安席，食不終味，遑遑汲汲，或憔或悴。所鶩者名，所拘者利，良由華簿，凋損正氣。吾將贈子以無爲之藥，給子以淡泊之湯，刺子以玄虛之針，炙子以淳朴之方，安子以恢廓之宇，坐子以寂寞之床。使王喬與子遨遊而逝[七]，黃公與子詠歌而行，莊生與子具養神之撰[八]或作饌[陳]，老聃與子致愛性之方。趣僻[九]路以棲跡，乘輕雲以翱翔。"於是精駭魂散，改心迴趣，願納至言，仰崇玄度。衆愁忽然，不辭而去。

【校記】
[一]醉，陳本、《文選補遺》同。《曹植集校注》作焚。
[二]靈，陳本、《文選補遺》同。《曹植集校注》作虛。
[三]"惟惚"二字據陳本補。《文選補遺》、《曹植集校注》有。
[四]其情，陳本同。《文選補遺》、《曹植集校注》作我精。
[五]金，陳本、《文選補遺》同。《曹植集校注》作火。
[六]螯，陳本、《文選補遺》、《曹植集校注》作著。
[七]遨遊而逝，陳本同。《曹植集校注》作攜手而遊。《文選補遺》無"遨遊"二字。
[八]撰，陳本同。《文選補遺》、《曹植集校注》作饌。
[九]趣僻，陳本同。《曹植集校注》作趣遐。《文選補遺》作趣避。

立碣表閭文
李興

天子命我，于沔之陽，聽鼓鞞而永思，庶先哲之遺光，登隆山以遠望，軾諸葛之故鄉。蓋神物應機，大器無方，通人靡滯，大德不常。故谷風發而騶虞嘯，雲雷升而潛鱗驤；摯螰褐於三聘，尼得招而褰裳，管豹變於受命，貢感激以回莊；異徐生之摘實，釋卧龍於深藏，偉劉氏之傾蓋，嘉吾子之周行。夫[一]有知己之主，則有竭命之良；固所以三分我九甽，跨帶我邊荒，抗衡我北面，馳騁我魏彊者也。

英哉吾子，獨含天靈。豈神之祇，豈人之精？何思之深，何德之清！異世通夢，恨不同生。推子八陣，不在孫吳；木牛之奇，則非般模；神弩之功，一何微妙！千井齊甃，又何祕要！昔在顛天，有名無迹，孰若吾儕，良籌妙畫？臧文旣沒，以言見稱，又未若子，言行並徵。夷吾反坫，樂毅不終，奚比於爾，明哲守冲。臨終受寄，讓過許由，負扆莅事，民言不流。刑中於鄭，教羙[二]于魯，蜀民知耻，河、渭安堵。匪皋則伊，寧彼管、晏，豈徒聖宣，慷慨屢歎！昔爾之隱，卜惟此宅，仁智所處，能無規廓。日居月諸，時陨其夕，誰能不殁，貴有遺格。惟子之勳，移風來世，詠歌餘典，懦夫將厲。遲哉邈矣，厥規卓矣，凢若吾子，難可究已。疇昔之乖，萬里殊塗，今我來思，覯爾故墟。漢高歸魂於豐、沛，太公五世而反周，想魍魎以髣髴，奚影響之有餘。魂而有靈，豈其識諸！

【校記】

[一]夫，陳本作大。《三國志》裴注作夫。

[二]羙，陳本、《三國志》裴注作美。

頭責子羽文
張敏

太原温長仁，潁川荀景伯，范陽張茂先，上郡劉文生，南陽鄒潤甫，河南鄭洌余友有秦生者，雖有姊或作姉[陳]夫之尊，少而狎之，同時眤好。張、荀之徒繼踵登朝，而此賢身處陋巷，屢沽而無善價，爲之慨然。又恠諸賢身已旣在位，曾無伐木嚶鳴之聲，又爲或作違[陳]王貢彈冠之義。故因秦生容貌之盛，爲《頭責》之文以戲之，并嘲六子焉[一]。

頭責子羽曰："吾託爲子頭，萬有餘日矣。大塊禀我以精，造我以形。我爲子蒔髮膚、置鼻耳、安眉鬚、捶牙齒，眸子摘光，雙顴隆起。每至出入人間，遨遊市里，行者避易，坐者竦跽。如此者，故我形之足偉也。子冠冕弗戴，金銀弗佩，旨味弗嘗，食粟茹菜。子遇我如讐，我視子如仇，居常不樂，兩者俱憂，何其鄙哉！子欲爲仁賢耶？當如臯陶、后稷、巫咸、伊陟，保乂王家，永見封殖；子欲爲名高耶？則當如許由、子臧、卞隨、務光，洗耳逃祿，千載流芳；子欲爲遊說耶？則當如陳軫、蒯通、陸生、鄧公，轉禍爲福，令[二]辭從容；子欲爲恬淡耶？則當如老聃之守一，莊周之自逸，廓然離俗，志凌雲日；子欲爲隱遯耶？則當如榮期之帶索，漁父之儵潚，棲遲神丘，垂餌巨壑。今子上不希道德，中不效儒墨，塊然窮賤，守此愚惑。察子之情，觀子之志，退不能爲處士，進無望乎三事，而徒玩日勞形，習爲常人之所喜。

對曰：「吾以大幸，爲子所寄。今子欲使吾爲忠耶，則當如子胥、屈平；欲使吾爲信耶，則當殺身以成名；欲使吾爲介節耶，赴水火以全貞。此四者，子之所忌，故吾不敢造意。」頭曰：「吾欲告爾尒以養性，誨尒以優遊，而與蟻蝨同性，不聽我謀。悲哉！俱御人體，而獨爲子頭！且擬人其倫，喻[三]子儕偶。子曾不如太原溫顒、潁川荀禹、范陽張華、上郡劉許、南陽鄒湛、河南鄭詡。此數子者，或蹇吃無宮，或尪陋稀言語，或淹伊多姿態，或驊騾少智諝，或口如含膠飴，或頭如巾齏杵；而猶以文采可觀，意思詳序，攀龍附鳳，並登天府。豈若夫子，徒令脣舌腐爛，手足霑濡？或居有事之世，而恥爲權謀；譬猶鑿池抱甕，難以求富。嗟乎！子羽何異牢檻之熊、深穽之虎、石間饑蟹、竈中之鼠，事力雖多，見功甚少。宜其蹉跎前蹶，至老無所希也。

【校記】

[一]陳本無"爲"字。《全晉文》有。
[二]令，陳本作含。《全晉文》作令。
[三]喻，陳本作論。《全晉文》作喻。

昆弟誥
夏侯湛

惟正月才生魄，湛若曰："咨爾昆弟淳、琬、瑶、謨、總、瞻，古人有言，'孝乎惟孝，友于兄弟'，'死喪之戚或作威[陳]，兄弟孔懷'。又曰：'周之有至德也，莫如兄弟。'於戲！古之載于訓籍，傳于《詩》《書》者，厥乃不思，不可不行。爾其專乃心，一乃聽，砥礪乃性，以聽我之格言。"淳等拜手稽首。

湛若曰："嗚呼！惟我皇乃祖滕公，肇釐厥德厥功，以左右漢祖，弘濟于嗣君，用垂祚于後，世世增敷前軌，濟其好行美德。明允相繼，冕胄及，以逮于皇曾祖愍侯，寅亮魏祖，用康乂厥世，遂啓土宇，以天綜厥勳于家。我皇祖穆侯，崇厥基以允釐顯志，用恢闡我令業。維我后府君侯，祗服哲命，欽明文思，以熙柔我家道，丕隆我先緒。欽若稽古訓，用敷訓典籍，乃綜其微言。嗚呼！自三墳五典、八索九丘、圖緯六藝及百家衆流，罔不探賾索隱，鉤深致遠。《洪範》九疇，彝倫攸敘，乃命世立言，越用繼尼父之大業，斯文在茲。且九齡而我王母薛妃登遐，我后孝思罔極，惟以奉于穆侯之繼室蔡姬，以致其子道。蔡姬登遐，隘于穆侯之命，厥禮乃不得成，用不祔于祖始。惟乃用聘其永慕，厥乃以疾辭位，用遜于厥家，布衣席蒙，以終于三載。厥乃古訓無文或作聞[陳]，我后丕孝其心，用假于厥制，以穆于世父使君侯。惟伯后聰明叡智，奕世載德，用慈友于我后。我惟烝烝是虔，罔不克承厥誨，用增茂我敦篤，以播休美於一世，厥乃可不遵。惟我用夙夜匪懈，日鑽其道，而仰之彌高，鑽之彌堅。我用欲罷不敢，豈唯予躬是懼，寔令跡是奉。厥乃晝分而食，夜分而寢，豈唯令跡是畏，寔爾猶是儀。嗚呼！予其敬哉！俞！予聞之，周之有至德，有婦人焉。我母氏羊姬，宣慈愷悌，明粹篤誠，以撫訓群子。厥乃我齓齒，則受厥教于書學，未遑惟寧。敦《詩》《書》《禮》《樂》，孳孳弗倦。我有識惟與汝服厥誨，惟仁義、惟孝友是尚，憂深思遠，祗以防于微。翳義形於色，厚愛平恕，以濟其寬裕。用緝和我七子，訓迪我五妹；惟我兄弟姊妹束修慎行，用不辱于冠帶，寔母氏是憑。予其爲政蕞爾，惟母氏仁之不行是戚，予其望色思寬。獄之不情，教之不泰是訓，予其納戒思詳，嗚呼！惟母氏信著于不言，行感于神明。若夫恭事于蔡姬，敦穆于九族，乃高于古之人。古之人厥乃千里承師，矧我惟父惟母世德之餘烈，服膺之弗可及，景仰之弗可階。汝其念哉！俾群弟天祚于我家，俾爾咸休明是履。淳英哉文明柔順，琬乃沉毅篤固，惟瑤厥清粹平理，謨茂哉雋哲寅亮，總其弘肅簡雅，瞻乃純鑠惠和，惟我蒙蔽，極否于義訓。嗟爾六弟，汝其滋義洗心，以補予之尤，予乃亦不敢忘汝之闕。嗚呼！小子瞻，汝其見予之長於仁，未見予之長於義也。"

瞻曰："俞！以如何？"湛若曰："我之肇于總角，以逮于弱冠，暨于今之二毛，受學于先載，納誨于嚴父慈母。予其敬忌于厥身，而匡予之纖介，翼予之小疵，使予有過未曾不知，予知之追改，惟冲子是賴。予親于心，愛于中，敬于貌；厥乃口無擇言，柔惠且直，廉而不劌，肅而不厲，厥其成予哉。用集我父母之訓，庶明厲翼，邇可遠在茲。"瞻拜手稽首曰："俞！"湛曰："都！在修身，在愛人。"瞻曰："吁！惟聖其難之。"

湛曰："都！厥不行惟難，厥行惟易。"淳曰："俞！明而昧，崇而卑，冲而恒，顯而賢，同而疑，厲而柔，和而矜。"湛曰："俞！乃言厥有道。"淳曰："俞！祗服訓。"

湛曰："來！琬，汝亦昌言。"琬曰："俞！身不及於人，不敢堕於勤，厥故惟新。"湛曰："俞！瑶亦昌言。"瑶曰："俞！滋敬于己，不滋敬于己，惟敬乃恃，無忘有恥。"湛曰："俞！謨亦昌言。"謨曰："俞！無忘於不可不虞，形貌以心，訪心於虞。"湛曰："俞！總亦昌言。"總曰："俞！若憂厥憂以休。"湛曰："俞！瞻亦昌言。"瞻曰："俞！復外惟內，取諸內，不忘諸外。"湛曰："俞！休哉！"淳等拜手稽首，湛亦拜手稽首，乃歌曰："明德復哉，家道休哉，世祚悠哉，百祿周哉！"又作歌曰："訊德恭哉，訓翼從哉，內外康哉！"皆拜曰："欽哉！"

訓諸生誥
虞溥

　　文學諸生皆冠帶之流，年盛志美，始涉學庭，講修典訓，此大成之業，立德之基也。夫聖人之道淡而寡味，故始學者不好也。及至期月，所觀彌博，所習彌多，日聞所不聞，日見所不見，然後心開意朗，敬業樂群，忽然不覺大化之陶己，至道之入神也。故學之染人，甚於丹青；丹青吾見其久而渝矣，未見久學而渝者也。

　　夫工人之染，先修其質，後事其色，質修色積，而染工畢矣。學亦有質，孝、悌、忠、信是也。君子內正其心，外修其行，行有餘力，則以學文，文質彬彬，然後為德。夫學者不患才不及，而患志不立，故曰希驥之馬，亦驥之乘；希顏之徒，亦顏之倫也。又曰鍥而舍之，朽木不知；鍥而不舍，金石可虧。斯非其效乎？

　　今諸生口誦聖人之典，體閑庠序之訓，比及三年，可以小成。而令名宣流，雅譽日新，朋友欽而樂之，朝士敬而歎之。於是州府交命，擇官而仕，不亦美乎？若乃含章舒藻，揮翰流離，稱述世務，探賾究奇；使楊、班韜筆，仲舒結舌，亦惟才所居，固無常人也。然積一勺以成江河，累微塵以崇峻極，匪志匪勤，理無由濟也。諸生若絕人間之務，心專親學，累一以貫之，積漸以進之，則亦或遲或速，或先或後耳，何滯而不通，何遠而不至邪！

字勢
衛恒

黃帝之史，沮誦倉頡，眺彼鳥跡，始作書契。紀綱萬事，垂法立制，帝典用宣，質文著世。爰暨暴秦，滔天作戾，大道旣泯，古文亦滅。魏文好古，世傳丘墳，歷代莫發，真僞靡分。大晉開元，弘道敷訓，天垂其象，地耀其文。其文乃耀，粲矣其章，因聲會意，類物有方。日虙君而盈其度，月執臣而虧其傍；雲委蛇而上布，星離離以舒光。禾卉苯䔿以垂頴，山嶽峩峩而連岡[一]；蟲跂跂其若動，鳥似飛而未揚。觀其錯筆綴墨，用心精專，勢和體均，發止無間。或守正循檢，矩折規旋；或方圓靡則，因事制權。其曲如弓，其直如弦，矯然特出，若龍騰于川；森爾下頽，若雨墜于天。或引筆奮力，若鴻鴈高飛，邈邈翩翩；或縱肆婀娜，若流蘇懸羽，靡靡綿綿。是故遠而望之，若翔風厲水，清波漪漣；就而察之，有若自然。信黃唐之遺跡，爲六藝之範先；籀篆蓋其子孫，隸草乃其曾玄。覩物象以致思，非言辭之所宣。

【校記】

[一]岡，陳本作崗。《晉書》作岡。

隸勢
衛恒

鳥跡之變，乃惟佐隸，蠲彼繁文，崇此簡易。厥用旣弘，體象有度，煥若星陳，欝若雲布。其大徑尋，細不容髮，隨事從宜，靡有常制。或穹隆恢廓，或櫛比鍼列；或砥平繩直，或蜿蜒或作蜿蜒[陳]膠戾；或長邪角趣，或規旋矩折。脩短相副，異體同勢。奮筆輕舉，離而不絕。纖波濃點，錯落其間。若鐘簴設張，庭燎飛煙，嶄巖礧嵯，高下屬連。似崇臺重宇，增雲冠山。遠而望之，若飛龍在天；近而察之，心亂目眩；奇姿譎詭，不可勝原。研桑所不能計，宰賜所不能言。何草篆之足筭，而斯文之未宣？豈體大之難覩，將秘奧之不傳？聊俯仰而詳觀，舉大較而論旃。

詩品 三篇
鍾嶸

上

氣之動物，物之感人，故搖蕩性情，形諸舞詠。照燭三才，暉麗萬有，靈祇待之以致饗，幽微藉之以昭告。動天地，感鬼神，莫近於詩。昔《南風》之辭，《卿雲》之頌，厥義敻矣。夏歌曰"鬱陶乎予心"，楚謠曰"名余曰正則"，雖詩體未全，然是五言之濫觴也。逮漢李陵，始著五言之目矣。

　　古詩眇邈，人世難詳，推其文體，固是炎漢之製，非衰周之倡也。自王、揚、枚、馬之徒，詞賦競爽，而吟詠靡聞。從李都尉迄班婕妤，將百年間，有婦人焉，一人而已。詩人之風，頓已缺喪，東京二百載中，惟有班固《詠史》，質木無文。降及建安，曹公父子，篤好斯文；平原兄弟，鬱爲文棟；劉楨、王粲，爲其羽翼。次有攀龍托鳳，自致於屬車者，蓋將百計。彬彬之盛，大備於時矣。爾後陵遲衰微，迄於有晉。太康中，三張、二陸、兩潘、一左，勃爾復興，踵武前王，風流未沬，亦文章之中興也。永嘉時貴黃老，稍尚虛談，于時篇什，理過其辭，淡乎寡味。爰及江表，微波尚傳，孫綽、許詢、桓、庾諸公，詩皆平典似《道德論》，建安風力盡矣。先是，郭景純用雋上之才，變創其體；劉越石仗清剛之氣，贊成厥美。然彼衆我寡，未能動俗。逮義熙中，謝益壽斐然繼作；元嘉中，有謝靈運，才高詞盛，富艷難蹤，固已含跨劉、郭，陵轢潘、左。故知陳思爲建安之傑，公幹、仲宣爲輔；陸機爲太康之英，安仁、景陽爲輔；謝客爲元嘉之雄，顏延年爲輔，斯皆五言之冠冕，文詞之命世也。

　　夫四言，文約易廣，取效《風》《騷》，便可多得。每苦文繁而意少，故世罕習焉。五言居文詞之要，是衆作之有滋味者也。故云會於流俗，豈不以指事造形，窮情寫物，最爲詳切者邪？故詩有六義焉：一曰興，二曰比，三曰賦。文已盡而義有餘，興也；因物喻志，比也；直書其事，寓言寫物，賦也。弘斯三義，酌而用之，幹之以風力，潤之以丹彩，使味之者無極，聞之者動心，是詩之至也。若專用比興，則患在意深，意深則詞躓。若但用賦體，則患在意浮，意浮則文散，嬉成流移，文無止泊，有蕪漫之累矣。若乃春風春鳥，秋月秋蟬，夏雲暑雨，冬月祁寒，斯四候之感諸詩者也。嘉會寄詩以親，離群託詩以怨。至於楚臣去境，漢妾辭宮，或骨橫朔野，或魂逐飛蓬，或負戈外戍，殺氣雄邊，塞客衣單，孀閨淚盡。文士有解佩出朝，一去忘返。女有揚蛾入寵，再盼傾國。凡斯種種，感蕩心靈，非陳詩何以展其義？非長歌何以騁其情？故曰："《詩》可以群，可以怨。"使窮賤易安，幽居靡悶，莫尚於詩矣。故詞人作者，罔不愛好。今之士俗，斯風熾矣。纔能勝衣，甫就小學，必甘心而馳騖焉。於是庸音雜體，各各爲容。至使膏腴子弟，恥文不逮，終朝點綴，分夜呻吟。獨觀謂爲警策，衆覩終淪平鈍。次有輕薄之徒，笑曹、劉爲古拙，謂鮑昭羲皇上人，謝朓今古獨步。而師鮑昭，終不及"日中市朝滿"；學謝朓，劣得"黃鳥度青枝"。徒自棄於高聽，無涉於文流矣。

觀王公縉紳之士，每博論之餘，何嘗不以詩爲口實。隨其嗜慾，商確不同，淄澠並泛，朱紫相奪，喧議競起，准的無依。近彭城劉士章，俊賞之士，疾其淆亂，欲爲當世詩品，口陳標榜。其文未遂，感而作焉。昔九品論人，七略裁士，校以賓實，誠多未値。至若詩之爲技，較爾可知。以類推之，殆均博奕。方今皇帝[一]，資生知之上才，體沉鬱之幽思，文麗日月，賞究天人。昔在貴遊，已爲稱首，況八紘既奄，風靡雲蒸，抱玉者聯肩，握珠者踵武，以瞰漢、魏而不顧，吞晉、宋於胸中。諒非農歌轅議，敢致流別，嶸之今錄，庶用旋於閭里，均之於談笑耳。

中

一品之中，畧以世代爲先後，不以優劣爲詮次。又其人既往，其文克定，今所寓言，不錄存者。夫屬詞比事，乃爲通談，若乃經國文符，應資博古。撰德駁奏，宜窮往烈，至乎吟詠情性，亦何貴於用事？"思君如流水"，既是即目；"高臺多悲風"，亦唯所見；"清晨[二]登隴首"，羌無故實；"明月照積雪"，詎出經史。觀古今勝語，多非補假，皆由直尋。顏延、謝莊，尤爲繁密，於時化之，故大明、泰始中，文章殆同書抄。近任昉、王元長等，辭不貴奇，競須新事，爾來作者，寖以成俗。遂乃句無虛語，語無虛字，拘攣補衲，蠹文已甚，但自然英旨，罕値其人。詞既失高，則宜加事義；雖謝天才，且表學問，亦一理乎。陸機《文賦》，通而無貶；李克《翰林》，疎而不切；王微《鴻寶》，密而無裁；顏延《論文》，精而難曉；摯虞《文志》，詳而博贍，頗曰知言。觀斯數家，皆就談文體，而不顯優劣。至於謝客集詩，逢詩輒取；張騭《文士》，逢文即書。諸英志錄，並義在文，曾無品第。

嶸今所錄，止乎五言。雖然，網羅今古，詞文殆集。輕欲辨彰清濁，掎摭病利，凡百二十人。預此宗流者，便稱才子。至斯三品升降，差非定制，方申變裁，請寄知者爾。

下[三]

昔曹、劉殆文章之聖，陸、謝爲體貳或作式[陳]之才，銳精研思，千百年中，而不聞宮商之辨，四聲之論。或謂前達偶然不見，豈其然乎？嘗試言之，古曰詩頌，皆被之金竹，故非調五音，無以諧會。若"置酒高堂上"、"明月照高樓"爲韻之首。故三祖之詞，文或不工，而韻入歌唱，此重音韻之義也，與世之言宮商異矣。今既不備管絃，亦何取於聲律邪？齊有王元長者，嘗謂余云："宮商與二儀俱生，自古詞人不知之，唯顏憲子乃云

'律吕音調'，而其實大謬；唯見范曄、謝莊頗識之耳。嘗欲進《知音論》，未就。"王元長創其首，謝朓、沈約揚其波。三賢或貴公子孫，幼有文辯，於是士流景慕，務為精密。襞積細微，專相凌架或作駕[陳]。故使文多拘忌，傷其真美。余謂文制本須諷讀，不可蹇礙，但令清濁通流，口吻調利，斯爲足矣。至平上去入，則余病未能；蜂腰、鶴膝，閭里已具。陳思"贈弟"，仲宣《七哀》，公幹"思友"，阮籍《詠懷》，子卿"雙鳧"，叔夜"雙鸞"，茂先"寒夕"，平叔"衣單"，安仁"倦暑"，景陽"苦雨"，靈運《鄴中》，士衡《擬古》，越石"感亂"，景純"詠仙"，王微"風月"，謝客"山泉"，叔源"離宴"，鮑照"戍邊"，太沖《詠史》，顏延"入洛"，陶公《詠貧》之製，惠連《搗衣》之作，斯皆五言之警策者也。所以謂篇章之珠澤，文彩之鄧林。

【校記】

[一]上段"義焉：一曰興"至"方今皇帝"，據陳本補。曹旭《詩品集注》有。

[二]晨，陳本作農。《詩品集注》作晨。

[三]下篇全文，劉本無，據陳本補。《詩品集注》有。

附錄一 《廣文選》兩個版本篇章出入情況說明[*]

一 八十二卷本有、六十卷本無

郊祀賦　漢・鄧耽
浮淮賦　魏文帝
登虎牢山賦　晉・潘岳
登樓賦　晉・郭璞
覽海賦　漢・班彪
芙蓉賦　晉・閔鴻
菊花賦　晉・鐘會
桑賦　晉・陸機
哀二世賦　漢・司馬相如
弔秦始皇賦　晉・傅玄
琴賦　漢・蔡邕
美人賦　漢・司馬相如
神女賦　晉・張敏
江妃賦　宋・謝靈運
麗色賦　梁・江淹
諷賦　楚・宋玉
髑髏賦　漢・張衡
車渠椀賦　魏・曹植

逸詩十三首
招祈詩

---

[*] 按書中先後順序排列。

射詩
招隱詩　晉・陸機
從宋公遊戲馬臺詩　晉・謝瞻
游鐘山詩　梁・沈約
酬謝宣城朓詩　梁・沈約
聖人制禮樂篇　古辭
宋宗廟登歌　晉・王韶之
梁南郊登歌二首　梁・沈約
梁北郊登歌二首　梁・沈約
漢鼓吹鐃歌曲：朱鷺、思悲翁、艾如張、翁離、將進酒、芳樹、雉子班、石留篇
釣竿　魏文帝
魏鼓吹曲：獲呂布、平關中篇
蜨蝶行　古辭
烏生　古辭
長安有狹斜行　古辭
飛鵠行　古辭
江南　古辭
平陵東　古辭
焦仲卿妻　古辭
婦病行　古辭
孤兒行　古辭
雁門太守行　古辭
巾舞歌　古辭
月重輪行　魏文帝
大牆上蒿行　魏文帝
浮萍篇　魏文帝
泰山梁甫行　魏・曹植
苦寒行　魏眀帝
定情篇　魏・繁欽
善哉行　宋・謝惠連
思親操　大舜
襄陵操　大禹
拘幽操　文王

克商操　武王
傷殷操　微子
越裳操　周公
神鳳操　成王
文王操　孔子
將歸操　孔子
猗蘭操　孔子
龜山操　孔子
薤露　古辭
蒿里　古辭
擊壤歌　老人
卿雲歌　大舜
南風歌　大舜
夏人歌二章　大舜
塗山歌　大舜
采微歌　伯夷
侏儒歌　魯人
築者歌　宋人
輿人歌　晉人
孔子歌　魯人
驪駒歌
延陵季子歌　徐人
子產歌　鄭人
齊臺歌　晏嬰
師乙歌
大道歌　孔子
丘陵歌　孔子
獲麟歌　孔子
曳杖歌　孔子
鳳兮歌　楚狂接輿
孺子歌
狐裘歌　士薦
鄉人飲酒歌
優施歌

渡伍員歌　楚漁父
戾廖歌　百里奚妻
魏河內歌
長鋏歌　馮驩
垓下帳中歌　項羽
平城歌　漢高帝
種田歌　劉章
百姓歌
淮南民歌
天馬歌　漢武帝
李延年歌
李夫人歌
拊缶歌　漢・楊惲
望鄉歌
印綬歌
瑟歌
五歌　燕王
華容夫人歌　燕王
武溪深行　漢・馬援
招商　漢靈帝
康衢謠
白雲謠　周穆王
穆天子謠
齊嬰兒謠
晉童謠
西漢童謠
西漢童謠
鴻隙陂童謠
長安謠
小麥謠
城上烏謠
孫登隱居詩　晉・庾闡
乞食詩　晉・陶潛
七激　漢・傅毅

七辯　漢・張衡
七徵　晉・陸機

入關告諭詔　漢高帝
告爲義帝發喪詔　漢高帝
赦天下詔　漢高帝
親奉祀詔　漢宣帝
賜周黨帛詔　漢光武
賜吾丘壽王璽書　漢武帝
晉公九錫文
宋公九錫文
賜韓福策　漢昭帝
賜諸侯策　漢光武
賜許靖策　漢先主
答卞蘭　魏文帝
臨徐兗搜揚教　宋武帝
賢良策三首　漢武帝
廢李平表　漢・諸葛亮
訟蓋寬饒書　漢・鄭昌
控制西羌事宜疏　漢・趙充國
上星孛疏　漢・劉向
上徙都成周疏　漢・翼奉
定禘祫疏　漢・張純
夏旱諫起北宮疏　漢・鐘離子阿
抑損后族權疏　漢・第五倫
薦五處士疏　漢・陳蕃
諫先主稱尊號疏　蜀・費詩
襲魏疏　蜀・蔣琬
劾蔭光　御史中丞
劾陳遵　漢・陳崇
論知人邪正封事　漢・翼奉
薦辛慶忌封事　漢・何武
論青蛇封事　漢・楊賜
貢舉先才行議　漢・韋彪

得寶鼎對　漢·吾丘壽王
高廟園災對　漢·董仲舒
微行宴飲對　漢·谷永
災異對　漢·周舉
薦何慮則牋　晉·應璩
遣章邯書　秦·陳餘
重報子卿書　漢·李陵
荅劉歆書　漢·楊雄
報桓譚書　漢·班嗣
干說皇甫嵩　漢·閻忠
答袁紹書　魏·臧洪
與王商書　蜀·秦宓
與諸葛亮書　蜀·馬良
獄中與諸葛亮書　蜀·彭羕
答李權書　蜀·秦宓
月令問答　漢·蔡邕
古黄澤辭
絕命辭　息夫躬
公羊傳序　漢·何休
釋名序　漢·劉熙
漢武帝別國洞冥紀序　漢·郭憲
論語序　魏·何晏
遊名山志序　宋·謝靈運
雜體詩序　梁·江淹
披神記序　梁·干寶
旱頌　漢·東方朔
天子冠頌　漢·黃香
成陽令唐扶頌
蜀漢君臣贊　漢·楊戲：糜子仲，吳子遠，輔元弼、劉南和，李正方，魏文長，楊威公，馮休元、張文進，程公弘，糜芳、士仁、郝普、潘濬篇
惠景間侯者年表論　漢·司馬遷
董仲舒傳論　漢·班固
絕交論　漢·朱穆
連珠　漢·楊雄

連珠三首　漢・班固
擬連珠　魏・潘勗
連珠三首　魏文帝
倣連珠四首　魏・王粲
連珠四首　宋・謝惠連
範連珠　宋・顏延之
範連珠　宋・王仲寶
連珠二首　梁・沈約
諫大夫箴　漢・崔寔
器物銘十八首　周武王
冑銘　衛・孔悝
孔子誄　魯哀公：第一篇
元后誄　漢・楊雄
曹蒼舒誄　魏文帝
漢酸棗令劉熊碑文
漢堂邑令費鳳誄碑文
漢北海相景君碑文
漢泰山都尉孔宙碑
漢桂陽太守周府君碑
童子逢盛碑
巴郡太守樊敏碑
金鄉長侯成碑
漢蕩陰令張君碑
漢郎中鄭固碑
漢廬江太守范府君碑
魏大饗碑
石鼓文　周宣王
一宇　周・尹喜
太玄衝　漢・楊雄
太玄數　漢・楊雄
僮約　漢・王褒
五行　漢・班固
責髯奴文　漢・黃香

二　六十卷本有、八十二卷本無

應詔詩　梁・沈約
應詔詩　梁・沈約
應詔詩　梁・王筠
應詔詩　梁・劉孝綽
望湖北詩　梁・劉孝威
出新林詩　梁・劉孝威
江州還入石頭詩　梁・劉峻
東亭望極詩　梁・蕭子範
應教使客春遊詩　梁・蕭子暉
贈海法師　梁・蕭子雲
吳鼓吹曲二首　吳・韋昭
晉鼓吹曲三首　晉・傅玄
宋鼓吹曲六首　宋・何承天
梁鼓吹曲五首　梁・沈約
長安有狹斜行　梁・沈約
居山營室　梁・劉峻
山中懷故人　梁・范雲
還山二首　梁・吳筠
春夜山庭　梁・江總
夏日山庭　梁・江總
贈虞士詩　晉・王褒
九章 楚・屈原：涉江篇
國語六首　左丘明
政道　周・亢倉楚
君道　周・亢倉楚
賢道　周・亢倉楚
農道　周・亢倉楚
氾論訓　漢・劉安
泰族訓　漢・劉安
詩品三篇　齊・鐘嶸：下篇

附錄二　參校書目

一　經部

（漢）董仲舒著，（清）蘇輿撰，鍾哲點校：《春秋繁露義證》，中華書局1992年版。
（清）焦循撰，沈文倬點校：《孟子正義》，中華書局1987年版。
楊伯峻編著：《春秋左傳注》，中華書局2016年版。

二　史部

（春秋）左丘明撰，徐元誥集解，王樹民、沈長雲點校：《國語集解》，中華書局2002年版。
（漢）司馬遷撰，（南朝宋）裴駰集解，（唐）司馬貞索隱，（唐）張守節正義：《史記》，中華書局1982年版。
（漢）班固著，（唐）顏師古注：《漢書》，中華書局1962年版。
（晉）陳壽撰，（南朝宋）裴松之注，陳乃乾點校：《三國志》，中華書局1982年版。
（南朝宋）范曄撰，（唐）李賢等注：《後漢書》，中華書局1965年版。
（南朝梁）沈約：《宋書》，中華書局1974年版。
（南朝梁）蕭子顯：《南齊書》，中華書局1972年版。
（北齊）魏收：《魏書》，中華書局1974年版。
（唐）姚思廉：《梁書》，中華書局1973年版。
（唐）房玄齡等：《晉書》，中華書局1974年版。
（唐）李延壽：《南史》，中華書局1975年版。
黃懷信、張懋鎔、田旭東：《逸周書彙校集注》，上海古籍出版社2007年版。

三　子部

（周）鶡熊著，鍾肇鵬校理：《鶡子校理》，中華書局2010年版。

（秦）呂不韋編，許維遹集釋，梁運華整理：《呂氏春秋集釋》，中華書局2009年版。

（漢）賈誼撰，閻振益、鍾夏校注：《新書校注》，中華書局2000年版。

（漢）劉安編，劉文典撰，馮逸、喬華點校：《淮南鴻烈集解》，中華書局2013年版。

（漢）桓寬撰集，王利器校注：《鹽鐵論校注》，中華書局1992年版。

（漢）揚雄撰，鄭萬耕校釋：《太玄校釋》，中華書局2014年版。

（漢）班固撰集，（清）陳立疏證，吳則虞點校：《白虎通疏證》，中華書局1994年版。

（漢）荀悅撰，（明）黃省曾注，孫啓治校補：《申鑒注校補》，中華書局2012年版。

（漢）應劭撰，王利器校注：《風俗通義校注》，中華書局1981年版。

（三國魏）徐幹撰，孫啓治解詁：《中論解詁》，中華書局2014年版。

（晉）葛洪撰，周天游校注：《西京雜記》，三秦出版社2006年版。

（唐）歐陽詢編，汪紹楹校：《藝文類聚》，上海古籍出版社1995年版。

（唐）徐堅等編：《初學記》，中華書局2006年版。

（清）王先謙撰，沈嘯寰、王星賢點校：《荀子集解》，中華書局1988年版。

（清）王先謙撰，鍾哲點校：《韓非子集解》，中華書局1998年版。

（清）郭慶藩撰，王孝魚點校：《莊子集釋》，中華書局2012年版。

黎翔鳳撰，梁運華整理：《管子校注》，中華書局2004年版。

四　集部

（西漢）司馬相如著，金國永校注：《司馬相如集校注》，上海古籍出版社1993年版。

（漢）揚雄著，張震澤校注：《揚雄集校注》，上海古籍出版社1993年版。

（漢）張衡著，張震澤校注：《張衡詩文集校注》，上海古籍出版社2009年版。

（漢）王逸撰，黃靈庚點校：《楚辭章句》，上海古籍出版社2017年版。

（三國）孔融等著，俞紹初輯校：《建安七子集》，中華書局2005年版。

（三國）諸葛亮著，段熙仲、聞旭初編校：《諸葛亮集》，中華書局1960年版。

（三國魏）曹植著，趙幼文校注：《曹植集校注》，中華書局2016年版。

（三國魏）阮籍著，陳伯君校注：《阮籍集校注》，中華書局2012年版。

（三國魏）嵇康著，戴明揚校注：《嵇康集校注》，中華書局2014年版。

（晉）陸機著，楊明校箋：《陸機集校箋》，上海古籍出版社 2016 年版。
（晉）陸雲撰，黃葵點校：《陸雲集》，中華書局 1988 年版。
（晉）陶淵明撰，袁行霈箋注：《陶淵明集箋注》，中華書局 2022 年版。
（南朝宋）謝靈運著，黃節注：《謝康樂詩注》，中華書局 2008 年版。
（南朝宋）鮑照著，錢仲聯增補集說校：《鮑參軍集注》，上海古籍出版社 2020 年版。
（南朝）江淹著，（明）胡之驥注，李長路、趙威點校：《江文通集彙注》，中華書局 2006 年版。
（南朝齊）謝朓著，曹融南校註集說：《謝宣城集校注》，上海古籍出版社 1991 年版。
（南朝梁）鐘嶸著，曹旭集注：《詩品集注》，上海古籍出版社 2011 年版。
（南朝梁）蕭統編，（唐）李善注：《文選》，上海古籍出版社 1986 年版。
（南朝陳）徐陵編，（清）吳兆宜注，程琰刪補，穆克宏點校：《玉臺新詠箋注》，中華書局 1985 年版。
（北周）庾信撰，（清）倪璠注，許逸民點校：《庾子山集注》，中華書局 1980 年版。
（宋）李昉等編：《文苑英華》，中華書局 1966 年版。
（宋）郭茂倩編：《樂府詩集》，中華書局 1979 年版。
（宋）朱熹撰，黃靈庚點校：《楚辭集注》，上海古籍出版社 2016 年版。
（宋）章樵注：《古文苑》二十一卷本，據宋端平三年常州軍刻淳祐六年盛如杞重修本影印，北京圖書館出版社 2003 年版。
（宋）陳仁子編：《文選補遺》，上海古籍出版社 1993 年影印《四庫全書》版。
（元）左克明編撰，韓寧、許文武點校：《古樂府》，中華書局 2016 年版。
（明）張溥編：《漢魏六朝百三家集》，上海古籍出版社 1994 年版。
（清）沈德潛選：《古詩源》，中華書局 1963 年版。
（清）孫星衍編：《續古文苑》，叢書集成初編本，商務印書館 1935 年版。
（清）嚴可均校輯：《全上古三代秦漢三國六朝文》，中華書局 1958 年版。
丁福保編：《全漢三國晉南北朝詩》，中華書局 1959 年版。